MARTIN STEPHEN

Die Pulververschwörung

Buch

Dieb. Betrüger. Hurenbock. Säufer. Spieler. Zuhälter. Will Shadwell war selbst in den dunklen Tagen der Regierung Jakobs I. nicht der angenehmste aller Zeitgenossen, doch für Sir Henry Gresham – Gentleman, Gelehrter, Meisterspion – war er als Quelle für brisante Informationen von unschätzbarem Wert. Als Shadwell heimtückisch ermordet wird, muss Gresham daher auch um sein Leben fürchten. Doch noch bevor Gresham herausfinden kann, wer Shadwells Mörder ist, wird er unversehens von seinem College in Cambridge nach London abberufen. Und zwar im Auftrag eines Mannes, den er verabscheut und fürchtet wie keinen anderen: Sir Robert Cecil, den Ersten Minister des Königs, machtbesessener Herrscher über ein Netz von Spitzeln und Handlangern. Immer tiefer wird Sir Henry in die intriganten Machenschaften des Ministers verwickelt, und nur mit Hilfe seines schönen Mündels Jane vermag er vorübergehend die Oberhand zu behalten. Derweil stößt er auf die Spur einer wagemutigen Verschwörung: ein katholischer Aufstand gegen Jakob I., eine brutale Revolte von einer Gruppe zu allem entschlossener Rädelsführer, die zuerst das Parlamentsgebäude und dann das ganze Königreich in Schutt und Asche legen wollen …

Von den gelehrten Hallen Cambridges in die düstere Londoner Unterwelt des 17. Jahrhunderts: Martin Stephens Roman führt den Leser an der Seite des charismatischen Sir Henry Gresham durch ein aufregendes Abenteuer, ein historisches Ränkespiel um Loyalität, Verrat und Verschwörung.

Autor

Martin Stephen ist High Master an der Manchester Grammar School, einer der angesehensten und ältesten Grammar Schools von England, und Autor von fünfzehn hoch gelobten Büchern zur englischen Literatur- und Militärgeschichte.

Martin Stephen

Die Pulver-verschwörung

Roman

Aus dem Englischen
von Andreas Jäger

GOLDMANN

Die Originalausgabe erschien unter dem Titel
»The Desperate Remedy, Henry Gresham and the Gunpowder Plot«
2002 bei Little, Brown, London

Umwelthinweis:
Alle bedruckten Materialien dieses Taschenbuches
sind chlorfrei und umweltschonend.

Deutsche Erstausgabe Februar 2003

Umschlaggestaltung: Design Team München
Umschlagfoto: Artothek/Anderson
Satz: DTP-Service Apel, Hannover
Druck: Elsnerdruck, Berlin
Titelnummer: 45231
TH · Herstellung: Heidrun Nawrot
Made in Germany
ISBN 3-442-45231-7
www.goldmann-verlag.de

3 5 7 9 10 8 6 4 2

»È necessario a chi dispone una republica, ed ordina leggi in quella, prassupporre tutti gli uomini rei, e che li abbiano sempre a usare la malignità dello animo loro, qualunque volta ne abbiano libera occasione.«

»Wie alle politischen Schriftsteller beweisen und zahlreiche geschichtliche Beispiele bezeugen, muss der Ordner eines Staatswesens und der Gesetzgeber davon ausgehen, dass alle Menschen böse sind und stets ihrer bösen Gemütsart folgen, sobald sie Gelegenheit dazu haben.«

Niccolò Machiavelli, 1469–1527

Prolog

Die Nacht war wie geschaffen für finstere Mordtaten. Dunkle Wolken jagten über den Himmel und verhüllten die Sterne. Rasch und doch lautlos, mit sicherem und entschlossenem Schritt, bewegte sich der Soldat durch die rabenschwarze Finsternis. Um diese Stunde – es war lange nach Mitternacht – lagen die Straßen von London verlassen, doch er war gleichwohl auf der Hut und glitt dicht an den Mauern der Gebäude entlang, in denen alle Lichter erloschen waren. Vor der Wache fürchtete er sich nicht, so schwach besetzt und wenig schlagkräftig wie sie war, doch bei einer Unternehmung wie der seinen war es besser, alle Komplikationen zu vermeiden, und seien sie noch so geringfügig. Er war groß gewachsen, mit dunklem Teint und mächtiger Statur; von seinem roten Haarschopf war nichts zu sehen unter dem Hut, den er sich tief in die Stirn gezogen hatte.

Er erreichte sein Ziel und verbarg sich in einem gegenüberliegenden Hauseingang, um dort zu warten. Lange bevor er den Schatten des Höflings an der Tür erblickte, konnte er bereits sein angestrengtes Keuchen hören. Die Sturmlaterne schwankte in seiner Hand. Der Soldat trat aus dem Schatten des Eingangs heraus und hörte, wie der andere erschrocken nach Luft schnappte, bevor er ihn schließlich erkannte. Der Höfling mochte der Vornehmste unter den Bediensteten bei Hofe sein, der sich mit Bücklingen und Kratzfüßen in den Hintern seiner Herrschaft vorarbeitete. Er mochte der Herr und Meister im Dienstbotenflügel sein, den er beaufsichtigte. Gewiss war er ein getreuer Sekretär eines der mächtigsten Männer in ganz England. Doch hier an diesem Ort war er nur ein verängstigter kleiner Mann, der die Befehle seines Herrn ausführte, in einen dunklen Umhang gehüllt, mit geborgten Stiefeln an den Füßen. Mit diesem Treffen an einem finsteren Ort bezahlte er für sein Vergnügen und seine Eitelkeit.

Der Soldat konnte den vertrauten Geruch der Angst wittern, den der Höfling ausströmte, als er wie ein aufgeschrecktes Kaninchen auf die Tür zuflitzte. Doch er ließ sich seine Verachtung nicht anmerken. Er verbarg sich hinter dem schroffen Gebaren eines einfachen Mannes; das war das Geheimnis seiner Karriere. Das Täuschen und Betrügen war ihm in Fleisch und Blut übergegangen. Er zeigte sogar Mitgefühl mit dem stinkenden Häufchen Elend und erkundigte sich beflissen, ob er bereit sei, den Keller zu betreten. Ein knappes, nervöses Nicken war die Antwort auf seine in einem heiseren Flüstern vorgebrachte Frage.

Die Laterne des Soldaten war eine wundervolle Erfindung. Die Flamme war in seiner Wohnung entzündet und dann hinter den sinnreich konstruierten Schiebern versteckt worden. Die Flamme konnte atmen, aber nicht gesehen werden. Er öffnete einen der Schieber, und der dünne Lichtstrahl fiel auf das Schloss der uralten Eichentür. Dann zog er den Schlüssel aus der Tasche, und der gut geölte Riegel glitt sauber und geräuschlos zur Seite.

Der Höfling begann zu würgen, als die Füße der beiden Männer den Staub von Jahrhunderten aufwirbelten. Er prallte gegen eine der steinernen Säulen, auf denen das Kellergewölbe ruhte, und stieß einen halb lauten Fluch aus. Die Angst machte sich in seiner Magengrube bemerkbar, als er rücklings gegen einen Stapel alter Wandbehänge fiel, die schon seit den Tagen Heinrichs VIII. ausgedient hatten und hier vor sich hin moderten. Noch mehr Staub stieg auf und legte sich auf ihre ausgetrockneten Zungen. Der Soldat blieb stehen, höflich wie immer, seine Gedanken verborgen hinter der zerklüfteten, aber freundlichen Maske seines Gesichts.

Sie stießen auf einen Stapel von Reisig und Brennholz.

Der Soldat öffnete die restlichen Schieber seiner Laterne und stellte sie auf den Boden. Sein Schatten und der des Höflings tanzten eine kurze Weile auf den alten Mauern – verzerrte Schemen in der Luft, in der sich der Duft grünen Holzes mit dem der Verwesung mischte. Er räumte einige Holzscheite beiseite, und ein schmutziges Fass wurde sichtbar. Der Deckel war bereits aufgestemmt worden und lag lose obenauf. Der Soldat zog seinen Dolch und schob damit den Deckel zur Seite. Obwohl sie ganz allein waren, sprach er leise.

»Hier. Könnt Ihr es sehen?«

Ein kaum wahrnehmbares Echo hallte durch das lang gezogene Gewölbe. Er griff mit der Linken in das Fass und schöpfte eine Hand voll von dem körnigen Pulver heraus, das er dem Höfling vor die Nase hielt.

Der Höfling sah verdutzt drein.

»Es ist verdorben«, erklärte der Soldat, als spreche er zu einem Kind. »Wenn Schießpulver schlecht oder zu lange gelagert wird, löst es sich in seine Grundelemente auf. Wenn das passiert, dann kommt es nicht zu einer Explosion, sondern nur zu einer heftigen Verbrennung.« Er betrachtete die geduckte Gestalt des Höflings, von dessen Gesicht der Schweiß troff. »Es verliert an Kraft. Wie ein Mann, der dem Bier zu sehr zugesprochen hat«, fügte er unnötigerweise hinzu.

Der Höfling streckte seine zitternde Hand aus, nahm eine Prise Pulver zwischen Daumen und Zeigefinger und beäugte es mit dem Blick des Kenners, der er nicht war. Er hatte eilfertig behauptet, sich mit Schießpulver auszukennen und Erfahrung im Umgang damit zu haben, in der Hoffnung, mit seinem vorgeblichen Wissen Beförderung und die Gunst seines Herrn zu erlangen.

»Ja«, murmelte er. »Ich sehe es. Meiner Treu, ja, ich glaube, ich sehe es.«

Er hob die Augen und blickte in das Gesicht des Soldaten, das wie üblich keinerlei Regung zeigte. Treue und Glauben, dachte der Soldat, wahre Treue und wahren Glauben wirst du niemals besitzen.

»Ich werde es meinem Herrn berichten.«

Und was ist es, das du in Wirklichkeit siehst?, dachte der Soldat. Eine kostbare neue Robe vielleicht oder einen Edelstein als Schmuck für deinen Finger oder gar eine Geldbörse mit dreißig Silberlingen darin? Oder eine Hure, die sich unter dir bäumt und windet in deinem prächtigen Bett? Was immer du siehst, es ist nicht das Pulver, das ich dir unter die Nase reibe. Und es ist ein Segen für deine erbärmliche, kümmerliche Seele, dass du auch die Wahrheit nicht siehst, nicht einmal im Traum. Denn wenn du auch nur die leiseste Ahnung davon hättest, dann müsste deine Seele im Höllenfeuer verdorren. Wie immer behielt er seine Gedanken für sich. Er nickte nur. Dann schob er mit dem Dolch in seiner rechten Hand den Deckel wieder auf das Fass. Er blickte auf den Höfling herab.

»Ich muss die anderen Türen überprüfen. Wenn Ihr derweil das Fass mit dem Holz zudecken würdet? Ich lasse Euch die Laterne hier.«

Der Höfling hatte keine Wahl. Während er sich mühte, die Scheite wieder aufzuschichten, zog sich der Soldat hinter den nächsten Gewölbebogen zurück, um sich dort auszuruhen. Sollte der eitle Geck doch das Holz wieder aufstapeln. Sollte er doch einmal erfahren, was es hieß, zu dienen. Was machte es schon, wenn er die Arbeit schlecht erledigte? Es war sehr unwahrscheinlich, dass sein Herr eine Durchsuchung des Kellergewölbes anordnen würde. Jedenfalls vorläufig.

Er trat wieder hervor, als das Geraschel aufhörte und der Schatten des Höflings auf dem Gemäuer seinen wilden Tanz beendet hatte. Er schloss die Laterne bis auf einen einzigen Schieber.

Dann verabschiedete er sich von dem Höfling, indem er ihm die Kellertür aufhielt und horchte, wie er stolpernd und vor sich hin brummelnd durch die stockfinstere Nacht nach Hause stapfte. Er wartete, bis sich das Geräusch seiner Schritte zu einem fernen Echo abgeschwächt hatte und schließlich ganz erstarb. Und dann, in vollkommener Stille, lauschte er eine volle Viertelstunde lang. Kein Hund jaulte, keine Maus regte sich. Nur der Wind pfiff heiser über die Dächer. Er hatte nichts zu befürchten.

Er beugte sich vor und schob den Schlüssel lautlos ins Schloss. Indem er ihn umdrehte, sicherte er das Haus und den Keller dahinter; dann schob er mit derselben Hand den letzten Schieber vor die Flamme der Laterne. In der absoluten Stille horchte er noch ungefähr fünf Minuten lang.

Der Soldat öffnete die linke Hand, die er zur Faust geballt hatte. Eine dünne Schicht Pulver lag darin, durch den Schweiß mit seiner Handfläche verklebt. Kein verrottetes Pulver. Kein Pulver, das sich in seine Bestandteile aufgelöst hatte. Kein Pulver, das durch Feuchtigkeit verdorben war. Gutes, fein gemahlenes Pulver. In erstklassigem Zustand. Das beste Pulver. Schießpulver, das, wenn es entzündet wurde, alle in den Himmel oder zur Hölle jagen konnte, die sich darüber aufhielten.

Guido Fawkes, oder Guy Fawkes, wie er in England genannt wurde, machte sich schweigend auf den Heimweg durch die dunklen Gassen. Ausnahmsweise ließ er zu, dass ein spärliches Lächeln über seine Lippen huschte.

1

Will Shadwell hielt inne, starr vor Schreck. Da war es wieder, dieses Geräusch. Hinter ihm – irgendwo in der undurchdringlichen Finsternis, die ihn umhüllte. Er hatte es schon einmal gehört, ein winziges Knacken, wie von einem zerbrechenden Zweig, und ein ganz kurzes Rascheln. Einbildung? Eine Kuh, ein Schaf? Das Schwein irgendeines Bauerntölpels, das sich auf dem Feld suhlte? Oder Männer mit Messern, die für Will Shadwells Rücken bestimmt waren, Männer, die sich durch die pechschwarze Stille an ihn heranschlichen?

Er hatte sich weitergeschleppt, während die Sonne wie ein orangefarbener Ball über der Rasierklinge des Horizonts gehangen hatte und einfach nicht hatte untergehen wollen. Die Ahnung der drohenden Gefahr, die Angst – er wurde sie einfach nicht los, sie drang ihm bis ins Mark. Irgendetwas stimmte nicht. Er wusste es.

Heiße Tränen des Selbstmitleids stiegen in ihm auf und brannten in seinen Augen, der kalten Nachtluft zum Trotz. Er hatte sich tief in einen trockenen Graben geduckt. Staub und Sand setzten sich in seiner Nase und seinen Ohren fest, der Schotter der Landstraße begann schon unter sein Wams zu dringen und kratzte auf seiner Haut. Noch nie hatte er sich so allein gefühlt, in panischer Angst vor den namenlosen Schrecken, die in den ausgedehnten Weiten dieses platten Landstrichs lauerten. Er hielt den Atem an, den rot glühenden Eisenstangen in seiner Brust zum Trotz, und kämpfte mit aller Kraft gegen den Drang an, einfach nur schreiend davonzulaufen. Mitten in der Nacht auf offener Landstraße umherzuirren war das Letzte, was er gewollt hatte. Das Pferd war schuld daran, das verfluchte Biest. Er verstand nichts von Pferden, konnte kaum reiten. Im schwachen Licht der Morgendämmerung war es ihm so gut wie jedes andere erschienen, es hatte ihn mit wild rollenden Augen angeschaut wie – nun, wie irgendein Pferd eben. Er hatte es zum Galopp geprügelt, hatte es gen Cambridge gehetzt, dorthin, wo er den einzigen Mann finden würde, an den er sich noch wenden konnte. Die Panik hatte ihn vorangetrieben, und sie hatte sich auf das Tier unter ihm übertragen. Er musste Henry Gresham sehen. Gresham. Der einzige Mann, an den er sich wenden konnte, der einzige Mann, der wissen würde, wie er mit dem furchtbaren Geheimnis umzugehen hatte, auf das Will Shadwell zufällig gestoßen war; das Geheimnis, das er nur in seinem Kopf bewahrte. Der einzige Mann, der dieser schrecklichen Hatz ein Ende setzen, der ihm die Wölfe vom Leib halten konnte.

Die Nacht dehnte sich rings um ihn aus, still und reglos. Er hatte nichts mehr gehört, kein Geräusch, und das seit fünf Minuten, wenn nicht länger. Hoffnung flackerte in ihm auf. Er kannte jedes Geräusch in den schäbigen Gassen von London, dort konnte er jeden Laut deuten. Hier auf dem Lande sprach die Nacht eine andere Sprache, und in seinem Zustand übersteigerter Panik lag in jedem Geräusch eine mögliche Todesdrohung. War es ein Tier gewesen, das leichtfüßig dahineilte? Es war doch gewiss undenkbar, dass Männer sich so leise bewegten. Sein Atem begann allmählich ruhiger zu gehen, und der Puls klopfte nicht mehr ganz so heftig hinter seinen Augäpfeln.

Kurz vor Royston war das Pferd zusammengebrochen. Er wusste, dass sie ihn verfolgen würden, er rechnete damit, dass irgendjemand seine plötzliche Flucht aus London bemerken würde. Mit dem Pferd war er den Verfolgern wenigstens einigermaßen gewachsen. Aber jetzt, da der nutzlose Kadaver des Tieres auf der Straße lag, hatte er von der Strecke abweichen müssen, um ihnen zu entgehen, und seinen Weg über Seitenstraßen und schmale Pfade fortgesetzt. Es war ein Fehler gewesen. Bauern hatten ihn blöd angeglotzt mit ihren ausdruckslosen Gesichtern – er war das einzig Interessante, was ihnen seit Jahren über den Weg gelaufen war. Sie hatten beobachtet, wohin er sich wandte, und würden dem Nächsten, der des Weges kam, nur zu bereitwillig Auskunft geben. Wenn er doch nur das Pferd hätte verstecken können, anstatt sein schweißüberströmtes Aas als Wegweiser für sämtliche Verfolger zurückzulassen.

Ob er es wagen könnte, sich zu rühren? Wenn dort draußen noch irgendwelche Verfolger waren, würden sie vielleicht an seinem Graben vorübergehen. Sie ließen keine Laterne sehen, entzündeten keine Fackeln, selbst wenn sie welche hatten. Er wusste, dass er stank, aber wenn sie da waren, dann hatten sie jedenfalls keine Hunde, so viel schien ihm gewiss. Er hatte sich natürlich verirrt. Die Feldwege, die er eingeschlagen hatte, schlängelten sich kreuz und quer durch das Marschland, doch die Sterne blieben da, wo sie immer gewesen waren. Nach seinen Berechnungen befand er sich flussaufwärts von Cambridge; er wusste, wenn er weiterliefe, würde er auf den träge dahinfließenden, seichten Fluss stoßen. Gresham würde inzwischen zu Bett gegangen sein in seiner schlichten Wohnung im College, deren einziger Schmuck die Bücher waren, trotz des unglaublichen Reichtums dieses Mannes. Es lagen Welten zwischen dieser Behausung und der Pracht seines Hauses am Rand der Londoner City und der Hure, die ihm den Haushalt führte. Er würde wissen, was zu tun war. Gresham wusste immer, was zu tun war.

Er fühlte sich schläfrig, trotz der Kälte, die allmählich durch seinen dünnen, zerlumpten Umhang drang. Bei seinem fluchtartigen Aufbruch aus London war ihm keine Zeit geblieben zu überlegen, was er mitnehmen sollte. Vielleicht würde er ja hier im Straßengraben schlafen, den Morgen abwarten …

Er hörte den Mann nicht kommen. Er nahm ihn erst wahr, als er den heißen Atem an seiner Wange spürte und die Worte an seinem Ohr hörte, die wie ein Messer die nächtliche Stille durchschnitten. Er hatte noch Zeit, den beinahe schmeichelnden, heiseren Ton zu bemerken.

»Will Shadwell … du hast uns ja hübsch an der Nase herumgeführt.«

Er schrie auf. Seine Muskeln spannten sich krampfartig an, und mit einem Satz war er aus dem Graben. Undeutlich konnte er drei, vielleicht vier schemenhafte Gestalten ausmachen, kaum mehr als noch schwärzere Flecke in der sternenlosen Nacht. Er versuchte, ihnen auszuweichen und spürte, wie die Zweige eines Dornbuschs an seinem Stiefel zerrten und die zarte Haut oberhalb seines Knöchels ritzten. Dann fühlte er einen heftigen Stoß im Rücken, wurde nach vorne geworfen und blickte erstaunt auf die Klinge herab, die aus seinem Fleisch hervorragte, gleich unterhalb seines Brustbeins. Als er den Mund aufmachte, schmeckte er das warme, salzige Blut, und im gleichen Moment erfasste ihn der rasende Schmerz mit voller Gewalt. Er nahm noch wahr, wie er fiel, und den dumpfen Schlag, mit dem er auf der Erde landete, hörte er mehr als dass er ihn spürte. Er würgte und rang nach Luft, in seinem eigenen Blut ertrinkend, und spürte, wie ein Stiefeltritt ihn auf den Rücken wälzte. Das Letzte, was Will Shadwell auf Gottes Erde erblickte, war die schmale Klinge, die auf seine Augenhöhle herabfuhr.

»Ihr zahlt mir das Übliche?«, fragte der Müller schniefend. Er schien unter chronischem Schnupfen zu leiden.

Henry Gresham stieß das tote Gesicht mit der Stiefelspitze an.

»Ich hab's keinem sonst erzählt …«, setzte der Müller mürrisch hinzu und wischte sich die Nase.

Gresham gab eine elegante Figur ab, wie er da am Flussufer

stand. Er war groß und kräftig, in seinen Augen leuchtete ein inneres Feuer, und ein leichtes Lächeln schien anzudeuten, dass ihm die ganze Welt ebenso absurd wie amüsant vorkam.

Die Leiche wurde sanft von den kleinen Wellen gewiegt, die an das Ufer des Mühlteichs schlugen.

»Ich hab ihn für Euch umgedreht«, sagte der Müller mit einer halben Verbeugung und platzierte Aufmerksamkeit heischend seinen Kopf zwischen Gresham und den Toten, wobei er sich zugleich kriecherisch gab. Die Ertrunkenen lagen immer mit dem Gesicht nach unten, als ob sie sich ein letztes Mal von der Sonne abwendeten. Die Leiche war aufgeschwemmt, von der Blässe der Verwesung überzogen, aber noch identifizierbar.

Es war Will Shadwell. Ein ermordeter Will Shadwell.

Spion, Denunziant, Betrüger, Hurenbock und Zuhälter, Dieb, Spieler, Päderast, Trunkenbold, gelegentlich auch ein Anhänger Satans, wenn die Bezahlung stimmte – und einer von Greshams besten Leuten. Er war frei von jeglichen moralischen Grundsätzen, was es unmöglich machte, ihn in den Dienst einer guten Sache zu zwingen. Er war grenzenlos selbstsüchtig und gewissenlos, weshalb man immer ganz genau wusste, woran man mit ihm war. Er war unglaublich habgierig und daher vollkommen verlässlich, vorausgesetzt, Gresham zahlte ihm mehr als jeder andere.

In einem Bordell in Southwark hatte Shadwell einmal fälschlich behauptet, ein anderer zahle ihm mehr. Gresham hatte seine Hand an die Tischplatte genagelt, indem er mit seinem Dolch das weiche Fleisch von Shadwells Handfläche durchbohrt hatte, die ihm dieser, mehr Geld fordernd, hingehalten hatte.

»Ich habe Euch nicht nur Euer Gold gegeben, Master Shadwell, sondern noch einen guten Dolch obendrein«, hatte Gresham mit sanfter Stimme bemerkt, während der schreiende, aufgespießte Mann mit weit aufgerissenen Augen auf das

Blut gestarrt hatte, das langsam im Holz versickert war. »Kommt wieder zu mir, wenn es aufgebraucht ist«, hatte er gesagt und war gegangen.

Und weil Shadwell all dies war, aber doch auch ein Feigling, war er drei Wochen später zu Gresham zurückgekrochen gekommen. Er verbreitete keine Lügen mehr darüber, wie viel andere ihm bezahlten. Er schien keinen Groll zu hegen. In seiner Welt war Gewalt eine Selbstverständlichkeit. Herrschaft und Macht mussten bewiesen werden. War der Beweis geführt, so wurden sie anerkannt, akzeptiert als Tatsachen, die zum Leben gehörten wie Geilheit oder Trunkenheit. Die Dolchwunde war immer noch sichtbar in dem aufgequollenen Fleisch seiner rechten Hand, die wie ein abgestorbenes Grasbüschel im Wasser trieb.

Nun war er tot, zur Strecke gebracht, eine Kreatur der Großstadt, herausgeschwemmt aus ihrem gewohnten Lebensraum und auf den weitläufigen Fluren dieses Landstrichs zu Tode gehetzt. Auch die Verwüstungen, die das Wasser angerichtet hatte, konnten die Kratzer nicht verbergen, die Brombeersträucher und Dornbüsche im Zuge einer augenscheinlich wilden und verwegenen Jagd angerichtet hatten. Irgendjemand oder irgendetwas hatte ihm einen Stiefel vom Fuß gerissen. Er war rücklings aufgespießt worden, ein Stich, der ihn früher oder später getötet hätte. Der eigentliche Todesstoß mit dem Messer war jedoch durch die Augenhöhle nach oben geführt worden, mit solcher Kraft, dass die Klinge die Schädeldecke durchstoßen hatte. Es war ein klassischer Streich, der äußerste Präzision erforderte.

In Gedanken versunken nickte Gresham zuerst dem Müller zu, dann seinem Diener Mannion, der hinter den beiden stand. Er hörte die Geldstücke klingen, als Mannion einen Beutel aus seinem Gürtel zog und sich daranmachte, die Münzen sorgsam abzuzählen. Der Müller sah ihm geifernd zu, den Blick starr auf das Geld gerichtet, seine Gier nur dürftig verhüllt von einem fadenscheinigen Deckmantel der Unterwürfigkeit.

»Danke, Herr«, schleimte der Müller. Mit einem knappen Befehl wandte er sich an seinen Burschen, der daraufhin die Leiche aus dem Wasser zu ziehen begann. Der Müller hatte sich bereits umgedreht, um zu seinem keifenden Weib und seiner kreischenden Brut zurückzukehren, die sich in der aus Stein erbauten Mühle für den Tag aufwärmten, als er plötzlich innehielt. Gresham begriff, dass ihm ein Gedanke gekommen sein musste – ein so seltenes Vorkommnis, dass es ihn wie angewurzelt stehen bleiben ließ. »Wie kommt's, dass Ihr der einzige Gentleman seid, der dafür bezahlt, Leichen zu sehen?«, fragte er dreist. Er nieste, und ein kugelförmiges, weißliches Etwas schoss aus seinem Nasenloch hervor und landete auf einem duldsamen Schilfrohr. Gresham drehte sich um und blickte ihn an.

»Nun, man muss den Finger am Puls der Zeit haben«, erwiderte er mit unbewegter Miene, während er auf die Leiche herabsah, in der längst nichts mehr pulste. Der Müller verstand den Witz nicht, was auch keine Überraschung war. Der gesamte Berufsstand der Müller war durchweg ebenso korrupt wie einfältig. Im Umkreis von zehn Meilen um die Stadt herum waren sie samt und sonders von Gresham bestochen, damit sie ihm alle Leichenfunde im Wasser meldeten. Alle außer den Säuglingen. Gresham verlangte nicht, dass man ihm die Säuglinge zeigte, es sei denn, sie waren kostbar gekleidet. Die Leichen tauchten stets im Mühlbach auf. Die von Shadwell war wenigstens nicht von den großen Schaufeln des Mühlrads zu Brei zermalmt worden, aber das war auch kein Trost für Shadwell, der ohnehin aller Sorgen ledig war.

Als er schon auf dem Weg zu seiner edlen grauen Stute war, um die kurze Strecke nach Cambridge zurückzureiten, hielt Gresham plötzlich inne und ging noch einmal zu der Leiche zurück. Irgendein Gegenstand hatte das Licht reflektiert, glitzerte unstet in einem Schlitz in Shadwells zerrissenem Wams. Er bedeutete dem Müllerburschen, seine Arbeit zu unterbrechen, und bückte sich, um in dem klatschnassen, stinkenden Stoff herumzutasten.

Eine Perle. Eine einzelne Rosenkranzperle von einer dieser Ketten, wie sie auf dem Kontinent zu tausenden verkauft wurden. Einen solchen Gegenstand im protestantischen England offen zu tragen, war für jeden Mann und jede Frau gefährlich, denn Katholik zu sein bedeutete, dass man nur allzu leicht als Staatsfeind eingestuft werden konnte. Der Riss in dem Wams sah ziemlich neu aus. Hatte Shadwells wild um sich schlagende Hand den Rosenkranz im Fallen zu fassen bekommen? Nun, eines war sicher: Aus Will Shadwell würde Gresham niemals die Wahrheit herausbekommen.

Dichter Nebel hing über dem Fluss und seinen Ufern, in den tief gelegenen Wiesen erreichte er Kopfhöhe. Der Tau haftete am Boden, und die Luft war getränkt vom kräftigen Duft des feuchten Grases. In der Ferne ragten die Türme der großen King's Chapel in den Himmel über Cambridge, und die Rauchwolke der frühmorgendlichen Herdfeuer begann sich bereits über die Stadt zu legen.

Henry Gresham sah von alldem nichts. Seine Gedanken nahmen ihn völlig in Anspruch.

Warum sollte jemand Will Shadwell töten? Er und seinesgleichen lebten in einer rauen, gewalttätigen und brutalen Welt, in der das Spiel gleichwohl gewöhnlich nach bestimmten Regeln ablief. Wer von den Vagabunden und Dieben, den Bettlern und Schurken, den Beutelschneidern und Zuhältern, die er seine Freunde nannte, hätte ihm nach dem Leben trachten sollen? Ein Streit um eine unbezahlte Rechnung? Irgendeine Geschichte von Verrat? Eine Hure, die sich bei ihm den französischen Willkommensgruß geholt und die es ihm heimgezahlt hatte, während er zwischen ihren gespreizten Schenkeln schwitzte? Oder irgendein feiner Lord, der einmal zu oft zur Messe gegangen war oder eine Intrige zu viel geschmiedet hatte mit dem Ziel, dem wahren Glauben in England wieder Geltung zu verschaffen? Doch bei einem gemeinen Charakter wie Shadwell bedurfte es keines Hochverrats als Erklärung für seinen Tod, nicht einmal eines billigen Melodrams. Es war möglich, dass nichts weiter als eine zu lange unbeglichene Schuld ihn das Leben gekostet hatte oder schlicht und einfach ein Gelegenheitsraub auf einem dunklen Feldweg.

Möglich war es – ein einfacher Raubüberfall; doch der Brocken blieb Gresham im Halse stecken. Der Mord an Shadwell war das Werk eines Fachmanns. Irgendjemand hatte Shadwells Tod gewollt und war bereit gewesen, ihm bis nach Cambridge zu folgen, um seinen Plan in die Tat umzusetzen. Will hatte nie in Cambridge gearbeitet, und er war nie lange genug dort gewesen, als dass er sich einen Todfeind hätte schaffen können. Das sprach für ein Geheimnis, das bedeutender war als irgendeine Schuldsache oder ein Liebesabenteuer mit der falschen Frau. Hatte er die Frau oder die Tochter eines reichen Mannes auf dem Gewissen? Oder hatte er Wind von etwas bekommen, was die neue Regierung in London lieber geheim gehalten hätte? Oder waren es die Katholiken, die er gegen sich aufgebracht hatte, jene Katholiken, die immer noch enorm viel Macht und Einfluss besaßen, sosehr ihr Glaube auch aus der Mode gekommen war?

Früher wäre kein Mörder, der etwas auf sich hielt, für einen Auftrag weiter als bis Deptford gereist. Aber es waren unruhige Zeiten, diese ersten Jahre der Herrschaft von König Jakob I. Wie konnte es anders sein? Schließlich war es der König von Schottland, der jetzt über England herrschte, und Schottland war Englands ältester Feind. Diese neuartige Situation erhielt noch eine besondere Würze durch den Umstand, dass vor nicht allzu vielen Jahren die Mutter des neuen Königs, Maria Stuart, auf Befehl von Jakobs Vorgängerin auf dem englischen Thron, Königin Elisabeth, hingerichtet worden war. Es lebten noch Männer, die das Todesurteil über König Jakobs Mutter mit unterschrieben hatten. Henry Gresham hatte bis über den Hals in dieser Sache dringesteckt – letztlich auch bis über *ihren* Hals. Es blieb nur zu hoffen, dass niemand König Jakob über *diesen* Aspekt des Todes seiner Mutter in Kenntnis gesetzt hatte, so unterkühlt das Verhältnis der beiden auch gewesen sein mochte.

Ein Vogel, der fast unter die Hufe des Pferdes geraten wäre, erhob sich mit wildem Geflatter in die Luft. Die Stute, gut dressiert wie sie war, nahm sich eine Sekunde, um das störende Objekt richtig einzuschätzen, kam zu dem Schluss, dass der Vogel keine Bedrohung darstellte, und setzte ihren Weg ruhig fort. Greshams Hand, die instinktiv an sein Schwert gefahren war, entspannte sich mitten in der Bewegung und fiel an seine Seite zurück, während die linke weiterhin die Zügel locker hielt.

Ein merkwürdiger Optimismus hatte das Land erfasst, als der neue König vor zwei Jahren den Thron bestiegen hatte. Inzwischen zeigte dieser Optimismus bereits Abnutzungserscheinungen, und in den Straßen wie auch am Hof wurden unzufriedene Stimmen laut. Die Bereitschaft der schottischen Lords im Gefolge Seiner Königlichen Hoheit, alles Geld einzustreichen, dessen sie habhaft werden konnten, stand im umgekehrten Verhältnis zu ihrer Bereitschaft, sich zu waschen, und ihre Raffgier war bald schon ebenso sprichwörtlich wie ihr Gestank. Jakob hatte die Puritaner vor den Kopf gestoßen, indem er eine Papistin zur Frau genommen hatte, und die Papisten hatte er vor den Kopf gestoßen, indem er sie exkommuniziert und somit offensichtlich gegen sein anfänglich gegebenes Toleranzversprechen gehandelt hatte. Die Mehrheit der Bevölkerung, die sich nichts mehr wünschte, als in Ruhe gelassen zu werden, um sich fortpflanzen und mit anständiger Arbeit ihren Lebensunterhalt verdienen zu können, wurde mehr und mehr von der Angst vor einer katholischen Rebellion umgetrieben oder aber vor einem Aufstand des englischen Establishments gegen den schottischen Emporkömmling.

Gresham musste feststellen, dass er sich beinahe nach den Tagen der »guten Königin Bess« zurücksehnte, dieser Erzschlampe. Gresham hatte die Kunst des Überlebens zum Teil von ihr gelernt. Elisabeth war eine Schauspielerin von beispielloser Überzeugungskraft und zugleich eine gewissenlose Hure, die ohne den leisesten Anflug irgendwelcher Skrupel ihre eigene Mutter ermordet hätte, wenn es erforderlich gewesen wäre. Sie war auch eine Königin, die anschließend in aller Öffentlichkeit bittere Tränen vergossen hätte; die sich mit Dornen geißelte, welche seltsamerweise keinerlei Spuren hinterließen, und auf diese Weise die Inspiration für zahlreiche Theaterstücke lieferte, nebst solchen Unmengen von Sonetten, dass es nicht genug Papier gab, sie alle zu drucken. Königin Elisabeth mochte so korrupt gewesen sein, dass Beelzebub sich im Grab umgedreht hätte, aber irgendwie hatte diese Korruption nie die Fassade der »Jungfräulichen Königin« durchbrochen, der reinen Bewahrerin des Staates. Das traf auch auf ihren Ersten Minister zu. Der alte Lord Burghley hatte genug Geld angehäuft, um damit die gesamte Armada kaufen zu können, während er zugleich eine englische Flotte aufgebaut hatte, die so schwach auf der Brust war, dass sie ebenso gut mit Fürzen wie mit Kanonen gegen die Spanier hätte angehen können. Doch das verteufelte Glück hatte es so gewollt, dass stattdessen der Wind einen Furz gelassen hatte, und so war Burghley der Sieg in den Schoß gefallen, den seine Schiffe allein nie hätten erringen können. Wie einer von Greshams alten Spitzeln einmal launig bemerkt hatte: Der alte Burghley rammt dir vielleicht ein Messer in den Rücken, aber irgendwie hast du immer das Gefühl, dass es von einem Gentleman kommt. Burghleys Sohn und Nachfolger, der verhutzelte Robert Cecil, hatte einen verdorbenen Körper, der nur zu beredt von seiner verdorbenen Seele kündete. Die Betrügereien, die Morde, die Machtkämpfe – an alldem hatte sich vielleicht nicht sehr viel geändert. Das Stilgefühl war verloren gegangen, und in der brutalen Welt des Jahres 1605 herrschte eine Rohheit, die man nicht mehr gekannt hatte, seit die gute Königin Bess selbst vor einem halben Jahrhundert den Thron bestiegen hatte.

Greshams Kopfhaut juckte unter seinem Hut. Er hatte einen vollen Haarwuchs, der bislang von den Verwüstungen der Lustseuche verschont geblieben war, und sauber gewaschen waren die Haare auch. Seine Kopfhaut juckte stets, wenn Ärger in der Luft lag. Er hatte sein ganzes Leben lang Ärger erdulden müssen, und er fürchtete ihn ebenso wenig wie er ihn begrüßte. Er war schlicht ein Teil des Lebens, wie der Wegelagerer am Straßenrand, das Gift im Wein oder die erste Beule, durch die sich die Pest ankündigte. Dieses besonders heftige Jucken ließ großen Ärger befürchten. Nun, Ärger war nichts Besonderes für Gresham, und so war es immer gewesen, seit er denken konnte. Ungewöhnlich war nur seine Unfähigkeit, dieses chronische Gefühl einer dunklen Vorahnung zu erklären, seine Unfähigkeit, die erahnte Gefahr zu ihrer Quelle zurückzuverfolgen.

Das war alles sehr ärgerlich und kam äußerst ungelegen. Gresham ließ die Zügel schnalzen. Das Pferd verschärfte ein wenig das Tempo, entschied dann aber, dass sein Reiter es nicht wirklich ernst meinte, und verfiel wieder in einen gemächlichen Schritt. Mit Will Shadwell hatte Gresham einen guten Mann verloren. Will Shadwell war Henry Greshams Geschöpf gewesen. Ein Angriff auf Will Shadwell war auch ein Angriff auf Henry Gresham, doch der Grund dafür war ihm ein Rätsel. Gresham mochte keine Rätsel. Sie verstörten ihn. Sie schrien in die Nacht hinaus: »Löse mich!« Sie stellten sein Überleben in Frage. Das Leben, zu diesem Schluss war Henry Gresham schon vor langer Zeit gekommen, war alles, was ein Mensch hatte. Und um am Leben zu bleiben, brauchte es unbarmherzige Entschlossenheit. Dies und einen Sinn für Humor, einen Schuss Loyalität und eine tüchtige Portion Mut.

Das Rätsel lärmte immer noch in seinem Kopf herum, als er in den Innenhof des Granville College hineinritt. Es blieb ihm noch Zeit, auf sein Zimmer zu gehen und seine Reisekleider gegen Wams und Kniehose in angemessen düsteren Farben zu tauschen und die lange Robe des Master of Arts anzulegen.

Sie trafen sich im Gemeinschaftsraum, Gresham und die fünfzehn übrigen Fellows, bevor sie sich in den Speisesaal begaben. Wie dieser war auch der Gemeinschaftsraum getäfelt, ganz nach der neuesten Mode. Gresham liebte den tiefen Ton des Holzes, das wechselnde Muster seiner satten Farbtöne, doch ein Teil von ihm sehnte sich nach den uralten Steinen, die sich darunter verbargen. Der Kontrast von rohem Stein und den davor hängenden kostbaren Wandteppichen, von hart und weich, von grellen Farben und nüchternem Grau, von Wärme und Kälte – das schien ihm wie ein Sinnbild des Lebens. Kontraste, Veränderungen, der Zusammenprall von Ideen, das waren die Dinge, die Cambridge Atem und Leben verliehen.

»Gott zum Gruß, Sir Henry«, sagte Alan Sidesmith, der Rektor, dem Gresham nominell die Aufsicht über den wilden Haufen übertragen hatte, der das Granville College bevölkerte. »Ist Euch der Ritt wohl bekommen?« Gresham hatte Alan Sidesmith noch nie betrunken erlebt, doch er hatte ihn auch noch nie ohne ein Glas oder einen Humpen in der Hand gesehen. Alan wusste mehr über Greshams weitere Geschäfte, als Gresham ihm je erzählt hatte, doch Sidesmith gehörte zu den wenigen Männern, denen Gresham vollkommen vertraute.

»Ich habe ein gutes Pferd, bin bei guter Gesundheit und

werde bald einen vollen Magen haben. Und es ist Sommer in Cambridge … wie könnte mir da nicht wohl sein?«, entgegnete Gresham leichthin.

»Das dürfte wohl davon abhängen«, erwiderte Sidesmith im gleichen Plauderton, »ob ein gewisser Müller, der Euch heute Morgen eine Botschaft hat zukommen lassen, Euch nur sein Korn zeigen wollte, oder ob er etwas anderes im Sinn hatte.«

Gresham war klug genug, nicht darauf einzugehen.

»Ja«, sagte er, als müsse er über eine höchst bedeutende Frage nachgrübeln, »davon hängt es wohl ab, nicht wahr?« Er grinste Sidesmith an, und dieser grinste zurück.

»Nun, Sir Henry«, verkündete Sidesmith in geschäftsmäßigem Ton. »Jemand, der wie Ihr erst kürzlich in den Ritterstand erhoben wurde, dürfte wohl am besten in der Lage sein, mich in einer heiklen Frage der Etikette zu beraten. Dort drüben …« – er zeigte auf einen kräftigen und offenbar wohlhabenden Mann, dessen dringender Wunsch, sein teures Tuch zur Schau zu tragen, gegenüber der unangenehmen Vorstellung, von der Sommerhitze im eigenen Saft geschmort zu werden, den Sieg davongetragen hatte – »… haben wir einen reichen Kaufmann aus London, einen Ehemaligen von Trinity, der um seines Sohnes willen seine Gunst nunmehr Granville zuwenden möchte. Dort hinten allerdings haben wir einen der neuen schottischen Lords vom Hofe, der behauptet, einen Abschluss von einer europäischen Universität zu besitzen. Wer soll den Ehrenplatz zu meiner Rechten bekommen? Unser Herr Krösus mit seiner akademischen Würde oder Mylord mit dem Einfluss bei Hofe und darüber hinaus wahrscheinlich herzlich wenig?«

»Es gibt keine Wahl, alter Freund«, erklärte Gresham. »Der schottische Lord stinkt bereits jetzt zum Himmel, während der Kaufmann dazu noch etwa eine gute Stunde brauchen wird, so stark er auch jetzt schon schwitzt.«

»Vielen Dank, Sir Henry«, sagte Sidesmith. »Ihr seid wie

immer eine große Hilfe. Vielleicht hättet Ihr die Güte, dem edlen Lord mitzuteilen, dass er vom Ehrenplatz verwiesen wurde, weil er stinkt.« Mit einem Lächeln ging er davon. Der Kaufmann ergatterte den Platz zur Rechten des Rektors mit der offiziellen Begründung, seinen Abschluss in Cambridge gemacht zu haben.

Der große Gong ertönte, und sie betraten einer nach dem anderen den Saal. Es war Greshams Geld, mit dem Granville College, eines der ältesten und zugleich heruntergekommensten der gesamten Universität, praktisch neu gegründet worden war, doch er nahm seinen Platz an der Tafel streng nach der Altersrangfolge und dem Datum seiner Ernennung zum Fellow ein, was bedeutete, dass er einen der niedrigsten Ränge innehatte. Die Studenten in ihren Roben erhoben sich geräuschvoll, und die Bänke kratzten über den kalten Steinboden, als der Rektor und die Fellows eintraten. Ein Student, ein Bursche mit einem schmalen, von Pockennarben gezeichneten Gesicht, trat nervös vor, verbeugte sich vor dem Rektor und rezitierte das lange lateinische Tischgebet. Begleitet wurde er von einem dezenten Chor von scharrenden Füßen und einmal auch einem hastig unterdrückten Aufschrei, als irgendjemand in der Menge der Studenten in den Arm gekniffen wurde. Es folgten weitere Verbeugungen, und dann durfte das Mahl seinen Lauf nehmen.

Greshams Tischnachbar rümpfte die Nase, als er seinen Platz einnahm.

»Ist Euch nicht wohl, Hugo?«, fragte Gresham, während er seine eigene Leinenserviette aus dem Ärmel zog.

Der Angesprochene war ein Berg von einem Mann, mit triefenden Fettpolstern, die über seinen Kragen hingen und seine Arme zu rundlichen Wülsten aufblähten.

»Ich bin für die Tradition«, erwiderte der Mann und griff begierig nach dem warmen Brot, das bereits auf den Tellern an den Plätzen der Fellows lag. »Wenn drei Tafeln in der ganzen

Geschichte dieses College das Richtige waren, dann ist das auch für mich in Ordnung.« Schon jetzt hielt er hungrig nach den Dienern Ausschau, die das erste Tranchierbrett mit Speisen hereintragen würden, und ein Glas Wein hatte bereits seinen Weg in die geräumige Höhle gefunden, die er seinen Magen nannte.

»Gewiss«, sagte Gresham, »aber Euch oblag es auch nicht, einem bedeutenden Bürger dieser Stadt mitzuteilen, dass er nur gut genug für die zweite Tafel sei, oder auch einem Mann mit einem glänzenden Abschluss, der zusehen muss, wie irgendein Parvenü, der sich bei Hofe hochgeschleimt hat, hier an der hohen Tafel speisen darf.« Es war ein altes Argument, aber Gresham brachte es nicht vor, um sein Gegenüber zu bekehren, sondern nur um es zu ärgern. Es funktionierte. Hugo prustete los und feuerte dabei gefährlich große Brotbrocken aus seinem Mund über den Tisch.

»Das ist *Unsinn*! Reiner *Unsinn*! Ich bin der festen Überzeugung …« Die Tafel war eröffnet, und das Essen würde seinen normalen Lauf nehmen. Gresham hatte darauf bestanden, dass Granville College eine hohe Tafel für die Fellows, die Gäste des College sowie diejenigen mit einem Bakkalaureat oder einem höheren Abschluss haben sollte, während die übrigen Tische denjenigen zur Verfügung standen, die ihren ersten Abschluss noch vor sich hatten oder ohne einen solchen abgegangen waren. Er hatte dem Rektor vorgeschlagen, die zweite, mittlere, Tafel abzuschaffen.

Alan Sidesmith hatte gelächelt.

»Das wird Tumulte geben, wie Ihr wohl wisst«, hatte er gesagt, ohne sich anmerken zu lassen, ob ihn das Problem in irgendeiner Weise berührte. »Den jungen Müßiggängern, die unsere Universität in so großer Zahl anzuziehen scheint, wird ein College nicht behagen, an dem sie sich nicht eine bessere Verpflegung erkaufen und sich von der Gesellschaft der armen Studenten freikaufen können.« Unter dem alten System war die dritte Tafel für »Personen niederen Standes« reserviert gewesen.

»Wie bedauerlich«, hatte Gresham erwidert. »Dann müssen wir uns wohl damit begnügen, solche Studenten aufzunehmen, die etwas lernen wollen, und nicht diejenigen, die einfach nur Tennis spielen, sich betrinken und mit ihrem Studium in Cambridge prahlen wollen.«

»Nun, das wäre ja etwas ganz Neues«, hatte Alan mit schelmischem Augenzwinkern geantwortet. »Aber ich hoffe doch, dass es Euch selbst nicht an der Verfolgung dieser hohen Ziele hindern wird.«

In der Tat waren die reichen Jünglinge nach der Neugründung in Scharen nach Granville geströmt. Die hohe Tafel wurde häufig auf mehrere Tische ausgedehnt, so sehr war sie von den Reichen und Berühmten begehrt, bedeutete doch allein die Tatsache, dass niemand ohne Bakkalaureat dort Platz nehmen durfte, ein unverhofftes Prestige. Die Tatsache, dass die Vorschrift nur ein einziges Mal außer Kraft gesetzt worden war, nämlich für Ihre Majestät Königin Elisabeth, hatte den Wert der Auszeichnung eher noch gesteigert.

Der köstliche Duft frisch gebackenen Brotes und gebratenen Fleisches mischte sich mit dem schärferen Geruch des Weines an der hohen Tafel und dem des Bieres, das von den Studenten munter konsumiert wurde. Im Granville College speiste man vorzüglich; die Schüsseln mit Fleisch und Fisch und Wildpasteten wurden zunächst an der hohen Tafel serviert, worauf die Reste weitergereicht wurden und in den weit aufgesperrten Mäulern der Studenten verschwanden. Ein höheres Semester las laut aus der Bibel vor – eine der vielen klösterlichen Traditionen, die von den Colleges übernommen worden waren. Der Unterschied bestand darin, dass im Kloster die Lesung mit striktem Schweigen aufgenommen worden wäre, während man hier zuließ, dass die Unterhaltungen im Hintergrund weiterplätscherten.

An seinen anderen Tischnachbarn gewandt, prangerte Hugo soeben den Niedergang der Logik zugunsten der Rhetorik an. Gresham wandte sich dem Mann zu seiner Linken zu. Dieser, ein Mann so recht nach Greshams Geschmack, hatte sich vehement für eine größere Rolle der Musik in den Curricula der Universität eingesetzt.

»Wie läuft es mit dem neuen Material?«

Edward lächelte Gresham an.

»Langsam, aber stetig. Master Byrd bedeutet eine echte Herausforderung für denjenigen, der seiner Musik gerecht werden will.«

»Eine musikalische Herausforderung oder eine anderer Art?«, fragte Gresham unschuldig. Es wurde weithin angenommen, dass William Byrd ein überzeugter Papist sei. Im Jahre 1575 hatte er ein Buch mit Kirchenliedern herausgegeben, das in Papistenkreisen im Umlauf gewesen und irgendwann Gresham in die Hände gefallen war; von ihm war es an den Leiter des Chors von Granville College weitergegangen.

»Alle Arten von Herausforderungen«, antwortete Edward, ohne sich anmerken zu lassen, ob er auf irgendeine davon zu verzichten gedachte. »Zunächst einmal ist es strittig, ob die Lieder überhaupt im Gottesdienst aufgeführt werden sollten oder nicht. Zum zweiten scheint es, als käme das Singen derselben schon einem Treueschwur gegenüber Rom gleich. Und drittens ist es eine Teufelsarbeit zu entscheiden, ob sie eine Orgelbegleitung erfordern oder nicht.«

»Zusammenfassend kann man also sagen«, bemerkte Gresham, »dass ihr künftiges Auftauchen in unserer Gottesdienstordnung zur Folge haben wird, dass unser Kapellmeister exkommuniziert wird, weil er in Gottes Haus weltliche Werke gesungen hat, dass er bei lebendigem Leib als Papist verbrannt wird und zudem noch vom Organisten der Kapelle Prügel bezieht, weil er ihn arbeitslos gemacht hat?«

»Sir Henry«, antwortete Edward mit einer theatralischen

Verbeugung, »wie kann ich mich mit dem Witz und dem scharfen Urteil einer so herausragenden Persönlichkeit anlegen?«

»Überhaupt nicht, wenn Ihr wisst, was gut für Euch ist«, sagte Gresham fröhlich und leerte sein Glas. Er freute sich schon auf die Aufführung. »Aber es wundert mich, dass Ihr Euch mit dieser Musik abplagt. Es muss doch leichtere Stücke geben.«

»Wenn mir Musik begegnet, in der ich Gottes Hand erkenne«, sagte Edward feierlich, »dann nehme ich die Verurteilung durch Gottes Sendboten auf Erden in Kauf, um sie hören zu können.«

Es würde noch mehr Aufregung geben, sobald Edward glaubte, die Musik würde seinen Ansprüchen genügen, und zuließ, dass sie gesungen wurde. Anschuldigungen würden hin und her gehen, und vielleicht würde der eine oder andere sich dabei eine blutige Nase holen. Gresham ließ den Blick über das Kollegium von Granville College schweifen. Einer der Fellows war ein Päderast, der sich an jeden hübschen Burschen heranmachte, der ins College eintrat. Zwei andere trieben es mit jedem Dienstmädchen, das ihnen zu Willen war. Es waren schwere Zeiten, und so fehlte es in beiden Fällen nicht an Angeboten. Wieder ein anderer war von der französischen Krankheit befallen und hatte deswegen einen ortsansässigen Quacksalber konsultiert, jedoch mit wenig Erfolg. Das Eintauchen der Genitalien in Essig war eine der am wenigsten schmerzhaften Kuren, und so hatte der betreffende Fellow über Wochen beim Essen einen Gestank verbreitet wie ein Fass Wein, das zu lange in der Sonne gestanden hatte. Der jüngste Fellow war in einen ruinösen Prozess verwickelt, in dem er hinter einem Erbe her war, das ein älterer Bruder ihm streitig machen wollte, was dem jüngeren wiederum enorme Kosten verursachte. Zwei von ihnen waren durch und durch katholisch, zwei andere fanatische Puritaner. Sie saßen an entgegengesetzten Enden der Tafel, und vor kurzem waren zwei von ihnen anlässlich einer öffentlichen Debatte beinahe handgreiflich geworden.

Gegensätze ziehen sich an, dachte Henry Gresham, und aus ihrem Zusammenprall werden neue Ideen geboren. Zufrieden – so zufrieden jedenfalls, wie ein so ruheloser Geist nur sein konnte – betrachtete er die hohe Tafel und das College, welches er neu gegründet hatte. Soweit er wusste, hatte er keine Kinder. Es schien ihm bestimmt, unfruchtbar zu bleiben. Die hundertfünfunddreißig Studenten und Fellows in dem großen Saal, den Gresham erbaut hatte, murmelten indes befriedigt vor sich hin. Zweihundert würde der Raum mit Leichtigkeit fassen, und so viele würden es früher oder später auch sein. Seine Kinder? Möglicherweise. Seine Gründung? Ganz gewiss.

Nachdem die Mahlzeit beendet war, hatte er zwei Gründe, sich in sein Quartier zurückzuziehen. Der erste war ein Brief, abgefasst in seiner besten Handschrift, der ihm einige Tage zuvor von einem Mann namens Tom Barnes überbracht worden war. Der Stil war makellos, und Gresham konnte nicht umhin, die gestochen scharfe Logik und die Intelligenz zu bewundern, die durch die Zeilen hindurchschimmerten. Es gab nur zwei Probleme mit dem Brief: Erstens hatte Gresham ihn nie geschrieben, obwohl es sich allem Anschein nach um seine Handschrift und Unterschrift handelte, und zweitens hätte sein Inhalt ausgereicht, ihn hängen, ausweiden und vierteilen zu lassen, wenn das Schreiben je in die Hände eines Regierungsmitglieds gefallen wäre. Es konnte viele Gründe für die Existenz einer solchen Fälschung geben, und Gresham brauchte Zeit, um wenigstens einige der unwahrscheinlichsten ausschließen zu können. Wenn er diese Lektüre beendet hätte, wäre da noch die englische Ausgabe von Machiavellis *Der Fürst*, die er bei seinem letzten Besuch in London für eine fürstliche Summe bei einem Buchhändler im Kirchhof der

Kathedrale von St. Paul erstanden hatte. Er hatte das Buch natürlich schon im italienischen Original gelesen und war sehr gespannt darauf, das Original mit der Übersetzung zu vergleichen. Doch es sollte nicht sein.

Das Klopfen an der Tür war laut und beharrlich. Gresham steckte den Brief durch den Schlitz in den Dielen des Fußbodens und rief dem Besucher zu, er möge eintreten.

Der Bote stank nach Pferdepisse und Schweiß. Er war lange nach dem Abendessen eingetroffen, sein Ledergewand bis zu den Achselhöhlen mit Schlamm bespritzt. Cambridge war um diese Jahreszeit ganz besonders feucht und ungemütlich; der Nebel aus den Mooren umwirbelte die Tore der Colleges wie ein todbringender Pesthauch. Das schwache Flackern der Kerzen in den vergitterten und verriegelten Fenstern zum Innenhof konnte der tiefen Schwärze kaum etwas anhaben. Der Bote war nach Einbruch der Dunkelheit eingetroffen. Am Morgen würden sie sich die Mäuler zerreißen – Gresham wieder einmal »im Dienste Seiner Majestät« abberufen. Manche würden in sich hineinkichern, viel sagend nicken und angestrengt in ihre Humpen starren, wenn er auf dem Weg zu seinem Platz an der Frühstückstafel an ihnen vorbeiging.

Der Pförtner führte den Boten zu Greshams Quartier. Es lag am ersten Treppenaufgang, erbaut im vierzehnten Jahrhundert. Der Besucher war natürlich einer von Cecils Männern, und etwas Unheimliches, Bedrohliches ging von ihm aus. Schweigend reichte er Gresham ein Paket. Der Pförtner verharrte hinter seinem Rücken, ebenso betrunken wie vorwitzig.

»Es wird Zeit, dass du auf deinen Posten zurückkehrst, mein guter Walter«, sagte Gresham zu dem ergrauten alten Mann. »Wer weiß, wie viele frische, blühende Jungfrauen gerade an deiner Pforte Schlange stehen, weil sie ausprobieren wollen, ob Männer so sind wie Wein – je älter, desto besser?«

Der alte Walter grinste und stapfte die Treppe hinunter.

Gresham hätte ihn ebenso gut mit einem Stiefeltritt nach unten befördern oder ihn anbrüllen können, er solle sich um seinen eigenen verfluchten Kram kümmern, aber er sah nun einmal in ihrer unterschiedlichen Stellung im Leben nichts als einen Zufall der Geburt. Er behandelte Walter so, wie er alle Menschen behandelte. Gott weigerte sich standhaft, die Menschen so lange gleich zu behandeln, bis sie bewiesen, dass sie es nicht waren, aber das war für Gresham noch kein Grund, es ihm gleichzutun. Das hatte unter anderem den Nebeneffekt, dass der alte Walter ihm weiterhin alles berichten würde, was sich im College abspielte. Für die meisten der Fellows und Studenten war Walter, diese alte Schnapsdrossel, einfach unsichtbar. Gresham machte sich seine scharfen Augen und Ohren schon seit Jahren zunutze.

Gresham musste nicht fragen, von wem der Brief kam. Es gab in England nur wenige Männer, deren Boten bereit waren, durch die Nacht zu reiten. Der Inhalt des Briefes war viel schnörkelloser als das Siegel darauf. »Kommt nach London. Sofort.« Keine Grußformel, kein »An meinen lieben Diener, Sir Henry Gresham ...« Lediglich eine schroffe Mitteilung. Kommt. Und zwar sofort.

Gresham seufzte. Dann seufzte er noch einmal, als er nach seiner Geldbörse griff. Er nahm eine kleine Münze heraus, erinnerte sich an den Boten und suchte eine größere heraus. Sie wurde angenommen. Ohne Dank, nur mit einem kaum merklichen Kopfnicken.

»Sag ihm: Ja. Bald.«

Der Bote nickte wieder. Mehr war nicht nötig.

Cambridge war ein Hafen der Ruhe. Seine Konflikte waren leicht zu erklären, seine Betrügereien und Gegenbetrügereien folgten einer sonderbaren regionalen Logik. Gewiss, die Städter hier waren primitive, ungeschlachte Gesellen, die die Universität hassten, durch die sie ihr Brot verdienten. Ein Aufruhr konnte jederzeit ausbrechen, weshalb die Colleges wie

Wohnburgen gebaut waren, mit viereckigem Grundriss, Fenstern zu den Innenhöfen und Pförtnerlogen mit Wachtürmen. Doch das Gefühl der Macht, das diese Gebäude vermittelten, war eine Illusion. Die Macht in London, das war die Macht über Leben und – häufiger – Tod. Die Macht in England war eine einfache Sache, der ganzen eitlen Prahlerei der Fellows von Cambridge zum Trotz. Englands Macht war die Macht des Königshofs, heutzutage die des Hofs von König Jakob I. von England, vormals König Jakob VI. von Schottland.

Nun also würde Henry Gresham sich von der provinziellen Welt Cambridges losreißen müssen, um erneut in die dunkle, brutale und gotteslästerliche Unterwelt von London einzutauchen, eine Welt, die sich gerade erst wieder von einem neuerlichen Ausbruch der Pest erholt hatte.

Er sah dem mit einiger Vorfreude entgegen.

Jack Wright saß in der dunkelsten Ecke des Zimmers und stocherte müßig in den Resten der Mahlzeit auf seinem Holzteller herum. Die Luft war abgestanden und roch nach Fett. Sie waren zu acht, und das in einer Stube, die eher für vier oder fünf Personen geeignet gewesen wäre. Das Wirtshaus Catherine Wheel in Oxford war für die Anwerbung der jüngsten Mitverschwörer ausgewählt worden. Hier war man sicherer als in London, und in Oxford wimmelte es nicht so sehr von Spionen der Regierung wie in Cambridge. Einen sichereren Ort konnte diese Gruppe von Männern nicht finden, für die es im Leben keine wirkliche Sicherheit mehr geben würde. Jack konnte nicht umhin, alle paar Minuten nervös nach der Tür zu schielen. In seiner Fantasie sah er schon die Soldaten hereinstürmen, hörte die gebrüllten Befehle und spürte die kalte Berührung der Eisen an seinen Handgelenken, mit denen man ihn abführen würde. Er schüttelte den Kopf, wie um das Bild loszuwerden. Wieder ging sein nervöser Blick Richtung Tür. Ein Teil von ihm versuchte, seinem Freund zuzuhören, doch er hatte gelernt, Robert Catesbys leidenschaftliche Reden bisweilen einfach über sich hinwegfließen zu lassen, so unberührt wie ein Stein in einem Flussbett, über den das klare Wasser dahinströmt.

John Wright, oder Jack, wie er schon seit frühester Kindheit genannt wurde, hatte seinen üblichen Platz in der hinteren Ecke des Zimmers eingenommen. Er war von untersetzter Gestalt, doch der Anschein von Schwerfälligkeit trog. Sein Schwertarm war blitzschnell, seine Behändigkeit mit der Klinge legendär. Es war eine Kunst, die er weniger und weniger anzuwenden versucht hatte, seit Gott ihn gerufen und er den Ruf erwidert hatte. Wäre doch sein Mund nur ebenso geschickt gewesen wie sein Arm! Es war nicht etwa so, dass es ihm an Gedanken oder Einfällen gemangelt hätte, doch irgendwie war ihm die Verbindung zwischen Gehirn und Zunge sein ganzes Leben ein unlösbares Rätsel geblieben. Über Jahre hinweg hatte er sich den Unsinn anhören müssen, den andere verbreiteten, hatte hilflos zusehen müssen, wie sie mit Geistesblitzen Bewunderung und Applaus einheimsten, und hatte erlebt, wie die Ideen in seinem Kopf zum Ausbruch drängten und dann an der letzten Hürde des sprachlichen Ausdrucks zu Fall kamen. Als Kind hatten sie ihn verlacht und verspottet, wenn die wenigen Worte, die er herausbringen konnte, hervorgeschossen und gleich wieder versiegt waren, wie Wein aus einem leck geschlagenen Fass. Damals hatte er sich seine Geschicklichkeit angeeignet: In jenen Tagen hatte er bei seinen Fäusten Zuflucht gesucht, damit seine Schulkameraden wenigstens seinem Körper den Respekt entgegenbrachten, den sie seinen Worten verweigerten.

Catesby kannte er schon seit Jahren flüchtig, wie sich eben alle Söhne aus katholischen Familien untereinander kannten und zueinander gesellten. Sie hatten zusammen die heilige Messe besucht, in den Stunden nach Mitternacht, wenn das Risiko und die Zahl der Augen- und Ohrenzeugen aus der

Dienerschaft am geringsten war. Der Priester war voller Leidenschaft gewesen, die Liturgie unglaublich beeindruckend. Hinterher war Jack Wright zu Tränen gerührt gewesen, und in diesem Moment war Catesby auf ihn zugekommen.

»Das ist doch eine Sache, für die man sein Leben hingeben kann, so wie unser Erlöser bereit war, sein Leben hinzugeben, nicht wahr?«, hatte er gesagt, und seine Augen hatten wild geleuchtet.

»Es ist ...«, hatte Jack Wright begonnen. Er hatte sagen wollen, dass es mehr sei als das Leben, dass es der Quell des Lebens sei, ein Glaube von ebenso ergreifender wie tragischer Schönheit ... doch seine Worte waren versiegt, wie sie es immer getan hatten; die Röte der Verlegenheit war ihm in die Wangen gestiegen, und er hatte den Blick gesenkt.

Er spürte Catesbys Hand auf seiner Schulter.

»Wir brauchen keine Worte, habe ich Recht? Die Worte sind schon für uns niedergeschrieben worden. Aber wir kennen die Schönheit. Wir, mehr als alle anderen, kennen die furchtbare Schönheit. Sie zu fühlen ist bereits genug, nicht wahr?«

Jack Wright sah auf. Bildete er sich nur ein, dass da ein Licht in Robert Catesbys Augen pulsierte? Als ob in seinem Kopf eine Schleuse geöffnet worden sei, durch die sich ein Strom köstlich warmen Wassers ergoss, füllten sich Jacks eigene Augen mit Tränen. Hier war ein Mann, der wusste, worauf es ankam – ein Mann, der ihn verstand. Hier war ein Mann, der keine Worte brauchte. In diesem Augenblick, dort in der kühlen Kapelle, war das Band zwischen Robert Catesby und Jack Wright geknüpft worden.

Catesbys Persönlichkeit strahlte wie eine zweite Sonne, deren Strahlen in jeden Winkel der Gaststube drangen.

»Die Menschen haben das *Recht*, das von Gott und der Natur verliehene *Recht*, ihr Leben und ihre Freiheit zu verteidigen – ein Recht, das ihnen keine irdische Macht nehmen kann«, wetterte er voller Leidenschaft. Das Licht des Märtyrertums strahlte in seinen Augen, und er hämmerte mit der Faust auf den Tisch, um seine Worte zu unterstreichen. »Wir Katholiken in England sind nichts als *Sklaven.*« Er betonte das Wort, dehnte es aus, um die Schande spürbar zu machen. »Ja, *noch geringer als Sklaven.* Wir sind freie Menschen, doch wir lassen zu, dass man uns Leben und Freiheit nimmt, ohne Gesetz, ohne vernünftigen Grund und ohne rechtmäßige Befugnis. Unsere Lebensenergie, unsere ganze Kraft, wird uns entzogen durch diesen passiven Widerstand, diese Schwäche, diese Feigheit und lähmende Angst, die unsere einzige Antwort auf die Verfolgung zu sein scheint. Ganz Europa lacht über uns: Unsere Freunde verzweifeln an uns, unsere Feinde verachten uns als die Narren Gottes!«

So vertraut ihm das alles inzwischen war, die Gewalt von Catesbys Persönlichkeit konnte Jack Wrights Seele immer noch aufrütteln. Wenn Catesby zu einem sprach, hatte man das Gefühl, in seinen Augen der wichtigste Mensch der Welt zu sein. Catesby konnte in die Seelen der Menschen vordringen. Seine Zuhörer starrten ihn in ehrfürchtigem Schweigen an, beteten ihn förmlich an, während er Schmähreden gegen den König führte und in ihnen den gerechten Zorn auf den Monarchen und seinen Ersten Minister Robert Cecil entfachte. Jack hatte schon oft dabei zugesehen, doch immer noch lag selbst für seine zynischen Augen und Ohren etwas Magisches darin. Für sie alle trat für eine kurze Weile die Angst in den Hintergrund, die nagende, bittere Angst, die jeden Schritt, jeden Atemzug beherrschte.

»Und gibt es Hoffnung? *Nein!*« Catesby spie die Antwort auf seine eigene Frage heraus wie den Kern einer Sauerkirsche, die er soeben gegessen hatte. »Solange Robert Cecil Gift in das Ohr des Königs gießt, das seinen Eifer in Hass verwandelt? *Es gibt keine Hoffnung, wenn wir nicht selbst diese Hoffnung schaffen!*«

König Jakob hatte bis zu seiner Thronbesteigung den Anschein erweckt, der katholischen Sache gewogen zu sein, und von seiner Gattin wusste man, dass sie Katholikin war. Es wurde allgemein angenommen, dass Cecil, der Erste Minister des Königs, diesen gegen die englischen Papisten aufgebracht hatte, während er sich zugleich bei den Spaniern eingeschmeichelt hatte.

Sie hatten Catesbys magische Kräfte bitter nötig. Beim bloßen Gedanken an den Tunnel bekam Wright eine Gänsehaut, und Krämpfe durchzuckten seine Muskeln. Es hatte nach einem einfachen Plan ausgesehen. Sie würden das Haus mieten, einen Tunnel darunter graben, bis sie unter dem Oberhaus angelangt waren, und das Pulver dort deponieren. Doch sie hatten sich noch kaum sechs Fuß weit durch die Erde gebuddelt, da begannen sie schon zu würgen und verzweifelt nach Luft zu schnappen, während ihr Schweiß die lose Erde zu ihren Füßen in schmierigen, salzigen Schlamm verwandelte. Es war so eng, dass man sich kaum rühren konnte; in der fauligen Luft flackerte die Kerze und erlosch schließlich, und mit der Dunkelheit rückte ihnen die namenlose Angst zu Leibe. Der Arm mit der Hacke oder der Schaufel konnte nur eine beschränkte Ausholbewegung machen, und das mühselige Kratzen an der Tunnelwand zerrte immer und immer wieder an den gleichen Muskeln, die sich allmählich in Bündel rot glühenden Schmerzes verwandelten. Ihre Bärte, Haare und Münder waren bald so mit Dreck verkrustet, dass sie nicht mehr sauber zu bekommen waren, und der Schmutz setzte sich in den Poren der Haut fest. Sie spürten, wie sich Staub auf ihre Lungen legte, sodass ihr Atem noch Stunden später übel roch; dazu wurden sie von einem quälenden Husten geplagt, dessen schaumig-gelber Auswurf sich wie eine Schicht von Erbrochenem auf dem Boden ausbreitete. Nach endlosen Anstrengungen hatten sie die Grundmauern erreicht, halb wahnsinnig von den Schmerzen in ihren Gliedern, halb wahnsinnig von dem Gedanken an die weiche Erde, die sich erstickend auf sie herabsenkte, der Vorstellung eines langsamen, unbemerkten Todes. Von dem uralten Gemäuer waren ihre schwachen Schläge scheinbar wirkungslos abgeprallt. Sie waren alle erschöpft, einer wie der andere. Nicht lange, und sie würden Geld, Pferde, Waffen und Rüstungen benötigen. Im Augenblick jedoch brauchten sie nichts so sehr wie rohe Kraft und starke Muskeln. Das jedenfalls konnten die zwei neuen Verschwörer ihnen bieten.

Catesby beendete seine flammende Rede mit einem abschließenden rhetorischen Glanzpunkt, dann setzte er sich hin und leerte den Humpen in einem einzigen gewaltigen Zug bis zur Neige. Alles, was Catesby tat, sei es nun Reden oder Trinken, tat er so, als habe er nur noch eine halbe Stunde zu leben und müsse die Erfahrung eines ganzen Menschenlebens in wenige Minuten hineinzwängen. Er war ein Meteor an einem finsteren Himmelszelt. Jack fragte sich unwillkürlich, wie lange dieser Meteor noch sein Licht verströmen würde, bevor er auf die Erde niederstürzte.

»Gut gesprochen, Robin«, sagte Jack, indem er auf Catesby zutrat und seine Hand ergriff. Catesby war auf einem Hocker zusammengesunken, wie er es zuweilen nach einer seiner Reden tat, als ob damit seine Arbeit erledigt sei, als ob die Anstrengung des Redens ihn seiner ganzen Lebenskraft beraubt hätte.

Catesby blickte zu seinem alten Freund auf und lächelte. So viel aufrichtige Wärme lag in diesem Lächeln, dass es Jack Wright in der Seele wohl tat.

»Ich hoffe, dass ich gut gesprochen habe. Aber jetzt brauchen wir mehr als nur Worte, Jack, sehr viel mehr als nur Worte.«

»Wir haben einen Plan, oder etwa nicht?«

»Den haben wir sehr wohl«, erwiderte Catesby. »Und es gibt Leute, die diesen Plan durchkreuzen wollen, bevor er zu seinem gerechten Abschluss gelangt ist. Diese Leute müssen daran gehindert werden, Jack. Zertrampelt wie Ungeziefer …«

Es war leicht, das Töten eines Menschen mit Worten so darzustellen, als sei es nichts weiter als das Zerstampfen eines lästigen Insekts. Es war etwas anderes, wenn man selbst den Stahl in das weiche Fleisch senkte, den Schmerzensschrei hörte, den Todeshauch eines Mannes auf seinem Gesicht spürte, das Licht aus seinen Augen schwinden sah.

Wright entschuldigte sich, nachdem er den Neuzugängen, Wintour und Grant, die Hand geschüttelt hatte. Beide Männer waren gut gekleidet, augenscheinlich wohlhabend, doch beide blickten sie verdrießlich drein und wirkten wie vorzeitig gealtert. Jack hoffte, dass in ihren Muskeln mehr Kraft steckte, als ihr Gebaren vermuten ließ. Die Anwesenheit des Priesters mit allen für die Messe benötigten Utensilien machte ihn nervös. Es waren Gehetzte, diese Priester, die sich mal in diesem, mal in jenem Haus verbargen, denen die Folterbank und das Herausreißen der Eingeweide drohten, wenn sie entdeckt wurden, und die all jene, die sie versteckten, in die gleiche Gefahr brachten.

Er schlich sich hinaus in die kalte Luft des Spätnachmittags. Durch den losen Umhang spürte er den schneidenden Wind auf seiner Haut, und wie um sich zu beruhigen, legte er die Hand auf den Knauf seines Schwerts. Er würde mehr als nur den schneidenden Wind zu spüren bekommen, wenn sie alle in diesem Spiel auch nur eine falsche Karte zogen.

2

Wie konnte ein lebendiger Mensch nicht von London begeistert sein?

Es war die ewige Verdammnis, eine rauchgeschwängerte Hölle und eine Brutstätte der Pest. Und es übte eine Schwindel erregende, umwerfende, berauschende Faszination aus. Der Gestank des Kots auf den Straßen und der himmlische Duft frisch gebackenen Brotes. Der Windhauch, der den süßen, würzigen Geruch der Wiesen vor den Toren der Stadt hereintrug, und der üble Gestank der offenen Kloake namens Themse. Überall Menschen, die lauthals ihre Waren anpriesen, die ganze Stadt eine einzige Schar von Händlern und Trödlern. Eine wogende, schwitzende, kunterbunte Menschenmenge, die Füße im Dreck und die Augen zu den Sternen erhoben. Es war ein wüster, greller und oft brutaler Schmelztiegel, aber bei all dem Unrat, all den ekligen Ausdünstungen von zu vielen Menschen und Tieren, die sich auf engstem Raum zusammendrängten, war es doch auch unvergleichlich aufregend. In den letzten Jahren war die Stadt gänzlich unkontrolliert gewachsen, war das Gewirr von Straßen und Gassen immer dichter und enger geworden und hatte auch nicht an den alten Stadtmauern Halt gemacht. Immer wieder war der Weg versperrt von klapprigen Baugerüsten, auf denen lärmende Arbeiter herumkletterten, und um den verbliebenen Platz kämpften Männer, Frauen und Pferde, Schafe und Rinder auf dem Weg zum Schlachter und die Bauerntölpel, die so damit beschäftigt waren, mit großen Augen in die Luft zu glotzen, dass sie den Kuhfladen zu ihren Füßen glatt übersahen.

Bei aller Begeisterung ließ eine Frage Henry Gresham keine Ruhe. Warum war er hier? Er hätte zu dieser Zeit eigentlich nicht in London sein sollen. Und doch war er dem Ruf gefolgt, denn er wusste, dass er keine Wahl hatte.

Er war scharf geritten. Gresham war ein sehr reicher Mann, der sein Vermögen mit Bedacht einsetzte. Ein Objekt seiner Investitionen waren Pferde. Ein anderes war Mannion. Mannion, mit der Erfahrung des tüchtigen Soldaten, der er einst gewesen war, hatte die Aufsicht über die Ställe zwischen Cambridge und London, die jeder stets ein gutes Pferd für Henry Gresham bereithielten. Mannion hatte zudem ein Auge auf die Burschen, die Gresham sein erschöpftes Reittier abnahmen, es striegelten und ihm die Zuwendung schenkten, die Gresham, der bereits auf dem nächsten Pferd saß, ihm nicht geben konnte.

Er hätte sich nicht so beeilen müssen. Robert Cecil, Vicomte Cranborne, der sich bald Graf von Salisbury nennen würde und zudem der jüngste Mann war, der je als Geheimer Kronrat vereidigt worden war, hätte gewartet. Als Erbe der größten und effizientesten Spionageorganisation in ganz Europa verbrachte Cecil sein Leben mit Warten und Beobachten, wie eine Spinne inmitten ihres Netzes.

Und doch – so zu reiten, als hinge das Leben davon ab, den rauschenden Wind in den Haaren zu spüren, zu sehen, wie die Bauern mit ihren Karren verblüfft den Weg frei machten, unter sich das Donnern der Hufe auf den unbefestigten Wegen ... das war das Leben selbst, das war Vergessen und Erfüllung in ein und demselben Moment. Cecil hatte die Kontrolle über gewisse Aspekte von Greshams Leben. Doch dieser wilde, stürmische Ritt nach London gehörte ihm ganz allein.

Als direkte oder indirekte Folge von Begegnungen zwischen Gresham und Leuten wie Robert Cecil war unzählige Male auf Henry Gresham geschossen worden, er war mit spitzen Metallgegenständen attackiert worden, hatte in zwei Fällen ernste Verletzungen davongetragen und einmal – glücklicherweise nur ein einziges Mal – an der rauen irischen Küste Schiffbruch erlitten. Cecils Anordnungen war es auch zu verdanken, dass Gresham zum Tod durch Erhängen (zweimal) und zum Tod durch Erhängen und Vierteilen (einmal) verurteilt worden war, und dass er – ebenfalls ein denkwürdiger Moment – bei einer Gelegenheit tatsächlich im Londoner Tower auf die Folterbank gebunden worden war.

Aber Gresham kam immer wieder zurück.

Wie war er nur in diese verrückte Welt hineingeraten, in der Macht das einzige moralische Prinzip war und in der nichts so war, wie es schien? Es kam ihm vor, als sei es nie anders gewesen, von dem Augenblick an, da er, noch kaum mehr als ein zu groß geratenes Kind, in eine so entscheidende Rolle in der Tragödie der Schottenkönigin Maria Stuart hineingedrängt worden war. Er hatte nie bewusst die Entscheidung getroffen, sich einzumischen. Greshams Erfahrung nach fragte das Schicksal die Menschen nicht um Rat, bevor es über ihren Lebenslauf entschied – oder darüber, ob ihnen überhaupt ein Leben vergönnt sein sollte. Nachdem er zunächst eher zufällig dem obersten Spion der Königin, dem greisen Sir Francis Walsingham, über den Weg gelaufen war, hatte Gresham mit der Zeit festgestellt, dass seine Befehle immer häufiger von Robert Cecil gekommen waren, dem selbst ernannten Anwärter auf das Erbe von Walsinghams gewaltigem System von Spionen, Spitzeln und Agenten. Gresham und Cecil hatten einander vom ersten Augenblick an gehasst. Doch die Gefahr, die Aufregung und das Risiko bildeten eine Mischung, die einem leicht zu Kopf steigen konnte, und Gresham hatte weitergemacht, hatte das große Spiel gespielt, bis es schien, als habe er es bis zum Einsatz seines Lebens ausgereizt, und er allmählich den Eindruck gewann, Gott einen Tod zu schulden. Und dann hatte ihn Cecil vor Jahren einmal zu sich gerufen und von ihm verlangt, sich auf eine erbärmliche und todlangweilige Mission nach Spanien zu begeben, wo er sich mit irgendwelchen Spitzeln treffen sollte. Gresham hatte sich geweigert. Cecil hatte ihn angesehen, und dann hatte er ein Schriftstück aus seiner Brieftasche gezogen, abgefasst in der sorgfältigen Handschrift eines Kopisten.

»Vielleicht möchtet Ihr dies hier einmal durchlesen, Master Gresham, bevor Ihr eine endgültige Entscheidung trefft, was Eure Zustimmung zu meinem Ansinnen betrifft.«

Cecil war kühl, gelassen und gleichmütig wie immer.

Gresham las. Einem geringeren Mann hätte es die Farbe aus dem Gesicht getrieben und die Hand, die das Papier hielt, zum Zittern gebracht. Gresham dagegen zwang sich, das Schreiben ein zweites und drittes Mal zu lesen, und während dieser ganzen Zeit hielt er die Hand vollkommen still.

»Ja?«, hatte er gesagt und Cecil mit ruhigem und nüchternem Blick in die Augen gesehen, ohne sich im Mindesten anmerken zu lassen, wie es ihm die Eingeweide zerwühlte.

Cecil hatte Walsinghams Papiere gestohlen, die kompletten Unterlagen seines Spionagenetzes. Irgendwo unter diesen Papieren fanden sich die Einzelheiten jener Angelegenheit, die Greshams Leben verpfuscht hatte, der einzigen Tat in seinem Leben, für die er sich schämte. Cecil war dahinter gekommen. Da stand es schwarz auf weiß, fein säuberlich zu Papier gebracht.

»Es wäre doch bedauerlich, wenn dieses Papier bekannt würde, nicht wahr?«, fragte Cecil mit samtweicher Stimme. »Einer breiteren Öffentlichkeit, meine ich.«

»Nun, Sir«, erwiderte Gresham, ohne jede Spur von Angst in der Stimme, »die Wahrheit wird immer irgendwann ans Licht kommen. Das steht schon in der Bibel, habe ich Recht? Und was ist die Eitelkeit, was ist der gute Ruf eines einzelnen Mannes gegen den Donnerhall der Wahrheit?«

»Wäre es Euch genehm, nach Spanien zu reisen, Master

Gresham, wie ich Euch gebeten habe?« Hatte er da eine Spur von Zögern aus Cecils Stimme herausgehört, neben der deutlich spürbaren Aggression?

Es war ein entscheidender Moment, das wusste Gresham genau. Wenn er jetzt eingestand, dass Cecil ihn mit seinem Schriftstück in der Hand hatte, und er sich deshalb fügte, dann würde er nie wieder sein eigener Herr sein. Wenn er aber Widerstand leistete, dann konnte Cecil ihn in den Ruin treiben. Es war töricht, sich zu widersetzen, es war Wahnsinn. Und so, da er nun einmal der Mann war, der er war, beschloss er zu kämpfen.

»Nein, Mylord, ich kann nicht fahren.« Ich *kann* nicht, sagte er mit Bedacht. »Ich *kann* nicht« und nicht etwa »Ich *will* nicht« oder »Ich *werde* nicht fahren«. – »Ich habe sehr gewichtige persönliche Gründe, die gegenwärtig meine Anwesenheit in England erfordern. Gewiss, wenn die Sache dringender wäre, oder wenn gar das Leben Eurer Lordschaft davon abhinge, dann würde ich auf Befehl Eurer Lordschaft aufbrechen, ohne zu zögern. Ich bitte Euch, mich von dieser Aufgabe zu entbinden, kraft Eures gnädigen Erbarmens.«

Kraft Eures gnädigen Erbarmens. Dadurch war es nun Cecils Entscheidung, ihn von der Mission zu entbinden, eine Gnade, die von oben herab gewährt wurde. Es bedeutete jedoch ebenso, dass er, Gresham, sich dem Druck nicht gebeugt hatte, dass er sich nicht hatte erpressen lassen.

Gresham nahm das Schriftstück und legte es sorgfältig zu den anderen, zu der Masse von Papieren, von der Cecil stets umgeben war, genau in die Mitte zwischen sich und Cecil. Er hatte eine Formulierung angeboten, die es Cecil erlauben würde, sein Gesicht zu wahren. Würde er das Angebot annehmen?

Es war lange Zeit still.

Denkt er ernsthaft nach, fragte sich Gresham, oder genießt er nur die Qualen, denen er, wie er sehr wohl weiß, diesen jungen Mann aussetzt, so ruhig und gelassen er sich auch geben mag?

Endlich rührte Cecil sich. Er nahm das Papier zwischen Daumen und Zeigefinger, als sei es ein etwas unappetitlicher Gegenstand.

»Wie schade, Sir. Ihr wäret eine hervorragende Wahl gewesen. Doch es werden sich andere Gelegenheiten ergeben, daran habe ich keinen Zweifel. Gelegenheiten, die wahrzunehmen Ihr gut beraten wäret, je nachdem, wie ich mein ›gnädiges Erbarmen‹, wie Ihr es so elegant umschreibt, walten lasse.«

»Eure Lordschaft sind in der Tat äußerst gnädig«, erwiderte Gresham, und da er in Cecils Augen den Blick des Falken sah, der auf die Maus herabspäht, setzte er hinzu: »Wirklich äußerst gnädig.«

Gresham hatte keinen Sieg errungen, das wusste er sehr wohl. Das Schwert war nicht in der Scheide, es blieb gezückt, es schwebte über seinem Haupt. Gresham hatte lediglich eine Waffenruhe ausgehandelt, und er hatte in Kauf genommen, dass Cecil mit ihm spielte wie ein Knabe, der eine Fliege quält. So hatte Gresham voller Eifer diverse andere Bitten Cecils akzeptiert, die allesamt mit Gefahren verbunden waren. Dabei hatte er Aufzeichnungen angefertigt, und zwar nicht nur über diese Missionen für Cecil, sondern auch über seine langjährige Verwicklung in geheimdienstliche Aktivitäten seit den Tagen Walsinghams.

Mit der Essex-Rebellion hatten die Dinge sich zugespitzt. Cecil hatte die Angewohnheit, über diejenigen zu triumphieren, die dem Anschein nach besser für das Überleben gerüstet waren. Seit Jahren war er in einen erbitterten Kampf mit dem schneidigen und gut aussehenden Robert Devereux, dem zweiten Grafen von Essex, verwickelt gewesen. Essex konnte sich einer langen Ahnenreihe rühmen, mit seinem Charme und seinen körperlichen Vorzügen hatte er jede Frau am Hof im Sturm erobert, einschließlich der Königin. Gebracht hatte ihm das wenig. Cecils scharfer Verstand und seine raubtierhaften, skrupellosen Kampfmethoden hatten den Sieg über seinen Rivalen, wie über jeden anderen Rivalen, davongetragen. Die idiotische, von Anfang an zum Scheitern verurteilte Essex-Rebellion hatte Essex den Kopf gekostet und Cecil uneingeschränkte Macht bei Hofe eingetragen. Essex' Kopf, inzwischen bis auf die Knochen abgenagt, war immer noch auf der London Bridge zu bewundern. Jetzt gab es nur noch einen Robert. Robert Cecil.

Die Mauern von London lagen vor ihm, und Gresham schlug ein gemächlicheres Tempo ein, da nun mehr und mehr Menschen die Straße bevölkerten. Er musste innerlich grinsen, als er an seine eigene entscheidende Rolle bei der Essex-Rebellion zurückdachte – oder vielmehr seinen entscheidenden Einfluss, mit dem er dafür gesorgt hatte, dass die so genannte Rebellion nie wirklich gefährlich aufgeflackert, sondern vielmehr jämmerlich verpufft war, ohne mehr Lärm zu machen als ein vereinzelter Musketenschuss. Es hatte eine interessante Lektüre ergeben, als er alles aufgeschrieben und Kopien hatte anfertigen lassen, und wäre Greshams Version bekannt geworden, hätte es ihn nicht überrascht, wenn Cecils dürrer Kopf sich auf einer Stange zu Essex' Schädel gesellt hätte. Es war einer seiner Glanzmomente gewesen, als er Cecil persönlich eine Abschrift überreicht hatte, einen wahrheitsgemäßen Bericht über die Essex-Rebellion mit Beweisen für Cecils Verrat. Er hatte dem Ganzen die Krone aufgesetzt, wenn das überhaupt noch nötig war, indem er beiläufig erwähnt hatte, dass Kopien dieses Papiers wie auch zahlreicher anderer Papiere nicht nur an diversen Orten über ganz England verstreut in sicheren Verstecken lagerten, sondern auch im päpstlichen Archiv zu Rom. Sie würden unter Verschluss gehalten werden, bis Gresham sie selbst abholte; ihre vorzeitige Herausgabe war nur im Falle von Greshams Tod gestattet. Cecil war blass geworden – die erste Gefühlsregung, die er gezeigt hatte, seit Gresham ihn kannte. Die Gewölbe unter dem Vatikan gehörten zu den ganz wenigen Orten, von denen Robert Cecil wusste, dass er nie dorthin vordringen würde, und die Sache bekam noch eine besonders delikate Würze durch die Tatsache, dass beide Männer wussten, wie Gresham Zugang zu diesem einzigartigen Aufbewahrungsort für Dokumente erhalten hatte – nämlich dadurch, dass er einige von Cecils schmutzigen Geschäften in Italien erledigt hatte. Es war ein Fall von ausgleichender Gerechtigkeit.

Es gab noch einen anderen Grund für Greshams Hass auf Cecil, wenn es denn noch eines Grundes bedurfte. Vor zwei Jahren hatte Cecil vor Gericht gegen einen Mann ausgesagt und damit dessen Freundschaft verraten; es war dies der einzige Mann, den Henry Gresham je seinen Herrn genannt hatte. Sir Walter Raleigh war der bedeutendste Mann, dem Gresham jemals begegnet war – gelehrter Dichter, Soldat, Seefahrer, eine Zierde des Hofes und ein geistreicher Kopf. Er hatte Gresham das Leben gerettet. Als das große Rad der Fortuna sich angeschickt hatte, Raleigh in die Tiefe zu stürzen, und dieser sich nach Freunden umgesehen hatte, die ihn aus dem bodenlosen Sumpf der Hofintrigen ziehen würden, da hatte Cecil ihn verraten. In einem Verfahren, das so einseitig war, dass ganz Europa schockiert reagiert hatte, war Raleigh auf eine konstruierte Anklage hin verurteilt worden. Und jetzt schmachtete Raleigh, diese überlebensgroße Gestalt, ein Anführer von Anführern, von Fiebern geschwächt im Tower. Raleighs Frau hatte geholfen, Cecils kränkliches Kind großzuziehen, hatte den Jungen aufgenommen und zu ihrem eigenen kräftigen, brüllenden Balg gesteckt, und sie hatte der schmächtigen Gestalt offenbar neues Leben eingehaucht. So belohnte Cecil diejenigen, die sein eigen Fleisch und Blut am Leben hielten – indem er sie in den Tower sperrte. Gresham hatte Verständnis für einen Mann, der seine Prinzipien verriet. Einem Mann, der seine Freunde verriet, würde er niemals vergeben können.

Jetzt lagen die Türme und Dächer von Whitehall vor ihm. Der Palast war Cecils Wohnsitz, die labyrinthischen Gänge ein Symbol für den verschlagenen, komplizierten Verstand, der den Hof mehr als jeder andere beherrschte. Dies war der Moment der Ruhe vor dem Sturm, der Augenblick vor einer großen Unternehmung, wenn die Zeit stillstand und die letzte Chance zur Umkehr sich darbot. Greshams Pferd war stehen geblieben. Mit sanftem Nachdruck trieb er es weiter. In einer Welt, in der vieles ungewiss war, wusste Gresham nur zwei Dinge: Er verachtete Cecil, und ganz gleich, welche Aufgabe Cecil ihm übertragen würde, sie würde nur Kummer und Entbehrungen nach sich ziehen. Er wusste aber auch, dass er sich der Verlockung der Aufregungen, die Cecils Auftrag mit sich bringen würde, nicht erwehren konnte, und ebenso wenig durfte er allzu leichtfertig riskieren, dass Cecil von seinem Wissen über ihn Gebrauch machte.

Ein mürrischer Stallknecht nahm ihm sein Pferd ab, und Gresham blieb in dem gepflasterten Hof stehen und reckte seine Glieder. Er war sich sicher, dass es diesmal um die Katholiken ging. Katholiken waren ihm ein Gräuel. Auf dem Gebiet hatte er noch nie Glanzleistungen vollbracht. Die Frau, die ihn, den unehelichen Sohn von Sir Thomas Gresham, großgezogen hatte, war Katholikin. Wenn er an ihrer Brust getrunken hatte, waren ihm die Rosenkranzperlen vor dem Näschen herumgetanzt. Nichts war ihm so verhasst wie diese Katholikengeschichten. Die Sache mit Marlowe, die Essex-Rebellion, diese tragische Figur Maria Stuart und vor allem seine Verwicklung in die Affäre um die Armada, all das war ihm sehr wirklich vorgekommen. Seine Einsätze gegen die Katholiken waren ihm dagegen erbärmlich erschienen. Zu Beginn seiner eher zufällig in Gang gekommenen Laufbahn hatte er einen katholischen Priester kennen gelernt, der in seinen Augen mehr von einem Heiligen zu haben schien als irgendein anderer Mensch auf dieser Erde. Monate später hatte er zugesehen, wie dieser Heilige am Halse aufgehängt wurde, bis er fast erstickt war; er hatte mit angesehen, wie ihm das Herz aus dem Leib geschnitten und sein schwacher Körper, der all dies Leid so geduldig ertragen hatte, in vier Teile zerhackt worden war. Gresham, der sich nicht mehr sicher war, dass es einen Gott gab, war der Meinung, dass die Schreie, die ein Mensch im Todeskampf ausstieß, einer einzigen Sprache angehörten, gleichermaßen gesprochen von Katholiken und Protestanten. Die Verstümmelung des Fleisches im Namen der einen oder anderen Sache schien nur eine andere Form des Menschenopfers zu sein, jener Praxis, die von der Christenheit so umfassend verurteilt wurde.

Cecil war höflich und zuvorkommend wie immer. Sein Haar war ergraut, und die kostbaren Kleider, die er trug, konnten sein verformtes Rückgrat nur unzureichend verbergen. Sein Schreibtisch war von Papieren übersät, und die Gemälde an der Wand demonstrierten sowohl seine Kunstleidenschaft wie auch die Tatsache, dass er sich das Beste vom Besten leisten konnte.

»Ich wünsche Euch einen guten Morgen, Sir«, hatte er psalmodiert und Gresham einen Hocker angewiesen.

Die Stimme war dünn und ausdruckslos, die Augen scharf und bohrend wie die einer Ratte. Cecil war von hagerem Wuchs und hatte ein ebenso hageres, verschlagenes Gesicht. Seine lange Robe verhüllte die lächerlich kurzen Beine, über die auf dem Marktplatz so viele Witze gerissen wurden. Es gab nicht wenige, die in einem missgebildeten Körper ein Indiz für einen missgebildeten Geist sahen. Wie Recht sie doch hatten, dachte Gresham, der beide Gebrechen kennen gelernt hatte, jedoch noch keinem Menschen begegnet war, der sie so wirkungsvoll miteinander verband wie Robert Cecil. Er bewegte sich so, dass von seinem krummen Hals, welchen er unter einem außergewöhnlich großen Mantelkragen und einer extravaganten Halskrause verbarg, möglichst wenig zu sehen war. Er schien andauernd zu frieren, und doch empfing er seine zahlreichen Spione im größten und kältesten Zimmer seines Palasts. Dort brannte in einem riesigen, aus Stein gehauenen Kamin ein höchst jämmerliches Feuer, das sich vom frühen Morgen an zischend und knisternd mit der billigsten Steinkohle abmühte und dabei weit mehr Rauch als Wärme erzeugte.

»Wie laufen Eure Geschäfte in Cambridge?«, erkundigte sich Cecil beflissen.

»Gut, Mylord«, antwortete Gresham, nach außen hin unterwürfig, innerlich ungeduldig das Ende des Vorgeplänkels herbeisehnend. »Das College wird von Monat zu Monat größer.« Cecil war Kanzler der Universität, ein weiteres Standbein seiner Macht.

»Freut mich zu hören!«, kommentierte Cecil mit absoluter Unaufrichtigkeit, während er einen Pokal mit Wein füllte und ihn Gresham über den Tisch zuschob. Der Pokal war aus Gold. In diesem öden Zimmer strahlte er wie Sonnenschein nach einem Regenguss. Der Wein war die reinste Katzenpisse. Cecil gab sein Geld nur für dauerhafte Dinge aus, wie diesen Pokal oder prachtvolle Gemälde. Für so etwas wie Wein, der sich binnen Stunden in Urin verwandelt haben würde, wendete er so wenig wie möglich auf.

Gresham lächelte, nahm den Pokal und hob ihn an, um Cecil zuzutrinken. Dabei schnupperte er an dem Wein, und ohne die Miene im Geringsten zu verziehen, setzte er den Pokal wieder ab, ohne vom Inhalt gekostet zu haben. Das würde auch für den Rest der Unterredung so bleiben. Selbst ein Tripper aus der untersten Gosse hätte rebelliert, hätte man die Flüssigkeit aus diesem Gefäß darüber gegossen.

Cecils Miene blieb unverändert, wiewohl ihm gewiss nicht entgangen war, dass Gresham den Wein verschmäht hatte. Er lehnte sich in seinem Prunksessel zurück und blickte durch das schmale Fenster über den Fluss hinweg. Sein Gast saß auf einem ungepolsterten Schemel mit drei Beinen, von denen eines kürzer war als die anderen. Es war die einzige Sitzgelegenheit, abgesehen von dem thronartigen Gebilde, auf dem Cecil aufrecht saß.

»Wir leben in bösen Zeiten, Sir Henry. In bösen Zeiten.« Cecil seufzte. Er hatte keinen Pokal mit Wein vor sich stehen. Bei all ihren Begegnungen hatte Gresham es nie erlebt, dass irgendetwas Ess- oder Trinkbares Cecils Lippen passiert hätte.

Nun ja, dachte Gresham bei sich, du solltest es ja wissen, schließlich hast du in nicht geringem Ausmaß zu diesem Bösen beigetragen.

»Es gibt in unserer Mitte solche, die die grundlegendsten und wesentlichsten Gebote unseres Herrn zu leugnen suchen. Und die zugleich Positionen bekleiden, die ihnen sehr reale Macht verleihen. Verdorbene Menschen. Durch und durch verdorbene Menschen. Seid Ihr etwa nicht meiner Meinung?«

Katholiken. Es musste sich um die Katholiken handeln. Verdammt, dachte Gresham. Alles, bloß keine Katholiken.

»Ihr kennt doch Sir Francis Bacon, nehme ich an?«, fragte Cecil nach vorne gebeugt in Greshams Schweigen hinein. Es war seine gewinnendste Geste. Wenn er den Rumpf vornüberbeugte, hing der Kragen seines Umhangs lose herab, und die Halskrause rutschte ein Stück herunter, sodass sein verwachsener Hals sichtbar wurde. »Habt Ihr nicht sogar schon mit ihm gespeist?«

Bacon? Bacon? Hinter der öffentlichen Maske mit dem angedeuteten Lächeln arbeitete es in Greshams Kopf fieberhaft. Bacon war schon alles Mögliche vorgeworfen worden, nur nicht, dass er ein Papist sei. Bacons Intelligenz wurde nur noch von seinem Ehrgeiz übertroffen. Er hatte sein Leben mit dem Versuch verbracht, die Königin zu umgarnen, und jetzt versuchte er dasselbe beim König. Gresham hoffte, dass dessen Garn sauberer war als das, was man von dem Monarchen sonst zu sehen bekam. Bacon war eben auch nur einer von den Hochtalentierten, die den Makel ihrer niederen Geburt wettmachen wollen, getrieben von dem gleichen Ehrgeiz, der alle antrieb, die es an den Hof verschlug. Was hatte Bacon mit der Lage der Nation zu tun?

»Er hat das College besucht, Mylord«, erwiderte Gresham leichthin. »Er ist ein guter Redner«, setzte er in wegwerfendem Ton hinzu. Sollte Cecil doch das Tempo bestimmen.

»Es sind nicht seine Reden, die mir Sorgen machen, Sir Henry«, entgegnete Cecil. Er hatte sich wieder zurückgelehnt, bereit für den entscheidenden Schlag.

»Es sind seine unnatürlichen Praktiken.«

Greshams Gesicht zeigte keine Regung, sein Ausdruck blieb unverändert. Sein Puls setzte nicht einen Schlag aus. Er unterdrückte den heftigen Drang, lauthals loszuplatzen.

»Ist das bewiesen, Mylord?«, fragte Gresham mit ernster Miene.

»Nein«, antwortete dieser und sah Gresham mit kalten Augen an. »Das ist es nicht. Aber wenn es wahr ist, dann brauche ich Beweise. Und ich glaube, Ihr seid der richtige Mann, diese Beweise zu finden.«

Päderastie galt allerdings als Kapitalverbrechen. Immer öfter stieß man an den Straßenecken auf die wachsende Schar der Puritaner, welche lautstark gegen das Übel der Fleischeslust wetterten, zur Belustigung und Erheiterung des Pöbels. Doch wenn sie die zweifache Sünde der Päderastie anprangerten, verstummte das Gelächter der Menge, und alles stimmte in ihre Parolen ein. In den vornehmeren Gesellschaftskreisen jedoch war man dieser Tage sehr experimentierfreudig, ob es sich nun um die neu entdeckte Tabakspflanze handelte, um ausgefallene Mixturen von Wein und Kräutern oder um Sexualpraktiken. Päderastie war keine besonders gute Idee. Es war nicht eben die beste Methode, das Überleben einer Nation zu sichern.

»Ich hoffe doch, Mylord«, entgegnete Gresham vorsichtig, »dass ich eine gewisse Erfahrung im Herbeischaffen von Beweisen besitze. Aber wäret Ihr nicht besser beraten, einen Mann von ähnlichen Neigungen auf dieses Projekt anzusetzen? Warum nicht einen Dieb losschicken, den Dieb zu fangen? Soll ich etwa glauben, dass es sich um eine dringende Angelegenheit handelt?«

»Vielleicht solltet Ihr Euch ein Beispiel an mir nehmen, Sir Henry. Ich *glaube* sehr wenig.« Cecils Augen bohrten sich in Greshams. Gresham zuckte nicht mit der Wimper, und auf seinen Lippen lag immer noch dieses aufreizende Halblächeln. »Ich *beobachte* sehr viel. Ich benutze nur das, was ich in der Hand habe.«

Touché, dachte Gresham. Und wenn nicht, dann jedenfalls ein Patt.

Alles in allem war das gewohnte Gleichgewicht der Kräfte zwischen ihnen unverändert geblieben. Beide verachteten einander, doch jeder brauchte das, was der andere zu bieten hatte. Jeder konnte den anderen vernichten, wusste jedoch, dass es wahrscheinlich auf eine gegenseitige Vernichtung hinauslaufen würde. In diesem Zimmer konnte Gresham die Präsenz roher, brutaler Macht spüren, in all ihrer Schlichtheit und Reinheit, und diesem unverfälschten Geschmack und Duft konnte Henry Gresham nicht widerstehen.

Aber auf Bacon angesetzt zu werden, um herauszufinden, wo er seinen Schwanz hineinsteckte? Und das, nachdem er so dringend aufgefordert worden war, unverzüglich und auf dem schnellsten Wege nach London zu kommen? Bacon war von brennendem Ehrgeiz beseelt. Das war allgemein bekannt. Er war verschuldet. Auch das war bekannt. Und was nun wirklich jeder wusste war, dass er einer der klügsten Köpfe der gesamten Christenheit war. Er war mit Cecil verwandt, doch das Verhältnis, kompliziert durch zu viele kampfeslustige Weiber, war kein einfaches gewesen. Außerdem ging das Gerücht, er vertrete genau wie Kit Marlowe – auch so ein tragischer Fall – die Ansicht: »Wer keine Knaben mag, ist ein Narr.« Das alles gab dem Geschwätz in Wirtshäusern und Schenken reichlich Nahrung, doch selbst wenn man Bacon nachweisen könnte, dass er es mit jedem einzelnen Knaben auf dem Kontinent getrieben hatte, würde das kaum den englischen Staat in den Grundfesten seiner Verfassung erschüttern. Essex war natürlich Bacons Förderer gewesen, bis Bacon sich dann gegen ihn gewandt und sogar an seiner Verfolgung mitgewirkt hatte. Wollte Cecil hier eine alte Rechnung begleichen, wollte er nach und nach die letzten Spuren derer tilgen, die seinen alten Erzfeind Essex unterstützt hatten?

Greshams Kopfhaut begann unerträglich zu jucken, dabei hätte er schwören können, dass kein einziger Floh sich auf seinem Haupt häuslich eingerichtet hatte. Er stemmte sich gegen den überwältigenden Drang, die juckende Stelle zu kratzen.

»Ich werde tun, wozu Ihr mich auffordert, Mylord«, sagte Gresham ruhig. »Es ist *meine* Entscheidung.« Ihre Blicke trafen sich, ein kurzer, heftiger Zusammenstoß, dann erlosch das Feuer in beider Augen. »Und doch denke ich, es gibt bedeutendere Probleme in diesen Zeiten als die Vorliebe eines bestimmten Mannes für Knaben.«

Cecil bewegte die Lippen zu einem ebenso tonlosen wie unaufrichtigen Abschiedsgruß. Er stand nicht auf, um Gresham zur Tür zu begleiten. Es musste einen tieferen Grund für all dies geben, grübelte Gresham im Weggehen. Wenn er raten sollte, würde er sagen, dass Bacon Cecil beleidigt hatte oder allmählich eine wie auch immer geartete Bedrohung für Cecils Macht darzustellen schien. Es musste etwas Persönliches sein. Würde Gresham helfen, den Mann zu vernichten, wenn dem so wäre? Das blieb abzuwarten. Er hatte keine Gewissensbisse empfunden, als er gegen Essex intrigiert und ihn zu Fall gebracht hatte, nicht zuletzt, da er in Essex sowohl eine Gefahr für die Nation als auch einen lebenslangen Feind von Sir Walter Raleigh gesehen hatte. Wenn Bacon sich als Fliege erwies, die zu zerquetschen sich nicht lohnte, dann würde Gresham ihn in Ruhe lassen und Cecil einen aufreizend oberflächlichen Bericht abliefern.

Aus dem Nichts erschien ein Diener und hielt ihm die geschnitzte und lackierte Tür auf. Als er hindurchging, spürte Gresham, wie die Temperatur merklich anstieg. Lag es an dem Zimmer? Oder war jedes Zimmer, in dem Robert Cecil sich aufhielt, schon allein aus diesem Grund dunkler und kälter?

»Sakrament!«, fluchte der Spitzel.

Der billige Rotwein war ihm aus dem Mund gequollen und über eines der nässenden Geschwüre geflossen, die seine Lippen umrahmten.

Wenn Gresham sich an der Gotteslästerung störte, so ließ er es sich jedenfalls nicht anmerken. Er lehnte sich entspannt zurück und deutete mit einer einladenden Handbewegung auf den Krug und den halb leeren Humpen des Mannes. Vorsichtig platzierte er seinen Arm zwischen einige der ziemlich giftig aussehenden Flecken auf dem Tisch und sah den angetrunkenen Spitzel an.

»Du hast also tatsächlich Neuigkeiten aus Bacons Haushalt?«, fragte Gresham geduldig. Seine Erkundigungen über Bacon hatten in Londons Unterwelt die Runde gemacht. Dies war nur der letzte der Anhaltspunkte, die aus den Kloaken ans Tageslicht geschwemmt worden waren.

Der Spitzel grunzte, griff nach dem Krug und goss sich eine lebensbedrohliche Dosis von dem Essig ein. Dann nahm er einen tiefen Zug, wobei er diesmal darauf achtete, nichts zu verschütten. Er machte Anstalten, sich den Mund abzuwischen, erinnerte sich aber im letzten Moment an die wunden Stellen und fuhr stattdessen eine dicke rote Zunge heraus, mit der er die Reste aufleckte.

»Ja, hab ich. Doch, ehrlich. Der kleine Mann hat … Besucher. *Junge* Besucher.«

Der verschwörerische Ton, dessen er sich befleißigte, wurde ein wenig verdorben durch den gewaltigen Vulkanausbruch stinkenden Atems, der seinen Satz beendete. Der explosive Rülpser schien ihn gegen die Stuhllehne zu werfen wie der Rückstoß einer schlecht geladenen Kanone.

Der kleine Mann? Sir Francis Bacon war nicht besonders kurz geraten, wenn auch gewiss kein Riese. Diejenigen, die ihn um die Größe und das Fassungsvermögen seines Gehirns beneideten, neigten dazu, ihn wegen seiner Gestalt zu schmähen, als ob das eine das andere widerspiegelte. Es war ein verbreiteter Irrtum jener Zeit. Wäre es tatsächlich so gewesen, dann hätte die verwachsene Gestalt von Robert Cecil nicht den mächtigsten Verstand des ganzen Landes beherbergen können.

»Die Namen dieser jungen Besucher?«

Die Augen des Spitzels waren immer noch glasig vor Schreck über seinen eigenen Ausbruch. Gott verhüte, dass er auch noch einen Furz loslässt, dachte Gresham. Wenn er es täte, dann vermutlich mit Bröckchen darin.

»Namen? Namen?« Der Mann nahm noch einen Schluck. »Diese Dinger haben keine Namen. Kehricht ist das, Kehricht. Bastarde, die bei der Geburt aus dem Bett einer Hure weggeschnappt wurden, oder aus dem Fluss gefischt.«

Die braunen Strudel des Themsewassers führten nicht selten Neugeborene oder Totgeburten mit sich. Angeblich stammten sie von den Huren, deren Zahl mit Londons atemberaubendem Wachstum angestiegen war. Gresham mochte gar nicht daran denken, aus wie vielen Fenstern besserer Häuser den Wassern des Letheflusses eine derartige heimliche Fracht anvertraut worden war. Alle neu geborenen Kinder sahen gleich aus, wenn sie sich an dem schmutzigen Flusswasser satt und rund getrunken hatten.

»Wenn schon keine Namen, dann eben Zeugen. Welche Zeugen gibt es für diese nächtlichen Manöver?«

Über die Augen und das verwüstete Gesicht des Spitzels huschte ein Anflug von Panik. Er nahm noch einen halben Schluck – eine Bescheidenheit, aus der eine plötzliche Ahnung von Gefahr zu sprechen schien.

»Na, die Dienerschaft natürlich. Die ganze Dienerschaft.«

»Und der Pförtner wird das bezeugen? Die anderen Diener werden es bezeugen?«

»Ja ... also ... das könnten sie natürlich. Natürlich könnten sie das.«

Greshams Stimme hatte nie sanfter und einschmeichelnder geklungen. Er setzte seinen anderen Arm zwischen einen Fleck, der wie Blut aussah, und einen weiteren, der eindeutig aus Fett bestand, und beugte sich vor.

»Ohne Zeugenaussagen sind diese Besucher nur Phantome, nur Gespenster, die der Wind davonträgt.«

Jetzt wandelte sich seine Stimme von Sommersonnenschein zum Aufblitzen einer Klinge in einer dunklen Gasse.

»So wie du, mein Freund, aus nichts als Pisse und Wind bestehst.«

Er erhob sich. Er war eine eindrucksvolle Erscheinung, fast sechs Fuß groß, mit geschmeidigen Muskeln, die unter seinem hervorragend geschneiderten Wams, den Kniehosen und dem Umhang spielten.

Seine ganz in Schwarz gehüllte Gestalt erhob sich drohend über dem Spitzel wie der Tod in Person. Und jetzt wurde die Stimme zu Eis, unvorstellbar kalt. Sie ließ den Spitzel erstarren und im gleichen Moment erschlaffen. Während Gresham sprach, hörte er den Urin des zu Tode geängstigten Mannes zu Boden rieseln, roch den heißen, beißenden Gestank der dampfenden Pisse.

»Du wirst heute in zwei Wochen wieder hier erscheinen. Du wirst Namen mitbringen, Namen von Lustknaben oder

Namen von Dienern, die bereit sind, gegen ihren Herrn auszusagen. Oder du bringst nichts mit. Was du mitbringst, wird darüber entscheiden, wie das Urteil über dich ausfällt. Verschwinde. Auf der Stelle.«

Gresham ließ sich in seinen Stuhl zurücksinken. Eine finstere Verzweiflung drohte sich seiner zu bemächtigen. Der Spitzel, überwältigt von Scham, weil er sich in die Hose gemacht hatte, und gepackt von namenloser Furcht, machte sich unter unverständlichem Gemurmel aus dem Staub.

Das führt doch zu nichts, dachte Gresham. Ich habe es mit einem Mann von grenzenloser Intelligenz zu tun, und wen kann ich über ihn befragen? Nur Idioten.

»Mehr Arbeit für die Wäscherin.« Die raue Stimme gehörte Mannion. Mit seinem Körperbau, der einer Kathedrale glich, hatte er sich vor der Tür postiert und sie geöffnet, um den Spitzel hinauszulassen und selbst einzutreten.

»Mehr Arbeit für die Stubenmagd«, murmelte Gresham und deutete mit dem Kopf auf die dampfende gelbe Pfütze auf dem Fußboden unter dem Tisch. Er bezweifelte, dass sie oder der Wirt sich die Mühe machen würden. Der Boden hatte schon weit Schlimmeres erlebt. In die abgewetzten Dielen war praktisch eine Geschichte der Trunkenheit in London eingeätzt.

Mannion wartete. Wenn sein Herr zu reden wünschte, dann würde er reden. Mannion würde zuhören. Manchmal brauchte sein Herr es, dass er redete und niemand antwortete. Manchmal redete er und brauchte Widerspruch. Mannion würde entsprechend reagieren. Er würde wissen, welcher Fall gerade vorlag, und würde reden, wenn es angemessen schien.

Sie schwiegen. Gresham nippte nachdenklich an seinem Kelch. Wie immer hatte er dafür gesorgt, dass er seinen eigenen Wein bekam, nicht den Fusel, den man dem Spitzel serviert hatte. Es war das Beste, was das Haus zu bieten hatte, also nichts Besonderes. Wie so vieles in dieser Stadt war der

Wein aufdringlich, neu und ziemlich unausgegoren, und wie bei der Stadt lag darunter eine viel ältere Schicht, irgendetwas Süßlich-Fauliges.

Reden ist also nicht erwünscht, dachte Mannion bei sich. Nun, sei's drum.

»Schade um die Kerzen«, murmelte Mannion, als sie das Zimmer verließen. Gresham hatte sie brennen lassen, obwohl die meisten von ihnen noch nicht halb verbraucht waren. Der Wirt würde sie dankbar löschen und den Rest benutzen, während er Gresham die ganze Kerze in Rechnung stellte. Gresham antwortete nicht. Es war ein alter Witz.

Die Sache lag Jahre zurück. Nach einem furchtbaren Winter waren sie gerade erst wieder zu Felde gezogen. Die Zeltleinwand schien unter den seltenen Sonnenstrahlen eines flandrischen Frühlings tatsächlich trocken zu werden. Die Soldaten waren angekommen, schweigend und mürrisch. Kampfhandlungen reinigten gewöhnlich das Blut, weckten ihre Lebensgeister. Dieses Mal hatte der jämmerliche Wicht von Spanier, der den Trupp anführte, nicht nur das Gold versteckt, das zu rauben sie geschickt worden waren, sondern auch seine Frau. Sie war ein hübsches Ding, noch keine neunzehn Jahre alt. Versteckt in einem Gepäckwagen, wo man sie, hochschwanger wie sie war, vermutlich in Ruhe gelassen hätte, wenn man sie gefunden hätte. Selbst ein Schrei hätte bloß Gelächter ausgelöst, sonst nichts. Sie standen noch am Beginn des diesjährigen Feldzugs, waren fett von dem untätig vertrödelten Winter und hatten noch keine Rechnungen zu begleichen. Doch statt in ihrem Versteck zu bleiben, war die Frau lautlos herausgekrochen, hatte versucht, von dem Wagen wegzulaufen und sich ins Gebüsch zu schlagen. Der jüngste Rekrut hatte das Rascheln der Kleider in seinem Rücken gehört und war mit ausgestrecktem Schwertarm herumgewirbelt. Seine Mutter hatte ihm das Schwert besorgt. Der Himmel wusste – das hoffte Gresham jedenfalls –, wie der Toledo-Stahl eines spanischen Granden in die Hände einer Frau geraten war, die sechs stramme protestantische Jungen in einem Bauernhaus in East Anglia zur Welt gebracht hatte. Das Schwert war scharf wie ein Rasiermesser. Mit seiner geschwungenen Bahn, hinter der die ganze ungeübte Kraft eines gesunden und von Angst getriebenen Achtzehnjährigen steckte, hatte es den Bauch der Schwangeren sauber aufgeschlitzt.

Es hatte auch den ungeborenen Knaben aufgeschlitzt, der blutend auf den Boden klatschte. Er hatte das Publikum, das zu einem solchen Ende im Matsch von Flandern passte. Seine Mutter sah ihn vor ihren Augen verbluten, während ihre entsetzlich roten Hände sich in ihre eigenen Eingeweide krallten. Auch sein Vater und sein Mörder sahen zu, ebenso wie eine bunt gemischte Truppe von protestantischen und katholischen Söldnern und Freiwilligen.

Der junge Mann spießte sich mit dem Schwert auf, das seine Mutter ihm gegeben hatte. Natürlich stellte er sich dabei ungeschickt an. Es würde Tage dauern, bis er der grässlichen Bauchwunde erlegen wäre, bis die Eiterbildung in seinen Eingeweiden zu ihrer unvermeidlichen Konsequenz führte. Das Problem war, dass er schreien würde.

So war die Stimmung sehr gemischt, als sie ins Zelt zurückkehrten, wo sie sich daranmachten, in möglichst kurzer Zeit möglichst betrunken zu werden. Henry Gresham war ein alter Kämpe mit der Erfahrung von zwei Kriegsjahren. Er hatte schon so viel gesehen, dass er sich mit dem Trinken mehr Zeit ließ als viele der Jüngeren. Er sah, wie die ausgestreckte Hand die Lampe mit dem Öl von dem leeren Fass herunterstieß und den Inhalt gegen die Zeltleinwand schleuderte. Sah, wie das Öl träge in die Leinwand einsickerte. Er sah den noch brennenden Docht durch die Luft auf die Leinwand zusegeln, als ob die Welt sich langsamer drehte und Gott der Zeit den Krieg erklärt hätte, und wie der Docht dann auf die Zeltwand traf, wie die Flamme flackerte, als wolle sie jeden Moment erlöschen, um dann auf dem ölgetränkten Stoff neu auszubrechen.

Sie hätten in dem Zelt kein Pulver lagern dürfen. Dafür gab es ein eigenes Lager, nur wenige hundert Schritt entfernt. Doch sie waren Veteranen, Überlebende eines scheinbar endlosen Krieges. Sie wussten um die Gefahren des Schießpulvers, wenn es alt wurde und sich in seine Elemente auflöste, wenn es feucht wurde oder schlecht gemischt war. Sie zogen es vor, sich selbst um ihr Pulver zu kümmern und es immer bei sich zu haben, und trotz all ihrer Vorsichtsmaßnahmen wurde es vom Feuer erfasst.

Henry Gresham sollte nie erfahren, welcher Gegenstand, von der Explosion durch das Zelt geschleudert, seinen Oberschenkel fast zu Brei zermalmt hatte. Dafür erinnerte er sich umso deutlicher an den Anblick seines einstigen Kommandanten, wie dieser mit seinem versengten Gesicht und den unwiederbringlich ausgebrannten Augenhöhlen nach Licht brüllte. Seine letzte Erinnerung war Mannion, der die Hände nach ihm ausstreckte, um seinen Sturz aufzufangen.

So kam es, dass Henry Gresham in seinem Haus und den Räumen, die er mietete, auf Kerzen an Stelle von Öllampen bestand. Eine Kerze ging normalerweise aus, wenn sie umgestoßen wurde. Und wenn nicht, so war ihre Flamme doch ein langsames, harmloses Feuer. Öl schrie geradezu danach, entzündet zu werden. Natürlich konnte er Lampen ertragen. Im Gegenteil, in fremden Zimmern und Häusern, in denen er nichts zu sagen hatte, fielen sie ihm kaum auf. Henry Gresham hatte schon vor langer Zeit aufgehört zu glauben, dass irgendein menschliches Wesen sein eigenes Leben in der Hand hatte. Man konnte nur versuchen, die Bereiche des Lebens im Griff zu haben, über die man Macht besaß, und das war nur ein sehr kleiner Teil des Ganzen.

»Ich würde nur ein paar Sekunden brauchen, um das, was von diesen Kerzen übrig ist, zu löschen und in meine Tasche zu stecken«, brummte Mannion. »Ihr habt dafür bezahlt, nicht wahr?« Mannion wurde nicht müde, auf die Verschwendung von Kerzen hinzuweisen. Indem er Gresham daran erinnerte, machte er die Angst zu etwas Normalem.

»Betrachte es als meine Geste des Protests gegen die Übermacht der Finsternis auf dieser unserer Welt«, sagte Gresham hochtrabend und rauschte zur Tür hinaus.

»Betrachtet es lieber als eine verdammt alberne Art der Geldverschwendung«, murmelte Mannion und zog die Tür hinter ihm zu.

Auch Mannion hatte einen Sinn für Humor. Im Vergleich mit dem Humor der meisten anderen Menschen war er extrem sonderbar. Was Mannion lustig fand und was im Gegensatz dazu auch nicht die kleinste Regung in seinem zerklüfteten Gesicht auslösen konnte, das war für Gresham stets aufs Neue faszinierend. So fand Mannion zum Beispiel Stiefel unendlich komisch. Er schien der Meinung, die Menschen kämen nun einmal mit Füßen zur Welt, die dafür geschaffen seien, durch jeglichen Kot und Schmutz zu waten, den Gott einem in den Weg zu legen beliebte. Allenfalls wollte er eingestehen, dass etwa Holzpantinen oder die allerschlichteste lederne Fußbekleidung der herrschenden Spezies einen angemessenen Schutz gegen die Elemente bieten konnten, doch angesichts der eleganten Kreationen, mit denen die feineren Leute ihre Füße schmückten, konnte er sich nur vor Lachen schütteln.

Ein Gentleman zog aus reiner Notwendigkeit Stiefel an. Ein Höfling dagegen wollte die Leute glauben machen, dass seine feinen Schuhe nie Bekanntschaft mit Schmutz und Schlamm machen würden, es sei denn beim Reiten. Henry Gresham war ein Gentleman, märchenhaft reich, und zudem ein Höfling, wenn es ihm gefiel. Er war außerdem Agent in Diensten König Jakobs I. von England und König Jakobs VI. von Schottland. So kam es, dass er nach dem ziemlich fruchtlosen Gespräch im Mermaid zu Fuß nach Hause zu gehen gedachte. Gentlemen und Höflinge reisten zu Pferde oder besaßen Kutschen. Gentlemen bei Hofe, die zugleich Spione waren, neigten dazu, beides zu meiden, da es nur die allgemeine Aufmerksamkeit auf sie lenkte.

Mannion betrachtete seine eigenen groben Ledergamaschen und das geschmeidige Leder der eleganten Stiefel seines Herrn.

»Schade um die Stiefel«, murmelte er grinsend. Mannion hatte keine Angst vor den bewaffneten Banden, die nach Einbruch der Dunkelheit durch die Straßen streiften. Die Aussicht auf das, was der Fußmarsch den feinen Stiefeln seines Herrn antun würde, amüsierte ihn königlich.

Irgendetwas hatte der Londoner Straßenkot an sich, das für gutes Leder tödlich war. Gresham vergeudete zu viel von seiner Zeit damit, von irgendwelchen zwielichtigen Stelldicheins nach Hause zu marschieren. Die unangenehmsten Zeiten waren der frühe Morgen und der späte Abend. Tagsüber war es nicht ganz so schlimm – eine wahre Armee von Menschen wuselte dann umher und schaufelte sämtliche Kothaufen zusammen, die dampfend auf der Straße lagen, ob sie nun von Mensch, Pferd, Rindvieh oder Hund stammten. Aus Scheiße konnte man tatsächlich Geld machen, aber dazu musste man sie erst einmal sehen. In der Nacht war sie unsichtbar – und allgegenwärtig.

»Erinnert Ihr Euch an den Traum, von dem Ihr mir einmal erzählt habt?«, fragte Mannion, als sie durch eine Gasse gingen, in der die vorkragenden Obergeschosse der Häuser einander fast berührten.

Gresham hatte einmal einen Albtraum gehabt, in dem er eine der unappetitlichsten Kaschemmen der Bankside verlassen und seinen Nachhauseweg von zahllosen Fackeln erleuchtet gefunden hatte. In dem schwachen, flackernden Licht hatte er tausende und abertausende von eifrig pressenden Ärschen erblickt, die sich aus den Fenstern in die engen Straßen hinausreckten und allesamt ihre Botschaften an die Straße verschickten, wo sie mit dumpfen Plumpsgeräuschen landeten.

Er schüttelte den Kopf, und das Bild verschwand. Ein grinsender Mannion führte ihn die baufällige Treppe hinunter und durch das Mermaid, das wie immer wohl gefüllt war mit dem üblichen Theatervolk und einigen der etwas mutigeren Angehörigen der besseren Kreise, die für einen Abend ein wenig das raue Künstlerleben schmecken wollten. Die Luft war unangenehm dick, die tanzenden Lichter ließen den Schweiß auf fiebrigen Stirnen erkennen. Feilschende, stehlende, intrigierende Männer, Huren, die sich feilboten. Es war eine üble Mischung, und Gresham konnte es kaum erwarten, ihr den Rücken zu kehren.

Greshams Augen huschten in der Stube hin und her, schienen nichts zu sehen und nahmen doch alles wahr. Er bemerkte eine mürrische, gebeugte Gestalt, offensichtlich stark angetrunken, die allein an einem der hinteren Tische hockte. Gresham durchwühlte sein Gedächtnis nach dem Namen des Mannes. Er würde ihm noch einfallen. Sie traten auf die finsteren Straßen hinaus. Ihr energischer Gang, die Hand locker auf den Griff des Schwerts im Gürtel gelegt, sorgte dafür, dass die Menge sich vor ihnen teilte. Sie wurden nicht bedroht, weil sie selbst bedrohlich wirkten.

»Dieser Mann, der dort in der Ecke saß«, sagte Gresham, »ohne Begleitung und schon ziemlich angetrunken; hast du den erkannt?«

»Sollte ich das?«, entgegnete Mannion. »Soll ich wieder reingehen und fragen?«

»Nein, jedenfalls vorläufig nicht. Ich kenne ihn von irgendwoher. Es wird mir schon wieder einfallen.«

Als sie an einem Wirtshaus vorbeikamen, sahen sie Licht aus der offenen Tür dringen, und zwei Männer stürzten raufend und balgend auf die Straße hinaus. Schrille Schreie und Rufe waren zu hören, dazu gutmütiges Lachen. Aus dem Dunkel trat eine Schar Zuschauer hervor und feuerte die beiden an. Gresham und Mannion wandten sich ab, um sich ihr Nachtsehvermögen zu bewahren. Gresham wusste, dass möglicherweise just in diesem Augenblick ein Mann in dieser Schenke seinen Freunden erlesene Sonette vortrug. Kurz darauf tauchten sie in völlige Finsternis ein. Die ausladenden Vorsprünge der Fachwerkhäuser zogen sich über ihnen zusammen wie eine dunkle Wolke. Um diese späte Abendstunde waren die Türen geschlossen und verriegelt, und nur das schwache Licht einer vereinzelten Kerze oder einer flackernden Öllampe zeigte an, dass irgendein Kaufmann noch wach war und seine Einnahmen zählte oder seine Verluste beklagte. Oder, wie ein Schrei irgendwo hinter ihnen, gefolgt von zwei oder drei dumpfen Schlägen, vermuten ließ, dass ein Mann soeben seiner Frau beibrachte, was in seinen Augen gutes Benehmen war.

Und nun folgte ein Moment für die Götter – einer jener Augenblicke, die für Gresham den Zauber Londons ausmachten. Ein paar Schritte hinter ihnen prügelten sich zwei Männer, angefeuert von einem betrunkenen Mob, und eine Ehefrau wurde geschlagen, vermutlich nur deswegen, weil sie versucht hatte, sie selbst zu sein. Und dann wehte ihnen von einem hohen Fenster herab unvermittelt der Hauch des Himmels entgegen.

Musik hatte Gresham schon immer als inspirierend empfunden. Nichts bedauerte er so sehr wie die Tatsache, dass er in sich selbst nicht die Fähigkeit entdecken konnte, das hervorzubringen, was ihn bei anderen so inspirierte. *O Jupiter, von deinem hohen Throne.* Das war es. Gresham war dem Komponisten schon begegnet. Farrant? Ja, Richard Farrant, kein Geringerer. Vielleicht war es ja Farrant selbst, mit seinem von Pockennarben entstellten Gesicht, der dort oben in der

Stube das kleine Ensemble leitete, der zu dieser unmöglichen Stunde spielte und sang – ein verzweifelter Versuch, durch die Schönheit seiner Musik die Hässlichkeit seines eigenen Gesichts wettzumachen.

Die Stimme des Himmels drang durch die Fensterläden und senkte sich auf die enge Gasse, fiel wie ein sanfter Regen auf Gresham und Mannion herab. Wie ein Mann blieben sie stehen, hoben die Köpfe und ließen die Schönheit wie einen sommerlichen Schauer ihre nach oben gewandten Gesichter benetzen.

Es war Hochsommer. Selbst hier in der Großstadt konnte man es in der Luft spüren. Jetzt, da die Abende warm waren, wurden die Kaminfeuer später entzündet und brannten kürzer. Der Rauch, der an einem windstillen Tag wie ein Bahrtuch auf London lag, war merklich reduziert. Das Vieh, das durch die Straßen getrieben wurde, war fett und voller Milch.

Das Gefährlichste, was ihnen auf dem Heimweg begegnete, war ein Hund, halb rasend vor Hunger, der ein Bein nachzog, das er sich im Kampf oder beim Zusammenstoß mit einem Karren verletzt hatte. Er verdrückte sich in eine Gasse.

Als Mannion und er zu Hause ankamen, hatte sich Greshams Stimmung bereits wieder aufgehellt. Der Grund für seine gute Laune war das, was ihn dort erwartete. Sein Londoner Wohnsitz, erbaut von Greshams Vater, war unter dem schlichten Namen »Das Haus« bekannt und lag in dem höchst begehrten Viertel um den Strand, die Prachtstraße, die parallel zum nördlichen Themseufer verlief. Es war eine exzellente Lage, mit eigener Anlegestelle am Fluss. Sein Vater hatte das Grundstück zur Zeit der Auflösung der Klöster erworben.

Das Haus war gut geführt, das konnte man sogleich erkennen. Die beiden kräftig gebauten Männer, die ihren Herrn empfingen, als er durch den Matsch auf seine eigene Türschwelle zustapfte, erkannten ihn gleich; ebenso hätten sie aber auch einen Feind erkannt und sofort Alarm geschlagen. Ihre Freude über den Anblick ihres Herrn verdankte sich in nicht geringem Maße der Tatsache, dass Henry Gresham sich augenscheinlich ebenfalls freute, sie zu sehen.

»Guten Abend, Matt, guten Abend, Will«, murmelte er im Vorbeigehen. Mannion brummte irgendetwas.

Die Eingangshalle war mit Marmor gestaltet, der für eine astronomische Summe aus Italien importiert worden war. Auch die Statuen und die Wandbehänge waren aus Italien. Die Frau war aus England.

Jane Carpenter war fast dreiundzwanzig Jahre alt, und sie war die schönste Frau in ganz London. Ihr Gesicht war atemberaubend, mit hohen Wangenknochen unter dem rundesten und dunkelsten Augenpaar der gesamten Christenheit. Ihre Figur war nicht so füllig wie die vieler Hofdamen, doch sie hatte die Anmut und Kraft eines jungen Fohlens, und unter ihrem Kleid verbargen sich Beine, die bis in die nächste Grafschaft zu reichen schienen. Doch es waren ihre Augen, die alle Blicke auf sich zogen – außergewöhnliche Augen, unter deren Oberfläche eine dunkle Glut zu brennen schien. Gresham grinste ihr zu, während Mannion sich mühte, ihm die Stiefel auszuziehen, um sie durch weiche Hausschuhe zu ersetzen. Sie grinste zurück. Bei ihm ließ sie die distanzierte, abweisende Art fallen, die sie im Umgang mit allen Personen von Rang an den Tag legte, die leise Andeutung einer ungeheuren Langeweile.

»Sind alle Probleme Londons gelöst, Mylord, und können wir unschuldigen Jungfrauen jetzt sicher zu Bett gehen?«

»Erstens löse ich keine Probleme; ich schaffe sie eher, denke ich. Zweitens bin ich für niemanden ein ›Lord‹ und werde es auch nie sein. Drittens bist du nicht unschuldig, und viertens ist in deinem Bett niemand sicher.« Einigermaßen stolz auf seine mathematischen Fähigkeiten, unterstrich er, kaum dass Mannion den Raum mit seinen Stiefeln und seinem Mantel verlassen hatte, seine Worte, indem er den Arm ausstreckte, sie an sich riss und ihr einen Kuss auf die Lippen drückte, der den edlen Putz an den Wänden erbeben ließ.

»Aua!«, rief sie wahrheitsgemäß aus, da der Knauf seines Schwerts sich direkt unterhalb des Brustkorbs in ihren Leib gebohrt hatte. »Warum müssen Männer immer überall reinstoßen?«

»Es liegt im Wesen der Männer zu geben, wie es im Wesen der Frauen liegt zu empfangen«, murmelte Gresham, das Gesicht in ihren Haaren vergraben.

»Nun ja, das sind doch recht eigenartige Geschenke, die Männer so verteilen, und außerdem ist es immer wieder dasselbe«, entgegnete Jane, indem sie ihn von sich stieß und lachend zu ihm aufblickte. »Muss ich heute Nacht damit rechnen, das Geschenk Eurer Person über mich ergehen zu lassen?«

»Wenn ich geruhe, dich mit meinen Gaben zu beehren, dann ja. Doch da du stets eine so gehorsame Dienerin gewesen bist, bezweifle ich nicht, dass du dich meinem Willen beugen wirst …« Sie hob beide Augenbrauen. »… ohne zu zögern.«

Sie ließ die Hände fallen und sah ihn mit jener einzigartigen Mischung aus Entnervtheit und Liebe an.

»Seid doch endlich still, Henry Gresham. Und kommt in Euer Bett.« Euer Bett? Für den Bruchteil eines Augenblicks fühlte Gresham sich in die Zeit zurückversetzt, als er diese Frau zum ersten Mal gesehen hatte. War es das Timbre ihrer Stimme, das ihn auf diese Reise in die Vergangenheit geschickt hatte, oder jene sonderbare Mischung aus Dreistigkeit auf der einen, Verletzlichkeit und Schutzlosigkeit auf der anderen Seite?

Es hatte sich im Jahre 1590 zugetragen, auf einer seiner ersten Exkursionen aus dem beschaulichen Collegeleben von Cambridge hinaus nach London. Damals humpelte er immer noch infolge seiner Verletzung, und das System von Ersatzpferden, das Mannion für ihn aufzubauen begonnen hatte, stand ihm noch nicht zur Verfügung. Kurz vor Bishop's Stortford hatte sein Pferd ein Eisen verloren. Er war sich selbst überlassen gewesen, und das in einem Dorf, das sich noch nicht einmal einer einfachen Schenke rühmen konnte. Mannion kümmerte sich derweil um das Pferd und um Ersatz für das verlorene Hufeisen.

Während er so dasaß, an dem struppigen Gras zupfte und die Halme in den trüben Teich warf, wurde er plötzlich gewahr, dass ihn ein Augenpaar aus einem nahen Gebüsch heraus eindringlich anstarrte.

Er starrte zurück. Ihre Blicke trafen sich, und zwei Augenpaare sahen einander unverwandt an.

Eine dünne, piepsige Stimme ertönte aus dem Gebüsch.

»Wer zuerst blinzelt, hat verloren.«

Gresham war so verblüfft, dass er blinzeln musste.

»Ätsch, schon verloren! Ihr müsst mir ein Pfand zahlen.«

Der Akzent war stark ausgeprägt, die Aussprache jedoch klar.

»Nun, junge Dame«, sagte Gresham, als die erschreckend dürre Gestalt eines sieben- oder achtjährigen Mädchens aus dem Gebüsch ins Freie trat, »ich kann mich nicht erinnern, auf Eure Bedingungen eingegangen zu sein.«

»Aber Ihr habt sie auch nicht zurückgewiesen, Sir, und darum seid Ihr als Gentleman verpflichtet, mir zuzustimmen.«

Irgendetwas stimmte nicht mit dieser Logik, aber Gresham konnte nicht recht ausloten, was es war.

»Und wenn ich nun nicht zustimme?« Die Augen des Mädchens schienen seinen ganzen Kopf einzunehmen. Sie waren von dem dunkelsten Blau, das Gresham je gesehen hatte, und irgendwo tief drinnen sprühten leuchtende Funken.

Das Mädchen zuckte mit den Schultern. »Dann werdet Ihr mich wohl schlagen.«

»Wirst du von vielen Leuten geschlagen?«

»Die ganze Zeit. Ich bin nämlich ein Bankert, und Bankerte verdienen Prügel.« Das kleine Mädchen sagte den Spruch her wie eine auswendig gelernte Litanei.

»Wie oft wirst du geschlagen?«

»Die ganze Zeit. Hier, Ihr könnt es selbst sehen.« Das Mädchen streifte sein loses Hemdchen über die Schultern und ließ es bis zur Hüfte fallen. Ihr Rücken war mit sieben oder acht roten Striemen gezeichnet, von denen die älteren sich bereits in dunkle Male verwandelten. Sie sah ihn über die Schulter hinweg an. In ihrer Haltung und ihrer Stimme lag keine Koketterie; sie stellte lediglich eine Tatsache fest.

»Sie gehen unten noch weiter, aber Ihr seid ein Mann, und deshalb darf ich Euch meine geheimen Stellen nicht zeigen.«

Sorgfältig zog sie ihr schmutziges Hemdchen wieder hoch und hockte sich auf die Fersen, ohne den Blick von ihm zu wenden.

»Kann ich jetzt mein Pfand haben?«

Gresham hatte sich schon oft gefragt, was wohl passiert wäre, wenn sie nicht unterbrochen worden wären. Er nahm an, dass er dem frechen Gör wohl ein paar Münzen zugeworfen und sie davongescheucht hätte. Es war noch die Zeit seiner Umnachtung, eine Zeit, in der er keinen Gedanken an ein anderes Wesen verschwendet hatte, da ihn die Trauer um diejenigen, die er geliebt und verraten hatte, so völlig ausfüllte.

Doch bei dem Wort »Pfand« erhob sich ein empörtes Geschrei aus einer der Hütten, die um den Dorfteich standen. Die klapprige Haustür wurde aufgestoßen und ein ältlicher Mann stürmte heraus.

»Du Biest! Du rotzfreches Hurenbalg! Wo warst du denn, du kleines Flittchen, als deine Pflicht dich gerufen hat? Ich werde dir beibringen, was deine Pflicht ist …«

Das Mädchen wäre vielleicht schnell genug gewesen, um dem Schlag auszuweichen, hätte Gresham ihre Aufmerksamkeit nicht so völlig beansprucht. So reagierte sie den Bruchteil einer Sekunde zu spät, und der Schlag traf sie voll auf den Rücken.

Viel Rücken war da zwar nicht, und was da war, war noch nie ordentlich gefüttert oder gewaschen worden. Aber bluten konnte er wie jeder andere Rücken, wenn er mit einer Zaubernussrute gepeitscht wurde.

Gresham brach dem Mann den Arm. Für einen Soldaten war das kein Problem. Als der Mann zum zweiten Schlag gegen die hilflose kleine Gestalt zu seinen Füßen ausholte, sprang Gresham auf und hatte schon das Schwert in der Hand, ohne dass er es bewusst gezogen oder sich überhaupt daran erinnert hätte. Er schwang den Schwertarm mit dem zusätzlichen Gewicht des Metalls von unten gegen den Unterarm des Mannes, direkt über dem Handgelenk, während er zugleich seinen anderen Arm mit aller Gewalt auf den ausgestreckten Arm niedersausen ließ, genau zwischen Handgelenk und Ellbogen. Das Krachen der Knochen hätte Eis zum Zerbersten gebracht.

Der Bauer lag mit zerschmettertem Arm am Boden und brüllte wie am Spieß. Das Mädchen war mit einem neuen Striemen auf dem Rücken im Gebüsch verschwunden, doch Gresham fiel auf, dass es keinen Laut von sich gab. Die Nachbarn kamen auf den Dorfanger hinausgelaufen, um zu sehen, was da geboten wurde. Unverzüglich umringten sie den edlen Herrn und verlangten Wiedergutmachung, nicht nur für den Schaden, den der Mann erlitten hatte, sondern auch für die Störung des Dorffriedens. Ein Schwert konnte schließlich nur einen Mann auf einmal töten, und in kürzester Zeit sah Gresham sich zehn oder mehr Widersachern gegenüber. Bei der Sache konnte Bares rausspringen, wie die schlauen Bauern sehr wohl wussten.

Dann tauchte Mannions beeindruckende Gestalt auf der Anhöhe auf, die den Dorfteich säumte, und sogleich begann die Lage sich zu beruhigen. Das tat sie für gewöhnlich, wenn Mannion auf der Bildfläche erschien. Die Dorfbewohner, die schon voller Vorfreude ihre Knüppel befingert hatten, hielten es plötzlich für ratsam, sie hinter ihrem Rücken verschwinden zu lassen. Die Verhandlungen nahmen daraufhin deutlich gesittetere Formen an. Der Mann, der da auf der Erde lag und vor Schmerzen laut heulte – »William« hieß er allem Anschein nach –, war ein Hilfsarbeiter. Nun, William würde die nächsten ein, zwei Monate überhaupt nicht arbeiten, so viel war klar. William war auch so etwas wie der Dorfheilige, was ebenfalls rasch klar wurde. Hatte doch tatsächlich den Bankert seiner Tochter bei sich aufgenommen, ja wirklich, dieser Tochter, die Gottes gerechter Zorn getroffen hatte, als sie im Kindbett gestorben war, und das ohne einen rechtmäßig angetrauten Ehegatten.

Gresham sah William an und fragte sich, wie dieses uneheliche Kind überhaupt hatte überleben können. Die Hebamme musste das arme Ding heimlich fortgeschafft und es William erst dann zurückgebracht haben, als es schon so groß war, dass das Bündel im Teich sogar den anderen Dorfbewohnern aufgefallen wäre. Und tatsächlich war da eine besorgt wirkende alte Frau, die in einigem Abstand von den wild gestikulierenden Dörflern im Hintergrund stand.

Es war sehr wenig Geld vonnöten, um sie zu beschwichtigen. Doch was sie alle verblüffte, einschließlich Gresham selbst, war seine abschließende Frage:

»Wie viel wollt ihr für das Mädchen?«

Mannion blickte erschrocken zu seinem Herrn auf und fragte sich ganz kurz, ob er vielleicht gerne Kinder fickte. Bei Gott, solche Männer gab es genug. Und sein Herr, zu diesem Schluss kam Mannion fast im gleichen Augenblick, gehörte nicht zu ihnen. Doch auch er hatte zugesehen, wie das Kind aus dem Leib seiner Mutter geschnitten worden war, und er wusste, dass er, wenn er dieses Kind bei sich aufnähme, vielleicht einen Teil der Verzweiflung würde zurückdrängen können, die ihn an jenem furchtbaren Tag erfasst hatte.

Und das Kind konnte immer noch in Pflege gegeben werden, wenn Gresham irgendwann wieder zu Empfindungen zurückfinden sollte, die einem Mann besser anstanden.

Letztlich war die für das Mädchen entrichtete Summe lächerlich gering. Williams Gesichtsausdruck schien zu besagen, dass eine solche Entschädigung durchaus einen gebrochenen Arm wert war. Gresham malte sich bereits aus, wie er sich in Zukunft jedem vorbeireitenden Gentleman in den Weg werfen und verlangen würde, dass man ihm den Arm brechen solle.

Sie hatte bis zum Moment ihres Aufbruchs keinerlei Gefühlsregung gezeigt. Wie um irgendeine Sache hatte man um sie gefeilscht, und sie war verkauft worden, ohne dass jemand auf die Idee gekommen wäre, sie um ihre Meinung zu fragen. Nun machte sie ihrer Empörung umso heftiger Luft, als sie hinter dem Diener Mannion auf dessen Pferd saß, dem einzigen Platz, der sich für sie schickte.

Sie schrie und kreischte, hämmerte mit den Fäusten auf ihn ein und gebärdete sich so wild, dass sogar Mannions Pferd zu bocken begann und sich protestierend auf die Hinterbeine erhob.

»Was hast du denn nur, Mädchen?«, platzte Gresham heraus.

»Ihr habt mich gekauft«, stieß die dünne, zitternde Eva mit knirschenden Zähnen und tränenüberströmten Wangen hervor. »Ich werde auf keinem anderen Pferd reiten als auf Eurem!«

Gresham hatte schon so viele Männer getötet, dass er es aufgegeben hatte, sie zu zählen. Er hatte erlebt, wie das Wesen, das er auf Erden am meisten liebte, unter schrecklichen Qualen vor seinen Augen gestorben war, und zwar durch seine Schuld. Er hatte binnen weniger Monate mehr Leid erfahren, als die meisten Menschen in ihrem ganzen Leben erdulden mussten. Er besaß ein Vermögen; sein Herz hing an keinem Menschen und an keiner Sache … Und warum, so fragte sich Henry Gresham, reite ich dann in diesem gemächlichen Tempo und friere mich fast zu Tode, während ein siebenjähriger Balg von einem Bauernmädchen in meinen schönen Mantel gewickelt hinter mir thront?

Hätte er diese Frage beantworten können, dann wäre er vielleicht wirklich und wahrhaftig Gott gewesen.

Er trug noch einen Rest seiner eigenen Kindheit mit sich herum. Auch er hatte erfahren müssen, was es bedeutete, unehelich zu sein.

»Finde mir eine Frau, die sich um dieses … kleine Monster kümmert«, hatte er zu Mannion gesagt, als sie London erreichten. Das kleine Mädchen war durch eine kräftige Mahlzeit einigermaßen wiederhergestellt worden. Hätte sie bei ihrer Ankunft in London die Augen noch etwas weiter aufgerissen, dann hätten sie wohl ihr ganzes Gesicht verschlungen.

»Finde mir jemanden, der sich nicht einfach nur um sie kümmert. Finde mir Bedienstete, die sie so lieben wie ihr eigenes Kind.«

Und wie immer hatte Mannion gefunden, was sein Herr suchte.

Jane hatte sich kaum weniger heftig in das Haus verliebt als in den fremden, dunkel gekleideten Mann, der sie vor weiteren Misshandlungen gerettet hatte. Es war ein düsterer, trister und trauriger Ort, an den es sie verschlagen hatte, immer noch beherrscht von der Trauer um Greshams Vater, mit einem Sohn, der entschlossen schien, sein Erbe verkommen zu lassen. Als Kind hatte sie jede Ecke und jeden Winkel des Hauses erforscht, und als sie älter wurde und zur Frau heranreifte, schien sie es mit ihrer Liebe förmlich zu erhellen. Offiziell der Obhut der ältlichen Wirtschafterin anvertraut, war Jane so unmerklich selbst in diese Rolle hineingewachsen, dass niemand den genauen Zeitpunkt benennen konnte, da sie zur unumstrittenen Herrin des Hauses am Strand geworden war.

Es war das bestgeführte Haus in ganz London. Keine Flasche Wein wurde getrunken, keine Speise verzehrt und keine Livree für die Lakaien bezahlt, wenn Jane nicht überzeugt war, dass die Ausgabe gerechtfertigt war. Ein Teil von Jane war immer noch die Wildkatze von früher, und Gresham wusste, dass sie diesen Wesenszug nie verlieren würde. Er erklärte zum Teil ihre urtümliche Sexualität, ihre reine Freude an der körperlichen Liebe. Die Diener bekamen die ungezähmte Jane zu spüren, wenn sie ihren Herrn, das Haus oder sie selbst betrogen. Gresham hatte erlebt, wie sie sich mit eiskalter Wut ein diebisches Hausmädchen vorgeknöpft hatte, mit einem grimmig-konzentrierten Zorn, der beinahe physisch greifbar war. Doch nur wenige Monate später hatte sie fast die ganze Nacht am Bett derselben Dienstmagd ausgeharrt, als es so aussah, als würde das Mädchen einem Fieber erliegen, und hatte sie mit Fleischbrühe gefüttert. Dieselbe Frau hatte er beobachtet, als ein plötzlicher Wolkenbruch die Eingangshalle unter Wasser gesetzt hatte; die Röcke bis über die Knie geschürzt, hatte sie mit den Mädchen gelacht und gescherzt, während sie gemeinsam die braune Brühe auf die Straße geschöpft hatten. Gresham konnte nicht wissen, ob die männlichen Bediensteten sie vielleicht hinter ihrem Rücken lüstern begafften. Nach außen hin behandelten sie sie seltsam fürsorglich; ihr offensichtlicher Respekt hatte fast etwas Ängstliches. Alle Bediensteten sprachen voller Ehrfurcht von ihr, wenn sie auch murrten, wie es Dienstboten nun einmal tun. Doch Janes Essen war immer das frischeste, ihr Zimmer das sauberste, und ihre Bettwäsche strahlte stets im jungfräulichsten Weiß. Auf eine Art und Weise, die Gresham nicht ganz verstand, waren sie unglaublich stolz auf sie. Er wusste – und nahm es fast mit einer gewissen Selbstgefälligkeit hin –, dass viele für ihn in den Tod gegangen wären. Es überraschte ihn, von wie vielen er annehmen konnte, dass sie auch für Jane sterben würden. Allerdings lebte er nun einmal in einer Welt, in der die Diener für die Sünden ihres Herrn oder ihrer Herrin ebenso streng wie diese, wenn nicht schwerer, bestraft wurden. Für die Herrschaft zu sterben war für die Bediensteten der vornehmen Familien keine Frage der freien Willensentscheidung. Es war eine Vorbedingung jedes Dienstverhältnisses.

Gresham wusste noch immer nicht, wie dieses schwierige, unausstehliche Findelkind, das Produkt einer hastigen Vergewaltigung auf einer Dorfwiese, zu seiner Geliebten geworden war.

Er war eines Abends spät nach Hause gekommen, ganz von seinen Geschäften in Anspruch genommen. Das dürre, schmächtige Findelkind hatte sich in eine auffallend hübsche Siebzehnjährige mit einem gebieterischen Willen verwandelt. Sie war in seinem Zimmer auf und ab geschritten und hatte ihm voller ehrlich empfundenem Zorn die diversen Betrügereien geschildert, die seine Diener mit seinem Geld verübt hatten.

»Und außerdem ist da ein noch größeres Verbrechen, für das Ihr Euch verantworten müsst, Mylord!«

»Und welches wäre das?«, fragte Gresham. Er war zu Tode erschöpft von all den Entscheidungen, welche die gesamte Christenheit betrafen, ganz zu schweigen von seiner eigenen unsterblichen Seele. Was kümmerte es ihn da, wenn irgendeine Köchin zu viele Hühner bestellte?

Sie stand da, schlank und aufrecht wie ein Pfeil, und erfüllte das ganze Zimmer mit ihrer unwiderstehlichen Ausstrahlung. »Ihr, die Ihr jedes Recht habt, mich als Euer Eigentum zu beanspruchen, habt mich niemals als eine Frau angesehen!«

Nun, er hatte einen Anfall bekommen, und in dieser Nacht hatte er mehr getan, als sie nur als eine Frau anzusehen – offensichtlich zu ihrer beider Zufriedenheit. Doch als er erwachte, war er mehr als nur ein Mann, dessen Fleischeslust nach einer ausgiebigen Liebesnacht vorläufig gestillt ist. Mit einer Angst, die er nicht einmal im Angesicht einer spanischen Kanone empfunden hatte, einer Angst, die ihm beinahe Übelkeit verursachte, stellte er fest, dass er sich verliebt hatte. Er wusste, dass er seinen freien Willen verpfändet hatte. Er hatte es nicht gewollt. Im Gegenteil, er hatte es bewusst zu vermeiden versucht, wie überhaupt jegliche amourösen Verwicklungen. Es hatte ihm nichts genützt.

Doch Jane hatte sich beharrlich geweigert, seine Frau zu werden. Er hatte sie inständig gebeten.

»Du scheinst meinen Körper als dein Eigentum zu beanspruchen, und zweifellos bist du auch hinter meiner Seele her, seit ich dich das erste Mal gesehen habe, damals an diesem verfluchten Teich! Ich habe gesagt, dass ich dich liebe, oder etwa nicht? Warum willst du nicht eine anständige Frau werden und mich zu einem anständigen Mann machen, indem du mich heiratest? Bin ich zu fett, oder stinke ich etwa? Bin ich dir nicht reich genug?«

In dieser Nacht hatte sie sich einfach umgedreht, nachdem sie miteinander geschlafen hatten. Still und zufrieden hatte sie seine Tiraden über sich ergehen lassen, mit dieser inneren Gelassenheit, die ihn zu noch größerer Raserei trieb. Dann hatte sie sich zu ihm umgewandt und dabei die kalte Luft unter die Decke gelassen.

»Ich habe meinen Dank mit meinem Körper ausgedrückt. Er ist das Einzige, was ich von Gott bekommen habe. Alles andere, was ich besitze, hat vorher einem anderen gehört. Ihr habt das Einzige bekommen, was ich geben kann, so wie ich jetzt bin. Alles andere muss warten.«

»Und doch hast du mir deine geheimen Stellen gezeigt. Du hast mich nach Herzenslust von diesen geheimen Stellen Gebrauch machen lassen.«

Er dachte daran, wie sie ihm zum ersten Mal ihre Wunden gezeigt hatte.

Sie lächelte ihn an, und ihr Strahlen schien das Bett in helles Licht zu tauchen.

»Ja, ich habe Euch die geheimen Stellen meines Körpers gezeigt, und zwar ganz freiwillig.« Dann drehte sie sich wieder um, wandte ihm den Rücken zu. Ihre letzten Worte drangen wie von einem fernen Kontinent an sein Ohr. »Was die geheimen Stellen meiner Seele betrifft, werdet Ihr Euch noch gedulden müssen.«

Gresham konnte sich keinen endgültigeren Gutenachtgruß vorstellen.

Und nun, im Jahre 1605, lag er in seinem riesigen Bett, Jahre nach jener ersten Begegnung, Jahre nach jener Nacht, in der er ihr die Jungfernschaft genommen hatte. Seine Lust war befriedigt, und doch war ihm diese Frau, die er liebte, noch ebenso rätselhaft wie damals, vor so langer Zeit, am Ufer des Teichs in diesem elenden Bauernkaff. Am äußersten Abgrund des Schlafes schwebend, gingen ihm die vertraute Welt von Cambridge, die gefahrvolle Welt des Robert Cecil und die unwägbare Welt Janes ruhelos im Kopf herum, bis sie zu einem wilden Wachtraum verschmolzen. Cecil brüllte ihn an, gab ihm die Schuld dafür, dass seine Geliebte demnächst zur Rektorin von King's College gewählt würde. Er wich vor Cecils geiferndem Zorn zurück, dachte aber zugleich, dass es nicht das erste Mal wäre, dass ein Bastard mit der Leitung dieses Colleges betraut würde.

In seinen Träumen tauchte das aufgedunsene Gesicht von Will Shadwell aus der Tiefe auf.

»Hütet Euch! Hütet Euch!«, raunte der Tote ihm zu. »Das Wasser, in dem Ihr watet, ist zu tief für Eure Seele!«

»Meine Seele, das arme zerlumpte Ding, ist schon vor langer Zeit verloren gegangen«, flüsterte Gresham. »Und ich bin mein ganzes Leben durch zu tiefes Wasser gewatet!«

Darauf verschwand Will Shadwells Geist, und Henry Gresham schlief friedlich ein. Doch kurz vorher fiel ihm noch der Name des Mannes ein, der über seinen Humpen gebeugt in der Schenke gesessen hatte.

»Wintour. Robert Wintour …« Was wusste er über Robert Wintour? Es würde ihm wieder einfallen. Wie immer.

3

Pater Garnet saß im Gefängnis. Es war allerdings ein Gefängnis der angenehmeren Sorte. Das Fachwerkhaus gewährte Jesuiten schon seit Jahren sicheren Unterschlupf; seine Wände waren mit Verstecken gespickt. Im Kamin brannte ein munteres Feuer, die Eichenpaneele schimmerten weich in der Abendsonne, und Wein gab es auch. Aber trotz allem blieb es ein Gefängnis.

In der Wiese vor dem Haus schrie ein Brachvogel. Sein melancholischer, klagender Ruf war wie ein Echo seiner Gemütslage. Pater Garnet war müde, so müde, wie er es in seinem ganzen Leben nicht gewesen war. Es war keine Glaubenskrise. Wenn er sich das Bild unseres Erlösers vor sein geistiges Auge rief, spürte er den sprudelnden Quell der Zärtlichkeit, den beißenden Schmerz der Liebe so stark wie immer, unvermindert und unerbittlich. Es war vielmehr die pure Erschöpfung.

Wie lange war er nun schon in England, wie lange schon kämpfte er für den Glauben, der sein Leben war, kämpfte dafür *mit* seinem Leben?

Er hatte vergessen, wie viele Jahre es schon waren, Jahre des ständigen Abgeschobenwerdens von einem Versteck zum nächsten, Jahre der Verstellung, der im Flüsterton abgehaltenen Messen in abgedunkelten Räumen. Der jesuitische Priester war in England Freiwild, doch dem wirklichen Wild schenkten wenigstens die Hunde einen raschen Tod. Wurde der Priester entdeckt, dann riss man ihm die Kleider vom Leib, fesselte ihn an einen Schlitten aus Weidengeflecht und ließ ihn von einem Pferd durch die Straßen schleifen, wo ihn der letzte Abschaum mit Schmähungen überhäufen und anspucken durfte. Dann zerrte man ihn auf ein Gerüst und hängte ihn am Halse auf, bis die voranschreitende Erstickung ihn an den Rand der Bewusstlosigkeit brachte, um ihn dann flugs wieder abzuschneiden, bevor er tatsächlich ohnmächtig wurde. Anschließend wurde er gepackt und zu dem nahen Block gezerrt, wo ihm der Henker zunächst die Hoden abhackte, um zu demonstrieren, dass er nie hätte geboren werden sollen, und sie dem Priester vor sein schmerzverzerrtes Gesicht hielt. Dann fuhr die grobe Klinge in seine Brust, man riss ihm das Herz heraus und hielt das arme, blutende Stück Fleisch der johlenden Menge hin mit dem Ruf: »Seht das Herz eines Verräters!«

In seinen Träumen verfolgte Pater Garnet dieses Gefühl der ersten Berührung des groben Seils an seinem Hals, die Panik der Strangulation, der scharfe, jähe Schnitt des kalten Metalls. War es ein Zeichen von Schwäche, solche Angst zu haben? Durfte er darum beten, dass ihm diese Schmerzen erspart blieben, oder sollte er darum beten, sie erdulden zu dürfen und so ein glorreicher Märtyrer für den Glauben zu werden? Als guter Mensch betete er weder um das eine noch um das andere. Das erste war ungerecht und eines Feiglings würdig, das zweite war unaufrichtig. Stattdessen betete er einfach, dass ihm Weisheit und Einsicht gewährt würden.

O mein Gott. *Warum hast du mich verlassen?*

Garnets Muskeln spannten sich an. Vor seinem Fenster war Hufgetrappel zu hören. Erwartungsvoll blickte er zu der Glocke über dem Kamin in seinem Zimmer auf. Würde sie läuten, weil ein getreuer Diener unten wild an der Schnur zerrte, dann würde Garnet hastig sein Glas und die Flasche packen, um seine Anwesenheit zu vertuschen; er würde auf den Gang hinausstürmen und gleich ins Nebenzimmer hinein. Der Kamin dort wurde stets sorgsam geschwärzt, der

Korb war immer voll Asche, so als würde hier jeden Tag Feuer gemacht. Hinter dem Kamin lag ein so genanntes Priesterloch, das sich durch einen verborgenen Hebel öffnen ließ. Darin lagen ein Rosenkranz und ein Kruzifix, verschimmelte Essensreste und ein dünnes, vertrocknetes Stück Kot. Das war Beweis genug, dass sich hier einmal ein Priester versteckt, gegessen und geschissen hatte. Der Uringestank, alle drei Tage aufgefrischt durch loyale katholische Diener, denen befohlen wurde, hier ihr Wasser abzuschlagen, verstärkte die Botschaft noch.

Das eigentliche Priesterloch lag dahinter. Zwei Männer konnten sich in gebückter Haltung darin verbergen, jedoch weder aufrecht stehen noch sitzen. Tausend Männer könnten versuchen, den Eingang zu finden, aber sie würden nie dahinter kommen, wenn man es ihnen nicht sagte. Auch ein noch so hell loderndes Feuer im ersten Kamin würde den im zweiten Priesterloch Versteckten nicht ein Haar versengen, selbst wenn jemand, der sich im ersten Versteck aufhielt, unweigerlich verbrannt wäre.

Der Wind trug einen munteren Willkommensruf für den Reiter vom Pförtnerhaus herüber. Pater Garnet entspannte sich und sank in seinen Stuhl zurück.

Eiskalte Panik ergriff ihn, wenn er über diesen törichten Jüngling Catesby und seinen teuflischen Plan nachdachte. Catesby hatte seinem Diener erzählt, was sie vorhatten, anschließend hatte er den Diener wieder zu beruhigen versucht, indem er ihn zur Beichte bei Pater Tesimond geschickt hatte. Der Diener, so dachte Garnet, verfügte über weitaus mehr Verstand als sein Herr, aber das war ja meistens so. Was Tesimond betraf, so hatte er dem Diener die Beichte abgenommen und war darauf gleich zu Garnet gerannt, um wiederum ihm alles zu beichten.

Es war ein Albtraum. Garnet konnte ebenso wenig das Beichtgeheimnis verletzen, wie er seine Seele dem Teufel verkaufen konnte. Er konnte keinem Menschen auf Gottes Erde enthüllen, was Pater Tesimond ihm anvertraut hatte, wollte er nicht seine unsterbliche Seele aufs Spiel setzen.

Es würde nicht nur den Lords und den Mitgliedern der englischen Regierung den Tod bringen, wie Garnet schlagartig klar wurde. Eine einzelne Träne formte sich in seinem Auge, trat hervor und kühlte sich ab, während sie ihre Bahn über seine Wange zog. Es würde auch das Ende der katholischen Sache in England bedeuten, für viele Jahre, wenn nicht für immer, denn es würde das Land im rasenden Hass auf die papistischen Aufrührer einen. Es war das Furchtbarste, das Schrecklichste, was irgendein junger, hitzköpfiger Rebell ausbrüten und in die Tat umsetzen konnte. Und er, Pater Garnet, war durch den feierlichsten aller Eide verpflichtet, sein Wissen für sich zu behalten. Er musste Catesby dazu überreden, den ganzen Plan fallen zu lassen. Eine Gesandtschaft an den Papst musste die Antwort sein. Wenn der Papst die Verschwörung verurteilte, dann müsste doch gewiss auch die maßlose Eitelkeit eines Catesby ihre eigene Verirrung einsehen?

Ein heftiger Krampf zog ihm den Magen zusammen. Zu viel Essen, zu viel Wein und viel zu wenig Bewegung, das wusste er wohl. Oder ein Omen, eine Vorahnung des Henkersmessers, das ihm vor den Augen der heulenden Meute an der empfindlichsten Stelle ins Fleisch schnitt … Schwankend stand er auf und spie den größten Teil dessen, was er an diesem Tag gegessen hatte, in die Flammen des Kaminfeuers.

Kerzengerade und nackt wie am Tag seiner Geburt stand Gresham in dem schlichten Eisenzuber und schrubbte zufrieden an den wenigen Schmutzresten herum, die auf seiner geröteten Haut zurückgeblieben waren. Es war noch vor Sonnenaufgang; zwei flackernde Lampen durchdrangen die Finsternis, und Mannion stand schweigend, ein riesiges Handtuch über den Arm gelegt, in einer Ecke, während das frühmorgendliche Ritual seinen Lauf nahm. Die Kleider seines Herrn lagen über zwei Schemel gebreitet bereit.

Gresham hatte immer noch einen ansehnlichen Körper, dachte Mannion mit stiller Befriedigung, wenngleich Gott allein wusste, weshalb sein Herr darauf bestand, ihm mit Wasser zuzusetzen. Er kannte jede einzelne der Narben, die seinen Körper kreuz und quer überzogen, und konnte wahrscheinlich von jeder Einzelnen sagen, was sie verursacht hatte und wann sie entstanden war. Doch es handelte sich nur um oberflächliche Wunden, und sie waren längst verheilt. Die Hüften waren schmal und muskulös, die Schultern breit und kräftig, und die feinen Haare, welche die maskuline Brust bedeckten, waren allemal angenehmer anzuschauen als die Matten aus welkem Seetang, die so viele an dieser Stelle zur Schau trugen. Mannions offene Bewunderung war frei von jeglicher Befangenheit, ebenso wie Gresham sie ohne jegliche Verlegenheit entgegengenommen hätte, wäre er sich ihrer denn bewusst gewesen. Mannion kannte jeden Zoll dieses Körpers, hatte er ihn doch auf den Schultern getragen, als Gresham noch ein Kind war, und war mit ihm jauchzend durch den Obstgarten getollt. Er hatte ihn einmal, und nur ein einziges Mal, verprügelt, als sein siebenjähriger Besitzer sich herrisch vor ihm aufgebaut und verlangt hatte, dass Mannion ihm aufs Wort gehorchen müsse, da er ja bloß ein gewöhnlicher Dienstbote sei. Viel später hatte er ihn gewaschen, als sein halb ohnmächtiger Besitzer nur leise wimmern konnte ob seiner irrsinnig schmerzenden Wunden, die nie mehr verheilen zu wollen schienen. Er hatte ihn monatelang gefüttert, ohne je ein Wort zu sagen, hatte ihm die Nahrung stundenlang an den Mund gehalten und sie ihm auch bisweilen in den Rachen gestopft, wenn nichts anderes mehr half.

Ohne dass er ein offensichtliches Zeichen bekommen hätte, trat Mannion näher. Gresham streckte die Arme hinter dem Rücken aus, um das Handtuch entgegenzunehmen, das

Mannion, wie er wusste, um seine Schultern legen würde. Ohne sich umzudrehen, sagte er:

»Herrgott, Mann. Du stinkst aus dem Mund. Was um alles in der Welt hast du gestern Abend wieder getrieben?«

Gresham stieg aus der Wanne, drehte sich um und wickelte sich das Tuch um den frierenden Leib.

»Ich habe meine Pflicht getan, junger Herr«, entgegnete Mannion ungerührt.

»Und von welcher Pflicht sprechen wir?«, fragte Gresham kurz angebunden. Er war verärgert, weil seine eigene Gesprächseröffnung ihn nun dazu zwang, zu dieser frühen Morgenstunde Konversation zu treiben.

»Aber Sir, ich bin schließlich ein Mann. Und die Welt muss bevölkert werden.«

Und das, dachte Gresham, zeigte wieder einmal, warum man sich nicht auf Gespräche mit dem Personal einlassen sollte.

Er erlaubte Mannion, ihn anzukleiden. Gresham wusste nicht mehr zu sagen, wann Jane dazu übergegangen war, nachts bei ihm zu schlafen, unabhängig von seinen fleischlichen Bedürfnissen. Er wusste nur, dass es kurz nach ihrer ersten wilden Liebesnacht gewesen war. Er hatte ihr ihre Anwesenheit in seinem Bett übelgenommen, der letzten Bastion, die ihm als Privatmensch verblieben war, als sie sich, anstatt nach dem Paarungsakt zu gehen, lediglich umgedreht hatte und mit dem Rücken zu ihm ruhig auf der anderen Seite des Betts liegen geblieben war. Da lag er, ihr junger und muskulöser Körper, mit seinen Kurven, die so entspannt und fast gelangweilt wirkten wie die schwingende Armbewegung eines erfahrenen Chorknaben mit dem Weihrauchfass. Er hatte versucht, ihn allein durch seine Willenskraft zum Verschwinden zu bringen, und war darüber eingeschlafen. Als er aufwachte, war sie bereits aufgestanden und hatte sich an ihr Tagwerk gemacht.

Er begriff nicht, wie er durch sein Eindringen in ihren Körper zugelassen hatte, dass sie ihrerseits in die Tiefen seiner Seele eindrang.

Jane hatte sich nie in sein stilles Ritual der frühmorgendlichen Waschungen mit Mannion als Leibdiener eingemischt. Die Beziehung zwischen Mannion und Jane gehörte in Greshams Augen zu den großen Rätseln der Menschheit. Nach jenem ersten Tag, als sie so geschrien hatte, weil sie nicht auf Mannions Pferd sitzen wollte, hatte er nie mehr auch nur den Funken einer Meinungsverschiedenheit zwischen ihnen entdecken können. In seiner Gegenwart war ihr Ton untereinander förmlich und eher knapp. Bisweilen glaubte Gresham, dass sie eine Art Code benutzten, eine Sprache, die nur er nicht verstehen konnte. Es kam ihm nie in den Sinn, dass es ihre Liebe zu ihm war, die sie miteinander verband.

Sein Frühstück bestand aus kuhwarmer Milch von den Wiesen nahe Islington vor den Toren der Stadt; dazu gab es frisch gebackenes Brot aus dem hauseigenen Ofen, das himmlisch duftete, mit Käse und Speckstreifen, die so verkohlt waren, als seien sie an einem Lagerfeuer gebraten worden – diesen speziellen Geschmack mochte er nicht mehr missen. Außerdem wurde ein Gericht aus Eiern gereicht, die mit Milch aufgeschlagen und auf dem Herd erhitzt wurden, bis der gelbliche Brei Blasen schlug, sowie der Rest einer Rindfleischpastete. Dr. Perse in Cambridge hatte ihm empfohlen, vor allem ein herzhaftes Frühstück zu sich zu nehmen, und das entsprach auch Greshams Konstitution. Er kannte viele, die überhaupt nicht frühstückten.

Gresham hatte sein Frühstück beendet. Mannion ging kurz hinaus und kam mit einer der Küchenmägde zurück, die den Holztisch abräumte. Ein Rascheln und ein leiser Hauch von Parfüm, und ohne sich umdrehen zu müssen, spürte er, dass Jane eingetreten war. Er gab ihr und Mannion mit der Hand ein Zeichen, sich zu setzen.

Gresham deutete mit dem Kopf auf den Krug mit Dünnbier, und Mannion goss sich einen Humpen ein. Er trank wie ein Loch, verlieh mit lautem Schlürfen seiner Befriedigung Ausdruck und konnte sich gerade noch den Rülpser verkneifen, den er ganz offensichtlich loswerden musste, nachdem er den ganzen Humpen auf einmal in sich hineingeschüttet hatte.

»Nun lass ihn doch in Gottes Namen fahren, Mann, bevor du uns explodierst.« Und Mannion ließ einen Wirbelsturm entweichen, der von seinen Füßen aufzusteigen schien und endlich aus seinem Mund hervorrauschte wie der Posaunenschall am Jüngsten Tage. Jane sah ihn an, wie sein ganzer Körper von dem Rückstoß erbebte, und ihr Mundwinkel zuckte kaum merklich. Gresham betrachtete ihn angeekelt und kräuselte die Oberlippe.

»Du bist widerlich!«, sagte er.

»Jawohl, Sir. Widerlich.« Mannion schenkte sich den Humpen noch einmal voll und stellte ihn heiter lächelnd vor sich auf den Tisch. »Wahrhaft widerlich. Aber nicht mehr durstig, und dafür danke ich Euch.«

Gresham war nie auf die Idee gekommen, sich zu fragen, wie viele andere Gentlemen seines Ranges und Vermögens die wichtigsten Angelegenheiten des Tages nach dem Frühstück mit ihrem Leibdiener und ihrer Geliebten zu diskutieren pflegten. Und über die Frage, wie viele Gentlemen mit Leibdienern gesegnet waren, die an einem Morgen aus zwei Wortgeplänkeln zweimal als Sieger hervorgingen, dachte er lieber erst gar nicht nach. Das Mädchen hatte schon früh deutlich zu erkennen gegeben, dass sie einen Verstand besaß, der ihrem Körper in nichts nachstand, und dies war einer der Gründe, weshalb sie ihn mehr als jeder andere Mensch auf Erden aus der Fassung bringen konnte. Es war so viel einfacher, den Körper als ein Gefäß zu betrachten, das mit dem Gehirn nichts zu tun hatte, und es war weitaus praktischer, wenn Letzteres in einem Mann untergebracht war. Das hatte er auch einmal zu Jane gesagt. Sie hatte gründlich über seine These nachgedacht und ihm dann mit der Wärmpfanne eins übergezogen.

Das Zimmer im Obergeschoss, in dem sie saßen, gehörte zu Greshams bevorzugten Aufenthaltsorten. Ausgekleidet mit dunklen Eichenpaneelen, die zur Zeit der Rosenkriege vor anderthalb Jahrhunderten neu gewesen waren, besaß es ein großes Fenster und einen Balkon, der zur Straße hinausging. Der Lärm der Großstadt drang bereits an ihre Ohren, und das trotz der kostspieligen Glasscheiben in den Fenstern. Wie die meisten Hausbesitzer hatte auch Gresham in der Einführung von Fensterglas keinen Grund gesehen, die alten, unhandlichen Läden abzuschaffen, boten sie doch einen hervorragenden Schutz gegen Angreifer. Als er das Zimmer betreten hatte, waren sie schon offen gewesen und hatten den Blick auf eine feuchte, von Rauch getrübte Morgendämmerung freigegeben.

Gresham umriss mit wenigen Worten, wie sich die Lage aus seiner Sicht darstellte. Er sprach scheinbar zu sich selbst, doch er kannte seine Zuhörer, die ihm ebenso schweigend wie aufmerksam lauschten. Er erwähnte den Tod von Will Shadwell, das Treffen mit Cecil und den sonderbaren Auftrag, Bacon auszuspionieren. Für Jane fügte er noch die Episode mit dem Spitzel hinzu und betonte, dass es keinerlei Belastungsmaterial gegen Bacon gebe. Sie kannten seine Art und wussten, dass diese gründliche Wiederholung der Fakten, dieses laute Denken, ihm in gewisser Weise half, die Dinge in seinem Kopf zu ordnen und den Denkprozess zu beschleunigen. Die Finger seiner linken Hand begannen leise auf dem rauen Holz der Tischplatte zu trommeln, ein seltenes Phänomen bei einem Mann, der seine Bewegungen immer ausgesprochen streng unter Kontrolle hatte.

»Ich bin beunruhigt. Irgendetwas braut sich zusammen. Aufruhr, Ärger, Wirren. Ich weiß es nicht. Aber das Gefühl ist da. Genau wie vor der Sache mit Essex, das gleiche Gefühl. Welche Gerüchte gehen zurzeit auf den Marktplätzen und in den feinen Läden um, Jane? Was ist das Tagesgespräch in St. Paul?«

Die alte Kathedrale von St. Paul war das baufällige Zentrum von London. Obwohl sie vor einigen Jahren ihren Glockenturm durch einen Blitzschlag eingebüßt hatte, war ihre Dominanz ungebrochen. Am westlichen Ende von Cheapside gelegen, nahm sie eine Fläche von fast zwanzig Morgen ein, und Jesus hätte wohl zwei Leben gebraucht, um die Händler aus diesem Tempel zu vertreiben. Hierher kamen diejenigen, die das neuartige Kraut namens Tabak in seinen Bann geschlagen hatte, um ihren Bedarf zu decken, hierher strömten die Dienstboten aus ganz London, um die an der so genannten Siquis-Tür angeschlagenen Stellenangebote zu lesen. Hier traf man den modischen Galan, der wie zufällig seinen feinen Umhang zurückwarf, damit man das Satinfutter sehen konnte, und den jüngeren Sohn, der sich verschämt am Eingang herumdrückte, um sein zerschlissenes Wams vor neugierigen Blicken zu verbergen. Hier auf dem Kirchhof von St. Paul war es, wo man das Blutgerüst errichtete, wo sich das Drama der letzten Zuckungen des Gehängten in Hörweite der am Paulskreuz gehaltenen Predigten abspielte. Puritaner und Papist, Gentleman und Galgenstrick, feine Dame und Flittchen, sie alle begegneten sich hier, mischten sich untereinander, und wenn sich zwei allzu nahe kamen, dann geschah es auch schon mal, dass sie sich prügelten oder aber kopulierten. Die Bauerntölpel, die in immer größerer Zahl in London einfielen, wurden von St. Paul angezogen und zogen selbst wiederum die zwielichtigen Elemente an, die aus ihrer Naivität Profit zu schlagen hofften. Es war die beste Gerüchtebörse in ganz London, nur noch übertroffen vom Königshof selbst.

Jane ging fast jeden Tag hin, um den Buchhändlern einen Besuch abzustatten. Sie hatte sich das Lesen mehr oder weniger selbst beigebracht und bereits die gesamte Bibliothek verschlungen, die Greshams Vater aufgebaut hatte. Nur einmal hatte sie ihn um Geld gebeten, nämlich um damit die Bibliothek aufstocken zu können, und er hatte ihrem Wunsch bereitwillig nachgegeben. Das Haus beherbergte jetzt einen der besten Buchbestände in ganz London. Als Kind war sie für die Buchhändler fast so etwas wie ein Talisman gewesen; die Männer hatten miteinander gewetteifert, weil jeder darauf erpicht war, sie an seinen Stand zu locken. Sie kannten sie als das Findelkind des sagenhaft reichen und merkwürdig zurückgezogen lebenden Henry Gresham und in späteren Jahren als seine »Nichte«. Doch wenn sie jeden Freitag herkam, um gewissenhaft ihre Einkäufe zu machen, dann bekam sie stets die günstigsten Preise, und obendrein den besten Klatsch.

»Diejenigen, die sich für Bücher interessieren, reden natürlich von nichts anderem als von Jonsons *Der Sturz des Sejanus* – es wurde vor rund zwei Jahren im Globe aufgeführt. Eigentlich ist es nicht besonders gut, ziemlich laut und lang. Martha und ich sind damals hingegangen. Der Verleger Thorp hatte es zunächst angenommen und letzten November auch eingetragen, hat sich aber geweigert, es zu drucken, und jetzt hat Blount es übernommen. Jonsons Freunde loben es in seiner Gegenwart, verdammen es aber hinter seinem Rücken, und er ist ziemlich sauer auf den ganzen Rest der Welt.«

Janes Gesicht hellte sich auf, als sie den Klatsch und Tratsch der Buchhändler wiedererzählte.

»Wann war Ben Jonson einmal *nicht* sauer auf den Rest der Welt?«, fragte Gresham lachend, während er sich eine Welt vorzustellen versuchte, in der sein Freund Jonson mit irgendetwas oder irgendjemandem in Frieden leben könnte. »Wer würde sich nicht ärgern, wenn ihn ständig der Geist von Kit Marlowe aus der Hölle angrinste, während dieser clevere Bengel Shakespeare die Massen ins Globe-Theatre lockt? Aber es muss doch noch mehr Gerüchte geben?«

»Da, wo ich hingehe, gibt es immer Gerüchte, wenn auch keine, die Bacon betreffen. Jedenfalls nichts, was über das Übliche hinausginge«, erwiderte sie, die Stirn in nachdenkliche Falten gelegt.

»Und was *ist* das Übliche?«, fragte Gresham behutsam.

»Das Übliche ist, dass er ein Mann von großem Ehrgeiz ist, ein Mann des Gesetzes und ein Mann des Parlaments, der für eine Beförderung dem König seine Seele verkaufen würde. Seine Verlobte ist eine Xanthippe, und er zieht die Gesellschaft von jungen Männern vor.« Sie kicherte. »Genau wie seine Zukünftige, dem Vernehmen nach. Es ist nichts davon zu hören, dass irgendwelche dieser jungen Männer dazu gezwungen werden müssten.« Sie sah ihm direkt in die Augen. »Es ist in letzter Zeit sehr schick geworden, Neues auszuprobieren. Ein Höfling, der mit der neuesten Mode gehen will, wird behaupten, er brauche zwar seine Frauen, liebe aber nur seinen jungen Mann oder seinen Knaben.«

»Sagen sie das tatsächlich? Wie ausgesprochen gewagt«, entgegnete Gresham grübelnd. »Sprechen die Gerüchte auch von Aufruhr, Verrat oder Verschwörung?«

»Sie sprechen vom König«, sagte Jane. »Sie sagen, der neue König fängt an zu kreischen, wenn er blanken Stahl sieht.«

Es wurde gemunkelt, Jakobs Mutter Maria Stuart, die Königin der Schotten, habe mit eigenen Augen ansehen müssen, wie ihr italienischer Liebhaber in irgendeinem gottverlassenen, bitterkalten Palast in Schottland ermordet wurde, als sie das Kind, das einmal Jakob I. werden sollte, schon unter dem Herzen trug. Blank gezogene Schwerter oder Dolche hatten bei ihm seit jeher regelmäßig Tobsuchtsanfälle oder Ohnmachten ausgelöst.

»Sie reden natürlich immer noch über Raleigh. Sind die Leute nicht sonderbar und wankelmütig? Als Essex noch am Leben war, hat der Mob Raleigh gehasst, aber jetzt sagen sie, er sei der erste Engländer, der abgeurteilt wurde, ohne dass über die Anklagepunkte verhandelt worden wäre.« Der Prozess gegen Raleigh, geleitet von dem jähzornigen und speichelleckerischen Kronanwalt Sir Edward Coke, war eine Farce gewesen.

Gresham antwortete mit Groll in der Stimme. »Sprechen sie auch davon, wie Raleigh von dem Mann verraten wurde, der beteuert hatte, sein bester Freund zu sein? Von dem Mann, dessen Sohn Raleigh großziehen half? Reden sie so über Cecil?«

»Sie reden mehr darüber, wie viele im Dienst des Königs in Whitehall beschäftigt sind«, antwortete Jane wahrheitsgemäß. »Und darüber, dass ihre Zahl von Tag zu Tag wächst. Überall erzählt man sich, dass bald jeder Gentleman im Land ein Gehalt als Kammerherr Seiner Majestät beziehen und auch der letzte Arbeiter im Land Anstellung in den königlichen Palästen finden wird. Die schottischen Lords erregen überall Anstoß. Es heißt, dass sie stinken, dass man Flöhe kriegt, wenn man neben ihnen sitzt, dass sie keine Kinderstube haben und dass sie es wie die brünstigen Hirsche treiben, wenn sie nicht gerade so betrunken sind, dass sie gar nichts mehr mitkriegen.«

Gresham wusste, dass über tausend Mann im Dienste des Königs in Whitehall angestellt waren. Wie anders war es doch in den Tagen der alten Königin Bess gewesen, für die jede Münze, von der sie sich trennen sollte, wie ein Tropfen Herzblut gewesen war.

»Die Kaufleute sehen, wie viel der König ausgibt; sie machen sich Sorgen um ihre Gewinne und befürchten neue Steuern.«

»Das ist aber noch nicht alles – es gibt auch Gerüchte über eine papistische Verschwörung, nachdem der Vertrag mit Spanien jetzt unterzeichnet ist. Die Katholiken sind wütend. Der König hat ihnen feierliche Versprechen gemacht, und sie haben große Hoffnungen auf seine katholische Gattin gesetzt.

Aber anscheinend ist alles anders gekommen, und es heißt, dass die Bußgelder einige der bedeutenden Familien noch völlig ruinieren werden.«

»Das ist nicht bloß Gerede, der erste Teil zumindest nicht«, warf Mannion ein. »Es ist wahr.« Wie er es sagte, klang es absolut endgültig. »Die Mädchen in den Bordellen kriegen das Bettgeflüster mit. Die jungen Kaufleute reden nur davon, dass die Regierung zu teuer ist und zu wenig tut. Und sie sagen, dass die Papisten unruhig werden.«

»Nun«, sagte Gresham mit übertriebener Ironie, »das muss dann ja wohl stimmen. Wenn die Mädchen in den Bordellen sagen, dass es wahr ist, wer könnte es dann noch leugnen?«

Jane ignorierte Gresham und fuhr fort: »Jeder Papist, der letzten Dienstag die Predigt unseres Lord Erzbischofs am Paulskreuz gehört hat, dürfte mehr als beunruhigt sein. Er muss wirklich Angst haben. Der Erzbischof hat alle Papisten verdammt und zum Teufel gewünscht. Er sagte, der König würde seinen letzten Blutstropfen hergeben, um den protestantischen Glauben zu verteidigen.«

Es gibt also Zorn im Land, dachte Gresham. Genauer gesagt, drei Arten von Zorn. Den Zorn der Katholiken, den Zorn der Menschen, die von ihrem verschwenderischen König enttäuscht sind, und den wachsenden Zorn des Königs gegen die Anhänger des Papstes. Aber hatte das Land nicht schon immer Zorn gekannt? Und nichts von dem, was er gehört hatte, erklärte Will Shadwells Tod oder sein eigenes instinktives Gefühl, dass etwas nicht stimmte.

Jane und Mannion sahen ihn erwartungsvoll an. Er warf Jane einen unergründlichen Blick zu. Sie fragte sich, welche Gedanken sich wohl hinter diesen dunklen Augen verbargen. Wenngleich sie Gresham besser zu kennen glaubte als irgendein anderer Mensch mit Ausnahme von Mannion, gab es doch Momente, in denen ihr ihre eigene Unfähigkeit, seine Gedanken und Gemütsregungen zu lesen, Angst machte. Hätte sie das Bild sehen können, das vor seinem geistigen Auge stand, sie wäre gleichermaßen bestürzt und entsetzt gewesen.

Gresham dachte an Blut. An seinen Geruch und sein Aussehen. Es gibt keinen Geruch, der dem frischen Menschenbluts gleicht, und keinen Gestank wie den verwesenden Menschenfleischs. Der Erste ist warm, salzig und doch merkwürdig dünn, der Zweite so abscheulich, dass einem auf der Stelle der Mageninhalt hochkommt. Gresham hatte schon so viel Blutvergießen gesehen, so viel totes Fleisch gerochen. Zuweilen war es so schlimm, dass er Jane anblicken konnte – mit all dem Feuer der Jugend, das in ihr loderte, und ihrer unbändigen Lebensfreude –, und doch nur das Blut unter ihrer hellen Haut pulsieren sah; dass er sie vor seinem geistigen Auge von einem Trupp Soldaten vergewaltigt und verstümmelt sah, wie er schon so viele junge Mädchen gesehen hatte, und ihm der üble Geruch ihres Todes in die Nase stieg. Gresham sah den Totenschädel unter der Haut durchschimmern.

Würde es so bald schon wieder eine Rebellion geben? Hatten die Menschen denn gar nichts gelernt aus der Verwüstung, den Qualen und den Ängsten, mit denen erst vor wenigen Jahren die Essex-Rebellion das Land überzogen hatte? Sollten wieder junge Männer durch die Hellebarden von Söldnern dahingemetzelt, ihre dampfenden Eingeweide herausgerissen und ihren Frauen vor die Augen gehalten werden? Sollten die Katholiken wieder ein Blutbad anrichten in der vergeblichen Hoffnung, dass das Land sich ihrem Aufstand anschließen werde?

»Darf ich etwas sagen?«, meldete Jane sich zu Wort, die sich scheute, seinen Gedankengang zu unterbrechen.

»Madam«, erwiderte Gresham mit einer knappen Verbeugung, »die drei Furien sind soeben zum Essen gegangen, da sie eine anstrengende Nacht hinter sich haben und bis zur Erschöpfung Leute niedergeritten haben, und mir stehen auch vorübergehend weder mein Zauberstab noch meine Privatarmee zur Verfügung; ich fürchte also, dass es mir an Mitteln gebricht, Euch am Sprechen zu hindern.«

Jane machte eine wegwerfende Handbewegung, als hätte sie es mit einem ziemlich albernen Kind zu tun.

»Mylord, ich mache mir Sorgen, dass Ihr zwischen die Fronten von Bacon und Cecil geraten könntet. Es ist gefährlich, in Gebiete vorzudringen, die auf keiner Karte verzeichnet sind. Woher wollen wir wissen, welche Auseinandersetzungen es zwischen den beiden geben mag? Wie können wir wissen, ob Ihr nicht von Cecil benutzt werdet, um ihm irgendeinen Vorteil zu verschaffen, vielleicht zu Eurem erheblichen Schaden?«

»Sie hat Recht«, sagte Mannion. »Ich bin weiß Gott kein schlechter Schwimmer, aber nicht einmal ich würde an bestimmten Stellen durch den Fluss schwimmen, wenn ich nicht wüsste, was die Strömung gerade macht.«

Gresham dachte einen Augenblick nach. Er stand abrupt auf, und Essensreste fielen von seiner Kleidung auf den Boden. Irgendetwas hatte sich in seinem Kopf zusammengefügt, während er ihnen zugehört hatte. Er verspürte Angst und eine gewisse Unsicherheit, aber jetzt wusste er, wo sie ihren Ursprung hatte und was er dagegen zu tun gedachte.

»Ich gestehe ein, dass es mit großer Wahrscheinlichkeit gefährlich ist. Aber ich werde nie erfahren, *wie* gefährlich es ist, solange ich nicht mehr herausfinde. Cecil sagt selten die volle Wahrheit, wenn er einem seiner Leute Anweisungen erteilt. Er lässt seine Spione gerne im Dunkeln tappen, genau wie jeden anderen. Männer wie er misstrauen dem Licht.«

Er ging auf Jane zu, zog sie sanft an den Handgelenken hoch und blickte sie unverwandt an.

»Ich treffe mich heute Morgen mit meinen Anwälten.« Das riesige Vermögen, das Greshams Vater ihm vermacht hatte, schloss Besitzrechte an tausenden Morgen Land und zahlreichen Gebäuden ein, und das wiederum brachte immer wieder eine Menge Arbeit im Zusammenhang mit Pachten und Mieten mit sich. Wenn Gresham in London weilte, war sein Anwalt ständig hinter ihm her, beladen mit einem Stapel von zu unterzeichnenden Dokumenten, mit denen man den Weg von St. Paul bis zur Themse hätte pflastern können.

»Und am Abend werde ich dann Moll Cutpurse einen Besuch abstatten. Wenn es irgendetwas zu wissen gibt, wird Moll es wissen. Und morgen werden wir den König sehen.«

Jane stieß einen Quiekser der Begeisterung aus und klatschte in die Hände.

»Schämst du dich denn nicht, Mädchen, dich so aufzuführen wegen eines Abends mit überzüchteten Trunkenbolden und Huren, die auf Kosten der Nation auf den Putz hauen?«

»Aber Sir – ich habe so wenig Gelegenheit, die einen oder die anderen zu sehen! Mein Leben hier ist ja so matronenhaft und hoch anständig. Und wie kann ein Mädchen Trunksucht, Neid, Stolz, Habgier, Völlerei, Geilheit und Faulheit und all diesen anderen *furchtbaren* Sünden widerstehen, wenn sie nicht lernt, sie zu erkennen? Und das sind ja keine *gewöhnlichen* Sünden. Es sind *königliche* Sünden. Es ist geradezu meine Pflicht als loyale Untertanin, mir dies alles anzusehen! Wohin gehen wir eigentlich? Was feiert Seine Majestät denn?«

Mannion grunzte verächtlich. »Seine *Majestät* feiert schon, wenn eine Kuh auf der Wiese einen fahren lässt; Hauptsache, er kann darauf trinken.« Er nahm einen kräftigen Schluck Bier.

Jane schien vollkommen zufrieden damit, in Greshams Abwesenheit auf gesellschaftliche Aktivitäten zu verzichten. Geld und Ruhm zählten im London Jakobs I. mehr als Moral, und die wunderschöne »Nichte« des reichen und geheimnisumwitterten Henry Gresham wäre für jede Gastgeberin ein guter Fang gewesen, wie auch eine begehrte Beute für jeden Mann in der Stadt. Sie schien nie in Versuchung zu geraten, aber das bedeutete nicht, dass die junge Frau in ihr es nicht ausgiebig genoss, wenn sich die Gelegenheit ergab.

»Seine Majestät üben sich ausnahmsweise einmal in Sparsamkeit. Er schlägt zwei Fliegen mit einer Klappe. Das Maskenspiel dient der Begrüßung des kaiserlichen Gesandten, eines gewissen Prinzen Georg Ludwig, und zugleich der Verabschiedung des spanischen Botschafters«, verkündete Gresham.

Mannion hatte sich ein Stück Brot vom Tisch genommen und kaute mit seinen wenigen verbliebenen Zähnen darauf herum.

»Man sagt, der edle Prinz« – niemand konnte mehr Verachtung in das Wort *Prinz* hineinlegen als Mannion – »reise mit überreichlichem Gepäck an.«

»Er bringt drei Grafen mit«, meldete Jane sich eilfertig zu Wort, »einen Baron, vierundzwanzig Edelleute, zwölf Musketiere und einhundert Diener. Ganz St. Paul redet nur davon«, sagte sie geziert.

»Schweine, die sich am Trog voll fressen!«, rief Mannion, während er sich die Überreste von Greshams Mahlzeit in seinen geräumigen Mund stopfte und ein Stück Knorpel ausspuckte. Irgendetwas schien sich in den Ruinen seiner Backenzähne festgesetzt zu haben. Greshams Blick wurde gegen seinen Willen und zu seinem extremen Abscheu von dem Schauspiel angezogen, wie Mannion mit dem Enthusiasmus eines Schatzsuchers auf der Suche nach einer Goldader in seinem Mund herumwühlte.

König Jakob würde es gar nicht gefallen, seine Jagd unterbrechen zu müssen. Es war für seine Gesundheit unabdingbar, dass er zur Jagd ritt, so hatte er der Geheimen Ratsversammlung mitgeteilt, und seine Gesundheit war schließlich die Gesundheit der Nation. Er hatte von den Räten verlangt, ihm einen Teil der Bürde seiner Staatsgeschäfte von seinem gebeugten Rücken zu nehmen. Gresham konnte sich vorstellen, wie Cecil sich die Hände gerieben hatte vor Freude darüber, dass er nun in Abwesenheit des Königs die Zügel der Regierungsgeschäfte allein in der Hand hielt. Andererseits war der Hof derart überschwemmt von spanischen Bestechungsgeldern, dass die Abreise des Botschafters zwingend die Rückkehr des Königs von der Jagd verlangte und vermutlich den gesamten Hofstaat veranlassen würde, Trauer zu tragen.

»Was wird zur Unterhaltung geboten?«, fragte Jane.

»Für die allgemeine Unterhaltung werden diverse fette Ratsherren sorgen, deren Gesundheit einer großen Belastungsprobe unterzogen wird durch das Gewicht der Klunker, die sie und ihre noch fetteren Gattinnen für den Abend anlegen, und dazu ein Wettstreit, an dem sich die meisten Mitglieder beider Häuser des Parlaments beteiligen werden und in dem es darum geht, wer sein Gesicht am dichtesten an den Hintern Seiner Königlichen Hoheit heranquetschen kann.« Gresham geriet allmählich in Fahrt. Er begann in der Stube umherzutänzeln, setzte ein dümmliches Lächeln auf und verbeugte sich vor diversen Wänden und Türen. »Der Sieger erhält eine Leibrente, einen Adelstitel und das Recht, den ersten Schuss auf Cecil, den Grafen von Salisbury, abzufeuern. Der Verlierer muss zur Strafe versuchen, Ihrer Königlichen Hoheit Königin Anne eine intelligente Bemerkung zu entlocken, kann sich aber auch wahlweise erhängen, ausweiden und vierteilen lassen, mit der Begründung, dass dieses Urteil immerhin zu einem relativ schnellen Tod führt.«

»Mylord!«, rief Jane ehrlich schockiert, »Ihr solltet nicht in dieser Weise über den König und die Königin sprechen!« Wenn sie bei Hofe geladen war, befleißigte sie sich der kühlen Gelassenheit einer rätselhaften Schönen, doch wenn sie wieder zu Hause waren, konnte sie sich stundenlang darüber auslassen, wer was getragen hatte und wer mit wem im Gespräch gesehen worden war. Gresham hatte ihr einmal vorgehalten, sie sei verrückt nach allem, was mit dem Königshof zusammenhing, und hatte sie auf einige der weniger appetitlichen Eigenschaften König Jakobs I. von England hingewiesen.

»Es ist durchaus möglich, Mylord«, hatte sie spitz entgegnet, »dass eine Institution göttlicher Natur ist, während ihre Stellvertreter auf Erden bloß Menschen sind.«

Gresham blickte in ihre Augen, die vor Begeisterung funkelten, und gab nach. Wenigstens gab sie sich nicht distanziert, unnahbar und förmlich, das hasste er nämlich.

»Mir ist zu Ohren gekommen, dass Seine Majestät bei Euren guten Freunden Ben Jonson und Inigo Jones ein Maskenspiel in Auftrag gegeben hat, in welchem die Tugenden des Glaubens, der Hoffnung und der Liebe auftreten werden, um Prinz Ludwig willkommen zu heißen und den spanischen Botschafter zu verabschieden. Wir gehen hin, weil unter den Gästen Sir Francis Bacon sein wird – er ist sogar Ehrengast und wird für das Unterhaus eine hübsche kleine Willkommensrede halten. Das Ganze findet natürlich in Whitehall statt. Ich erinnere mich, dass du mir sagtest, du hättest eine äußerst fesselnde Predigtsammlung zu lesen, und ich habe deshalb dem Lordkämmerer mitgeteilt, dass ich ohne Begleitung kommen werde …«

»Sir!«, kreischte Jane entsetzt, bis das Blitzen in seinen Augen ihr die Wahrheit verriet.

Gresham war an eine Liste von Bacons gesellschaftlichen Verpflichtungen herangekommen, indem er dessen Sekretär bestochen hatte. Ein Wort zu einem der Königlichen Kammerjunker hatte genügt, und unverzüglich war eine Einladung an Gresham ergangen. Es verschaffte Gresham eine grimmige Befriedigung, dass er es nicht nötig hatte, sich bei Cecil eine Einladung zu erbetteln. Als Großgrundbesitzer und Schirmherr des nach Meinung vieler führenden Colleges von Cambridge, der zudem als langjähriger Diener der Krone bekannt war, brauchte Gresham diese Art von Unterstützung nicht.

»Soll ich die gnädige Dame oder die Verführerische spielen?«, fragte Jane.

»Du ›spielst‹, was immer *meine* Ehre bewahrt und schützt«, erwiderte Gresham, »und das ist weitaus wichtiger als *deine* weibliche Eitelkeit. Allerdings werde ich eventuelle Informationen, an die du im Lauf des Abends gelangen könntest, gnädig als mir rechtmäßig zustehend entgegennehmen.«

Er hatte Jane einige Jahre zuvor als seine »Nichte« zu einem Empfang bei Hofe mitgenommen und war in Rage geraten, weil sie mit einem jungen Adligen geflirtet hatte. Er hatte ihr gerade eine Ohrfeige geben wollen, als sie ihm eine wahre Flut von Geheimnissen vor die Füße geworfen hatte, allesamt so nachteilig für den Vater des jungen Mannes, dass zwanzig prall gefüllte Börsen nicht ausgereicht hätten, die Informationen zu kaufen.

»Hast du dich denn nicht geschämt?«, hatte er gefragt, einerseits entsetzt, andererseits verblüfft über die Geschicklichkeit, mit der das kleine Luder diesem Narren seine Geheimnisse entlockt hatte.

»Warum denn?«, hatte sie ganz offen und ehrlich geantwortet. »Ich habe mehr Angst davor, ein Kind zu empfangen, als davor, von einem Kind verführt zu werden, und außerdem habe ich es für Euch getan.« Das stimmte, wie Gresham sich eingestehen musste. Dies war eine Frau, die viel lieber im Kampf um Geheiminformationen ihre Kräfte mit einem Mann maß, als dass sie einen Kapaun fürs Abendessen bereitet oder das alljährliche Einkochen überwacht hätte. Handarbeiten waren ihr ein ganz besonderer Gräuel.

Seit diesem Ereignis hatte er von ihren Fähigkeiten Gebrauch gemacht, wann immer es gefahrlos möglich war.

Gresham stand auf und ging im Zimmer auf und ab. »Sag mal, wer begleitet dich bei deinen Besorgungen in St. Paul?«

»Normalerweise der junge Will. Er hofft insgeheim, mich zu heiraten, und er verteidigt meine Ehre …«

»Scherz beiseite.« Wieder einer seiner blitzschnellen, unverhofften Stimmungsumschwünge – wie ein Habicht, der hinter der Sonne hervorschießt, hatte Mannion einmal bemerkt –, und die Luft schien zu Eis zu erstarren. »Ab jetzt wirst du immer drei Männer mitnehmen – zwei, die mit dir gehen, und einen, der euch folgt. Sieh zu, dass Harry mit dabei ist.«

Harry hatte schon im Ausland gekämpft; er war Kanonier auf einem der Schiffe gewesen, die so viele Schüsse auf die riesigen spanischen Galeonen gefeuert und so wenige Treffer gelandet hatten. Er war ein zäher Bursche, bärenstark und vollkommen skrupellos.

»Wie Ihr wollt.« Jane knickste vor Gresham. Ihre Miene wirkte besorgt. »Darf ich vielleicht wissen, warum diese zusätzlichen Vorsichtsmaßnahmen erforderlich sind?«

Weil ich etwas habe geschehen lassen, dachte Gresham, von dem ich mir geschworen hatte, dass es nie passieren würde. Ich habe mich in dich verliebt. Du bist wolllüstig, und dann bist du wieder wie eine Heilige; du bist stark und hart, und du hast die sanfteste Stimme, die ich kenne; du bist von grimmiger Entschlossenheit und im nächsten Moment wieder verletzlich; du kämpfst bis zum bitteren Ende und bist doch wehrlos. Ich verstehe dich nicht, obwohl ich dich im Bett gut kenne, und ich weiß, dass, wenn ich mit dir zusammen bin, mein Herz schneller schlägt und die Palette meines Lebens um einen Farbton reicher ist. Du bist mir ans Herz gewachsen, und das gibt jedem, der auf die Idee kommt, dich zu entführen und festzuhalten und dir wehzutun, Macht über mich. Du könntest gefangen genommen und gegen mich eingesetzt werden, junges Fräulein.

»Ganz gleich, auf welche Fährte Cecil mich ansetzt, es wird in jedem Fall gefährlich werden. Ich kann es mir nicht anders vorstellen, als dass Will Shadwell nach Cambridge unterwegs war, um mich aufzusuchen, und dass irgendjemand dies für einen ausreichenden Grund hielt, ihn deshalb zu töten. Hat diese verfluchte Rosenkranzperle irgendeine Bedeutung? Vielleicht war Will auf etwas gestoßen, was die Katholiken unbedingt geheim halten wollten, oder vielleicht denkt Bacon über eine öffentliche Rückkehr zum römischen Glauben nach. Ich muss annehmen, dass es da eine Verbindung gibt, wenn ich auch nicht weiß, worum es sich handelt.«

»Nun ja«, sagte Jane, »Will Shadwell war gewiss nicht der Typ, der nach Cambridge gegangen wäre, um sich an der Universität einzuschreiben.«

»Schluss mit diesem Unsinn«, sagte Gresham, den sie mit ihrer schnoddrigen Bemerkung und dem Bild von Will Shadwell in Studententracht überrumpelt hatte. Er merkte, dass er sich allmählich ziemlich blasiert anhörte, und wechselte sogleich den Ton, da er wusste, dass er sie damit ärgern konnte. »Du, meine Gnädigste, stellst eine zusätzliche Verlockung von beträchtlichem Wert für jeden Feind dar. Meine Ehre würde es nicht zulassen, dich entführt und von einem Feind gefangen gehalten zu sehen. Wenn ich gezwungen wäre, dich aus irgendeiner Räuberhöhle zu befreien, und so von der Fährte abgebracht würde, dann würde ich gewiss die Witterung, der ich folge, gänzlich verlieren. Das käme mir höchst ungelegen.«

Jane stand auf. »Ich danke Euch, Mylord. Das ist gut zu wissen.« Ihr Ton hätte die Themse mitten im Hochsommer zu Eis frieren lassen können. »Eine armselige Kreatur wie ich darf natürlich niemals *Ungelegenheiten* bereiten.« Sie stürmte hinaus und schmetterte dabei beinahe die Tür aus den Angeln.

Gresham grinste Mannion an. »Ruf sie doch bitte zurück, falls das Treppenhaus noch steht.«

Sie brauchte länger als notwendig, um wieder zu erscheinen.

»Ich wusste nicht genau, ob mein Erscheinen Eurer Lordschaft *gelegen* kommen würde. Wäre Euch daran *gelegen*, dass ich stehen bleibe, oder käme es Euch eher *gelegen*, wenn ich zu Euren Füßen niederkniete?« Ein Pfeil, der abschussbereit auf dem Bogen lag, hätte nicht derart vor verborgener

Spannung zittern können, und so aufrecht und schlank wie ein Pfeil stand sie vor ihm.

Gütiger Himmel, dachte Gresham, du würdest gegen Gott und Luzifer zugleich kämpfen, wenn sie sich wieder versöhnten und sich gegen dich verbündeten!

Gresham, der sein unverschämtes Betragen sichtlich genoss, zeigte mit dem Finger auf sie. »Wirst du dich wohl hinsetzen, du dummes Frauenzimmer, und endlich den Mund halten!«

Jane stemmte die Hände in die Hüften und sah ihm direkt ins Gesicht, mit einer Glut im Blick, die selbst die Feuersbrunst von Gwent in den Schatten gestellt hätte.

»Ja, *Sir*, ich werde mich setzen, wenn das Euer Wille ist. Nein, *Sir*, ich bin nicht dumm, ein Frauenzimmer bin ich auch nicht, und nein, Sir, *ich werde nicht den Mund halten!*«

»Beim Sakrament!«, blaffte Gresham. »Muss ich mich von einem alten Mann bedienen lassen, der nichts als Bier und junge Flittchen im Kopf hat, und von einer jungen Dirne mit einer Stimme wie ein Fischweib und einem dazu passenden Temperament, die jedes Mal an die Decke geht, wenn ihr Herr und Meister etwas von ihr verlangt?«

Mannion war nicht gebildet genug, um die Frage als eine rhetorische zu erkennen, und gab deshalb eine wohl überlegte Antwort. »Jawohl, Sir, das müsst Ihr wohl.«

Es folgte ein Moment eisigen Schweigens, und dann brachen Gresham, Mannion und Jane in schallendes Gelächter aus.

Thomas Percy schmollte. Das war nichts Neues.

»Ich schwöre, der Mann hat mit präparierten Würfeln gespielt. Drei Sechser hintereinander, kannst du dir das vorstellen? Ich habe ihn gefordert, aber der Wirt, dieser Narr, ist zwischen uns gegangen und hat uns nach draußen geschickt.«

Percy war ein exzellenter Fechter, vielleicht nicht ganz vergleichbar mit Jack Wright, aber doch fast. Der Unterschied war, dass Jack Wright focht, um zu gewinnen, mit einer finsteren Intensität, die ebenso Furcht einflößend war wie seine behänden Bewegungen. Percy machte es Spaß, seinen Gegner zu verwunden, ihn hier und da zu treffen und mit ihm zu spielen, bevor er zum tödlichen Stoß ansetzte.

»Als wir uns durch die Menge durchgekämpft hatten, da hat der Bastard sich ganz einfach aus dem Staub gemacht. Dieser Feigling! Ist denn das zu glauben?«

»Er muss von deinen Heldentaten gehört haben, Vetter. Nur wenige Männer würden es wagen, einem Thomas Percy mit dem Schwert in der Hand gegenüberzutreten!« Es war Catesbys samtig-sanfte Stimme. Er saß am Kopfende des Tisches, an dem die Verschwörer zusammen gespeist hatten.

Percy warf Catesby einen argwöhnischen Blick zu. Er forschte nach Anzeichen von Spott, konnte jedoch in Catesbys Augen, die schlichte Gewissheit ausdrückten, nichts dergleichen entdecken. Er zog ein schmutziges Tuch hervor und wischte sich die Schweißtropfen von der Stirn. Percy schwitzte wie ein Schwein oder wie die Innenseite einer Fensterscheibe an einem nasskalten Tag.

Jack Wright, der wie immer in der hintersten Ecke Platz genommen hatte, machte einen seiner seltenen Einwürfe. Er sprach langsam, als müsse er jedes einzelne Wort abwägen: »Was ist mit Euren Bauern und ihrer Klage?«

»Tiere! Nichts als Tiere!«, sprudelte Percy mit neuerlicher Wut hervor. Er packte seinen Humpen und goss sich das Bier so ungestüm in den Hals, dass er die Hälfte verschüttete. Wright warf Catesby einen Seitenblick zu. Der Anflug eines Lächelns huschte über seine säuerliche Miene. Catesby hob eine Augenbraue. Es war so einfach, Percys Zorn zu entfachen, dass es schon fast keinen Spaß mehr machte. Manche Menschen bekamen vor Schreck über Nacht weiße Haare. Hatte ein Leben im Zorn Percys Haar so weiß werden lassen?

»Soll ich sie denn den lieben langen Tag in ihren Dreckslöchern herumlungern lassen, ohne dass sie einen Heller Pacht zahlen? Welches Vertrauen würde Mylord, der Graf von Northumberland, wohl in ein Familienmitglied wie mich setzen, wenn ich ihnen erlaubte, in ihrem eigenen Dreck vor sich hin zu gammeln, ohne Pacht zu zahlen?«

»Tote zahlen keine Pacht ...« Es war Tom Wintour, der das Wort ergriffen hatte; Tom, der von Anfang an in die Verschwörung eingeweiht gewesen war. Er war ein kleiner, dunkelhaariger, drahtiger Mann, dessen ruheloser Geist so gar nicht zu dem düsteren Pessimismus seines älteren Bruders passte. Robert Wintour war erst kürzlich rekrutiert worden. Wieder einmal war er seinem jüngeren Bruder gefolgt, allerdings mit deutlich gedämpftem Enthusiasmus. Nun ja, dachte Tom, das war ja nichts Neues. Er hatte es schon längst akzeptiert, dass er derjenige war, der für beide Wintour-Brüder die Energie aufzubringen hatte.

»Zum Henker mit den Toten!« Percy hatte Gefallen an dem Thema gefunden, und Tom Wintours Witz war er allemal gewachsen. »Dazu ist es ja gar nicht gekommen! Wir haben sie ein bisschen gekitzelt, das war alles. Es gab Zeiten, da hätten sie sich nichts weiter dabei gedacht, als dass sie bekommen, was ihnen gebührt. Das waren noch robuste Kerle, die ihre verdiente Strafe hinnehmen konnten, ohne gleich schreiend zum Kadi zu laufen!«

Und nach allem, was man so hörte, hatten Percys Männer die Frauen und Töchter der Bauern tüchtig gekitzelt, mit der Folge, dass dreißig der Pächter sich direkt beim Grafen von Northumberland beschwert hatten, weil sein Vogt und Gutsverwalter sie angeblich wegen längst entrichteter Pachten attackiert hatte.

»Und was soll's denn auch, Robin?« Percy verfiel in die vertraute Anrede, den Namen, den Catesbys Freunde benutzten. »Warum muss ich hinter meinen Pächtern her sein wie der

Hund hinter dem Hasen? Du weißt warum! Ich brauchte ihr bisschen Geld! Muss ich auch noch den Bankier für diese Verschwörung machen, nachdem ich schon ihre einzige Verbindung zum Hof darstelle und wer weiß was sonst noch alles?« Percy schleuderte ihnen die Frage entgegen wie einen Speer, indes die dichte, glänzende Schweißschicht bereits sein ganzes Gesicht bedeckte. Unter den Achseln seines Hemds waren dunkle Flecken zu sehen – das Wams hatte er achtlos über einen Stuhl geworfen –, desgleichen auf seiner Kniehose oberhalb der Spalte zwischen seinen Gesäßbacken und entlang des Rückgrats.

Auf die erzürnte Frage reagierte Catesby mit einem Lächeln und einer Handbewegung, die wie eine Geste des Dankes wirkte. Es war bei weitem nicht so viel von Thomas Percys Geld in die Kassen der Verschwörer geflossen, wie Percy selbst die Leute glauben machen wollte, doch man hatte in der Tat gutes Geld von ihm verlangt, und er hatte es hergegeben. Wenn dieser wütende, eigensüchtige Wortschwall der Preis war, den er für Percys Geld entrichten musste, dann war Catesby durchaus dazu bereit.

»Du hast alles richtig gemacht«, sagte Catesby beschwichtigend, »und das wissen wir alle. Wir sind dankbar, wahrhaft dankbar …«

Das Duck and Drake am Strand entwickelte sich rasch zu einem der beliebtesten Wirtshäuser Londons, und es war schon seit geraumer Zeit der bevorzugte Treffpunkt der Verschwörer. Seine Lage war praktisch für Catesby, der nur wenige Häuser weiter logierte. Inzwischen hatte Percy sich etwas beruhigt und murmelte nur noch vor sich hin. Sein Zorn würde bald genug wieder aufflackern, wie Catesby wohl wusste. Er kannte die Rede schon auswendig.

War Thomas Percy nicht ein Verwandter des mächtigen Grafen von Northumberland, des Schutzherrn, der ihn zum Vogt von Alnwick Castle, der Feste der Percys in Northumberland, ernannt hatte? Hatte nicht der große katholische Graf ihn, Thomas Percy, allen anderen vorgezogen, indem er ihm die Rolle seines Abgesandten bei dem Emporkömmling König Jakob VI. von Schottland übertragen hatte mit der Weisung, dem schottischen Monarchen die Unterstützung der englischen Katholiken anzubieten im Austausch gegen die schlichte Tolerierung ihres Glaubens? Hatte nicht Percy die Unterstützung des Königs für die katholische Sache gewinnen können, nur um zusehen zu müssen, wie dieser Antichrist Robert Cecil, dieses schwärende Gift im Ohr des neuen Königs, sie ihnen wieder entrissen hatte? War nicht einen Monat darauf eben jener Thomas Percy zum Königlichen Kammerjunker erhoben worden, was demselben Thomas Percy direkten Zugang zu dem neuen König aller Engländer verschaffte? War es nicht Thomas Percy gewesen, der mit John Whynniard und Henry Ferrers die Verhandlungen um die Anmietung des Gebäudes neben dem Oberhaus des Parlaments geführt hatte, des Hauses, von welchem aus ein Tunnel gegraben werden konnte, der im wahrsten Sinne des Wortes die englische Regierung in ihrer Substanz unterminieren würde? Catesbys eigenes Haus in Lambeth lag fast direkt gegenüber. Nicht, dass er eine große Hilfe gewesen wäre. Es war Percys Macht, sein Einfluss und seine gewinnende Art, mit deren Hilfe Percy, wie er gerne betonte, den Handel zum Abschluss gebracht und Whynniard ebenso wie den Katholiken Ferrers dazu überredet hatte, nicht so genau hinzusehen.

Thomas Percy war ein einflussreicher Mann, dachte Catesby, und auch ein nützlicher, aber behaftet mit einem Makel, der tief in seinem Wesen verwurzelt war. Der Zorn, der in seinem Innersten stets aufs Neue aufzuflackern schien – gegen seine Pächter, gegen den Satan Cecil, gegen sein Los auf Erden –, dieser Zorn trieb ihn an, doch er benebelte zugleich sein Urteilsvermögen. War er von edler Geburt? Percys Behauptung, zu Northumberlands Familie zu gehören, war bestenfalls zweifelhaft. Doch das wahre Problem lag darin, dass von den fünf ursprünglichen Verschwörern Percy der Einzige war, der für sich selbst kämpfte.

Catesby wusste, dass er nicht für sich selbst kämpfte. Er kämpfte für Gott. Seine Liebe zur heiligen Messe reichte so weit zurück wie seine Erinnerung. Der Schein der flackernden Kerzen, die Sprache, die irgendetwas tief in seinem Inneren ansprach, die transzendente Vereinigung mit etwas Höherem, Größerem als dem menschlichen Geist – schon als Kind war seine Seele in der Messe aufgeblüht wie eine Blume, die sich zur Sonne hin reckt. Er hatte die Freude erkannt, die dieser Glaube schenkte, doch er hatte auch die drastischen Einschnitte an Leib und Seele gesehen, die dieser Glaube seinem Vater und seiner Mutter beigebracht hatte. Er war gerade acht Jahre alt gewesen, als er Zeuge wurde, wie seinem Vater vor der Sternkammer, dem berüchtigten Gericht des Geheimen Kronrats, wegen der Beherbergung eines Jesuitenpaters der Prozess gemacht wurde. Er hatte diesen Priester gekannt; einen übel riechenden Mann, der den kleinen Robert ständig angelächelt hatte, bis er schließlich an jenem gewissen Abend die Hand in die Hose des Jungen gesteckt und mit seinem Geschlecht gespielt hatte. Wir tun das für Jesus, hatte der Priester gesagt, während er ihn eifrig mit Daumen und Zeigefinger bearbeitet hatte. Und es gibt noch mehr, was wir für Jesus tun können. Und für diesen Mann nimmt mein Vater Kerkerhaft und Hinrichtung auf sich, hatte der kleine Robert gedacht. Er hatte geschrien und wie wild um sich geschlagen, kräftig wie er damals schon war, und dem Priester eine blutige Nase verpasst.

Bald darauf war der Priester verschwunden – heimlich fortgeschafft, wie sie es immer mit ihnen machten. Die Demütigung, die wilde, brennende Bitterkeit, hatten ihn über Jahre begleitet. Er wurde dazu getrieben, bei allem, was er begann, der Beste zu sein – getrieben durch die Erinnerung an einen verlorenen Vater, dessen Leiden seine Seele vergiftet hatte, einen Vater, dessen Martyrium durch die, für die er gelitten hatte, verraten worden war. Doch die Begegnung mit Catherine hatte ihm seinen wahren Weg gewiesen. Er hatte sie vom ersten Augenblick an verehrt. Als er sich in der Hochzeitsnacht mit ihr vereinigt hatte, als ihr nervöses Kichern sich zu einem Stöhnen, dann zu einem atemlosen Keuchen und schließlich zu einem Schrei der Lust gesteigert hatte, da hatte er die wahre Erlösung erfahren. Sie war das schönste, das liebenswerteste, das himmlischste Wesen, das ihm je begegnet war. Seiner schneidigen Erscheinung und seinem Charme zum Trotz war es seine Jungfernschaft, die er in jener Nacht an Catherine verlor. Wie so viele Männer gab er der ersten Frau, die ihn zwischen ihre Schenkel ließ, auch seine Seele hin.

Die Liebe zum Fleisch, zu einem Menschenleib, und nicht zum Leib unseres Herrn Jesus Christus hatte ihn umgarnt. Er war so weit gegangen, die wahre Religion zu verhöhnen, von seiner neuen, menschlichen Liebe dazu verführt, die göttliche Liebe zu leugnen. Gewiss, er hatte weiterhin eine ganze Reihe von Jesuitenpriestern bei sich aufgenommen und versteckt, teils im Gedenken an seine Eltern, teils zu Ehren vieler dieser Priester, die wahrhaftig das Seelenheil ihrer Gemeindemitglieder über alle weltlichen Interessen stellten. Er kam immer seltener zur Messe, und seinen ersten Sohn Robert ließ er zur Empörung der katholischen Gemeinschaft und der Freunde seines Vaters als Anglikaner taufen.

»Und muss ich denn zu allem Überfluss auch noch für das hier aufkommen?«

Percy murrte wegen der Rechnung, und der Ton seiner Stimme zerriss das Gedankennetz, das Catesby gesponnen hatte.

»Keine Angst, Thomas«, sagte Catesby, »hier – nimm's aus meiner Börse, und dazu meinen Dank für deine Gesellschaft.« Er warf ihm den kleineren von zwei Geldbeuteln zu, die er bei sich trug, und er landete mit einem dumpfen Schlag auf den groben Holzplanken des Tisches. Percy hätte ihn nehmen können, doch er rümpfte die Nase und wandte sich ab, um weiter auf Jack Wright einzureden, der alle paar Sätze nickte, doch selbst kein Wort sagte. So fiel dem verlässlichen und stets ruhelosen Tom Wintour die Aufgabe zu, den Beutel zu ergreifen, die Tür zu entriegeln und sich auf die Suche nach dem Wirt zu begeben.

Dann war seine Welt zusammengebrochen, erinnerte sich Catesby, den die Störung durch Percy nur vorübergehend von seinem Gedankengang hatte abbringen können. Sein Sohn Robert, den er und seine Frau abgöttisch liebten, war plötzlich gestorben, gefolgt von Catesbys Vater und dann von seiner liebreizenden, bezaubernden Catherine selbst. Er hatte seinen Leib in Trauer gehüllt, doch in Wahrheit war es seine Seele, die vor tiefem Entsetzen und Verzweiflung schwarz geworden war. Es war eine Strafe Gottes, Vergeltung für seine Abwendung vom wahren Glauben.

Es war ihnen nicht bewusst, all den anderen, doch mit seinem Bestreben, die englische Regierung zu vernichten, gab der schneidige, charismatische Robert Catesby seinem Gott und dem wahren Glauben zu verstehen, dass es ihm Leid tat.

Percy redete unentwegt weiter, launisch wie ein verwöhntes Kind, dem man eine Leckerei verweigert. In ein, zwei Monaten würde er vermutlich tot sein, so wie sie alle. Doch durch ihren Tod würden sie zu Märtyrern des Glaubens werden, sie würden die Tore weit machen, durch die Christus wieder in England Einzug halten konnte. Ein leises Lächeln spielte auf Robert Catesbys Lippen, als er über die Vorstellung nachsann. Christus war gestorben, damit die ganze Menschheit gerettet werden konnte. Was zählten schon ein paar Menschenleben, wenn sie durch ihren Tod England das Leben wieder schenkten?

Sie waren in der Bibliothek des Hauses am Strand. Gresham wusste, dass er Jane hier am wahrscheinlichsten antreffen würde, nachdem sie sich ihrer häuslichen Pflichten entledigt hatte.

»Welche neuen Leute hast du in den letzten drei Monaten eingestellt?«, fragte er.

»Zwei, glaube ich – eine Küchenmagd und einen Hausknecht. Warum fragt Ihr, Sir?«

»Irgendjemand muss Will Shadwell beobachtet haben. Es besteht daher die Möglichkeit, dass irgendjemand auch seinen Dienstherrn beobachtet. Der beste Ort, um einen Mann auszuspionieren, ist sein eigenes Haus ... Walsingham hatte im Haushalt eines jeden Edelmanns in London einen Angestellten in seinen Diensten.«

»Sir!«, empörte sich Jane, »ich würde jedem Einzelnen von ihnen, ob Mann oder Frau, mein Leben anvertrauen!«

»Jane, sie verehren dich, Gott weiß warum – *aber es gibt auf Gottes Erden weit und breit keinen Diener, der frei von Sünde ist!* Das musst du lernen. Es tut mir wahrlich Leid. Es ist eine schwere Lektion. *Vertraue niemandem.* War nicht Judas der Lieblingsjünger Jesu, und was ist ein Jünger anderes als ein Diener? Wie dem auch sei, sie riskieren vermutlich zu viel, wenn sie es mit einem versuchen, der bereits im Haus angestellt ist. Nein, die einfachste Methode wäre, ein verdorbenes Gewächs in diesen Garten der Ruhe einzupflanzen. Was gibt es zu den beiden Neuen zu sagen?«

»Die Magd ist eine entfernte Verwandte von Martha. Sie ist ein reizendes Mädchen, und ich musste ihretwegen mit Eurem Leibdiener schon hart ins Gericht gehen.« Sie warf einen finsteren Blick auf Mannion, der mit den Schultern zuckte, als wolle er fragen, was so ein ehrwürdiger Ausbund an Unschuld wie er denn mit einem jungen Mädchen zu schaffen haben sollte. »Er mag seiner Pflicht Eurem Leib gegenüber nachkommen, aber von den Leibern, die meiner Verantwortung und Obhut anvertraut sind, wird er sich fern zu halten haben. In jedem Fall ist sie keine Spionin. Dazu fehlt es dem armen Ding an Grips, abgesehen von allem anderen.

Der Hausknecht stammt aus Northumberland. Er sagt, er habe früher auf See gedient, und er konnte glänzende Empfehlungen aus den Häusern von Mylord dem Grafen von Northumberland vorlegen. Er ist ein tüchtiger Mann. Ich habe ihn den anderen Bewerbern vorgezogen, weil er Laute spielt.«

Gresham leistete sich den außergewöhnlichen Luxus von fünf fest angestellten Musikern, die an jedem Abend, den er im Haus zubrachte, für ihn aufspielten. Obgleich Gresham Gesellschaften hasste, lag es in seinem eigenen Interesse, wenn er sich dazu zwang, jedes Jahr fünf oder sechs Veranstaltungen auszurichten, deren geschmackvolle und kostspielige Ausstattung sie zu Höhepunkten in Londons gesellschaftlichem Kalender machte. Für solche Ereignisse wurde seine Hauskapelle gewöhnlich durch weitere Musiker verstärkt. Wenn solche bereits im Haus beschäftigt waren, war das Ergebnis in musikalischer Hinsicht besser, allein schon deshalb, weil auf diese Weise mehr geübt werden konnte, was für jeden Musiker außerordentlich wichtig war, wie Gresham wusste. Der Koch zum Beispiel konnte seiner Flöte ganz muntere Töne entlocken, wenn auch vielleicht ein wenig zu munter für Greshams privates Ohr an einem ruhigen Abend; dafür war er mehr als gut genug für eine ausgelassene Abendgesellschaft, bei der die Gäste ohnehin von den Feinheiten der Intonation nichts mitbekommen würden.

»War er schon bei uns, als sie mein Zimmer durchwühlt haben?« Der Raum, den Gresham als Arbeitszimmer benutzte, war vor einigen Monaten des Nachts gründlich durchsucht worden. Nur jemand, der sich in seinen Unterlagen sehr gut auskannte, würde bemerkt haben, dass überhaupt eine Suche stattgefunden hatte.

»Es geschah am Abend seines ersten Tages bei uns«, antwortete Jane stirnrunzelnd.

»Hat dich das nicht misstrauisch gemacht?«

»In dieser Nacht wurden bei drei Häusern in den oberen Stockwerken Fenster eingeschlagen, eines davon war das unsere. Es war ein Einbrecher unterwegs in der Nacht, das steht fest. Ich bin nie auf den Gedanken gekommen, dass der Eindringling irgendetwas anderes sein könnte als ein solcher Kerl, der einfach mitnimmt, was er kriegen kann.«

So dicht gedrängt standen die Häuser in den Straßen Londons, dass selbst die Dächer der nobelsten Anwesen einander häufig fast berührten. Für die Mutigen und Tollkühnen und auch für viele Diebe führten Wege über die Dächer und in die Häuser, die besser und bequemer angelegt waren als die Gassen darunter.

Gresham wandte sich an Mannion.

»Bring mir diesen neuen Mann her, und zwar in einer halben Stunde. Schick ihn in das Ankleidezimmer, das vom hinteren Balkon abgeht.«

»Möchtet Ihr, dass ich dabei bin?«, fragte Jane.

»Ich denke, dieses Geschäft erledigen wir besser allein«, erwiderte Gresham. Diesmal war Jane nicht beleidigt.

Sie begaben sich in den hinteren, dem Fluss zugewandten Teil des Hauses. Greshams Vater hatte dort einen zweiten großen Saal bauen lassen, dazu einen der prächtigsten Balkone Londons mit Blick auf die Themse. Ein Stichkanal, der vom Fluss abzweigte, ermöglichte es, mit dem Boot die eigene Anlegestelle des Hauses anzufahren. Das Zimmer, das sie für das Verhör des neuen Dieners gewählt hatten, wies eine Verbindungstür zum Balkon auf. Es war klein und hatte Wände aus Holzstreben mit Backsteinfüllung.

Auf der Treppe waren schwere Schritte zu hören, dann führte Mannion den neuen Mann herein. Er war groß, gut gebaut und muskulös, Mitte dreißig und hatte einen rötlichen

Haarschopf. Greshams Miene blieb unverändert, als er ihn begrüßte.

»Guten Morgen. Willkommen in unserem Haus. Gefällt dir deine neue Stellung?«

Wenn ihn das freundliche Interesse, das ihm sein Herr entgegenbrachte, irgendwie überraschte, so ließ der Mann – Sam Fogarty, wie er sich vorgestellt hatte – sich jedenfalls nichts anmerken. Er sprach ohne Furcht und blickte Gresham dabei direkt in die Augen. Der Akzent war breit wie ein Scheunentor, aber noch zu verstehen.

»Ich schätze mich sehr glücklich, Sir, in Euer Gnaden Diensten zu stehen. Wer in einem solchen Haus arbeitet, wird von allen Dienstboten in London beneidet.«

Gresham nickte Mannion zu, der lautlos näher trat.

»Sag mir doch, Sam, wie lange arbeitest du schon für Lord Cecil?«

»Cecil, Sir?« Es sprach für Sam, dass er nur unmerklich blasser wurde. »Ich habe noch nie für Lord Cecil gearbeitet. Ich bin aus dem Norden hierher gekommen …«

Er hörte den Schlag nicht kommen, den Mannion ihm versetzte, er sah nur explodierende Sterne und spürte den entsetzlichen Schmerz, der ihn gleich einem Blitz durchfuhr.

Als er Minuten später zu sich kam, waren seine Füße mit einem groben Strick stramm gefesselt, seine Arme locker hinter dem Rücken zusammengebunden. Die obere Hälfte seines Körpers ragte über die geöffnete Falltür, ein schwarzes Loch, aus dem ein übler Gestank in das Zimmer wehte.

»Ein Stoß von Mannion«, sagte Gresham langsam und deutlich, indem er mit einem Pokal Wein in der Hand um den Tisch herumging, an dem er gesessen hatte, »ein Stoß, und du stürzt kopfüber in diesen Schacht. Er ist mit Backstein ummauert. Er reicht bis zu den Grundmauern hinab, und es gibt reichlich Biegungen, an denen du dir den Kopf zu Brei schlagen kannst. Ganz unten ist ein alter Brunnen. Das faulige

Wasser, das vom Fluss hereingesickert ist, hat ihn verdorben. Wir benutzen ihn längst nicht mehr zum Wasserholen. Soweit ich weiß, gibt es keinen Ausgang zum Fluss. Oder irgendwohin. Diejenigen, die den Sturz überleben, plantschen darin herum, solange sie Luft haben, und dann ertrinken sie. Wir hören sie noch einen Tag oder länger, aber irgendwann sind sie alle still. Und jetzt sag mir, wie lange du schon für Lord Cecil arbeitest.«

Sams Kopf stand in Flammen, der üble Geruch von faulendem Fleisch, der aus den Tiefen der Falltür aufstieg, drehte ihm den Magen um.

»Ich weiß nichts von irgendwelcher Arbeit für Lord Cecil …«

Mannion schob Sams Körper ein oder zwei Zoll dichter an die Kante heran.

Sam schrie.

»Weißt du«, fuhr Gresham im Plauderton fort, »ich vergesse kein Gesicht. Ich weiß noch, wie ich einmal vor etwa zwei Jahren … oder waren es drei? … durch den Dienstbotenflügel des Hauses Seiner Lordschaft hinausgeführt wurde. Und da warst du, Master Sam, mit deinem roten Schopf, und hast dich vor den Küchenmädchen aufgespielt. Ich habe dich gleich wieder erkannt, als du zur Tür hereinkamst. Deine Stimme genauso wie deine Haare und dein Gesicht. Damals hast du den Mädchen irgendetwas zugerufen, irgendeinen schlechten Witz hast du gerissen, wenn ich mich recht entsinne …«

Gresham packte den Mann an den Haaren, riss seinen Kopf zurück und blickte in die angstgeweiteten Augen.

»Und jetzt, Sam Rotschopf, frage ich dich zum allerletzten Mal: *Wie lange arbeitest du schon für Lord Cecil?*«

»Sir … Mylord …« Der Körper des Mannes fiel schlagartig in sich zusammen. »Verschont mich. Verschont mich. Vier Jahre. Nicht länger. Bloß vier Jahre.«

»Brich ihm das Bein. Das linke.«

Der Körper wand sich protestierend. Mit einem widerlichen Knacken brach der Knochen unter Mannions Keulenschlag sauber entzwei. Sam schrie erneut.

Mannion zerrte ihn vom Abgrund zurück, schlug die Falltür zu und verriegelte sie fest. Dann drehte er sich zu der sich krümmenden, nach Luft ringenden Gestalt um, schnitt den Strick an den Füßen durch und schiente mit sicheren, geübten Bewegungen das verdrehte Bein.

Sams Körper zuckte nur noch schwach, er schwebte am Rande der Ohnmacht. Gresham drehte seinen Kopf zu sich um, weniger heftig als zuvor.

»Wir werden dir einen Wundarzt bezahlen, der sich um deine Verletzung kümmert. Du wirst wieder gehen können, und zwar genauso gut wie vorher, wenn du vorsichtig bist. Mit den Schmerzen, die du erleiden wirst, bezahlst du dafür, dass du es gewagt hast, Henry Gresham zu bespitzeln. Niemand bespitzelt Henry Gresham. Niemand schleicht sich als Spion in seinen Haushalt ein.

Du wirst an einem geheimen Ort festgehalten werden, bis du wieder gehen kannst. Du wirst Geld bekommen, genug für die Rückreise nach Northumberland und auch noch ein bisschen mehr. Das Weitere liegt bei dir. Deinem Lord Cecil wird man berichten, dass du hier gewesen bist und dass du einen Unfall hattest, bei dem du unglücklicherweise ertrunken bist. Für Cecil wirst du ein toter Mann sein. Sollte er erfahren, dass du noch am Leben bist, wird er annehmen, dass du ihn betrogen hast und zu mir übergelaufen bist, und er wird dich töten. Ich schlage vor, du legst dir einen neuen Namen und eine neue Existenz zu. Die alte ist wirklich und wahrhaftig tot.«

Gresham ließ den Kopf des Mannes fallen und wandte sich zum Gehen. An der Tür blieb er stehen.

»Es ist keine gute Idee, Henry Gresham hintergehen zu wollen. Vergiss nicht, wie gnädig es von mir war, dein Leben zu schonen und dich einfach laufen zu lassen.«

Er ging hinaus und zog leise die Tür hinter sich zu. Zwei Knechte kamen herein und trugen den stöhnenden, halb bewusstlosen Mann hinaus. Mannion brummte ihnen eine kurze Anweisung zu. Sie nickten.

Mannion fand Gresham in der Spielmannsgalerie des Großen Saales.

»Ist es klug, Cecil den Krieg zu erklären?«, fragte er geradeheraus. »Wollt Ihr ihm wirklich eine solche Botschaft zukommen lassen?«

»Mein alter Freund, glaubst du, ich bin ein Narr?«

»Manchmal schon.«

»Nun, da kannst du beruhigt sein. Master Sam glaubt, man habe Cecil seinen Tod gemeldet. Das würde bedeuten, dass er wirklich ein toter Mann wäre, sollte er versuchen, wieder in Cecils Dienste zu treten. Was mich angeht, so werde ich Lord Cecil nicht benachrichtigen. Es ist viel besser, ihn warten zu lassen. Er wird sich fragen, was aus seinem Spion geworden ist, der so plötzlich und spurlos verschwunden ist. Lassen wir Seine Lordschaft ruhig rätseln, mein Alter. Und inzwischen wollen wir herausfinden, was da draußen wirklich vor sich geht. Und warum Lord Cecil einen Spion in mein Haus einschleusen will. Er lässt mich im Ungewissen, was Bacon betrifft. Jetzt werde ich ihn im Ungewissen lassen, was seinen Spion betrifft.«

Mannion grübelte eine Weile darüber nach. »Wer soll Eurer Dame beibringen, dass wir einen Judas eingestellt haben?«

»Ich werde es ihr sagen. Es war nicht ihre Schuld. Es war reiner Zufall, dass ich ihn durchschaut habe. Aber was genauso wichtig ist: Wirst du mir helfen, dem Koch und deiner Herrin zu erklären, warum ich zwei verfaulte Rinderhälften bestellt habe?«

Die Falltür, über der Sam gehangen hatte, führte zu keinem Brunnen. Es war ein Lastenschacht, der in gerader Linie zum Erdgeschoss führte, sodass über den Fluss angelieferte Waren zu den oberen Stockwerken des Hauses hochgehievt werden konnten. Am unteren Ende befand sich ein Schieber. Wenn dieser vorgelegt war, drang kein Licht mehr in den Schacht. An einem Vorsprung wenige Fuß unterhalb der Falltür waren zwei verwesende Rinderhälften aufgehängt; sie sorgten für den Leichengestank, der dem Gedächtnis derjenigen, die über der Falltür hingen, so effektiv auf die Sprünge half.

Nur wenige Häuser weiter entlang des Strands war Robert Catesbys Tischgesellschaft ebenfalls im Aufbruch begriffen. Thomas Percy jammerte immer noch jedem, der es hören wollte, die Ohren damit voll, wie schlecht man ihn behandelte.

Catesby staunte über seine eigene Gelassenheit angesichts der Angst, die er aus den Poren der anderen dringen sah und beinahe schmecken konnte. Selbst die Verschiebung der Einberufung des Parlaments – es würde nun erst am fünften November zusammentreten – war etwas, womit sie fertig werden konnten. Das verfluchte Pulver war nun einmal seinem unaufhaltsamen Verfall unterworfen. Das Risiko, dass irgendwer es zufällig im Keller entdeckte oder dass einer der Verschwörer im Rausch des Weines oder der Liebe mehr enthüllte, als ratsam war – dieses Risiko war stets präsent und wuchs mit jedem Tag, der verstrich. Aber nun waren sie schon so weit gekommen. Sie würden sich ebenso gründlich auf den fünften November vorbereiten, wie sie sich auf den dritten Oktober vorbereitet hatten. Gott würde sie schützen.

Leise begann er die Worte seines derzeitigen Lieblingsliedes zu singen.

»Du bist mein Herr, o Gott …«

Es hatte einen federnden, stetigen Rhythmus und ein lebhaftes Tempo; in seinen Augen eines von Tom Campions besten Werken.

Durch dich werden wir
Unsre Feinde besiegen
Und in deinem Namen
Tret' ich sie in Staub
Tret' ich sie in Staub …

Tom Wintour hielt inne, als er aus der Schenke ins Freie trat. Es war eine Woche her, wenn nicht mehr, dass er zuletzt eine Frau gehabt hatte. Die Huren im Duck and Drake waren von der besten Sorte, gedacht für die gehobene Stammkundschaft des Hauses. Auch zu dieser Stunde waren noch eine Hand voll von ihnen im Einsatz, gekleidet wie Hofdamen. Warum nicht, dachte er, als sein suchender Blick auf den eines ganz besonders hübschen Mädchens traf, das tiefrot gekleidet war. Warum nicht? Er wusste, sie war eines von Moll Cutpurses Pferdchen, und die gehörten zu den besten, die man finden konnte.

4

Am frühen Abend schlüpfte Gresham zum Seiteneingang des Hauses hinaus. Sein Wams war abgetragen und an zwei Stellen genäht, seine Kniehose war verwaschen, der Umhang am Saum zerschlissen. Es wurde immer schwieriger für ihn, inkognito zu agieren, sei es in London oder in Cambridge, aber dass er sich heute in einen verarmten Edelmann verwandelt hatte, war keine Verkleidung, sondern eine reine Vorsichtsmaßnahme. Dort, wo er hinging, machte man sich mit vornehmer Kleidung nicht nur zum Gegenstand der allgemeinen Aufmerksamkeit, sondern zog auch Räuber an, und Gresham wollte beides vermeiden. Sein Schwert verbarg seine kostbare Stahlklinge unter einem schlichten Heft und einer Scheide aus verwittertem Leder. Hinter Gresham trottete Mannion, angetan mit einem groben Lederwams.

»Wir gehen zu Fuß«, informierte er seinen verdrießlich dreinblickenden Leibdiener. »Du wirst mir zu fett, und du brauchst Bewegung.« Falls Mannion irgendeine Erwiderung murmelte, so zog Gresham es vor, sie zu überhören.

Es wäre wesentlich einfacher gewesen, mit einem der hauseigenen Boote den Weg über das Wasser zu nehmen, sei es mit dem kleineren, dessen eine Ruderbank gewöhnlich mit dem breitbrüstigen George bemannt war, oder gar dem prächtigen Vierer, der nahezu königlichen Glanz verstrahlte. Doch Gresham ging lieber zu Fuß, ungeachtet der schmutzigen Straßen und des fürchterlichen Gedränges, das dort herrschte. Manchmal befiel ihn eine innere Unruhe, die sich nur durch körperliche Anstrengung beilegen ließ, und in diesem Fall kam noch das Bedürfnis hinzu, auf Tuchfühlung mit dem pulsierenden Leben der wild wuchernden, zutiefst verdorbenen Großstadt zu gehen. Und natürlich gab es ihm Gelegenheit, grob zu Mannion zu sein.

Der Londoner Lärm war nicht zu übertreffen. Der Strom der Advokaten, der sich von Westminster her ergoss, riss nicht ab. Sie eilten den Strand entlang auf die City zu und lauschten, düster gekleidet und mit gesenkten Köpfen, den Beteuerungen ihrer Klienten. Es war ein langer Marsch, vom Strand über die Fleet Street, am Ludgate vorbei in die City und um St. Paul herum. Von der Watling Street und der Candlewick Street wandten die beiden sich nach rechts in Richtung London Bridge und mischten sich unter die Scharen von Bürgern, die zu den Theatern von Southwark unterwegs waren.

Sie kamen an den Buden der Puppenspieler in der Fleet Street vorbei, die allesamt den Lärm der Kohlenwagen zu übertönen suchten, die Rufe der Kaminkehrer und den unaufhörlichen Lärm der Küfer und all der anderen Arbeiter, deren wichtigstes Werkzeug stets der Hammer zu sein schien. Die Wasserträger mit ihrem Joch und ihrem Paar Holzeimer mit dem merkwürdig bräunlichen Wasser, von dem mehr als nur ein Hauch von Flussgeruch ausging, die Austernverkäufer und die Orangenhändler – alle priesen sie an diesem Sommertag lauthals ihre Waren an.

Sie überquerten die London Bridge, deren uralte Pfeiler die Läden und Wohnungen aus Fachwerk trugen, über die ganz Europa redete. Gresham musterte kritisch das löchrige, verrottende Mauerwerk, spürte, wie die Brücke unter seinen Füßen erbebte, und fragte sich wie jedes Mal, wie lange sie sich wohl noch halten würde mit ihren reparaturbedürftigen Fundamenten, die unaufhörlich den tosenden Fluten der Themse ausgesetzt waren.

Das Dagger in Southwark war Molls Geschäftsadresse, so lange jedenfalls, bis das Gericht oder ihre Gläubiger sie zum

Umzug in eine andere Lasterhöhle zwangen. Hier fand er einen beträchtlichen Teil von Londons Unterwelt versammelt; hierher verkrochen sie sich mit ihren schmerzenden Schädeln. Der Haufen gehörte zu den unschönsten Anblicken, mit denen er je konfrontiert worden war, dachte Gresham – eine Ansammlung von Ratten und Wölfen in Menschengestalt. Er nickte flüchtig einigen Gestalten zu, mit denen er in der Vergangenheit zu tun gehabt hatte. Dann wurden sie in Molls Allerheiligstes geführt, vorbei an drei der stämmigsten Männer in ganz London, alle mit riesigen Knüppeln bewaffnet.

»Hallo, Mary Frith«, sagte Gresham, der angesichts der Gestalt, die sich ihm präsentierte, über das ganze Gesicht grinste.

Auf den ersten Blick war es gar keine Frau, die sie da vor sich sahen. Angetan mit Wams und Kniehose, die Haare kurz geschoren, sah Moll Cutpurse einem Mann täuschend ähnlich. Sie hatte sich breitbeinig auf einen Hocker gepflanzt und hielt einen schäumenden Humpen Bier in der Hand. Die Pfeife, die sie fest zwischen die Zähne geklemmt hatte, verstärkte noch den Eindruck eines Lebemanns, der wild entschlossen ist, den Tag und die Nacht so zu genießen, als ob es seine letzte wäre. Erst wenn man näher hinsah, fielen einem die glatte Haut und die beiden rundlichen Erhebungen unter ihrem Wams auf.

»Von wegen Mary Frith! Du frecher Taugenichts, du Abschaum aus dem Irrenhaus!« Die in Rauch gehüllte Gestalt ließ den Hocker, den sie zuvor auf zwei Beinen balanciert hatte, nach vorne kippen und erwiderte Henry Greshams Grinsen mit einem entsprechenden Blick. »Mary Frith ist schon vor Jahren gestorben, wie jeder wahre Bastard genau weiß.«

Henry Gresham, selbst ein wahrer Bastard, nahm Molls Begrüßung mit einer tiefen Verbeugung entgegen.

»Als Bastard, der ich bin«, erwiderte er, »grüße ich ein noch gewaltigeres Miststück, ob es sich nun Mary Frith oder Moll Cutpurse nennt.«

»Du Hurenbock!«, rief sie freudig aus, erhob sich von ihrem Hocker und ging um den Tisch herum, um ihn zu begrüßen. »Heute kommst du nur noch *zu* mir, um die neuesten Neuigkeiten zu erfahren, wo du doch früher *in* mir gekommen bist! Bin ich denn so abgehalftert, dass ich deinen Appetit nicht mehr wecken kann?«

»Madam«, entgegnete Gresham mit einer noch tieferen Verbeugung, »ich bin alt und erschöpft, bis auf die Knochen ausgezehrt, nur noch die ausgetrocknete Hülse des Mannes, der ich einst war. Ich kann Eure Schönheit aus der Ferne bewundern …« – er trat einen Schritt zurück und musterte anerkennend die schlanke Figur unter den Männerkleidern –, »… aber leider braucht es einen jungen Mann, um eine so jung gebliebene Schönheit zu beglücken.«

Moll setzte sich auf die Tischkante, streckte die Füße in die Luft und nahm einen tiefen Zug von ihrem Bier. Sie leckte sich die roten Lippen und beäugte Gresham interessiert von Kopf bis Fuß.

»Du bist schon immer ein Lügner gewesen, Henry Gresham, und das gefällt mir an einem Mann. Du bist keiner von diesen knauserigen, verkniffenen Lügnern. Du«, sagte sie und pikste ihn mit dem Stiel ihrer Tonpfeife, »du lügst wie der Teufel persönlich und hast deinen teuflischen Spaß dabei. Dafür verzeihe ich dir sogar die blauen Flecken! Und du hattest schon immer einen himmlischen Körper, auch wenn deine Seele in der Hölle zu Hause ist.«

Es war durchaus vergnüglich, mit Moll Geschäfte oder auch Liebe zu machen, doch ihre üblen Launen waren berüchtigt, ihre Stimmung schwankte extremer als der Wasserstand der Themse, und sie hatte schon Männer, aber auch Frauen, wegen einer geringen Schuld ermorden lassen. Sie gehörte zu den gefährlichsten Leuten, die Gresham je kennen gelernt hatte. Sie führte mehr Bordelle und Freudenhäuser als irgendwer sonst mit Ausnahme des Bischofs von London, servierte ihren Wein und ihr Bier grundsätzlich gestreckt und machte für die Hälfte der Londoner Diebeszunft den Hehler. Sie bot den Autoritäten die Stirn, wobei sie auch nicht davor zurückschreckte, auf der Bühne des voll besetzten Swan Theatre vor die johlende Menge zu treten und Balladen zu singen, die auch den hartgesottensten Matrosen erblassen ließen. Sie hatte mehr Verhaftungen auf dem Kerbholz, als sie warme Mahlzeiten gegessen hatte, und jedes Mal hatte sie sich mit dem Geld, das ihr in unbegrenzter Menge zur Verfügung zu stehen schien, vom gröbsten Ärger freigekauft.

»Genug von diesem Geschwätz.« Moll war sehr schnell gelangweilt. »Du hast Moll und ihresgleichen nicht mehr in der alten Weise nötig, selbst wenn ich inzwischen kein anständiger Geschäftsmann geworden wäre, was ich nämlich bin. Und ich höre auch, dass du eine hast, die dir nachts das Bett warm hält – also, was willst du einer Jungfrau stattdessen rauben?«

»Ich habe dir nie irgendetwas geraubt, das du nicht voller Lust zu geben bereit gewesen wärest, Moll Cutpurse«, sagte Gresham mit fester Stimme, »und für alles, was ich mir sonst noch genommen habe, hast du im Gegenzug harte Münze erhalten. In der Tat, genug von diesem Geschwätz – von deinem wie auch von meinem. Die Sache ist einfach. Weißt du irgendetwas, was ich auch wissen sollte?«

Moll ließ sich wieder auf den Hocker hinter dem Tisch plumpsen, bedeutete Mannion, sich zu setzen, nahm einen weiteren gewaltigen Schluck aus dem Bierkrug und forderte einen der Halunken, die an der Tür Wache standen, mit ungeduldigen Gesten auf, ihr Nachschub zu besorgen. Er packte den Krug mit seiner riesigen Pranke, füllte ihn an einem Fass, das in der Nähe stand, und gab ihn ihr zurück. Sie warf Gresham einen missgelaunten Blick zu.

»Du bist schon ein feiner Geselle, Henry Gresham, nicht wahr? Die anderen, die kommen mit Drohungen oder mit Schmeicheleien zu mir, und sie kommen, weil sie eine Frage an mich haben. Wo ist die Börse mit den sieben Engelstalern geblieben, die meinem Freund in St. Paul geklaut wurde?« Mit jeder Frage nahm sie einen neuen jammernden Tonfall an. »Finde ein Mädchen für mich, Moll, ein nettes, sauberes Mädchen. Finde mir einen Jungen, einen netten, sauberen Jungen. Ach, Moll, mein Vetter hat ein hübsches Sümmchen in Silber geerbt, aber es sollte eigentlich mir gehören, Moll, es sollte mir gehören ... Ich bin auf der Suche nach einer Würfelrunde mit hohen Einsätzen, Moll, es können auch Karten sein; wo kann man am besten spielen, Moll? ... Ich brauche eine Frau, die es mir auf *diese* Art macht, ich brauche eine Frau, die es mir auf *jene* Art macht, ich brauche eine Frau, die es mir so macht, wie ich es mir noch nie habe träumen lassen ... so viele Fragen, so viele Verbrechen, so viele Betrüger. Aber du ... du leibhaftiger Satan ... *du* stellst die eine Frage, auf die ich alle Antworten geben muss.«

Moll stand unvermittelt auf, steckte die Daumen in den Gürtel und trat ans Fenster.

»Wenn du hoffst, bei diesem Bacon irgendeinen Erfolg landen zu können, dann kannst du ebenso gut deinen hübschen Kopf in einen Kuharsch stecken, das kann ich dir sagen. Weder du noch die Geheime Ratsversammlung, ja nicht einmal Gott im Himmel wird ihm je irgendetwas nachweisen können, was auch nur einen feuchten Furz wert ist.«

Es war sinnlos, Moll zu fragen, woher sie ihre Informationen hatte oder welcher der vielen Männer, die Gresham beauftragt hatte, Informationen über Bacon einzuholen, ihr Bericht erstattet hatte. Es gab kaum einen großen Haushalt in London, in dem nicht einer oder mehrere der Bediensteten von ihr bezahlt wurden; Informationen waren schließlich eine ebenso wertvolle Ware wie Gold oder Frauen. Gresham wusste, dass Cecil sie in der Vergangenheit gelegentlich als Informationsquelle benutzt hatte – das war auch der Anlass ihrer ersten Begegnung gewesen.

»Also, was weißt du noch, worüber ich Bescheid wissen sollte?«

»Wärest du vor heute Abend gekommen, dann hätte ich dir kaum mehr sagen können. Ich weiß nicht, warum man dich auf diese Fährte gesetzt hat, die nirgendwohin führt. Vielleicht gibt es ja Leute, die dich ganz weit weg haben wollen. Aber ich denke, es braut sich etwas zusammen, was uns ganz unmittelbar betrifft. Etwas, das mehr in dein Gebiet fällt … was zahlst du für weitere Informationen, Henry Gresham?«

»Einen angemessenen Preis.«

»Dann unterhältst du dich am besten mit einem gewissen Mädchen.« Moll winkte einem der Baumstämme in Menschengestalt zu, die das Zimmer bewachten. »Geh und sag Nell, sie soll mit ihrem Geflenne aufhören und herkommen – aber sofort!«

Kurz darauf wurde ein rotwangiges junges Mädchen ins Zimmer geführt, das so aussah, als käme es frisch vom Lande. Sie hatte geweint, und ein dunkelvioletter Bluterguss bedeckte eine Gesichtshälfte fast zur Gänze. Ihr extravagantes rotes Kleid war zerknittert und befleckt. Sie humpelte und fasste sich bei jedem ihrer unsicheren Schritte an die linke Hüfte.

»Ja, Herrin? Was ist denn, Herrin?«, fragte das Mädchen mit ängstlichem Blick.

»Siehst du diesen Mann?«, sagte Moll und deutete auf Gresham.

»Ja, Madam.«

»Nun, vergiss, dass du ihn je gesehen hast. Aber vorher erzählst du ihm noch von letzter Nacht. Los doch, Mädchen. Mach schon.«

»Es war … Ich bin … Ich bin unten gewesen, wo dieser Mann reingekommen is'. Ich hab ihn von früher gekannt, zwei- oder dreimal war's vielleicht. Er war so 'n Ruhiger, aber auch 'n Angeber, wenn Ihr wisst, was ich mein. Wir sind hochgegangen und haben's gemacht, und hinterher, als er bei mir aus dem Zimmer raus is', da war ich noch gar nich' richtig angezogen oder irgendwas, und da kommt dieser andere Mann aus dem anderen Zimmer und rennt irgendwie in meinen Freier rein ... war 'n Versehen, da bin ich mir sicher, gibt ja kaum Licht da oben und ...«

»Mach schon hin, du blöde Schlampe!«, knurrte Moll.

»Also, mein Freier, der hat auf einmal sein Schwert in der Hand, schneller als wie man gucken kann, und schlägt sich mit dem anderen. Der andere is' dann in mein Zimmer gerannt gekommen, und ich hab angefangen zu schreien, und da dreht sich meiner plötzlich um und gibt mir eins mit dem Griff von seinem Schwert, und ich fall schreiend hin, und er tritt mich und sagt, ich soll still sein, und dann stolpert der andere über sein Schwert ...«

Das Mädchen begann wieder zu schniefen und zu heulen. Sie wischte sich die Augen und fuhr fort:

»... und die Spitze von seinem verdammten Schwert sticht mich von der Seite in die Arschbacke, jawohl, richtig fest und tief, und das tut weh, das tut so weh, und die Narbe geht im Leben nich' mehr weg, ich sag's Euch, im Leben nich' ...«

»Es wird ein kurzes Leben sein, Mädchen, so viel ist sicher, wenn du so weitermachst wie bisher«, sagte Moll. »Sag dem Herrn hier, was dein Freier gesagt hat, während er es mit dir getrieben hat.«

»Also, Sir«, sagte die tränenüberströmte Nell, »er war grob zu mir, wirklich grob, und ich sag: ›Sir, könnt Ihr nich' genauso viel Spaß haben, wenn Ihr mit so 'nem armen Mädchen wie mir 'n bisschen sanfter umspringt?‹, und er wird noch heftiger und meint: ›Wenn ich mit diesem verdammten König und seiner verdorbenen Bagage nich' sanft umgeh, dann erst recht nich' mit dir, Mädel.‹«

Gresham warf dem Mädchen eine Münze zu. Sie fing sie mit einer geübten Bewegung auf, obwohl sie wusste, dass man sie ihr wieder wegnehmen würde, sobald sie aus dem Zimmer war. Sie sah Gresham mit einem schwachen Lächeln an und warf Moll einen flehenden Blick zu. Moll ignorierte ihn und bedeutete dem Mädchen zu gehen.

»Ist das alles?«, fragte Gresham.

»Nein, keineswegs«, antwortete Moll. »Der Name des Mannes ist Tom Wintour.«

Der Name löste in ihm die Erinnerung an den trübsinnig wirkenden Mann in der Schenke aus. Robert Wintour, Toms Bruder.

»Er hat den anderen Mann beinahe umgebracht, und mir hat er ein gutes Mädchen für eine Woche oder länger außer Gefecht gesetzt. Ich war nicht eben erfreut. Also habe ich ihn von drei Jungs stellen und hinters Haus bringen lassen, um ihm eine Lektion zu erteilen. Er hat einen der Burschen mit einem Dolch erwischt, den er unter seinen Kleidern versteckt hatte, und es wurde ernst. Er hat meine Jungs angeschrien, dass das alles gar nicht wirklich ihm passieren würde, denn er hätte einen Auftrag von Gott. Es wurde so schlimm, dass ich selbst hingelaufen bin. Aber bevor ich bei ihnen ankomme, erwischt dieser Wintour einen meiner Männer am Hals, schlüpft zwischen den beiden anderen durch und kommt ungeschoren davon. Es ist schlecht fürs Geschäft, in jeder Beziehung. Einer von meinen Leuten wird vielleicht nicht durchkommen. Es dürfte eigentlich keinen Mann geben, der meine harten Jungs schlägt. Das ist schlecht für meine Ehre, verstehst du? Der andere Mann, den er in der Nacht attackiert hat, ist schlimm verwundet und wird nie wieder gerade gehen können. Und das ist schlecht für den Umsatz. Immer schön sauber, immer schön ruhig ist die Devise.«

Robert Wintour. Tom Wintour. Wintour von Huddington Court. Jetzt erinnerte er sich wieder, und alles wurde plötzlich klar. In den westlichen Grenzgebieten war es ganz schlimm mit der alten Religion; dort trotzten sie der Regierung in London, die ihnen ihren Katholizismus wegnehmen wollte. Gresham war geschickt worden, einen ganz besonders verstockten alten Katholiken auszuforschen, einen gewissen Sir John Talbot, den Erben der Grafenwürde von Shrewsbury. Man befürchtete, dass er eine Rebellion planen könnte. Wie sich herausstellte, war er harmlos – was jedoch die Regierung nicht davon abgehalten hatte, ihn über zwanzig Jahre hinweg immer mal wieder einzusperren. Gresham hatte mit einer gewissen Faszination erkannt, wie dieses Netz von Blutsverwandtschaften, Heiraten und Allianzen die großen katholischen Familien der Region kreuz und quer miteinander verknüpfte und sie wie ein fein gewirktes Tuch zusammenhielt. Wie Gresham jetzt wieder einfiel, hatte Talbots Tochter Robert Wintour geheiratet. Tom Wintour war der jüngere Bruder, jedoch der klügste Kopf der Familie. Von ihrem Familiensitz Huddington Court ging das Gerücht, dass sich dort mehr Priester verstecken konnten als im gesamten Vatikan.

»Also, ein Prahlhans verprügelt eine Hure, verwundet ein paar Männer, verflucht den König und faselt etwas von einem göttlichen Auftrag … das ist nicht sehr viel, Moll.«

»Nicht für einen wie dich, Henry Gresham, der sein Erbe hat und sein täglich Brot nicht im Schweiße seines Angesichts verdienen muss. Moll muss schließlich für seinen Lebensunterhalt schuften.«

Gresham fiel auf, dass Moll von sich selbst in der männlichen Form gesprochen hatte. Es war eine Angewohnheit, in die sie nur verfiel, wenn sie es ganz besonders ernst meinte – oder wenn sie ganz besonders gefährlich war.

»Aber das ist noch nicht alles«, fuhr sie fort. »Sagt dir der Name Catesby irgendetwas? Jack Wright? Kit Wright?«

Die Namen hallten irgendwo in den Windungen von Greshams Gehirn wider. Catesby … ein gut aussehender junger

Mann auf dem verhängnisvollen Marsch der Essex-Unterstützer durch London, der mit sinnlosem Mut gegen die anrückenden Anhänger der Krone ankämpfte …

»Kleine Fische, die einst im großen Teich des Grafen von Essex schwammen?«

»Die närrisch genug waren, durch die Straßen von London zu ziehen, um das Volk für den großen Narrenfürsten zu gewinnen, wo doch jedes kleine Kind ihnen hätte sagen können, dass sie zum Scheitern verurteilt waren!«

»Was haben diese kleinen Fische mit Tom Wintour zu tun?«

»Mit Tom Wintour? Eine ganze Menge, so oft wie die ganze Truppe nur einen Steinwurf von dir entfernt am Strand ein Hinterzimmer in einer Schenke mietet.«

»Und was sollte eine Gruppe von Freunden daran hindern, sich zu einem guten Essen zusammenzufinden, um von den alten Zeiten zu schwärmen, als sie beinahe die gute Königin Bess vom Thron gestürzt hätten?«, fragte Gresham in der Rolle des Advocatus Diaboli.

»Mit einem Priester, der im Nebenzimmer die Messe liest, mit verschlossenen Türen und jeder Menge feierlicher Schwüre? Und mit einem Thomas Percy, der mit der ganzen jämmerlichen Truppe dick befreundet ist?«

Der Graf von Northumberland, Anführer eines nicht unbedeutenden Kontingents englischer Katholiken, hatte sich Gresham empfohlen, indem er sich als entschlossener Widersacher Cecils geriert und die missgebildete Kreatur bei jeder sich bietenden Gelegenheit in geziemender Weise verunglimpft hatte. Northumberlands Aktivitäten hatten wieder einmal das einmalige Talent der englischen Katholiken unter Beweis gestellt, sich stets auf die Seite des Verlierers zu stellen. Thomas Percy war Gresham als ein schwächlicher Mann in Erinnerung, der behauptete, enger mit Northumberland verwandt zu sein, als die meisten zu glauben bereit waren, und den Northumberland offenbar, aus welchen Gründen auch immer, zum Verwalter von Alnwick Castle, diesem feuchten Gemäuer an der trostlosen Küste von Northumbria, ernannt hatte.

»Weiß Cecil davon?«

Moll wandte sich ihrem Humpen zu; ihre Miene verriet Unbehagen. »Ich bezweifle es. Wenn er es weiß, dann jedenfalls nicht von mir. Cecil und ich, wir … haben die Geschäftsverbindungen abgebrochen, so wie die Dinge stehen.«

»Aber Moll«, sagte Gresham, und ein angedeutetes Lächeln hellte seine Miene auf, »was haben wir Seiner Lordschaft denn getan?«

Moll blickte finster drein, doch plötzlich ließ sie ein leichtes Grinsen über ihre Züge huschen.

»Na ja, es war doch eine gute Ballade. Das Publikum im Swan war begeistert. Hier – sie war so gut, dass ich mir schon drei Stunden, nachdem ich sie gesungen hatte, das hier auf der Straße kaufen konnte.«

Gresham betrachtete den primitiv bedruckten Bogen mit dem Text der Ballade, den Moll ihm in die Hand drückte. Er las die Worte mit wachsender Verblüffung, und seine Laune hob sich merklich.

»Ich würde Cecil ja so gut wie alles zutrauen«, sagte er, bemüht, eine halbwegs ernste Miene zu wahren, »aber doch wohl nicht mit einer dreibeinigen Ziege *und* einem Kerzenständer?«

»Ja nun, wir Poeten müssen unserer Fantasie freien Lauf lassen, nicht wahr? Pass bloß auf – das hat immerhin einen ganzen Penny gekostet!«, rief sie, als Gresham das Blatt in seine Tasche steckte.

»Setz es auf die Rechnung«, sagte er ungerührt.

»Das war immer noch nicht alles«, fuhr sie fort. »Will Shadwell war doch einer von deinen Männern, nicht wahr?«

»Jetzt ist er niemandes Mann mehr, außer vielleicht des

Teufels, fürchte ich«, erwiderte Gresham, dessen Interesse wieder erwacht war. »Was ist mit ihm?«

»Ich habe heute von seinem Tod erfahren. Eine Woche vorher hat er noch hier gegessen, im Norfolk-Zimmer.« Die Privaträume in der Schenke waren nach den englischen Grafschaften benannt, das behauptete jedenfalls Moll. Gresham dagegen glaubte, dass sie nach den edlen Herren benannt waren, die sich dort mit ihren Huren verlustiert hatten. »Er hat mit Thomas Percy gegessen.«

»Tatsächlich?« Greshams Gesicht war versteinert, undurchschaubar. Ob Thomas Percy wohl einen Rosenkranz um den Hals trug?

»Hattest du an die Möglichkeit gedacht, dass er vielleicht mit Neuigkeiten unterwegs zu dir war?«

»Daran gedacht habe ich«, sagte Gresham.

»Percy hat an dem Abend viel getrunken. Sehr viel. Will tat so, als sei er betrunken, aber ich schwöre dir, er war die ganze Zeit stocknüchtern. Will hat nie ein Glas abgelehnt, es sei denn, er war an einer Sache dran, darauf würde ich einen Eid leisten. Wusstest du, dass Will ein sentimentaler alter Narr war?«

»Ich wäre nicht unbedingt zu diesem Ergebnis gekommen, wenn ich seinen Charakter hätte beurteilen sollen.«

»Nun, er besaß einen Ring, einen goldenen Ring, den er an einer Kette um den Hals trug. Niemand konnte das wissen; es sei denn, man sah ihn einmal ohne Kleider. Er hat ihn für das Mädchen gekauft, an das er seine Unschuld verloren hatte. Sie starb jung – irgendeine tragische Geschichte, ich erinnere mich nicht an die Einzelheiten, und wen interessiert's auch? Aber den Ring hat er immer bei sich getragen. Er war sein Talisman. Hat ihn nie abgelegt, auch im Bett nicht.«

»Hat diese romantische Geschichte einer jungen Liebe auch eine Moral?«, fragte Gresham grob.

Moll sah ihm gerade in die Augen.

»Es ist mir immer wieder ein Rätsel, wie du es geschafft hast, so lange am Leben zu bleiben. Ja, die Geschichte hat eine Moral. Und die lautet, dass vor zwei Abenden ein ungeschlachter Grobian hier hereingeschneit ist, der Will Shadwells Ring an seinem dicken, haarigen Finger trug!«

Gresham war einige Augenblicke lang sehr still.

»Und dieser Grobian – wie heißt er?«

»Sam Fogarty – das behauptete er jedenfalls. Ein Berg von einem Mann mit roten Haaren.«

»Und einem Northumbria-Akzent so breit wie die Nordsee?«

Moll sah ihn verblüfft an.

»Du kennst ihn?«

»Ich glaube, wir sind uns mal begegnet«, erwiderte Gresham. Es war klar, dass er nicht mehr sagen würde.

»Hör mal, du Urvieh«, wandte sich Moll plötzlich an Mannion, da sie wieder von einem ihrer berühmten Stimmungsumschwünge erfasst wurde, »weiß dein Herr eigentlich, was du in meinen Häusern für Rechnungen anhäufst?«

Mannion erhob sich mit der trägen Leichtigkeit eines Mannes von der Hälfte seiner Jahre.

»Ich gehe, wohin mein Herr mich schickt, Mistress Moll. Wenn ich unerkannt bleiben soll, dann darf ich doch nicht auffallen, oder? Ich muss mich im Hintergrund halten und mich meiner Umgebung anpassen. Hat nicht ein weiser Mann einmal gesagt: ›Kommst du nach Rom, dann tu es den Römern gleich‹?«

»Nach dieser Logik würde es mich interessieren, was du tun würdest, wenn es dich nach Sodom verschlagen sollte«, entgegnete Moll bissig. »Ich wundere mich, dass ein Mann wie du sich solche Unverschämtheiten gefallen lässt«, sagte sie an Gresham gewandt.

»Er hat ein sehr kleines Hirn«, sagte Gresham leichthin, »und das bedeutet, dass er mit seiner Rute denkt, die unglücklicherweise wesentlich größer ist. Ich werde ihn zurechtweisen, und er wird zweifellos noch wegen seiner Unverschämtheit Tränen vergießen.«

Er griff in seinen Mantel, zog eine Geldbörse hervor und warf sie auf den Tisch, wo sie mit einem dumpfen Geräusch landete.

»Großzügig wie immer, Sir Henry. Warum spielst du, der du so viel hast, diese gefährlichen Spiele? Du hast es doch gewiss nicht nötig? Warum spielst du Lord Cecils Spiel?«

»Wer will behaupten, dass es nicht Cecil ist, der mein Spiel spielt? Ich spiele, weil ich muss«, sagte Gresham. Das jedenfalls entsprach der Wahrheit. »Und weil in so vielen Dingen der Tod lauert, ist es die Langeweile, die ich am meisten fürchte. Du kennst das Gefühl besser als alle anderen, meine alte Moll. Wir sind vom gleichen Schlag.«

Sie sah ihn einen Augenblick an.

»Das sind wir – und haben beide beste Aussichten, am Galgen oder auf der Folterbank zu enden.«

Es entstand ein kurzer Moment vertrauten Schweigens.

»WAS IST DAS FÜR EIN VERFLUCHTES GESÖFF, DAS MIR DIESE VOLLTROTTEL DAUERND VORSETZEN?«

Ohne Vorwarnung schleuderte sie dem Mann, der am nächsten zur Tür stand, ihren Humpen an den Kopf. Er krachte ihm gegen die Stirn, wo er eine tiefe Schnittwunde hinterließ. Eine Sekunde später blitzte ein Messer auf. Es erwischte den Ärmel seines Wamses, als er gerade die Hand zu seinem verletzten Kopf heben wollte, und heftete ihn an die Tür.

»*So* muss man kämpfen«, sagte sie befriedigt, während das Blut vom Kopf des Mannes auf den Boden tropfte. »Schnell, unberechenbar und immer hellwach. So sollte ein Mann kämpfen.«

Es gab keine Diskussion über das angemessene Verkehrsmittel für die Fahrt zum Maskenspiel des Königs in Whitehall.

Der Sonntagsstaat, den Gresham und Jane angelegt hatten, hätte einen Marsch durch die Straßen nicht überlebt und auf dem Rücken eines Pferdes zumindest stark gelitten. Janes Kleid war nicht so durchscheinend, wie es derzeit bei vielen Hofdamen Mode war; es war aus einem tiefsmaragdgrünen Stoff gefertigt und mit Perlen besetzt. Sie trug eine Halskette, die Lady Gresham gehört hatte, mit einem Diamanten in der Mitte, der denen des Königs an Vollkommenheit nicht nachstand. Gresham trug wie gewöhnlich ein schwarzes Wams, allerdings aus so feinem Satin, dass es zu leben und zu atmen schien, jeder seiner Bewegungen fließend folgte und seinen muskulösen Körperbau eher betonte als verhüllte. An seinem Finger steckte ein einzelner Ring, welcher den Gresham-Smaragd einfasste – auch dieser ein Edelstein, angesichts dessen der von Juwelen besessene König Jakob vor Neid so grün wie der Stein selbst geworden wäre.

Die Ruderbänke der Barkasse waren mit vier Mann besetzt, und jedes Ruderblatt war mit Blattgold verziert. Am Heck befand sich eine kleine Kabine, deren prächtig gewirkte Vorhänge zurückgezogen werden konnten, um den Blick auf den Fluss freizugeben, oder geschlossen, falls die Passagiere auf ihren beiden vergoldeten, in der Pracht ihrer Verzierungen fast thronartigen Sitzen es vorzogen, nicht gestört zu werden. Das größere Boot verlangte acht Mann Besatzung, doch Gresham verspürte einen Widerwillen gegen den Pomp, den seine Benutzung bei einem so viel beachteten Anlass demonstriert hätte.

Eine ganze Reihe von Wasserfahrzeugen bewegte sich flussaufwärts in Richtung Whitehall, gegen die Strömung und die Flut zugleich ankämpfend. Die Festivitäten und Lustbarkeiten dauerten schon den ganzen Tag an, doch die meisten der Gäste, die nicht unmittelbar am Hofe residierten, trafen erst zum Höhepunkt der Feierlichkeiten ein, dem großen Festmahl und dem von Ben Jonson verfassten Maskenspiel.

Gresham blickte über den Fluss hinweg, unberührt von der freudigen Erregung, die Jane an seiner Seite ausstrahlte. Ein schweres, reich verziertes Boot mit einer unerfahrenen Mannschaft war vom Kurs abgekommen, nachdem einer der Ruderer aus dem Takt geraten war; es hatte einen Schlenker gemacht und einen einfachen Ruderkahn gerammt, wobei ein Teil des Bugs zersplittert war. Die beiden Boote lagen manövrierunfähig im Wasser und wurden langsam flussabwärts getrieben, aneinander gefesselt durch den Dregganker des Ruderers, der tief im Rumpf der Staatsbarkasse steckte. Lautstarke Beschimpfungen flogen zwischen dem Mann im Ruderkahn und dem ranghöchsten Diener in der feinen Barkasse hin und her, während der fette Ratsherr in der Barkasse seine Würde zu wahren suchte und so tat, als gehe ihn das ganze erniedrigende Spektakel nichts an.

Den ganzen Tag über war am Hof der Wein in Strömen geflossen – spanischer Wein, französischer Wein, der süße Weißwein, den der König so sehr liebte, Wein aus Alicante, Rheinwein, Muskateller, Schaumwein, Madeira, edle Sherrys und dazu auch noch Ale und andere Biere – und der Strom würde die ganze Nacht über nicht versiegen. Jede Kreatur, die auf Gottes Erde ging, flog oder schwamm, würde gehäutet, gerupft oder geschuppt werden, sodann gebraten, gekocht, in Öl geschwenkt, in Essig oder Sülze eingelegt und den Massen serviert. Alles, was in oder über der Erde gedieh, würde geerntet, geschält und in Würfel oder Scheiben geschnitten werden, in Pasteten gefüllt oder in Gelee gehüllt, mit Sahne begossen oder mit Gewürzen verfeinert und neben den mit Honig gesüßten Leckereien und Kuchen auf die Tafel gebracht. Bei der letzten dieser Veranstaltungen, an der Gresham teilgenommen hatte, war einer der mit Bergen von Essen beladenen Tische unter der Last zusammengebrochen, und zwar mit solcher Gewalt, dass er dem Aufwärter, der den letzten gewaltigen Rinderbraten darauflud, beide Beine gebrochen hatte. Wenn die Dunkelheit hereinbrach, würden Fackeln, Lampen und Kerzen die Nacht zum Tage machen, und das Licht würde auf den riesigen Juwelen blitzen, die Männer und Frauen trugen, um ihren Wohlstand und ihren Status zu demonstrieren. Das Geschirr an der Tafel des Königs würde aus purem Gold sein, und selbst den abgelegensten Tisch würde nichts Geringeres als Silber zieren. Derweil schwitzten in der rauchgeschwängerten Hitze der Küchen fetttriefende Köche, rutschten und glitten auf dem seifigen Boden aus und schrien ihre Untergebenen an, während sie mit ihren Schöpfkellen und massiven Holzlöffeln nach den Küchenjungen schlugen. Er wusste, dass bereits bei ihrer Ankunft so mancher Mann und manche Frau in die Ecken der Innenhöfe kotzen würde, zuweilen sogar in die Zimmer selbst. Immer öfter würden die Betrunkenen ihr Wasser abschlagen, wo sie gerade standen, und selbst einige der Frauen würden kaum die Gelegenheit abwarten, sich in eine dunkle Ecke zu verziehen, und stattdessen einfach ihre Röcke raffen und es den Männern gleichtun, wobei die Unverschämteren unter ihnen dabei auch noch ausgelassen in die Runde kreischten.

Und indessen, während die Fackeln schwitzende Gesichter beleuchteten und Schatten in die Ecken des prächtigen Gebäudes warfen, während das Licht auf den Juwelen, dem Silber und dem Gold tanzte, lagen in der Dunkelheit rings um dieses Meer von Licht die einfachen Männer und Frauen Englands – die meisten von ihnen bestenfalls auf einer Pritsche, direkt auf der gestampften Erde, über sich ein undichtes Dach und ringsum Wände, die aus wenig mehr als getrocknetem Schlamm bestanden. Zum Nachtmahl hatten sie wahrscheinlich ein Stück von einem billigen Brotlaib verzehrt, der mehr Sand als Mehl enthielt, wenn der Bäcker etwas von seinem Handwerk verstand; dazu ein paar ekelhafte Fleischfetzen oder einen frisch gefangenen Fisch, wenn das Glück ihnen hold gewesen war. Ihre Kinder liefen barfuß herum, und wenn die Familie ein armseliges Stück Vieh ihr Eigen nannte, dann teilte es mit ihm die Stube, wo sich sein Gestank mit dem der Menschenleiber vermischte, für die Seife einen absurden Luxus darstellte.

Kontraste, aufeinander prallende Gegensätze; der Friede der Kirche und die Gewalt, die sie unter den Menschen auslöste; die Schönheit der Musik und als Kontrapunkt das Würgen und Spucken der betrunkenen und verwöhnten Gäste; die ausgefallensten Parfüms neben dem Gestank der Pisse. All das war in der Person des Königs verkörpert, dachte Gresham. Die Juwelen, die seinen Leib schmückten, waren wohl tausende von Pfund wert, ganz zu schweigen von denen, die seine Gattin zierten; seine Kleider hätten ausgereicht, das Lösegeld für einen Kaiser zu stellen – und doch war der Mann selbst ungepflegt und ungewaschen und stank zum Gotterbarmen. Was zählte der ganze äußerliche Prunk, wenn der Kern verfault war?

Während die vier Männer kräftig auf Whitehall und die königliche Landungsbrücke zuruderten, fragte Gresham sich – nicht zum ersten Mal übrigens –, wie ein gerechter Gott zulassen konnte, dass eine solche Welt existierte. Die Antwort war offensichtlich. Es gab keine Gerechtigkeit. Die Schöpfung entbehrte jeglicher Logik. Es gab keinen Gott. Es gab nur das schlichte Überleben. Ein Mensch wurde nicht daran gemessen, wie er in den Augen seines Schöpfers dastand, sondern daran, wie er in seinen eigenen Augen dastand. Ein langes Leben bedeutete, dass man erfolgreich gewesen war; der Tod bedeutete das Ende der Existenz, und daher galt es, das Leben voll und ganz auszukosten, solange es noch möglich war. Es war alles ein Witz – ein so gewaltiger Witz, dass kein menschliches Wesen je die kosmischen Dimensionen dieses Gelächters voll erfassen konnte.

Er warf Jane einen liebevollen Blick zu. Ihre kindliche Erregung war deutlich zu spüren. Sie hatte die letzten Etappen der Fahrt mit vernichtenden Kommentaren über den Modegeschmack der anderen Gäste zugebracht, die sie unterwegs zu Gesicht bekamen. Doch kaum waren sie in Hörweite der Gesellschaft, da verfiel sie in hochmütiges Schweigen, und als sie mit gezierten Bewegungen aus der Barkasse stieg, zog sie alle Blicke auf sich.

Er fand schnell heraus, dass er Bacons Willkommensrede verpasst hatte – eine von vielen, wie Gresham erfuhr, und ein wenig zu intellektuell und weitschweifig für den Geschmack der meisten der früh eingetroffenen Gäste und des Hofes. Gresham verspürte einen Anflug von Verdruß.

Während er in der Menge nach Sir Francis Bacon Ausschau hielt, fiel sein Blick auf Cecil. Er stand gebeugt in einer Ecke, umringt von einer Entourage seiner Spießgesellen. Oder vielleicht stand er ja aufrecht und wirkte lediglich gebeugt. Wo immer Cecil und seine Spießgesellen standen oder in dem Innenhof umhergingen, schien die Luft sich zu verdunkeln und kühler zu werden. Cecil fing Greshams Blick auf. Er hob eine Augenbraue ganz leicht an und nickte kaum erkennbar mit dem Kopf, dann wandte er sich wieder seiner eigenen Gesellschaft zu.

»Bastard!«, murmelte Gresham vergnügt in seinen Bart und machte sich auf die Suche nach irgendeiner wichtigen Persönlichkeit, die er belästigen konnte. Dann fiel ihm Jane wieder ein, und sein Gewissen plagte ihn, weil er sich eigentlich darum hätte kümmern sollen, dass sie sich gut unterhielt. Gerettet wurde er durch den Anblick von Inigo Jones und John Donne nebst Gattin. Jones war ein einziges Nervenbündel an diesem Abend, sollte doch die von ihm entworfene »Maschinerie« der Maskenspiele, die Königin Anne so liebte, nach dem Bankett ihre erste Bewährungsprobe erfahren. Was den armen Donne betraf, der vom Hof verbannt worden war, weil er die Frau seines Gönners geheiratet und eine Zeit lang im Fleet-Gefängnis gesessen hatte, so wurde er inzwischen gelegentlich wieder eingeladen, damit der König ihn bedrängen konnte, ein hohes Amt in der anglikanischen Kirche anzunehmen. Er konnte die Frau, die er liebte, nicht aufgeben, was ihm einen Weg der Beförderung versperrte, und er war im Grunde seines Herzens Katholik, was ihn daran hinderte, die Beförderung anzunehmen, die der König ihm anbot. Donne wirkte ausgezehrt, aber erstaunlich munter, und es war beinahe peinlich mit anzusehen, wie er seine Frau mit seiner Liebe überschüttete.

Jemand tippte Gresham auf die Schulter. Ein schlicht gekleideter Diener flüsterte ihm ins Ohr.

»Mein Herr bittet um eine kurze Unterredung mit Euch, Sir. Würdet Ihr die Freundlichkeit haben, einige Augenblicke Eurer Zeit zu opfern?«

»Der Name deines Herrn?«

»Er würde es vorziehen, sich selbst vorzustellen.«

Gresham schnippte mit dem Finger nach Jane, murmelte ihr ein paar Worte ins Ohr und ließ sie mit Donne zurück, der gerade an einer Umdichtung der ersten Kapitel des Buches Genesis arbeitete, worin er die Erschaffung des neuen Königs schilderte – was weder der Heiligen Schrift noch König Jakob zum Vorteil gereichte. Er gab Mannion ein Zeichen, der sogleich aus seiner dunklen Ecke trat, wo er sich reichlich mit Essen und Getränken eingedeckt hatte.

Der Diener führte sie in ein kleines Zimmer im ersten Stock eines angrenzenden Innenhofs. Er öffnete die Tür und ließ Gresham eintreten. Auf einem hohen Stuhl, vor einem kleinen Tisch an einem lodernden Kaminfeuer, saß mit dem Rücken zur Tür eine Gestalt. Gresham konnte keinerlei Wandbehänge entdecken, hinter denen ein Mann sich hätte verbergen können. Er lächelte den Diener an, der die Tür halb geöffnet hielt, machte eine tiefe Verbeugung und trat dann mit aller Kraft dem Mann die Tür aus der Hand. Sie schwang in den Angeln herum und knallte mit einem gehörigen Krachen gegen die Wand, von der sie mit genügend Wucht zurückprallte, um den völlig verblüfften Diener aus den Stiefeln zu kippen. Die Gestalt auf dem Stuhl fuhr so heftig zusammen, dass sie ihr Weinglas umstieß und sich erschrocken umblickte, um zu sehen, was der Grund für diesen Tumult war.

Es war Sir Francis Bacon.

»Ich bitte um Entschuldigung, Sir Francis«, sagte Gresham höflich, wenngleich mit jenem unbekümmerten Lächeln auf den Lippen, das sein Gegenüber zur Raserei treiben konnte. »Türen eignen sich hervorragend als Versteck für einen Mann mit einem Messer, und das trifft insbesondere zu, wenn man nicht weiß, wer es ist, der einen zum Stelldichein bittet.«

Das wird dich lehren, mir deinen Namen vorzuenthalten, dachte Gresham.

Bacon sah aus, als habe sich sein Herzschlag inzwischen auf das Doppelte der normalen Frequenz beruhigt, und die Farbe begann in seine Wangen zurückzukehren. Er nickte Gresham zu und bat ihn, Platz zu nehmen.

»Verzeiht mir, Sir. Ich hatte vergessen, was es bedeutet, ein Mann der Tat zu sein – zumal ich Euch nicht in dieser Eigenschaft zu einem Treffen bitten wollte.«

Auf dem Tisch erblickte Gresham gründlich durchgebratenes Fleisch und ein köstlich aussehendes Fischgericht. Auch der Fisch war ausreichend gekocht, anders als so manches Gericht, das Gresham draußen zu Gesicht bekommen hatte. Im Kamin brannte ein Feuer. Ein Mann, der bei einer Festlichkeit Seiner Majestät gutes Essen, ein Feuer und ein Privatzimmer zur Verfügung hatte, war gewiss kein Narr, dachte Gresham.

Bacon war von relativ schmächtiger Gestalt; sein auffälligster Zug waren die haselnussbraunen Augen, von seinen Freunden als tiefgründig und von seinen Feinden (die den Freunden zahlenmäßig überlegen waren) als schlangengleich bezeichnet. Er gab seinem Diener ein Zeichen, der immer noch an der Tür stand, wo er irgendetwas vor sich hin brummelte – darunter Worte wie »Rüpel«, »Flegel« und auch eine Andeutung von »So was will ein Edelmann sein« – und sich die Hand rieb, die ihm durch Greshams Fußtritt fast vom Arm gerissen worden war. Ohne seinen Unwillen zu verbergen, brachte der Diener Gresham ein verschnürtes Bündel und warf es vor ihn auf den Tisch. Es waren Bücher – sechs an der Zahl, alle identisch.

»Ich nenne es *Die große Erneuerung der Wissenschaften*. Ich habe viele Jahre daran gearbeitet. In dem Buch plädiere ich dafür, die Spinnweben von unserem Begriff der Wissenschaften hinwegzufegen. Ich fordere, dass wir uns wieder dem Experimentieren zuwenden und daraus lernen, da dies die einzig wahre Methode ist, den Fortschritt der Wissenschaft zu befördern.«

»Ich fühle mich geehrt, Sir Francis. Aber warum sollte ausgerechnet mir diese Ehre zuteil werden – mir, dem unehelichen Sohn eines Kaufmanns und gelegentlichen Bittsteller am Altar der Gelehrsamkeit?«

»Ich war eher geneigt, die sechs Exemplare meines Werkes dem Schirmherrn des Granville College zu Cambridge zu verehren, dem Manne, der mehr als jeder andere für den aufgehenden Stern dieses Instituts verantwortlich ist.«

Gresham blickte Bacon ungerührt in die Augen, den Kopf leicht nach vorne geneigt, als habe Bacon ihn in einer fremden Sprache angeredet, die er nicht recht verstand.

»Verzeiht mir, Sir Henry. Ich kenne Euren Wunsch, anonym zu bleiben, und wenn ich ihn auch nicht verstehe, so bin ich doch in der Lage, ihn zu respektieren. Doch auch ich habe meine Spione – oder besser gesagt, ich habe meine Leute in Cambridge, die bereit sind, mich wegen meines Verstandes zu respektieren und mir deswegen vertrauen, anstatt in mir den Rechtsanwalt, den Parlamentarier oder den Kandidaten für hohe Ämter zu sehen. Euer Geheimnis ist bei mir in guten Händen – und auch bei dem alten Thomas hier, der übrigens der Einzige von meinen nichtsnutzigen Dienern ist, dem ich ein solches Geheimnis anvertrauen würde.«

Von der Tür drang ein gemurmeltes »Junger Taugenichts!« an ihre Ohren. Gresham hoffte, dass Mannion den alten Thomas nicht mit einem Fußtritt zum Schweigen bringen würde.

Gresham griff eine Formulierung auf, die Bacon benutzt hatte.

»Seid Ihr ein Kandidat für hohe Ämter, Sir Francis?«

»Schlimmer noch, Sir. Ich bin ein *gescheiterter* Kandidat für hohe Ämter. Mit meinem hervorragenden Gespür«, sagte er mit unverhohlenem Sarkasmus, »habe ich Essex unterstützt – der verlor seine Schlacht und ich dadurch die Gunst der Königin. Das war das erste Desaster. Ich stellte mich gegen Cecil – der gewann, und so habe ich nun den mächtigsten Mann im Lande zum Feind. Das war das zweite Desaster. Dann habe ich die Anklage gegen Essex geführt – der im Übrigen jeden Einzelnen der hervorragenden Ratschläge, die ich ihm erteilte, glattweg ignorierte –, und so verlor ich die Unterstützung auch des letzten armen Tropfs, der sich bis dahin noch nicht von mir abgewandt hatte. Das war das dritte Desaster. Ich bin ein mittelmäßiger Anwalt mit einem hervorragenden Verstand, und Anwälte brauchen überhaupt keinen Verstand. Das ist das vierte Desaster. Zuweilen leide ich unter Anfällen von moralischen Bedenken, und so etwas können Anwälte noch viel weniger gebrauchen, welches das fünfte Desaster ist. Zudem bin ich gnadenlos ehrgeizig, wodurch ich selbst meine wenigen Freunde vor den Kopf stoße, und das ist das sechste Desaster. Ich bin nicht sosehr auf dem absteigenden Ast, Henry Gresham, sondern vielmehr schon so tief gesunken, dass ich den Blicken der Sterblichen gänzlich entzogen bin!«

Gresham begann lauthals zu lachen. »Aber diejenigen, die am schnellsten sinken, kommen auch am schnellsten wieder hoch! Ihr wurdet vor zwei Jahren zum Ritter geschlagen, Sir Francis. Das war doch gewiss kein Desaster?«

»Nein. Bloß ein Trostpreis und ein Abschiedsgeschenk, das ich mehr meinem geliebten Bruder Anthony zu verdanken habe als mir selbst.«

»Ich kann nur zu dem Schluss kommen«, erwiderte Gresham, »dass angesichts Eurer Einschätzung Eures eigenen Urteilsvermögens auch jegliche Achtung, die Ihr mir gegenüber empfinden mögt, dazu verdammt ist, ein Fehlurteil zu sein. Bin ich also der aussichtsreichste Bewerber um den Posten des siebten Desasters?«

Jetzt stimmte Bacon in sein Lachen mit ein.

»So wie derjenige, der mit dem Teufel speist, einen langen Löffel braucht, so wäre es für Euch ebenso klug zu versuchen, ohne Flügel zu fliegen, als für einen Mann wie mich Partei zu ergreifen. Doch nein, was ich von Euch verlange, falls Ihr mir die Bitte gewähren wollt, ist ganz einfach. Ich möchte, dass Ihr mein Buch lest. Und dann, wenn Ihr glaubt, dass auch nur eine Spur Sinn darin steckt, sollt Ihr fünf Exemplare davon an die fünf Personen in Cambridge verteilen, vor deren Gelehrsamkeit und Urteilskraft Ihr den höchsten Respekt habt.«

»Ihr sagt, es sei nicht gut für einen Anwalt, Verstand oder Moral zu besitzen; aber diese Güter sind auch an den hohen Tafeln der Colleges von Cambridge und Oxford nicht allzu reichlich vertreten. Ihr traut mir, einem Bastard und ehemaligen Soldaten, ein solches Urteil zu?«

»Was den Bastard, den ehemaligen Soldaten oder die vielen anderen Dinge betrifft, die mir über Euch zu Ohren kommen, so weiß ich darüber nichts als das, was Ihr mir erzählt. Doch ich empfinde durchaus etwas für ein anderes Menschenwesen, das zufällig Euren Namen trägt.«

»Und wer könnte das wohl sein, Sir Francis?«, erkundigte sich Gresham beiläufig.

»Der Autor von *Machiavellis Entscheidung* und auch der Verfasser der *Sonette über den Ursprung der Macht*.«

Soweit Gresham wusste, war seine Abhandlung über Machiavelli in einer Auflage von zirka hundert Exemplaren heimlich in Cambridge in Umlauf gebracht worden, ohne dass man die Autorschaft zu Gresham hätte zurückverfolgen können. In jenen Tagen war er ganz neu in Cambridge gewesen, und er hatte das geistige Klima der Stadt ergründen wollen, bevor er sich auf sie oder aber auf Oxford oder vielleicht Wittenberg festlegte. Binnen weniger Tage schien die Schrift das Tischgespräch in sämtlichen Colleges zu sein, wo sie beträchtliche Aufregung verursachte, aber auch auf ein überraschendes Maß an Zustimmung und Beifall stieß. Die Sonette waren in noch privateren Kreisen als Manuskript zirkuliert; sie waren nie gedruckt worden. John Donne hatte sie gelesen, die Nase gerümpft und nichts gesagt, woran Gresham erkannt hatte, dass sie gut waren. Bacon war entweder sehr gut informiert, oder er hatte ein besonderes Talent, das Richtige zu erraten.

Bacon wusste also Bescheid. Das war nun einmal passiert. Lass die Vergangenheit hinter dir. Kämpfe nicht gegen das an, was nicht zu ändern ist. Gresham verschwendete selten Zeit mit irgendwelchen Entscheidungen. Das Leben war da, um gelebt zu werden, nicht zum Entscheiden oder zum Denken. Äußerlich unbeeindruckt durch Bacons Wissen erwiderte er schlicht: »Ich nehme die Bücher dankbar an, Sir Francis, und werde Eurem Wunsch nachkommen, vorausgesetzt, mir gefällt, was ich lese.« Er sah Bacon mit einem breiten Lächeln an. »Wenn nicht, dann fürchte ich, dass ich die Bücher so tief verdammen werde, wie Ihr glaubt, dass Euer Ruf gesunken sei!«

»Macht Euch darüber keine Gedanken«, sagte Bacon, »der Ruf eines Mannes ist ein hohles, bedeutungsloses Ding, und wie alle substanzlosen Gegenstände kann er ebenso leicht steigen wie sinken.«

Gresham fällte eine weitere Entscheidung. »Sir Francis, da wir schon hier beisammen sind, würdet Ihr mir vielleicht eine Frage beantworten, die mich zurzeit beschäftigt …?«

Bacon blickte auf. Bisher war er mit dem Ausgang des Gesprächs zufrieden, fühlte sich durch den Wortwechsel gestärkt. »Gewiss«, antwortete er.

»Warum hat Lord Cecil mir den Auftrag erteilt, Belastungsmaterial zu sammeln, das Euch unnatürliche Sexualpraktiken nachweist?«

Die Farbe wich aus Bacons Gesicht, und seine Kinnlade klappte herunter. Es war zu vermuten, dass sich in seinem Mund irgendwo eine Zunge befand, doch sie hielt es offenbar für verteufelt schwierig, einen Laut hervorzubringen. »Er ... Ich ...«

Der mürrische Diener kam an den Tisch getappt, warf Gresham einen vernichtenden Blick zu und hielt seinem Herrn einen Pokal mit Wein hin. Bacon trank begierig, hustete ein wenig und fand wieder zur Erde zurück.

»Wie ich deutlich gemacht haben dürfte, war mir nicht bewusst, dass Cecil Derartiges im Sinn hat – und mir fällt in der Tat kein Grund ein, warum er so etwas tun sollte. Ich stelle gegenwärtig keine Bedrohung für ihn dar.«

Skrupellos? Ehrgeizig? Zur Täuschung fähig? All das trifft gewiss zu, dachte Gresham, aber irgendwie ist er nicht *korrupt*, und auch nicht gefährlich, jedenfalls nicht für mich. Wieder fällte Gresham eine Entscheidung.

»Sir Francis, ich weiß nicht, was Ihr unter Eurer Bettdecke treibt oder in fremden Betten, und es ist mir offen gesagt auch gleich, solange Ihr nicht unter *meine* Bettdecke kriecht. Sagt mir, wenn ich diese Nachforschungen, auf die Cecil mich angesetzt hat, ernsthaft betriebe, würde ich dann auf eine Wahrheit stoßen, die Kirche und Staat in ihren Grundfesten erschüttern würde, und würde ich Euch selbst dann als Kriminellen und nicht als Anwalt vor Gericht wieder sehen?«

Die Blicke der beiden Männer trafen sich. Lange Zeit sahen sie einander unverwandt an. Bacon ergriff als Erster das Wort.

»Ihr würdet auf eine bevorstehende Heirat stoßen, deren

Glut die Temperatur eines Tropfens Themsewasser nicht um ein Grad erhöhen könnte – eher würde sie ihn gefrieren lassen. Ihr würdet auf einen Mann stoßen, dem es nie leicht gefallen ist, sich mit Frauen zu unterhalten. Ihr würdet auf einen einsamen Mann stoßen, Henry Gresham – einsamer, als Ihr es Euch überhaupt vorstellen könnt; einen Mann, der sich mit jungen Dienern umgibt, die ihn übers Ohr hauen, bei ihm randalieren und ihn um Haus und Hof essen und trinken, die aber die Luft mit Lachen, Freude und frischer Energie erfüllen. Und wenn der eine oder andere dieser jungen Männer ihm gelegentlich Gesellschaft leistet, so ist dabei kein Zwang im Spiel, keine Gewalt, und es liegt darin Trost für einen einsamen Mann und, wie ich glaube, auch etwas, was für die jungen Männer nicht ganz ohne Wert ist, wenn sie es denn annehmen wollen. Ich rede nicht von Geld, Sir Henry, sondern von etwas viel weniger Greifbarem. Fällt es Euch so schwer, das zu verstehen, Euch mit Eurem hübschen, gesunden Mädchen an Eurer Seite?«

»Nein, Sir Francis«, sagte Gresham leise, die Augen immer noch unverwandt auf Bacon gerichtet, »es ist leicht zu verstehen, denn ich bin auch schon dort gewesen, wiewohl nur ein einziges Mal.« Bacon hob die Augenbrauen. Gresham wandte den Blick ab und erhob sich.

»Ihr werdet in dieser Sache nichts mehr von mir hören. Ich werde Cecil erzählen, Ihr wäret als Kind in einem Kornfeld zurückgelassen worden und hättet eine unangenehme Begegnung mit einem Schnitter und einer sehr scharfen Sense gehabt.« Gresham setzte seine ernsthafteste Miene auf. Bacon, dessen haselnussbraune Augen bei dem Gedanken an den Schnitter geblinzelt hatten, nahmen einen ebenso seriösen Ausdruck an. »Aber, Sir Francis, bekomme ich noch weitere sechs Exemplare von Eurem Buch, wenn ich darauf verzichte, Cecil von den Schafen zu erzählen?«

Bacons Lachen begleitete ihn, als er das Zimmer verließ.

Ein Mann, der nach Lachen hungerte, dachte Gresham, und ein Mann, dem es zu oft und zu lange verweigert worden war.

Ein paar junge Edelleute hatten sich der Tafelrunde angeschlossen, als Gresham wieder dazustieß; junge Männer aus Familien, deren Väter sich nicht bei ihren Pferden mit der Lustseuche angesteckt hatten; und Jane war von einem Kreis von Bewunderern umringt. Ihre dunklen Augen strahlten und funkelten heller als die Juwelen, die sie schmückten, und das Heben und Senken ihrer Brüste, die rasche Drehung ihres Kopfes, mit der sie eine Locke zurückwarf, die ihr die Sicht versperrte – all das betonte ihre unverfälschte Sinnlichkeit, die sie fast, wenn auch nicht gänzlich unbewusst, ausstrahlte. Schöne Frauen sind so oft von ihrer eigenen Schönheit verwöhnt, dachte Gresham. Sie wissen um ihre Schönheit, sie schmeichelt ihnen, und sie setzen sie ein, denn sie gibt ihnen ein Gefühl der Überlegenheit. Aber du, meine Jane, nimmst deine Schönheit einfach als gegeben hin und bildest dir nichts darauf ein. Du glaubst an dich, Mädchen, aber nicht so, dass andere unter deinem Glauben zu leiden haben. Sie forderte Gresham mit einem Blick auf, ihr zuzustimmen. Er grinste sie an, voll kindlicher Freude darüber, dass die Frau, die ihn in ihren Bann geschlagen hatte, auf seine Meinung Wert legte.

»Wie, schon wieder betrunken, Mylady?«, parierte er, und sie musste lauthals lachen über den ganzen Unsinn und weil überhaupt alles so aufregend war, dass ihr der Kopf schwirrte. Wenn sie ihn ansah, vergaß sie mit einem Schlag die eisige Distanziertheit, deren sie sich bei Hofe befleißigte.

Niemand kümmerte sich um den König, der seiner Gewohnheit folgend so tat, als umwerbe er die Damen in seiner unmittelbaren Umgebung, während er zugleich immer wieder in erschreckende Grobheiten und beißende Attacken auf ihr Geschlecht verfiel. Der spanische Botschafter war nirgendwo zu sehen.

Schwaden von feuchtem Rauch begannen über die Innenhöfe und den künstlichen See zu ziehen, den die Arbeiter angelegt hatten – ein Zeichen, dass das Maskenspiel bald beginnen würde. Nicht alle Musikanten waren betrunken, und in der milden Abendluft produzierten sie gar nicht einmal so unangenehme Geräusche, wie Gresham fand. Es gelang, eine ausreichende Menge an Rauchfetzen auf den See zu lenken, sodass wenigstens eine andeutungsweise geheimnisvolle Atmosphäre entstand. Am anderen Ufer des Sees öffnete sich geräuschlos ein riesiges Tor, und ohne erkennbaren Antrieb begann ein vergoldetes Boot, auf dessen Bug die spärlich bekleidete allegorische Figur des Glaubens postiert war, durch das Tor auf den See hinauszugleiten. Große Türme erhoben sich aus dem See, während das Boot vorüberzog – Inigo war über sich selbst hinausgewachsen, denn alles lief reibungslos ab –, und dann begann ein Chor zu der Musik der Kapelle zu singen, um die Ankunft des Bootes zu verkünden. Es war alles sehr vergnüglich, dachte Gresham zu seiner eigenen Überraschung, während rings um den See und auch auf dem Wasser dutzende von Lichtern aufleuchteten, und er musste feststellen, dass er sowohl den Erfindungsreichtum seines Freundes bewunderte als auch die Musik, deren Komponisten er nicht kannte.

Jakob selbst erwartete – ohne seine Königin – die Ankunft des ersten Bootes in einem goldenen Palast, der am anderen Ufer des Sees errichtet worden war. Er war betrunken, aber nicht so, dass es peinlich gewesen wäre, und nahm kleine, aber stetige Schlucke aus seinem juwelenbesetzten Pokal. An seinem Mund hing Speichel; manche sagten, seine Zunge sei zu groß, weshalb er ständig sabberte.

Inigo Jones hatte sich zu Gresham gestellt.

»Nicht schlecht, was?«, meinte er und stieß Gresham in die Seite. Dann entglitten ihm seine Gesichtszüge. »O nein. Jesus Christus, nein …«

Eine zischende Flamme schoss aus der Abgrenzung zwischen dem See und den Freudenfeuern hervor. Etwas, das aussah wie zwei Schlangen im Todeskampf, ringelte und wand sich und fiel in sich zusammen, während von den Enden Rauch aufstieg. Es waren die Seile, dazu bestimmt, das erste Boot abzubremsen, wenn es auf den König zuschoss, und es sanft an der Landungsbrücke zum Stehen zu bringen, direkt unter der Aussichtsplattform des Königs, sodass die Figur des Glaubens aussteigen und dem König eine schön geschriebene, wenn auch überlange Rede zu Gehör bringen konnte. Anstatt langsamer zu werden, glitt das Boot nun scheinbar immer schneller und schneller dahin. Die Allegorie des Glaubens begann sichtlich den Glauben zu verlieren, zumindest den an irdische Dinge; sie vergaß ihren Text und begann sich ängstlich umzuschauen, ob nicht bald irgendjemand eingreifen würde, um zu verhindern, dass der Glaube sich in Verzweiflung verwandelte. Damit zog sie die Aufmerksamkeit nicht nur der versammelten Menge, sondern auch zunehmend der Musiker auf sich, die mehr und mehr so zu spielen begannen, als sei das Stück ein Wettrennen, bei dem zwischen dem Ersten und dem Letzten gut und gerne fünf Minuten Zeitunterschied liegen mochten.

Ein Bauernmädchen hätte in einer solchen Krise mehr Courage bewiesen, aber Lady Broadway war von ihrem Gatten dazu geprügelt worden, die Rolle des Glaubens zu übernehmen, da er dringend auf die Gunst des Königs angewiesen war. Sie begann zu kreischen und mit den Händen zu flattern, was den größten Teil des Publikums zu Heiterkeitsstürmen hinriss. Das Boot fuhr knirschend in die Landungsbrücke, Mylady wurde nach vorne durch die Luft geschleudert und landete kopfüber im Schoß des Monarchen, die Füße in die Luft gestreckt. Das Kostüm rutschte ihr über den Kopf, und es wurde offenbar, dass Mylady keine Unterwäsche trug. Der König wirkte benommen und schien kaum wahrzunehmen, was passiert war. Stürmische Jubelrufe ertönten aus einer

Gruppe betrunkener Höflinge, als Lady Broadway, gleich ihrem Schiffe angeschlagen, aber noch nicht gesunken, sich irgendwie aufrappelte und eine verstümmelte Version ihrer Rede vorzutragen begann.

»Dir, o Beschützer unsres Glaubens,
Der dieses Landes Frieden wahrt …«

Gresham blickte auf Jane herab, die von einem derart heftigen Lachanfall geschüttelt wurde, dass es aussah, als würde sie jeden Moment selbst aus ihrem Kleid herausfliegen.

»Nun ja«, sagte Gresham, »das war nicht schlecht. Was wohl als Nächstes kommt?«

Der Rest des Maskenspiels wurde ohne weitere Zwischenfälle abgewickelt. Als Höhepunkt wurde die hohlköpfige Königin Anne als Allegorie der Nächstenliebe ihrem Gatten dargebracht. Der König, offenbar überzeugt, dass man mit der Nächstenliebe am besten bei sich selbst anfangen sollte, verließ seine Empore, kaum dass die Königin gelandet war und ihn mit einem überschwänglichen Kuss begrüßt hatte.

Jemand klopfte Gresham leicht aufs Handgelenk. Er drehte sich um und rechnete schon damit, den alten Thomas wieder zu sehen. Aber nein, es war einer der jungen schottischen Lords. Er war halb betrunken und gab Gresham mit einem Akzent von der Breite einer mit Sherry beladenen spanischen Galeone zu verstehen, dass Seine Majestät ihn und seine Nichte zu sprechen wünsche.

Der König erwartete ihn im Festsaal, nicht etwa im Audienzzimmer. Das lodernde Kaminfeuer sandte den größten Teil seiner Hitze durch den Schornstein hinaus, und die Kühle einer nebligen Sommernacht begann durch die Mauerritzen zu ziehen.

»Einen guten Abend wünsche ich Euch, Sir Henry Gresham. Ich hoffe, Ihr habt mit Eurer … Nichte …« – mit seinen

Luchsaugen blitzte er Jane an – »… das Mahl genossen?« Er sprach das Wort »Sir« wie »Sähr« aus, und sein Akzent wurde stärker, je länger er sprach.

Die Aussprache war ein wenig undeutlich, aber nicht unverständlich. Der Mann gab eine seltsam gemischte Erscheinung ab: Er wirkte muskulös – wer so oft zur Jagd ritt wie er, musste einfach in guter körperlicher Verfassung sein – und zugleich ein wenig verwachsen wie Cecil.

Gresham verbeugte sich tief, passend zu Janes Hofknicks. »Eure Majestät, wir fühlen uns beschämt und zugleich erhoben durch Euer Hoheit Großzügigkeit und Güte Euren bescheidenen Untertanen gegenüber. Eure Majestät erweisen uns durch Eure Gastfreundschaft eine außerordentliche Ehre.«

Na, immerhin ist es mir gelungen, zweimal »Majestät« und einmal »Hoheit« zu sagen, dachte Gresham. Nicht schlecht.

»Wie ich höre, habt Ihr unserem Staate in der Vergangenheit gute Dienste erwiesen, Sir Henry.«

Kaum hatte er das gesagt, da wurden ringsum im Saal die Lauscher gespitzt. Viele der versammelten Opportunisten waren entweder schon bewusstlos oder kotzten sich gerade irgendwo die Seele aus dem Leib, doch die berufsmäßigen Drahtzieher der Macht hatten weder zu viel getrunken, noch rechneten sie damit, vor Seiner Majestät zu Bett zu gehen. Von Cecil war, wie Gresham auffiel, nichts zu sehen, aber seine Berichterstatter waren gewiss überall im Saal verstreut.

»Das wenige, das ich getan habe, kann niemals genug sein, Majestät. Diejenigen unter uns, denen es vergönnt ist, dem Staate irgendeinen bescheidenen Dienst zu erweisen, können nur bedauern, dass es nicht mehr ist.«

Will Shadwell bedauert wahrlich, dass er nicht mehr tun konnte. Wie zum Beispiel am Leben bleiben. Weißt du eigentlich, wie viele sterben müssen, damit du immer über alles informiert bist, du schottische Missgeburt?

»Ja, ja«, erwiderte der König und rülpste taktvoll in die

kunstvoll gefertigten Rüschen seines Ärmels hinein. »Aber sagt mir doch, Sir Henry, warum Ihr als einziger meiner Untertanen mich nicht mit Bitten um Beweise meiner Gunst belagert? Wir sehen Euch nie bei Hofe, Henry Gresham. Ich bekomme keine Briefe von Euch, in denen Ihr mich um Beförderung anfleht.«

Es ging das Gerücht, der König verachte all jene, die nicht gekrochen kamen, um ihn anzubetteln. Die endlosen Bittgesuche, die bei ihm eingingen – und auch erhört wurden –, schmeichelten ihm zutiefst, da er sie als Bestätigung seiner Macht empfand.

O Gott, warum lasse ich mich in solche Gespräche hineinziehen?

»Majestät, es ist wahr, dass ich für Euren Staat und für Euer Königreich gearbeitet habe ...«

Nun ja, jedermanns Staat, um der Wahrheit die Ehre zu geben – aber die Wahrheit und die Monarchie haben sich noch nie sonderlich gut vertragen.

»... und die Arbeit ist ihr eigener Lohn gewesen.«

Das wiederum war kaum zu bestreiten. Für Leute wie Gresham musste es notwendigerweise so sein. Walsingham, Burghley und Cecil, diese elenden Geier, hatten ihm doch nicht einmal ein verlorenes Hufeisen bezahlen wollen.

»Zudem handelt es sich um eine Art von Arbeit, die nicht nach öffentlicher Beachtung verlangt, ja die vielleicht am besten in aller Stille und Diskretion erledigt wird. Und was die Frage der Beförderung betrifft, so hat es das Schicksal stets gut mit mir gemeint. Ich habe alles, was ich zu meiner Zufriedenheit brauche.«

»Ach, wenn doch alle meine anderen Untertanen ebenso dächten!«, rief Jakob und nippte an seinem juwelenbesetzten Weinpokal. Es war schwer zu sagen, ob seine Begeisterung echt oder gespielt war. Gresham fiel auf, wie feingliedrig, weiß und zart seine Hand war.

»Dürfte ich noch etwas sagen, Majestät?«

»Ja, ja«, antwortete der König, die Augen unter den schweren Lidern auf Gresham gerichtet, »das dürft Ihr, Mann.« Der schottische Akzent war stärker geworden. Man sagte, am schottischen Hof gehe es weit weniger förmlich zu als am englischen, und während der Mahlzeiten unterhielt sich Jakob angeblich mit seinen Dienern ebenso ungezwungen wie mit seinen Hofleuten.

»Es liegt im Wesen der Monarchie begründet, dass der Diener den Herrn um etwas bittet. Doch der gute Diener weiß, dass der Herr, der ungefragt gibt, viel bereitwilliger und aus vollerem Herzen gibt, als er es andernfalls tun würde.«

Steck dir das in deinen verkniffenen schottischen Arsch und sieh zu, was du damit anfängst.

Jakob I., König aller englischen Lande, der erste Mann in der Geschichte, der die tatsächliche Oberhoheit über die schottische und die englische Nation besaß, sah Gresham nachdenklich an. Dieser Mann ist nicht betrunken, dachte Gresham, sondern lediglich durch den Alkohol befreit. Und dumm ist er auch nicht. Nein, alles andere als dumm.

»Ich werde in Kürze nach Oxford reisen. Ich darf niemanden kränken, indem ich den Eindruck erwecke, die große Universität von Cambridge zu vernachlässigen. Besitzt das Granville College Räumlichkeiten, die einem König angemessen sind?«

»Es gibt im ganzen Land keine Räumlichkeiten, die Eurer Majestät angemessen wären«, erwiderte Gresham, indem er sich neuerlich tief verbeugte.

Du miese, schleimende Kröte. Kommst du nach Whitehall, dann tu es den Speichelleckern gleich ... Doch Gresham war überrascht, einen Funken von Humor in den Augen des Königs aufblitzen zu sehen. Er hatte Greshams ironische Schmeichelei durchschaut.

»Aber seid versichert, Majestät, dass solche Räumlichkeiten, so es sie noch nicht gibt, auf jeden Fall bereitstehen werden, sobald Eure Majestät uns mit Eurem Besuch beehren.«

»So sei es.« Die Audienz war beendet, abrupt, aber nicht unhöflich. »Ich werde Euch besuchen, Henry Gresham. Ihr wohnt in Cambridge nicht weit von meinem Jagdschlösschen in Royston, nicht wahr? Ich wünsche Euch und Eurer schönen ... Nichte Gottes Segen, und dass Ihr wohlbehalten zu Eurem hübschen Haus am Strand zurückfinden möget.«

Gresham atmete tief aus, als sie aus dem großen Festsaal ins Freie traten.

»Was sollte das Ganze?«, fragte Jane verwirrt.

»Ich glaube, er hätte dich gerne als Mätresse und wollte nur mal sehen, ob du auch die Richtige für ihn bist«, sagte Gresham. Dafür bekam er einen Stoß in die Rippen. »Obwohl, wenn ich mir dich jetzt so ansehe, dann ist er wohl eher auf das Haus erpicht, da es viel schöner und sicherlich wertvoller ist ...«

»Es hat mir nicht gefallen, wie er von ›Eurem hübschen Haus am Strand‹ gesprochen hat«, sagte Jane. »Ich wette zehn zu eins, dass er es für einen seiner stinkenden Lords haben will.«

Sie stiegen in die Barkasse und machten sich auf den Rückweg zum Haus. Die vier Männer hatten etwas getrunken, waren aber nicht betrunken, wie Gresham befriedigt feststellte. Der Fluss war zu allen Zeiten ein gefährlicher Ort, und in dieser stockfinsteren und zudem nebligen Nacht war er gefährlicher denn je. Die Fackeln, mit denen die Barkasse ringsum beleuchtet war, hüllten die Köpfe der Männer in schimmernde Heiligenscheine, da das flackernde Licht sich in der feuchten Nachtluft brach.

Jane kuschelte sich an seine Schulter, in einen weiten Bootsmantel gehüllt. Zärtlich blickte er auf ihr dunkles Haar herab und begann leise zu singen. Es war ein Lied von Tom Campion:

»Du schönes Kind mit falschen Augen,
Betör mich nicht mit Blicken;
Denkst du noch mir zu entfliehen,
Mit Worten, die berücken ...«

Sie wandte den Kopf und sah zu ihm auf.

»Ich habe keineswegs vor zu entfliehen, Mylord«, sagte sie ernsthaft, »es sei denn, Ihr hättet wahrhaft neuartige Pläne für den Rest dieser Nacht.«

Gresham lachte leise und verstummte dann unvermittelt.

Ganz in der Nähe waren heftige Rudergeräusche zu hören, ein regelmäßiges, hartes Klatschen im Wasser, und sogar das schwere Atmen von Männern, die vor Anstrengung stöhnten. Sechs, möglicherweise acht Mann, die durch den Nebel ruderten, mit aller Kraft und auch einigem Geschick, und das in einem unbeleuchteten Boot – nicht ein einziger Fehlschlag, nur ein kräftiger, regelmäßiger, eingeübter Rhythmus. Sie schienen näher zu kommen – soweit man die Geräusche und die Position im Nebel richtig einschätzen konnte.

Gresham stand auf und wechselte einen raschen Blick mit Mannion. Er nickte.

»Licht aus und an die Waffen! Licht aus und an die Waffen!«, zischte er seinen vier Männern zu. Dann wandte er sich an Jane. »Runter! Runter! Leg dich in die Mitte des Bootes. Duck dich, so tief du kannst, und zieh den Mantel über dich.«

Andere Frauen hätten geschrien oder törichte Fragen gestellt. Jane nickte nur und kauerte sich in der Mitte der Barkasse nieder.

Das Boot tanzte sanft auf den Wellen.

Greshams Mannschaft war gut ausgebildet. Das Boot eines reichen Mannes, das nachts auf dem Fluss unterwegs war, stellte eine lohnende Beute für die Flusspiraten dar, und Greshams Leute hatten ihn schon oft in Situationen hineinrudern müssen, in denen gute Umgangsformen weniger zählten als scharfe Klingen und Beherztheit. Die Fackeln an Bug, Heck und Seiten wurden gelöscht. Die Männer legten ihre Ruder in die Dollen und begannen eilig die Armbrüste hervorzukramen, die in einer Kiste in der Mitte des Bootes aufbewahrt wurden. Je eine reichten sie an Mannion und Gresham weiter. Die Armbrust war eine gute einschüssige Waffe für die Art von Gefecht, die ihnen möglicherweise bevorstand. Einmal aufgezogen, war sie sofort schussbereit; ein leichter Druck auf den Abzug genügte, um den kurzen, tödlichen Bolzen davonschnellen zu lassen. Die Flugbahn war flach und somit ideal für kurze Entfernungen; man konnte sofort schießen, vorausgesetzt, die Waffe war vorher gespannt worden. Danach konnte sie beiseite gelegt und durch die kurzen Bootsäxte ersetzt werden, die ebenfalls in der Kiste bereitlagen. Ein Schwert war zu lang für den Nahkampf, den ein Scharmützel auf dem engen Raum des Decks erforderte, ein Dolch dagegen zu kurz. Eine schwere, kurze Doppelaxt war ideal, da sie dem Kämpfer gestattete, nach allen Seiten um sich zu schlagen und sich so den Feind vom Leib zu halten, während er in der anderen Hand das lange Messer bereithielt für den Fall, dass es wirklich eng wurde.

Lautlos zogen die Männer die Ruder ein; nur das Rascheln der Kleider und das Scharren der Füße auf den Planken verriet ihre Anwesenheit. Die Armbrüste waren in gutem Zustand und ließen sich ohne das hässliche, kreischende Geräusch aufziehen, das sie unweigerlich verraten hätte. Schweigend trieben sie dahin, eingehüllt von Nebel und Dunkelheit; das einzige Geräusch war das Klatschen der Wellen, die an den Rumpf des Bootes schlugen. Sie waren zu weit von beiden Ufern entfernt, als dass irgendein schwacher Lichtschein von dort zu ihnen hätte durchdringen können. Wenn sie sich zu lange auf diese Weise treiben ließen, würden sie unter der London Bridge hindurchgeschwemmt oder, was wahrscheinlicher war, an ihren Stützpfeilern zerschmettert werden.

Ihre Widersacher hatten sich verraten, indem sie ihr Boot in dem Augenblick angehalten hatten, als die Fackeln gelöscht wurden. Ein Adliger, der in seiner Barkasse nach Hause eilte, wäre einfach weitergefahren. Aber ein großes, mit erfahrenen Ruderern besetztes Boot ohne Licht, das von hinten herankam und wahrscheinlich durch ihre Fackeln auf sie aufmerksam geworden war und das dann auch noch anhielt, wenn sie anhielten? So viel war klar: Diese Leute hatten es auf sie abgesehen.

Gresham bedeutete Mannion wortlos, das Steuer so umzulegen, dass sie auf das Ufer von Southwark zutrieben und nicht auf ihr Haus. Im Dunkeln würde das andere Boot in die eine oder die andere Richtung fahren müssen, wollte es seine Beute aufspüren. Die Besatzung des anderen Bootes würde annehmen, dass er auf das linke Ufer zusteuerte und nicht auf das dunklere und verlassenere rechte, vermutete Gresham.

Er hatte falsch vermutet. Ein plötzliches Klatschen und Glucksen, das Geräusch von Ruderern, die sich in die Riemen legten. Wie aus dem Nichts tauchte aus dem Nebel ein gewaltiger hölzerner Bug auf und rammte den Rumpf ihrer Barkasse. Vielleicht war die Nebelbank an einer Stelle plötzlich aufgerissen und hatte ihre Position verraten. Gresham würde es nie erfahren. Ein Enterhaken kam geflogen und krallte sich im Holz des Rumpfes fest, und die acht Mann starke Besatzung des anderen Bootes machte sich bereit zum Sturm.

Jetzt ist er in seinem Element, dachte Jane, als die Boote krachend ineinander fuhren und das Deck unter ihren Füßen sich zu heben begann. Er hatte den Kopf in den Nacken geworfen, und mit einem Ruf, der fast wie Freudengebrüll klang, brachte er die Armbrust in Anschlag. Kaum hatte er seinen Bolzen verschossen, da ließ er die Waffe fallen und warf sich wie ein Wahnsinniger dem Feind entgegen, das Schwert in der erhobenen Hand schwingend.

In diesen ersten Sekunden waren die Angreifer im Nachteil.

Die Fackeln waren schon so lange gelöscht, dass die Augen von Greshams Männern sich ein wenig an die Dunkelheit hatten gewöhnen können. Der Feind hatte einen Fehler gemacht, indem er sie mit dem Bug voran gerammt hatte, anstatt längsseits beizudrehen. Auf dem Bug des anderen Boots konnten nur zwei Mann gleichzeitig stehen, um von dort aus auf die Barkasse zu springen. Die heftigen Bewegungen der beiden Boote behinderten die Angreifer, die den Sprung wagen mussten, mehr als Greshams Männer. Für einen kurzen Moment waren die Silhouetten der Angreifer zu sehen. Einer von Greshams Leuten, der Jüngste, zielte zu hoch und schoss unkontrolliert, doch die anderen drei Bolzen fanden ihr Ziel und senkten sich in Fleisch und Knochen der ersten beiden Angreifer. Schreiend fiel der eine nach hinten in sein eigenes Boot zurück, der andere stürzte in den Fluss.

Sechs waren noch übrig.

Gresham und Mannion warteten noch einen Augenblick, bevor sie selbst schossen. Der Mann, der in sein Boot zurückgefallen war, hatte die Nachrückenden auf dem schaukelnden Deck ins Straucheln gebracht. Gresham nahm sich den Linken vor, Mannion den Rechten. Sie verstanden sich im Schlaf. Ein Mann war auf der Stelle tot, der Bolzen hatte ihn in den Hals getroffen. Der andere machte im letzten Moment eine Drehung, sodass der Bolzen sich in seinen rechten Arm bohrte. Er war also geschwächt, doch man musste weiter mit ihm rechnen.

Noch vier Mann, dazu ein Verwundeter.

Ein Schlag von einem der Enternden, die mit einer bunten Mischung aus Knüppeln, Schwertern und Dolchen bewaffnet zu sein schienen, tötete den Jüngsten von Greshams Leuten auf der Stelle, doch der unerwartete Armbrustbeschuss hatte die Kräfteverhältnisse umgekehrt. Ein regelrechter Sensenhieb von Harry, der die kleine Mannschaft der Barkasse befehligte, beförderte einen der Angreifer in den Fluss, ein weiterer Streich, geführt von dem jungen Will, schlitzte einem anderen das Gesicht von links nach rechts auf, mitten durch das linke Auge; der hervorschießende Blutstrom zeichnete sich schwarz auf der weißen Haut des Mannes ab.

Noch zwei, dazu ein Verwundeter. Der Kampf war vorbei.

Mannion hatte seinen Posten am Heck nicht verlassen. Gresham war zur Mitte des Rumpfes vorgerückt und stand hinter seinen Männern, direkt neben Jane. Obgleich er nichts erkennen konnte, spürte er irgendwie, dass sich hinter ihm etwas rührte; eine leichte Veränderung in der Bewegung des Decks unter seinen Füßen. Er wirbelte herum und erblickte drei durchnässte Männer, die sich im Rücken des Kampfgeschehens an Bord zu hieven suchten. Zwei von ihnen kamen gerade schwankend auf dem engen Deck zu stehen; das Wasser troff an ihnen herab auf die Planken. Der Feind war schlauer gewesen, als Gresham geglaubt hatte, und hatte Männer um das Boot herumschwimmen lassen, um es von der ungeschützten Seite aus anzugreifen und sie so zu überraschen. Der Mann mit dem Bolzen im Arm fasste neuen Mut, als er seine Mitstreiter erblickte, und mit gewaltigem Gebrüll sprang er auf und stürzte sich in Greshams Boot, das sich unter dem neuen Gewicht tückisch zur Seite neigte.

Jetzt stand ein sechs Mann starkes Enterkommando fünf Verteidigern gegenüber.

Gresham spürte, wie die Kampfeslust von ihm Besitz ergriff. Ein blutroter Schleier legte sich vor seine Augen. Er holte zum Schlag gegen einen der Angreifer aus, der sich noch mühte, an Deck zu gelangen. Der Mann wich aus, und Greshams Axt landete dort, wo noch einen Augenblick zuvor seine Handgelenke gewesen waren. Doch es gelang ihm, sich an der Bordwand festzuhalten. Durch seine Aktion sah Gresham sich plötzlich schutzlos dem Mann zu seiner Rechten gegenüber, dessen Gesicht urplötzlich die Form eines Kreuzes anzunehmen schien. Ein Armbrustbolzen hatte sich quer durch seinen Schädel gebohrt. Seine Augen drehten sich nach innen, und auf seinem pockennarbigen Gesicht breitete sich ein Ausdruck völliger Verwirrung aus. »Oh!«, sagte er leise und sank auf die Planken herab. Der Mann, den Gresham verfehlt hatte, schwang sich über die Bordwand, rollte an Deck und war mit einem Satz auf den Beinen.

Fünf Angreifer gegen fünf Verteidiger.

Harry schien einen gebrochenen Arm zu haben, schwang aber weiter tapfer die Waffe in seiner linken Hand. Will und der andere Mann drängten derweil die zwei übrigen Angreifer zum Bug zurück. Mannion sprang hinunter, um seinem Herrn beizustehen, und warf die Armbrust, die er soeben wieder gespannt hatte, zur Seite. Gresham holte gerade zu einem gewaltigen Schlag mit seiner Axt aus, sah den Mann vor sich zu einem Ausfallschritt ansetzen und wich zur Seite, um die Axt mit einem grässlichen Krachen auf den Hinterkopf seines vorbeistürmenden Widersachers niederfahren zu lassen.

Vier Angreifer gegen fünf Verteidiger.

Er wandte sich halb um und erblickte ein Bild aus der Hölle. Auf den Wellen, welche die Kämpfenden aufgewühlt hatten, tanzte das Boot unruhig auf und nieder.

Der Mann mit dem Armbrustbolzen im Arm stand da, die Axt, die er sich vom Deck geschnappt hatte, hoch erhoben. Die Mordlust blitzte in seinen Augen. Zu seinen Füßen lag ein zusammengekauertes Bündel – Jane. Blut tropfte von der Armwunde des Mannes herab auf Janes Haare.

Langsam, ganz langsam holte der Mann mit der Axt aus, während Jane sich ebenso langsam zu regen begann, den Kopf senkte und in ihrem Kleid herumzuwühlen schien. Langsam, ganz langsam legte sie ihren hübschen Kopf in den Nacken, und in ihren Händen blitzte ein langer, spitzer Dolch aus spanischem Stahl auf. Wie eine Nonne, die vor dem Altar betet, hielt sie den Dolch mit beiden Händen gefasst, hob ihn in einer flehenden Geste zu dem Mann empor, der vor ihr stand – und stieß ihm die Klinge mit aller Kraft in den Unterleib. Sein Todesschrei schien die Nebelschwaden zu zerreißen, und der primitive, kreatürliche Schmerzenslaut ließ sogar die Kämpfenden am Bug für einen Augenblick innehalten. Die Axt fiel auf das Deck, und der Mann taumelte rückwärts, während der Dolch noch immer aus seinem Leib ragte. Jane klammerte sich wie eine Ertrinkende an den Griff, selbst wie in tödlichen Qualen schluchzend. Sie schien nicht loslassen zu können, schwankte und stürzte mit dem Mann zu Boden, blieb auf ihm liegen, eine groteske Imitation des Tieres mit den zwei Rücken.

Drei Angreifer gegen fünf Verteidiger, alle drei in den Bug des Bootes gedrängt, wo sie verzweifelt gegen Gresham, Mannion, Will, Jack und den verwundeten Harry um ihr Leben kämpften.

Mit einer einzigen fließenden Bewegung drehte Gresham sich um und schleuderte seine Axt in die Stirn des Mannes vor ihm. Sie spaltete seinen Kopf beinahe in zwei Hälften.

Die beiden verbliebenen Männer starrten ihren erschlagenen Genossen an, ließen die Waffen fallen und sahen Gresham flehend in die Augen.

»Tötet sie«, sagte Gresham.

Wieder hallten Schreie über das Wasser.

Gresham wandte sich zu Jane um. Ganz sanft rollte er sie von der Leiche des Mannes herunter, den sie getötet hatte, und versuchte, das krampfhafte Schluchzen zu ignorieren, das ihren ganzen Leib erbeben ließ. Ganz sanft löste er ihre Finger vom Griff des blutigen Dolches. Das Blut war schon fast getrocknet und klebte an ihrer beider Händen. Als sie den Dolch losließ, fiel der Kopf des Mannes schlaff zur Seite, sodass sein entblößter Hals sichtbar wurde.

Eine Kette aus Holzperlen ruhte auf den schweißverklebten Haarsträhnen zwischen Schulter und Hals – ein Rosenkranz.

Er griff ihr unter die Achsel, hob sie hoch und trug sie zu

der Plattform am Heck, wo sie noch vor kurzem in solcher Pracht gethront hatten. Das andere Boot hing immer noch an dem ihren – der Enterhaken hatte gehalten. Der Bug des Angreifers hatte oberhalb der Wasserlinie ein V-förmiges Loch in den Rumpf der Barkasse gerissen, und wenn das zersplitterte Holz der beiden Boote aneinander rieb, kreischten sie wie zwei verwundete Tiere.

Jane zitterte weiterhin am ganzen Leib und schluchzte so heftig, dass es sie fast zu zerreißen schien. Er sagte nichts, noch nicht. Er wusste, was kommen würde. Sie hatte die Augen weit aufgerissen, verängstigt und ruhelos flackerten sie hin und her. Für einen kurzen Moment richteten sie sich auf den Mann, den sie getötet hatte, der mit dem Kopf im Nacken dalag, das Gesicht im Todeskampf zu einem teuflischen Grinsen erstarrt. Der Griff des Dolches ragte wie eine groteske Erektion in die Nachtluft.

Er hielt Jane fest, während sie sich über die Bordwand übergab, während ihr Abendessen lautlos flussabwärts davontrieb. Eine ganze Weile noch gab sie würgende Laute von sich, nachdem ihr Magen längst leer war.

»Warum?«, wandte sie sich endlich an ihn, »warum?«

Er gab keine Antwort, hielt sie nur noch enger umschlungen, während Mannion und die anderen sich daranmachten, ihre Position zu bestimmen und das andere Boot nach Hause zu schleppen. Ja, warum?

Warum machte man auf dem Fluss Jagd auf ihn? Warum war das Leben eine Abfolge so vieler kleiner Qualen, die immer mit einem Tod endeten, mit dem Geruch frischen Blutes?

Er wusste auf keine der Fragen eine Antwort. Was die zweite betraf, so hatte die Menschheit sie sich schon seit Ewigkeiten gestellt, ohne je eine Antwort zu finden, die er hätte akzeptieren können.

Er hielt Jane im Arm und beklagte still das Ende der Unschuld.

5

Gresham hatte die ganze Nacht über wach gelegen, alle Muskeln verkrampft vor Zorn. Er hatte nicht mehr viele Tränen, und er vergoss keine, die irgendjemand hätte sehen können.

Er kannte das Leben. Zwei Drittel der Kinder einer Frau konnten dahingerafft werden, bevor sie aus dem Säuglingsalter heraus waren, während Fieber, Schüttellähmung und Pest ohne Vorwarnung Lücken in die wohlhabendsten wie die ärmsten Familien reißen konnten. Es gab nur eine Antwort. Lebe, solange noch Leben in dir ist. Kämpfe gegen die Mächte an, die Männer und Frauen dazu verdammen, der Wahrheit über ihr Gefängnis ins Auge zu sehen, ohne ihm je entfliehen zu können. Lache der Ungewissheit der Existenz ins Gesicht.

Doch die Woge der Verzweiflung war über ihn hereingebrochen, so wie er es vorhergesehen hatte, und sie hatte ihn verschlungen. Die Dunkelheit der Nacht war in seine Gedanken gesickert und hatte alles Licht darin ausgelöscht. Diese Stimmung überkam ihn nicht oft, doch wenn sie es tat, dann bedrohte sie sein ganzes Sein. Er spürte den Pulsschlag in seinen Adern, spürte, wie dünn der Faden war, mit dem ein Menschenwesen am Leben hing, wusste, wie leicht das Blut, das gegen die Mauern seines Gefängnisses anstürmte, befreit werden konnte – ein rascher, gezielter Schnitt mit einem Dolch oder Messer, mehr brauchte es nicht. Während das Blut in seinem Kopf hämmerte, während er den pochenden, quälenden Schmerz hinter seinen Augen spürte, wurde die Versuchung, sich mit Hilfe des scharfen, reinigenden Metalls von allem Druck zu befreien, beinahe unerträglich. Sein Blut schien wie ein Gefangener, der an die Tür seiner Zelle hämmerte und »Lasst mich raus!« schrie, so wie die Matrosen im Zwischendeck der *Maria* in ihrer Panik geschrien und die unnachgiebigen Spanten mit ihren Fäusten bearbeitet hatten. Kein Druck mehr, kein Pochen, keine Schmerzen. Befreiung. Und doch war er ein Feigling, wie er sich selbst sagte, als er blind in die Finsternis starrte. »So macht Gewissen Feige aus uns allen …« Verdammt, dieser Shakespeare hatte es wirklich erfasst.

Seine eigene Unschuld war schon längst tot, und sein Überleben war eine Frage des Stolzes, nicht der Notwendigkeit. Er hatte im Grunde seines Herzens gewusst, dass für Jane ein neuer Morgen und eine neue Nacht anbrechen würden, wie sie auf alle denkenden Menschen zukamen. Der gähnende schwarze Abgrund der Verzweiflung würde ihre Seele zu verschlingen drohen. Das Wissen, dass es so kommen würde, konnte den Schmerz nicht lindern, wenn es tatsächlich so weit war. Sie hatte einen Menschen getötet, und das tötete immer auch einen Teil des Menschen, der die Tat beging. Es konnte nicht anders sein. Es lag in der Natur des Lebens, dass es nach dem Tod verlangte. Nun würde er also wenigstens Jane in der Hölle wieder sehen. Doch schon vor den Ereignissen der vergangenen Nacht war er widerstrebend zu dem Schluss gekommen, dass ein Himmel ohne Jane für ihn auch nur eine bessere Hölle sein würde.

Er hatte Jane ins Bett gebracht, dann war er zu einer alten, ramponierten Kiste gegangen, die er dieser Tage nicht mehr so häufig öffnen musste. Sie enthielt unter anderem eine Flasche mit einer rötlichen Flüssigkeit. Als er sie aufschraubte, stieg ihm der Geruch in die Nase, und binnen Sekunden fand er sich in seinem Feldbett in den Niederlanden wieder, hörte sich nach der ersehnten Flüssigkeit schreien, die seine Schmerzen lindern und ihn in diesen benommenen, schläfrigen Zustand versetzen würde, der seine einzige Zuflucht von den Qualen war. Die Medizin hatte ihm ein alter Feldscher besorgt. Gresham wusste weder, wo sie herkam noch, woraus sie bestand, doch Jahre später war er zu einem der verschwiegensten und erfolgreichsten Apotheker in ganz London gegangen und hatte ihm Farbe, Geruch und Geschmack der Arznei beschrieben, ebenso wie ihre Wirkung auf einen geschundenen Körper und einen geplagten Geist. Der Apotheker hatte genickt, war in einem Hinterzimmer verschwunden und kurz darauf mit einer kleinen Phiole zurückgekommen.

»Was man Euch gegeben hat, war aller Wahrscheinlichkeit nach ein viel stärker verdünnter Trank als der, den Ihr hier seht«, hatte er doziert. »Seid gewarnt. Dies hier ist fünf-, wenn nicht zehnmal so stark wie das, was man Euch damals verabreicht hat. In kleinen Dosen eingenommen, und auch nur in Zeiten äußerster Not, wird es den Leib wie auch die Seele von allen Schmerzen befreien. Nimmt man es zu oft, so wird es den, der es nimmt, zu seinem Gefangenen machen, während es ihn scheinbar befreit.«

Die Mixtur, woraus sie auch bestehen mochte, war also gefährlich, man sollte sie nur in kleinen Dosen zu sich nehmen, und wer ihre Gefahren ignorierte, den würde sie zerstören. Kein schlechtes Sinnbild für seinen Umgang mit Cecil, dachte Gresham. Er verabreichte Jane, die sich kaum sträubte, eine minimale Dosis und ließ sie dann allein. Er wusste, dass der künstliche Schlaf, in den sie die Droge versetzen würde, allmählich in einen natürlichen Schlummer übergehen würde, und dass die beiden großen Heilkünstler, die Zeit und der Schlaf, sie das Geschehen zwar nicht vergessen lassen, ihr aber helfen würden, es zu akzeptieren und damit zu leben. Irgendwann. Gegen die Qualen, die sie in der Zwischenzeit erleiden musste, konnte er wenig tun, außer ihr über die erste Hürde hinwegzuhelfen.

Nachdem dies erledigt und Jane versorgt war, ließ er Martha an ihrem Bett wachen und zog sich zurück, um nachzudenken.

Irgendjemand hatte ihnen auf dem Fluss nach dem Leben getrachtet, so viel stand fest. Ein schlichter Raubüberfall? Gresham bezweifelte es. In jener Nacht war leichtere Beute auf dem Fluss unterwegs gewesen, weitaus leichter als eine mit sechs kräftigen Männern besetzte Barkasse. Das angreifende Boot hatte direkt auf sie zugehalten. Es hatte eine gute Mannschaft gehabt, war stabil gebaut, teuer. Das war kein versuchter Raubüberfall. Es war ein Attentatsversuch.

Es gab zu viele Männer und auch ein paar Frauen, die Henry Greshams Tod gewollt haben könnten. Bei Shadwells Leiche war eine Rosenkranzperle gefunden worden, und Shadwell hatte sich kurz vor seinem Tod mit dem Katholiken Percy getroffen. Der Halunke, der versucht hatte, Jane zu töten, hatte einen Rosenkranz um den Hals getragen. War Gresham zu dicht auf die Spur einer neuen katholischen Verschwörung gekommen, zunächst durch Shadwell und dann über Moll, sodass er sich zur Zielscheibe gemacht hatte? Oder hatte er Bacon gekränkt? Wollte Cecil seinen Tod, trotz der Papiere, von denen er wusste, dass sie nach Greshams Tod an die Öffentlichkeit gelangen würden? War irgendjemand dahinter gekommen, welche Rolle er während der Essex-Rebellion gespielt hatte, und wollte nun im Namen des toten Anführers Rache üben? Oder hatte einer der Spanier, von denen es seit dem Friedensvertrag am englischen Hof wimmelte, etwas über seine Verwicklung in die Geschichte mit der Armada herausbekommen und sich gedacht, ein Vergeltungsakt auf dem Wasser wäre eine angemessene Rache für den Tod so vieler Spanier und den mit dem Desaster verbundenen Prestigeverlust? Keine Nation in Europa war so katholisch wie die spanische; ihre Rosenkränze hätten ausgereicht, die Themse zu füllen. Oder hatte Jakob entdeckt, welche Rolle Gresham vor so vielen Jahren bei der Hinrichtung seiner Mutter, der Schottenkönigin Maria, gespielt hatte – einer Hinrichtung, die für den jungen Henry Gresham die Feuertaufe bei seinem

Eintritt in die Welt der Spionage und der Intrigen dargestellt hatte? Maria war Katholikin gewesen …

Es gab einfach zu viele Möglichkeiten. Einmal, als er sich irgendwo in Norfolk im strömenden Regen in einem Graben hatte verstecken müssen, war ein junges Kaninchen aus seinem Bau am Rand eines ausgetrockneten Bachbetts geschlüpft und nicht weit von Gresham auf dem Boden des alten Wasserlaufs herumgetollt. Er hatte sich gefreut, das Tier zu beobachten, denn er hatte in ihm instinktiv einen Gefährten gesehen; auch war ihm klar, dass seine Deckung sehr gut sein musste, wenn das Kaninchen seine Anwesenheit nicht bemerkt hatte. Dann war ein Damm gebrochen, aufgeweicht durch die Wassermassen, die vom Himmel fielen, und ein rauschender Wasserschwall war durch das trockene Bachbett geschossen. Es gab vier oder fünf, wenn nicht sechs verschiedene Wege, die aus dem Bachbett herausführten, und Gresham hatte das Kaninchen mit der Kraft seines Willens zwingen wollen, sich über einen davon in Sicherheit zu bringen. Doch die vielen Alternativen schienen das Tier zu verwirren, das sich so lange umblickte, hierhin und dorthin sprang und wieder verharrte, bis es vom Wasser erfasst wurde, das es mitriss und offenbar einmal zu oft gegen einen Stein schleuderte. Sein zerschmetterter Kadaver hatte dagelegen, bis die Krähen das Fleisch fast gänzlich durch das nasse Fell herausgerissen hatten. Zu viele Wahlmöglichkeiten konnten einen Menschen ebenso verwirren, wie sie das Kaninchen verwirrt hatten. Nicht irgendeine Bewegung hatte es getötet, sondern der Stillstand. Irgendjemand suchte die entscheidende Auseinandersetzung mit Gresham. Irgendjemand wollte seinen Tod. Er musste wissen, wer es war.

Konzentration! Mit dem Mord an Will Shadwell hatte alles angefangen, und dieser hatte zuvor mit einem betrunkenen Thomas Percy zu Abend gegessen. Was immer er dort zu hören bekam, hatte ihn veranlasst, Hals über Kopf nach Cambridge zu eilen, und es war der Auslöser für seine Ermordung gewesen. Percy gebot über eine eigene Truppe, er war skrupellos, und er war jederzeit bereit zu töten, wenn er überzeugt war, dass es seinen Zwecken dienlich war oder sein Überleben sicherte. Hatte Percy den Mord an Shadwell angeordnet, weil er gerne zurückgenommen hätte, was er ihm verraten hatte, und hatte er den Mordanschlag auf Gresham geplant, weil er fürchtete, dieser würde ihm auf die Schliche kommen? Percy war kürzlich überraschend zum Königlichen Kammerjunker ernannt worden. Es war möglich, dass er Gresham in seiner Eigenschaft als Katholik, der die Aufdeckung einer Verschwörung fürchtete, nach dem Leben trachtete, oder gar auf Befehl des Königs selbst.

Shadwells Ring brachte Sam Fogarty mit dem Mord in Verbindung, und somit – da Sam Cecils Geschöpf war – auch Cecil selbst. Doch es konnte sich als gefährlich erweisen, daraus zu weit gehende Schlüsse zu ziehen. Gresham kannte wenigstens zwei Adlige, die sowohl von den spanischen Katholiken als auch von den niederländischen Protestanten Geld nahmen, und ein Schuft wie Sam konnte gut und gerne zwei, drei oder vier Herren dienen. Sam Fogarty stammte aus Northumberland. Stand er im Sold dieses Erzkatholiken, des Grafen von Northumberland, ebenso wie in dem Cecils? Oder war Sam Fogartys wahrer Herr und Meister der katholische Glaube, und spionierte er für diesen Glauben in Cecils Haushalt ebenso, wie er für Cecil Gresham ausspioniert hatte? Falls Fogarty ein religiöser Fanatiker war, dann hatte Gresham in der Tat wenig Aussichten, die Wahrheit aus ihm herauszubekommen. Menschen, die bereit waren, für ihren Glauben auf dem Scheiterhaufen zu enden, und die das Höllenfeuer fürchteten, wenn sie diesen Glauben verrieten, ließen sich ihren Willen oft nicht einmal durch die Folter brechen.

Wenn Cecil Greshams Tod wollte, dann wäre es für ihn ratsamer gewesen, ihn in Cambridge zu lassen, wo ihm nur Mannion als Diener zur Verfügung stand und wo ein gedungener Mörder ebenso leicht im Schutz der Dunkelheit in das College eindringen konnte wie irgendein betrunkener Student. Doch Cecil hatte ihn nach London kommen lassen, wo er in einem gut bewachten Haus wohnte und wo er selbst auf dem Fluss stets von einem Trupp kräftiger und loyaler Männer geschützt wurde. Cecil hatte durch Greshams Tod viel zu verlieren, denn er hatte zu viele Geheimnisse, deren Enthüllung er fürchten musste, doch wie viel hätte er zu verlieren, wenn sein oberster Herr und Meister, der König, Greshams Tod befahl? Das würde Seiner Lordschaft allerdings Kopfzerbrechen bereiten! Wenn er den Befehl erhielt, Gresham zu töten, und ihn nicht ausführte, fiel er in Ungnade, aber er würde noch viel mehr in Ungnade fallen, wenn er den Befehl erfolgreich ausführte und Greshams Papiere anschließend an die Öffentlichkeit gelangten. Cecil war verschlagen genug, um auf die Idee zu kommen, seinen Herrn mit einem Mordanschlag zufrieden zu stellen, der aber so inszeniert war, dass er scheitern musste. Doch wenn die Männer, die Gresham auf dem Fluss angegriffen hatten, in irgendeiner Weise halbherzig vorgegangen waren, dann hatte er davon jedenfalls nichts bemerkt.

Es gab allerdings einen Umstand, der zu auffällig war, als dass Gresham ihn als Zufall hätte abtun können.

Shadwell und Percy hatten im Dagger gespeist. Kurz darauf war Shadwell ermordet worden. Und wohin hatte Gresham unbedingt gehen müssen, kaum dass sein Gespräch mit Cecil beendet war? In das Dagger, wo er sich mit der berüchtigtsten Lieferantin von Informationen in ganz London getroffen hatte. Kurz darauf hatte irgendjemand versucht, ihn zu ermorden. Offenbar war ein Besuch im Dagger derzeit keine besonders gute Idee, wenn einem an seiner Gesundheit gelegen war, und das nicht nur wegen der Qualität des Bieres. Wenn Thomas Percy hinter dem Mord an Shadwell steckte, dann musste Greshams Besuch im Dagger bei ihm alle Alarmglocken zum Läuten gebracht haben. Was, wenn Percy annahm, Shadwell hätte eine Nachricht für Gresham hinterlassen und heimlich was auch immer aufgeschrieben, als eine Art Versicherung für den Fall, dass er nie bei Gresham ankäme? Was, wenn Shadwell Moll verraten hatte, was immer er in Erfahrung gebracht hatte, weil er wusste, dass es nur eine Frage der Zeit war, wann sie Gresham begegnen würde? Es war an der Zeit, dass Moll die Stadt verließ, wenn auch nur als reine Vorsichtsmaßnahme. Sie und ihre Schenke waren zu nahe an diesem Brandherd, und sie würde sich früher oder später böse verbrennen. Gresham mochte und brauchte Moll zu sehr, als dass er hätte zusehen können, wie sie Will Shadwells Schicksal teilte.

Gresham weckte Mannion, der in der Nähe der Schlafzimmertür seines Herrn auf einer alten Armeematratze schlief. Beim flackernden Schein einer Kerze schrieb er rasch ein paar Zeilen.

»Hier, bring das ins Dagger zu Moll. Geh nicht weg, bevor sie es in den Händen hält. Bewaffne dich und weck noch drei Männer, die dich begleiten sollen.«

Es war zwei Uhr, und noch nicht einmal die Bäcker und die Milchmädchen waren auf den Beinen, doch Mannion stellte Greshams Anweisungen nicht in Frage. Er nickte einfach nur und machte sich auf den Weg. Wenn Moll Cutpurse nur eine Spur Verstand besaß, dann würde sie London noch vor Morgengrauen den Rücken kehren oder sich in irgendeinem schäbigen Rattenloch in der Altstadt verkriechen, wo nicht einmal der König oder ein katholischer Gott sie aufspüren konnten. Sie würde wissen, wann sie sich wieder ans Tageslicht wagen durfte. Leute ihres Schlages wussten so etwas immer. Ob der Mörder, wer immer er war, schon hinter ihr her war? Er bezweifelte es. Ein Mordanschlag auf dem Fluss im Schutz des Nebels war eine Sache. Es würde länger brauchen, Moll aus ihrer Höhle herauszutreiben, und noch länger, das Dagger im

Sturm zu nehmen und Molls Privatarmee von auserlesenen Haudegen zu überrennen.

Er war der Antwort keinen Schritt näher gekommen, aber wenn Moll seinen Rat befolgte, dann hatte er vielleicht wenigstens einen weiteren Mord verhindert.

Hätte er einen der Männer, die ihn angegriffen hatten, am Leben lassen sollen? Im Sinne von Greshams Verhaltenskodex musste die Antwort eindeutig Nein lauten. Das Leben war das wohlfeilste aller Güter. Es gab eine einfache Regel im Umgang mit solchen Piraten wie auch mit den Wegelagerern, die in Banden die Straßen unsicher machten: töten oder getötet werden. Von dem Augenblick an, da dieser Bug aus dem Nebel aufgetaucht war, hatte jeder Einzelne an Bord der beiden Boote, mit Ausnahme der armen Jane, genau gewusst, dass kein Pardon gewährt werden würde. Er tötete nur diejenigen, die ihm nach dem Leben trachteten. So war das Leben, so war der Tod. Hätte es im Interesse der Informationsbeschaffung etwas genutzt, einen von ihnen zu verschonen? Wahrscheinlich nicht, dachte er. Gewiss, man hätte einen von ihnen zum Reden bringen können. Man konnte jeden Menschen zum Reden bringen, wenn man sich nur die Zeit nahm. Aber Folter konnte leicht dazu führen, dass jemand nicht die Wahrheit sagte, sondern das, von dem er glaubte, dass sein Peiniger es hören wollte. Auf der Folterbank war die Wahrheit weniger wichtig als die Befreiung von den Schmerzen. Gresham bezweifelte im Übrigen, dass irgendeiner der Männer überhaupt gewusst hatte, wer sein Auftraggeber war. Das Boot war wahrscheinlich von irgendeiner beliebigen Anlegestelle genommen, der Anführer der Männer von einem unbedeutenden und anonymen Helfer in der Hinterstube einer Taverne oder billigen Schenke angeworben, und diesem Anführer war es sodann überlassen worden, seine eigene Mannschaft zusammenzustellen. Wer immer diesen Überfall geplant hatte, war jedenfalls kein Dilettant.

Den Schlüssel bildete eine Reihe von Namen – die Namen, die Moll ihm genannt hatte: Thomas Percy musste eine entscheidende Rolle spielen, und sein Name führte zu den anderen: Tom Wintour, Robert Catesby, Kit und Jack Wright. Sie alle waren Katholiken, und sie alle waren an der gescheiterten Essex-Rebellion beteiligt gewesen. Irgendetwas, was einer von ihnen wusste, hatte einen anderen, möglicherweise einen der ihren, dazu veranlasst, einen Mord und einen Mordversuch zu begehen. Was war das für eine Sache, die sie zusammenbrachte? Was war das Geheimnis, das sie teilten und das sie vor Henry Gresham schützen mussten, koste es, was es wolle?

Er musste einen Zugang zu dieser Gruppe finden. Er brauchte einen Hebel, ein Werkzeug, um die Tür aufstemmen und Augen- und Ohrenzeuge ihrer Umtriebe werden zu können. Schweigend wartete er, ließ die Kerze herunterbrennen und erlöschen, bis der erste Schimmer der Morgendämmerung den Himmel erhellte und er Mannion zurückkommen hörte.

»Sie gehört nicht zu den Frauen, die sich gerne aus dem Schlaf reißen lassen, das steht mal fest!« Mannion selbst schien es dagegen mit Gleichmut hinzunehmen, dass er mitten in der Nacht geweckt und ohne Frühstück durch halb London gehetzt worden war.

»Wenn sie meine Warnung ernst nimmt, wird sie sich heute Nacht nicht mehr hinlegen. Alle Spuren in dieser Sache führen zu ihr – oder zumindest ins Dagger …« Gresham erläuterte kurz seine Überlegungen und die Schlussfolgerungen, zu denen er gelangt war.

»Diese Bande von Katholiken ist der Schlüssel, die Namen, die sie uns gegeben hat. Ich muss herausfinden, was sie wissen. Jeder Taschendieb und jeder Vagabund, jeder Spion und jeder Verräter, jeder Hurenbock, den wir kennen – ich will, dass wir sie alle auf diese Namen ansetzen. Ich will wissen, wo sie ihre

Wäsche waschen lassen und wo sie ihre Nachttöpfe ausleeren ... und setz nur die paar Leute ein, von denen wir wissen, dass wir ihnen trauen können. Wir dürfen nicht mit diesen Nachforschungen in Verbindung gebracht werden. *Und wir müssen uns beeilen!*«

Mannion nickte. Wie es aussah, würde dieser gewaltige Fischzug nach Informationen vielleicht die größte Aktion sein, die sie je in Angriff genommen hatten, doch die Prinzipien waren ihm nicht neu, ebenso wenig wie die Dringlichkeit. Aber trotz aller gebotenen Eile machte Mannion sich noch nicht sofort auf den Weg.

»Herr?« Mannion war ungewöhnlich zögerlich. Gresham wandte sich erwartungsvoll zu ihm um. Mannion sprach langsam, als ob er sich die Sache sehr gründlich überlegt habe.

»Sie ist jung. Sie ist stark. Sie ist mehr als verliebt. Sie hat sich Euch hingegeben. Sie wird alles überstehen. Nur nicht Eure Verzweiflung.«

Gresham dachte einen Augenblick darüber nach.

Muss ich mich denn immer nur verstecken?, dachte er für einen kurzen Moment. Dann war der Moment verstrichen.

»Danke«, sagte er schlicht. Die beiden Männer, durch Alter und Erziehung getrennt, sahen einander in die Augen. Worte und Gedanken, für die noch keine Sprache erfunden worden war, wechselten in Sekundenschnelle von einem zum anderen. Mehr bedurfte es nicht.

Gresham war plötzlich ganz knapp und geschäftsmäßig. Er sah Mannion skeptisch an und sprach mit einer Unbekümmertheit, die er nicht empfand.

»Zweifellos hast du schon ausführlich mit den zwanzig Männern geprahlt, die du auf dem Fluss erledigt hast?«

Diesmal reagierte Mannion ausnahmsweise nicht mit einem Grinsen. »Dafür ist die Sache zu ernst, Herr. Ihr wisst so gut wie ich, dass ich eine Menge Kämpfe hinter mir habe. Das war eine knappe Angelegenheit letzte Nacht, zu knapp, wenn Ihr mich fragt. Jemand will unseren Tod, und diesem Jemand ist es egal, wer dabei sonst noch draufgeht. Es war etwas anderes, ansehen zu müssen, wie sie da mit reingezogen wurde.«

»Wer will unseren Tod? Wer ist es diesmal?«

Jetzt gestattete Mannion sich ein Grinsen, und seine Miene hellte sich auf. »Nun, an Kandidaten besteht wohl kein Mangel. Ihr habt Euch ja sehr erfolgreich bemüht, alle möglichen Leute vor den Kopf zu stoßen, hierzulande und obendrein in halb Europa, und dabei habt Ihr noch nicht einmal die Hälfte Eurer natürlichen Lebensspanne hinter Euch.«

»Spaß beiseite, alter Mann. Du musst dir doch deine Gedanken gemacht haben, genau wie ich.«

»Ich denke nicht«, erwiderte Mannion bestimmt. »Ich tue die Dinge einfach. Das ist das, was ich am besten kann. Das Denken überlasse ich Euch.«

»Aber du hast doch eine Nase im Gesicht, oder etwa nicht? Wen kannst du aus dieser ganzen Sache herausriechen? Percy und seine katholische Brut? Den König? Cecil? Die Spanier?« Gresham stieß die Namen hervor wie Boxhiebe.

»Meine Nase sagt mir, dass die Sache zum Himmel stinkt. Und es gibt nur einen Menschen, der so extrem riecht: Cecil. Er hat da irgendwo die Finger drin, garantiert.«

»Wenn Cecil derjenige ist, der meinen Tod will, dann muss er davon ausgehen, dass er es überstehen wird, durch die Papiere, die ich in Rom hinterlegt habe, bloßgestellt zu werden. Bringt dich das nicht auf eine bestimmte Person, die uns unlängst besucht hat?«

»Tom Barnes?«, erwiderte Mannion.

Tom Barnes war eine linke, verschlagene Ratte von einem Mann, der Diener eines der größten Halunken in ganz London, Tom Phelippes. Phelippes war ein Fälscher, Codeknacker und Allzweckschurke im Dienste der Regierung, der mit seinen Intrigen gegen seine Auftraggeber zu weit gegangen war und der jetzt in einer nicht sonderlich luxuriösen Unterkunft im Tower residierte. Er war von seinem Diener Barnes verraten worden, der die ärgerliche Angewohnheit hatte, im Auftrag seines Herrn um Mitternacht irgendwo aufzukreuzen und statt an die Haustür an die Fensterläden im Erdgeschoss des Hauses, das er besuchte, zu hämmern. Gresham war erst kurz vor seiner Abreise nach Cambridge mit einem solchen Besuch beehrt worden – kurz bevor Barnes seinen Herrn verraten hatte. Barnes hatte einen ganz bestimmten Brief mitgebracht, den er vom Schreibtisch seines Herrn gestohlen hatte und für den er eine hübsche Summe verlangte. Eben dieser Brief lag immer noch unter den Dielen von Greshams Wohnung in Cambridge. Gresham hatte sich gerade entschlossen, sich in der Angelegenheit an Phelippes selbst zu wenden, als dieser plötzlich verhaftet und in den Tower geworfen worden war.

»Nun ja«, grübelte Gresham, »ich denke, ich verstehe jetzt besser als zuvor, was es mit Mr. Barnes und seinen Papieren auf sich hat.«

»Gehen wir in den Tower?«, fragte Mannion.

»Ja«, antwortete Gresham ohne Umschweife. »Wir müssen.«

»Können wir vorher noch frühstücken?«, fragte Mannion.

Der Tower von London überragte als finstere Trutzburg die östliche Stadtmauer an der Stelle, wo sie auf die Themse stieß. Sie fuhren mit dem Boot – für eine solche Entfernung das einzig vernünftige Transportmittel. Gresham hatte vier bewaffnete Männer mitgenommen. Er hatte nicht eine offene Schlacht auf dem Wasser gewonnen, um sich gleich darauf in einem Scharmützel auf der Straße niedermachen zu lassen. Anstatt eines der hauseigenen Boote zu benutzen, für das ohnehin kein gesunder Harry als Bootsführer zur Verfügung gestanden hätte, stellte Mannion sich an den Pier des Hauses und rief lauthals: »Heda, Richtung Osten!« Er wusste, worauf es Gresham ankam, und ignorierte deshalb eine Reihe von Booten, die um die lukrative Klientel aus den reichen Häusern am Strand wetteiferten, bis eines mit einem jungen Gesicht auftauchte.

»Landet ihr oder saust ihr unter der Brücke durch?«, fragte der junge Mann und grinste seine Passagiere an. Die hunderte, ja tausende von Männern, die auf dem Fluss ihrem Geschäft nachgingen, hatten ein Mundwerk, das ebenso schmutzig war wie ihre Körper und ihre Kleider. Dieser hier sah fast gesund aus. Die meisten Leute gingen vor der Brücke an Land, um dahinter, wenn nötig, wieder ins Boot zu steigen, nachdem es durch eine der engen Lücken zwischen den Stützpfeilern der London Bridge hindurchgeschossen war.

»Wir nehmen den *schnellen* Weg«, sagte Gresham bestimmt. Jung mochte der Bootsführer sein, doch er war ebenso kräftig wie geschickt. Links und rechts waren noch einige Fuß Luft, als sie durch den schmalen Zwischenraum hindurchglitten. Wie immer berauschte sich Gresham an der Gefahr und der Geschwindigkeit.

Sie konnten den Tower riechen, bevor sie ihn sahen. Zwischen dem Bürgermeister und dem Kommandanten des Tower schwelte ein endloser Streit, weil die Stadt ihre Abwässer in den Wassergraben der Festung abfließen ließ. Der Disput hatte eine neue Qualität erreicht, als die Stadt die Schleusen geöffnet hatte, die sämtliche Abwässer aus den Minories in den städtischen Kanal und damit in den Graben des Tower schwemmten. Der Gestank war widerlich, und selbst die abgehärteten Insassen des Tower wären gestorben für frisches Wasser. Gresham befahl den vier Männern, am Seiteneingang auf ihre Rückkehr zu warten, und nahm Mannion mit hinein.

Er erinnerte sich an seinen ersten Besuch bei Raleigh nach dessen absurdem Prozess mit der völlig aus der Luft gegriffenen Anklage. Hier war ein Mann, der es mit der spanischen Großmacht aufgenommen und sie geschlagen hatte, ein Mann mit dem Geist eines Gelehrten, der Zunge eines Poeten und dem Herzen eines Löwen. Ein Geringerer wäre in Tränen aufgelöst gewesen, und Gresham wusste, dass Raleigh bereits versucht hatte, sich das Leben zu nehmen. Doch davon war dem Mann nichts anzumerken, der da ruhig in seinem Zimmer im so genannten Bloody Tower, wo man ihn untergebracht hatte, an seinem Schreibpult saß. Er trug immer noch seine feine Hoftracht. Raleigh hatte eine Augenbraue leicht angehoben, als Gresham das Zimmer betrat.

»Nun, mein Freund, wie steht's mit Euch?«

»Ich hatte eigentlich Euch diese Frage stellen wollen«, hatte Gresham geantwortet.

»Wie es mir geht? Nun, wie Ihr seht, ist alles wunderbar. Die dicksten Mauern in ganz England schützen mich vor meinen Feinden ...« – mit einer Handbewegung deutete er das Gemäuer an, das sie umringte –, »und ich habe meine Frau und meinen Sohn an meiner Seite.«

Er rief nach ihr, und Bess, der ursprüngliche Grund für seine Probleme mit Königin Elisabeth, betrat den niedrigen Raum. Sie trocknete sich gerade die Hände ab. Bess war blass und hohläugig, doch ihr Gesicht hellte sich auf, als sie Gresham erblickte und ihn begrüßte. Bess Raleigh war weit mehr Männern eine Mutter gewesen als nur ihrem eigenen Sohn, und sie betrachtete Gresham als ihren liebsten, wenn auch etwas eigensinnigen Stiefsohn.

»Mylord«, sagte Gresham, »wie ist das möglich?«

»Wie es möglich ist, dass man mich beschuldigt, ein Verräter und ein Verbündeter der Spanier zu sein, nachdem ich mein Leben damit zugebracht habe, gegen dieses Land zu kämpfen? Wie es sein kann, dass ich in einem Prozess verurteilt werde, in dem die einzige belastende Aussage nachträglich zurückgezogen und in dem mir nie gestattet wird, meinem Ankläger Auge in Auge gegenüberzutreten? Wie es sein kann, dass einer meiner ältesten Verbündeten und Freunde als mein Hauptankläger erscheint, der Mann, dessen kränkelndes Kind meine eigene liebe Frau nähren und pflegen geholfen hat?«

Bess lächelte bei der Erwähnung des Jungen, den sie wie ihren eigenen Sohn behandelt hatte. Cecils kränklicher Sohn war in den wärmenden Schoß von Bess Raleighs Haushalt aufgenommen und zusammen mit ihrem eigenen kerngesunden Schreihals aufgezogen worden.

»Nun, mein Freund, die Antwort ist einfach. Ich bin ein sterbliches Wesen, und ich lebe in der Welt, die Gott erschaffen hat. Und ich habe meinen Stolz.«

Gresham bemerkte, dass Raleigh nicht aufstand, weil er es einfach nicht konnte. Die extremen Belastungen, seine kürzlich überstandene Krankheit und sein Selbstmordversuch hatten ihn so geschwächt, dass er nicht mehr stehen konnte. Sein Körper war beinahe gebrochen. Doch sein Geist war noch sehr lebendig, wie Gresham mit Freude und Erleichterung feststellte.

Raleighs Stolz und Arroganz hatten ihm viele Feinde eingetragen, aber die geistreichen Köpfe am Königshof sagten, er sei jetzt der einzige Mann, der vor Gericht für schuldig befunden worden sei und gerade dadurch in den Augen der großen Mehrheit seine Unschuld bewiesen habe. Die Zahl derer, die auf dem schmalen Pfad, der am Fluss entlang zum Bloody Tower führte, Schlange standen, um Raleigh zu sehen, war stark angestiegen – so sehr, dass man glauben konnte, jede halbwegs bedeutende Persönlichkeit sei herbeigeeilt, um den großen Mann zu Gesicht zu bekommen, den Letzten der Elisabethaner. Der Bloody Tower selbst roch nach neuem Baumaterial und frischem Holz, das herbeigeschafft worden war, um einen so angesehenen Gefangenen entsprechend unterbringen zu können. Zu einem Gefängnis gehören nicht unbedingt Gitterstäbe, dachte Gresham.

Raleigh, der jetzt schon zwei Jahre festgehalten wurde, hieß

Gresham herzlich willkommen. Mannion klopfte er auf die Schulter und drückte ihm eine Flasche und einen edlen Silberpokal in die Hand.

»Hier, du alter Goliath, nimm das mit nach draußen an den Fluss und ruf den Leuten zu, dass du der große Sir Walter Raleigh bist!«

Mannion grinste, dann ging er hinaus und machte die Tür hinter sich zu.

»Und was Euch betrifft«, fuhr er an Gresham gewandt fort, »trinkt dies.« Raleigh bot Gresham einen Becher an.

»Wasser?«, fragte Gresham.

»Trinkt es und seht selbst.«

Gresham nahm einen zögernden Schluck, schmeckte die Flüssigkeit auf den Lippen und der Zunge. Sie hatte einen leicht unangenehmen, brackigen Beigeschmack, schien aber durchaus bekömmlich.

»Keine Sorge!«, rief Raleigh und lachte schallend, als er Greshams angewiderte Miene sah. »Es wird Euch nicht umbringen; jedenfalls hat es mich die letzte Woche über nicht umgebracht. Es ist Nektar, mein junger Freund. Wisst Ihr, was das ist?«

»Ist das eine rhetorische Frage, oder erwartet Ihr eine Antwort?«, meinte Gresham trocken.

»Diese leckere Flüssigkeit, die Ihr da schlürft, war einmal Meerwasser. Meerwasser, wohlgemerkt! Das Wasser, das die Seefahrer auf ihren längsten Reisen zur Verzweiflung treibt, die Matrosen, die vor Durst zugrunde gehen und doch von dem ganzen Wasser um sie herum nicht trinken können. Stellt Euch vor, was es für die Entdeckungsreisen bedeuten würde, wenn man keine Wasserfässer mehr an Bord nehmen müsste, sondern stattdessen das Trinkwasser aus dem Meer selbst gewinnen könnte …«

»Geht es Euch um die Gesundheit der Seeleute oder um die erbeuteten spanischen Schätze, die Ihr anstelle der Wasserfässer zusätzlich an Bord unterbringen könntet?«, fragte Gresham trocken.

»Beides!«, dröhnte Raleigh, den sein Heiterkeitsausbruch fast aus den Stiefeln zu kippen schien. »Es ist meine Fähigkeit, das Praktische mit dem Geistigen zu verbinden, die mich zu einem so herausragenden Seefahrer gemacht hat!«

»Es ist meine Fähigkeit, mit meinem Herrn einer Meinung zu sein, die mich zu einem so guten Diener gemacht hat«, erwiderte Gresham. »Selbst wenn es bedeutet, dass ich lügen muss wie der Teufel.«

Raleigh war bester Laune; seine gewaltige Energie ließ sich einfach nicht bändigen. Er hatte nicht nur eine *Geschichte der Welt* geschrieben, er hatte sich auch ein Chemielabor in einem kleinen Raum nicht weit vom Bloody Tower eingerichtet, wo er das brackige Wasser aus einer Probe Meerwasser gewonnen hatte.

»Zeit«, sagte er zu Gresham, »Zeit ist das, was ich brauche. Der Prozess der Destillation ist noch nicht ausgereift – er funktioniert nur bei einem von fünf oder sechs Versuchen –, und die Apparatur ist zu unhandlich und vorläufig noch zu empfindlich, als dass man sie mit auf See nehmen könnte. Es bringt ja nichts, wenn man nur so lange Trinkwasser hat, bis der erste Windstoß das Schiff auf die Seite legt. Und Zeit – Zeit haben Lord Cecil und Seine Majestät mir ja im Übermaß zur Verfügung gestellt!«

»Zeit ist das, was irgendjemand mir gerade wegnehmen will ...« Gresham erzählte Raleigh, was er wusste, und verriet ihm seine Befürchtungen.

Raleighs Gesicht nahm plötzlich einen düsteren Ausdruck an.

»Ihr habt Recht, das sind zu viele Namen«, sagte er. »Und Sir Walter Raleigh ist wohl kaum der Mann, den man um Rat fragen sollte, wenn man den Fängen eines Feindes entgehen will«, meinte er bitter. »Eines steht fest: Ihr müsst in die Kreise dieser Papisten eindringen. Aber das wird seine Zeit dauern. Dieser Fogarty – Sam, so hieß er doch? – wird Euch nichts nützen. Entweder ist er einer von Cecils Leuten, dann wird er Cecil mehr fürchten als Euch, oder er ist ein Katholik, dann wird er sich mehr vor Northumberland oder vor Gott fürchten. Tom Phelippes – nun, der könnte vielleicht die Antwort liefern. Ihr sagtet, sein Diener, dieser Barnes, habe Euch Briefe gebracht? Belastende Briefe? Dann ist Phelippes Euer Mann. Versucht ihn nicht zu töten, ja? Das scheint bei Euch allmählich zur Gewohnheit zu werden.«

»Ist er ein Freund von Euch?«, fragte Gresham verblüfft.

»Kein Freund, aber ein neues Gesicht und jemand, der interessante Geschichten zu erzählen hat. Die Gesellschaft im Tower mag sehr erlesen sein, aber sie ist auch ein wenig beschränkt. Die schlimmste Strafe für einen Gefangenen ist nicht der Verlust der Freiheit. Es ist die Langeweile, die von einem Besitz ergreift. Phelippes schien mir jemand zu sein, der ein belebendes Element in so manche Tafelrunde bringen könnte.«

»Unter diesen Umständen werde ich versuchen, ihm keine lebenswichtigen Teile abzuschneiden. Seht es einfach als ein weiteres Opfer an, das ich meinem Herrn und Meister darbringe.«

»Nehmt Euch in Acht, Henry Gresham.« Raleigh wirkte plötzlich sehr ernst. »Sie haben mich in ihrer Gewalt. *Ein* Freigeist ist genug für sie. Gebt Acht, dass Ihr ihnen oder Eurem Schöpfer nicht noch einen weiteren in die Hand gebt.«

Diesmal ging Gresham, nachdem er sich von Raleigh verabschiedet hatte, nicht gleich in Richtung Ausgang. Die Wachen waren so nachlässig wie immer, und ein kleines Bestechungsgeld verschaffte Gresham und Mannion Zutritt zu dem Raum, in dem Thomas Phelippes gefangen gehalten wurde. Aus dem Tower herauszukommen war immer sehr viel schwieriger als hineinzugelangen, doch für diejenigen Insassen, die Geld hatten, glich das Leben hier eher dem in einer mittelmäßigen Herberge mit einem übellaunigen und verdrießlichen Wirt. Die Tür von Phelippes' Zimmer – oder war es eine Zelle? – war nicht verschlossen, sodass der Kerkermeister lediglich die Tür am Ende des feuchten Korridors aufsperren musste.

Phelippes war nicht besonders gut untergebracht, wie Gresham bemerkte. Die berühmteren Gefangenen im Tower, darunter Sir Walter Raleigh und sein Ankläger und Freund Lord Cobham, bewohnten einigermaßen komfortable Räumlichkeiten und durften den Garten des Kommandanten benutzen. Phelippes dagegen war in einem der primitiveren Türme eingesperrt. Das Fenster seiner Zelle befand sich hoch oben in der Wand und war mit schweren Gitterstäben versehen, die Zelle bot keine Aussicht auf die Gartenanlagen, zu denen die Gefangenen erster Klasse Zugang hatten und die solche zweiter Klasse immerhin von ihren Fenstern aus sehen konnten. Das Zimmer schien kaum Möbel zu enthalten.

Thomas Phelippes war ein kleiner, äußerlich wenig einnehmender Mann, bucklig und mit pockennarbigem Gesicht. Seine Herkunft lag im Dunkeln, und am Hof hatte man ihn wegen seiner fehlenden Kinderstube verachtet, aber dennoch hatte er es dank seiner Intelligenz und seines Talents für Sprachen zu einer führenden Position in Walsinghams Spionagenetzwerk gebracht, vor allem aber aufgrund seiner Fähigkeit, die schwierigsten Geheimcodes zu entschlüsseln und selbst zu entwickeln.

»Guten Morgen, Tom«, sagte Gresham so fröhlich, wie es die Umgebung gestattete. Gerade er hatte absolut keinen Grund, in den Mauern des Tower gute Laune zu empfinden, war er doch hier oft genug den verschiedensten Demütigungen und Schmerzen unterworfen gewesen. Und selbst abgesehen von seinen eigenen Erinnerungen war dies ein furchtbarer Ort. Der Gestank des Festungsgrabens war allgegenwärtig, und der zentrale Block, der so genannte White Tower, der noch aus der Zeit Wilhelms des Eroberers stammte, war ein Symbol der Macht, wie es Gresham ungeschminkter und brutaler noch nicht erlebt hatte; ein Bauwerk ohne jedes Zugeständnis an Form oder Ästhetik und zudem ein einmaliges Zeugnis all der Gräueltaten, die in seinen Mauern begangen worden waren. Die Außenmauern, wiewohl sie eine gewaltige Spanne englischer Geschichte repräsentierten, wirkten ähnlich kompromisslos. Der Tower war eine Festung, nicht mehr und nicht weniger, ein grobes Instrument absoluter Macht. Er war ein Ort des Bösen, ein Ort, wo selbst Musik von der Dunkelheit aufgesogen und zum Schweigen gebracht würde, wie die vielen Seelen, die in diesen Mauern lautlos ihr Leid hinausgeschrien hatten.

Phelippes war aufgestanden, als Gresham und Mannion eingetreten waren, und seine Züge hatten sich für einen kurzen Moment aufgehellt. Dann nahm sein Gesicht wieder den alten, besorgten Ausdruck an, wenn auch seine Freude über den Besuch immer noch offensichtlich war. Gresham bemerkte das Stirnrunzeln, ließ es jedoch unkommentiert.

»Henry Gresham, bei Gott! Und dieser wandelnde Baumstamm von einem Diener, der Euch auf Schritt und Tritt folgt! Wie geht's, alter Bursche? Was macht die wirkliche Welt?«

Mit Walsinghams Tod war das Spionageimperium, das er errichtet hatte, langsam zerfallen, da es seiner zentralen Säule der Macht beraubt war. Tom Phelippes war der angenehme Posten des Einnehmers der Krongelder zugefallen, das einen stetigen Fluss an Bestechungsgeldern mit sich brachte, dazu ein komfortables Haus, von dem aus er genau beobachten konnte, wer alles nach Frankreich segelte, um die Betreffenden anschließend seinem neuen Herrn, Cecil, zu melden. Er teilte das Haus in scheinbar bestem Einvernehmen mit Arthur Gregory, einem Mann aus Dorset, dessen größtes Talent darin bestand, versiegelte Briefe zu öffnen und wieder zu versiegeln, ohne dass der spätere Empfänger irgendetwas bemerkte, sowie mit dieser schäbigen kleinen Missgeburt von einem Spitzel, die sich Tom Barnes nannte. Alles schien eitel Freude, bis Phelippes eines Tages ganz plötzlich und offenbar auf Cecils Befehl in den Tower geworfen wurde, wo man ihn seither gefangen hielt.

»Die Welt ändert sich wenig, Tom«, sagte Gresham leichthin, »und die Menschen darin sind so korrupt wie eh und je.«

»Nun, wenn das so ist«, lachte Phelippes, »dann hat sich ja gar nichts geändert.«

Er wandte sich dem Inhalt des Korbes zu, den Mannion mitgebracht hatte – das Beste, was die Küche des Hauses Gresham zu bieten hatte, dazu drei Flaschen sehr akzeptablen Weines aus seinem Keller, die beste obenauf. Gresham bemerkte, wie hungrig sich der Gefangene über das Essen hermachte. Phelippes schluckte seinen Bissen herunter, nahm einen kräftigen Schluck Wein aus dem billigen Holzbecher, der auf dem ungedeckten Tisch stand, und sah Gresham an.

»Andere würden reden. Würden Fragen stellen. Ihr wartet einfach nur. Und bringt mir Essen und Wein. Warum?«

»Warum ich warte? Oder warum ich Euch Essen und Wein bringe?«, fragte Gresham zurück. Er hatte auf einem dreibeinigen Schemel Platz genommen, einem der wenigen Möbelstücke in der Zelle. Jetzt beugte er sich langsam vor. »Ich warte, weil Ihr ein gerissener alter Fuchs seid, der mir sagen wird, was er mir sagen will, wenn es ihm passt, und keinen Augenblick früher. Ich bringe Euch Essen und Wein, weil es mich wenig kostet und weil dieser gerissene alte Fuchs mir früher einmal geholfen hat und mir möglicherweise jetzt wieder helfen kann.«

»Und welche Art von Hilfe habt Ihr nötig, Sir Henry, mit Eurem hübschen Vermögen, Eurem hübschen Haus und Eurer hübschen Lady? Wozu kann ein gerissener alter Fuchs gut sein, wenn er in seinem Bau eingesperrt ist und aller Wahrscheinlichkeit nach nie wieder dort herauskommt?«

Gresham sprach leise, ohne Selbstmitleid, als gebe er eine schlichte Tatsache wieder: »Sie trachten mir nach dem Leben, Tom.«

Eine plötzliche Stille legte sich über die düstere, feuchte Zelle. War da ein Deut zu wenig Überraschung auf Phelippes' Gesicht zu erkennen?

»Nicht wegen meines hübschen Hauses, denke ich, und auch nicht wegen meines Vermögens, nicht einmal wegen meiner hübschen Lady. Ich weiß nicht, warum, und ich weiß nicht, wer dahinter steckt. Und Ihr werdet wissen, dass für uns Wissen alles ist.«

»Ja, das weiß ich sehr wohl«, erwiderte Tom, dessen erster Hunger gestillt war, sodass die Verlockung des Weines nun in den Vordergrund trat. »Oder wenigstens habe ich es immer gewusst. Sie haben schon einmal versucht, Euch zu töten, und sie werden es zweifellos wieder versuchen. Und eines Tages, Sir Henry Gresham, wird es ihnen gelingen, wie bei jedem von uns.«

»Aber was soll's, Tom«, rief Gresham fröhlich, »wenn sie es nicht schaffen, wird Gott oder der Teufel es gewiss irgendwann erledigen. Aber bevor es so weit ist, würde ich gerne sagen können, dass ich sie ein bisschen auf Trab gehalten habe.«

»Wie viele sind bisher gestorben?«, fragte Phelippes düster und sah Gresham an. Seine Augen hatten nichts von ihrer alten Schläue und Schärfe verloren.

»Auf meiner Seite nur einer. Der arme Will Shadwell. Ihr erinnert Euch an Will – die Pest in Menschengestalt, mit mehr Krankheiten als eine alte Schindmähre, aber auf seine eigene Weise loyal; er hätte einen besseren Tod verdient als eine Überdosis Flusswasser. Was die anderen betrifft, das waren gedungene Mörder, nachts auf dem Fluss haben sie zugeschlagen. Sie werden nicht die Letzten sein, wie die Dinge derzeit stehen.«

»Ich erinnere mich an Will Shadwell. Er wäre als glücklicher Mann gestorben, wenn er sich zu Tode getrunken hätte, allerdings nicht mit Wasser. Also, was kann dieser arme Gefangene für Euch tun?«

»Zunächst könnt Ihr mir verraten, wie es kommt, dass Ihr in diesem Loch sitzt. Bis zu dieser Geschichte hatte ich geglaubt, es liefe alles gut für Euch. Warum hat das Rad der Fortuna Euch so prompt abgeworfen?«

»Ich bin faul geworden, zu bequem. Ich habe in meiner Aufmerksamkeit nachgelassen – der eine Fehler, den Ihr nie begangen habt. Ich hatte von einem papistischen Sturm gehört, der sich im Ausland zusammenbrauen soll. Zu viel Kommen und Gehen, und es waren alles die falschen Leute. Ich schrieb an diesen verfluchten Halunken Hugh Owen, nannte mich Vincent und gelobte, seine Sache zu unterstützen, was immer sie sei. Ich hoffte, er würde sich mir verraten und mir eine Antwort schicken, die ich Cecil zeigen könnte. Doch es kam keine.«

Phelippes nahm noch einen Schluck von dem Wein. Die Flasche war schon halb leer.

»Also habe ich den Brief selbst beantwortet.«

»Ihr habt diesem Verräter Owen ins Ausland geschrieben … und anschließend Euren Brief selbst beantwortet?«, fragte Gresham ungläubig.

Ein breites Grinsen klaffte in Phelippes' von Pocken und Entbehrungen gezeichnetem Gesicht. »Warum nicht?« Er breitete die Arme weit aus. »Man muss doch schließlich leben. Cecil würde einen richtigen Spion nicht erkennen, selbst wenn er ihn in den Hintern beißen würde. Ich habe die Antwort in meinem besten Geheimcode verfasst und mich Benson genannt. Benson war ein guter Briefschreiber, lieferte Hinweise auf jede Menge finstere Verschwörungen gegen Krone und Vaterland. Also habe ich Cecil seine Briefe verkauft.«

Explosionsartiges Gelächter von Mannion war die Reaktion, begleitet von Greshams nicht minder amüsiertem Schnauben.

»Ihr habt also einen Brief an Owen gefälscht, anschließend seine Antworten gefälscht und diese dann an Cecil verkauft? Das nenne ich eine gründliche Ausnutzung des vorhandenen Materials, Tom. Hat Cecil den Braten gerochen?«

»Den Braten? Er hat nichts gerochen als den süßen Duft der Verschwörung, und er hat jede Sekunde davon genossen. Und dann hat dieser beschissene Hurensohn, dieser … *Sklave* Tom Barnes je einen Brief in Vincents Handschrift und einen in Bensons Handschrift gestohlen – Cecil hatte ja nur Bensons Handschrift zu Gesicht bekommen – und sie Cecil gezeigt. Ich hatte mir nicht die Mühe gemacht, eine andere Handschrift zu benutzen. Es passte absolut nicht in meinen Plan, dass Cecil Vincents Briefe sehen sollte. Wie sollte ich ahnen, dass Cecil Proben von beiden Handschriften zu Gesicht bekommen würde, die natürlich vollkommen identisch waren?«

»Woraufhin Seine Lordschaft … ungehalten wurde?«, vermutete Gresham.

»Ungehalten? Er hat sich seine feine Unterwäsche voll gepisst vor Wut, hat mich gleich herholen lassen und mich auch voll gepisst und mir obendrein noch auf den Kopf geschissen, und dann hat er mich hierher bringen lassen, der verwachsene Satansbraten. Hat überhaupt keinen Sinn für Humor, der Mann. Nach allem, was ich für ihn und seinen elenden Hundestaat getan habe!«

»Wird er vielleicht von Minute zu Minute ungehaltener über Euch? Eure Unterbringung ist nicht gerade das Beste, was der Tower zu bieten hat.«

»Nein, da steckt nicht Cecil dahinter. Ich glaube wirklich, er hat schon vergessen, dass ich hier bin. Es ist dieser Furz auf zwei Beinen namens Waad – Ihr kennt ihn als Sir William Waad –, dieser Furz auf zwei Beinen mit *Klumpen* drin. Wie

Ihr wisst, ist Seine Furzigkeit jetzt Kommandant des Tower. Erst vor wenigen Tagen ist er vereidigt worden. Ich könnte auch einen Eid schwören, nämlich dass er es auf mich abgesehen hat. Raleigh und ein paar von den wichtigeren Gefangenen haben ihm ziemlich die Laune verdorben, als er zum ersten Mal sein neues Lehnsgut inspiziert hat. Er traut sich nicht, ihnen an den Kragen zu gehen, es sei denn mit Worten, aber ich bin leichte Beute für ihn. Vor zwei Tagen haben sie mich verlegt.«

Phelippes lehnte sich auf seinem Stuhl zurück.

»Genug von mir. Ich nehme Eure milde Gabe dankend an, aber sie muss ihren Preis haben. Sprecht. Was wollt Ihr wirklich von mir?«

Gresham blickte Phelippes ruhig an. Sie kannten einander schon seit Jahren, und wenn sie auch keine Freunde gewesen waren, so doch Kameraden in der finsteren Schattenwelt der Spione, der Intrigen und Gegenintrigen.

»Eine Erklärung, Tom, bloß eine Erklärung.«

Phelippes' Stirn war schweißbedeckt. Es war ein warmer Tag, doch die Zelle war feucht und kühl trotz der Spätsommerhitze, die draußen herrschte.

»Eine Erklärung? Wofür?«

»Ihr sollt mir erklären, warum Euer Diener Tom Barnes, als er die Briefe stahl, die er Cecil zeigen wollte – Briefe, von denen Ihr gewiss nicht wolltet, dass Cecil sie zu Gesicht bekäme –, warum er dabei auch auf einen Stapel Briefe stieß, die ganz bestimmt für Cecil gedacht waren und von denen einer in der Handschrift eines gewissen Henry Gresham verfasst zu sein schien. Briefe, die Ihr geschrieben hattet, indem Ihr meine Handschrift fälschtet und es ganz so aussehen ließet, als kämen sie von mir. Ihr habt ja sogar das gleiche Briefpapier benutzt wie ich, alter Teufel! Nun, Tom Barnes beschloss, die Briefe mir zu zeigen, anstatt Eure Anweisungen zu befolgen und sie bei Cecil abzuliefern. Er wusste, dass ich gut zahle. Ihr habt eine gute Handschrift, Tom, insbesondere wenn Ihr Euch bemüht, sie wie meine aussehen zu lassen.«

»Ich weiß nichts von …«, stotterte Phelippes. Aus seinen Augen sprach jetzt echte Angst.

»Es sind interessante Briefe, die ich da geschrieben haben soll, Tom. Ich wusste gar nicht, dass ich katholisch bin, obwohl ich sagen muss, dass ich selten etwas so Beeindruckendes verfasst habe wie diese Bitte an den Papst um Unterstützung für eine Invasion Englands mit dem Ziel, König Jakob vom Thron zu stoßen.«

Nicht nur war der Brief eine exzellente Fälschung. Er hätte Gresham in den Augen der Öffentlichkeit für alle Zeiten in Misskredit gebracht, indem er ihn als einen bloßen Lakaien der Spanier und Feind Englands erscheinen ließ. Wenn ihm dieser Ruf erst anhaftete, würden Cecils Aussichten, dem Sturm der Entrüstung zu entgehen, den die Dokumente im päpstlichen Archiv auslösen würden, sprunghaft ansteigen. Wer würde den Beschuldigungen eines Verräters Glauben schenken? Und die Sache war sogar noch raffinierter eingefädelt, dachte Gresham. Allein die Herkunft der Briefe, die Cecil anschwärzten – Briefe, die im päpstlichen Archiv hinterlegt waren –, würde dafür sprechen, dass Gresham mit den Papisten im Bund und somit ein Verräter war.

»Warum, Tom«, fragte Gresham mit sanfter Stimme. »Warum habt Ihr geholfen, diese Lügen über mich zu verbreiten?«

»Ich …«

Ein Dolch war plötzlich in Greshams Hand aufgetaucht, und Mannion hatte sich vor der mit Eisen beschlagenen Tür postiert.

»Ich werde Euch töten, Tom Phelippes, wenn ich muss. Das wisst Ihr doch, nicht wahr?«, sagte Gresham im Plauderton, während er den Dolch mit der Fingerspitze senkrecht hielt, sodass die Spitze der Klinge leicht auf den groben Holzbrettern des Tisches ruhte.

»Ich weiß«, antwortete Phelippes, dessen Gesicht eine höchst ungesunde Färbung angenommen hatte, von der sich die Pockennarben als violette Flecken abhoben. »Aber wenn derjenige, der mir befohlen hat, Eure Schrift zu fälschen, mich dafür tötet, dass ich ihn verraten habe, was er mit Sicherheit tun wird, warum sollte ich dann nicht einen leichten Tod hier und jetzt wählen?«

»Weil Ihr niemals sicher wissen könnt, ob er Euch töten oder ob er überhaupt herausfinden wird, was Ihr mir verraten habt, Ihr aber mit Sicherheit von meiner Hand sterben werdet, wenn Ihr es mir nicht verratet.« Greshams unverwandter Blick fesselte Phelippes' Augen und ließ sie nicht mehr los. Er begann nervös zu blinzeln, wie ein überraschtes Kaninchen, das in die lodernde Flamme einer Fackel blickt. Schließlich schüttelte er den Kopf; ein gewisser Trotz begann die Oberhand über seine Angst zu gewinnen.

»Ihr könnt mich hier nicht töten, Henry Gresham!«, verkündete er. »Ich habe kein Messer; ich werde immer auf Waffen durchsucht. Außer Euch ist niemand hier bei mir. Man wird Euch wegen Mordes anklagen, so gewiss wie Herodes des Mordes an den unschuldigen Kindern beschuldigt wurde.«

»Das würde man vielleicht tun, falls ich Euch mit meinem Messer töten sollte«, sagte Gresham sinnend. »Aber Ihr sollt wissen, dass Ihr Euren Tod schon in Form dieses Weines getrunken habt, von dem Ihr freundlicherweise so reichlich genossen habt. Mein guter Freund Dr. Simon Forman hat mich der hohen Wirksamkeit der Mixtur versichert. Ihr habt Euren Tod getrunken, Thomas Phelippes – das heißt, falls ich mich nicht dazu herablasse, Euch innerhalb einer Stunde dieses Gegenmittel zu trinken zu geben, das ich zufällig hier in meiner Tasche habe.«

Gresham entnahm seinem Beutel eine schlanke, mit einem Korken verschlossene Flasche, die eine helle Flüssigkeit enthielt. Phelippes' Augen hefteten sich daran, als ob es sich um eine Vision aus dem Himmel oder aus der Hölle handelte. Simon Forman hatte mehr Gifte gemischt als die Borgias, wenn man den Gerüchten Glauben schenken wollte.

»Also, möchtet Ihr noch etwas trinken, Tom Phelippes? Oder habt Ihr genug und wollt Euch mit Eurem letzten Glas zufrieden geben? Mit Eurem allerletzten Glas, wohlgemerkt …«

»So etwas würdet Ihr mir nicht antun!«, sprudelte Phelippes hervor.

»Ich *hätte* es Euch nicht angetan, bevor Ihr mich verraten habt. Diese Briefe, die Ihr in meiner Handschrift gefälscht habt, bedeuten für mich Verhaftung und Prozess, bedeuten Hängen, Strecken und Vierteilen, Tom Phelippes, wie Ihr ganz genau wisst. Euer Tod dürfte da ein gerechter Ausgleich sein. Genug von diesem Geschwätz. Werdet Ihr reden, oder soll ich Euch in Ruhe sterben lassen?«

»Ich werde reden. Das Gegenmittel …«

»Bekommt Ihr, wenn Ihr ausgeredet habt. Zuerst zu den Briefen. Wieso?«

»Weil Cecil es befohlen hat – was glaubt Ihr denn? Und weil er dafür bezahlt hat. Ihr kennt die Loyalitäten in unserem Geschäft. Sie gelten zuerst dem Mammon und der Selbsterhaltung. Die Freundschaft kommt weit abgeschlagen an dritter Stelle.«

»Eure Aufrichtigkeit ehrt Euch. Schade, dass Ihr erst jetzt damit kommt. Hier, Ihr könnt aus der einen Flasche trinken.« Gresham warf ihm die Flasche zu. Phelippes schnappte krampfhaft danach, riss den Korken heraus und kippte sich die Flüssigkeit gierig in den Schlund. »Es sind zwei Flaschen nötig, um die Wirkung des Gifts aufzuheben. Die zweite kommt, wenn Ihr fertig seid. Diese Namen. Sagt mir, was Ihr wisst. Alles, was Ihr wisst.«

Gresham warf Phelippes einen Zettel zu. Darauf standen die Namen, die Moll Cutpurse ihm genannt hatte.

Tom Wintour, Robert Catesby, Kit und Jack Wright und Thomas Percy.

Phelippes sah bestürzt auf; sein alter Professionalismus ließ ihn vorübergehend die Angst vergessen. »Das sind Katholiken, einer wie der andere. Eine Schar von Brüdern. Alle miteinander verwandt oder verschwägert. Catesby und die Wrights waren 1596 zusammen im Tower inhaftiert.«

»Erzählt mir was über jeden Einzelnen.«

»Ja, glaubt Ihr denn, mir steht hier ein Sekretär zur Verfügung?« Gresham hielt die Glasflasche über die Steinfliesen des Bodens. »Das muss alles aus meinem Kopf kommen, versteht Ihr? Nur die Ruhe, ich versuch's ja!«

Phelippes ließ sich gegen die Stuhllehne sinken und schloss die Augen.

»Catesby ... alte katholische Familie. Ziemlich schmucker Kerl. Auch ein guter Fechter, wie man hört. Er war doch in die Essex-Geschichte verwickelt, nicht wahr? Das dürftet Ihr besser wissen als ich ...« Er warf Gresham einen verschlagenen Blick zu, den dieser mit unbewegter Miene erwiderte. »Die Frau lebt nicht mehr, glaube ich. Steht auf gutem Fuß mit den Pfaffen. Hat ein Haus in Lambeth, jedenfalls hatte er dort früher eins. Und auch eine Wohnung am Strand ... Ein Heißsporn, sehr einflussreich, viele Freunde. Den muss man im Auge behalten, kein Zweifel ...

Die Wright-Brüder ... Erzkatholiken, beide auch gut mit dem Schwert ... werden zu den Besten im ganzen Land gezählt. Haben auch ganz tief in der Essex-Affäre dringesteckt, zusammen mit Catesby. Sind viel auf dem Kontinent umhergereist, die beiden, und führen bestimmt nichts Gutes im Schilde. Ich selbst habe Walsingham auf ihre Fährte gebracht ...

Tom Wintour ... die Wintours von Huddington Court, hocken auf einem Vermögen dort mit ihren Salzpfannen bei Droitwich – der Himmel weiß, was die zu rebellieren haben mit all dem Geld. Auch ein bekannter Katholik, der jüngere von zwei Brüdern. Ruhelose Seele, hitzköpfig, geistreich, liebt die Frauen und den Wein ... auch so ein Vielgereister, der nichts Gutes im Schilde führt, wenn Ihr mich fragt ...

Percy ... also, der Kerl hat nichts als Pisse und Wind im Leib. Macht für Northumberland die Drecksarbeit; hat in seinem Namen mit dem guten König Jakob verhandelt; jähzorniger, aufgeblasener Kerl ... Der König mag ihn offenbar ... Er hasst Cecil ... hat Brennnesseln im Hintern und ist so voller Ehrgeiz, dass es ihn verzehrt. Ein ganz Wilder, dem geht man besser aus dem Weg ... niemandes Herr, aber im Grunde seines Herzens auch niemandes Diener ... Um Gottes willen, Mann, *gebt mir endlich die Flasche!*«

»Später«, sagte Gresham ruhig. »Noch eine Sache. Ihr seid ein Berufsverräter, Tom, nicht wahr? Also, wer ist der Hebel, mit dem ich die Tür zu dieser Affäre aufstemmen kann?« Der Blick, mit dem Gresham Phelippes anstarrte, hätte Löcher in die Spanten eines Schiffes bohren können. »Wen aus dieser Gruppe könnte man bestechen, damit er seine Freunde verrät? Wer unter diesen Männern ist von Eurem Schlag?«

Phelippes blickte sehnsüchtig nach der Flasche. Gresham rührte keinen Finger.

»Tresham«, krächzte Phelippes. »Francis Tresham. Ich weiß, er steht nicht auf Eurer Liste, aber er hat schon immer mit denen unter einer Decke gesteckt. Er ist ein diebischer, gewalttätiger, jähzorniger kleiner Wicht, und wenn seine Freunde und Verwandten irgendetwas aushecken, dann könnt Ihr wetten, dass Francis Tresham auch nicht weit ist.«

»Mehr«, sagte Gresham. »Ich will mehr.«

»Große katholische Familie.« Inzwischen rannen kleine Schweißperlen über die Krater in Phelippes' Gesicht. »Der Vater ist ein Patriarch – großer Bauherr, wirft mit dem Geld nur so um sich. Musste dem Jungen schon unzählige Male aus der Patsche helfen. Musste ihn sogar hier aus dem Tower freikaufen, nach der Essex-Rebellion. Der junge Tresham kann froh sein, dass sein Kopf noch auf seinen Schultern sitzt. Ist ein wilder Kerl, nicht zu bändigen – *um Himmels willen, gebt mir schon die Flasche!*«

»Hier.« Er warf Phelippes die zweite Flasche zu. Der stürzte sich darauf und hätte es fast geschafft, die Flasche mitsamt dem Inhalt zu verschlingen.

»Verratet mich ja nicht ein zweites Mal, Tom«, sagte Gresham, als er sich anschickte, die elende Zelle und ihren Bewohner zu verlassen. »In ungefähr einer Stunde wird Euch plötzlich sehr schlecht werden, dann wird Euer Körper versuchen, das Gift auszustoßen, das Ihr ihm zugeführt habt, indem er die Gedärme und den Magen entleert. Ich freue mich, Euch mitteilen zu können, dass es heftig und schmerzhaft sein wird. Sehr schmerzhaft. Ihr werdet drei oder vier Tage nichts essen können, vielleicht auch eine Woche, und die ganze Zeit werden Eure Eingeweide schmerzen, als hätte man flüssiges Blei hineingegossen. Aber Ihr werdet wieder gesund werden, es sei denn, Ihr fangt Euch in der Zwischenzeit die Pest. Und übrigens, der Wein in den anderen Flaschen ist sauber.«

Sie brauchten unendlich lange, bis sie das Labyrinth von Toren und Pforten hinter sich gelassen hatten und wieder draußen an der Themse standen – viel länger als auf dem Hinweg.

»Ihr habt sonst nie Gift benutzt, Herr«, sagte Mannion. In seinem vorsichtigen, reservierten Ton lag nichts Anklagendes.

»Das habe ich auch diesmal nicht«, erwiderte Gresham.

Aber ich war sehr versucht, es zu tun, dachte er. Forman hat mir die Flasche mit Gift gegeben, die ich noch hier in meiner Tasche habe. Ich war drauf und dran, den Wein in die Kelche zu gießen, die wir in dem Korb mitgebracht hatten, und das Gift heimlich in den einen hineinzuschmuggeln. Ich wollte, dass er stirbt – wollte, dass er leidet für das, was er getan hat. Und ich weiß nicht, warum ich es mir noch rechtzeitig anders überlegt habe.

»Es war gar kein Gift drin?«, fragte Mannion ungläubig. Greshams Vorstellung hatte ihn offenbar überzeugt.

»Nein, in dem Wein war kein Gift. Das zweite der beiden Fläschchen enthielt einen Trank, der, wie Forman mir versichert hat, Thomas Phelippes solches Bauchgrimmen bereiten wird, dass er es für den Rest seines verhunzten Lebens nicht vergessen wird.«

Mannion fing an zu lachen – ein Heiterkeitsausbruch, der seinen ganzen Körper derart erschütterte, dass er sich an einem der morschen Pfähle an der Anlegestelle festhalten musste.

»Indem ich ihm diese Rosskur verpasse, tue ich im Grunde nur meine Bürgerpflicht. Eine Veränderung wirkt oft wahre Wunder, und Phelippes' Aufseher werden sich schon bald mit einem neuartigen Gestank von den Ausdünstungen des Abwassergrabens ablenken können.«

Gresham stimmte in Mannions Gelächter ein. In seinem Lachen lag eine gehörige Portion Erleichterung. Ohne dass er selbst bewusst darüber nachgedacht hätte, wusste er jetzt, wer sein Feind war.

Jane war schon wach, als sie nach Hause kamen. Das Mittel, das er ihr verabreicht hatte, wirkte noch nach. Sie saß in einem Hinterzimmer mit Blick über den Fluss, hager und abgespannt, und hatte trotz der Sommerhitze eine Decke um die Schultern geworfen.

Gresham kam ohne Umschweife zum Thema. »Ich glaube, ich weiß, warum man uns gestern Nacht auf dem Fluss ermorden wollte.«

Sie drehte sich um und sah ihn an. Das Feuer in ihren Augen war erloschen.

»Wach auf«, sagte er, schon etwas sanfter. »Wach auf – oder resigniere. Du hast nie zugelassen, dass dir dieses stinkende Kuhdorf deinen Lebensmut nimmt. Und von mir hast du dir das ebenso wenig gefallen lassen. Soll es jetzt irgendeinem Halunken gelingen, der dir nach dem Leben getrachtet hat, obwohl du ihm zuvorgekommen bist und ihn getötet hast?«

Ein winziger Funke leuchtete in ihren Augen auf, wie die Glut in einem Kamin, die man über Nacht hat glimmen lassen.

»Es war ...« Sie stand kurz davor, wieder in hilfloses Schluchzen auszubrechen, das konnte Gresham sehen. Seine Stimme klang scharf und unfreundlich, als er sagte: »Jawohl, es *war*. Es ist passiert. Daran kannst du nichts ändern. Entweder lässt du dich davon kaputtmachen, oder du überwindest es. Es gibt keine goldene Mitte.«

Anstatt sich selbst niederzumachen, tat sie, was Gresham erhofft hatte, und brüllte ihn an.

»Wie könnt Ihr so seelenruhig dastehen? Wie könnt Ihr das Blut so einfach von Euren Händen abwaschen? Wie könnt Ihr vergessen? Das waren Menschen dort draußen, keine Tiere. Wir waren so glücklich, und dann hat uns aus dem Nichts ... diese *Abscheulichkeit* überfallen, und ich ... ich musste ...«

»Du musstest töten!« Jetzt schrie auch er. »Verstehst du mich? Du *musstest* töten! Glaubst du vielleicht, du bist etwas Besonderes, anders als alle anderen Geschöpfe auf dieser Erde? Glaubst du, Gott würde in diese gottverlassene Welt zurückkehren, um speziell für dich die Gesetze der Wirklichkeit außer Kraft zu setzen? Wach endlich auf, Frau!« Er trat an sie heran und kniete nieder, um ihr ins Ohr zu flüstern. »Und sag nie wieder, dass ich vergesse. Dazu hast du kein Recht. Ich erinnere mich an jedes einzelne Mal, an jeden Einzelnen von ihnen. *Und ich vergesse nicht.* Ich lerne nur, die Erinnerungen zu verbergen.«

Er wusste, dass er gewonnen hatte, und in diesem Moment wusste er auch, warum er sie liebte – wegen ihrer Tapferkeit, wegen ihrer Unabhängigkeit und wegen ihrer Stärke. Einen Augenblick lang saß sie mit gesenktem Kopf da, dann blickte sie zu ihm auf. In ihrem Gesicht war keine neue Falte zu sehen, kein neues graues Haar war ihr gewachsen, und doch war sie in einer Weise gealtert, die man nicht an körperlichen Veränderungen ablesen konnte. Sie würde nie wieder dieselbe sein, aber sie würde stärker sein, widerstandsfähiger. Was sie eingebüßt hatte, um diesen Sieg zu erringen, wusste er nicht. Es war der Preis des Überlebens.

»Es tut mir Leid«, sagte sie, noch mit einem leisen Schniefen, das sie verletzlich wirken ließ. »Ich war in meinem eigenen Kummer gefangen. Es ist so, wie Ihr sagt. Erinnert Ihr Euch noch an damals, wie wir auf dem Pferd saßen, ich mit Eurem edlen Mantel über meinen ungewaschenen Lumpen?«

»Woran soll ich mich erinnern?«

»An das, was Ihr damals gesagt habt. Ich glaube, Ihr hattet nicht viel Ahnung von kleinen Mädchen. Ihr habt sehr ernsthaft auf mich eingeredet, als ob ich Eure Braut sei, die Ihr am Hochzeitstag im Triumphzug nach Hause führt. Ihr habt gesagt: ›Dein Leben beginnt hier und jetzt. Wir löschen die Geschichte jedes einzelnen Tages aus, so wie wir ihn leben, und wenn wir den Mut dazu haben, dann können wir jeden Tag wieder ganz neu anfangen. Dies ist dein neuer Tag.‹ Ich hielt Euch für verrückt und auch für einen ungeheuer gut aussehenden, schneidigen Burschen. So hatte noch nie irgendjemand mit mir gesprochen.«

»Habe ich wirklich so aufgeblasen dahergeredet?« Aber in Wahrheit hatte er es keineswegs vergessen.

»Und das tut Ihr immer noch. Aber ich verzeihe Euch. Ich werde mir alle Mühe geben, diesen Tag zu einem neuen Tag zu machen. Aber Ihr müsst gut zu mir sein. Es wird Zeiten geben, da wird es mir sehr schwer fallen, und dann werde ich Liebe und Zuwendung brauchen und nicht harte Worte, damit ich nicht in den Abgrund stürze.«

In der unmerklichen Weise, wie es zwischen Menschen geschieht, hatte irgendetwas in ihnen wieder ineinander gegriffen und setzte sich in Bewegung, angetrieben von einer unausgesprochenen, unsichtbaren Kraft.

»Und warum bin ich nun letzte Nacht zur Mörderin geworden?«

In ihrer Stimme lag eine Spur Schnodderigkeit, aber auch ein düsterer Unterton. Gresham spürte, dass sie den Ausdruck »Mörderin« bewusst gewählt hatte; es war ein Teil des Prozesses, der sie allmählich dazu führen sollte, das Geschehene zu akzeptieren. Er widersprach ihrer Selbstbezeichnung nicht. Sie sollte sich ruhig den Weg zu ihrer eigenen Form der Erlösung ertasten. Es gab keine einfachen Regeln.

Er erzählte ihr von dem gefälschten Brief, den Tom Barnes ihm überbracht hatte.

»Warum habt Ihr mir nichts von dem Brief gesagt?«

»Ich wollte es dir sagen, sobald ich eine Antwort hätte und nicht nur die Frage.«

»Ist das klug? Es ist doch kein Eingeständnis von Schwäche, die Informationen an mich weiterzugeben, so wie sie bei Euch eintreffen – es hieße lediglich anzuerkennen, dass zwei Köpfe manchmal mehr zustande bringen können als einer.«

»Nach dieser Theorie«, sagte Gresham, »sollte ich alle meine Informationen mit Mary, der Küchenmagd, teilen und mit Martha, der Haushälterin, und mit Harry, dem Fährmann. Ach, und dann noch mit dem jungen Will und mit dem Koch natürlich und …«

Sie fiel ihm ins Wort. »Der Unterschied ist der, dass keiner von ihnen so viel im Kopf hat wie ich. Und sie mögen Euch auf ihre Art lieben, aber ich liebe Euch auf meine Art, und meine Liebe ist stärker.«

Das brachte ihn vorübergehend zum Schweigen. Sie fuhr fort.

»Die Fälschung dieses Briefes war jedenfalls Teil eines von langer Hand eingefädelten Plans. Wer hat versucht, uns zu töten? Was hat … die Ereignisse der vergangenen Nacht ausgelöst?«

»Ich glaube, ich weiß es inzwischen. Die ganze Zeit über

konnte ich nicht klar sehen, seit dem Mord an Will Shadwell. Einmal glaubte ich, Percy hätte Shadwell ermordet und dann die Sache auf dem Fluss organisiert für den Fall, dass Shadwell mir eine Nachricht hinterlassen hätte. Dann dachte ich wieder, der König könnte etwas damit zu tun haben oder Bacon oder gar die Spanier. Aber ich lag falsch.«

»Und wer ist es?«

»Cecil. Es muss Cecil gewesen sein, der versucht hat, uns zu töten. Ich glaube ohnehin, dass Cecil versucht hat, mir irgendwie beizukommen, wahrscheinlich schon vor dieser ganzen Affäre. Er wusste, dass ich Papiere besitze, die ihm das Genick brechen können. Es muss ihm ein Dorn im Auge gewesen sein, dass ich ihn so in der Hand hatte, und er hat sich das Hirn zermartert, wie er sich aus dieser Falle befreien könnte. Und diese Briefe, die für einen katholischen Umsturz in England plädierten und dem Anschein nach von mir geschrieben wurden – das war eine brillante Idee. Sie lassen mich nicht nur als einen absolut unzuverlässigen Zeugen erscheinen, sondern verwandeln auch die Papiere, die ich im päpstlichen Archiv hinterlegt habe, in ein Eingeständnis meiner Schuld.«

»Du hast nichts weiter gesagt, als dass Cecil etwas in der Hand haben wollte, was er deinem Belastungsmaterial gegen ihn entgegensetzen könnte. Warum hat er also plötzlich beschlossen, uns ermorden zu lassen?«

»Wegen Will Shadwell, da bin ich mir sicher. Er ist der Schlüssel des Ganzen. Will muss etwas gehört haben, was den armen Narren veranlasst hat, Hals über Kopf zu mir zu eilen, und der Beweis ist, dass er von einem von *Cecils* Leuten ermordet wurde, nicht etwa von Percy oder irgendeinem anderen. Ich habe ein bisschen zu raffiniert gedacht. Ich habe mir alle möglichen Gründe überlegt, weshalb Sam Fogarty für Northumberland oder vielleicht für Rom und die katholische Sache arbeiten könnte. Wir wissen nur zwei Dinge ganz sicher, nämlich dass Fogarty für Cecil arbeitet und dass er so weit in den Mord an Shadwell verwickelt war, dass er in den Besitz von dessen Ring gelangen konnte. Damit ist die Verbindung zu Cecil hergestellt.«

Was Gresham gehofft hatte, war eingetreten: Die Möglichkeit, eine Erklärung für das schreckliche Geschehen zu finden, hatte Jane ganz in Anspruch genommen, hatte sie aus den Abgründen der Depression gerissen und sie gezwungen, ihren Verstand zu gebrauchen.

»Aber Cecil hat nicht gleich nach dem Mord an Will Shadwell versucht, Euch zu töten. Er hat Euch nach London zurückbeordert und auf Bacon angesetzt.«

»Was Shadwell wusste, muss Cecil eine solche Angst eingejagt haben, dass er ihn deswegen hat ermorden lassen. Danach muss er sich dann gefragt haben, ob Shadwell mit seiner Botschaft noch zu mir durchgedrungen war. Was immer es war, es muss so bedeutend gewesen sein, dass er mich mit diesem Wissen nicht frei herumlaufen lassen konnte. Für den Fall, dass ich doch nichts wusste, wollte Cecil mich nicht unnötig aufschrecken, weshalb er mich nach London zurückrief und mich mit einem vorgeschobenen Auftrag auf Bacon ansetzte, um mich auf die Probe zu stellen. Als wir uns trafen, lieferte ich ihm keinen Grund zum Verdacht, weil ich zu diesem Zeitpunkt von nichts Kenntnis hatte, was Will Shadwells Tod mit ihm in Verbindung gebracht hätte. Die Wahrheit ist immer die beste Verteidigung. Cecil hat mich an jenem Tag voll durchschaut. Ich verdächtigte ihn nicht des Mordes an Shadwell und hegte auch sonst keinen Verdacht gegen ihn, außer dass er eben die schmierige Ratte ist, als die ich ihn kenne. Cecil muss also äußerst zufrieden mit sich gewesen sein. Dann hat er mich auf eine falsche Spur angesetzt in der Hoffnung, dass ich ihm keine weiteren Schwierigkeiten machen und keinen Wind von dem bekommen würde, was er vor mir verbergen will.«

»Und warum hat er dann plötzlich versucht, dich zu ermorden?«

»Es muss mein Besuch bei Moll gewesen sein. Cecil muss geglaubt haben, ich sei ins Dagger gegangen, um dort eine Nachricht abzuholen. Es war dumm von mir, so offen dort aufzutreten. Es muss dort von Cecils Spionen nur so gewimmelt haben, die mich gesehen und gleich Bericht erstattet haben. Shadwell hat sich im Dagger mit Percy getroffen, und Moll geht hin und verkündet, sie wisse alles, auch wenn sie gar nichts weiß. Was hätte Shadwell daran hindern sollen, mir etwas Schriftliches im Dagger zu hinterlassen, als Sicherheit für den Fall, dass ihm etwas zustoßen sollte? Ich hätte genau das Gleiche getan. Der arme Cecil. Er muss sich schon beglückwünscht haben, weil er glaubte, mich von der Spur abgebracht und in die Irre geschickt zu haben, und da tauche ich rotzfrech im Dagger auf. Er muss einen Anfall bekommen haben. Ich habe Mannion losgeschickt, um Moll zu warnen. Sie wird untertauchen. Cecil wird ihr gewiss auf den Fersen sein, um herauszufinden, was sie tatsächlich wusste.«

»Und ich nehme an, nachdem er einmal einen Satz Briefe in Auftrag gegeben hatte, um Euch zum Verräter zu stempeln, dachte er, er könnte einfach noch weitere in Auftrag geben, die Euren Tod erklären würden. Und noch etwas deutet auf ihn hin«, meinte Jane. »Das Boot, das uns angegriffen hat, war neu, gut ausgestattet und teuer. Die Besatzung … das waren vielleicht brutale Schläger, aber sie waren recht gut ausgebildet, und es waren viele. All das spricht für Geld, für ausreichende Mittel, um in kurzer Zeit ein Boot zu beschaffen und eine Mannschaft zusammenzustellen. Es gibt nur wenige Personen in London, die derartige Mittel zur Verfügung haben, und zu denen gehört Cecil. Aber warum die Rosenkranzperlen?«

»Wer weiß? Selbst Cecil kann nicht unbegrenzt viele Schläger aufbieten. Der Mann, dessen Rosenkranz Shadwell zerrissen hat, könnte sehr wohl derselbe gewesen sein, den du im Boot getötet hast.«

»Glaubt Ihr das wirklich?«, fragte Jane. »Oder wollt Ihr nur erreichen, dass ich mich besser fühle? Ihr versucht mir zu erzählen, dass ich gar keinen Mann getötet habe. Ich habe bloß Will Shadwells Mörder seiner gerechten Strafe zugeführt, was?«

Sie war einfach zu schlau, dachte Gresham, zu gewieft für seine Tricks, auch jetzt, da sie sich noch kaum von ihrem Schock und ihrem Schmerz erholt hatte.

»Möglich ist es. Oder legt Cecil da eine falsche Spur, indem er es so aussehen lässt, als stünden Katholiken hinter den Morden, um selbst unerkannt im Hintergrund bleiben zu können? Rosenkranzperlen kosten ja schließlich nicht die Welt.«

»Wir sehen vielleicht inzwischen besser, *was* passiert ist«, sagte Jane, »aber wir wissen immer noch nicht, *warum*.«

»Richtig«, entgegnete Gresham. »Nun, Tom Phelippes hat uns möglicherweise den Schlüssel zu dieser Papistentruppe geliefert. Francis Tresham, sagte er. Ein ganz feiner Geselle, in jeder Hinsicht, aber ich vertraue darauf, dass Phelippes einen Verräter jederzeit erkennt. Schließlich sieht er jeden Morgen einen, wenn er in den Spiegel schaut, also dürfte er sich auskennen.«

Jane stand auf. Ihr Gang wirkte erschöpft, jede Bewegung schien sie anzustrengen. »Ich werde ein Bad nehmen und mich umziehen, und dann werde ich die Bediensteten ein wenig anschreien, damit sie aufhören, mich zu bemitleiden und mich wie eine kranke Frau zu behandeln.« Das ganze Haus wusste natürlich, was sich auf dem Fluss zugetragen hatte. Gresham konnte sich gut vorstellen, dass seine eigene Bootsmannschaft just in diesem Moment dabei war, die Geschichte unten in der Küche herumzutratschen. Es war ja auch eine gute Geschichte. Sollten sie sie ruhig erzählen. So etwas machte die Leute stolz auf ihren Haushalt, und es würde dafür sorgen, dass die Armbrüste im Boot stets gut geölt waren. »Nur eines noch. Ihr habt Moll gewarnt. Aber wird Cecil nicht Tom Phelippes verdächtigen, wenn er merkt, dass Ihr einfach so zu ihm hinmarschiert, so wie Ihr zu Moll gegangen seid? Habt Ihr damit nicht Tom Phelippes' Todesurteil unterschrieben, so wie Ihr es beinahe bei Moll getan hättet?«

»Habe ich das getan?«, fragte Gresham beiläufig. »Tatsächlich, man könnte auf den Gedanken kommen.«

»Macht Euch das wirklich so wenig aus?«, fragte Jane.

»Ja«, erwiderte Gresham, »so ist es wohl. Er hat mich verraten. Und es wird interessant sein zu sehen, ob jemand versuchen wird, ihn zu töten, nicht wahr? Wenn dem so ist, haben wir den Beweis, dass Cecil dahinter steckt. Niemand sonst hat einen Schlüssel, mit dem er einem Mörder Zugang zum Tower verschaffen kann, habe ich Recht?«

Raleigh hasste nichts so sehr wie die Stunde, da die Glocke läutete und alle Besucher den Tower verlassen mussten. Am Tage konnte er sich in dem geschäftigen Treiben dieses königlichen Gefängnisses verlieren oder sich in seinem Labor und an seinem Schreibtisch die Zeit vertreiben. In der Stille der Nacht konnte er sich seinen Büchern widmen. Doch am späten Nachmittag, wenn die Menschen in Scharen zu den Ausgängen des Tower eilten, wurde ihm jedes Mal deutlich bewusst, dass er eben nicht weggehen konnte, dass er wahrhaftig ein Gefangener war.

Im inneren Trakt durfte er sich allerdings ungehindert bewegen, und das tat er nun auch, obwohl ihm wie stets ein Wärter unauffällig folgte. Das Bild von Robert Cecil ging ihm nicht aus dem Sinn. Cecils Macht hatte Essex vernichtet, und jetzt würde sie vermutlich Raleigh selbst vernichten. So seltsam es schien, es war wahrscheinlich überhaupt nichts Persönliches. Er war davon überzeugt, dass Cecil ihn wirklich gemocht hatte und wohl immer noch mochte. Doch persönliche Zuneigung hatte Robert Cecil noch nie daran gehindert, das Todesurteil über einen Mann auszusprechen. Warum würde er es tun?

Nun, weil Raleigh zwei Eigenschaften besaß, die Cecil bei einem Rivalen am meisten fürchtete: die Kunst, eine Menschenmenge in seinen Bann zu schlagen, und die Fähigkeit, gelegentlich etwas aus Prinzip zu tun und nicht nur aus rein egoistischen Motiven. Cecil würde die Menschen nie dazu bringen, ihm aus der Hand zu fressen, und er hatte schon immer diejenigen gefürchtet, die mühelos den direkten Weg in die Herzen und Köpfe der einfachen Leute fanden. Und er konnte auch nicht voraussehen, in welche Richtung ein Mann springen würde, wenn er jemals vom vorhersehbaren Pfad des Eigeninteresses abwich und den gefährlicheren Weg der Prinzipien einschlug – und Cecil hasste nun einmal jeden, dessen Schritte er nicht voraussehen konnte. Es war nur ein winziger Anstoß nötig, um Raleighs Kopf vom Rest seines Körpers zu trennen, das wusste er wohl. Er war für Cecil zur Bedrohung geworden, zu einem potenziellen Rivalen im Streit um das Herz und die Meinung des Königs wie auch um das Herz und die Meinung des Volkes. Schon jetzt saß er im sichersten Gefängnis des Landes fest, ohne dass er Gelegenheit gehabt hätte, sich gegen eine konkrete Anklage zu verteidigen. Der kleinste Fehler, und schon würde Cecil dafür sorgen, dass er auf dem Tower Green vor dem Block kniete und statt seiner Bess die Axt zu küssen bekam.

Henry Gresham war auch so ein Mann, der sich unter Männern am wohlsten fühlte, dachte Raleigh; ein geborener Anführer, für den mancher Mann sein Leben hingegeben hätte. Ja, und auch manche Frau. Auch er hatte sich von Raleighs Gewohnheit anstecken lassen, nicht nur Prinzipien zu haben, sondern von ihnen auch von Zeit zu Zeit seine Handlungen bestimmen zu lassen. War dies der Grund, weshalb Cecil es nun offenbar auch auf Gresham abgesehen hatte? Vielleicht bis zu einem gewissen Grad, aber das konnte nicht die ganze Antwort sein. Raleigh war es zuzutrauen, dass er eines Tages Cecils Platz an der Seite des Königs einnehmen würde, und deshalb wollte Cecil seinen Tod; Gresham jedoch würde nie danach streben, neben irgendeinem Thron Platz zu nehmen, wenn er sich auch vielleicht dazu herablassen würde, ihn zu stützen. Neigte sich die lang andauernde Auseinandersetzung zwischen Gresham und Cecil endlich dem Ende zu, und zwar – wie konnte es anders sein? – zu Cecils Gunsten? Sein Zorn über die Macht, die einem Mann wie Cecil zur Verfügung stand, wetteiferte mit düsterer Verzweiflung angesichts der Ohnmacht, mit der er dem Lauf der Ereignisse zusehen musste.

Er ging auf den Turm zu, in dem Phelippes untergebracht war. Er rechnete damit, dass für einen weniger privilegierten Gefangenen die Tür verschlossen bleiben würde. Zu seiner Überraschung stellte er jedoch fest, dass sie nur angelehnt war. Er beschleunigte seinen Schritt. Als er die uralte, mit Eisen beschlagene Holztür erreichte, hörte er ein lautes Krachen, wie von einem Gegenstand, der durch das Zimmer geschleudert wurde.

Er hatte weder ein Schwert noch irgendeine andere Waffe, doch als erfahrener Kämpe musste er nicht lange überlegen, was zu tun war. Er stürmte durch die Tür in den Korridor, rannte zu Phelippes' Zelle und stürzte durch die halb offene Tür hinein. Dort bot sich ihm eine Szene wie ein in Wachs gegossenes Tableau.

Ein großer, kräftig gebauter Mann in einem groben Wams, der eine Kapuze über dem Kopf trug, stand mit einem Dolch in der Hand in der Mitte des Zimmers. Tom Phelippes kauerte mit angstgeweiteten Augen und flehender Miene hinter der Tischplatte, die er ergriffen hatte und als Schild benutzte. Die wenigen Möbel lagen wild in der Zelle verstreut. Raleigh vermutete, dass der Angreifer lautlos hereingekommen war, vielleicht im Rücken von Phelippes, dessen animalische Instinkte ihn irgendwie gewarnt hatten. Er musste mit dem Schemel nach dem Angreifer geworfen und dann in Ermangelung anderer Mittel zur Verteidigung die Tischplatte gepackt haben.

»Haltet ein!« Raleighs dröhnender Kommandoton war schon auf den Decks spanischer Galeonen erschallt, hatte betrunkene Mannschaften zur Ordnung gerufen und Meutereien im Keim erstickt. In der kleinen Zelle hatte er die Wucht eines Kanonenschlags. Doch Raleigh war unbewaffnet.

Der Angreifer wirbelte herum, sein Gesicht halb von der Kapuze verhüllt. Schweigend standen die Männer im Dreieck da und blickten einander an – Raleigh an der Tür, Phelippes auf Knien in der hinteren Ecke, der Angreifer in der Mitte. Langsam, bedächtig, ohne je den Blick von dem Angreifer zu wenden, streckte Raleigh beide Hände aus und trat vorsichtig, Schritt für Schritt, zur Seite, um den Weg zur Tür freizugeben. Er hätte den Mann angreifen können, doch dieser war mit seinem Dolch eindeutig im Vorteil. Wenn er aber Phelippes zu töten versuchte und gleichzeitig Raleigh abwehren musste, dann wäre es möglich, ihn zu überwältigen, ihm den Dolch zu entwinden und ihn selbst damit zu attackieren. Der Weg zur Tür stand dem Angreifer offen. Raleigh deutete mit dem Kopf in die Richtung, die Augenbrauen fragend angehoben. Mach dich davon, sollte das heißen, wenn auch unverrichteter Dinge, aber immerhin mit heiler Haut. Oder bleibe, kämpfe gegen zwei Männer und gehe das Risiko ein, den berühmtesten Insassen des Tower zu töten. Der Angreifer erwiderte Raleighs Blick und warf einen raschen Seitenblick auf Phelippes. War da der Anflug eines Lächelns auf dem halb verdeckten, unrasierten Gesicht zu erkennen? Der Angreifer richtete sich zu voller Größe auf, machte eine knappe, fast förmliche Verbeugung vor Raleigh und begann, rückwärts auf die Tür zuzugehen. Im Nu war er draußen, und bald war das leise Geräusch seiner Schritte auf dem Korridor verhallt. Raleigh fiel auf, dass kein Alarmruf zu hören war, obwohl der Wärter, der Raleigh auf Schritt und Tritt gefolgt war, mit Sicherheit draußen vor der Tür stand.

»Ja, ja«, sagte Raleigh, während er sich bückte, um Phelippes aufzuhelfen. Der Mann schlotterte vor Angst am ganzen Leib. »Da hatte ich geglaubt, es sei mein Los, öffentlich verurteilt und hingerichtet zu werden, aber wie es scheint, haben wir Gäste Seiner Majestät mehr von privaten Abrechnungen zu befürchten …«

»Kann ich Euch hier herausholen?«, fragte Gresham. Er war Raleighs Aufforderung gefolgt, ihn im Tower zu besuchen. »Ihr wisst, es ist möglich, es wäre nicht das erste Mal …«

»Nein, ich denke nicht«, antwortete Raleigh. »Ich habe von gedungenen Mördern nichts zu befürchten. Nicht einmal Cecil würde es wagen, mich hier ermorden zu lassen, wenn ich auch davon überzeugt bin, dass er sich just in diesem Moment den Kopf darüber zerbricht, wie er das gleiche Ziel mit nach außen hin legalen Mitteln erreichen kann. Nein, hier ging es nur um unseren Freund Tom. Cecil hat einen Versuch unternommen, Phelippes loszuwerden, und wenn es lautlos und schnell über die Bühne gegangen wäre, hätte nach drei Tagen kein Hahn mehr danach gekräht. Er wird es nicht ein zweites Mal wagen, und ich bin ohnehin relativ sicher.«

»Aber das ist nicht der Grund, weshalb Ihr Euch weigert, zu fliehen?«, wollte Gresham wissen.

»Nein, vermutlich nicht. Ihr kennt mich zu gut. Wohin soll ich mich wenden, wenn ich fliehe? Nach Spanien, um so zu beweisen, dass ich von Anfang an ein Verräter war? Wenn ich davonlaufe, demonstriere ich damit lediglich, dass meine Ankläger im Recht waren. Ich muss meine Schlacht hier schlagen. Wir Ihr sehr wohl wissen dürftet, bin ich kein Mann, der einer Schlacht aus dem Weg geht.«

»Und doch legt Ihr mir nahe, eben das zu tun?«

»Nein, Ihr sollt nicht davonlaufen. Euch verstecken, ja. Vielleicht geht Ihr nach Cambridge und taucht dort vorläufig unter? Es ist ein so kleines Städtchen, dass Ihr unweigerlich mitbekommen werdet, wenn irgendjemand dort auftauchen sollte, der dort nicht hin gehört und eine Bedrohung darstellen könnte. Ins Ausland gehen? Dort gibt es doch genug Orte, wo Ihr Euch verstecken könntet, nicht wahr? Cecil ist übermächtig. Er will Euren Tod, weil er Euer vermeintliches Wissen fürchtet, so wie er meinen Tod will, weil er fürchtet, was aus mir werden könnte. Ihr könnt bis zum Jüngsten Tag schwören, dass Ihr nichts wisst, und er wird Euch nicht glauben. Mein Rat lautet: Schneidet Euch eine Scheibe von dieser Dirne Moll ab. Taucht unter, geht weg von hier.«

»Die erste Hälfte Eures Ratschlags will ich annehmen«, sagte Gresham. »Mich verstecken, untertauchen, gewiss. Aber nicht in Cambridge und auch nicht auf dem Kontinent. Hier in London, in Cecils Hinterhof, wo ich immer noch meine Arbeit tun kann, wo ich den Spieß gegen ihn umdrehen kann. Ich habe meine Schlachten zu schlagen, genau wie Ihr. Und ebenso wenig wie Ihr laufe ich davon. Ich bleibe, wo ich bin, und kämpfe.«

6

Robert Catesby ritt über die sanft gewellten, saftig grünen Wiesen von Worcestershire. Er kam gut voran auf dem Weg zu seinem Treffen mit Ambrose Rookwood, den er für die Verschwörung gewinnen wollte. Seit Jahren schon pflegte er die Freundschaft mit Rookwood, und die ganze Zeit über hatte er nur auf einen solchen Moment gewartet. Er brauchte Rookwoods Vermögen und die Pferde, die man mit einem solchen Vermögen kaufen konnte. Niemand begriff seine Genialität, dachte er bei sich. Niemand anderer als er selbst hätte eine solche Vision haben, den Plan entwerfen und so viele verschiedene Individuen zu seiner Durchführung zusammenschweißen können. Nun, die Geschichtsbücher würden davon zu berichten wissen.

Sie hatten den Tunnel aufgegeben. Er hätte sie beinahe selbst das Leben gekostet und nicht die eigentlichen Opfer. Es musste Gottes Wille sein, dass sich just in dem Moment, als der Plan mit dem Tunnel sich als undurchführbar erwiesen hatte, die Möglichkeit ergab, ein Haus zu mieten, dessen Keller direkt unter dem Oberhaus des Parlaments lagen. Diese Keller waren inzwischen mit Schießpulver angefüllt, versteckt unter Stapeln von Reisig und Brennholz. In einer gewaltigen, prasselnden Feuersbrunst, die London hell erleuchten und Jahre brennen würde, wollte er alle Regierungsmacht in Britannien mit Stumpf und Stiel ausrotten. In dieses Machtvakuum hinein würde er mit dreihundert Mann reiten. Ausgestattet mit Pferden und Waffen und gründlich vorbereitet, würden sie als Erstes Prinzessin Elisabeth aus ihrer spärlich bewachten Residenz in Coombe Abbey entführen und sie als Thronfolgerin präsentieren. Dieselben dreihundert Mann, verstärkt durch weitere Anhänger der katholischen Sache, würden sodann in Windeseile durch die Midlands bis zur walisischen Grenze stürmen, wo die Unterstützung für den Katholizismus am größten war, und dabei stetig an Stärke gewinnen. Inzwischen würde die tausendfünfhundert Mann starke spanische Truppe, die untätig in Dover lagerte, ihre vorgebliche Apathie abstreifen und ihrerseits nach Rochester eilen. Ohne eine Armee, die sich ihnen entgegenstellte, würde sie sich beiderseits der Themse festsetzen und London, falls es sich dem Aufstand nicht anschloss, so lange aushungern, bis es sich ergab. Fawkes hatte versprochen, dass es so sein würde, nachdem er mit geheimen Zusicherungen vom Festland zurückgekehrt war. Catesby und jeder Katholik, der reiten konnte, würden inzwischen bereits zu tausenden gegen die Tore von London anrücken, während Sir William Stanley sein englisches Regiment vom Festland herüberbrachte und in Southampton landete, um das neue Regime zu festigen, ganz gleich, ob Spanien es unterstützte oder nicht. Auch hier hatte Fawkes versichert, dass alle nur auf einen Grund warteten, endlich loslegen zu können. Und da Percy auch noch als ihr Mittelsmann beim Herzog von Northumberland fungierte, der mit seiner ganzen Streitmacht vom Norden her einzufallen drohte, musste Gott einfach auf ihrer Seite sein.

Robert Catesby würde die Welt verändern. Er lächelte still in sich hinein, während er seinem Pferd die Sporen gab.

Die Landschaft, durch die er ritt, trug verschiedene Schattierungen von Grün, mit zunehmend dunkleren und satteren Farben, in denen sich bereits die Schwere des Herbstes ankündigte. Die dichten Wälder, welche die sanft geschwungenen Hügel bedeckten, bildeten in ihrer wilden Ursprünglichkeit einen deutlichen Kontrast zu den regelmäßigen Furchen der Äcker unten im Tal und den Streifen von Weideland. Aus einem gesunden jungen Körper heraus betrachtet, auf dem Rücken eines stolzen Pferdes, mit einem warmen Mantel, der zum Schutz gegen die kühle Abendluft bereitlag, war dies in der Tat Gottes grünes und liebliches Land. Fast konnte man die wachsende Verfolgung vergessen, die all die führenden Familien Englands im Würgegriff hielt und sie irgendwann gewiss vernichten würde, die Familien, die jahrelang nichts weiter verlangt hatten, als in Frieden gelassen zu werden, um Gott in der einzig heilbringenden Weise des rechten Glaubens verehren zu dürfen.

Catesby zog die Zügel an und ließ den Blick über die idyllische Landschaft schweifen. Ein paar Rauchfetzen zeigten an, wo die Bauernhütten versteckt lagen, und der stattliche Gutshof oben am Hang überblickte mit ruhiger Autorität die weit verstreuten Güter. Catesby malte sich aus, wie seine eigenen Leute quer durch die abgeernteten Felder stampften, sah die glänzenden Helme der spanischen Soldaten in der Sonne blitzen, während sie in den Herzen der unwissenden Bauern auf den Feldern Angst und Schrecken säten.

So einfach die große Vision war, so sicher die großen Akteure auf ihren Posten bereitstanden, so problematisch waren wie immer die Einzelheiten. Die Männer hatten den Mund gehalten, das wusste Catesby, aber unter ihren Frauen wurde geredet und natürlich auch unter den Bediensteten. Es konnte schwerlich anders sein. Den Frauen war es wohl kaum entgangen, wie unter der Anleitung von John Grant und Robert Wintour die Vorratslager angelegt worden waren. Die Ställe wurden von Minute zu Minute voller. Sie würden mehr Pferde brauchen, mehr Waffen. Aber vor allem brauchte er dringend mehr Geld, insbesondere Geld für Pferde.

Nun, er hatte eine Lösung für all diese Probleme, dachte er bei sich, als er auf Huddington Court zuritt, den Landsitz von Robert Wintour. Man konnte das Gerede nicht zum Verstummen bringen, doch man konnte seine Verbreitung bremsen, indem man andere Geschichten in die Welt setzte und die Mäuler mit Stoff für Gerüchte stopfte, bis nichts mehr hineinpasste. Was Geld und Pferde betraf, so war er bereit, das Risiko einzugehen und dem Kreis der Verschwörer drei weitere Namen hinzuzufügen, jetzt, da ohnehin kaum noch Zeit blieb, um Fehler zu machen – Ambrose Rookwood, Sir Everard Digby und Francis Tresham. Drei junge, betuchte Männer würden in Kürze dazu überredet werden, Gott und Robert Catesby einen Teil ihrer Reichtümer zu überlassen.

Sein Pferd scheute, als ein paar Steine, die es losgetreten hatte, die steile Böschung herunterprasselten, an der er entlangritt. Es war ein nervöses Tier, doch es war stark und kräftig, und er beugte sich instinktiv vor, um es zu besänftigen.

Pferde waren der Schlüssel. Catesby hatte den Zeitpunkt seines Besuchs mit Bedacht gewählt. Ambrose Rookwoods Stallungen gehörten zu den besten in ganz England, und seine Liebe zu Pferden war berühmt, ebenso wie seine Vorliebe für edle Kleidung. Seiner Liebe zu rassigen Pferden war es zu verdanken, dass er bei der Pilgerfahrt zur Winifred-Quelle in der Nähe von Holt, die rund vierzig von ihnen kürzlich unternommen hatten, nicht bei den Frauen und den anderen geblieben, sondern vorangeritten war und auf dem Weg zu seinem eigenen Familiensitz Coldham Hall in Huddington Court Station gemacht hatte. Diese Pilgerfahrt war eigentlich etwas für Frauen, dachte Catesby, aber Rookwoods Liebe zu seiner Gemahlin hatte ihn dazu gebracht, daran teilzunehmen, während sein Wunsch, einem guten Pferd tüchtig die Sporen zu geben, bedeutete, dass er auf dem Rückweg voranreiten würde. Das wiederum hieß, dass Catesby ihn ohne seine Frau Elisabeth antreffen würde. Rookwood war ein Dandy und Stutzer, aber er hörte auf seine Frau, die wesentlich mehr Verstand besaß als er selbst. Das Letzte, was Catesby wollte, war irgendwelches Bettgeflüster zwischen den beiden in der Nacht, nachdem er Rookwood rekrutiert hatte.

Er ritt in den Hof und übergab sein Pferd dem Knecht, der ihm bereits entgegeneilte. Andere Männer mochten ihr Reittier selbst in den Stall führen und dafür sorgen, dass es gefüttert und gestriegelt wurde. Catesby sah nicht ein, warum er etwas tun sollte, was ebenso gut von einem Diener erledigt werden konnte. Er hatte Wichtigeres zu tun, da ihm nun die zierliche, dunkle und elegante Gestalt Rookwoods die Ehre erwies, beinahe tanzend vor Freude die Vortreppe hinunterzueilen und ihn herzlich zu umarmen, als gehörte das Anwesen ihm und nicht Robert Wintour.

Ja, dachte Catesby, als sie Arm in Arm ins Haus gingen, du hast die zwei Dinge, die ich am dringendsten brauche: Du hast Pferde, und du hast Geld.

Catesby spürte, wie seine Anspannung wuchs, als er sich einen wärmenden Becher Wein servieren ließ, noch bevor er Stiefel und Reisemantel abgelegt hatte. Der mürrische Robert Wintour war aufgetaucht; er strahlte ungefähr so viel Wärme aus, als sei mit Catesby der Antichrist persönlich zu Besuch gekommen. Rookwood schwatzte etwas von einem neuen ungarischen Reitrock mit Samtfutter, den er gerade erworben hatte. Du hast ein hübsches Vermögen und eine hübsche Frau, dachte Catesby, und in deinem Haus krabbeln genug Bälger herum, um einen Bauernhof zu füllen. Deine Tage sind erfüllt von deinen schönen Pferden, deiner schönen Frau, deinen strammen Söhnen, deinen Falken und deinen Jagdhunden.

Rookwood schob den Diener zur Seite, der darauf lauerte, Catesby auf sein Zimmer zu bringen, und eilte beflissen selbst die Treppe hoch, um seinem Freund zu zeigen, wo er sein Haupt betten durfte.

Catesby folgte ihm nach oben zu seiner Stube. Auch Catesby hatte einmal ein liebendes Weib besessen, einen prächtigen Sohn und ein Haus voller Liebe und Glück, bevor ihm all das brutal entrissen worden war. Rookwoods Familie drohte

Zerstörung und Tod durch die Verwicklungen, die Catesby mitbrachte, der Freund mit der Giftschlange im Gepäck.

Das ist ihr Problem und nicht meines, dachte Catesby. Das Leben teilte nun einmal schwere Schläge aus. Warum sollte Rookwood, Digby oder irgendeine andere Seele auf Gottes Erde das Glück haben, das Catesby verwehrt worden war? Wenn ein Anflug teuflischen Vergnügens darin lag, wie Catesby seinen Freund und alles, was er liebte und verehrte, der Verdammnis anheim gab, so war dies eine ganz und gar private Regung, die er lieber nicht ans Tageslicht gelangen ließ.

Gresham hatte sich in den Keller begeben, in dem Cecils Spion Sam Fogarty festgehalten wurde, bis er wieder so weit bei Kräften war, dass man ihn mit dem Pferdekarren aus London fortschaffen konnte. Der Mann hatte vor Angst laut aufgeschrien, als Gresham eingetreten war.

Sie hatten den Befehl erhalten, Shadwell zu töten, hatte er gesagt. Er musste nicht sagen, auf wessen Befehl. Er war Cecils Mann. Sie hatten Shadwell schließlich vor Cambridge in die Enge getrieben, hatten sich im Schutz der Nacht an ihn herangeschlichen und später die Leiche in den Fluss geworfen. Nein, er wusste nicht, warum Shadwells Tod angeordnet worden war. Warum hätte man ihm und den anderen das sagen sollen? Ihre Aufgabe war es zu töten und nicht nach Gründen zu fragen.

Gegen Ende seiner Erzählung klang der Mann schon beinahe zuversichtlich; er glaubte wohl, Gresham von Nutzen sein zu können. Gresham blickte ruhig auf ihn herab.

»Das ist für Will Shadwell«, sagte er. Mit einer einzigen raschen Bewegung stieß er mit dem Dolch in seiner Hand zu, durchbohrte das Auge genau in der Mitte der Pupille und trieb die Klinge weiter nach oben, bis das splitternde Geräusch der Knochen ihm verriet, dass er durch die weiche Gehirnmasse hindurch bis zur Schädeldecke vorgedrungen war.

Es war genau der Streich, der Will Shadwell getötet hatte. Als der Mann zu Boden stürzte, breitete er die Arme aus, die Hände in einer flehenden Geste zur Decke emporgereckt. Sie zitterten noch. Gresham zog den Dolch heraus und stand auf.

Jane war mitten in der Nacht aufgewacht, wie er es erwartet hatte. Er hatte sie im Arm gehalten, als die Wahrheit sie erneut überwältigt hatte und ihr ganzer Leib von krampfhaften Schluchzern geschüttelt wurde. So musste es sein, hatte er sich ausgemalt, wenn man eine Frau in den Geburtswehen hielt. Doch es war kein Kind, das sie geboren hatte, sondern Wissen. Später in der Nacht hatten sie miteinander geschlafen, sanft und zärtlich, so wie sie es ihn gelehrt hatte für die Zeiten, wenn die heftige, unersättliche Gier nach dem Körper des anderen ein wenig gestillt war. Es war ihm erschienen, als habe sein Leib seine ganze Leidenschaft und Intensität in diesem einen Moment des Loslassens gebündelt, zugleich mit ihrem leisen Schrei der Lust. Nach diesem Augenblick, für ein paar Sekunden, manchmal sogar für einige Minuten, überkam Gresham ein Gefühl des Friedens, gaben seine Dämonen endlich Ruhe. So ging es auch Jane, wie er vermutete. Ein neuer Dämon hatte von ihr Besitz ergriffen, ein Dämon, der ihnen beiden gemein war. Wie er sich mit den anderen Dämonen in ihrem Kopf vertragen würde, jenen ruhelosen Geistern, deren Wesen er nur erraten konnte, das konnte niemand wissen als Jane selbst. Es würde keine Tränen mehr geben, die irgendjemand außer ihr selbst zu sehen bekam, so viel wusste Gresham. Sie hatte einen Menschen getötet. Sie würde wie er lernen, nach innen zu weinen.

Er musste sich verstecken, in Deckung gehen, untertauchen. Doch gleichzeitig brauchte er London und die Möglichkeit, die ihm die Stadt bot, mit seinem Netzwerk von Spionen in Verbindung zu treten.

Er erwachte mit klarem Kopf. Nach dem Frühstück sprach er mit Jane und Mannion. Sein Ton war knapp und bestimmt.

»Raleigh hatte Recht. Wir müssen untertauchen; wir müssen uns so lange verstecken, bis wir herausgefunden haben, was hier eigentlich vor sich geht. Wir ziehen um, und zwar nach Alsatia«, verkündete er. »Oder vielmehr, ich ziehe um. Jane, du kannst hier bleiben. Wenn du bleibst, wirst du guten Schutz genießen – jeden Schutz, den Geld und gutes Personal dir bieten können. Aber auch so haben wir keine Garantie, dass es keinen Überfall auf das Haus geben wird, oder – was wahrscheinlicher ist – ein Feuer, das dich aus dem Haus und in die Arme dessen treiben soll, der nach irgendeinem Mittel sucht, mir beizukommen. In Alsatia werden wir unter uns sein. Und eine Zeit lang auch sicherer, so lange, bis etwas über unsere Identität durchsickert. Allerdings auch in größerer Gefahr durch die Menschen um uns herum, ganz zu schweigen von Seuchen und Pestilenz.«

Er sah sie an und bemerkte, dass sie ihr Kinn während seiner Rede ein klein wenig weiter nach vorn gereckt hatte, und er konnte nicht so sehr sehen als vielmehr spüren, wie sie den Kopf in den Nacken legte.

»Ich werde mit Euch gehen, Mylord, wenn Ihr mich bei Euch haben wollt.«

»Das will ich.«

Alsatia lag zwischen Whitefriars und der Carmelite Street. In den engen Gassen dieses Viertels musste man nie befürchten, einem Gerichtsdiener oder einem Nachtwächter zu begegnen; kein Vertreter des Gesetzes brachte je Licht in seine dunklen Winkel. Es war ein Zufluchtsort für jeden Kriminellen auf der Flucht vor der Meute. Die einzigen Autoritäten in Alsatia waren schiere Körperkraft und Gerissenheit. Eine Art von Ordnung – nie jedoch so etwas wie ein Gesetz – wurde in gewissem Maß von dem jeweils herrschenden Verbrecherkönig durchgesetzt, doch die Herrschaft konnte drei- oder viermal im Jahr wechseln, je nach Ausgang der lautlosen, erbitterten Kriege, welche die rivalisierenden Gruppen und Banden weit abseits von den Blicken irgendwelcher Richter und Gerichte austrugen. Anders als andere Viertel wie etwa Southwark, wo Bordelle und Spiellokale so lange florieren konnten, bis das Gesetz auf sie aufmerksam wurde, bot Alsatia wenig bis gar keine Unterhaltung; es war nur ein Zwinger, in dem die wilden Hunde sich verkriechen und ihre Wunden lecken konnten, wenn sie nicht vorher von ihren Artgenossen, die sich auch dort versteckt hielten, getötet wurden. Es rangierte irgendwo zwischen den Ziegeleien von Islington und dem Savoy, wobei Alsatia sich dadurch auszeichnete, dass es von allen üblen Gegenden Londons die übelste und extremste war, von der die braven Bürger mit angehaltenem Atem sprachen und dessen bloße Erwähnung ihren Frauen die Schamröte ins Gesicht trieb.

»Aber zunächst habe ich noch einen kleineren Gang zu erledigen. Zu Mylord Cecil.«

Jane hielt erschrocken den Atem an. Mannion blickte finster drein und lutschte an seinem hohlen Zahn. Jedes Mal, wenn Gresham eine Entscheidung fällte, die in Mannions Augen unklug war, schien auf wundersame Weise wieder ein Stückchen Brot oder Fleisch in diesem Zahn aufzutauchen.

»Das ist doch nicht Euer Ernst!«, rief Jane, die der Schock und die Angst kühn gemacht hatten. »Er muss hinter alldem stecken! Welch ein Wahnsinn, einfach so zu ihm hereinzuspazieren!«

»Es *ist* Wahnsinn, und deshalb wird er nicht damit rechnen, denn es ist etwas, was er selbst niemals tun würde. Genau deshalb ist er nicht der Sohn seines Vaters. Gewiss, er ist ein Intrigant und ein Ränkeschmied, ein Giftmischer und Mörder, aber er ist vorsichtig, immer auf der Hut. Er glaubt, dass alle Menschen unvollkommenere Versionen seiner selbst sind. Er ist dann am schwächsten, wenn er es mit jemandem zu tun hat, der völlig anders ist als er; mit jemandem, der nie in seinem Leben so gedacht hat wie er.«

Gresham nahm Mannion und vier weitere Männer zu seinem Besuch bei Cecil mit. Ungewöhnlich war, dass er sich für die große, schwerfällige Kutsche entschied, die sein Vater hatte bauen lassen. Es war ein Monstrum von einem Gefährt, das jedes Schlagloch und jede Rille in der Straße dreimal so tief erscheinen ließ, wie sie wirklich waren. Sie war allenfalls geeignet, um klapprige alte Männer von einem Besuch zum nächsten zu kutschieren, oder für feine Damen, die zu fett oder zu vornehm waren, um zu Fuß zu gehen oder ein Pferd zu besteigen. Gresham hasste die Kutsche. Doch sie hatte solide Wände und ließ sich gut verteidigen, wobei gerade ihre Schwerfälligkeit sie im Falle eines Angriffs zu einer Festung auf Rädern werden ließ.

Es war nur angemessen, dass ein Mann mit solch imperialen Ambitionen wie Cecil in einem Palast residierte. Gresham stürmte gleich bis ins Vorzimmer durch. Da der König inzwischen aus Oxford zurückgekehrt war, wo er sich damit vergnügt hatte, so viele Tiere wie möglich rund um Royston zur Strecke zu bringen, wusste Gresham, dass Cecil in der Mitte seines Spinnennetzes hocken würde. Eine Schar hoffnungsvoller Bittsteller stand Däumchen drehend umher und wartete ungeduldig auf eine Audienz.

Gresham trat auf den Schreiber zu, der wie ein kleiner Gott an seinem Pult saß.

»Der Erste Minister Seiner Majestät ist viel zu beschäftigt, um Besucher zu empfangen, die ohne vorherige Verabredung kommen«, verkündete der Schreiber und rümpfte seine längliche Nase, während er Gresham hochmütig beäugte. »Wenn Ihr darauf besteht, werde ich mir notieren, worum es in Eurer Petition geht«, fügte er in einem Ton hinzu, der deutlich machte, dass die Petition dazu verdammt wäre, Seiner Lordschaft nie unter die Augen zu kommen. Eine ganze Schar von Augenpaaren richtete sich auf Gresham, von dem schäbig gekleideten alten Mann mit seinem Bündel zerfledderter Papiere in der Hand bis zu dem Galan in feiner Seide und edlem Satin, dessen ruhelose Augen dennoch gehetzt blickten. Der ganze Ort stank nach Angst, Verzweiflung und verlorenen Hoffnungen.

Gresham beugte sich vor und flüsterte dem Schreiber etwas ins Ohr. Dessen Augenbrauen begannen sich zu heben, bis sie sich fast mit seinen Haaren verhedderten. Der Erste Schreiber des Ersten Ministers Seiner Majestät trippelte davon und klopfte zögerlich an die bewachte Tür. Er trat ein, kam kurz darauf noch aufgeregter wieder heraus, verbeugte sich vor Gresham und bat ihn herein. Mannion blieb mit unbewegter Miene vor der Tür stehen.

Cecil war allein. Möglich, dass irgendein Flittchen bei ihm gewesen war, das er eilig davongeschickt hatte, oder eher noch einer jener wilden irischen Harfenspieler, deren Musik er neuerdings so schätzte. Es war unmöglich zu sagen, wie viele Türen sich hinter den kostbaren Wandbehängen verbargen. Gresham fragte sich, wie ein Mann mit einer so hässlichen Seele nur so viel Liebe für die schönen Künste und die Musik empfinden konnte. Doch irgendwie bezweifelte Gresham, dass Cecil in Gesellschaft gewesen war. Cecil genoss es nun einmal, die Leute warten zu lassen, und er labte sich an der Angst und der Verzweiflung derer, die vor seiner Tür ausharrten. Es war fast, als empfinde er die Freiheit, ihnen eine Audienz zu verweigern, als Bestätigung seiner persönlichen Macht.

Der Raum unterschied sich deutlich von der Umgebung, in der Cecil gewöhnlich seine Spitzel empfing. Er war üppig eingerichtet; allein die Wandbehänge mussten ein Vermögen gekostet haben. Das Zimmer war riesig; durch die längs unterteilten Fenster fielen helle Sonnenstrahlen herein, die sich auf dem blitzblank polierten Tisch in der Mitte des Zimmers spiegelten. Cecil saß auf einem massiven, mit reichem Schnitzwerk verzierten Stuhl am Kopfende des Tisches. Vor ihm waren die üblichen Unmengen von Papieren ausgebreitet.

Warum so viel Papier, dachte Gresham, für den Mann mit dem unbarmherzigsten Gedächtnis, den er je kennen gelernt hatte? An beiden Längsseiten des Tisches waren zehn vollkommen identische Eichenholzstühle aufgereiht, während am Ende ein einzelner, schlichterer Stuhl platziert worden war. Im Raum verteilt fanden sich noch etwa zwanzig weitere Stühle, jeder Einzelne so viel wert wie das Lösegeld für einen Freisassen. Die Botschaft war klar. Dies war ein Zimmer, in dem der Besucher zum Zwerg schrumpfte. Es sprach von Treffen mächtiger Männer, von Entscheidungen auf höchster Ebene.

Es war auch ein Zimmer, in dem von dem Bittsteller eindeutig erwartet wurde, dass er auf dem Stuhl an der Schmalseite des Tisches Platz nahm und so einen riesigen Klotz aus schimmerndem Holz zwischen sich und den Ersten Minister brachte. Gresham, der noch nie sehr gut im Befolgen ausdrücklicher oder unausgesprochener Befehle gewesen war, ging ganz einfach um den Stuhl herum und am Tisch vorbei.

War da ein Fünkchen Angst in Cecils bohrenden Augen zu sehen? Schwer zu sagen; dazu war der verdammte Tisch zu lang und Cecil zu weit von der Tür entfernt.

Gresham schritt die gesamte Länge des Tisches ab, wobei er nicht vergaß, die Füße ein wenig schleifen zu lassen. Neben Cecil blieb er stehen, zog sich den nächsten Stuhl heran und nahm gelassen Platz, so als wolle er mit seinem ältesten Freund plaudern. Dabei schob er die Scheide seines Schwertes ein klein wenig heftiger zur Seite, als unbedingt erforderlich gewesen wäre.

»Setzt Euch doch«, sagte Cecil mit einer unbestimmten Handbewegung, als Gresham längst schon saß. Er ließ sich mit keiner Miene anmerken, dass er erzürnt darüber war, den Mann, den er zu ermorden versucht hatte, so quicklebendig vor sich sitzen zu sehen.

»Ich danke Euch, Mylord«, sagte Gresham höflich.

Sie schwiegen. Das Schweigen zog sich unangenehm lange

hin. Gresham saß ruhig da, ein hintergründiges, wissendes Lächeln auf den Lippen. Seine Augen ruhten unverwandt auf Cecil, der ihn mit seinem undurchdringlichen, finsteren Blick anstarrte.

Cecil brach als Erster das Schweigen. »Ihr habt darum gebeten, mich zu sehen, vermute ich?«

»Habe ich das?«, erwiderte Gresham. Seine Stimme klang überrascht. »Ich bitte um Verzeihung, Mylord. Einige Eurer Bediensteten haben versucht, mit mir *Kontakt aufzunehmen*, weshalb ich vermutete, die Einladung sei von Euch ausgegangen. Ich fragte mich, ob Ihr vielleicht Neues von Sir Walter Raleigh, dem alten Freund Eurer Lordschaft, zu hören wünschtet?«

»Meine Bediensteten?«, wiederholte Cecil scheinbar ebenso überrascht und überhörte geflissentlich die spitze Bemerkung über Raleigh. Er wusste um Henry Greshams Beziehung zu dem erlauchtesten Gefangenen des Tower. »Ihr überrascht mich, Sir Henry. Mir war nicht bewusst, dass ich irgendwelche Bediensteten nach Euch geschickt hatte.«

Nein, dachte Gresham, du hast bloß eine Bande von Totschlägern geschickt, mich zu ermorden. Ich nehme an, man könnte sie auch als deine Bediensteten bezeichnen.

»Das ist sicherlich richtig, Mylord«, erwiderte Gresham, »da die betreffenden Bediensteten es nicht als ihre oberste Priorität ansahen, mit mir Worte zu wechseln.«

»Daher überrascht es mich, dass diese sprachlosen Kreaturen in der Lage gewesen sein sollen, sich als meine Untergebenen zu identifizieren. Seid Ihr sicher, dass Ihr mit Eurer Vermutung richtig liegt? Es würde mich ausgesprochen erzürnen, sollte es Personen geben, die sich als Bedienstete des Ersten Ministers Seiner Majestät ausgeben.«

Fehler, dachte Gresham. Dein erster Fehler. Du solltest es nicht nötig haben, deine Stellung hervorzuheben, um deine Glaubwürdigkeit zu untermauern.

»Ich würde mir an Eurer Stelle nicht allzu viele Gedanken machen, Mylord.«

»Und weshalb nicht, Sir?«, fragte Cecil, während er eine dünne Augenbraue hob und den Gelangweilten gab, trotz der unverschämten Herablassung von Greshams Ton.

»Die betreffenden Schurken waren allesamt nicht bei bester Gesundheit. Ja, ich glaube gar, dass sie bis auf zwei eines plötzlichen Todes gestorben sind, und von diesen zweien ist einer dem Tode nahe, und der andere hat sich den Arm gebrochen.«

Soll Cecil doch ruhig glauben, dass einer der Mörder überlebt hat. Die Leichen können unmöglich schon samt und sonders an Land geschwemmt worden sein, und nicht einmal Cecil kann den Überblick über sämtliche Wasserleichen in der Themse behalten.

»Ausgesprochen bedauerlich«, meinte Cecil nachdenklich.

»Keineswegs, Mylord«, erwiderte Gresham. »Ich sehe darin inzwischen vielmehr Gottes gerechte Strafe für jede Menschenseele, die unverschämt genug ist, vorzugeben, in Euren Diensten zu stehen. Dem Herrn sei Dank.«

»Ja, ja«, sagte Cecil tonlos. »Das war sehr interessant. Höchst interessant.« Sein Tonfall ließ vermuten, dass es ungefähr so interessant gewesen war wie eine Untersuchung des Hodensacks seines Herrn. »Aber sagt mir doch, *da Ihr schon einmal hier seid*, wie Ihr mit den Nachforschungen über ... Sir Francis Bacon vorankommt.«

Gresham beugte sich plötzlich vor und nahm eine verschwörerische Haltung ein. Nicht einmal Cecils eisige Selbstbeherrschung konnte ihn davor bewahren, mit einer plötzlichen, heftigen Bewegung auf seinem Stuhl zurückzuweichen.

»Ich habe handfeste Beweise dafür«, sagte Gresham im Ton absoluter Aufrichtigkeit, »dass er der leibhaftige Satan ist.«

»Wie das?«, fragte Cecil, dessen Tonfall mehr Interesse verriet, als er beabsichtigt hatte.

»Man sagt, er besitze den Stein der Weisen, das Geheimnis der Alchemisten, den magischen Stein, der alles, was er berührt, in Gold verwandelt. Es gibt allerdings ein Problem – ein einziges Problem.«

Cecils Intelligenz musste sich seiner Habgier beugen. »Ein Problem?«, wiederholte er, die Augenbrauen in tiefer Konzentration zusammengezogen. »Was für ein Problem?«

»In seinem gegenwärtigen Verfeinerungsgrad kann Sir Francis' Stein nur die Scheiße von echten Aristokraten in Gold verwandeln. Er hat ihn an allen möglichen Substanzen ausprobiert und an allen Arten von Scheiße, aber es funktioniert nur, wenn sie von Personen allerhöchster Geburt produziert worden ist.«

Gresham sah Cecil durchdringend an. Cecil war von niederer Geburt; der Aufstieg seiner Familie war nicht ihrer Abkunft, sondern nur der überlegenen Intelligenz des alten Lord Burghley, Cecils Vater, zu verdanken.

»Das ist in der Tat ein Problem, Mylord, denn wie Mylord besser wissen als ich, wimmelt es heutzutage geradezu von *billigen, falschen Lords*, Mylord, von Lords, die behaupten, Mylord, von hoher Geburt und Abkunft zu sein, aber in Wirklichkeit erst seit kurzer Zeit Lords sind, Mylord, und so viel blaues Blut besitzen wie ein Stück Scheiße, Mylord.«

Wenn Hass Löcher in die Augen eines Mannes brennen könnte, dann würden deine jetzt qualmen wie ein Schlot, dachte Gresham.

»Es ist klar«, fuhr Gresham fort und ließ sich entspannt gegen die harte Rückenlehne seines Stuhls sinken, »dass diese Sache von ebenso großer Wichtigkeit ist wie die Ermittlungen über Sir Francis Bacons Neigung zur widernatürlichen Unzucht, ein Thema, von dem ich weiß, dass es von höchster Bedeutung für das Wohl der Nation ist. In der Tat scheint im Fall von Sir Francis ein bestimmter Teil der Anatomie immer wieder aufzutauchen, wohin man auch schaut. Ich werde meine

Nachforschungen ausweiten, um sozusagen beide Bereiche abdecken zu können.«

Cecil saß stocksteif da, wie erstarrt. Gresham konnte das Blut in seiner Halsschlagader pulsieren sehen – doppelt so schnell wie sein eigener Puls.

Ich glaube, du hast nicht viel Sinn für Humor, mein guter Erster Minister Seiner Majestät, insbesondere dann, wenn du selbst die Zielscheibe des Witzes bist, dachte Gresham.

»Um auf weniger ernste Dinge zu sprechen zu kommen, Mylord, ich muss Euch mitteilen, dass ich bei der Durchführung meiner Ermittlungen auf leichte Schwierigkeiten gestoßen bin.«

Cecils Augen hatten einen kurzen Ausflug in die Hölle unternommen, hatten gesehen, welche Qualen einem menschlichen Körper zugefügt werden konnten, und waren mit frischem Enthusiasmus in die Welt der Lebenden zurückgekehrt, zumal da sie nun auf Gresham fielen.

»Erzählt mir doch davon«, sagte er. Seine Stimme erinnerte an Wagenräder auf einem Kiesweg.

»Ich habe den Verdacht, dass der böse *Sir Francis* meine Nachforschungen entdeckt hat.«

Ich will doch einmal dein eigenes Spiel mit dir spielen, dachte Gresham. Bluff und Gegenbluff. Sir Francis soll mein Codewort für Robert Cecil sein. Ich möchte zu gerne sehen, wie du dir den Kopf zerbrichst, um meinen Code zu knacken.

»*Sir Francis* hat Spitzel auf mich angesetzt und mir Schurken auf den Hals geschickt, die mich ermorden sollen. Ich glaube, er hat auch Briefe in meiner Handschrift gefälscht, die mich als Papisten darstellen sollen.«

»Gütiger Himmel!«, sagte Cecil leise. »Welche Verworfenheit!«

»Ich weiß, Mylord«, sagte Gresham und schüttelte betrübt den Kopf, »solche Verworfenheit übersteigt beinahe die Vorstellungskraft von Menschen mit gutem Gewissen wie Euch und mir selbst. Jedoch bin ich im Innersten keineswegs beunruhigt. Ihr müsst nämlich wissen, dass ich über Waffen verfüge, mich gegen solche Schurkerei zur Wehr zu setzen.«

»Tatsächlich?«, fragte Cecil mit einer Stimme, die Gresham zu streicheln schien.

»In der Tat, Mylord. Ihr müsst wissen« – er beugte sich vor, um Cecil die Information direkt ins Ohr zu flüstern –, »dass ich Briefe von *Sir Francis* an die Infantin von Spanien besitze, in dem er ihr seine Unterstützung für ihren Anspruch auf die Nachfolge Ihrer Majestät der Königin im Falle des frühzeitigen Ablebens Ihrer Majestät anbietet – während er zur gleichen Zeit Seiner Majestät König Jakob seine uneingeschränkte und loyale Ergebenheit zum Ausdruck brachte, als Seine Majestät König von Schottland war! Könnt Ihr Euch vorstellen, dass ein Diener der Krone zu derart niederträchtigen Betrügereien fähig ist? Und damit nicht genug – diese Briefe tragen zudem noch *Sir Francis'* eigenes, persönliches Siegel, das Siegel, das er niemals aus der Hand gibt. Die Briefe sind also handfeste Beweise, denn so etwas würde die Künste selbst des geschicktesten Fälschers übersteigen.«

»Und wie«, fragte Cecil mit einer Stimme, die fast ein Flüstern war, »seid Ihr in den Besitz dieser Briefe gelangt?«

»Ich habe den Boten ermordet, der sie nach Spanien bringen sollte, als er gerade in Dover an Bord gehen wollte«, antwortete Gresham nüchtern. »Ihr werdet das verstehen, da bin ich mir sicher, Mylord. Wir Bedienstete des Königs müssen zuweilen drastische Maßnahmen ergreifen, um den Frieden zu bewahren. Es sind gute Briefe, vergesst das nicht. Die Handschrift und der Stil sind unverwechselbar, und versiegelt sind sie, wie ich bereits sagte, mit ... *Sir Francis'* Siegel. Mit seinem speziellen Siegelring. Ich glaube, er benutzt ihn immer noch.«

Greshams Blick schweifte nicht zu dem Siegelring an Cecils Finger ab, dem Ring, der sein persönliches Siegel einfasste. Auch Cecil sah nicht hin.

»Doch *Sir Francis* könnte immer noch großen Schaden anrichten, Sir Henry. Die papistische Bedrohung ist allgegenwärtig. Ihr würdet gut daran tun, Euch nichts anhängen zu lassen.«

Cecil hatte nicht sehr lange gebraucht, um sich den Code zu Eigen zu machen.

»Das ist wahr, Mylord. Aber habt Ihr Euch je näher mit dem Werk dieses großartigen Schurken Kit Marlowe beschäftigt? Diese Zeilen stammen aus seinem *Doktor Faustus.* Ich glaube, es ist Mephistopheles, der sie spricht. ›Es ist ein großer Trost für die Verdammten, Gefährten im Unglück zu haben.‹ Sollte es *Sir Francis* gelingen, mir etwas anzuhängen, so weiß ich natürlich, dass ich mit Eurer Lordschaft Unterstützung rechnen könnte, ganz gleich, wessen ich beschuldigt werde. Euer Lordschaft haben stets seine Freunde unterstützt.«

Nimm das für Raleigh und in seinem Namen!

»Ganz zu schweigen von der Unterstützung diverser Bischöfe im Oberhaus, die meinen glühenden Anglikanismus kennen. Und selbst wenn diese mächtige Stütze zusammenbrechen sollte, hätte ich immer noch den Trost zu wissen, dass ich meinen Beschuldiger mit in die Hölle hinabreißen würde.«

»So viele Geheimnisse, Sir Henry. So viele Geheimnisse«, sagte Cecil sinnend. Er wandte den Blick vom Fenster ab, auf dem er die ganze Zeit geruht hatte, und sah Gresham in die Augen. Sein Tonfall blieb unverändert, ebenso wie seine Körperhaltung. »Sagt mir, weiß *Sir Francis* eigentlich, dass Ihr in den Niederlanden einmal mit einem jungen Mann widernatürliche Unzucht getrieben habt und dass der betreffende junge Mann auf grausame Art und Weise hingerichtet wurde, nachdem Ihr Euch geweigert hattet, Euer Verbrechen einzugestehen? Ich bin sicher, dass Eure … Nichte weiß, was damals geschehen ist. Wie ich höre, steht sie Euch sehr nahe. Und Euer getreuer Diener … und die Studenten des prachtvollen Colleges, das Ihr in Cambridge gestiftet habt, und seine Professoren. Gewiss, Akademiker sind im Allgemeinen nicht nachtragend, und Studenten würden niemals Klatsch verbreiten oder einen Mann auslachen … wie könnten sie, da ihre Studien sie doch in eine solche Nähe zu Gott bringen? Nein, ich bin mir sicher, dass diejenigen, die Grund haben, Euch zu lieben, Euch aus tiefstem Herzen verzeihen werden, sollte diese Geschichte bekannt werden …«

Dieses Gefühl im Magen, als habe jemand ihm plötzlich einen heftigen Schlag versetzt. Er hatte gewusst, dass es dazu kommen würde. Das war es, was in den Papieren gestanden hatte, die Cecil Walsingham gestohlen hatte, in dem Papier, das Cecil damals vor langer Zeit benutzt hatte, um ihn zu dieser unsinnigen Mission nach Übersee zu erpressen. Er hatte sich dagegen zu wappnen gesucht, denn er hatte gewusst, dass Cecil es sich nicht würde verkneifen können, seine letzte Trumpfkarte auszuspielen. Jetzt lagen Cecils Karten offen auf dem Tisch, während er die seinen noch in der Hand hielt. Sieg! – und doch schmerzte dieser Sieg wie die Qualen der Hölle.

Niemand hätte an Greshams Hals erkennen können, wie sich sein Puls beschleunigte. Auf seiner Stirn war kein Schweiß zu sehen. Er wusste, dass das menschliche Auge die kleinste Muskelanspannung erkennen konnte – es war just dieses Gespür, das ihm schon mehrmals das Leben gerettet hatte –, und so zwang er seine Muskeln, sich zu entspannen, und blieb in seiner betont lässigen Haltung auf dem Stuhl sitzen.

»Es ist sehr freundlich von Euch, dass Ihr Euch so um meine Zukunft sorgt, Mylord, und um meine Vergangenheit. Tatsächlich habe ich *Sir Francis Bacon* bereits von dem Vorfall erzählt, auf den Ihr Euch bezieht.«

Ein winziges, kaum merkliches Zucken in Cecils Augenwinkel … Leite eine Lüge stets mit einer Wahrheit ein …

»Und sowohl meine Nichte als auch mein Diener wissen alles, was ich je gewusst habe und was ich je gewesen bin …«

Und wenn ich dich tüchtig aus der Fassung gebracht habe, wirst du gar nicht bemerken, dass das nicht etwa alles einschließt, was ich getan habe … Jetzt. Jetzt war die Zeit gekommen. Jetzt würde er entweder sein eigenes Todesurteil unterschreiben oder dafür sorgen, dass er noch ein bisschen länger am Leben bleiben konnte, er und Jane und Mannion …

»Doch Ihr habt durchaus Recht, Mylord. Ich weiß, dass meine Geheimnisse bei einem Mann wie Eurer Lordschaft in sicheren Händen sind, und dennoch würde es mir Kummer bereiten, sollten gewisse Personen Kenntnis erhalten von dem, was Ihr angesprochen habt. Da ist noch etwas anderes.«

Es war von entscheidender Bedeutung, dass Gresham die richtige Mischung von Bitterkeit, Scham und Sorge in seine Stimme legte, wenn er glaubwürdig klingen wollte.

»Ich bin … krank, Mylord.«

»Wirklich?«, entgegnete Cecil, der plötzlich wieder lebendig wurde, mit einem Fünkchen Hoffnung in der Stimme. »Es betrübt mich, das zu hören.«

Für einen flüchtigen Augenblick war Gresham versucht, sich zur Pest zu bekennen, wenn auch nur, um zu sehen, wie schnell Cecil rennen konnte.

»Es ist … ein Gewächs, Mylord, hier in meiner Seite.« Es war in Wirklichkeit ein kleiner Brotlaib, den er sich noch ofenwarm an die Seite gebunden hatte, der aber eine passende Ausbuchtung direkt unterhalb seines Brustkorbs formte, die sein Satinwams deutlich sichtbar nach außen wölbte. Gott sei Dank hielt Cecil keine Hunde in seinem Palast. Sie hätten an dem Wams geschnüffelt und höchstwahrscheinlich versucht, das Brot unter seinem Hemd hervorzuzerren.

»Man sagt mir, es sei ernst. Es wäre äußerst interessant gewesen, *Sir Francis* weiter zu verfolgen und Rache zu üben für seine Angriffe auf meine Person, doch wenn ich mir jetzt nicht absolute Ruhe gönne, dann werde ich, so hat man mir versichert, mir selbst genau das antun, was *Sir Francis'* Leute mir anzutun versucht haben. Ich werde London verlassen, Mylord, zusammen mit denen, die mir am nächsten stehen. Es wird *Sir Francis* schwer fallen, mich aufzuspüren. Ich bin geübt im Untertauchen. Für den Fall, dass man mich weiter verfolgen oder bedrängen sollte, habe ich dafür Sorge getragen, dass die Briefe, die ich erwähnt habe, an jemanden übergeben werden, der ihn hasst und der dafür garantieren wird, dass der König sie zu Gesicht bekommt.«

Das würde Cecil zu denken geben. Die Liste der Männer, die gute Gründe hatten, ihn zu hassen, würde dreimal rund um Whitehall reichen und noch weiter bis zum Tower. Und es hieß doch schließlich, der König bevorzuge jüngere Männer, Männer mit wohlgeformten Körpern und goldenen Locken ...

»Ich wünsche Euch eine rasche und vollständige Genesung, Sir Henry. Ihr seid Euer eigener Herr. Aber solltet Ihr in der Tat vorhaben, zu ›verschwinden‹, wie Ihr es ausdrückt, dann bin ich sicher, dass *Sir Francis* sich nicht übermäßig anstrengen wird, um Euch aufzuspüren. Er wird der Meinung sein, dass er seinen Standpunkt deutlich gemacht hat, davon bin ich überzeugt. Männer wie er hassen Leute, die sich in alles einmischen, nicht wahr?«

»Es hat den Anschein, dass Männer wie *Sir Francis Bacon* Leute, die sich in alles einmischen, nicht nur hassen, Mylord. Es hat den Anschein, als ob sie ihnen nach dem Leben trachten.« Gresham holte tief Luft. »Das bringt mich zu meiner letzten Frage, Mylord.

Warum wurde Will Shadwell ermordet?«

Gresham legte diesen gewissen gefährlichen Ton in seine Stimme und zwang durch reine Willensanstrengung den Schweiß auf seine Stirn. Ein Mann, der sich immer zu sehr beherrschen musste; ein Mann, den eine ernste Erkrankung und die bevorstehende schmerzhafte Operation eines Gewächses in seiner Seite zum Äußersten trieb; ein Mann, der verzweifelt bemüht war, seine Angelegenheiten zu regeln in dem Wissen, dass er vielleicht nicht mehr sehr lange auf dieser Erde weilen würde – all dies versuchte Gresham in diese eine Frage zu packen.

»Shadwell?«, wiederholte Cecil. »Shadwell? Ich glaube nicht, dass ich …«

»Mylord!«, unterbrach ihn Gresham. Er ließ seinen Atem in kurzen, schweren Stößen kommen, fuhr mit der Hand an seine Seite, wie um Schmerzen zu unterdrücken. »Genug von dieser Schauspielerei! Dieses Spiel habe ich früher einmal gespielt. Ich bin in diesem Augenblick nicht der Mensch, der ich gerne wäre. Mir fehlt es an Geduld. Die Zeit ist nicht auf meiner Seite. Will Shadwell wurde ermordet, auf Euren Befehl. Der Mörder hat geschworen, dass es so gewesen ist. Will Shadwell war mein Mann. Er mag ein übler Bursche gewesen sein, aber er war mir als mein Diener verbunden. Wer meinen Diener tötet, befleckt meine Ehre. Ich habe meine Ehre wiederhergestellt, indem ich den Mann tötete, der Shadwell ermordet hat. Können wir vielleicht dieses eine Mal offen reden? *Warum musste mein Diener sterben?*«

Es war lange still, sehr lange. Würde das Theater jetzt ein Ende haben? Würde er von Cecil je eine offene Antwort bekommen? Dieser fixierte Gresham nicht länger, sondern heftete seine beinahe blicklos scheinenden Augen auf irgendeinen Gegenstand weit jenseits der Zimmerwände. Gresham fragte sich, was ihm wohl durch den Kopf gehen mochte. Welche Gewissheiten, welche qualvollen Entscheidungen? Was geht im Gehirn eines Mannes wie Robert Cecil vor sich?

»Stellt Euch ein Land vor«, sagte Cecil, indem er sich erhob, »ein unruhiges Land. Ein sehr unruhiges Land.« Seine Stimme war leise, fast ein Flüstern; ein Ton, den Gresham noch nie gehört hatte. Langsam, fast humpelnd, trat er auf ein Porträt zu, das an der Wand gegenüber dem Fenster hing. Er hat Schmerzen, dachte Gresham. Das Gehen fällt ihm schwer.

Er verbirgt seine Schmerzen, aber jetzt hat er für einen Augenblick seine Verstellung vergessen. Das Porträt zeigte eine junge Frau. Die alte Königin – Königin Elisabeth, wie Gresham erkannte.

»Stellt Euch ein Land vor«, sagte Cecil und blickte zu dem Bild empor, »das sich Illusionen über seine eigene Größe hingibt. Ein armes Land mit mächtigen Nachbarn, ständigen Bedrohungen von innen und außen ausgesetzt. Ein Land ohne offensichtlichen Kandidaten für die Thronfolge. Stellen wir uns vor, dass man endlich einen solchen Kandidaten findet. Einen erfahrenen Herrscher, einen Herrscher, der in einem kälteren und noch viel raueren Land überlebt hat; einen Herrscher, der eine gewisse Hoffnung auf Frieden und Stabilität verkörpert. Ein solcher Herrscher ist ein wertvolles Gut, das beschützt und bewahrt werden muss. Aber alle Dinge haben ihren Preis. Der imaginäre Herrscher in diesem imaginären Land hat ein … gestörtes Verhältnis zu Frauen. Seine Erziehung hat ihn nicht zu einem Mann werden lassen, der im Frieden mit Frauen leben kann. Er bevorzugt die Gesellschaft von Männern. Und es gibt Gerüchte – da es nun einmal die Eigenschaft solcher Gerüchte ist, in der übelsten Weise zu wuchern –, dass er insbesondere die Gesellschaft von Knaben bevorzugt.«

»Und Will Shadwell?« Auch Greshams Stimme hatte sich fast zu einem Flüstern gesenkt.

»Abschaum. Die Art von Abschaum, die schon seit undenklichen Zeiten die Räder der Macht mit ihrem stinkenden Schweiß und ihrem Blut schmiert und ölt. Und nun wollen wir uns vorstellen, dass einer aus diesem Abschaum, eine verdorbene, bösartige Kreatur, einer, der mit Frauen und zugleich auch mit Männern und Knaben das Bett teilt, glaubt, er habe einen Knaben gefunden, dem dieser Herrscher … wehgetan hat. Ihn gefunden und sich an ihm vergangen hat und nun Geld verlangt, damit er den Mund hält.«

Cecil ging zum Tisch zurück und ließ sich schwerfällig auf seinen Stuhl sinken. Unter den schweren Lidern waren seine Augen auf Gresham gerichtet. Zum ersten Mal erblickte Gresham in ihnen etwas, das fast an Leidenschaft grenzte.

»Ein königlicher Minister mag vielleicht bedroht werden, und er mag mit allen möglichen Tricks und Kniffen kämpfen, mag seine ganze Schlauheit gegen einen Feind ins Feld führen. Doch ein König – ein König ist etwas anderes. Kein Mensch, sei er Abschaum oder von edlem Blut, darf einen König herausfordern. Kein Mensch, der einen König bedroht, darf am Leben bleiben. Die Gesundheit des Königs ist die Gesundheit der Nation. Was immer diese Gesundheit bedroht, muss selbst sterben.«

Gresham sprach leise. »Von mir geht keine Bedrohung für den König aus. Nicht jetzt und auch in der Vergangenheit nicht.« Er machte eine Pause. »Es hätte auch dann keine Bedrohung gegeben, wenn Will mit mir hätte sprechen können. Will hat aber nicht mit mir gesprochen. Er hatte keine Zeit dazu. Und Ihr machtet Euch Sorgen wegen einer Botschaft, wegen irgendeines geheimen Schreibens von Will an mich? War das der Grund, weshalb meine Wohnung in dem Haus am Strand durchsucht wurde?«

Cecil schwieg. Beide Männer waren sich einig in der Deutung dieses Schweigens. Es hieß Ja.

»Nun, da haben wir eine Ironie, an der Will sicherlich seine Freude gehabt hätte. Wisst Ihr, ich kenne meine Leute. Ich kenne die, die für mich arbeiten. *Und ich weiß, dass Will Shadwell beim besten Willen kein Wort lesen oder schreiben konnte.*«

Er stand auf, wobei er sich noch rechtzeitig daran erinnerte, so zu tun, als bereite es ihm Schmerzen, und ging, ohne dass irgendwelche Förmlichkeiten ausgetauscht worden wären. Cecil stand regungslos am Fenster, als die große Tür ins Schloss fiel.

Wenigstens hatte er Cecil die Wahrheit über Will Shadwell gesagt. Hätte sich Cecil die Mühe gemacht, Nachforschungen anzustellen, anstatt einfach den Befehl für Shadwells und Greshams Ermordung zu erteilen, dann hätte er herausgefunden, dass Shadwell des Lesens und Schreibens unkundig war. Was Cecils Geschichte betraf, so mochte sie wahr sein, vielleicht war sie aber auch nur eine weitere Lüge. Thomas Percy war erst kürzlich zum Königlichen Kammerjunker ernannt worden und so besser als die meisten anderen in der Lage, Einzelheiten über die Besucher der Privatgemächer des Königs zu liefern. Cecil glaubte wohl tatsächlich, dass er mit allem, was er tat, das Reich vor seinen Feinden schützte, dass er der Retter der Nation war.

Mannion erwartete ihn. Die Schar der Bittsteller war nicht kleiner geworden.

»Und jetzt nach Alsatia?«, erkundigte sich Mannion mit unbewegter Miene.

»Auf nach Alsatia«, bestätigte Gresham, der nicht vergaß, leicht zu hinken, wie unter Schmerzen von der Last, die er um den Bauch gebunden hatte; so lange, bis sie sich weit genug von Cecils Höhle entfernt hatten und sicher sein konnten, dass ihnen niemand folgte.

In Alsatia gab es keine Wache, die die Stunde ausrief. Kein Gerichtsdiener, kein Ordnungshüter kam mit seinen Haftbefehlen hierher. Alsatia war von keiner Mauer umgeben, und doch schlossen seine Grenzen Freunde des Staates ebenso sicher aus wie die ehernen Mauern des Tower seine Feinde einschlossen. Wenn London ein stattliches Schiff war, so war Alsatia sein Kielraum, die unterste Senkgrube, in der sich alles Übelriechende versammelte, um dort vor sich hin zu stinken. Greshams Spitzel, sein Abschaum, kam allein oder paarweise zu den diversen Treffpunkten, eingepackt und vermummt nicht etwa zum Schutz gegen die Kälte, sondern um nicht entdeckt und erkannt zu werden. Niemand ging aufrecht in Alsatia. Alles schlich im Schatten der windschiefen, stinkenden Häuser dahin, alles scheute das Licht.

Das Haus am Strand stand mit geschlossenen Läden da; viele der Bediensteten waren nach Hause aufs Land geschickt worden, um bei der Ernte zu helfen. In Greshams Wohnung im Granville College sammelte sich der Staub an, sein Platz an der hohen Tafel blieb leer.

Gresham hatte sein Lager im ersten Stock eines äußerst unansehnlichen dreistöckigen Hauses aufgeschlagen, dessen Fachwerkbalken außen von Schimmel überzogen waren. Drinnen sah es schon etwas anders aus. Stabile, neue Türen versperrten den Weg zu den Räumen im ersten Stock, die mit neuem Fußboden versehen waren. Die Fensterläden aus gut abgelagertem Holz waren mit Farbklecksen übersät, die sie alt aussehen lassen sollten, aber unter dem ganzen Dreck waren auch sie nagelneu.

»Hast du diese Wohnung herrichten lassen?«, fragte Jane. Sie sah dünner aus und hatte noch immer diesen etwas gehetzten Blick, doch das Feuer in ihr brannte schon fast wieder wie vorher.

»Natürlich«, antwortete Gresham, ehrlich verblüfft. »Schließlich ist es ja nicht das erste Mal, dass ich untertauchen muss.«

Der Stapel Bücher in der Ecke war nur ein Mittel gegen die Langeweile. Das andere war die Verkleidung. Mannion staffierte sich mit dem groben Wams und der Kapuze eines Steinmetzes aus, das Werkzeug am Gürtel festgeschnallt. Gresham hüllte sich in eine ärmlichere Version von Mannions Kostüm; er gab sich als Lehrbursche des älteren Mannes aus. Jane steckten sie in einen schmutzigen Kittel. Sie konnte seine Lebensgefährtin sein, eine Hure oder gar eine Schwester von Gresham. In Alsatia kümmerte das niemanden, und in den Straßen ringsum hatte niemand Zeit, irgendetwas zu bemerken.

Langsam, quälend langsam, sickerten die Informationen herein, oft genauso zerfleddert und kunterbunt wie diejenigen, die sie überbrachten. Es waren drei Wochen der Langeweile, drei Wochen, in denen sie durch die verdreckten Straßen zogen und stets die Augen überall haben mussten, Wochen unruhiger Nächte, in denen ein Schrei oder ein Heulen genügte, um Gresham und Mannion nach ihren Schwertern greifen zu lassen. Drei Wochen, ehe ein wirkliches Bild sich zu formen begann. Das meiste kam natürlich von den Dienstboten. Es gab nicht ein Haus, in dem die Dienstboten nicht besser über alles Bescheid wussten als ihre Herrschaft.

Scherenschleifer-Sam war eine von Greshams ergiebigsten Quellen. Sam war ein älterer, großväterlicher Typ, ein fahrender Kesselflicker, der einem hier und da einen Topf oder einen Kessel verkaufte oder die Messer schliff, aber auch schon mal zum Abendessen die neueste Ballade vortrug. Die Obrigkeit ließ ihm sein illegales Wanderleben durchgehen, weil er sich nun einmal nützlich machte. Manch ein argloses Küchenmädchen hatte Scherenschleifer-Sam schon aus Mitleid hereingebeten und ihm einen Bissen und ein wärmendes Feuer angeboten, nur um sich kurz darauf mit einer angenehmen Erinnerung und einem Bankert im Bauch wieder zu finden.

Gresham kannte Sams jährliche Route. Im Hochsommer trieb er sich in den Midlands und im Westen herum, im Spätherbst war er in London und in den Wintermonaten an der Südküste. Gresham hatte einen seiner eigenen Männer losgeschickt – einen jungen, strammen Rekruten, der die Pferde und die Frauen liebte –, um hinter Sam herzujagen und ihm die gleichen Namen vorzulegen, die Moll ihm geliefert hatte. Catesby. Kit Wright. Jack Wright. Tom Wintour. Thomas Percy. Und natürlich Francis Tresham. Noch bevor Sam selbst erschien, um mit Gresham zu sprechen, gab es reichlich Neuigkeiten, so viel, dass Gresham sich fragte, wieso Cecil es nicht schon herausgefunden hatte. Die Männer hatten sich regelmäßig getroffen. Sie waren alle Katholiken, allesamt verbunden durch Blutsverwandtschaft oder Heirat, häufig durch beides. Und dann brachte ganz unerwartet ein schmieriger Schankbursche aus einem Wirtshaus am Strand einen anderen Namen ins Gespräch. Guido oder Guy Fawkes, ein Waffenschmied und Söldner.

Als er den Namen und den Beruf hörte, war für Gresham plötzlich alles klar.

Warum würde sich eine Gruppe von Katholiken, von denen viele nur wenige Jahre zuvor in die Rebellion des glücklosen Essex verwickelt gewesen waren, mit einem Soldaten und Waffenschmied treffen wollen? Solche Männer kannten sich mit Waffen, Rüstungen und Schießpulver aus. Die Anwesenheit eines von Northumberlands Verwandten und Gefolgsleuten musste ein entscheidender Hinweis sein, genau wie das Gerede unter den Dienstboten über das Anlegen großer Vorräte an Waffen und Pferden, die jeglichen denkbaren Bedarf weit überstiegen.

Eine Gruppe von Dissidenten, die regelmäßige Geheimversammlungen abhielten. Ein Berufssoldat. Ein potenzieller Anführer, rekrutiert aus einer der ältesten Adelsfamilien des Königreichs. Ankauf von Waffen und Kriegsgerät.

Es musste sich um einen Aufstand handeln.

Mit den in Dover stationierten spanischen Truppen? Möglicherweise. Hatte Northumberland etwas damit zu tun? Er war der einzige Katholik, dessen Abkunft und Rang ihm erlaubt hätten, nach einer gewaltsamen Absetzung von König Jakob als Reichsverweser aufzutreten. Hätte Gresham in Northumberlands kostbaren Schuhen gesteckt, so hätte er sich nicht mit den spanischen Truppen in Dover aufgehalten, außer vielleicht als ferne Bedrohung, die geeignet war, Cecils Aufmerksamkeit auf sich zu lenken. Stattdessen hätte er sich nicht nur an all die jungen katholischen Engländer gewandt, die in den europäischen Kriegen ihre Feuertaufe erlebten und ihre Männlichkeit unter Beweis zu stellen suchten, sondern an alle unzufriedenen Soldaten in ganz Europa, die in der Aussicht, einen neuen schottischen Monarchen vom englischen Thron zu stoßen, leichte Beute witterten. Hatte nicht ein katholischer Botschafter Jakob in Hörweite seines Hofstaats als »eine Scheide ohne Schwert« bezeichnet? Europa hatte sich vor Königin Bess mehr gefürchtet als vor Jakob. Schottische Könige wurden so erzogen, dass sie sich eher durch einen Messerstich in den Rücken verteidigten als durch eine offene Kavallerieattacke. In England gab es nichts, was auch nur annähernd einer Armee gleichgekommen wäre, und der einzige Mann, der noch in der Lage gewesen wäre, eine Flotte aufzubauen und anzuführen, war Sir Walter Raleigh, den man unter einer erfundenen Anklage wegen Hochverrats im Tower schmachten ließ.

Gresham schritt in dem kleinen Zimmer auf und ab und ließ seinen Gedanken vor Jane und Mannion freien Lauf.

»Es muss ein Aufstand sein!«, rief er aus. »Diese Männer sind keine Höflinge, keine Männer, die nach Herrschaft streben! Es sind Angehörige des Landadels, törichte Idealisten, Männer, die glauben, echte Soldaten zu sein, weil sie schon einmal ein Schwert in der Hand gehalten und in irgendeinem Kleinstadtscharmützel einen betrunkenen Bauernburschen in die Flucht geschlagen haben. Ich glaube, der Graf von Northumberland könnte sich nicht dazu aufraffen, den Thron zu besteigen, und wenn ihn Jesus persönlich darum bitten würde! Nein, ihr Plan muss es sein, den König zu entführen. Er macht es ihnen leicht. Der Mann hat doch nichts als Jagen im Kopf. Wo wäre es leichter, sich einen Monarchen zu schnappen, als in einem Wald, wo seine Männer sich notwendigerweise zerstreuen müssen? Man ergreift ihn und hält ihn in einer Festung gefangen, bewacht von zwei- oder dreihundert schwer bewaffneten Männern. Dann holt man seine Söldner und Missionare aus den Niederlanden her, bevor hierzulande eine Flotte oder eine Armee aufgestellt werden kann. Der König ist ein Feigling. Man zeigt ihm ein wenig blanken Stahl, pikst ihn ein bisschen und lässt ihn unterschreiben, was man will. Man lässt ihn ein Parlament einberufen und den Leuten den Himmel auf Erden versprechen. Dann lässt man ihn im Triumph nach London reiten ... Cecil werden sie natürlich töten müssen ...«

Greshams Gedanken überstürzten sich wie immer, während er sich die Schritte zurechtlegte, die er selbst unternommen hätte, um den Aufstand in einen Regierungswechsel münden zu lassen.

»Würde es funktionieren?« Die Frage kam von Mannion.

»Man könnte dafür *sorgen*, dass es funktioniert. Ich muss diese Leute treffen, vor allem diesen Catesby und diesen Tresham. Dann werde ich es wissen.«

Und dann, der September war fast schon vorüber gewesen, hatte Scherenschleifer-Sam eine Nachricht in dem Haus am Strand hinterlassen. Er wollte sich mit Gresham treffen, und zwar in einem Wirtshaus in Deptford, nur einen Steinwurf von der Stelle entfernt, wo sich der Mord an Kit Marlowe zugetragen haben sollte.

Sam stammte aus Devon, wie seine tiefe, gutturale Aussprache verriet. Wie die meisten seines Schlages war er im Grunde seines Herzens ein Pirat, hatte aber aus irgendeinem Grund vor zwanzig Jahren der See den Rücken gekehrt und sich seinem fahrenden Gewerbe zugewandt.

»Die haben 'ne Pilgerreise gemacht«, hatte er Gresham erzählt, als sie schon beim dritten Krug Bier saßen. Er sprach langsam, wog jedes Wort ab, als habe es einen besonderen Wert. »Könnt Ihr Euch das vorstellen? Ungefähr vierzig Mann waren es, un' frech wie Dreck, wie sie da quer durch die walisischen Marken marschiert sind, als ob das Land ihnen gehören tät, mit ihren Priestern im Schlepptau. Dabei haben manche von denen gar nich' wie Priester ausgesehen«, meinte er missbilligend. Er nahm einen Zug von seinem Bier, ließ es sich genießerisch über die Zunge spülen, bevor er es herunterschluckte. »Ich bin nach Huddington hin, hab mir gedacht, ich lass sie lieber zu *mir* kommen, anstatt querfeldein hinter ihnen herzujagen. Dann hab ich nich' locker gelassen, bis sie mich reingebeten haben. Keine Frage, die Dienstboten un' das ganze Weibsvolk da, die sin' in heller Aufregung – mehr Pferde in den Ställen als beim Herzog von Parma, so viele Schwerter wie für 'ne ganze Armada. Sie sagen, es wär für die jungen Leute, die mit dem Erzherzog in den Krieg ziehen. Erzquatsch, sag ich. Kann mir eher vorstellen, dass dieses Pack den Erzherzog gerne hier hätt', um mit ihm rauben, morden un' plündern zu gehen.« Die Formulierung hatte offenbar einen besonderen Klang für Scherenschleifer-Sam, denn er wiederholte sie, schwenkte sie im Mund umher wie sein Bier. »Rauben, morden un' plündern.«

»Eine Schande«, sagte Gresham, »all dieses Rauben, Morden un' Plündern.« Ein Schniefen von Jane, das ein unterdrücktes Prusten hätte sein können, sich aber in ein geräuschvolles Naseputzen verwandelte. Sie hatte sich mit ihrem völlig verdreckten Gesicht hinter Gresham platziert und zwang sich dazu, lüsterne Blicke auf das Bier zu werfen, das die Männer tranken. »Macht ganz schön Lärm, das Mädel, was?«, meinte Sam. »Aber hübsche Titten hat sie«, fügte er anerkennend hinzu und grinste sie an. Falls ihm aufgefallen war, dass Gresham plötzlich das »d« am Ende von »und« nicht mehr aussprechen konnte, ließ er es sich jedenfalls nicht anmerken.

»Also, da sin' zwei Sachen, die könnten Euch vielleicht interessieren. Da is' einmal dieser Catesby. Flotter Bursche, ziemlich eingebildet. War eigentlich purer Dusel. Ich war drüben in Huddington – die Köchin da, die hat was drauf in der Küche, un' mit dem Rücken an 'nem Apfelbaum is' sie auch nich' schlecht –, und da kommt dieser Catesby hergeritten, um sich mit seinem Freund Rookwood zu treffen. Er is' vorangeritten, weil er is' nämlich 'n großer Pferdenarr un' gibt den Viechern gern die Sporen. Hübscher Knabe, der Rookwood. Läuft rum wie 'n Paradiesvogel. Was die Dienstboten so erzählen, hat Catesby sich den Rookwood vorgenommen, und der kommt raus un' is' plötzlich ganz trübsinnig, verbringt die Nacht in 'ner kleinen Kammer mit nur einer Kerze. Murmelt irgendein Gebet, un' die versuchen zu lauschen. Können kaum was verstehen, nur irgendwas von ›Rache Gottes‹ und 'nem ›großen Unterfangen‹, und so was wie ›schütze meine Familie‹. Da haben's die Dienstboten aber tüchtig mit der Angst gekriegt, das kann ich Euch sagen. Na, am nächsten Morgen holt der Rookwood jedenfalls 'nen Haufen Geld aus seiner Truhe raus und gibt's diesem Catesby. Der Catesby führt was im Schilde, das steht fest. Un' es is' was, wofür man 'ne Menge Geld braucht, das steht auch fest. Ich war bei Essex un' seinem Haufen dabei, un' bei Banington un' seinem Haufen bin ich auch dabei gewesen; das hab ich alles schon mal gesehen; den Gestank kenn ich. Das is' 'ne Rebellion, das sag ich Euch. Diese blöden Scheißkerle! Manche Leute haben's nich' verdient, mit 'nem Kopf auf den Schultern auf die Welt zu kommen. Sollte man ihnen gleich nach der Geburt abschneiden, würd dem Henker 'ne Menge Arbeit sparen.«

»Du hattest noch was zu berichten, Sam?«

»Ja, genau. Noch 'n Humpen von dem Zeug hier wär nich' übel ... danke. Dieser junge Tresham, nach dem Ihr gefragt habt? Also, das Neueste is', sein Vater is' tot. Wurde auch langsam Zeit, wie man hört. Aufgeblasener alter Sack – meinen die, die ihn gekannt haben. Hat 'nen Haufen Schulden hinterlassen, aber der junge Francis hat immer noch 'n hübsches Sümmchen übrig. Hat's auch dringend nötig. Soll bis zu seinem zarten Hals in Schulden stecken. Ist 'n richtiges Schwein. Hat 'n schwangeres Mädel aus 'm Weg räumen wollen, un' seinem Vater hat er sein Land abgeluchst.«

»Ich glaube nicht, dass mir dieser Francis Tresham gefallen wird«, sagte Jane.

»Ich glaube, du betest besser zu Gott, dass du ihm nie begegnen wirst!«, erwiderte Gresham.

In der Wohnung in Alsatia fühlte er sich allmählich schon wie zu Hause, dachte Gresham wehmütig, als sie sich endlich auf den Rückweg von Deptford dorthin machten. Es war nicht das Haus, das ihn bedrückte, wie er sehr wohl wusste, als er die Treppe erklomm und sich auf einen Stuhl fallen ließ, während die finstere Laune mehr und mehr von ihm Besitz ergriff.

Mannion ging nach unten, um für die beiden Wein zu holen.

»Ist er denn so wichtig, dieser Aufstand?« Jane hatte seine Stimmung bemerkt und versuchte, ihn aus seiner Melancholie zu locken, ohne dass es auffiel. »Alle Könige und Königinnen sind durch und durch verdorben«, sagte sie ruhig; eine drastische Verallgemeinerung, mit der sie, wie Gresham bemerkte, mal eben die seit Jahrtausenden beliebteste Regierungsform der Menschheit über den Haufen warf. »Seht Euch doch unseren König an. Seine Beine sind zu schwach für seinen Körper, seine Zunge ist zu groß für seinen Mund, sodass er sabbert wie ein Säugling, und so prächtig die Edelsteine sind, mit denen er seine Kleider schmückt, so zerlumpt sind die Kleider selbst. Er stinkt und hat Läuse. Er hat das Regierungsgeschäft in einem kleinen Land gelernt, dessen Überlebensstrategie darin besteht, Allianzen mit Frankreich einzugehen und seine eigenen Herrscher zu ermorden, und so hat er einen Vertrag mit Spanien ausgehandelt, anstatt zu begreifen, dass wir die Spanier besiegt haben und jetzt selbst eine Großmacht sind. Seine Frau hat kein Hirn, und seine Günstlinge haben keine Eier … entschuldigt meine Ausdrucksweise … Sind wir denn so viel schlechter dran, wenn dieser Kerl von seinem Thron gestoßen wird?«

»Du kennst Machiavelli? Die Bücher, die ich dir gegeben habe?«

»Ich habe sie gelesen, ja.«

»Und?«, fragte Gresham nach.

»Er ist nicht anders als die meisten Männer. Er glaubt, über alle zu sprechen, dabei redet er eigentlich nur über sich selbst. Er ist arrogant, und so vergibt er eine an sich gute Idee, indem er sie überstrapaziert.«

Gresham dachte einen Moment lang nach. »Machiavelli wurde gefangen genommen und gefoltert, als sein Fürst es versäumte, rücksichtslos und stark zu sein. Wir brauchen keine Anführer, die gut oder schön oder freundlich oder großzügig sind. Wir brauchen Anführer, die etwas bewirken. Vor allem aber brauchen wir Frieden. Stabilität.«

»Ihr klingt genau wie Cecil, wenn das, was Ihr mir über Eure kleine Plauderei mit ihm erzählt habt, die Wahrheit war. Wie könnt Ihr so etwas sagen, der Ihr mit dem Krieg groß geworden seid? Ihr, der Ihr Euer ganzes Leben so gelebt habt, als sei es ein einziger Krieg? Ihr, der Ihr als einziger Mensch, den ich kenne, im Kampf aufzublühen scheint?«

»Weil ich weiß, wofür ich kämpfe.«

»Und was ist das, bitte sehr?«

Er saß einen Moment lang schweigend und nachdenklich da.

»Ich kämpfe, um zu überleben. Das ist alles, was ich tun kann. Es ist alles, was ich kenne. Du, ich, Cecil – wir alle glauben, unser Leben selbst zu bestimmen, aber in Wahrheit sind wir Schauspieler in einem Stück, das ein Wahnsinniger geschrieben hat, einem Stück ohne Sinn und Bedeutung. Ich weiß, wir können diesen Kampf nicht gewinnen; ich weiß, dass der Tod stärker ist als wir alle – aber wenn ich ums Überleben kämpfe, dann habe ich mich wenigstens nicht ergeben. Auf diese Weise stelle ich zumindest die Bedingungen, unter denen der Tod mich holt. Niemand von uns kann die Sonne still stehen lassen. Aber immerhin können wir ihr Beine machen.«

»Ist das der Grund, weshalb Ihr gegen Cecil kämpft?«

»Zunächst einmal kämpfe ich gegen ihn, weil ich sterbe, wenn ich es nicht tue. Im Augenblick haben wir einen Waffenstillstand, solange er glaubt, ich sei krank, aber was er einmal versucht hat, könnte er sehr wohl ein zweites Mal versuchen. Je mehr ich herausfinden kann über das, was er mir vorenthalten will, desto besser bin ich gegen ihn gewappnet.«

»Und doch könntet Ihr ihn vernichten.« Jane ließ es wie eine schlichte Feststellung klingen.

»Ich glaube, ich könnte Cecil vernichten, anstatt ihn mir einfach nur vom Leib zu halten. Ich *entscheide* mich dafür, es nicht zu tun. Hier geht es nicht bloß um sein Leben oder um meines. Bei all seiner Schlechtigkeit und Falschheit, und obwohl er all das verkörpert, was ich an der Gier eines Menschen nach Macht und Reichtum verachte, ist es doch gerade seine Schlechtigkeit, die mithilft, das Land vor dem Zerfall zu bewahren. Es ist so, wie Machiavelli sagt: Ein Mann muss keine reine Seele haben, um ein guter Herrscher zu sein. Er muss einfach nur herrschen, und wenn er im Zuge seiner Herrschaft seine Seele der Hölle anheim gibt, dann ist das der Preis, den er für seine weltliche Macht zu entrichten hat. Ich kämpfe nur gegen Cecil, wenn er mich angreift und wenn er aufhört, ein guter und mächtiger Anführer zu sein. Wenn sich ein Aufstand zusammenbraut und er es nicht erkennt, dann kämpfe ich lediglich gegen seine Ignoranz.«

»Ist das alles?«, fragte Jane. »Würdet Ihr für mich kämpfen?«

»Ich würde mehr tun, als nur für dich zu kämpfen«, sagte er schlicht. »Ich würde für dich sterben.« Es war nichts als eine einfache Feststellung, ausgesprochen ohne jegliche Dramatik. »Aber ich kämpfe auch noch für jemand anderen.«

»Ich hatte eigentlich gehofft, ich sei die Einzige …«, sagte

Jane, die zu ihrer offensichtlichen Verärgerung etwas ins Auge bekommen hatte, was es tränen machte.

»Ich kämpfe für John den Pflüger, der mit seinen dünnen Kleidern der Kälte trotzt, der auf dem Feld pinkeln muss, das er beackert, und dessen Hände, wenn er nach Hause kommt, zerschunden und schwielig sind von dem Pflug, der ihn ernährt, ihn und seine Familie und seinen Herrn. Für Meg das Milchmädchen, das dort auf John den Pflüger wartet, wenn er nach Hause kommt. Vielleicht schnauzt er sie an, vielleicht küsst er sie, vielleicht nimmt er sie auch gegen ihren Willen, aber so ist die Welt nun einmal, so sind wir geschaffen, so sollen wir sein. Ich weiß, in ihrem Leben gibt es nur wenige Freiheiten – sie sind nicht frei von Hunger und Schmerzen, von Krankheit oder von korrupten, rachsüchtigen Herren. Aber es gibt eine Freiheit in der Luft, die sie atmen, im Anblick des kalten blauen Lichts des Morgens nach einer Frostnacht, in den ersten Sprüngen der Fische im Frühling. Etwas Gutes ist in ihren Kindern, so zerlumpt sie auch herumlaufen mögen, und etwas Gutes hat auch die Arbeit, die sie tun.«

»Nun«, meinte Jane pragmatisch, »die Meg, die vor Euch steht, hat ein wenig andere Erinnerungen an ihre wunderbare Kindheit auf dem Lande, von der Ihr so liebevoll sprecht.«

»Wenigstens warst du dort, sodass ich dich finden konnte. Du warst nicht von den Hufen eines Schlachtrosses niedergetrampelt worden, als blutige Trophäe auf eine Pike gesteckt und von johlenden Soldaten durch die Gassen getragen.«

Er drehte sich zu Jane um, ohne sie zu sehen; statt ihrer standen ihm die Schreckensbilder vor Augen, die ihn des Nachts immer noch verfolgten.

»Ich habe Dinge gesehen ... Dinge, die mich an Gott und dem Himmel verzweifeln ließen. Erinnerst du dich an Marlowe? ›Ich bin nicht außerhalb, dies hier *ist* Hölle! ...‹ Nun, ich habe noch nie einen Gott gesehen, nicht hier auf Erden jedenfalls, aber ich habe Gott in Musik und in Worten gehört, habe etwas von einem Gott im Sonnenuntergang gesehen oder in einer lichtdurchströmten Kapelle in Cambridge, wenn ein Lied sich zum Himmel erhebt. Aber auch ich glaube, dass wir in der Hölle leben, und wie Marlowe verzweifle ich an Gott, und aus dieser Verzweiflung entspringt mein Zorn. Und was haben wir denn, was bleibt uns am Ende? John und Meg, mit ihrem Leben, das aus Arbeit und Mühen besteht, erhellt nur durch ihren Trieb, ihre Gier nach Leben, ihren Wunsch, einfach nur durchzukommen, sich zu nähren und zu kleiden und diese bloßen Lebensnotwendigkeiten an ihre Kinder weiterzugeben. In ihrem puren Überleben liegt genug Würde, in ihrem Bemühen, sich ein bisschen menschliches Glück zu ergattern und zu bewahren in der kurzen Zeit, die ihnen hier vergönnt ist. Es gibt genug, womit sie fertig werden müssen, auch ohne dass wir sie mit Rebellion und Krieg überziehen. Sie brauchen unsere Hilfe, um zu überleben. Was kümmert es Meg und John und ihre wachsende Kinderschar, ob ein Jakob, eine Elisabeth, ein Heinrich oder ein Richard auf dem Thron sitzt? Was bedeutet es für sie, ob es ein Plantagenet, ein Tudor oder ein Stuart ist? Was tut es zur Sache, solange die Soldaten in ihren Kasernen und in ihren Hurenhäusern bleiben, der Feind keine Invasion wagt und ihr Lehnsherr noch etwas von London zu befürchten hat, wenn er sich zu viele Freiheiten mit seinen Pächtern herausnimmt?

Wir Adligen, wir Aristokraten, wir kämpfen für Glanz und äußeren Schein, Jane. Wir kämpfen für unsere Macht, unsere Juwelen und unseren Reichtum. Vor allem kämpfen wir darum, Macht zu erringen, weil wir, indem wir diese Macht ausüben, unserem lächerlichen, erbärmlichen kleinen Leben einen gewissen Sinn verleihen können, bevor Krankheit, Unglück oder einfach nur die Zeit es auslöschen.

Wir kämpfen für die falschen Dinge. Wir sollten nicht für unsere eigene Macht kämpfen, für unsere eigenen Begierden. Wir sollten darum kämpfen, das Leben derer zu sichern, die keine Macht haben, die nichts haben als die Kraft zu überleben. Wir sollten für die kämpfen, die nicht stark genug sind, für sich selbst einzustehen.«

Sie schwiegen.

»Mein edler Ritter in seiner schimmernden Rüstung«, sagte Jane, halb spöttisch und doch tief gerührt, »hoch auf seinem reinen weißen Ross. Hat es sich in der Schlacht nicht doch ein bisschen beschmutzt? Wie viele Männer habt Ihr getötet, Henry Gresham? An wie viele von ihnen könnt Ihr Euch erinnern, wenn Ihr des Nachts wach liegt und glaubt, dass es keiner merkt, oder wenn Ihr träumt und im Schlaf ruhelos irgendwelche Namen murmelt? Wisst Ihr wirklich, wogegen Ihr kämpft? Und ist es tatsächlich, damit John und Meg in der Lehmhütte, die sie ihr Zuhause nennen, in Frieden leben können?«

Greshams Antwort kam mit merkwürdig ausdrucksloser Stimme. »Damit John und Meg in ihrem eigenen Leben wenigstens ein Minimum an Freiheit haben. Damit auch sie überleben und sich dabei noch eine Spur von Würde bewahren können.«

»Er hat Recht, Herrin.«

Sie fuhren beide auf. Weder sie noch er hatten Mannion eintreten hören. Seiner Statur zum Trotz konnte er wie eine Katze schleichen, wenn er nur wollte.

»Ihr vergnügt Euch, wann und wo Ihr könnt. Ihr kämpft, wenn Ihr müsst. Es geht nicht ums Gewinnen. Es geht ums Überleben.« Er reichte ihnen je einen Kelch Wein. »Seht Ihr das hier? Trinkt es. Genießt es. Es schmeckt nach gar nichts mehr, wenn Ihr ein Kadaver seid. Nichts schmeckt mehr, wenn man tot ist. Das ganze Spiel dreht sich also nur darum, am Leben zu bleiben. Nur das. Für die Toten gibt es gar kein Leben mehr.«

Jane warf zuerst Mannion einen finsteren Blick zu, dann Gresham. »Nach der Philosophie der Herren der Schöpfung wäre es also gerechtfertigt, eine ganze Nation abzuschlachten, nur um am Leben zu bleiben? Und was wird dann aus Meg und John und ihren Bälgern?«

»Dazu kommt's ja ohnehin in den seltensten Fällen«, entgegnete Mannion unbefangen, indem er sich setzte und sein Bier aus dem Humpen schlürfte, den er für sich selbst mitgebracht hatte. »Nur Könige glauben, dass das ganze Land stirbt, wenn sie sterben, und so lassen sie ihre Leute allesamt im Namen der Herrschenden über die Klinge springen! Nein, und deshalb brauchen sie Männer wie unseren Sir Henry, die für sie schuften und die Drecksarbeit erledigen. Das ist seine Arbeit. Er bügelt ihre Fehler aus. Seine Aufgabe ist es, dafür zu sorgen, dass nicht zu viele Leute sterben. Schweine wie dieser Essex und dieser Catesby, die denken, ihr Ruhm wird daran gemessen, wie viele Menschen sie mit sich in die Grube reißen. Vergesst, wie viele Sir Henry getötet hat. Fragt lieber, wie viele er gerettet hat.«

»Frauen denken anders«, sagte Jane nachdenklich. Das Feuer knisterte im Kamin und warf rote und gelbe Lichtsplitter auf die Gesichter der drei, die unbewusst einen Kreis gebildet hatten, umrahmt von der Dunkelheit. »Wir tragen die Zukunft im Schoß. Wir denken nicht, dass das Leben mit uns endet. Wir betrachten uns vielmehr als Mittel zu seiner Fortsetzung.«

Es entstand eine verlegene Pause, während der kinderlose Gresham in das brennende Herz des Feuers blickte.

»Nun«, sagte er schließlich, »einer von uns dreien ist immerhin gerettet. Mit den ganzen Bastarden, die du gezeugt hast, alter Mann, müssten wir doch eine Zukunft haben. Allerdings, wenn die Bälger nach ihrem missratenen Vater schlagen, dann Gnade uns Gott.«

Es war ein alter Witz, und wie bei vielen dieser Witze war es nicht der Sinn, der sie enger zusammenrücken ließ, sondern die Tatsache, dass er überhaupt ausgesprochen wurde.

Endlich, nach einer langen Pause, ergriff Jane das Wort. »Seid Ihr Euch der Gefahr bewusst, in die Ihr Euch begebt, wenn Ihr diese Gruppe von Papisten unterwandert? Cecil wird Euch umbringen, wenn er herausfindet, dass Ihr aktiv seid. Die Papisten werden Euch umbringen, wenn sie herausfinden, dass Ihr auf ihr dummes Geheimnis gestoßen seid, was immer es sein mag. Die Regierung wird Euch zuerst umbringen und dann Fragen stellen, wenn es auch nur einen Hinweis darauf gibt, dass Ihr in die Verschwörung verwickelt seid. Ihr seid ohnehin schon mit dem Makel behaftet, einer von Raleighs wenigen verbliebenen Verbündeten zu sein.«

»Ich war schon immer gerne beliebt«, erwiderte Gresham ruhig.

»Ich meine es ernst«, sagte Jane. »Wenn Ihr Euch in diese Verschwörung einmischt, wenn Ihr irgendwie Kontakt zu diesem Mann aufnehmt, auf den Phelippes Euch gebracht hat, dann wird eine Tür hinter Euch ins Schloss fallen. Es wird keinen Weg zurück geben, und Ihr werdet nicht wissen, was vor Euch liegt.«

»Die Menschen sind fürs Voranschreiten gemacht, nicht fürs Zurückschauen«, sagte Gresham. »Deshalb haben wir ja die Augen vorne im Kopf.«

»Dieser Mann wird also Euer Zugang zu der Gruppe sein? Dieser Tresham?«

»Francis Tresham ist der Mann. Das habe ich im Gefühl. Er ist unser Zugang, unser einziger Zugang.«

Gresham zügelte die Ungeduld, die ihn fast zu zerreißen drohte. Seine Informanten ließen ihn wissen, dass Catesby immer noch unterwegs war. Was immer Catesby im Schilde führte, er würde in London sein müssen, im Zentrum des Geschehens, um die letzten Schritte zu organisieren und seinen Aufstand zu koordinieren, auch wenn das Hauptereignis später in einem Wald in Hertfordshire stattfinden würde, wo Seine Hoheit hinter dem Hirsch herjagte. Sie hatten noch etwas

Zeit, sagte er sich, wenn auch nur Gott und Catesby wussten, wie viel.

Dann kam die Nachricht, dass Francis Tresham in London gesehen worden war.

Nun blieb nichts weiter zu tun, als Tresham zu entführen.

Syon House, die Londoner Residenz des Grafen Percy, war in heller Aufregung. Der Graf, zumeist ein ruhiger und seinen Studien ergebener Mann, hatte mal wieder einen seiner Wutanfälle. Henry Percy, der neunte Graf von Northumberland, bemerkte den zögernden Schritt des Dieners, der sich auf sein wütendes Läuten hin dem Zimmer näherte. Er wurde allmählich taub, seine Bewegungen waren stets langsam und bedächtig, doch von frühester Jugend an hatte Henry Percy ein Talent dafür bewiesen, aus dem nichtigsten Anlass einen Zornesausbruch zu zaubern. Sie nannten ihn den Zauberer, wenn auch nicht wegen seiner Fähigkeit, einen plötzlichen Wutanfall aus dem Ärmel zu ziehen. Nein, es war ihre Unwissenheit, die sie seine einfachen Experimente als schwarze Magie interpretieren ließ, weil sie einfach nicht akzeptieren wollten, dass sich das menschliche Wissen mit solchen Mitteln vermehren ließ, ohne dass Gott oder der Teufel die Finger im Spiel hatten. Raleigh war einer seiner Verbündeten gewesen, und sein Lohn war ein absurder Prozess, mit einem Urteil, das ihn dazu verdammte, im Tower zu verrotten. Andere aus der so genannten School of Night – Schule der Nacht – waren auf spektakuläre Art und Weise zu Tode gekommen, wie Kit Marlowe, oder einfach dahingesiecht. Nun war nur noch er übrig. Seine Macht im Norden – diesem schrecklichen Land des Regens, des Nebels und der Taschendiebe – war unumstritten, ja sogar gestärkt durch die Besetzung des englischen Königsthrons mit einem schottischen Monarchen. Gewiss, weder König Jakob VI. von Schottland noch König Jakob I. von England konnten den Plünderern das Handwerk legen und den ständigen Raubzügen im Grenzgebiet ein Ende bereiten. Das würde niemandem je gelingen. Aber der Graf von Northumberland wusste wenigstens, dass er zu Lebzeiten des gegenwärtigen Königs nicht fürchten musste, die Speerspitze gegen eine schottische Invasion bilden zu müssen. Nein, die Bedrohung ging für ihn nicht mehr vom Norden aus. Sie kam aus London. Schwieriger war die Frage zu beantworten, von wo sie genau ausging. Vom Aas dieses Jakob I., des Oberhaupts der Nation, mit der die Percys seit Jahrhunderten in erbittertem Streit lagen? Oder von der verwachsenen Gestalt Robert Cecils?

Percy schlurfte durch das Zimmer. Weder Binsenmatten noch feine Teppiche bedeckten die Steinfliesen des Bodens, und in dem riesigen Kamin brannte kein Feuer, trotz der durchdringenden Kälte, die vom Mauerwerk ausging. Er hatte Syon House von seiner Frau Dorothy geerbt, der das Haus in Dauerpacht gehört hatte. Er war froh, sie los zu sein, und er hatte eindeutig den besseren Teil erwischt, indem er das Haus behalten und die Frau verloren hatte. Im Norden würde der Herbst schon früh Einzug gehalten haben, als ob das raue Land sich gegen die Sommerhitze sträubte und es kaum erwarten konnte, zur Kälte zurückzukehren. Das Geräusch der grauen See, die gegen Felsen von der Farbe der Burgmauern schlug, war eine seiner lebhaftesten Erinnerungen an den Norden.

Er stand am offenen Fenster, ließ sein Gesicht vom Geruch und Geschmack Londons umspülen. Sein angeblicher Verwandter, der junge Thomas Percy, war derweil wahrscheinlich eifrig damit beschäftigt, der ganzen Stadt zu erzählen, dass er das Vertrauen und die Zusicherungen des neunten Grafen von Northumberland besitze, seines Verwandten und Schutzherrn. Nun gut. Wie viele vor ihm würde auch der junge Thomas Percy erfahren, weshalb der ältere Zweig der Percys die Unbilden des Nordens und alle politischen Ränke überlebt hatte, zu denen London fähig war, und warum bei ihren Treffen stets ein dritter Mann zugegen gewesen war. Ein Anflug von etwas, was der Beginn eines grausamen Lächelns hätte sein können, zuckte im Mundwinkel des Grafen. Er würde es erfahren, dieser Thomas Percy, so wie alle Feinde des Percy-Clans und des katholischen Glaubens. Sie glaubten, er sei leicht zu beeinflussen – als ob er ihre erbärmlichen Schmeicheleien nicht durchschaute. Sie machten sich lustig über seine Unfähigkeit, ein Geheimnis für sich zu behalten, und merkten nicht, wie sorgfältig er dieses Bild von sich pflegte. Nun, der neue Graf von Salisbury – dieser Emporkömmling Robert Cecil – würde früh genug herausfinden, ob Henry Percy, der neunte Graf von Northumberland, ein Geheimnis für sich behalten konnte, ein Geheimnis, das, wenn es enthüllt würde, Robert Cecil für immer vernichten würde.

7

»Ich habe immer noch ein ungutes Gefühl bei diesem Francis Tresham«, sagte Jane, die sich gerade durch einen Stapel Papiere arbeitete – Greshams Notizen und Aufzeichnungen über Gespräche mit seinen Informanten.

Mannions Vorschlag, wie man Francis Treshams ungeteilte Aufmerksamkeit gewinnen könnte, war einfach. Man lauert ihm auf der Straße auf, gibt ihm eins über den Schädel und schleppt ihn nach Alsatia. Selbst angesichts der Anarchie, die in Londons Straßen herrschte, fürchtete Gresham, dass die Beteiligten durch diese Vorgehensweise auch die unerwünschte Aufmerksamkeit Dritter auf sich ziehen würden. Jane hatte die simpelste und beste Idee. Sie würden Tresham ein Billett schicken, in welchem ihm versprochen wurde, dass er etwas für ihn Vorteilhaftes zu hören bekommen würde, wenn er sich zu der und der Stunde unter ihrer Adresse in Alsatia meldete.

»Spinnen gehen nicht auf Fliegenjagd«, sagte Jane. »Die Fliegen kommen zu den Spinnen.«

Jane hatte den Burschen richtig eingeschätzt. Ein vernünftiger junger Mann, der gerade erst geerbt hatte, hätte wohl kaum einen Gang nach Alsatia riskiert, ohne genau zu wissen, was ihn erwartete. Aber Francis Tresham war nicht vernünftig, war es in seinem ganzen Leben noch nicht gewesen.

»Also, er kommt hierher, klopft an die Tür – und dann verkloppen wir ihn?«, schlug Mannion hoffnungsvoll vor.

»Er wird allein kommen, wenn wir ihn dazu auffordern«, sagte Gresham. »Wenn er schon mal hier ist, wird es kaum nötig sein, ihn bewusstlos durch die Tür zu zerren, oder? Hast du wirklich nur vier verschiedene Arten, mit irgendetwas umzugehen?«

»So viele?«, fragte Jane mit gespielter Naivität.

»Essen, Trinken, Vögeln oder Verprügeln. Ist dir vielleicht einmal die Idee gekommen, über etwas *nachzudenken*?«

»Nein«, antwortete Mannion, »das dauert zu lange.« Er begann das Frühstücksgeschirr abzuräumen. »Und was es auch immer ist, was ich mache, es hat mich jedenfalls all die Jahre hindurch am Leben gehalten.« Er stapfte die Treppe hinunter, offenbar vollkommen davon überzeugt, im Recht zu sein.

Treshams Diener trug den schönen Namen William Vavasour. Das saftige Schmiergeld, das Mannion dem Billett für seinen Herrn beifügte, sah er schief an, ohne es jedoch abzulehnen. Treshams Gier triumphierte über den letzten Rest von Vorsicht, den er besessen haben mochte, und wie aufs Stichwort traf er bei Einbruch der Dunkelheit an der Tür des unansehnlichen Hauses in Alsatia ein. Eine riesige Ratte nagte an etwas, was vielleicht einmal Fleisch gewesen war. Sie blickte hochmütig zu Tresham auf und huschte erst davon, nachdem sie lange genug ausgeharrt hatte, um deutlich zu machen, wer hier wirklich das Sagen hatte. Das mürrische, kränklich aussehende Paar, das Gresham im Erdgeschoss einquartiert hatte, ließ Tresham ein, und der Mann deutete mit einer Kopfbewegung an, dass er nach oben gehen solle. Er tat wie geheißen, und im nächsten Moment fiel die Tür hinter ihm ins Schloss. Als er sich umdrehte, fand er den Weg durch eine kräftige Gestalt versperrt. Mannion.

»Oben …«, zischte Mannion ihm zu, und schon rannte er die dünnen Holzstiegen empor wie ein Kaninchen auf der Flucht.

Gresham saß am Tisch. Die Fensterläden waren geschlossen, und das Zimmer war voller Lampen. Er war schwarz gekleidet, mit einer gepflegten weißen Halskrause als einzigem

Kontrast. Mehrere der Gresham-Juwelen funkelten an seinen Fingern und seinen Kleidern. Eine eisige Ruhe ging von ihm aus. Mit einer knappen Handbewegung bedeutete er Tresham, sich zu setzen.

Tresham war eine drahtige, ungepflegte Erscheinung. Gresham wusste, dass er Ende dreißig war, sonst hätte er ihn ein paar Jahre jünger geschätzt, denn sein knabenhaftes Gesicht wies kaum Falten auf. Auf den ersten Blick sah er gar nicht einmal schlecht aus, aber seine Erscheinung wurde beeinträchtigt durch seine dünnen Lippen und die Augen, die unentwegt zuckten wie die Zunge einer Schlange. Sein Hemd war schmutzig, das Wams darüber aufwändig geschlitzt und spitz zugeschnitten, jedoch zerknittert und fleckig. Er trug schlammbespritzte Reitstiefel über einer Kniehose, mit der man sich auch bei einer Audienz bei Hofe nicht blamiert hätte.

»Wer seid Ihr? Was wollt Ihr?« Tresham bellte die Worte hervor, während seine Hand an dem prächtigen Schwert herumfingerte, das an seiner Hüfte hing.

»Ich bin Euer Racheengel«, sagte Gresham sanft, »und ich kann Euch zum Himmel oder zur Hölle schicken. Was ich will, ist entscheiden, welches von beiden es sein soll.«

»Ihr habt keine Gewalt über mich, Ihr …«

Mit einer simplen Bewegung, lediglich indem er die Hand hob, brachte Gresham Tresham zum Schweigen.

»Francis Tresham, geboren 1567, erstes Kind und einziger Sohn von Sir Thomas Tresham aus Rushton und Muriel Throckmorton aus Coughton. Studium am College von St. John's und Gloucester Hall. Erste Verhaftung Juni 1591. Ihr habt einen vom Kronrat ausgestellten Haftbefehl abgeändert, nicht wahr? Anstelle irgendeines elenden Schneiders, der Euch Geld schuldete, habt Ihr den Namen eines Pächters eingesetzt, mit dem Ihr Ärger hattet. Dann habt Ihr ihn und seine schwangere Tochter verprügelt.«

»Das ist nicht wahr! Der Mann war ein Schuft, er …«

»Schweigt!«, sagte Gresham, und aus irgendeinem Grund schwieg Francis Tresham tatsächlich.

»Euer Vater stellte damals die Kaution für Euch, wie auch noch unzählige Male danach. Heirat mit Anne Tufton aus Hothfield und schon bald in Gesellschaft eines wilden Haufens von Männern zu finden, die sich in Essex House treffen und ebenso freigebig mit Versprechungen um sich werfen wie mit Geld, das sie nicht haben. 1596 erneute Verhaftung wegen möglicher Beteiligung an einer katholischen Verschwörung, 1601 dann Verhaftung wegen Beteiligung an der Essex-Rebellion. Aus dem Tower freigekauft, was Euren Vater beinahe ruiniert hätte. Den Vater, der inzwischen natürlich tot ist. Den liebevoll sorgenden Vater, der tausende von Pfund ausgab, um seinen Sohn zu retten, ungeachtet der Tatsache, dass eben dieser Sohn, der im Herrenhaus von Hoxton wohnen durfte, versucht hatte, seinen Vater um Land, das er dort besaß, zu betrügen …«

Tresham saß mit gesenktem Kopf da. Plötzlich streckte er beide Hände unter den Tisch, hob ihn mit einem Ruck an und kippte ihn auf Gresham. Gleich darauf stürzte er sich wie wild auf ihn, das Schwert bereits halb gezogen. In zahllosen Wirtshausschlägereien hatte er mit dieser Methode Erfolg gehabt.

An das, was dann geschah, konnte er sich hinterher nicht so recht erinnern. Der merkwürdige, dunkel gekleidete Mann stand plötzlich nicht mehr hinter dem Tisch, sondern seitlich daneben. Tresham spürte einen gewaltigen Schlag an seiner Schläfe, dann einen heftigen, tobenden Schmerz. Die Stiefelspitze des dunklen Mannes traf ihn mit brutaler Wucht zwischen den Beinen, und seine Sohle ließ ihn quer durchs Zimmer fliegen. Er segelte gegen die Wand und krachte mit dem Kopf gegen einen Stützbalken, dann senkte sich Finsternis auf ihn herab.

»Ich wusste, Ihr würdet ihn prügeln müssen«, bemerkte

Mannion zufrieden, während er die dahingestreckte Gestalt aufraffte und mit dem Rücken an die Wand lehnte. »Soll ich ihn fesseln?«

»Nein«, antwortete Gresham. »Soll er es ruhig noch einmal versuchen, wenn er unbedingt will. Er muss wissen, wer sein neuer Herr ist, und er wird es nicht lernen, wenn er gefesselt ist.«

Als Tresham zu sich kam, glühte er am ganzen Leib vor Schmerzen. Das schönste Mädchen, das er je gesehen hatte, wischte ihm mit einem Schwamm das Blut vom Kopf. Es fühlte sich an, als sei da ein gewaltiges Loch. Die rasenden Schmerzen in der Leistengegend verursachten ihm Übelkeit.

Das Mädchen nahm den Schwamm weg und sprach ruhig auf ihn ein. »Ich glaube, ich werde nicht versuchen, die Schmerzen da unten zu lindern«, sagte sie. »Seht mich an.«

Er tat es. Ihre Augen waren die erstaunlichsten tiefblauen Seen, die er je gesehen hatte, und sie brannten mit einer Intensität, die ihn an die kältesten, sternenklarsten Nächte denken ließ.

»Ich gebe Euch einen guten Rat. Legt Euch nicht mit ihm an. Weder hier noch anderswo. Er wird gewinnen, und Ihr werdet sterben. Hört auf mich: Tut, was er sagt, und Ihr bleibt vielleicht am Leben.«

Sie legte den blutigen Schwamm in einen groben Holzeimer und trat aus dem Lichtschein heraus. War er im Himmel oder in der Hölle? Und war dieses erstaunliche Wesen ein Engel oder ein Teufel?

»Was wollt Ihr?«, fragte Tresham benommen.

»Sollen wir noch einmal von vorne anfangen?« Es war dieselbe Gestalt, ganz in Schwarz, und sie saß an demselben Tisch, der wieder an genau dieselbe Stelle gerückt worden war. Aber diesmal standen eine silberne Kanne und zwei Kelche auf dem Tisch, und der köstliche Duft fruchtigen Weines stieg ihm in die Nase. Tresham kam der irre Gedanke, der

Mann müsse gewusst haben, dass er den Tisch umstoßen würde, und habe deshalb den Wein erst hingestellt, nachdem das erste, lästige kleine Kräftemessen vorüber war und sie endlich zur Sache kommen konnten. Eine andere Art von Angst begann durch seine Adern zu fließen, eine so heftige, würgende Angst, dass sie den körperlichen Schmerz in den Hintergrund treten und ganz unbedeutend erscheinen ließ.

»Guido oder Guy Fawkes. Robert – oder Robin, wie er bisweilen genannt wird – Catesby. Thomas Percy. Thomas Wintour. Robert Wintour. John Grant. Kit Wright. John Wright. Robert Keyes.«

Plötzlich war der Schmerz wieder da.

»Wollt Ihr nicht herkommen und Euch an den Tisch setzen? Und ein wenig Wein mit mir trinken? Ihr seid nicht gefesselt.«

Das Selbstbewusstsein, die unglaubliche Arroganz dieses Mannes. Soweit Tresham erkennen konnte, war außer ihnen nur die Frau im Zimmer, sie saß in einer Ecke. Sie hatten ihm nicht einmal sein Schwert und seinen Dolch abgenommen. Die Einsicht, dass er geschlagen war, überkam Tresham mit überwältigender Intensität. Er raffte sich auf und schnappte gleich nach Luft, als das Blut in seinen ramponierten Schädel strömte und sein Gehirn und seine Weichteile mit Nadelstichen übersäte.

»Was wollt Ihr? Wer seid Ihr?«

Tresham wusste, dass seine Fragen mehr und mehr wie eine erbärmliche Litanei klangen.

»Ich will Euch.« Gresham sprach den Satz aus, als sei es die einfachste Sache der Welt. »Ich weiß, dass eine Gruppe von Männern etwas Schlimmes plant und dass diese Männer Euch zu ihren Freunden zählen. Ich glaube, dass Ihr entweder davon wisst oder in der Lage seid, es herauszufinden. Und ich weiß, dass Euch schon jetzt Ruin und Strafverfolgung drohen, weil Ihr zu oft in Konflikt mit dem Gesetz geraten seid, sodass man Euch mit dem, was diese Freunde im Schilde führen, in Verbindung bringen wird, ob Ihr nun daran beteiligt seid oder nicht. Ihr seid ein sehr einsamer Mann, Francis Tresham.«

Er hielt kurz inne.

»Und Ihr seid ein Narr. Ihr seid jeder Mode und jeder Neuheit nachgelaufen, die diese Welt zu bieten hatte, ohne Nachdenken, ohne Gespür und ohne Feingefühl. Ihr habt Euer Leben gelebt, als ob das Leben überhaupt nur für Euch und Euer Vergnügen geschaffen sei.«

Tresham hob verblüfft die Augen.

»Zugegeben, Ihr scheint Eure Frau so sehr zu lieben wie nur irgendeinen Menschen außer Euch selbst, aber auch das ist nicht viel. Ich glaube, Ihr seid ein geborener Verräter. Ein Spitzel. Ein Doppelagent ...«

»Mein Vater war ein aufgeblasener alter Narr.« Trotz und brutale Arroganz sprachen aus Treshams Blick. Und auch die Fähigkeit, sehr schnell wieder auf die Beine zu kommen. »Er hat tausende in protzige Bauten gesteckt. Was ist schon dabei, wenn ein Teil von diesem Geld abgezweigt wurde, damit ich auch ein bisschen protzen konnte? Immerhin bin ich ein lebendiges Wesen und nicht ein Haufen kalter und lebloser Steine! Seinetwegen habe ich keine Schuldgefühle.«

»Davon bin ich überzeugt«, sagte Gresham. »Aber jetzt werdet Ihr für mich zum Verräter werden.«

»Und weshalb sollte ich das?«

»Aus Eigeninteresse, wie alles, was Ihr im Leben tut. Denn wenn ich weiß, dass Eure Freunde etwas sehr Gefährliches vorhaben, dann werden es andere auch wissen, und Ihr seid zu egoistisch, als dass Ihr Euch mit ihnen ins Verderben stürzen wollt. Und weil ich Euch einen Haufen Geld geben werde. Und weil ich Euch töten werde, wenn Ihr es nicht tut.«

»Wie viel Geld?«

Gresham sagte es ihm. Seine Augen wurden riesengroß.

»Könnt Ihr mir beweisen, dass Ihr so viel Geld habt?«

Gresham warf einen Geldbeutel auf den Tisch, der unter dem Gewicht erzitterte. Tresham öffnete ihn und ließ die Goldmünzen durch seine Finger rinnen. Gresham spürte Janes Missbilligung in seinem Rücken, ohne dass sie etwas sagen musste.

»Musst du unbedingt einem solchen … *Widerling* dein gutes Geld in den Rachen werfen?«, hatte Jane gefragt. Sie hatte sich nie wirklich an Greshams Reichtum gewöhnt und auch nie so recht wahrhaben wollen, dass er tatsächlich so viel besaß. Er betrachtete Geld als Werkzeug. Sie sah es als Sicherheit an.

Das Gold hatte Tresham geholfen, seine Gedanken zu sammeln. Vielleicht war hier wirklich etwas zu holen, über das bloße Überleben hinaus.

»Wenn meine … Freunde so indiskret sind, wie Ihr behauptet, was ist dann, wenn ihr Schiff auf Grund läuft und sinkt, während ich noch an Bord bin?«

»Wenn nötig, werdet Ihr aus dem Tower herausgeholt und nach Frankreich gebracht.«

»So etwas könntet Ihr tun?« Ungläubiges Staunen ließ Treshams Stimme stocken. Das schiere Gewicht des Goldes hatte ihn geschockt.

»Ja. Genug gefeilscht. Wie viel wisst Ihr bereits über die Pläne Eurer Freunde?«

Es gibt Momente im Leben, da von einem bestimmten Ort viele Wege abzweigen und die Entscheidung, welchen Weg wir einschlagen sollen, Konsequenzen nicht nur für das Leben eines einzigen, sondern tausender und abertausender von Menschen hat. Kaum ist die Wahl gefallen, nimmt die Geschichte unaufhaltsam ihren Lauf in diese eine Richtung, und schon erscheint dieser Weg als der einzig richtige, diese Wahl als die unvermeidliche. Doch es gibt noch unzählige andere Wege, und wäre da nicht diese eine Entscheidung gewesen, dieser eine Moment, als die Zeit still zu stehen schien, dann wäre das scheinbar Unausweichliche nie eingetreten. Ohne dass es ihm klar war, ohne dass er auch nur einen Bruchteil all der denkbaren Wege erkennen konnte, wählte Francis Tresham dort in jener schäbigen Hütte seinen Weg und damit die Richtung für zahllose andere Seelen. Kein Priester war zugegen, die Handlung zu weihen und zu segnen, kein Ritual ummantelte die Tat oder spendete Trost, kein Schreiber stand bereit, eine geschönte Version der Ereignisse für kommende Generationen zu Papier zu bringen. Da war nur ein schwarz gekleideter Mann mit einer feinen weißen Halskrause und durchdringenden Augen.

Tresham lehnte sich zurück und griff nach dem Wein, wie um Gresham zu provozieren.

»Ich weiß, dass Robin Catesby mit dem Gedanken spielt, die Regierung abzuschaffen und England unter katholische Herrschaft zu bringen. Er und die anderen sprechen schon seit Jahren davon. Wir alle haben davon gesprochen. Aber getan haben wir nichts. Bis jetzt. Diese Namen, die Ihr erwähnt habt – sie haben sich getroffen, allesamt, und noch öfter als sonst. Es wird geredet, es gibt Gerüchte. Was immer es ist, die Weiber sind darüber jedenfalls in heller Aufregung, und die Priester schauen drein, als sei gerade eine Frau zum Papst gewählt worden. Ich weiß keine Einzelheiten. Catesby hat mich schwören lassen, dass ich nichts verrate. Er sagte, es sei sicherer, wenn ich erst gar nichts wüsste, was man mir durch Folter entlocken könnte, aber meine Zeit würde noch kommen. Er sagte, er müsse mich warm halten für das Feuer, das später ausbrechen würde. Ich glaube, er ist meinetwegen beunruhigt.«

»Wollt Ihr sagen, dass Eure Freunde Euch nicht für vertrauenswürdig halten?«

Tresham zuckte unbekümmert mit den Schultern.

Ein interessanter junger Mann, dachte Gresham. Nicht ohne Schneid – der Trick mit dem Tisch hätte bei einem unerfahreneren und langsameren Gegner durchaus funktioniert. Der Schlag auf den Kopf und der Tritt in die Zukunftsaussichten des nächsten Tresham-Erben mussten ihm noch immer beträchtliche Schmerzen bereiten, genau wie der Schock der Erkenntnis, dass sein Geheimnis in den Händen eines potenziellen Feindes war – und dennoch hatte er sich rasch wieder gefangen und war ganz bei der Sache. Er versuchte es gar nicht erst mit emotionsgeladenen Appellen oder mit Ausreden. Er war der reinste Abschaum, dachte Gresham. Ein Will Shadwell mit Geld und einem Anflug von Kultur. Ein Abenteurer, ein Lüstling.

»Woher weiß ich, dass Ihr mir den Rest auszahlen werdet?«

»Das werde ich«, antwortete Gresham. »Es steht ebenso fest, dass ich Euch bezahlen werde, wenn Ihr für mich spioniert, wie es feststeht, dass ich Euch töten werde, wenn Ihr es nicht tut. Und überhaupt, im Evangelium steht, dass sogar Judas seinen Lohn erhielt.«

Wie würde er diesen Seitenhieb aufnehmen?

Tresham blinzelte, doch er hatte sich schnell wieder gefangen. »Ohne Judas hätte Christus vielleicht überlebt. Und wäre es so gekommen, dann müssten wir auf all die Bischöfe und Prälaten verzichten, die die Welt je gesehen hat. Wie hätten wir ohne diesen Trost überhaupt leben können? Vielleicht war ja sogar Judas vom Himmel gesandt.«

Auch noch schlagfertig, dachte Gresham, wenn auch auf eine etwas unbeholfene Art. Sein Opfer fuhr fort:

»Wer seid Ihr? Für wen arbeitet Ihr? Seid Ihr einer von Cecils Leuten?«

»Passt nur auf«, warf Jane aus ihrer Ecke ein, »wenn Ihr nicht noch ein zweites Loch im Kopf riskieren wollt, und noch mehr obendrein!«

»Nein«, sagte Gresham, »ich gehöre nicht zu Cecils Leuten. Ich bin jemand, der Ströme von Blut auf die Köpfe der Unschuldigen wie der Schuldigen herabregnen sieht. Ich kann diesen Blutstrom nicht unterbinden. Ich kann ihn aber vielleicht eindämmen.«

»Wie kann ich das wissen? Ihr verlangt von mir, dass ich Euch mein Leben anvertraue, ohne mir auch nur einen Namen zu nennen, den ich ausrufen könnte, sollte ich in Ausführung Eures Willens sterben.«

»Dann sorgt Ihr am besten dafür, dass Ihr nicht sterbt. Und dass Ihr mich nicht betrügt. Wer das versucht, tut sich nichts Gutes an.«

»Das glaube ich wohl. Was verlangt Ihr von mir, wenn ich aufgefordert werde, bei dem Vorhaben mitzuwirken? Soll ich nur meine Freunde verraten? Oder jemanden töten?« Weder die eine noch die andere Aussicht schien Francis Tresham sonderlich zu beunruhigen.

»Eure Freunde haben sich schon selbst verraten. Ich fürchte, sie sind genau wie Ihr – Todeskandidaten, die nur noch darauf warten, dass der Henker die Axt herabfallen lässt. Im Übrigen will ich von Euch Informationen.« Gresham hätte gerne hinzugefügt, dass – was immer er verlangen und erhalten mochte – sein Ziel stets sein würde, so wenige Menschenleben wie möglich zu riskieren. Das würde die Sache für Tresham vielleicht weniger attraktiv machen. Er behielt es für sich.

»Da ist etwas, das ich noch nicht erwähnt habe«, sagte Tresham. Wieder hatte er eine Entscheidung gefällt. Mit erschreckender Schnelligkeit hatte er sich an die neuen Umstände angepasst. »Man hat mich für nächste Woche zum Essen mit Robin Catesby bestellt. In William Patricks Wirtshaus The Irish Boy am Strand.«

»Wer kommt sonst noch?«

Tresham ratterte einige Namen herunter. Darunter waren Ben Jonson, der Dramatiker, und der katholische Peer Lord Mordaunt.

»Es wird noch ein weiterer Gast anwesend sein. Ich selbst.«

»Wie das? Wollt Ihr, dass ich um eine weitere Einladung nachsuche?«

»Nein. Wie ich dorthin komme, ist mein Problem. Von Euch wird nichts weiter verlangt, als dass Ihr Euch während des Essens nicht anmerken lasst, dass Ihr mich kennt. Dieser Catesby«, sagte Gresham, »beschreibt ihn mir.«

Mannion eskortierte Tresham zurück zu seiner Wohnung. Er folgte ihm im Abstand von wenigen Schritten. Francis Tresham war plötzlich zu einem sehr wertvollen Gut geworden. Gresham blieb zu Hause bei seinem anderen wertvollen Gut.

»Ich hatte Recht«, sagte Jane. »Mir hat er ganz und gar nicht gefallen.« Zum Abschied hatte er Jane lüsterne Blicke zugeworfen. »Mir graut bei dem Gedanken, als Frau in seiner Gewalt zu sein.«

Gresham musste Catesby unbedingt persönlich kennen lernen. Der Mann, den seine Informanten beschrieben hatten, der Mann, den Francis Tresham ihm geschildert hatte, war eine überlebensgroße Figur, ein besessener Prediger, der die Macht besaß, die Menschen von ihren Sitzen zu reißen und sie unter das Joch seiner Sache zu zwingen. Aber Gresham hatte solche Leute kennen gelernt, die sich dann als reine Scharlatane erwiesen hatten; Leute, denen ihre großen Reden bei der ersten Begegnung mit der Wirklichkeit im Hals stecken blieben. War Catesby so ein Mensch – einer, der ein gewaltiges Netz von Intrigen spann, um seinen überdimensionierten Stolz zu befriedigen, ein tönendes Erz, aber innen hohl und ohne Substanz? Oder war er wirklich in der Lage, einen Aufstand zu inszenieren, die etablierte Regierung von ihrem sicheren Sitz zu stürzen und in einem tosenden Meer von Rebellion und Unruhen versinken zu lassen?

Gresham musste diesen Catesby sehen, er musste ihn treffen, musste den Mann leibhaftig vor sich sehen, um zu wissen, mit wem er es zu tun hatte.

Und so würde also ein zusätzlicher Gast an der Tafel im Irish Boy Platz nehmen.

Robert Catesby wartete vor Harrowden House. Sein Pferd war nervös, es schüttelte den Kopf und scharrte mit den Hufen. Es schien, als könne das Tier die Unruhe seines Herrn spüren. Tom Bates sah Catesby fragend an. Wünschte sein Herr, dass er das Pferd im Hof herumführte? Catesby schüttelte den Kopf.

Everard Digby brauchte unerhört lange, um sich von Frau und Kindern zu verabschieden, dachte Catesby. Es war ja nicht so, als würden sie bis ans Ende der Welt reiten. Von Harrowden bis Gayhurst waren es nur etwa fünfzehn Meilen. Sie hatten sich alle in Harrowden versammelt, die beiden Vaux-Frauen, der neue Lord Vaux, die anderen Frauen, die Priester und jede Menge weiteres schwatzhaftes Volk. Sie hielten ihn für hitzköpfig und unbesonnen, aber er war so vernünftig gewesen einzusehen, wie gefährlich solche Versammlungen waren, zumal so kurz nach der Pilgerfahrt nach Flintshire. Jeder hatte sie sehen können, wie sie durch die walisischen Marken gezogen waren.

Digby – Sir Everard Digby – war ebenfalls in Harrowden dabei gewesen, weshalb Catesby sich selbst eingeladen hatte, an der Versammlung teilzunehmen. Doch die Gelegenheit, Digby allein zu erwischen, um ihm den Plan darzulegen, und die entscheidende Rolle, die Digby darin spielen sollte, hatte sich einfach nicht ergeben. In seiner Verzweiflung hatte Catesby angedeutet, wie sehr die Gesellschaft einen Aufenthalt auf Gayhurst, Digbys Wohnsitz, genießen würde, da doch Harrowden in einem so schlechten Zustand sei. Als der stets arglose Digby mit seinem üblichen Enthusiasmus zugestimmt hatte, war es für Catesby ein Leichtes gewesen vorzuschlagen, die beiden alten Freunde könnten doch voranreiten, um zu sehen, ob in Gayhurst – oder Gothurst, wie es zuweilen genannt wurde – alles zum Empfang der neuen Gäste bereit war.

Catesby sah alle Menschen durch den Spiegel seiner eigenen Seele. Jahrelang hatte er erlebt, wie er mit seinem Charisma und seinem Charme die Zurückhaltung und die Bedenken von Männern und Frauen untergraben konnte, ganz gleich wie sehr sie sich dagegen sträubten, und wie sie dadurch zu Wachs in seinen Händen wurden. Den größten Teil seines Lebens hatte er es als ein Spiel angesehen, die Menschen in das Netz seiner Persönlichkeit zu locken, als einen Zeitvertreib, vergleichbar mit der Jagd, dem Glücksspiel oder – in jüngerer Zeit – der Eroberung einer schönen Frau.

Aber bei den Letzten der von ihm angeworbenen Mitverschwörer hatte er kein gutes Gefühl. Francis Tresham war ein ungestümer, jähzorniger Kerl, ein Mann, dem es an einer echten Überzeugung fehlte, an der Catesby ihn hätte packen können. Doch andererseits hatte Catesby immer schon gewusst, dass Tresham beim Tode seines Vaters ein großes Vermögen zufallen würde, was ihn von Anfang an zu einem begehrenswerten Kandidaten gemacht hatte. Nun, in London und später in Clerkenwell würde er alles klarmachen. Die Geldnot war zu akut, als dass man noch länger hätte warten können, und wenn Tresham einmal seinen Eid geleistet hätte wie all die anderen, würde er durch einen Verrat zu viel zu verlieren haben.

Bei Everard Digby lagen die Dinge etwas anders. Catesby brauchte ihn nicht nur wegen seines Geldes, sondern auch wegen seiner Persönlichkeit. Einer von Digbys Vorzügen war seine Unbedarftheit, ein anderer sein solider protestantischer Hintergrund. Er war von dem Priester Gerard bekehrt worden, der sich nicht nur wie ein Gentleman benahm und kleidete, sondern, so meinte Catesby, sich auch für einen solchen hielt. Pater Gerard hatte Digby irgendwie drangekriegt, als dieser krank gewesen war; er hatte seine panische Angst ausgenutzt, um ihm den rechten Pfad zu weisen. Amüsanterweise hatte er Digbys Frau Mary ganz unabhängig von ihm bekehrt, ohne dass einer der beiden Ehepartner von der Konversion des anderen gewusst hätte. Es war typisch für Gerard, dass er ihnen die Information vorenthalten und sich dann an ihren bestürzten Reaktionen ergötzt hatte, als sie die Wahrheit entdeckten.

Es war diese leuchtende Unschuld, diese gesunde Natürlichkeit, die Catesby brauchte. Everard war bei Hofe nicht nur bekannt, er wurde als einer der aufsteigenden Sterne der Hofgesellschaft gefeiert. Er sah aus wie ein Gott, und er ritt, als sei er bereits im Sattel zur Welt gekommen. Er war ein exzellenter Fechter und nach allgemeiner Bekundung ein begnadeter Musiker, wenngleich Catesby an der letztgenannten Kunst nie hatte Geschmack finden können. Irgendjemand musste Coombe Abbey belagern und Prinzessin Elisabeth entführen. Wenn ein verlotterter Tom Wintour, ein John Grant mit seinem Gesicht, das geradewegs aus der Hölle zu kommen schien, oder ein besoffener Thomas Percy in Coombe House eindringen sollten, um die Prinzessin zu rauben, dann würden die Bediensteten wohl eher bis zum Umfallen kämpfen, als dass sie das einzig Richtige täten und sich ergäben, bevor irgendjemand zu Schaden kam, da sie glauben müssten, ihr letztes Stündlein habe ohnehin geschlagen. Schließlich war Prinzessin Elisabeth noch ein Mädchen, und wenn sie ihr zu viel Angst einjagten, konnte es zu allerhand Komplikationen kommen. Stürzten sich Mädchen, die ihre Tugend in Gefahr sahen, nicht mit Vorliebe von hohen Mauern? Jedes Mädchen, das seine Sinne noch einigermaßen beisammen hatte, musste wissen, dass es mit mehr als bloß einem freundlichen Händedruck rechnen musste, wenn es Wintour, Grant oder Percy auf sich zustürmen sah. Doch wenn Digby der Angreifer war, würde es vielleicht erst gar keinen Kampf geben. Er war ein Liebling der Hofgesellschaft, ein Ritter und einer der neuen

Leibgardisten des Königs, bekannt als treusorgender Familienvater und zudem mit einem Gesicht gesegnet, das einen rasenden Stier besänftigt hätte. Eine Prinzessin Elisabeth, die von einem Schwert durchbohrt war oder tot in einem Burggraben lag, war für Catesby und für den Katholizismus absolut nutzlos. Mehr noch, Digby würde es mit seinem Charme vielleicht sogar gelingen, die Wahrheit über das, was ihren Eltern zugestoßen war, für ein paar entscheidende Stunden von ihr fern zu halten. Und das wäre noch viel wahrscheinlicher, wenn Digby selbst die Wahrheit nicht kannte – oder jedenfalls nicht die volle Wahrheit.

Warum sollte Digby eine wunderschöne Frau, eine prächtige Familie und eine Zukunft, wie sie nur wenigen im Lande blühte, aufgeben, um sich einer wilden Verschwörung anzuschließen? Catesby lächelte still in sich hinein, als Digby, dessen Pferd schon unten wartete, die Treppe hinuntergestürzt kam, überquellend von Entschuldigungen und Anweisungen an seine Männer. Hinter der lieblichen Unschuld, die alle Welt in Sir Everard Digby sah, erkannte Catesby eine sture Entschlossenheit und Hartnäckigkeit, wenn es um Fragen der Religion ging.

Sie ritten über die verlassene Landstraße davon, gefolgt von Tom Bates, der sich wohlweislich stets außer Hörweite hielt. Für eine Weile ließen sie den Pferden ihren Willen. Es war, als könnten die Tiere es gar nicht erwarten, die Untätigkeit der Nacht im Stall abzuschütteln; ihr donnerndes Hufgetrappel fegte die Spreu von ihren Gliedern und rüttelte die letzten Überreste der Nacht aus den Knochen ihrer Reiter.

»Digby, alter Freund, würdest du mir einen Gefallen tun?«

Sie hatten am Ufer eines Bächleins Halt gemacht, das derzeit nur ein dünnes Rinnsal war, sich in einem Monat jedoch in einen rauschenden Sturzbach verwandelt haben würde.

»Ich würde mein Leben hingeben, um dir einen Gefallen zu tun, Robin. Das weißt du.«

»Willst du mir einen Eid auf deine Verschwiegenheit ablegen? Willst du bei allem, was heilig ist, und bei allem, was dir heilig ist, schwören, nie einer Menschenseele zu verraten, was ich dir jetzt sage?«

Das Lächeln, das sonst stets auf Everard Digbys jugendlichem Gesicht strahlte, war verschwunden. Der unerhört gesunde, rosige Teint zierte noch immer sein Gesicht, ein Gesicht, das vor Freude und Zufriedenheit gestrahlt hatte ob seines edlen Reittiers, des herrlichen Oktobermorgens und der Begeisterung über den Ritt mit seinem Freund. Ein verunsichertes Stirnrunzeln ließ ungewohnte Falten auf seinem Antlitz erscheinen.

»Ich schwöre es. Du hast mein Wort als Gentleman. Aber wieso …«

»Ich habe dich gebeten, einen einfachen körperlichen Eid abzulegen, alter Freund. All die anderen, die mir ihre Verschwiegenheit geschworen haben, mussten ihren Eid mit dem Heiligen Sakrament besiegeln. Es ist ein Zeichen für mein Vertrauen in dich, der du mir schon immer sehr viel bedeutet hast, dass ich von dir nur dein Wort als Gentleman brauche. Hier …« Catesby zog seinen Dolch aus dem Gürtel. Der mit feinen silbernen Einlegearbeiten verzierte Griff formte mit der Klinge das Zeichen des Kreuzes. »Schwöre auf diesen Dolch. Schwöre, dass du das Geheimnis wahren wirst. Schwöre, dass du schweigen wirst.«

Sie gaben ein sonderbares Bild ab an jenem schönen Oktobermorgen, die zwei Gentlemen auf ihren edlen Rössern, deren Gestalten sich scharf vom Horizont abzeichneten. Ihr luxuriöses Leben musste für einen Bauern, der sie zufällig so erblickte, ein unergründliches Rätsel sein; er würde glauben, die beiden Herren tauschten Witze aus oder erlaubten sich irgendeinen Spaß, während sie ihre Pferde dort am Wasser ausruhen ließen.

»Ich schwöre«, sagte Digby. Er war jetzt nervös, doch er

legte die Hand auf den Griff des Dolches. Wie kalt er sich anfühlte.

Die beiden ritten weiter, Bates wie immer ein Stück hinter ihnen.

»Glaubst du an mich? Glaubst du, dass ich Dinge sehe, die andere nicht sehen können, dass ich Dinge verstehe, die andere nicht verstehen können? Glaubst du das?«

»Aber ja, natürlich ...« Digby schien verstört, beunruhigt. »Du weißt, dass ich immer zu dir aufgeblickt habe, mehr als zu irgendjemand sonst, Robin. Habe ich nicht als einer der Ersten erkannt, dass du etwas Besonderes bist, und es dir auch gesagt?«

Catesby streckte eine Hand aus und hielt Digbys Pferd an. Es schnaubte und ruckte gereizt mit dem Kopf auf und ab.

»Digby, ich bin ein Bote Gottes. Das weiß ich schon seit Jahren. Gott wirkt durch mich. Verstehst du das? Glaubst du an mich?«

Er war so stehen geblieben, dass er die Sonne direkt im Rücken hatte, und vielleicht waren das drohende Sommergewitter und die hohe Luftfeuchtigkeit verantwortlich für die schwach schimmernde Aura, die Catesbys Kopf und Schultern umhüllte.

Everard Digby spürte, wie die heißen Tränen unter seinen Augenlidern brannten, und eine Mischung aus Verlegenheit, Angst und ehrfürchtiger Bewunderung schien ihm die Zunge zu lähmen.

»Ich ... ich glaube an dich, Robin. Du bist dir immer so sicher gewesen, hast immer gewusst, was richtig war ... ja, vielleicht ist es wirklich Gott, den ich aus deinem Mund sprechen höre ... Ich ... ich ...« Die heißen Tränen durchbrachen die letzte Barriere und strömten über sein Gesicht.

»Schsch«, sagte Catesby und legte Digby sanft die Hand auf den Mund, wie ein liebevoller Vater, der ein kleines Kind tröstet. »Sei still, und hör mir zu. Wir planen, den König und seine Lakaien zu vernichten. Wir haben Schießpulver unter dem Oberhaus des Parlaments gelagert, scharf und jederzeit zündfertig. Am Tag der Parlamentseröffnung, wenn der König und sein Thronfolger, wenn Cecil und seine Leute, wenn alle, die den wahren Glauben unterdrückt haben, unter einem Dach versammelt sind, dann werden wir ein Feuer entfachen, das nicht mehr erlöschen wird, bis Gottes Herrschaft in England wiederhergestellt ist. Wir werden sie allesamt zur Hölle jagen. Zugleich mit der großen Explosion werden wir Prinzessin Elisabeth entführen, wir werden durch die Midlands und den Westen reiten und zu den dreihundert, die wir schon beisammen haben, noch tausende Mann zusätzlich rekrutieren. Percy wird seine Truppen aus dem Norden herbeiführen, die spanischen Truppen in Dover werden aus ihrem Müßiggang erwachen und nach Rochester marschieren, um die Themse abzuriegeln und damit Londons Lebensader abzubinden. Aus dem Süden werden die Katholiken von ganz Europa heranrücken …«

Es ist zweifelhaft, ob Digby nach der Hälfte von Catesbys Rede überhaupt noch zuhörte. Die Farbe wich aus seinem Gesicht. Seine Hände hielten die Zügel so krampfhaft gepackt, dass das Pferd sich protestierend aufbäumte und ins Straucheln geriet. Doch es war nicht die Bewegung des Tieres, die ihn zwang, sich mit einer Hand am Sattelknauf festzuhalten, sondern die plötzliche Welle von Übelkeit und Panik, die ihn erfasste. Stockend brachte er seine Erwiderung hervor.

»Das ist … ungeheuerlich und unglaublich. Es ist eine furchtbare Sache … eine furchtbare Sache. Du bittest um meine Unterstützung …«

»Ich *verlange* deine Unterstützung.« Catesby beugte sich zu seinem Freund herüber, das Kinn entschlossen vorgereckt, und seine Stimme wurde immer heftiger und eindringlicher. »Das ist keine wirre Idee! Das ist kein Kinderspiel, sondern Gottes Werk! Ich weiß es! Es wird ein gewaltiger Schlag, der bis hoch in den Himmel und bis in die Tiefen der Hölle widerhallen wird! Bei dieser Sache darf niemand am Rande stehen und zuschauen. Entweder bist du dabei, oder du bist ein Feigling. Bist du ein Feigling?«

Digby war zu jung und zu wenig mit den harten Realitäten der Welt vertraut, um zu erkennen, dass der Vorwurf der Feigheit ein Trick war, der ihn vom Nachdenken abhalten sollte.

»Ich bin kein Feigling!« Die Worte entrangen sich ihm wie der Schrei eines Ertrinkenden am Grunde eines tiefen Brunnens. Catesby ließ ihm keine Zeit, in seiner Entschlossenheit nachzulassen.

»Dann wirst du dich uns anschließen? Du wirst dein Leben für deinen Glauben riskieren? Für den Glauben, den du erst vor so kurzer Zeit gefunden hast? Oder wirst du ihn ebenso leicht wieder aufgeben, wie du ihn angenommen hast? Bist du ein Christ, oder betest du bloß am Altar der Bequemlichkeit, sprichst die Worte nach und leugnest zugleich die Verpflichtung, die der Glaube bedeutet? Ist dein Glaube echt, oder ist er eine billige Fälschung?«

Eine kleine Träne formte sich in Everard Digbys rechtem Auge und rollte langsam über seine Wange. Der Wind zerrte daran, ließ das Tröpfchen, das an seiner Haut klebte, erzittern.

»Muss ich mich anschließen, Robin? Muss ich das wirklich tun?«

»Wenn du ein Christ bist, dann musst du es tun. Wenn du ein Feigling bist, dann tu gar nichts, außer das Geheimnis für dich zu behalten. Lass die Männer alles für die Gerechtigkeit und ihren Glauben aufs Spiel setzen, während die Kinder hübsch zu Hause bleiben.«

Ob die spitze Bemerkung saß, war kaum an Digbys Gesicht abzulesen – so rund, so unschuldig und so kummervoll wie das eines kleinen Jungen, dem man gesagt hat, dass Weihnachten dieses Jahr ausfallen wird. Es war ein Gesicht, welches das Herz eines Teufels erweicht hätte – aber nicht das des Teufels, der geschickt worden war, Sir Everard Digby auf seinem einsamen Weg in die Verdammnis zu begleiten, des Teufels, der den Namen Robert Catesby trug.

»Ich bin kein Feigling und auch kein kleiner Junge. Wenn ich mich anschließen muss, dann werde ich es eben tun und mich an eurem höllischen Plan beteiligen, und Gott steh mir und meinen Lieben bei.« Er bemühte sich, würdevoll zu klingen, doch es wirkte lediglich Mitleid erregend.

Aber du hast nicht gesagt, dass du dich uns anschließen *wirst*, dachte Catesby. Und ich brauche dich. Ich brauche deinen Reichtum, ich brauche deine Pferde, und ich brauche deine Ritterlichkeit und deine Verbindungen zum Hof, damit die Prinzessin schön brav mitkommt und es kein zweites Blutbad gibt. Sie ritten schweigend weiter. Catesby beherrschte die Kunst, im richtigen Moment zu sprechen, aber auch im richtigen Moment zu schweigen.

»Was ist mit unseren Freunden, Robin? Was ist mit den katholischen Lords? Sollen sie denn auch in die ewige Verdammnis gejagt werden, zusammen mit unseren Feinden? Wie kann Gott ein solches Verbrechen verzeihen?«

»Beruhige dich, dafür ist gesorgt. Diejenigen, die es wert sind, werden verschont, ohne dass sie je erfahren, wie oder warum sie gerettet wurden. Wir haben lange darüber nachgedacht, und wir brauchen dich.«

»Was ist mit den Priestern? Was sagen sie dazu? Wie kann ein Priester seinen Segen zu einem Massenmord geben?«

»Die Priester sind eingeweiht. Sie haben die Sache gutgeheißen«, log Catesby. Vielleicht hatte ein Priester unter dem Siegel des Beichtgeheimnisses davon erfahren, aber das bedeutete nicht, die Tat gutzuheißen, sondern lediglich anzuerkennen, dass dieses Geheimnis unantastbar war, dass nichts den Bund brechen konnte, den es zwischen einem Gläubigen, seinem Priester und seinem Gott stiftete. Wie konnte er verhindern, dass der junge Einfaltspinsel zu Pater Garnet rannte und ihm alles beichtete? Garnet würde das ihm Anvertraute nicht direkt verraten, doch er könnte Maßnahmen ergreifen, um Catesby die Hilfe aus Europa vorzuenthalten, von welcher der Erfolg seiner Rebellion abhing.

»Wenn wir bei dir zu Hause ankommen, zeige ich dir die Texte, die erklären, weshalb unser Vorhaben ein notwendiges Übel ist. Die Heilige Schrift hat schon immer Akte der Gewalt gegen die Heiden zugelassen – sollten denn etwa die Unschuldigen auf den Mauern von Jericho vom Zorn des Herrn verschont bleiben? Sollten die Philister über das Volk Gottes und seine Truppen triumphieren dürfen? Hat nicht der Papst den Tod dieser Hure Elisabeth sanktioniert, als sie sich gegen das Volk Gottes erklärte?«

Catesby beugte sich wieder herüber und zog die Zügel von Digbys Pferd an. In der Ferne war bereits Gayhurst zu sehen – eine Rauchfahne und ein Haufen zusammengedrängter Gebäude.

»Du weißt, was uns droht. Willst du, dass deine Kinder ihren Vater beerben können? Oder willst du, dass unsere Sache untergeht, dass unsere Leute in bittere Armut gestürzt werden und unser Glaube in Staub und Schmutz getreten wird? Dann tu nichts. Oder erhebe dich gegen den Lauf des Schicksals und kämpfe. *Kämpfe wie ein Mann.*«

Sir Everard Digby blickte auf das Heim seiner Frau und seiner Kinder, den Schauplatz seiner idyllischen Ehe, eines Lebens, das in seinen Augen so annähernd vollkommen war, wie es die Zeitumstände nur zuließen. Dort in den Mauern von Gayhurst lag eine Zukunft, die selbst der Hölle Erlösung zu bringen vermochte, die ein Lächeln auf das Antlitz des Universums zaubern konnte. Sollte er all das in einem einzigen schicksalsträchtigen Wurf aufs Spiel setzen? War das seine Pflicht? War es sein Los, nunmehr zu leiden, da er in seinen jungen Jahren so vom Glück gesegnet gewesen war?

Er wandte sich an seinen Freund.

»Du sagst, die Priester wissen Bescheid? Sie haben zugestimmt? Und du wirst mir diese Textstellen zeigen?«

Jetzt habe ich dich, triumphierte Catesby. Ich habe dich und deine schönen Pferde, dein Geld und deine höfischen Manieren. Jetzt gehörst du mir.

»Das werde ich, Everard. Bei meinem Leben und meiner Seele, das werde ich.«

Er setzte eine ernsthafte Miene auf, wie sie einem Mann mit einer wichtigen Mission anstand, und verbarg sein Triumphgefühl. War es vielleicht ein besonderes Vergnügen, einen Mann seiner schönen Frau und seinen prächtigen Söhnen zu entreißen und diese Frau mitsamt ihrem Nachwuchs der Gefahr und dem völligen Untergang auszusetzen? Digby war allzu glücklich gewesen, dachte Catesby. Kein Sterblicher verdiente ein solches Glück, das war nicht der Lauf der Welt. Schmerz, Leid und Entbehrungen, das war der Lauf der Welt. Der Schmerz, das Leid und die Entbehrungen, die alle Welt erfahren mussten, bevor das Reich Gottes seine Pforten öffnete. Er tat Everard Digby einen Gefallen, indem er ihn in die Hölle auf Erden stürzte. Das würde ihm seinen Platz im Himmel sichern.

Ben Jonson hielt Hof in der Mermaid Tavern; sein Audienzzimmer war die Schankstube und sein Hofstaat eine vielköpfige Schar von Schauspielern und Dichtern, die ihn anhimmelten, und dazu eine nicht minder große Schar von Möchtegern-Schauspielern und Möchtegern-Dichtern. Doch das Mermaid war ein viel zu öffentlicher Ort für einen Mann, der angeblich gar nicht in London weilte. Als Alternative bot sich Jonsons Quartier an.

Jonson hatte Geld. Seine Zusammenarbeit mit Inigo Jones brachte ihm neuerdings fette Bezüge vom Hof ein. Gresham bezweifelte allerdings, dass die Einnahmen seines Freundes je seine Ausgaben übersteigen würden. Seine Unterkunft lag in einer kleinen Seitenstraße, weit entfernt von irgendwelchen feineren Gegenden, aber erfreulicherweise ganz in der Nähe von Alsatia. Es war nicht sehr früh am Morgen, als Gresham in seiner Arbeiterkluft an der Tür von Jonsons Kammer ankam. Er hatte Mannion mitgenommen, denn er spürte, dass etwas Bedrohliches in der Luft lag. Jane hatte er mitgenommen, teils weil er sie nur an seiner Seite wirklich sicher wähnte, teils wegen seiner Erkenntnis, dass es Wahnsinn wäre, eine junge, hübsche Frau in Alsatia allein zu lassen. Außerdem langweilte sie sich zusehends, und in ihrem winzigen, beengten Schlupfloch hing stets eine zornesdunkle Wolke des Überdrusses über ihrem Haupt.

Der Wirt kannte Gresham und ließ ihn mit einem Grinsen ein. Jonson war zu betrunken gewesen, um die Tür zu verriegeln, bevor er aufs Bett gefallen war. Dort lag er vollständig angekleidet, und sein Schnarchen wirbelte die Asche des erloschenen Kaminfeuers auf. Gresham schlich sich von hinten an ihn heran, legte ihm behutsam die Klinge seines Dolches an den Hals und zischte ihm laut ins Ohr: »Gib mir sofort das Geld, das du mir schuldest, oder du bist ein toter Mann!«

Jonson machte einen Satz, als habe man eine Ladung Pulver unter ihm gezündet, und plumpste auf das Bett zurück. Als er den kalten Stahl an seiner Kehle spürte, riss er die Augen weit auf und glotzte wie ein toter Fisch, ohne seinen Angreifer sehen zu können. Er begann gurgelnde Geräusche auszustoßen, und weißer Schaum trat ihm vor den Mund.

Jane mischte sich ein. »Oder vielleicht lässt er Euch auch laufen, wenn Ihr ihn in Eurem nächsten Stück erwähnt. Bah! Habt Ihr überhaupt schon mal ein Hemd gewaschen?«

Jonson ließ sich auf das Bett niedersinken, als er die vertraute Stimme hörte. Es schien, als sei jegliches Leben aus seinen Gliedern gewichen. Jane ging in dem Zimmer umher, das aussah, als sei eine ganz besonders verdreckte Garnison dort monatelang einquartiert gewesen. Sie hob hier und da ein

Stück Wäsche auf, rümpfte angewidert die Nase und warf alles auf einen Haufen.

Jonson wälzte sich im Bett auf die Seite. »Du Schwein!«, grunzte er Gresham an.

»Stimmt. Aber *meine* Gedichte sind wenigstens gut«, erwiderte Gresham grinsend.

»›Auf Schmähungen ist Schweigen stets die beste Antwort‹«, entgegnete Jonson. Wenn er aus einem seiner Werke zitierte, streckte er stets die Brust heraus.

»*Bitte* zitiere nicht aus deinem eigenen Werk, Ben«, flehte Gresham. »Nur ein außergewöhnlich arroganter Mensch wird sich überhaupt an irgendetwas erinnern, was er geschrieben hat, oder gar seine ahnungslosen Zuhörer bei jeder Gelegenheit damit überfallen.«

»Ich bin in allem, was ich tue, außergewöhnlich«, brummte Jonson, rieb sich den Schädel und hievte sich in die Vertikale.

»Außergewöhnlich gut im Schleimen, finde ich. Was hast du noch mal zur Feier der plötzlichen Erhebung des Robert Cecil in den Stand des Grafen von Salisbury geschrieben? Habe ich das richtig in Erinnerung? …

›Was bedarfst du mein, noch meiner Muse,
Den seine Taten feiern zur Genüge?‹«

»Ja nun«, antwortete Jonson, während er sich ein Paar Stiefel anzog, »man muss ja schließlich leben.«

»›Ich ehre selbst den Floh auf seinem Hunde?‹«, fragte Gresham, einen Satz aus *Jedermann auf seine Art* zitierend.

»Bitte zitiert nicht aus meinen Werken, Sir Henry«, sagte Jonson feierlich. »Mir scheint, es verdirbt die Schönheit meiner Verse.«

Jane war eine begeisterte Theaterbesucherin, und Gresham hatte sich in seiner Zeit mit Kit Marlowe dazu bekehren lassen. Jonson kannten sie schon seit Jahren. Er konnte seine Wurzeln bis nach Schottland zurückverfolgen und hatte daraus auch keinen Hehl gemacht, als es noch nicht Mode gewesen war, solche Verbindungen zu haben, und er war Katholik, was noch nie Mode gewesen war. Darüber hinaus war er ein humanistischer Gelehrter, der sich sein enormes Wissen ausschließlich selbst angelesen hatte, ein Raufbold, der schon einmal einen Mann getötet hatte, ein Dichter von genialer Begabung und ein Rüpel – kurz, ein Mann von großer Intuition, der bisweilen so viel Einfühlungsvermögen an den Tag legte wie ein gemauerter Abort im Tower. Ben Jonsons Körper konnte man einsperren und hatte es auch schon getan. Sein Geist war unbezwingbar. Wenigstens das hatte er mit Walter Raleigh gemeinsam.

Ohne eine Miene zu verziehen, packte Jane den überlaufenden Nachttopf, öffnete die Fensterläden und schüttete den Inhalt des Geschirrs mit einem Schwung hinunter auf die Straße. Ein wütender Schrei und ein Quieksen ließen vermuten, dass die Ladung ein Ziel gefunden hatte. Jonson hörte auf, seinen Kopf zu massieren, und mit einem seligen Lächeln auf den Lippen ließ er seine Augen genüsslich auf Janes schlanker Gestalt weiden. Er hatte sich schnell von dem Schrecken erholt. Das Leben hatte ihm schon viele unangenehme Überraschungen bereitet, und er hatte rasch lernen müssen.

»Wende deinen Blick ab, du alter Lüstling, und hör mir zu. Wie ich höre, wirst du in Kürze mit Lord Mordaunt und Robert Catesby dinieren?«

Jonson warf sich auf dem Bett in eine dramatische Pose, deren Effekt einigermaßen durch die Tatsache ruiniert wurde, dass ihm ein Knopf vom Hemd absprang, als er die Arme hob. Er begann zu deklamieren:

»›Komm, o Celia, lass uns beid'
Der Liebe frönen; noch ist Zeit!‹«

»Mein Name ist Jane«, erwiderte das Objekt seiner Aufmerksamkeit, indem es mit der Schuhspitze in etwas herumstocherte, was auf dem Boden lag und wie alte Essensreste aussah. »Und was Euren freundlichen Vorschlag betrifft:

›Unkeuschheit in Vers und Kunst
Gewinnt mein Herz, nicht meine Gunst.‹

»Wunderbar gesprochen!«, rief Jonson galant aus. »Ich hätte es selbst kaum besser rezitieren können!«

»Lord Mordaunt? Catesby?«, warf Gresham ein.

»Du bist wie immer gut informiert. Was ist mit ihnen?«

Jonson erhob sich schwerfällig aus dem Bett und ging auf einen niedrigen, grob gezimmerten Tisch zu, auf dem einige Flaschen standen. Jane stellte sich davor und funkelte ihn grimmig an. Flugs änderte er seinen Kurs und steuerte die Waschschüssel und den Krug an, der so etwas Ähnliches wie frisches Wasser enthielt. Er beugte sich über die Schüssel und winkte Gresham heran, der dazutrat und ihm langsam den Inhalt des Krugs über den Kopf goss. Jonson richtete sich auf und schüttelte seine nasse Mähne wie ein Hund, der gerade aus dem Fluss gestiegen ist.

»Ich werde immer dünner«, meinte Gresham, während er den leeren Krug abstellte. »Es wird Zeit, dass ich mal wieder eine tüchtige Mahlzeit bekomme. Ich werde dein schottischer Cousin sein, der gerade aus dem Norden nach London gekommen ist, weil er hofft, dass in dieser Stadt, die neuerdings einen Schotten so sehr in ihr Herz geschlossen hat, einiges zu holen sein wird. Unter den gegebenen Umständen wird der junge Catesby mit dem größten Vergnügen ein zusätzliches Gedeck auflegen lassen, damit dein Verwandter mit der Aristokratie die Freuden des Lebens genießen kann.«

»Hmm«, brummte Jonson. »Einen brauchbaren schottischen Akzent wirst du ja hoffentlich hinkriegen, was?«

Er sah Jane fragend an, und als sie zur Seite trat, ging er zum Tisch und füllte zwei Becher mit billigem Wein. Eines bot er Gresham an, der dankend ablehnte, worauf Jonson anerkennend an seinem Lebenselixier nippte und Greshams Becher Mannion anbot. »Du bist mal wieder unsichtbar, ich verstehe schon ...« Das war die Formulierung, die er benutzte, wenn Gresham nicht erkannt werden wollte. »Woher dieses plötzliche Interesse an meinen Freunden?«

»Ist Robert – Robin – Catesby ein Freund von dir?«

Jonson ließ sich schwer auf einen Schemel plumpsen. Mit fragend angehobener Augenbraue warf er Jane einen Stapel beschriebener Blätter zu. Sie fing ihn auf, nickte und zog sich in eine Ecke zurück, um die Kritzeleien zu lesen, hinter denen sich Jonsons nächstes Stück verbarg.

»Es ist ausgesprochen ungerecht und alles andere als normal, dass ein so schönes Wesen auch noch Intelligenz besitzt«, grummelte Jonson, das Thema wechselnd.

»Das blinde Glück
Beschenkt stets den, der seine
Gaben nicht zu nutzen weiß.«

»Ist Catesby denn so schön?«, fragte Gresham, sich begriffsstutzig stellend.

»Nicht er, du Narr. Sie. Dieser Engel, der sich irrtümlich bei einem alten Satyr wie dir einquartiert hat. Vielleicht hofft sie, dich bessern zu können. Schöne Frauen nehmen sich gerne verkommener Männer an, um sie zu bessern«, fügte er hoffnungsvoll hinzu, während er Jane betrachtete, die bereits ganz und gar in sein Manuskript versunken war.

»Ich dachte, es sei ihre Offenheit, die dir am besten gefällt?« Es war zu einer massiven Auseinandersetzung zwischen Jonson und Jane gekommen, als sie das letzte Mal eines seiner Werke kritisiert hatte. Er hatte sie eine verlogene

Schlampe genannt und einen nagelneuen Schemel an der Wand zertrümmert, worauf Gresham ihm eins über den Schädel gegeben hatte. Das Stück hatte er allerdings anschließend umgearbeitet, wie Gresham bemerkt hatte. »Aber du hast meine Frage nicht beantwortet. Ist Catesby ein Freund von dir?«

»Ich kenne ihn. Jeder meiner Glaubensgenossen kennt ihn. Ein Freund? Wohl kaum. Ich weigere mich anzuerkennen, dass die Sonne aus seinem Hintern scheint, und das ist die erste Forderung an jeden, der seine Freundschaft sucht. Der junge Catesby kann sich manchmal nicht so recht entscheiden, ob er nun unseren Erlöser verehrt oder selbst unser Erlöser ist. Er übt keinen guten … Einfluss aus auf unsere Jugend, denke ich. Aber er führt eine gute Küche. Und ich bin ein guter Gast.« Er blickte betrübt in seinen Becher, auf dessen Boden nur noch ein kläglicher Rest Flüssigkeit verblieben war. »Es wird eine rein katholische Gesellschaft sein. Bist du hinter den Katholiken her? Wird deine Anwesenheit an unserer Tafel unserem Glauben Schaden eintragen?«

Gresham dachte kurz nach. Wenn er eine Verschwörung zur Entführung des Königs aufdeckte, würde den Verschwörern daraus Schaden entstehen – aber auch dem Katholizismus. Doch der Schaden wäre weitaus größer, wenn er zuließe, dass die Verschwörung ihren Lauf nahm.

»Eurem Glauben? Nein. Einigen Leuten eures Glaubens aller Wahrscheinlichkeit nach durchaus. Und auch dir selbst, Ben, solltest du vorhaben, dich gegen den Staat aufzulehnen, so wie du dich schon gegen all diejenigen auflehnst, die eine Spur Kultiviertheit und Geschmack besitzen.«

Der scherzhafte Ton konnte den Ernst von Greshams Antwort nicht verbergen.

Schallendes Gelächter war die Reaktion. »Ich? Ein Rebell? Gott steh mir bei! Meinst du nicht, dass mir schon genug Schwierigkeiten die Tür einrennen, auch ohne dass ich eigens

Einladungen verschicke, damit mir noch mehr davon ihre Aufwartung machen?«

Ben Jonsons Klappe war ebenso gewaltig wie seine Trinkfestigkeit, und er hatte einen fürchterlichen Ruf, aber Gresham hatte noch nie erlebt, dass er ein Geheimnis verraten hätte. Jedenfalls keines von Greshams Geheimnissen. Gresham hatte Jonson vor den Bütteln und vor dem Schuldturm gerettet. Die alten Geheimnisse, die sie teilten, wachten über die neuen.

Jane gab Anweisungen, dass der pralle Sack mit der Schmutzwäsche durch einen Bediensteten der Wäscherin des Hauses am Strand überbracht werden sollte. Jonsons Manuskript nahm sie mit. Das würde die Langeweile in Alsatia ein wenig lindern.

»Diese Abendgesellschaft ist nicht ungefährlich«, bemerkte Mannion nüchtern, als sie nach Hause kamen. Er hatte Recht. Trotz seiner gewaltigen Größe war London im Grunde eine Kleinstadt, wenn es um die höchsten Gesellschaftsschichten ging. Es schien auf den ersten Blick unwahrscheinlich, dass die anderen Gäste Greshams Identität durchschauen würden, doch es war durchaus ratsam, sich zu verkleiden. Dabei kamen für Gresham grundsätzlich nur zwei Methoden in Frage: Entweder veränderte man das Original so gut wie gar nicht, oder man entschied sich für eine radikale Verwandlung. Seine Wahl fiel auf Letzteres.

»Halt doch endlich mal still!«, rief Jane verärgert, als sie den Rest der Farbe auf sein Kopf- und Barthaar auftrug. Aus dem tiefschwarzen natürlichen Ton war ein rötlicher, ja beinahe karottengelber geworden. Eine Salbe, die auf Gesicht, Hals und Hände aufgetragen wurde (sowie auf Janes Beharren und gegen Greshams erbitterten Widerstand auch auf sämtliche übrigen Körperpartien), machte seine Haut dunkel, fast wie die eines Mohren. Er hatte seinen Bart nicht mehr gestutzt, seit sie aus ihrem Haus ausgezogen waren, mit dem Ergebnis, dass er inzwischen ausgesprochen zottelig war und, wie Mannion bemerkte, aussah »wie ein total verwüstetes Kornfeld«. Aus seiner umfangreichen Garderobe hatte Gresham eine Kombination ausgewählt, die ein Provinzschneider vielleicht einem Bauerntölpel als »den letzten Schrei in London« hätte andrehen können. Die ganze Katastrophe wurde gekrönt durch eine riesige Schottenmütze, deren Farbe sich mit der seiner Haare ebenso biss wie mit der seiner Kleider, sowie durch eine große Augenklappe.

»Zum ersten Mal in meinem Leben fürchte ich den Tod«, sagte er zu Jane, als sie den letzten Rest der Paste in seinen Bart schmierte.

Er sah ihre bestürzte Miene und bedauerte augenblicklich, dass er sie derart aufgezogen hatte.

»Warum denn? Wenn du so denkst, dann musst du …«

Er hob die Hand, um sie zum Schweigen zu bringen. »Kannst du dir vorstellen, was mein Schneider sagen wird, wenn ich in so einem Aufzug im Sarg liege?«, fragte er mit Entsetzen in der Stimme. Die schwungvolle Ohrfeige wurde im letzten Moment abgebremst, als Jane klar wurde, dass sie die frisch aufgetragene Farbe verwischen könnte.

Ausstaffiert wie ein Landei, und zudem noch wie ein schottisches, konnte sich Gresham des Ansturms sämtlicher Krimineller, die in London auf Achse waren, kaum erwehren, die ihr Glück nicht fassen konnten, wenn sie ihn kommen sahen. Nachdem er mit Angeboten jeglicher Art belästigt worden war – Frauen, Kartenspiele, Kegelbahnen und Würfelspiele, bei denen erst gestern jemand ein Vermögen gewonnen hatte, das dem eines Lord Salisbury gleichkam, Kopulationen von der Urgewalt eines Samson, sowie diverse Orte, an denen beides gleichzeitig vollzogen werden konnte –, war er sehr erleichtert, als er endlich William Patricks Wirtshaus erreichte. Jonson traf bei einem Essen stets möglichst früh ein, um die Zeit, die er auf Kosten eines anderen schlemmen konnte, so weit wie möglich auszudehnen. Er begrüßte Gresham, verkniff sich mit bewundernswerter Selbstbeherrschung einen hysterischen Anfall und führte ihn hinein zu den anderen.

Es ging sehr lebhaft zu. Im Irish Boy wurde ausgezeichnetes Essen serviert, und dazu ein durchaus trinkbarer Wein. Gresham, der ein Gespür für solche Dinge hatte, bemerkte, dass Catesby weder an dem angemieteten Raum noch an den Speisen und Getränken gespart hatte. Das Zimmer war frisch gestrichen, der Boden mit frischen Binsen bedeckt, und die Wandbehänge waren nicht von der billigsten Sorte. Ein großes Fenster ließ etwas vom Straßenlärm des Strand herein, wie auch durch die Ritzen des Fußbodens und der Tür etwas von der Geräuschkulisse der belebten Schenke im Erdgeschoss bis hinauf an ihre Ohren drang; die Unterhaltung wurde dadurch jedoch keineswegs gestört.

»Frreut mich außerorrdentlich, Euch alle kennen zu lerrnen, ganz außerorrdentlich …« Gresham, der beschlossen hatte, sich Alexander Selkirk zu nennen, nuschelte ein wenig und brach seine Sätze unvermittelt ab, eben wie ein einigermaßen betrunkener Mann, der gleichzeitig von all den neuartigen Sinneseindrücken verwirrt ist.

Er hätte sich die Mühe sparen können. Catesby sah ihn kaum richtig an, bevor er sich wieder Interessanterem zuwandte. Jonson war der Mann des Abends, die Berühmtheit, die Catesby organisiert hatte, um seine exzellenten Beziehungen unter Beweis zu stellen; auf ihm ruhten alle Blicke. Ein bedeutender Dramatiker, ein Mann, über den man am Hof redete, und dazu auch noch ein Katholik: Ben Jonson war ein erstklassiger Fang für jede Abendgesellschaft.

»Seid mir gegrüßt, Sir, seid mir gegrüßt.« Es war Tom Wintour, der den Versammelten die Hände schüttelte; gute Bekannte bekamen auch noch einen Klaps auf die Schulter. Das war also der Mann, der schuld daran war, dass eine Hure noch wochenlang mit wundem Hintern herumlaufen musste, dachte Gresham.

»Hier, das ist Selkirk, Alex Selkirk, mein Vetter aus Schottland … Vetter Alex, darf ich dich mit Tom Wintour bekannt machen …« Jonson hätte fast vergessen, Gresham vorzustellen. Es waren eine Menge Leute da, es gab gutes Essen, es gab Wein, und Jonson ging mit jeder Minute, die verstrich, mehr aus sich heraus. Tom Wintour war mit Catesby gekommen. Er war von untersetzter, kräftiger Statur, hatte ein rundes Gesicht und redete wie eine Batterie Kanonen. Er wirkte lebhaft und schien ein heller Kopf zu sein, der sich zwar in einem Wortwechsel zu beherrschen wusste, aber auch eine aggressive Streitbarkeit an den Tag legte, von der Gresham sich vorstellen konnte, dass sie in angespannteren oder beengteren Situationen durchaus in explosive Ausbrüche münden könnte.

»Habt Ihr viele von Euren Freunden aus dem hohen Norden mitgebracht?«, fragte Tom Wintour mit scheinbarer Naivität. Die Anspielung auf König Jakobs Horde von Trabanten wurde von einem anderen Mitglied der Gesellschaft mit schallendem Gelächter quittiert.

»Nein, nein«, antwortete Gresham, »aber ich hoffe, ich kann das noch nachholen, falls hier so rrrichtig was zu holen ist!«

Ein Mann, den man im Auge behalten musste, dachte Gresham; einer mit der Energie eines Hitzkopfs, aber auch mit einer Entschlossenheit und Intelligenz, die ihn zu einem gefährlichen Gegner machen konnte. Er hatte die Figur eines Kämpfers, wie Gresham bemerkte, wiewohl er nicht der Größte war.

»Und Ihr müsst mir unbedingt sagen, wer Euer Schneider ist, Mr. Selkirk!« Es war Tresham. Er hatte mit keinem Wimpernzucken verraten, dass er Gresham kannte. »Mit solchen Kleidern werdet Ihr überall für Aufsehen sorgen!« Wieder reagierte die Gesellschaft mit Gelächter, mit Ausnahme von

Lord Mordaunt, der sich für so etwas offenbar zu fein war. Tresham schien seine helle Freude daran zu haben, Kleider zur Schau zu tragen, die offensichtlich eine Stange Geld gekostet hatten, aber so zerknittert waren, als habe er sie am Ende des Tages achtlos in die Ecke geworfen. Er spielte seine Rolle gut und riss einige unflätige Witze über die Schotten, die einen Mann, wie Gresham einer zu sein vorgab, gewiss aus der Fassung gebracht hätten. Doch auch andere Besucher der Stadt bekamen ihr Fett weg.

Jonson redete ununterbrochen, hauptsächlich über sich selbst, was er jedoch mit so viel Schwung, Energie und Witz tat, dass die Augen sämtlicher Zuhörer funkelten. Die Schreckensherrschaft des Lordkanzlers und seine Macht über die Bühnen der Stadt; das ausgesprochen kriminelle Treiben der gesamten Druckerzunft; das völlige Fehlen irgendwelcher Ähnlichkeiten zwischen zivilisierten Lebewesen und dem Pack der Theaterunternehmer und Schauspieler; das Wunder der lateinischen Sprache; der Plan für sein nächstes Maskenspiel; der Plan für sein nächstes Stück; die Überzeugung, dass eine dankbare Stadt ihrem größten lebenden Dramatiker durchaus ein eigenes Theater zu Verfügung stellen könnte; die skandalöse Affäre von Sir Robert Dudley mit seiner Geliebten, die er zu heiraten gedachte … Angetrieben von immer größeren Mengen von Alkohol, hob sich Jonsons Genie im Gespann mit seinen Hanswurstiaden zu den Sternen empor.

Und was war mit Catesby? War das ein Mann, der nur aus Pisse und Wind bestand, oder einer, der in der Lage war, einen König zu entführen? Während Gresham ihn beobachtete, schien es, als würde der Raum dunkler und dunkler, und das Gefühl einer bedrohlichen, unguten Präsenz wurde fast unerträglich. Als selbst Jonson allmählich die Luft ausging und die Geschichten immer dünner und unglaubwürdiger wurden, begann Catesby nach und nach ganz unmerklich das Gespräch an sich zu ziehen, bis er den Raum und alle Menschen darin fest in der Hand hatte.

»Wir sind allesamt Opfer der Drucker!«, brüllte Jonson jetzt förmlich. »Sie kaufen das Werk, sie drucken das Werk, sie binden das Werk und sie verkaufen das Werk – und wenn es ihnen gerade passt, dann setzen sie den Namen eines anderen Mannes auf den Einband! Und sie streichen den Profit ein, während der arme Tropf, der das Werk hervorbringt, der es sich über Wochen und Monate aus den Gehirnwindungen schwitzt, mit dem kläglichen Rest abgespeist wird, nachdem der verfluchte Drucker endlich fertig ist! Diese Leute sind doch nicht besser als Geier!«

Catesby unterbrach ihn. Allein der ruhige Klang seiner Stimme zog alle Aufmerksamkeit auf sich.

»Ihr zieht über die Drucker her«, wandte er sich an den schwitzenden Jonson, »doch sie sind nichts weiter als Läuse an Eurem Leib. Sie halten still und warten, bis Ihr zu ihnen kommt. Sie beißen und infizieren Euch, und Ihr habt kein Mittel dagegen. Sie nähren sich von Euch, doch Ihr hindert sie nicht daran. Wenn sie sich an Eurem Blut dick und fett saufen, ist es nicht Eure Schuld? Werft Eure alten Kleider weg, Mann. Schrubbt Eure Haut gründlich sauber. Nehmt die Laus zwischen Daumen und Zeigefinger …« – er nahm eine Nuss vom Tisch – »… und knackt sie … so!« Die Splitter der Nussschale spritzten in alle Richtungen. »Blut gegen Blut; holt Euch Euer Blut zurück oder hört auf, Euch zu beklagen.« Er hatte es ruhig gesagt, im Plauderton, und doch hatten seine Worte die bedrohliche Schärfe einer stählernen Klinge, die lautlos aus der Scheide gleitet.

Es entstand eine Pause, und als dann zwei köstliche, frisch gebackene Pasteten aufgetragen wurden, kam die Unterhaltung wieder in Gang. Später brachte ein anderer Gast, Lord Mordaunt, eine komplizierte theologische Streitfrage aufs Tapet; es ging darum, ob mehrdeutige Aussagen beziehungsweise das Verschweigen der Wahrheit gleichbedeutend mit Lügen seien. Catesby fixierte Mordaunt mit seinem stechenden Blick und verwickelte ihn in eine theologische Diskussion, in deren Verlauf der gute Mann sich so hoffnungslos in seinen eigenen Argumenten verhedderte wie ein junger Stallknecht in den Zügeln eines Gespanns.

Bibelfest war Catesby, das musste Gresham ihm lassen. Textbelege quollen aus seinen Poren wie bei anderen Leuten der Schweiß. Gresham hatte so getan, als würde er immer betrunkener, je weiter der Abend vorrückte. Er beschloss, das Wort zu ergreifen.

»Ich mag die Bibel nicht.« Das brachte die Gesellschaft zum Schweigen, was Gresham durchaus so vorhergesehen hatte. Er hatte mit seinem breiten schottischen Akzent gesprochen, ganz wie ein Betrunkener, der plötzlich einen klaren Moment hat. »Zu viel Blut, zu viel Morrd und Totschlag. Zu viele von meinen Frreunden sind gestorrben …« Gresham begann zu schluchzen, in der typisch rührseligen Manier eines Trinkers, der gerade eine tiefe Weisheit verkündet hat, die ihm der Alkohol eingegeben hat.

Catesby antwortete, ohne ihn überhaupt anzusehen. »Zu viel Mord und Totschlag, Mr. Selkirk? Nein, gewiss nicht. Ohne den Tod kann es kein Leben geben. Christus wurde erst durch sein qualvolles Sterben zu unserem Erlöser.«

»Aber mein arrmes Weib! Meine liebste Agnes! Ein unschuldiges Mädel, dahingerrafft, noch bevor sie Zeit hatte, ihre Gebete zu sprrechen …« Trieb Gresham es zu weit? Würde die Erwähnung der unschuldig gestorbenen Ehefrau eine Reaktion hervorrufen? Eine Reaktion erfolgte durchaus, jedoch nicht von der Art, wie Gresham sie erwartet hatte. Catesby ließ seinen Humpen mit solcher Wucht auf den Tisch niederkrachen, dass drei hölzerne Schüsseln durch die Luft flogen und über den Boden kullerten. Niemand machte Anstalten, sie festzuhalten.

»Unschuldig? Unschuldig! Wir sind nur deshalb am Leben, weil wir uns vom Fleisch toter Tiere ernähren, *unschuldiger* Tiere! Wie das Lamm im Alten Testament muss das Unschuldige geopfert werden, damit die höheren Ordnungen triumphieren können. Dass sie kreischend und quiekend in den Tod gehen, gereicht ihnen nicht eben zur Ehre. Sie sollten vielmehr diejenigen preisen, welche sie opfern, sie sollten die preisen, die dafür sorgen, dass aus ihrem elenden, armseligen Tod noch etwas Bedeutsames erwächst. Hat Josua etwa die Unschuldigen aufgefordert, die Mauern von Jericho zu räumen? Als die Mauern einstürzten, denkt Ihr, dass die Soldaten da lange gefragt haben, wer schuldig und wer unschuldig war, bevor sie sich im Namen Gottes ans Rauben, Plündern und Vergewaltigen machten? Unschuld ist keine Tugend. Sie ist eine Behinderung.«

Mit diesen aufmunternden Worten im Ohr ging die Gesellschaft auseinander. Gresham war in seinem Leben schon vielen Menschen begegnet, manche von ihnen gut, manche böse, die meisten einfach nur menschlich, mit all den Schwächen und Gebrechen, welche die Menschheit von Natur aus mit sich herumschleppte. Reine Güte hatte er überraschenderweise weit häufiger angetroffen als reine Bosheit. Die Zahl derer, die in die zweite Kategorie fielen, konnte er gar an den Fingern einer Hand abzählen.

Heute Abend wusste Gresham, dass er dem Bösen begegnet war. Es waren die Augen. Immer waren es die Augen. In Catesbys Blick lag ein wildes, starres Glimmen, ein inneres Feuer, das nicht mit dem Augenblick aufflammte und erlosch, mit dem Wein, der den Kopf benebelte, mit der sexuellen Erregung oder auch der Kampfeslust. Das Glühen in den Augen dieses Irren ließ an Intensität nie nach, es kannte kein Zittern und kein Flackern. Und doch war er so sanft, dieser goldgelbe Schimmer tief in den Pupillen, dieses stete, warme Feuer, so sanft, dass man ihn angesichts des fein geschnittenen, stolz vorgereckten Kinns beinahe übersah. Gresham hatte dieses Licht in den Augen eines Richters gesehen, in den Augen eines Henkers. Es war die Schlechtigkeit eines Mannes, der nicht begreifen konnte, dass er vielleicht im Irrtum sein könnte, dessen Glaube an sich selbst aber gleich einem fürchterlichen Hunger nur befriedigt werden konnte, indem er die Überzeugungen anderer verschlang. Alle Menschen, alle Überzeugungen waren nichts als Nahrung für Robert Catesbys Eitelkeit. In der schneidigen, attraktiven Gestalt des Robert Catesby erblickte Henry Gresham für einen kurzen, entsetzlichen Moment den Stolz Luzifers, der auf Erden wandelte.

»Normale Menschen schalten ihre Gefühle zeitweilig aus«, sagte Jane, während sie sich mühte, so viel Farbe wie möglich von seinem Körper abzuwaschen, und zugleich zu verstehen suchte, was Gresham, immer noch ganz erschüttert, ihr erzählt hatte. »Wenn sie töten, wenn sie vergewaltigen oder verstümmeln, dann sperren sie ihre Gefühle hinter eine große Eisentür, die sie erst wieder öffnen, wenn die Sache erledigt ist. Und weil sie nichts gefühlt haben, während es passierte, sagen sie sich, es sei nie geschehen. Es scheint, dass dieser Mann gar keine Tür hat, die er schließen könnte. Vielleicht wurde sie ja aus den Angeln gerissen, als seine Frau starb?«

»Oder vielleicht war sie nie wirklich da.« Gresham erschauerte, und das nicht nur wegen der Kälte. »Hör mal, du hast ganz kalte Hände. Lass mich weitermachen.«

»Sobald ich mit den Stellen fertig bin, an die Ihr nicht rankommt. Haltet still.«

»Warum habe ich solche Zweifel? Zweifelst du jemals? An allem?«

So hatte sie ihn kaum je erlebt. Er verfiel in Fragen von fast kindlicher Schlichtheit; die Fassade aus Witz und zynischer Heiterkeit war durchbrochen und lag in Trümmern. Nicht nur sein Körper stand nackt vor ihr; für einen kurzen Moment war es auch seine Seele. Sie bemühte sich, die gemessen kreisenden Bewegungen ihrer Hand nicht zu unterbrechen und nicht zu viel von dem, was sie fühlte, durch ihre Stimme zu verraten.

»Manchmal zweifle ich. Wer ist denn schon frei von Zweifeln?«

»Catesby. Catesby ist vollkommen frei von Zweifeln. Er nimmt die Angst, die Sorgen, die Zweifel, die uns Menschen plagen, und treibt sie ihnen irgendwie aus, auf eine Art und Weise, die er nicht versteht und die ich nicht verstehe. Und dann verwandelt er sie in etwas Böses, ein Feuer, das andere Menschen anzieht wie eine Kerze die Motten und sie verbrennt, bevor sie wissen, wie ihnen geschieht. Oder vielleicht bewirkt es, dass es ihnen gleich ist, dass sie gar vernichtet werden *wollen*.«

Sie liebten sich auf dem winzigen Bett, kaum mehr als eine Matratze auf dem Fußboden, und Gresham spürte, wie die Wärme in seine Seele zurückströmte.

Nun, seine Frage war beantwortet. Nicht bloß ein Haufen Pisse und Wind, dieser Master Robert Catesby. Mehr ein Racheengel, ein gefallener Engel, der entschlossen war, die Stürme der Hölle auf die Erde loszulassen.

8

Draußen war es dunkel, die ersten Winterböen rüttelten an den Häusern und brachten einen feinen Nieselregen mit sich, der einen wollenen Mantel zunächst mit winzigen Wasserperlen benetzte und dann nach und nach in den Stoff einsickerte.

»Es war, als hätte ich ihn gestern Abend zum ersten Mal gesehen«, sagte Francis Tresham. Er saß an dem Tisch, mit dem er erst vor wenigen Tagen Henry Gresham den Schädel hatte zertrümmern wollen, und nippte mit säuerlicher Miene an dem köstlichen Wein, den Gresham ihm gereicht hatte. »Er ist ein richtiger Geier, nicht wahr? Ich glaube, ich habe den größten Teil meines Lebens in seinem Bann gestanden. Es lag wohl daran, dass Ihr dabei wart – so konnte ich sozusagen einen Schritt zurücktreten und ihn so sehen, wie er wirklich ist. Es geht ihm doch gar nicht um Gott. Vielleicht glaubt er ja auch, dass er Gott *ist*? Wie dem auch sei, und was er auch immer sagen mag – gestern Abend ist mir klar geworden, um wen es Robin Catesby wirklich geht: nämlich um sich selbst.«

Was vielleicht der Grund ist, weshalb du ihn leichter durchschaust als andere, dachte Gresham, denn diese Beschreibung passt auf euch beide gleich gut. Greshams Haupthaar und Bart hatten wieder ihre normale tiefschwarze Farbe angenommen, abgesehen von einem orangefarbenen Schimmer hier und da, wenn das Licht in einem bestimmten Winkel darauf fiel.

»Ich könnte Jonson fragen, wer Ihr seid«, meinte Tresham. Er wechselte häufig auf diese Weise ohne Vorwarnung die Richtung des Gesprächs. Es passte zu seinen rastlosen Augen, die stets die Blickrichtung änderten, als ob ihnen jeder Gegenstand, auf dem sie ruhten, nach ein paar Sekunden zu heiß würde. Vielleicht war das nur ein Trick, um den Zuhörer zu verblüffen, vielleicht war es aber auch einfach seine Art.

»Ihr könntet ihn fragen«, sagte Gresham ruhig. Er wusste, dass er sich auf Jonson verlassen konnte. Falls Tresham es nicht wusste, würde er es schnell genug herausfinden, ohne dass es irgendwelcher Erklärungen von Gresham bedurfte.

»Sagt mir doch noch einmal, was Ihr mir bietet.«

»Wenn wir genug Informationen angesammelt haben, um mit dieser Verschwörung fertig werden zu können, werdet Ihr Reisedokumente nach Frankreich erhalten, dazu tausend Pfund auf die Hand, und dann werdet Ihr heimlich auf ein Schiff gebracht, wo Ihr vor Euren Freunden oder vor Cecil in Sicherheit seid, je nachdem, wer mehr erpicht darauf ist, Euch zu töten.«

»Wie könnt Ihr das vollbringen?«

Ich kann es, junger Mann, weil ich seit Jahren einen Plan in der Schublade habe, wie ich Sir Walter Raleigh befreien und ins Asyl auf dem europäischen Festland schaffen könnte; einen Plan, den zu nutzen er sich bisher geweigert hat, weil er glaubt, eine solche Flucht würde einem Schuldbekenntnis gleichkommen.

»Ich kann es vollbringen. Das ist alles, was Ihr wissen müsst. Ihr werdet zur Südküste gefahren und dort auf ein Schiff nach Frankreich gebracht. Die tausend Pfund bekommt Ihr zusätzlich zu der Summe, die Ihr eventuell selbst aufbringen könnt. Ihr werdet doch Eure Angelegenheiten regeln wollen, nicht wahr, und Eurer Frau und den Kindern so viel wie möglich zukommen lassen? Ihr werdet einen anderen Namen bekommen, und die Papiere, die auf diesen Namen ausgestellt sind, werden jeder Überprüfung standhalten.«

»Was ist mit meiner Familie?«

»Das liegt an Euch. Sie kann später nachkommen, wenn die

Hetzjagd sich gelegt hat, oder Ihr könnt sie verlassen. Das könnt Ihr mir später noch sagen.«

Wenn Tresham sich entschieden hatte, ob er seine Familie im Stich lassen würde oder nicht, so ließ er sich Gresham gegenüber jedenfalls nichts anmerken.

»Ich glaube, ich soll am Montag eingeführt werden. Ich bin wieder zu einem Essen eingeladen, diesmal bei Lord Stourton in Clerkenwell. Die Einladung kam von Robin. Stourton ist mit mir verwandt.«

»Ich weiß«, sagte Gresham, der inzwischen ein wandelndes Verzeichnis der Beziehungen zwischen sämtlichen katholischen Familien Englands war. »Genau wie mit Lord Monteagle. Das ist kein Geheimnis.«

»Es ist merkwürdig, dass die Einladung von Catesby gekommen ist und nicht von meinem Verwandten. Das weckt in mir den Verdacht, dass es neben der Freude an meiner Gesellschaft noch einen anderen Grund gibt, weshalb ich eingeladen wurde.«

»Dann müsst Ihr hingehen.«

»Welche Freiheiten habe ich?«

»Was meint Ihr mit Freiheiten?«

»Kann ich für mich selbst sprechen, oder muss ich mich an einen Text halten, den Ihr geschrieben habt?«

»Es gibt nur zwei Bedingungen. Erstens müsst Ihr so reden, dass Ihr stets auf dem Laufenden bleibt und wisst, was passiert. Wenn Ihr der Sache ein Ende bereiten könnt, indem Ihr dort bleibt, umso besser – *aber Ihr dürft Euch unter keinen Umständen so abschätzig äußern, dass man Euch ausschließt.* Ihr nützt mir gar nichts, wenn Ihr von nichts eine Ahnung habt. Die zweite Bedingung ist, dass Ihr Euch sofort bei mir melden und mir alles berichten müsst, was sich zugetragen hat.«

»Hier?«

»Normalerweise ja. Aber nicht am Montag. Es gibt in Clerkenwell ein Wirtshaus, das Mermaid. Sagt, Ihr wollt in die Stube gebracht werden, die Mr. Cecil reserviert hat.« Treshams Augen weiteten sich. »Mr. *Robin* Cecil. Ich werde Euch dort treffen.«

»Kann man ihm vertrauen?« Die Frage kam von Jane. Sie hatte Jonsons Manuskript gelesen, es hatte ihr gefallen, und nun versank sie wieder in ruhelose Langeweile. Es sollte *Volpone oder Der Fuchs* heißen, dieses Stück aus seiner Feder. Es hatte in ihr das Verlangen geweckt, wieder einmal ins Theater zu gehen.

»Wir werden es früh genug herausfinden. Solange wir dieser Bedrohung ausgesetzt sind, will ich dich jedenfalls nicht aus den Augen lassen.«

»Ich weiß«, sagte sie schlicht. »Aber wenn man uns entdeckt, wird das die geringste Eurer Sorgen sein. Ich kann auch verschwiegen sein, das wisst Ihr. Wenn es wirklich darauf ankommt.«

Eine Reihe von Treshams ehemaligen Schulkameraden wie auch ein paar seiner Freunde aus späterer Zeit lebten nicht mehr. Einige waren an der Pest gestorben, einer war von seinem Pferd abgeworfen worden, wieder andere waren Krankheiten erlegen, für die es weder einen Namen noch ein Heilmittel zu geben schien. Noch ein anderer war bei einem Streit erstochen worden; er hatte munter auf Tresham eingeredet, während das Leben aus seinen Adern gewichen war. Der Tod seines Vaters hatte ihn stärker erschüttert, als seine so genannten Freunde ahnten. Er mochte sein Feind gewesen sein, und doch hatte sein Vater ihm ein merkwürdiges Gefühl der Sicherheit und der Geborgenheit gegeben. Sir Thomas Tresham war ein Fixpunkt in seinem Leben gewesen. Und jetzt hatte er auch diese große Gewissheit verloren.

In jungen Jahren war er so voller Mut und Zuversicht gewesen. Jetzt fühlte er nur noch eines: Angst.

Clerkenwell lag außerhalb der Stadtmauern. Bis vor kurzem noch ein Dorf im Norden der Stadt, zwischen dem Flüsschen Fleet und dem ehemaligen Kloster Charterhouse gelegen, war es vom unaufhaltsamen Vormarsch Londons aufgesogen worden. Die Einwohner behaupteten, der frische Landwind, der von Islington her wehte, halte die Pest von Clerkenwell fern.

Stourton hatte Treshams Schwester Frances geheiratet, und obwohl zwischen ihm und Catesby zwanzig Jahre Altersunterschied lagen, waren die beiden inzwischen enge Freunde. Lady Frances Stourton trug stets eine weltverdrossene Miene zur Schau, und bei allem, was sie tat, wirkte sie zerstreut und geistesabwesend, als ob irgendwo anders gerade etwas furchtbar Wichtiges passierte.

»Francis, du bist wie immer herzlich willkommen in unserem Haus.« In ihrem Ton mischten sich wie gewohnt Überdruss und warme Zuneigung. Sie trug selbstverständlich Trauer, und Lord Stourton war voller Anteilnahme über den Tod seines Schwiegervaters. Gleichzeitig wirkte er irgendwie zerstreut, ganz anders als sonst. Mit Catesby war es dasselbe; zuerst suchte er Frances mit seinem Charme zu umstricken, dann wandte er seine Aufmerksamkeit Stourton zu. Doch die Tafel wurde recht bald aufgehoben, und Catesby bat um Erlaubnis, ein paar Worte mit Tresham wechseln zu dürfen. Tresham spürte, wie sich sein Herz zusammenkrampfte.

Der Winter hielt allmählich Einzug, und das Feuer, das unentwegt in dem neuen Kamin brannte, konnte der Kälte nicht ernsthaft Einhalt gebieten. Der Raum war quadratisch und hatte vergitterte Glasfenster zum Garten hin. Die Holztäfelung war hell, so hell, dass es fast störend wirkte; das Holz war zu neu, noch nicht nachgedunkelt, wie es sich eigentlich gehörte. Ahnenporträts blickten finster auf Tresham herab. Sie waren eine stolze Sippe, diese Stourtons.

Catesby sah Tresham an und verspürte nicht zum ersten Mal einen Anflug von Unbehagen. Lange Zeit war Tresham einfach nur ein Spielzeug in seiner Hand gewesen, ein Saiteninstrument, dem Catesby jede Melodie entlocken konnte, die er wollte; doch er würde immer ein Risikofaktor sein. Eine andere Art von Risiko stellte Thomas Percy dar; er hatte die Miete für das Haus in Westminster nicht aufgebracht, dessen Keller ein so furchtbares Geheimnis barg. Sie hatten Fawkes zu Henry Ferrers und Whynniard schicken müssen, um die Schulden zu begleichen; er hatte sich als »John Johnson«, Percys Diener, ausgegeben. Nicht weniger nachdrücklich bestand Fawkes seinerseits auf Zahlung des Geldes für die Anmietung des Schiffes in Greenwich, das ihn nach der Explosion ins Ausland bringen sollte. Fawkes war angeheuert worden, weil er sich hervorragend mit Schießpulver auskannte. Niemand erwartete, dass er nach der Explosion im Lande bleiben würde, aber Catesby hatte ebenso wenig damit gerechnet, dass er ihn wegen des Geldes für seine Flucht derart bedrängen würde. Everard Digby, dieses große Kind, hatte etwas beigesteuert, aber Tresham hatte nun Pachteinnahmen in Höhe von jährlich dreitausend Pfund geerbt. Tresham war reich, und er entstammte schließlich einer der großen katholischen Familien. Also war es an der Zeit, sich an ihn zu wenden.

Francis Tresham spürte, wie das Blut aus seinem Gesicht und seinen Händen wich, als Catesby ihm in groben Zügen den Plan erläuterte. Kaum je hatte er so etwas Verrücktes gehört. Konnte das Herz eines Menschen aufhören zu schlagen und der Mensch dennoch weiterleben? Wie konnte er dem dunkel gekleideten Mann etwas Derartiges berichten? Er holte tief Luft. Catesby hatte ihm zuerst den unvermeidlichen Schock versetzt, und nun schwang er sich zu seiner Rechtfertigungsrede auf; ein leidenschaftlicher Wortschwall ergoss sich aus seinem Mund, so ganz anders als der beinahe stockende Rhythmus, in dem er seinen Plan, den größten Teil von Englands Oberschicht zur Hölle zu jagen, dargelegt hatte. Tresham stand auf und hob die Hand.

»Hör auf damit, Vetter, hör bitte auf. Sei endlich still!« Niemand verbot Robert Catesby den Mund. Ein gelber Funke erhellte Catesbys Augen und verlosch so rasch, wie er aufgeflammt war. »Bist du wahnsinnig? Willst du uns alle in die Verdammnis schicken?« Tresham begann, im Zimmer auf und ab zu gehen; unbewusst rang er dabei die Hände, als wolle er die richtigen Worte aus ihnen herauspressen.

»Es ist keine Verdammnis – es ist die Erlösung«, antwortete Catesby, den es drängte, eine Rede zu halten.

»Verzeih mir. Ich wusste nicht, dass Gott ein kleines Wörtchen aus dem Gebot ›Du sollst *nicht* töten‹ gestrichen hatte. Wie kann es denn etwas anderes als Verdammnis sein, so viele Menschen zu töten, Schuldige wie Unschuldige? Du hast wohl plötzlich ein Monopol auf die göttliche Gerechtigkeit, oder, Vetter?«

»Ich nicht, aber diejenigen, die den Plan gutgeheißen und ihm ihren Segen gegeben haben. Du hast gehört, wie Pater Garnet davon gesprochen hat, dass geringere Sünden zur Erlangung eines höheren Zieles zulässig sind? Dass, wenn eine sündige Stadt belagert wird, die Gerechten darin der Gefahr ins Auge sehen müssen wie all die anderen auch? Ich kann dir die Textstellen zeigen, die …«

»Himmel! Bleib mir vom Leib mit deinen dummen Texten! Und zum Teufel mit den dummen Priestern, die sie predigen! Hör doch auf damit, ich bitte dich! Ich bin kein gelehrter Theologe. Aber wenn du wirklich glaubst, dass die Bibel eine solche Tat rechtfertigt, dann soll Francis Tresham zum ersten Mal in seinem Leben im Gewand des Heiligen daherkommen! Zum Teufel mit der Bibel! *Ich* sage dir, dass diese Tat eine Wahnsinnstat ist, und nichts als kaltblütiger Mord! Das wird unser aller Tod sein!«

»Willst du also der einzige Katholik in England sein, der zu feige ist, den Kampf für die Sache aufzunehmen? Willst du wirklich …«

»Ich sage dir noch einmal, hör auf damit!« Tresham hatte Catesby noch nie zuvor das Wort abgeschnitten, geschweige denn zweimal so kurz hintereinander. Es gab überhaupt nur wenige, die das gewagt hatten, wenn er in voller Fahrt oder auf dem Weg dorthin war. Eine Naturgewalt, so hatte sein Vater ihn einmal beschrieben, was nicht unbedingt anerkennend gemeint war, hatte er doch gesehen, wie jedes Dienstmädchen in Gegenwart seines Sohnes sogleich weiche Knie bekommen hatte. »Den alten Trick mit der Feigheit kannst du vergessen. Das haben schon andere versucht, und es funktioniert nicht. Erinnerst du dich an den armen Tom damals im Obstgarten?«

Vor Jahren hatten sie zu dritt einen Überfall auf den Obstgarten eines Nachbarn geplant, um die süßen Äpfel zu erbeuten, die dessen Stolz und Freude waren. Als sie den Nachbarn in einer entfernten Ecke des Gartens erblickten, hatten zwei von ihnen – einer davon war Tresham – zu einem strategischen Rückzug geraten. Catesby hatte sie rundheraus der Feigheit bezichtigt, woraufhin der dritte Junge, Tom, über die Mauer gesprungen und auf die Bäume zugeschlichen war. Sein Geheul, als der Nachbar sein Hinterteil sehr viel heftiger als notwendig mit einer strammen Rute bearbeitete, hatte Catesby und Tresham Gesellschaft geleistet, als sie auf der anderen Seite der Mauer in Deckung lagen. »Ich höre, wie Tom zu mir spricht«, hatte ein wütender Tresham Catesby ins Ohr gezischt, »und wie er mir sagt, welche Freude es ihm bereitet, ein Held zu sein!«

Und jetzt war Tresham ebenfalls zu wütend, um sich von seinem Standpunkt abbringen zu lassen. »Es geht hier nicht um Feigheit. Hast du dir einmal überlegt, Mann, wie entsetzt die Nation sein wird, wenn sie hört, dass solch eine Tat im Namen der Religion begangen wurde? Einer Religion, die predigt, dass man in Frieden mit seinem Nachbarn leben soll! Jeder Akt der Unterdrückung, jede ruinöse Geldstrafe wird mit dem Hinweis auf diese Untat gerechtfertigt werden können.

Die einfachen Leute werden sich gegen uns erheben! Und nicht nur die einfachen Leute! Jeder anständige Mensch in diesem Königreich wird nach Rache schreien und unser Blut fordern! Diese Tat wird den Katholizismus nicht retten. Sie wird ihn für immer ruinieren! Bist du vollkommen wahnsinnig geworden?«

Wenn irgendetwas von Treshams leidenschaftlichem Appell den Panzer von Catesbys Selbstgerechtigkeit zu durchdringen vermochte, so konnte Tresham nichts davon erkennen.

»Es muss getan werden«, antwortete Catesby mit ruhiger Stimme. »Es ist eine Notwendigkeit für alle Katholiken. Wir werden zu riskanten Maßnahmen gezwungen. Wir haben keine Wahl.«

»Und welche Unterstützung wirst du denn haben? Wo sind deine Soldaten, deine Invasionstruppen? Denkst du, die Spanier haben einen Vertrag unterzeichnet, damit wir gleich wieder in den Krieg ziehen können?«

»Die spanischen Truppen in Dover werden nach Rochester marschieren und London den Hals zudrücken, indem sie die Themse abriegeln. Percys Horden werden aus dem Norden einfallen, und aus ganz Europa werden die Katholiken uns zur Seite eilen!«

»Und auf wessen Kommando werden diese mächtigen Hilfstruppen marschieren? Hat dir der König von Spanien persönlich zugesichert, dass seine Truppen nach deiner Pfeife tanzen werden? Hat der mächtige Percy dir gesagt, dass seine Bauern mitten im Winter ausrücken werden, um deiner glorreichen Tat zum Erfolg zu verhelfen – die Bauern, von denen er noch kaum einen je zu Gesicht bekommen hat? Haben die Heerführer Europas dir ihre schriftliche Zusage übermittelt, dass sie diesen gefahrvollen Feldzug unternehmen werden, um in London ein Feuer zu löschen, das ewig brennen wird? Du bist wahnsinnig, Vetter, wahnsinnig!«

Catesby schien ungerührt. In seinen Augen war ein sonderbares Leuchten, und er strahlte eine nahezu unnatürliche Ruhe und Gelassenheit aus. »Fawkes ist Soldat, ein bewährter Kämpfer. Er ist auf dem Kontinent gewesen. Er bringt uns Nachricht aus allerhöchster Quelle, dass die spanischen Truppen in unserem Interesse agieren werden. Er berichtet auch, dass Sir William Stanley das englische Regiment über den Kanal bringen wird, um uns beizustehen. Und was den Grafen von Northumberland betrifft, so spricht er durch Thomas Percy zu uns, dem er durch sein Handeln sein vollstes Vertrauen beweist.«

»Alles Geschwafel! Wer ist denn dieser Guy Fawkes? Ich wette mit dir, dass er dem König von Spanien so nahe steht wie meine Nase meinem Arsch! Stanley ist ein klappriger Greis, dem es nur darum geht, begnadigt zu werden und sicher nach Hause zurückkehren zu können, und Gott steh uns allen bei, wenn Percy auf unserer Seite ist! Dieser schwitzende Idiot würde doch für einen Furz und einen Eimer Pisse seine eigene Mutter verraten!«

»Beruhige dich, Vetter. Hier, trink einen Schluck.« Tresham bemerkte zum ersten Mal den Krug Wein und die beiden erlesenen Kelche, nagelneu wie alles andere im Haus, die in dem Zimmer für sie bereitgestellt worden waren. »Das ist alles neu für dich. Für andere von uns, die schon lange damit leben, ist der Schock nicht so groß. Gib dir etwas Zeit. Gib *uns*, deinen langjährigen Freunden, auch etwas von dieser Zeit. Das haben wir doch wohl verdient.«

»Aber was ist mit unseren Freunden? Mit Montague? Mordaunt? Mit meinen Verwandten? Monteagle? Stourton? Ihr könnt doch nicht jeden katholischen Edelmann in England töten?«

Treshams Herz schlug so heftig, dass es seine Brust zu sprengen schien. Er ließ sich auf einen Stuhl sinken und nahm einen tiefen Zug von dem Wein.

»Wir können versuchen, einige von ihnen zu warnen«, sagte Catesby. »In gefährlichen Zeiten ist jedermann in ernsthafter Gefahr.«

»Geld. Ich werde dir Geld geben.«

Catesby erhob sich und machte Anstalten, Tresham zu umarmen.

»Nein, kein Geld, um diese Idiotie durchzuführen. Ich gebe dir Geld, damit du verreisen kannst.« Catesby runzelte die Stirn. »Warte doch wenigstens ab, bis dieses Parlament getagt hat, und sieh dir an, was es tut und welche Gesetze es erlässt. Wer weiß, vielleicht sind die ganzen Gerüchte ja nur viel Lärm um nichts. Nimm hundert Pfund oder auch mehr. Und dann zieh dich mit deinen hitzköpfigen Freunden in die spanischen Niederlande zurück. Nehmt euch Zeit zum Nachdenken und beobachtet die Situation.«

»Und die dreißig oder mehr Fässer mit Schießpulver, die sollen wir wohl unter dem Oberhaus zurücklassen? Oder riskieren, entdeckt zu werden, wenn wir versuchen, sie zu entfernen? Um dafür öffentlich gehängt, ausgeweidet und gevierteilt zu werden, dass wir unsere Feinde *nicht* zur Hölle gejagt haben? Ganz gewiss nicht, Vetter, ganz gewiss nicht.«

Catesby schalt ihn aus wie ein Lehrer einen Schüler, der ein Wort falsch übersetzt hat.

»Also, bist du nun auf unserer Seite, oder willst du zum Verräter an unserer Sache werden?«

Die Ironie, dass er von dem Mann als Verräter bezeichnet wurde, der plante, die englische Regierung in die Luft zu jagen, war Tresham wohl bewusst. Sein Bauch riet ihm, sich schleunigst aus dem Staub zu machen und die ganze verfluchte Angelegenheit zu vergessen. Aber sein Kopf sagte ihm, dass es keinen Sinn hatte. Er hatte in so enger Verbindung mit diesen Männern gestanden, dass er mit ihnen gefangen und gehängt werden würde, wenn etwas davon durchsickerte, was mit Sicherheit passieren würde. Dieses Treffen mit Catesby hatte sein Schicksal besiegelt, das wurde ihm nun klar. Wenn sie Walter Raleigh zu Festungshaft verdammen konnten, was hatte er dann für eine Chance? Und im Übrigen, so dachte er, da seine Umsicht seiner davoneilenden Fantasie in die Zügel fiel, war seine einzige Rettung vielleicht der Mann, für den er spionierte, der Gentleman mit den durchdringenden Augen und der schönen … Hure? Gefährtin? Oder gar Gemahlin? Von nun an würde er als einer der Verschwörer angesehen werden, was immer er auch tat. Er sah Catesby in die Augen, und er begriff, dass er ihn nie wirklich gekannt hatte. Wenn er sich der Verschwörung verweigerte, konnte er nicht einmal sicher sein, dass Catesby ihn nicht töten würde. Die Ruhe dieses Mannes war weitaus beängstigender, als es sein Zorn je hätte sein können.

»Du hast mich zu einem Teil deiner verfluchten Verschwörung gemacht. Ich habe letzte Woche mit euch gegessen, und jetzt werde ich hier bewirtet. Du legst eine Fährte aus, der auch der dümmste Spürhund mühelos folgen kann, nicht wahr? Ich kenne dich schon ein Leben lang. Wenn eure Verschwörung scheitert, denkst du, dass irgendeiner von uns davonkommen wird? Du hast mich an der Angel, Vetter, bevor ich überhaupt sehen konnte, dass da ein Haken im Wasser ist.«

»Also, bist du auf unserer Seite, oder wirst du zum Verräter an der Sache?« Catesbys Ton war milde und doch unerbittlich.

»Ich bin ein Feigling, was deine Sache betrifft, Robin. Nur eine schlechte Sache kann aus mir einen Feigling machen.«

Es wurde allmählich schon dunkel, als er aus Lord Stourtons Haus hinausstürzte und sich durch die Straßen von Clerkenwell kämpfte. Der Staub des Sommers und die zwei Fuß tiefen Wagenspuren hatten sich in einen zähen, klebrigen Schlamm verwandelt, der auch in hohe Stiefel zu schwappen drohte oder sie einem gar von den Füßen ziehen konnte. Er fand das Schild mit der Meerjungfrau, betrat das Wirtshaus und fragte, wie es ihm gesagt worden war, nach dem Zimmer, das für Robert Cecil reserviert war. Der Wirt, ein sauertöpfischer Bursche, rief einen Schankburschen heran und wies ihn an, Tresham den Weg zu zeigen. Dieser ließ ihn vor einer Tür im ersten Stock allein. Tresham klopfte an. Es blieb still. Er sah sich um. Der hölzerne Balkon, der den Innenhof des Gasthauses an drei Seiten säumte, war verlassen, wie überhaupt das ganze Haus nahezu menschenleer schien. Die Leute, die sich in Clerkenwell niedergelassen hatten, besaßen genug Geld, um sich zu Hause einen reichlich gedeckten Tisch leisten zu können; sie hatten es nicht nötig, ins Wirtshaus zu gehen. Er klopfte erneut. Totenstille. Er drückte die Klinke herunter. Die Tür war nicht verschlossen. Das Zimmer lag leer und kalt da. Kein Licht, kein Anzeichen dafür, dass irgendjemand in den letzten Tagen hier gewesen wäre. Er ließ die Tür offen stehen, ging die wackelige Treppe hinunter und trat ins Freie, in das schwächer werdende Licht des Spätnachmittags.

»Euer Bericht?«

Er fuhr zusammen und hatte das Schwert schon halb aus der Scheide gezogen, bevor er die schwarz gekleidete Gestalt erkannte.

»Aber – doch gewiss nicht hier?«, stammelte Tresham. So etwas wie ein Grinsen huschte über das Gesicht des anderen. Er führte Tresham zu einem Zimmer auf der gegenüberliegenden Seite des Innenhofs. Drinnen waren die Reste einer Mahlzeit zu sehen, einer guten Mahlzeit, soweit Tresham erkennen konnte. Und die Frau war ebenfalls da, zusammen mit dem riesigen Mann, dem Tresham auch schon begegnet war. Wortlos begann der Ochse von einem Diener den Tisch abzuräumen; die Frau half ihm dabei. Die drei standen in einer sonderbaren Beziehung zueinander. Herr, Diener und Hure? Ehemann, Ehefrau und Diener? Freunde? Oder waren sie selbst Mitglieder einer Verschwörung, die er nur erahnen konnte? Ihr Umgang war von einer Ungezwungenheit, die alle Hierarchie über den Haufen warf, ein so intuitives Verständnis, dass es zwischen ihnen bisweilen kaum eines Wortes bedurfte.

Tresham ließ sich auf einem Schemel nieder und nahm den angebotenen Wein.

»Ich weiß, was sie vorhaben.«

Ohne dass irgendjemand etwas gesagt hätte, hörte Tresham, wie die beiden anderen näher traten.

»Sprecht«, befahl der dunkle Herr.

Tresham schöpfte tief Luft. »Mein Vetter hat sechsunddreißig Fässer erstklassigen Schießpulvers unter dem Oberhaus des Parlaments von Westminster gelagert. Es befindet sich in einem von Thomas Percy gemieteten Keller, versteckt unter Stapeln von Brennholz. Sie haben vor, das Parlament am Tag der feierlichen Eröffnung in die Luft zu jagen und dabei den König, den Kronprinzen, die Lords, die Unterhausabgeordneten und überhaupt alle zu töten. In drei Wochen. Heute in drei Wochen. Am fünften November.«

Er hörte, wie Jane nach Luft schnappte und auch der normalerweise unerschütterliche Mannion. Gresham saß wie versteinert auf seinem Stuhl.

»Ist das … ernst gemeint? Werden sie das wirklich tun?«, fragte er nach einer langen Pause.

»Es ist ernst gemeint. Sie werden es tun.« Tresham kam allmählich in Fahrt; seltsamerweise fühlte er sich in Gegenwart dieses Mannes, seiner Frau und seines Dieners wesentlich wohler als zuvor bei seinem Schwager und Catesby. »Das Pulver ist schon dort; ein Mann, den sie auf Stanleys Empfehlung vom Kontinent haben kommen lassen, hat es dort platziert; ein gewisser Guido oder Guy Fawkes. Mein Vetter Percy ist ein Königlicher Kammerjunker. Das Haus ist auf seinen Namen gemietet, und dieser Fawkes gibt sich als sein Diener aus. John oder Jack Johnson nennen sie ihn, glaube ich. Sie wollen es wahrhaftig tun. Ihr Plan sieht vor, Prinzessin Elisabeth aus Coombe House zu entführen und sie auf den Thron zu setzen.«

»Sie sind wahnsinnig!« Greshams Stimme war kaum mehr als ein Flüstern.

»Das habe ich auch gesagt, aber es hat nichts genutzt. Mein Vetter ist keiner Vernunft zugänglich.«

»Wer ist noch beteiligt?«

»Die, von denen Ihr bereits wisst. Und noch einige, die Ihr nicht kennt. Ist es notwendig, dass ich ihre Namen nenne?«

»Ich glaube kaum, dass ich derjenige bin, der ihnen den größten Schaden zufügen wird.«

»Außer denen, die Ihr bereits kennt? Ambrose Rookwood. Everard Digby. Tom Bates, Catesbys Diener. Mehr weiß ich nicht.«

»Keine Adligen?«, fragte Gresham mit plötzlichem Interesse. »Wer soll denn Reichsverweser werden, wenn die Sache funktioniert? Wer ist die treibende Kraft? Was ist mit Northumberland?«

»Thomas Percy hat seinen Namen erwähnt. Anscheinend hat Tom Robin sein Wort gegeben, dass Northumberlands Truppen herbeiströmen werden, sobald das Parlament mit Mann und Maus zur Hölle gejagt worden ist. Aber es könnte auch leere Prahlerei sein, bei dem Mann wäre das kein Wunder. Sonst hat Robin niemanden von Rang erwähnt. Mein Gott, Stourton ist mit einer meiner Schwestern verheiratet, und Monteagle genauso! Das ist meine *Familie*!«

Nicht dass dir deine Familie je sonderlich viel bedeutet hätte, dachte Gresham.

»Darf ich etwas sagen?« Es war Jane. Gresham nickte.

»Was soll das alles für einen Nutzen haben? Wie können diese Leute glauben, dass ein solches … Massaker Eurer Religion helfen wird?«

Mit müder Stimme erklärte Tresham die Sache mit den spanischen Truppen, erzählte von dem englischen Regiment und erneut von dem erhofften Engagement des Grafen von Northumberland.

Gresham stand auf und ging in der Stube auf und ab. Seine Anspannung war deutlich zu spüren.

»Es ergibt keinen Sinn. Northumberland kennt seine Ländereien im Norden selbst kaum, und erst recht kann man nicht damit rechnen, dass seine Bauern dort oben so loyal sind, sich von ihm nach London führen zu lassen und für ihn den Kopf auf den Richtblock zu legen.«

»Es ist nicht immer blaues Blut nötig, um reichlich von der roten Sorte fließen zu lassen. Die einfachen Leute können auch töten.« Mannion hatte das Wort ergriffen. Sogleich drehte Gresham sich zu ihm um.

»Aber einfache Leute brauchen einen Anführer. Auch die Bauern hatten bei ihrem Aufstand einen Wat Tyler an der Spitze«, erwiderte er.

»Ist Catesby ein solcher Anführer?« Jane hatte die Frage gestellt, die nun im Raum hing.

»Könnte es so sein? Dass Robin sich selbst als Reichsverweser sieht, dem das Volk zujubelt? Gewiss nicht ... oder doch?« Tresham war bestürzt, wollte einfach nicht glauben, was sein Herz ihm sagte.

»Luzifer glaubte, er könne Gott besiegen und selbst im Himmel verehrt werden«, sagte Jane. »Warum sollten seine Werke auf Erden weniger von Stolz besessen sein?«

Ein purer Zufall sorgte dafür, dass Catesby in direkten Kontakt mit Vicomte Montague kam. Auf dem Rückweg zum Strand war er in der Nähe des Savoy Palace um eine Ecke gebogen und hatte plötzlich dem jungen katholischen Lord Auge in Auge gegenübergestanden. Montague war ein tapferer junger Mann; fünf Tage hatte er im Fleet-Gefängnis gesessen, weil er sich im Parlament offen gegen die Rekusantengesetze ausgesprochen hatte. Das, dachte Catesby, war auch einer von der Sorte Männer, die Francis Tresham in mitleidige Tränen ausbrechen ließen, wenn er an ihren Tod dachte. Konnten sie denn nicht begreifen, er und seinesgleichen, dass, wenn Christus gestorben war, um die Welt zu retten, der Tod von ein paar Männern ein geradezu lächerlicher Preis war, wenn es darum ging, Christus zu retten?

Catesby konnte es sich nicht erlauben, Montague zu ignorieren. Er war gesehen und erkannt worden. Die Angehörigen der großen katholischen Familien Englands kannten einander nicht nur, häufig waren sie auch miteinander aufgewachsen und zur Schule gegangen.

»Guten Morgen, Mylord«, sagte er mit einer tiefen Verbeugung. »Wie ist das werte Befinden?« Es grenzte an Dreistigkeit, eine Person von so hohem Stand so direkt anzusprechen, doch Catesby wurde zunehmend vom Feuer des Wagemuts getrieben. Wenn Montague beleidigt war, so ließ er es sich nicht anmerken; mit allen Anzeichen der Aufrichtigkeit erkundigte er sich seinerseits nach Catesbys Befinden.

»Ist es das Parlament, das Euer Lordschaft in die Stadt führt?«, erkundigte sich Catesby. Montagues Landsitz lag in Sussex. Er vertraute Catesby an, dass er zu Besuch bei seiner Tante weile und hoffe, vom König die Erlaubnis zu erhalten, dem Parlament fern zu bleiben. Seine genauen Gründe musste er vor Catesby nicht ausbreiten. Beide wussten, dass der fromme junge Mann davor zurückschreckte, zugegen zu sein, wenn noch weitere Gesetze gegen die Katholiken verabschiedet würden, und sich eine noch längere Gefängnisstrafe einhandeln könnte, wenn er seine Meinung offen äußerte.

»Ich bin sicher, dass Euer Lordschaft keine Freude daran hätten«, bemerkte Catesby verständnisvoll. Nun, wenn Montague bereits den König bedrängte, ihn von seiner Anwesenheitspflicht zu entbinden, dann musste Catesby nichts mehr weiter tun, als Montagues wahrscheinliche Abwesenheit gegenüber Tresham und den anderen als sein Werk darzustellen.

Ein Unwetter braute sich zusammen, das wusste Catesby. Seine Verschwörung baute auf die große Familie der englischen Katholiken, auf die verwandtschaftlichen Beziehungen und das enorm starke Band, das diese Beziehungen zwischen ihnen formte, ungeachtet ihrer gelegentlichen Streitereien. Aber jede Familie schützte ihre eigenen Mitglieder. Der Tod einiger Angehöriger dieser Familie – einiger führender Mitglieder aus den lange Jahre herrschenden Adelskreisen – wurde allmählich zur entscheidenden Streitfrage. Catesby musste unbedingt ihre Entschlossenheit stärken, das war jetzt wichtiger denn je.

Er wusste, dass Fawkes, die Brüder Wright und Tom Wintour mit einem Diener sich am heutigen Tage im Wirtshaus Bell in Daventry treffen wollten. Er hatte seinen eigenen Diener, Tom Bates, losgeschickt, um sie im Auge zu behalten. Jetzt war es an der Zeit, sie alle in London zusammenzuziehen. So riskant es auch sein mochte, sie würden sich jetzt immer öfter treffen müssen. Nur wenn er sie stets im Auge hatte, konnte er sicher sein, dass sie sich an seine Vorgaben hielten. Er hatte es schon erlebt, dass es unter Verschwörern zu Zwistigkeiten gekommen war; hatte erlebt, wie Uneinigkeit einen Plan zunichte machen konnte. Er war ihr Anführer. Nur mit ihm würden sie alle an einem Strang ziehen und so dem großen Vorhaben all die Kraft zur Verfügung stellen, deren es bedurfte.

»Ich brauche einen Bischof und ein Kollegium von Theologen.«

»Was ist denn ein Theologe?« Die wenig hilfreiche Frage kam von Mannion. Er war für einen halben Tag von der Leine gelassen worden und mit einem selbstzufriedenen Grinsen im Gesicht in das Haus in Alsatia zurückgekehrt. Gresham und Jane hatten ihn bewusst nicht gefragt, was er in der Zwischenzeit getrieben hatte. Trotz der langen Zeit, die sie schon in ihrem Versteck weilten, hatte Gresham keinerlei Anzeichen dafür erkennen können, dass sie beobachtet wurden. Seine Kopfhaut hatte nicht gejuckt. Er hätte Jane gerne dieselben Freiheiten gewährt wie Mannion, wiewohl sie gewiss nicht dorthin gegangen wäre, wohin es ihn gezogen hatte. Vielleicht waren eine neuerliche Verkleidungsaktion und ein Besuch im Theater die Lösung.

»Wie könnten die Euch denn helfen?«, fragte Jane.

Es war spät am Abend, und eigentlich hätten sie alle schon im Bett liegen sollen. Es war Gresham, der sie wach gehalten hatte; er hatte sich gezwungen gesehen, zu Feder und Papier zu greifen, um die Probleme zu skizzieren, die sich ihnen stellten.

»Nun, ich würde mir anhören, was die Bischöfe zu sagen hätten, dann wüsste ich, dass die gegenteilige Antwort die Richtige wäre. Oder ich würde den Streitgesprächen der Theologen lauschen und dabei so wütend werden, dass ich mich für irgendeinen Weg entscheiden würde, wenn auch nur, um ihrem ewigen Gefasel ein Ende zu bereiten.«

»Würde es helfen, das Problem noch einmal ausdrücklich zu formulieren?«

»Vielleicht. Wer weiß? Es läuft alles auf die Frage hinaus, was wir jetzt unternehmen sollen. Ich glaube die Geschichte mit dem Schießpulver. Es ist eine haarsträubende, ja groteske Geschichte – viel zu unglaubwürdig, als dass sie erfunden sein könnte. Nein, das Pulver ist tatsächlich dort. Warum es dort ist und was damit geschehen soll, ist eine viel schwierigere Frage.«

»Aber warum es dort ist, wissen wir doch wohl?«

»Wir wissen, warum es nach Ansicht Catesbys und der anderen dort ist. Wir wissen, was sie in wenigen Wochen damit anstellen wollen. Aber so ein ungeheuerliches Verbrechen … ich kann mir einfach nicht vorstellen, dass da nicht irgendwo blaues Blut dahinterstecken soll.«

»Nun, da gibt es drei katholische Lords, die Cecil allesamt in der Tasche hat – Suffolk, Northampton und Worcester. Zusammen beherrschen sie mehr als die Hälfte des Landes.«

»Da liegt das Problem. Was springt für sie heraus bei einer Verschwörung gegen den König und seinen Ersten Minister? Sie verstehen sich prächtig mit beiden und hocken zufrieden jeder auf seinem eigenen Misthaufen. Sie werden den Teufel tun und an ihrem eigenen Ast sägen, geschweige denn den ganzen Baum in die Luft jagen.«

»Also Northumberland?«

»Möglicherweise, aber wenn, dann nur aus der Ferne. Der alte Graf ist kein Erzverschwörer. Er zieht es vor, in seiner Bibliothek zu hocken, seine Experimente zu machen und im Stillen darüber nachzugrübeln, wie übel die Welt ihm mitgespielt hat. Er ist taub, weißt du. Taube Menschen leben in ständiger Angst; sie fürchten, dass irgendetwas im Gange sein könnte, von dem sie nichts wissen. Northumberland hat mehr Angst als die meisten. Er kennt die Geschichte seiner Familie. Er weiß, dass niemand in London einem Percy über den Weg traut. Wenn er in diese Sache verwickelt ist, dann nur als der Puppenspieler, der die Fäden in der Hand hält.«

»Aber das spielt doch wohl alles keine Rolle, oder? Was sie vorhaben, ist schändlich. Es ist die schlimmste Sünde, die man sich vorstellen kann. Es muss unbedingt verhindert werden. Könnt Ihr nicht einfach Euren Stolz überwinden, zu Cecil gehen und ihm alles sagen, was Ihr wisst?«

»Cecil will meinen Tod, hast du das vergessen? Ich kann es nicht wagen, zu ihm zu gehen – wenn ich nicht eine andere Person gefährden will, die mir sehr am Herzen liegt.«

»Raleigh? Aber Sir Walter kann doch unmöglich in eine solche Sache verwickelt sein?«

»Sir Walter? In diese Sache verwickelt? Niemals, und wenn er tausend Leben hätte! Raleigh hat es noch nie nötig gehabt, sein Schießpulver zu verstecken, und wenn er diese Verschwörung ausgeheckt hätte, wäre ich der Erste, der darüber Bescheid wüsste. Aber Raleighs Leben hängt an einem seidenen Faden, und Cecil wäre jeder noch so fragwürdige Anlass recht, um den Faden durchzuschneiden. Ein einziger Hinweis auf eine Verschwörung, und Raleigh ist ein toter Mann. Raleigh muss gar nicht wirklich in die Sache verwickelt sein. Cecil braucht nur den Hauch eines Beweises, und schon wird er Raleigh alles anhängen. Du musst verstehen, dass Raleigh für Cecil eine echte Bedrohung darstellt. Er schmachtet im Tower, und jeden Tag stehen die Menschen am Fluss Schlange, um ihm zuzujubeln, wenn er auf den Wällen spazieren geht; und der König, der ihn verurteilt hat, kann das Risiko nicht eingehen, ihn hinrichten zu lassen – wenn das keine Bedrohung für den König ist, und zumal für den Ersten Minister, der seinen Freund verraten hat! Es geht um die Beliebtheit, Jane – Beliebtheit. Raleigh ist inzwischen wirklich *beliebt* beim Volk.«

Gresham war aufgestanden und ging in der Stube auf und ab.

»Das ist die eine Sache, die Cecil nie wird besitzen können, das Einzige, was er fürchtet! Cecil ist reichlich mit Intelligenz gesegnet. Er ist wohlhabend, mächtig und gerissen, und er ist unglaublich vorsichtig. Das Einzige, was ihn gefährden kann, ist ein Volksaufstand. Er hat kein Gespür für die einfachen Leute, nein, und er liebt sie auch nicht. Er kann in seinem Palast sitzen, intrigieren und manipulieren, Pläne machen und Ränke schmieden, aber er kann nicht wie Sir Walter zu den Menschen hinausgehen und durch seinen bloßen Anblick bewirken, dass ihm alle Herzen zufliegen und die Menge vor Begeisterung jauchzt. Also fürchtet er Raleigh mehr als alle anderen, meinen armen Kapitän in seinem Kerkerturm, und er fürchtet, dass Raleigh den König für sich gewinnen könnte. Raleigh ist das Sinnbild der Popularität, die Cecil nie besitzen wird, der Macht über die Herzen und Gedanken der Menschen. Cecil weiß, dass diese Macht ihn eines Tages von seinem hohen Ross herunterstoßen könnte, und so fürchtet er sie ebenso sehr, wie sie ihn mit Neid erfüllt.«

»Aber was hat das alles mit dieser Pulververschwörung zu tun?«, fragte Jane verwirrt.

»Was ist denn, wenn Cecil weiß, dass irgendetwas sich zusammenbraut? Die Einzelheiten können ihm nicht bekannt sein. Ein Mann wie er würde nie wissentlich zulassen, dass eine Tonne Schießpulver unter seinem Machtzentrum lagert. Aber wenn wir nun sagen, er hat die Gerüchte aufgeschnappt und sieht in dieser Verschwörung eine Möglichkeit, endlich zu beweisen, dass Raleigh ein Verräter ist? Wenn wir nun sagen, er wartet einfach ab und schnappt sich dann sämtliche Verschwörer, deren er habhaft werden kann? Wie viele von ihnen würden auf der Folterbank nicht gestehen, dass Raleigh ihr Rädelsführer ist? Das würde so vieles erklären. Warum Cecil alles daran setzt, mich loszuwerden, warum er mich so fürchtet und warum er mich auf eine falsche Fährte angesetzt hat. Ich habe keinen Hehl aus meiner Treue zu Sir Walter gemacht. Mein Gott, ich besuche den Mann ganz offen im Gefängnis! Es gibt nur wenige Männer, die eine Intrige aufdecken könnten, durch die Raleigh als Verräter hingestellt werden soll, und wenige, die darauf so erpicht wären wie ich. Ich bin so ein Mann – vielleicht der Einzige.«

»Hat das Will Shadwell den Tod gebracht?«, fragte Jane.

»Natürlich«, erwiderte Gresham. »Percy muss in Shadwells Gegenwart im betrunkenen Zustand irgendetwas ausgeplaudert haben. Ich frage mich, ob Will mit der Geschichte zuerst zu Cecil gelaufen ist. Das wäre ein prächtiger Witz. Cecil sieht seelenruhig zu, wie diese nette kleine Verschwörung vor sich hin brodelt, die ihm einen vorzüglichen Vorwand liefern wird, Raleigh ein für alle Mal loszuwerden, und da kommt dieser Will Shadwell daher und droht, ihm die Suppe zu versalzen, indem er alles viel zu früh aufdeckt. Ich hatte mir eingebildet, Will Shadwell sei mit einer Geschichte zu mir unterwegs gewesen. Ich wette, er ist in Wirklichkeit vor Sam Fogarty und seinen Leuten davongelaufen; er muss gemerkt haben, dass sie hinter ihm her waren, und sich gedacht haben, ich wäre der einzige Mensch, der ihn vor Cecil schützen könnte.«

Jane schien immer noch verwirrt. »Aber ich verstehe trotzdem nicht, warum Ihr nicht einfach zu Cecil gehen könnt. Ihr deckt die Verschwörung auf und verhindert damit ein Blutbad …«

»Und serviere Cecil nicht nur Raleigh, sondern auch mich selbst, hübsch garniert auf einem Silbertablett! Überleg doch, was passieren wird, wenn ich bei Cecil mit Einzelheiten dieser haarsträubenden Verschwörung auftauche. Ich, einer von Raleighs glühendsten Anhängern, und zugleich ein Meisterspion! Ich werde in den Kerker geworfen, kaum dass ich den Mund aufgemacht habe, und anstatt meinen Herrn und Meister zu retten, werde ich zum Instrument seines Todes! Wie leicht wäre es, mich nicht als den *Entdecker* der Verschwörung hinzustellen, sondern als einen ihrer *Anführer*? Es existiert ein gefälschter Brief, der beweisen soll, dass ich Katholik bin. Was einmal getan wurde, kann auch ein zweites Mal getan werden! Ich habe mit den Verschwörern am Tisch gesessen, oder etwa nicht? Und ich stehe in direkter Verbindung mit Raleigh. Sie können mir im Handumdrehen nachweisen, dass ich als Mittelsmann zwischen den Verschwörern und dem Tower agiert habe. Sie können mich auf der Folterbank strecken, bis ich sage, was sie hören wollen, ohne dass es je nötig wäre, mir einen offenen Prozess zu machen! Sieh dir doch Raleighs Prozess an – sein Hauptankläger musste gar nicht erst vor Gericht erscheinen!«

»Ihr würdet niemals gegen Raleigh aussagen!«, rief Jane.

»Ich würde nie *bewusst* oder freiwillig gegen ihn aussagen – nicht solange ich Herr meiner Sinne bin. Aber Folter hat mit

Mut und Willensstärke nichts zu tun, Jane. Christus selbst hat am Kreuze seinen Vater verleugnet. Auf der Folterbank büßt ein Mensch nicht nur seine körperliche Unversehrtheit ein, sondern auch die seelische. Jeder lässt sich früher oder später brechen.«

»Ihr könnt also nicht sagen, was Ihr wisst, und schweigen könnt Ihr auch nicht. Gibt es denn niemanden sonst, dem Ihr die Einzelheiten anvertrauen könntet?«

»Das ist die Frage. Der junge Tresham macht die Sache noch komplizierter. Wir müssen übrigens verhindern, dass er sich aus dem Staub macht. Er ist sehr impulsiv. Es wird nicht lange dauern, bis er die Risiken abwägt – das würde ich auch tun, bei Gott, wenn ich mich auf einen Handel eingelassen hätte, bei dem ich verhaftet und in den Tower geworfen werden könnte, sobald mein Vetter vor den falschen Leuten auch nur ein einziges Wort fallen lässt – und dann kommt er vielleicht zu dem Ergebnis, dass es besser für ihn wäre, wenn er sich einfach auf eigene Faust nach Frankreich absetzt.«

»Also, wem sagt Ihr es dann, und wie?«

»Es gibt genug selbstgefällige Idioten im Sold der Krone, die sich auf die Gelegenheit stürzen würden, eine Verschwörung aufzudecken, aber mit der Aufdeckung allein ist es nicht getan. Wenn das Schießpulver einfach nur gefunden wird, könnte die Sache immer noch ebenso leicht Raleigh wie irgendjemandem sonst angehängt werden. Nein, wie auch immer wir es anstellen, wir müssen irgendeinen Weg wählen, bei dem alles innerhalb der katholischen Kreise bleibt, sodass die ganze furchtbare Geschichte als religiös motiviert erscheint.«

»Also gut«, sagte Jane, »dann solltet Ihr Euch gleich Feder und Papier besorgen. Wie viele katholische Sympathisanten kennen wir?«

Jemand weinte irgendwo im Haus, nicht allzu weit entfernt. Das Geräusch übertönte selbst den Lärm, den die Räumung eines so großen Hauses verursachte; es war ein schrilles Klagegeschrei, das keinen Anfang und kein Ende zu haben schien. Es musste wohl eines der Dienstmädchen sein, dachte Tresham. Er hatte sich noch immer nicht von seinem Teufelsritt von London nach Northamptonshire erholt. Viele der Bediensteten hatten ihr ganzes Leben für die Treshams gearbeitet. Sie jammerten und klagten, wie es ihre Art war, aber sie ahnten ja nicht, wie viel besser es für sie wäre, sich zu zerstreuen, bevor Cecils Racheengel über das Haus herfielen und Verrat schrien. Er hatte mit Rushton abgeschlossen, was immer auch geschehen würde. Schon jetzt kam es ihm so vor, als ob das Haus gar nicht mehr den Treshams gehörte.

Tresham glaubte immer noch, der Verschwörung Einhalt gebieten zu können. Wenn das der Fall wäre, könnte man Rushton problemlos wieder beziehen. Der Tod so vieler katholischer Edelleute war der Schlüssel, davon war er überzeugt. Einen Catesby mochte das nicht von der Notwendigkeit einer Verschiebung überzeugen, wohl aber andere. Er hatte darüber des Langen und Breiten mit seinem dunklen Engel diskutiert. Der Mann hatte so wenig Ähnlichkeit mit Alexander Selkirk, dem angetrunkenen Schotten in Begleitung von Ben Jonson, dass Tresham sich in den Arm kneifen musste, um glauben zu können, dass die beiden wirklich ein und dieselbe Person waren. »Selkirk« hatte ihm nicht widersprochen, sondern ihn unverwandt angesehen und mit resignierter Stimme gesagt: »Ihr müsst es nach Kräften versuchen. Es ist besser, wenn Ihr von dem anderen Plan, diese Verschwörung zunichte zu machen, nichts wisst, bis es so weit ist. Umso überraschter werdet Ihr sein, wenn Ihr davon hört. Denkt daran, Euch an die Wahrheit zu halten, wenn man Euch zur Rede stellt.« Tresham hatte darüber nachgegrübelt, ohne es wirklich zu verstehen, und darum nachgesucht, in den Norden reiten zu dürfen, um sein Haus abschließen und seine Familie nach London bringen zu können.

»Warum solltet Ihr das tun wollen?«, hatte der Mann gefragt.

»Ich werde das Land für eine Weile verlassen, egal, was passiert. Ich muss meine Angelegenheiten regeln, mein Geld einholen und meine Angehörigen zusammenbringen, damit sie einander helfen und sich gegenseitig unterstützen können, wenn ich weg bin. Ich muss auch die Möglichkeit in Betracht ziehen, dass ich verhaftet werde.«

»Wieso?«

Tresham hatte die gleichen Überlegungen angestellt wie Gresham. »Ein unvorsichtiges Wort von einem der Verschwörer, und alles könnte auffliegen. Ich stecke jetzt mit drin, ganz gleich, was passiert. Wenn ich verhaftet werde, kann ich mich darauf berufen, dass ich versucht habe, den Plan zu vereiteln – was die reine Wahrheit ist –, und dass ich nur deswegen bei Catesby geblieben bin, weil ich von innen weiter gegen die Verschwörung vorgehen wollte. Wenn ich meine Familie nach London hole, wird das meine Unschuld bestätigen. Ein Mann, der das Feuer fürchtet, rückt nicht näher an den Ofen heran.«

»Nein«, erwiderte Gresham, »aber ein Mann, der das Feuer entfachen will, durchaus.«

Du bist ganz schön optimistisch, dachte Gresham, was dein Schicksal im Fall einer Aufdeckung der Verschwörung betrifft. Aber sei nur guter Hoffnung. Es kann nicht schaden.

»Ein weniger kluger Mann, als Ihr es seid«, fuhr er fort, »könnte auf die Idee kommen, seinen Haushalt aufzulösen, sein Vermögen zusammenzuraffen, anschließend nach London zurückzukehren und heimlich zu verschwinden, bevor irgendjemand wüsste, was gespielt wird.«

War dieser Mann ein Gedankenleser? Just solche Überlegungen hatten sich Tresham zunehmend aufgedrängt.

»Solche Gedanken wären für einen klugen Mann allerdings keiner ernsthaften Beachtung wert, und zwar aus zwei Gründen. Erstens ist ein Mann, der verschwindet, immer noch am

Leben und kann daher gefunden werden. Und zweitens steht Ihr unter ständiger Bewachung. Die Wachen sind erfahrene Leute, die damit ihren Lebensunterhalt verdienen; ihnen ist es gleich, ob sie Euch töten oder Euch weiter nachspüren. Wir werden das gemeinsam entscheiden, wenn Ihr abreist. Das soll unsere private kleine Verschwörung sein.«

So waren sie auseinander gegangen, und Tresham war wie ein Wahnsinniger nach Rushton geritten. Staubwolken überall im Haus, wo die Wandbehänge abgenommen und die wenigen wertvollen Teppiche zusammengerollt wurden, wo auf Kleider und Bettwäsche eingedroschen wurde, um sie vom Staub zu befreien, bevor sie in die Kisten gepackt wurden, die überall in den Fluren und Treppenhäusern herumstanden. Die wenigen Kaminfeuer bliesen Rauch durch das Haus, weil ständig irgendwelche Türen aufgerissen und wieder zugeknallt wurden, während draußen die Pferdewagen warteten.

Ein Letztes blieb noch zu tun, bevor er sich dem Zorn und dem Unverständnis von Mutter, Frau und Schwestern stellte. Die Familienpapiere, die sein Vater so sorgfältig geführt und aufbewahrt hatte, mussten dreifach versiegelt und im Haus verstaut werden, wo kein übel gesinntes Auge sie je erblicken würde. Es kam ihm vor wie ein Begräbnis.

Tresham reiste weiter nach White Webbs, Anne Vaux' Haus in Enfield. Er wusste, dass Pater Garnet dort sein würde, ebenso wie Catesby, Fawkes und Tom Wintour. Catesby hatte ihm versichert, dass Anne nicht über die Einzelheiten des Plans im Bilde sei, doch er war zutiefst beunruhigt. White Webbs war zum zentralen Versammlungsort der Verschwörer geworden. Das Haus war voll von Priesterverstecken und hatte den Vorteil, nicht weit von London entfernt zu sein. Er konnte nicht glauben, dass Anne Vaux mit einem Massenmord im Parlament einverstanden sein würde. Andererseits konnte er sich auch nicht vorstellen, dass sie nicht eingeweiht sein sollte; schließlich wusste er, mit welch eiserner Hand sie und die anderen katholischen Frauen über den Glauben im Lande herrschten. Pater Garnet war ein geschwätziger Narr und so vertrauenswürdig, wie ein Jesuit nur sein konnte, aber wie konnte er diesen mörderischen Plan unterstützen? Catesby behauptete felsenfest, dass Garnet über die Verschwörung Bescheid wisse und sie gutheiße.

Tresham verspürte eine tiefe innere Erschöpfung, als er durch die vertraute Tür eintrat, die Tür, die ihm früher stets Trost verheißen hatte. Catesby, Fawkes und Tom Wintour waren dort, wie auch Robert Keyes. Bei ihrer bisher einzigen Begegnung war ihm Fawkes nicht sehr sympathisch gewesen; er hatte bei ihm eine Verachtung gegenüber den Zivilisten gespürt, mit denen er vorübergehend zu tun hatte. Seine Antipathie war gewachsen, da er nun wusste, dass dies der Mann war, der das Schießpulver an Ort und Stelle gebracht hatte, der Mann, der bereit war, die Lunte zu zünden. Zur Hölle mit den Lords im Parlament, die dieses Schicksal wahrscheinlich ohnehin verdient hatten. Es war ihm gleich, wen das Schießpulver zerfetzte, aber da war die furchtbare Gefahr, dass die Explosion auch Francis Tresham mit sich reißen würde.

Auf den ersten Blick hatte Tresham an Catesby eine Veränderung bemerkt. Sie saßen in einem Zimmer mit dunkler Eichenholztäfelung zusammen, einem Raum ohne Porträts, von dem Fenster mit Stabwerk auf den gepflegten Garten hinausgingen. Draußen im Gemüsegarten stocherte eine Küchenmagd in einem Haufen Grünzeug herum; sie suchte die besten Pflanzen aus, um sie der Köchin zu bringen. Tresham blickte auf ihren gebeugten Rücken herab; es erfüllte ihn mit Neid, wie vollkommen sie in ihrer Aufgabe aufging. Würde sein Leben je so einfach sein können?

»Wir werden es nicht vermeiden können, dass wir einige der Unsrigen in die Luft jagen. Nicht bloß einfache Leute – auch Menschen, die wir als Anführer dringend brauchen! Sind wir Katholiken oder sind wir Kannibalen, die sich von ihresgleichen ernähren?« Tresham ritt beharrlich auf seinem Argument herum.

Fawkes grinste hämisch. Er sagte kaum etwas, und wenn er es tat, dann schwangen in seinem Akzent sonderbare Anklänge von Spanien und Yorkshire mit.

»Im Krieg sterben nun einmal Menschen«, sagte er jetzt. »Unschuldige Menschen genau wie Schuldige und Soldaten.«

»Zu lange haben wir gedacht, in unserem Kampf ginge es um Ideen, um den Glauben«, sagte Catesby. »Das sind nicht die Dinge, *mit* denen wir kämpfen. Es sind die Dinge, *für* die wir kämpfen. Und kämpfen müssen wir. Glaubt ihr denn, diejenigen, die im Oberhaus vielleicht ihr Leben lassen, würden denken, sie seien umsonst gestorben, wenn wir durch ihren Tod die Herrschaft Gottes in England wieder etablieren?«

»Sie werden es uns ja schwerlich sagen können, oder?«, brummte Tresham. »Sie werden schließlich tot sein.«

»Manche, nicht alle. Viele werden nicht kommen, weil sie wissen, dass sie sonst Gesetze gegen die Unsrigen verabschieden müssten. Andere können wir warnen.«

Sie gingen die Liste durch. Sie war viel zu lang. Da war der junge Thomas Howard, erst kürzlich zum Grafen von Arundel ernannt und in diese uralte Würde eingesetzt. Wie konnte man zulassen, dass der junge Lord Vaux dem Massaker zum Opfer fiel, bei allem, was die Frauen der Familie Vaux über Jahre hinweg für den Glauben getan hatten? Tresham hatte, wie es seine Pflicht war, für seine beiden Schwäger Monteagle und Stourton plädiert. Dann war da Lord Montague … ja, aber Catesby hatte doch vor nicht einmal einer Woche mit zweien von ihnen gespeist. Hatte er von ihrem Brot gegessen und ihnen in die Augen gesehen, wissend, dass er im Begriff war, ihr Todesurteil zu unterzeichnen? … Tresham fand einen unerwarteten Verbündeten in Robert Keyes, als er sich für Lord Mordaunt einsetzte. Keyes war in Treshams Alter, ein kräftiger Mann mit einem wallenden roten Bart, dabei eine großzügige Seele, wiewohl kein reicher Mann. Er war als einer der Ersten der Verschwörung beigetreten. Vielleicht war es die Tatsache, dass sie sich beide für Mordaunt aussprachen, die Catesby provozierte und ihn die Zähne blecken ließ.

»Mordaunt!«, höhnte er. »Dem Mann würde ich nicht für ein Zimmer voll Juwelen ein Geheimnis anvertrauen! Genau diese Sorte von Leuten ist schuld, dass wir nicht allen und jedem erzählen können, was geplant ist. Sie würden uns so sicher vernichten, als ob wir zum König persönlich marschieren würden, um es ihm zu berichten!«

»Aber der junge Arundel«, sagte Tresham. »Wenn wir Leute wie ihn töten, dann töten wir damit doch gewiss auch all unsere Hoffnungen auf die Zukunft?«

»Nun, dann haltet ihn eben auf andere Weise vom Kommen ab. Ist denn hier keiner, der dem Jungen eine Wunde zufügen kann, die ihn ein, zwei Wochen ans Bett fesselt?«

Aufgeregte Stimmen erhoben sich rings um den Tisch. Catesby ließ sie reden.

»Schluss jetzt!«, verkündete er mit fester Stimme, nachdem sie eine volle Viertelstunde lang ergebnislos debattiert hatten. »Ich selbst habe Montague gewarnt.« Wütend stierte er in die Runde – und wehe dem, der ihm sein Recht streitig gemacht hätte! »Ein oder zwei anderen könnte *ich* möglicherweise einige Stunden vorher Bescheid sagen, falls *ich* mich dazu entschließen sollte. Das werdet ihr mir überlassen.«

Tiefes Schweigen herrschte rings um den Tisch.

»Dies ist kein unbedeutendes Scharmützel«, fuhr er fort. Seine Stimme war leise und doch durchdringend wie eine scharfe Klinge. »Dies ist die Schlacht um Englands Seele. Ist Christus nicht gestorben, uns alle zu erlösen? War Christus nicht frei von aller Sünde? Und mussten seine Mutter und sein Vater nicht durch lange, schwere Stunden seinen Tod beklagen? Manchmal müssen die Unschuldigen mit den Schuldigen zugrunde gehen, soll die Schlacht erfolgreich sein.«

Sie vereinbarten, am 23. Oktober im Irish Boy wieder zusammenzukommen. Ein anderes Treffen war für den darauffolgenden Tag im Wirtshaus The Mitre in der Bread Street, zwischen Cheapside und der Themse, geplant, allerdings nicht für die Verschwörer. Catesby konnte sich sogar ein Lächeln abringen, als er seiner diabolischen Tafelrunde mitteilte, dass ihre Anwesenheit dort nicht erwünscht sei. Er sollte sich mit Gesandten der deutschen Kurfürsten treffen. Catesby hatte verbreiten lassen, er stelle gemeinsam mit Thomas Percys Bruder Charles eine Truppe zusammen, mit der er auf dem Festland in den Krieg ziehen wolle, teils um die Regierungsspitzel in den Wirtshäusern auf eine falsche Fährte zu locken, teils um Anne Vaux und Pater Garnet in Sicherheit zu wiegen. Wer nicht allzu genau nachforschte, konnte in dem Feldzug eine befriedigende Erklärung für ihren Ankauf von Pferden und Waffen sehen.

Von der Bread Street aus, dachte Francis Tresham, konnte man sowohl den Londoner Tower sehen mit den vier neuen, wie Pfefferstreuer geformten Kuppeln auf dem White Tower, als auch die Kathedrale von St. Pauls, die seit dem Blitzeinschlag während der Regierungszeit der Königin Elisabeth noch immer ohne Turm war. Beides beliebte Hinrichtungsstätten, sowohl der Tower als auch St. Paul. Er verspürte ein Reißen in der Magengegend und fragte sich, ob sich noch vor dem fünften November die Massen an einem dieser Orte versammeln würden, um zu sehen, wie er ausgeweidet wurde.

Dieser Wahnsinn musste verhindert werden. Es musste endlich Schluss sein damit.

9

Die Tunnelarbeiter waren magere, drahtige Gesellen, die sich durch eine Abneigung gegen Wasser und Muskeln wie Stahlseile auszeichneten. Wenn sie nicht riskieren wollten, entdeckt zu werden, dann war es von entscheidender Bedeutung, dass die Arbeit rasend schnell und zugleich lautlos vonstatten ging. Die Unterbringung der Männer war kein Problem; man hielt die Läden fest geschlossen, und eine einzige Kerze musste als Lichtquelle genügen. Essen und Getränke wurden nach Mitternacht gebracht, wobei diejenigen, die sie anlieferten, gleichzeitig auch die Abfälle mitnahmen und sie zumeist einfach in den Fluss warfen, der sie sogleich fortschwemmte. Die Männer waren sorgfältig instruiert worden. Jegliche Neugier wurde ihnen durch die extreme körperliche Anstrengung gründlich ausgetrieben. Die bewaffneten Wachen, die dafür sorgen sollten, dass keiner dieser Burschen vom Lande auf die Idee kam, einen Spaziergang durch die Stadt zu machen, hatten eine leichte Aufgabe.

»Ruhe!« Die Männer erstarrten, als sie den gezischten Befehl des Aufsehers hörten. Diejenigen, die noch im Tunnel waren, wichen zurück. Das Hufgetrappel und das Klappern der Räder draußen auf der Straße hatte plötzlich aufgehört. Jemand rief ein Kommando, und der Wagen setzte sich wieder in Bewegung. Die Männer entspannten sich, und nun kletterten auch die Letzten durch das Loch im Fußboden heraus. Schweiß tropfte auf die frisch abgeschliffenen Bohlen.

Die Männer arbeiteten nackt in dem Tunnel. Einige hatten sich einen primitiven Lendenschurz umgebunden, um die Genitalien vor Schnittverletzungen zu schützen, oder sich ein Schweißband über die Stirn gezogen. Für ihre Verhältnisse war es keine schwierige Arbeit, da der Hauptstollen bereits gegraben war, aber die Szenen, die sich dort unter der Erde abspielten, erinnerten gleichwohl an eine Vision der Hölle. Der schwache, gelbliche Lichtschein flackerte auf den nackten Leibern, schimmerte auf der Schweißschicht, die sie bedeckte, und ließ die dunklen Flecken deutlich hervortreten, dort, wo Schmutz und Staub sich förmlich in die Haut der Arbeiter hineingefressen zu haben schienen. Die Luft war von einem widerlichen Gestank nach Schweiß, Urin und Verwesung erfüllt, und das Licht warf riesige Schatten auf die unebenen Wände, während der Trupp sich durch Steine und Erdreich vorarbeitete. Die Schattentänzer wirkten wie riesige mythische Urwesen, die im unregelmäßigen Rhythmus der Spitzhacken, im Wechselgesang von klingenden und dumpfen Schlägen, gegen die unnachgiebige Erde ankämpften. Bald würde die Arbeit getan sein, und die Arbeiter würden nach Hause geschickt werden – reicher, aber keinen Deut schlauer als zuvor.

Über der Erde ging das Leben in London seinen gewohnten Lauf. Die Bankiers und die Geldverleiher bückten sich tief und schlossen die Türen ihrer hübschen Fachwerkhäuser in der Goldsmith's Row auf, während nur wenige Meter entfernt, aber ebenso unsichtbar wie vergessen vom Rest der Welt, in den von Ratten verseuchten Elendsquartieren acht- oder zehnköpfige Familien in einem einzigen Zimmer hausten. Die wohlhabenden Ladenbesitzer gingen mit ihren herausgeputzten Ehefrauen nach St. Paul, wo sie auf den Bänken im Kirchhof saßen und der Predigt lauschten, während sie mit Argusaugen beobachteten, welches Mitglied des Geheimen Kronrats und welche Gattin welches berühmten Lords in der bevorzugten nördlichen Galerie an der Außenmauer der Kathedrale Platz nahm. Derweil lauerten Männer mit hungrigen Blicken auf unbedarfte Matrosen und Bauerntölpel, die kamen, um die große Kathedrale zu bestaunen. Sie wussten, dass ein unbedachter Griff nach einem Geldbeutel den Tod am Galgen bedeuten würde, nur wenige Meter von der Stelle entfernt, wo just in diesem Moment das Wort Gottes gepredigt wurde. Gott war ein merkwürdiger Herr und Meister in dieser großartigsten aller Städte. Ein armer Wicht wurde durch die Straßen gepeitscht, mit einem Kälberstrick an einen Karren gebunden, weil er Gott geleugnet hatte, während sich in Londons Kathedrale die Geldverleiher auf die Füße traten. Die grellbunt gestrichenen, zwei- und vierrudrigen Fährboote warteten am Flussufer auf Kundschaft. Am besten ging ihr Geschäft in den Nachmittagsstunden, wenn die Aufführungen in den Theatern von Southwark am anderen Flussufer anstanden. In einem der Boote saß ein junges Mädchen auf der mit Plüschkissen gepolsterten Bank. Sie war wie für einen Hofempfang gekleidet. Spielerisch tauchte sie ihre Hand ins Wasser, dasselbe Wasser, auf dem nicht weit von ihr die berühmten Themseschwäne dahinglitten. Man hatte sie davor gewarnt, aber die glitzernde Wasseroberfläche und das sinnliche Gefühl der kühlen Fluten auf ihrer Haut waren zu verlockend, als dass sie hätte widerstehen können. Später lutschte sie gedankenverloren an ihren Fingern, während das Boot sich dem Landungssteg näherte und sie mit großen Augen die vielen prächtigen Schiffe auf dem Fluss bewunderte. Sieben Tage darauf würde sie tot sein, nachdem die endlosen Aderlässe, denen die Ärzte sie unterwerfen würden, den Widerstand ihres Organismus gegen die Erreger der Ruhr, die in ihrem mageren, unterentwickelten Körper wüteten, endlich entscheidend geschwächt hätten. Wir sind in London, und im Theater wird Heinrich Percy, genannt »Heißsporn«, sogleich deklamieren:

»Oh, edle Herrn, des Lebens Zeit ist kurz;
Die Kürze schlecht verbringen, wär zu lang.«

Nach dem Ende des Stücks werden viele von denen, die Shakespeares Versen gelauscht haben, noch etwas länger bleiben und dafür bezahlen, dass sie zusehen dürfen, wie wilde Hunde einen an einen Pfahl gebundenen Bären in Stücke reißen.

»Wer mir am meisten Kopfzerbrechen bereitet«, sagte Gresham, »ist Monteagle.«

»Warum er mehr als die anderen?«, fragte Jane. Sie hatten Seiten um Seiten voll geschrieben mit allem, was sie über die katholischen Lords zusammentragen konnten.

»Ich glaube, er treibt ein doppeltes Spiel«, erwiderte Gresham. »Wenn du fragst, wer mit größter Wahrscheinlichkeit in diese üble Geschichte verwickelt ist, dann muss die Antwort lauten: er. Seine Familie ist durch und durch katholisch. Er ist über seine Mutter mit den Howards und den Stanleys verwandt. Er hat mit Essex in Irland gekämpft, hat ihn sogar einmal in einer tollkühnen Aktion gerettet. Bei der Belagerung von Essex House war er auch dabei, hat aber irgendwie eine Begnadigung erwirkt. Tom Wintour fungiert als sein Privatsekretär. Er ist mit Treshams Schwester Elisabeth verheiratet, und er muss in den letzten ein, zwei Jahren mit jedem einzelnen katholischen Sympathisanten in England am Mittagstisch gesessen haben …« Greshams Hand fuhr über die Papiere, auf denen sie den Klatsch und die Berichte der von ihnen ausgesandten Spitzel festzuhalten versucht hatten. »Und um dem Ganzen die Krone aufzusetzen, ist er auch noch ein Busenfreund von Catesby – das geht so weit, dass er schon öffentlich erklärt hat, wenn Catesby von ihm gehe, verlösche ein Licht in seinem Leben. Mein Gott, wenn jemand so etwas über mich sagen würde, müsste ich kotzen.«

»Sir Henry«, sagte Jane und klimperte mit den Augendeckeln, »wenn Ihr von mir geht, dann weicht die Sonne aus meinem Tag, der Mond aus meiner Nacht und die Nässe aus meiner …«

»Schweig!«, rief Gresham. »Du bist eine Schande für dein Geschlecht.«

»Also gehört Monteagle doch bestimmt zu den Verschwörern, oder?«, meinte Jane, offenbar unbeeindruckt von seiner Zurechtweisung. »Wäre er nicht ein erstklassiger Kandidat, wenn es um Euren blaublütigen Drahtzieher hinter den Kulissen geht? Catesby könnte seine eigenen triftigen Gründe dafür haben, Tresham nicht wissen zu lassen, dass Monteagle mit von der Partie ist. Wenn Ihr mich fragt, es ist Treshams Geld, hinter dem Catesby in erster Linie her ist. Wenn Catesby wirklich gewollt hätte, dass Tresham dabei ist, dann hätte er ihn schon viel früher angeworben. Wenn er Tresham misstraut, würde er ihm dann nicht auch Monteagles Beteiligung an der Verschwörung verheimlichen?«

»Das ist eine brauchbare Theorie, aber nur bis zu einem gewissen Punkt. Warum sollte er bei Monteagle Hemmungen haben, da er doch Tresham erzählt hat, dass der Graf von Northumberland durch Thomas Percy an der Verschwörung beteiligt ist? Northumberland ist ein viel größeres Tier als Monteagle. Und dann ist da noch eine andere Geschichte … und zwar folgende: Monteagle wird nach der Sache mit Essex zu einer enormen Geldstrafe verurteilt – aber es gibt kein Anzeichen dafür, dass er sie je bezahlt hätte. Und jetzt pass mal auf, was dann passiert. Kaum ist er aus dem Gefängnis entlassen und der neue König auf den Thron erhoben, da bekommt er seine Ländereien in Essex zurück, mitsamt seinem Platz im Oberhaus. Plötzlich will jeder gut Freund mit Lord Monteagle sein. Jakob bittet den König von Frankreich, Monteagles Bruder aus dem Gefängnis zu entlassen, er wird zum Lord Commissioner, also zum Vertreter der Krone bei der Generalversammlung der schottischen Staatskirche, ernannt mit der Befugnis, das Parlament zu vertagen, erhält einen netten

Posten im Hofstaat von Königin Anne und erscheint auf der Urkunde bei der Ernennung von Prinz Heinrich zum Grafen von York. Sieh an! Plötzlich ist er ganz erstaunlich beliebt, unser Lord Monteagle, findest du nicht?«

»Jedermann weiß, dass Jakob die an der Essex-Rebellion Beteiligten begünstigt«, sagte Jane. »Da seid Ihr nicht der Einzige.«

»Ich bin aber einer der wenigen, die wissen, dass Jakob diese Rebellion mit organisiert hat«, entgegnete Gresham, »während andere das nur vermuten können. Aber da steckt noch mehr dahinter. Dieser Mann ist mit Begünstigungen geradezu überschüttet worden.«

»Guter Spion«, sagte Mannion.

Er hatte auf einem Schemel Platz genommen und blickte auf die stinkende, enge Gasse hinaus, in der es allmählich schon dunkel wurde. Er hatte den Anschein erweckt, als höre er gar nicht zu, doch es war immer ein Fehler anzunehmen, dass Mannion nicht mithörte.

»Das musst du erklären«, sagte Gresham.

»Monteagle. Der würde einen guten Spion abgeben. Er weiß doch über alles Bescheid, was bei den Papisten abläuft, nicht wahr? Und nicht nur das, er ist in diese Kreise hineingeboren – so was kann man nicht einfach kaufen. Also, was würde ich an Cecils Stelle tun? Ihm seine Strafe bezahlen, oder besser noch, ihm sie einfach erlassen, vorausgesetzt, er hält mich über die Aktivitäten der Papisten auf dem Laufenden? Diese Geldbuße hätte Monteagle in den Ruin getrieben – wen nicht? Ich würde auch einen verdammt guten Spion abgeben, wenn so eine Buße über mir hängen würde. Passt alles hervorragend zusammen. Cecil hasst die einfachen Leute. Er arbeitet viel lieber mit einem wie Monteagle zusammen, der seinen Arsch auf Samt bettet und in 'ner feinen Kutsche rumfährt.«

»Das würde erklären, weshalb Catesby Monteagle den Plan

nicht anvertraut hat!«, rief Gresham. »Was bin ich doch für ein Narr! Mannion – du bist ein Genie! Natürlich muss Catesby sich wundern, dass Monteagle eine Geldbuße von achttausend Pfund unbeschadet überstanden hat. Natürlich muss er seine eigenen Schlussfolgerungen ziehen, wenn er sich diese Vorzugsbehandlung anschaut!«

»Soso«, meinte Mannion, »jetzt bin ich also ein Genie, was? Diese Beschreibung hör ich aus Eurem Mund zum ersten Mal. Ich glaube, das liegt am Tabak, der ist gut fürs Gehirn.«

»Gut fürs Kotzen, wenn ihr mich fragt«, murmelte Jane. Sie hatte Mannion untersagt, seine stinkende Pfeife im Haus zu rauchen, aber den Geruch nach verbrannten Fäkalien, die er in seinen Kleidern, in seinem Atem, in seinem Bart und scheinbar sogar auf seiner Haut hereintrug, konnte sie nicht verbannen.

»Monteagle muss der bewusste Mann sein«, sagte Gresham, dem anscheinend ein gewaltiger Stein vom Herzen gefallen war. »Er muss bereits einer von Cecils Informanten sein. Wenn er von der Verschwörung erfährt, wird er schnurstracks zu Cecil laufen. Diese Buße wird ihm nicht lange erspart bleiben, wenn er als einer von Cecils angeblich besten Verbindungsleuten bei den Papisten von einer solchen Sache erst erfährt, wenn es zu spät ist. Das wird Monteagles Ende sein.«

»Und wie wollt Ihr es nun Lord Monteagle beibringen?«, fragte Jane. Sie war schlechter Laune, ihre neckische Stimmung war gänzlich verflogen, und sie schmollte. »Soll ich mich vielleicht als Milchmädchen verkleiden und ihn auf der Straße ansprechen? … ›Verzeihung, Mylord, aber wusstet Ihr schon, dass Eure papistischen Freunde eine Tonne Schießpulver unter dem Oberhaus platziert haben und vorhaben, Euch zum Himmel oder zur Hölle zu jagen, wenn der König das Parlament eröffnet?‹ Oder wollt Ihr ihm eine Liste mit Namen schicken? ›Als da wären: ein rasender Irrer namens Robert Catesby. Redet viel. Hält sich für Gott. Des Weiteren: noch ein rasender Irrer namens Thomas Percy. Weiße Haare, schwitzt viel. Des Weiteren: diverse andere Verschwörer. Des Weiteren: ein Haufen Schießpulver, komplett mit Lunte …‹«

»Du bist nicht oft langweilig«, sagte Gresham. »Du kannst einen zur Raserei treiben, das wohl, aber langweilig bist du nicht. Jetzt läufst du Gefahr, so richtig langweilig zu werden. Ob ich ihm einen Brief schreiben werde? Ja. Ob ich dafür deine Hilfe benötige? Ja, mit Sicherheit. Und wenn es der falsche Brief ist, dann werden vielleicht hunderte von Menschen umsonst sterben, und ein Bürgerkrieg könnte das Land entvölkern.«

Janes Stimmung schlug augenblicklich um. »Es tut mir Leid«, sagte sie. »Es ist eine Erklärung, wenn auch keine Entschuldigung, aber die letzten paar Wochen waren für mich die schlimmsten meines Lebens – wenigstens seit ich Euch kennen gelernt habe. Ich werde mir Mühe geben.«

»Danke«, sagte Gresham. Die Frauen, die er vor Jane gekannt hatte, waren seltsame, verschlossene, geheimnisvolle Wesen gewesen. Auch Jane besaß diese rätselhafte Qualität, auch sie vermittelte ihm den Eindruck eines Buchs, dessen Seiten seinen Augen zum größten Teil immer noch verborgen und seinem Verständnis entzogen waren. Aber sie war auch von einer schlichten Geradlinigkeit. Er würde sich ihre Entschuldigung nicht mit Geschenken und schmeichelnden Worten sichern müssen, und er musste auch nicht fürchten, später erpresst zu werden, weil sie sich ihm gebeugt hatte. Sie hatte gesprochen. Es war erledigt. Und es war ein Stimmungsumschwung, der die Geduld eines Heiligen auf die Probe gestellt hätte.

»Also, wie muss dieser Brief aussehen?«

»Er muss scheinbar von einem Katholiken kommen, um zu verhindern, dass die Sache weitere Kreise zieht und Raleigh oder anderen Unbeteiligten schadet. Schlimm genug, wenn die Sache als papistisches Komplott gesehen wird, aber besser so, als wenn ganz England in Mitleidenschaft gezogen wird. Es darf auch nicht so aussehen, als ob der Brief von einem einzelnen Mann oder einer einzelnen Frau stammt, denn er muss sie dazu bringen, eine Suchaktion nach dem Schießpulver einzuleiten und nicht etwa eine Hatz auf einen einzelnen Mann.«

»Ihr vergesst das Wichtigste«, meinte Jane.

»Und das wäre?«

»*Es muss so aussehen, als ob der Brief von einem der Verschwörer kommt.* Von einem der Ihren. Von einem, der Bescheid weiß. Sie müssen erfahren, dass der Brief seinen Adressaten erreicht hat und gelesen wurde. Sie müssen wissen, dass jemand aus ihren Reihen ihn geschrieben hat. Nur so können wir unter ihnen völlige Verwirrung stiften. Sie werden sich verraten fühlen. Ihre Verunsicherung wird sie spalten und dazu führen, dass jeder nur noch seine Haut zu retten sucht.«

»Dir ist doch klar, dass ich damit den Verdacht auf Tresham lenken würde«, sagte Gresham. »Er ist als Letzter dazugekommen, er steht am wenigsten hinter der Sache. Monteagle ist sein Schwager. Er hat in ihren Augen den größten Vorteil davon, wenn die Verschwörung im Sande verläuft. Werden sie ihn nicht töten?«

»Ein gewisses Risiko muss er eingehen, oder etwa nicht? Das müssen wir doch schließlich alle.« Jane sprach ohne Hass. Sie hatte jene Nacht auf dem Fluss erlebt, und sie hatte ihren Machiavelli gelesen. Sie wusste jetzt, dass Macht und der Wille zum Überleben sich nicht sehr gut mit simplen Moralvorstellungen vertrugen. Und Tresham hatte sie von Anfang an nicht leiden können. »Im Übrigen liegen die Dinge nicht so einfach. Rookwood und Digby haben noch mehr zu verlieren als Tresham. Und wer Percy kennt, der weiß, warum die Leute bei dieser Familie gleich an Verrat denken. Außerdem wird Tresham nichts von dem Brief wissen. Er wird ehrlich überrascht sein. Und wenn er das Gefühl hat, dass der Druck zu groß wird, dann schaffen wir ihn ins Ausland. Warum tun wir das eigentlich nicht gleich? Wir brauchen ihn doch nicht mehr.«

Gresham schüttelte den Kopf, als wolle er seine Gehirnwindungen von Schutt befreien. Er konnte einfach nicht klar denken an diesem Abend. Er wusste doch Bescheid über die Verschwörung. Das Datum bestimmte das Parlament, nicht Catesby, also konnte er sich nicht darauf berufen, dass er weiterhin auf Treshams Berichte angewiesen war. Im Gegenteil, Treshams Flucht könnte durchaus für noch größere Panik unter den Verschwörern sorgen und sie so noch sicherer zur Aufgabe ihrer Pläne zwingen.

Aber das konnte warten. Das Wichtigste war jetzt der Brief.

Sie brauchten zwei Tage dafür. Zuerst musste der Text ausgearbeitet werden, eine Aufgabe, während der die Kerzen bis auf die Halter niederbrannten. Dann musste Mannion verkleidet nach St. Paul geschickt werden, um neues, sauberes Papier zu kaufen. Ein Händler hatte gerade eine Lieferung aus den spanischen Niederlanden erhalten. Mannion fand den Gedanken amüsant, dass der Brief auf papistischem Papier geschrieben würde, also kaufte er es. Die Reinschrift besorgte Jane. Als sie schreiben gelernt hatte, war Gresham im Haus auf Zettel in verschiedenen Schriften gestoßen, allesamt verworfene Versuche aus Janes Hand. Schon sehr früh hatte sie sich als geborene Fälscherin erwiesen. Sie hatte ein Inventar von Handschriften angelegt, die sie nach Belieben abrufen konnte, so wie Gresham eine Bibliothek von Akzenten im Kopf hatte, deren er sich jederzeit bedienen konnte. Die Schrift, die sie für den Brief wählte, war klar, fließend und groß. Es war die altmodische Handschrift eines Rechtsanwalts, der vor Jahren für Sir Thomas Gresham einen Entwurf für ein Testament aufgesetzt hatte. In einem Haus, in dem nie ein Stück Papier weggeworfen wurde, hatte Jane es gefunden und die Rückseite für ihre Schreibübungen benutzt. Mittendrin war sie dann auf die Idee gekommen, die Schrift auf der Vorderseite zu kopieren.

Als sie sich vom Tisch zurücklehnten, waren sie beide fast vollkommen erschöpft. Der Brief lag vor ihnen, ein rechteckiges Blatt neuen Papiers, bedeckt mit sauberen, regelmäßigen Zeilen. In der ersten Zeile war ein Wort durchgestrichen. In ihrer Übermüdung hatte Jane das Wort »Eurer« zu früh geschrieben und das Blatt bereits ins Feuer werfen wollen, als Gresham sie daran gehindert hatte. Irgendwie ließ das durchgestrichene Wort den Brief authentischer wirken, so als sei er in großer Eile geschrieben worden. Der Text lautete:

Mylord,
die Liebe, die ich für einige Eurer Freunde empfinde, erweckt in mir die Sorge um Euer Wohlergehen. Daher rate ich Euch, wenn Euch Euer Leben lieb ist, eine Ausrede zu ersinnen, um nicht an diesem Parlament teilnehmen zu müssen. Gott und Menschen haben sich vereint, diese sündigen Zeiten zu bestrafen. Verwerft nicht, was Ihr hier lest, sondern begebt Euch sogleich aufs Land, wo Ihr die weiteren Ereignisse in Sicherheit abwarten könnt. Wenn es auch scheint, als drohe keinerlei Ungemach, so sage ich Euch doch, dass dieses Parlament ein furchtbarer Schlag treffen wird; gleichwohl werden sie nicht sehen, wer es ist, der ihnen dieses zufügt. Fällt kein vorschnelles Urteil über diese Warnung. Es kann Euch nicht schaden, sie zu beachten, und es wird Euch vielleicht großen Nutzen bringen. Die Gefahr ist gebannt, sobald Ihr dieses Schreiben verbrennt, und ich hoffe, dass Gott Euch die Gnade erweist, Euch guten Gebrauch davon machen zu lassen. Ich empfehle Euch Seinem allerheiligsten Schutze.

Der Brief war perfekt, dachte Gresham. Er würde Monteagle die einmalige Chance eröffnen, dem Staat, der ihn für den Rest seines Lebens versorgen würde, einen Dienst zu erweisen. Wenn Cecil und der König klug wären, dann würden sie die Keller rechtzeitig durchsuchen und räumen lassen, und wieder einmal wäre ein Komplott zerschlagen, bevor es irgendwelchen Schaden anrichten konnte.

»Wird er seinen Zweck erfüllen?«, fragte Jane besorgt und rieb sich ihr schmerzendes Handgelenk.

Ja, dachte Gresham, das wird er. Aus dem Brief spricht die Gewissheit eines Mannes, der davon überzeugt ist, im Recht zu sein, und zugleich genau das richtige Maß an klammheimlicher Befriedigung beim Gedanken an die Bestrafung der Sünder. Ist die Formulierung »ein furchtbarer Schlag« eindeutig genug? Nicht für einen Mann, der die Regierung warnen will, wohl aber für einen Mann, der lediglich Monteagle warnen will. Würde der Brief die beabsichtigte Wirkung erzielen, wenn er, was unbedingt erforderlich war, dem König unter die Augen käme? Ja, dachte Gresham. Er würde an die Intelligenz appellieren, die König Jakob zu besitzen glaubte. Es war ein Rätsel, das jedes Kind lösen konnte, ein König aber wäre überzeugt, dass es seiner göttlich inspirierten Geisteskraft bedurfte, es zu lösen – wenn der Brief überhaupt den König und Cecil erreichte.

Wenn er seine Adressaten erreichte und diese glaubten, was sie lasen, dann würde es keine Explosion geben, kein Gewirr von Trümmern, Schutt und abgerissenen Gliedmaßen in Westminster, keinen Geruch von frischem Blut in der Morgenluft, kein Trauern und Wehklagen, keine entsetzlichen Strafaktionen und Gegenaktionen, keine Prozesse und keine Hinrichtungen. Ein katholischer Lord würde eine Verschwörung wahnsinniger Katholiken so rechtzeitig aufgedeckt haben, dass sie noch entschärft werden konnte, im wörtlichen wie im übertragenen Sinn. Damit wäre die grundsätzliche Loyalität der englischen Katholiken unter Beweis gestellt. Die katholischen Familien wären vereint in der Verurteilung der geplanten Wahnsinnstat, und viele, die sonst gestorben wären, würden ihr Leben weiterleben können, wie es ihnen beliebte.

Wenn der Brief Cecil und den König nicht erreichte, wenn die Botschaft nicht entschlüsselt würde, dann würde die Sache ganz anders aussehen.

»Er ist großartig. Wenn ich deiner einmal überdrüssig werde, kannst du immer noch als Schreiberin bei einem Rechtsanwalt arbeiten und all den hübschen Jurastudenten schöne Augen machen.«

Die Augen, die ihn daraufhin anfunkelten, sahen aus, als könnten sie ein Pulverfass unter Gresham zur Explosion bringen. Sie ließ sich durch seine Spötteleien nicht von ihrer Sorge ablenken.

»Das ist kein Witz!«

»Kein Witz ist, dass die Arbeit erst zur Hälfte erledigt ist«, erwiderte Gresham. »Was ist, wenn Monteagle derjenige ist, der hinter der Verschwörung steckt? Was ist, wenn er der Drahtzieher ist? Ich glaube es nicht, aber ausschließen kann ich es auch nicht. Wenn er es ist, wird er den Brief lesen und gleich verbrennen. Er wird es vielleicht noch nicht einmal den anderen Verschwörern sagen. Wir müssen auch sichergehen, dass er direkt in seine Hände gelangt. Was ist, wenn Tom Wintour als sein Sekretär ihn öffnet und beschließt, eine Hexenjagd einzuleiten und die Verschwörung dennoch am Leben zu halten?«

»Ist denn nie irgendetwas einfach in dieser Welt, in der Ihr lebt?«, fragte Jane.

»Tom Ward«, sagte Mannion. »Er ist Eure Antwort. Er führt Monteagle den Haushalt.«

Lord Monteagle saß in seinem Haus in Hoxton nördlich von London bei Tisch. Ursprünglich hatte das Haus der Tresham-

Familie gehört; es war ihm zugefallen, als er Treshams Tochter geheiratet hatte. Tom Ward hatte seinen Herrn in das Speisezimmer geführt und vergewisserte sich nun, dass die Hauptgänge – gepökeltes Rindfleisch mit Senf, eine mit Knoblauch gespickte Hammelkeule, ein mit Lauch gekochter Kapaun und ein Hecht in einer fetten Sauce – zum Servieren bereitstanden. Es war ungewöhnlich, um sieben Uhr abends so reichlich zu speisen, aber Lord Monteagle war am Hof gewesen und hatte angeordnet, dass ihm als Ersatz für das verpasste Mittagsmahl ein gutes Abendessen serviert werden solle. Ward bemerkte ein Zupfen an seinem Ärmel.

»Da draußen is' 'n Herr, der sagt, er hat 'ne ganz dringende Nachricht für Euch, Sir; es geht um Eure Schwester, sagt er.«

Und warum zum Teufel kann der Mann nicht einfach hereinkommen und die Nachricht loswerden?, fluchte Ward. Doch für ihn, der sein Leben als Katholik gelebt hatte und nie wusste, wann er seinen Glauben würde verbergen müssen, der viele Jahre seine Religion heimlich hatte praktizieren müssen, war ein Treffen in einer dunklen Gasse keine Seltenheit mehr, sondern eine simple Tatsache, mit der man sich abzufinden hatte. Er trat hinaus auf die Straße, unbeleuchtet bis auf den Lichtschein aus den noch nicht verschlossenen Fenstern des Hauses. Ein Mann in einem langen Reitmantel, die Kapuze über den Kopf gezogen, stand wartend im Schatten des Hauses. Nun trat er vor, allerdings nicht so weit, dass sein Gesicht zu erkennen gewesen wäre, und hielt Ward einen Brief hin.

»Dies sendet Robert Catesby Eurem Herrn. Es geht um Leben und Tod – in der Worte wahrster Bedeutung, und zwar für Euch, für Euren Herrn und für Eure Religion. Euer Herr muss den Brief *sofort* zu sehen bekommen und ihn *sofort* lesen. Sollte es irgendeine Verzögerung geben, so werdet Ihr mehr Blut an Euren Händen haben als Pontius Pilatus!«

Die Gestalt drehte sich um, ging davon und ließ den völlig verblüfften Ward mit dem Brief in der Hand stehen.

Als er ins Haus zurückging, war sein Entschluss bereits gefasst. Sein Herr katzbuckelte vor Catesby, und wenn dieser Brief von ihm stammte, dann gab es keinen Grund, ihn seinem Herrn vorzuenthalten, genau wie er keinen Grund hatte, an seiner Herkunft zu zweifeln. Wie alle Bediensteten katholischer Haushalte wusste Ward, dass sich etwas zusammenbraute; schließlich kursierten überall die wildesten Gerüchte. Umso wichtiger war es, dass er den Brief seinem Herrn überreichte.

Monteagle war in glänzender Verfassung. Seine Tafel ächzte unter den erlesensten Speisen und Getränken, eine gesellige Runde war um ihn versammelt, und seine Zukunft war gesichert. Wie konnte ein Mann sich nicht glücklich schätzen, der noch vor wenigen Jahren aus London verbannt worden war und nun plötzlich im Parlament geehrt wurde und die Gunst des Königs genoss? Das Rad der Fortuna hatte sich in der Tat zu seinem Vorteil gedreht; hatte es ihn zuvor in die Tiefe geschleudert, so schickte es sich nun an, ihn in die höchsten Höhen zu erheben.

Ward beugte sich zu ihm hinab und flüsterte ihm etwas ins Ohr.

»Was? Was?«, fragte Monteagle, verärgert über die Störung. Ward versuchte noch immer, seine Stimme leise zu halten, während sein Herr ihn beinahe anbrüllte. »Ein Brief? Was für ein Brief? Ach, was soll's, gib ihn schon her, Mann!«

Er nahm den Brief, ohne darauf zu achten, ob das Wachs vielleicht ein leserliches Siegel trug. Während er den Brief öffnete, blickte er grinsend in die Runde. Hier seht ihr einen Mann, schien seine Miene zu besagen, der so unter der Bürde seines Amtes zu leiden hat, dass er sich nicht einmal zu einer Stunde, da alle anständigen Leute zu Heim und Herd zurückgekehrt sind, solche aufdringlichen Boten vom Leibe halten kann. Der Rauch, der vom Kaminfeuer herüberzog, trübte seinen Blick, sodass er die große, fast kindliche Handschrift nur verschwommen erkennen konnte. Der Brief begann mit den Worten: »Mylord, die Liebe, die ich für einige Eurer Freunde empfinde ...« O Gott, dachte er, wieder einer dieser Bettelbriefe um Geld oder Beförderung. Das kommt davon, wenn man Einfluss bei Hofe hat! Seine Finger waren mit Essen verschmiert, und ohnehin war es unhöflich, bei Tisch seine Korrespondenz zu lesen.

»Ach, Tom, lies ihn uns doch vor, ja? Meine Augen sind getrübt von diesem verfluchten Rauch. Wer auch immer diesen Kamin gefegt hat, verdient eine Tracht Prügel und nicht mein gutes Geld!« Es würde seine Familie und seine Freunde amüsieren, eine Probe der Art von Brief zu Gehör zu bekommen, mit der ein berühmter Mann wie er sich herumschlagen musste.

Ward trat heran, nahm den Brief und kniff die Augen zusammen, wie um sich besser konzentrieren zu können. Er war kein geübter Leser. Und, so dachte er, ich bin auch kein Theaterschauspieler, den man vor die versammelte Gesellschaft stellen kann, damit er eine öffentliche Lesung hält. Mühselig und stockend begann er die ungewohnte Handschrift zu entziffern:

»Mylord,
die Liebe, die ich für einige Eurer ... Freunde empfinde, erweckt in mir die Sorge um Euer ...«

»Genug, genug!«, rief Monteagle lachend, und seine Heiterkeit übertrug sich auf die Gesellschaft. »Wir haben nicht den ganzen Abend Zeit, Tom. Hier, du da, du kannst doch lesen. Nimm den Brief und erleuchte uns.«

Schlimm genug, wenn man aufgefordert wird, sich hinzustellen und eine Vorstellung zu geben, dachte Tom Ward, aber noch schlimmer ist es, gedemütigt zu werden, indem einem die Aufgabe wieder entzogen wird. Er knirschte mit den Zähnen. Ein anderer Lakai, der – ungewöhnlich für seinen Stand – des Lesens kundig war, nahm den Brief mit fahrigen Bewegungen und begann vorzulesen.

»Mylord,
die … Liebe, die ich für einige Eurer … Freunde empfinde, erweckt in mir die Sorge um Euer Wohlergehen. Daher rate ich Euch, wenn Euch Euer Leben lieb ist, eine Ausrede zu ersinnen, um nicht an diesem Parlament teilnehmen zu müssen.«

Das Lachen und die Tischgespräche erstarben.

»Gott und Menschen haben sich vereint, diese sündigen Zeiten zu bestrafen. Verwerft nicht … was Ihr hier lest, sondern begebt Euch sogleich aufs Land, wo Ihr die weiteren Ereignisse in Sicherheit abwarten könnt. Wenn es auch scheint, als drohe keinerlei Ungemach, so sage ich Euch doch, dass dieses … Parlament ein furchtbarer Schlag treffen wird; gleichwohl werden sie nicht sehen, wer es ist, der ihnen dieses zufügt.«

Es war jetzt vollkommen still am Tisch, und aus der Küche war das Klappern von Töpfen und Pfannen zu hören. Die Gesichter von Monteagles Familie und Gästen, schimmernd im Schein der Kerzen, waren wie gebannt auf den Lakaien gerichtet. Dieser blickte auf Monteagle herab, offenbar erwartete er seinen Befehl zum Weiterlesen oder zum Aufhören. Monteagle starrte wie versteinert vor sich hin, die Augen auf einen unsichtbaren Gegenstand an der Wand gerichtet. Der Diener wartete noch eine Weile und fuhr dann fort.

»Fällt kein vorschnelles Urteil über diese Warnung. Es kann Euch nicht schaden, sie zu beachten, und es wird

Euch vielleicht großen Nutzen bringen. Die ... Gefahr ist gebannt, sobald Ihr dieses Schreiben verbrennt, und ich hoffe, dass Gott Euch die Gnade erweist, Euch guten Gebrauch davon machen zu lassen. Ich ... empfehle Euch Seinem allerheiligsten Schutze.«

Wieder völlige Stille.

»Ist das vielleicht irgendein übler Scherz?«, fragte Monteagle in die Runde. »Ein idiotisches Pamphlet, das mich an der Erfüllung meiner Pflicht hindern soll?« Niemand sah sich in der Lage zu antworten. Das Schweigen dehnte sich aus.

»Sattelt mein Pferd«, sagte Monteagle ruhig. »Ich reite nach Whitehall. Jetzt gleich.«

Ohne ein weiteres Wort zu verlieren, stürmte er hinaus. Seine Tafelrunde blieb zurück, man blickte sich an und wartete gespannt, wer das erste Wort sagen würde. Es ließ sehr lange auf sich warten.

Von einer Seitengasse aus, nicht weit von Monteagles Haus entfernt, beobachtete Gresham das Geschehen. Er hörte die Rufe und die aufgeregte Geschäftigkeit in den Ställen, sah Lichter über den im Dunkeln liegenden Hof hin und her huschen und vernahm das schleifende Geräusch der groben Riegel, die von den Stalltüren zurückgezogen wurden. Schlamm spritzte auf, als Lord Monteagle und zwei weitere Reiter aus dem Hof herausgaloppierten und den Weg nach Whitehall einschlugen.

Die Kälte hatte Greshams Füße vollkommen taub werden lassen, und seinen Händen erging es nicht viel besser. Der alte Feldwebel, der ihn in den Niederlanden ausgebildet hatte, hätte ihn ausgeschimpft, wäre er noch am Leben gewesen. »Ihr müsst das Blut in Euren Gliedern am Fließen halten, wenn Ihr am Leben bleiben wollt«, hätte er gesagt, »und verhindern, dass irgendwer es aus Euch rausfließen lässt!«

Nun, die Sache hatte er auf den Weg gebracht. Jetzt würde

sie ihrer eigenen Dynamik folgen. Gresham betrachtete die Geschichte als einen großen Strom, von dem zahllose Nebenarme abzweigten, die sich in komplizierten Windungen fortsetzten und nach endlosen Mäandern wieder in den Hauptstrom einmündeten. Im Unterschied zu vielen anderen war er nicht so arrogant zu glauben, er könne diesen Strom aufhalten. Er wusste, dass er in der Vergangenheit schon mehr als einmal einen der Nebenarme mit einem Damm versperrt hatte, sodass das Wasser nicht den Weg genommen hatte, dem es andernfalls gefolgt wäre. Vielleicht würde es dorthin fließen, wohin er es fließen sehen wollte. Aber das Wasser, die Flüsse besaßen einen eigenen Willen. Kein Mensch konnte das Schicksal bestimmen. Man konnte es nur versuchen, mehr nicht.

Gresham sah nicht, wie Tom Ward sich in seine kleine Kammer zurückzog, Feder und Papier hervorholte und hastig ein paar Zeilen schrieb, worauf er den Brief mit einer Nachbildung des Siegels seines Herrn verschloss. Die diversen Eheschließungen zwischen den Familien der Wards und der Wrights hatten eine Beziehung, die schon Jahrzehnte zurückreichte, noch weiter gefestigt. Gott allein wusste, was der Brief, den Ward seinem Herrn überreicht hatte, für Kit und Jack Wright bedeutete, aber falls irgendeine Teufelei im Gange war, dann schätzte Tom Ward, dass sie beide ganz tief drinsteckten. Der Mann, der ihm den Brief übergeben hatte, hatte Catesby erwähnt. Nun, Tom Ward wusste, dass Catesby in White Webbs war – nach allem, was er gehört hatte, sehr wahrscheinlich mit einem der Wright-Brüder oder gar mit beiden. Ward brachte eine knappe Zusammenfassung des Briefinhalts zu Papier und versiegelte das Billett. Nur wenige Minuten, nachdem sein Herr davongeritten war, galoppierte einer der besten Reiter in Monteagles Diensten ebenfalls durch den Schlamm, diesmal mit Anweisungen von Ward, sich nach Enfield zu begeben. Binnen Stunden würde Catesby von dem Brief wissen.

Es war ein aufgewühlter und zerzauster Monteagle, der da lautstark Zutritt zu den Privatgemächern des Ersten Ministers in Whitehall verlangte. Doch war er nicht ganz so zerzaust wie bei einem früheren Auftritt unweit von der Stelle, wo er jetzt stand. Zu seinem Verdruss und seiner unendlichen Scham war er während der Essex-Rebellion in die Themse gefallen und beinahe ertrunken; als man ihn herauszog, hatte er nicht viel besser ausgesehen als eine Leiche. Selbst heute noch konnte es passieren, dass ihm, wenn er sich über die Themse rudern ließ, aus vorbeikommenden Fähren anonyme Rufe entgegenschallten: »Ich dachte, der da zieht es vor, durch den Fluss zu schwimmen!« – gefolgt von hämischem Gelächter.

Dies waren nicht die Gemächer, in die er einige Jahre zuvor in Todesangst gebracht worden war. Der Empfang, den Cecil ihm bereitet hatte, war so eiskalt gewesen, wie er es erwartet hatte, doch was er zu hören bekam, war etwas ganz anderes. Mit der nüchternen Bestimmtheit eines Wundarztes, der ein brandiges Bein absägt, hatte Cecil ihn als Spitzel rekrutiert. Was hatte er denn für eine Wahl? Der Handel gestattete ihm, seine Religion beizubehalten und weiter zu praktizieren und zudem einen Status zu genießen, den er für immer verloren geglaubt hatte. Als Gegenleistung musste er lediglich Cecil auf dem Laufenden halten – mit Informationen, die laut Cecil sowohl den Frieden der Nation als auch die friedliche Existenz der Katholiken eher zu befördern als zu stören geeignet waren. Nun, wenn er je die Gelegenheit bekommen sollte, das zu beweisen, dann war die Zeit jetzt gekommen.

Die Tür öffnete sich und gab den Blick auf den hell erleuchteten Raum frei. Ein Festmahl wie das, von dem er sich eben selbst entfernt hatte, stand bereit, um an dem mit kostbarem Schnitzwerk verzierten Tisch serviert zu werden. Am Kopfende saß Robert Cecil, der Graf von Salisbury, Erster Minister Seiner Majestät König Jakobs I. Doch es war nicht der Anblick Cecils, der Monteagle betroffen innehalten ließ, sondern der seiner Gäste. Edward Somerset, Graf von Worcester. Henry Howard, Graf von Northampton. Thomas Howard, Graf von Suffolk. Vier der mächtigsten Männer Englands, und drei davon waren bekannte Katholiken oder zumindest der katholischen Sache freundlich gesinnt.

Das Ganze wäre Monteagle wohl nicht so absurd vorgekommen, hätte er den Brief bemerkt, der vor den Lords auf dem Tisch lag, geschrieben auf Papier aus den spanischen Niederlanden, verfasst in einer breiten, geschwungenen, fast kindlichen Handschrift. Cecil hatte ihn unauffällig umgedreht, als Monteagle hereingeplatzt war. Der Text lautete:

> Mylord,
> wenn Ihr Euch mit den Herren von Northampton, Suffolk und Worcester am Samstagabend in Eurem Palast zu Whitehall zum Essen zusammenfinden wollt, so wird Euch dort eine Botschaft zugestellt werden, die Eure Seelen so wirksam erhalten wird wie gute Speisen das Fleisch und die nicht wenig zur Erhaltung der Nation wie auch zu der Euren beitragen wird.

»Wird es funktionieren?«, hatte Jane gefragt.

»Wer weiß?«, war Greshams Antwort. Janes Hand war mit Tinte verschmiert und ganz krumm und verkrampft nach all den Stunden, die sie über das Papier gebeugt dagesessen hatte. Er rückte näher an sie heran und legte seine Hand auf die ihre. Seine Hand war kalt, ihre warm. »Wenn wir es so arrangieren können, dass drei bedeutende katholische Lords zugegen sind, wenn Cecil den Brief erhält, dann erreichen wir damit zweierlei: Erstens wird Cecil zum Handeln gezwungen, selbst wenn er vorgehabt haben sollte, auf Zeit zu spielen, um Raleigh mit hineinziehen zu können. Und zweitens wird es die katholischen Lords von dem Verdacht befreien, in die Verschwörung verwickelt zu sein.«

»Wäre ich Cecil«, meinte Jane, »dann würde ich glauben, irgendein Wahnsinniger wollte uns vier zusammenbringen, um uns alle ermorden zu können.«

»Dazu würde es eines Aufstands bedürfen, und eine Armee brauchte es obendrein. Sie werden ja schließlich dazu aufgefordert, sich im Herzen von Cecils Machtzentrum zu treffen, nicht etwa, sich um Mitternacht unbewaffnet auf einem Feld in Islington einzufinden. Nein, es sind darin zwei Schlüsselwörter für Cecil enthalten: Der Begriff ›Seelen‹ wird ihm verraten, dass es etwas mit den Katholiken zu tun hat. Ich bin sicher, dass er nicht über die Einzelheiten des Komplotts informiert ist, aber wenn ganz London voll von Gerüchten über irgendeine Verschwörung ist, dann muss er etwas mitbekommen haben, und er wäre noch wahnsinniger, als er in Wirklichkeit ist, wenn er irgendetwas, was mit diesen Gerüchten in Zusammenhang steht, ignorieren wollte. Und wir haben *seine* ›Erhaltung‹ erwähnt. Nichts liegt ihm mehr am Herzen als das. Es könnte funktionieren. Wenn nicht, sind wir auch nicht verloren. Die Anwesenheit der katholischen Lords ist ein Bonus, nicht aber der eigentliche Preis, den wir erringen wollten. Was wir wollen ist, dass dieses Schießpulver entfernt wird und die Verschwörung sich auflöst.«

Monteagle wusste von alldem nichts. Er hatte sich für seinen Auftritt vor dem Ersten Minister gewappnet, und nun sah er sich einem Gericht gegenüber, das nicht aus einem, sondern aus vier Männern bestand, deren Stellung ihnen den stärksten Einfluss auf sein Leben, seine Karriere, seine gesamten Zukunftsaussichten gewährte.

Die windigen Qualitäten, die Monteagle bisher sein Überleben gesichert hatten, retteten ihn nun ein weiteres Mal. Er verbeugte sich tief vor allen vier Herren. Dann fasste er sich ein Herz und fragte, ob es wohl möglich sei, Seine Lordschaft kurz unter vier Augen zu sprechen, selbstverständlich ohne den anderen drei edlen Herren zu nahe treten zu wollen.

Cecil blickte seine drei Gäste an, nickte ihnen knapp zu und bedeutete Monteagle, mit ihm in einen Nebenraum zu gehen. Die Diener hatten dort den Wein deponiert, den sie zum Essen servieren sollten, und einer von ihnen flitzte hinaus, als sei der Leibhaftige hinter ihm her, als Cecil hereingerauscht kam.

Gib mir schon deine verdammte Botschaft, war Cecil versucht zu sagen, damit ich wenigstens weiß, wo ich in dieser Sache stehe, die mir allmählich komplizierter wird, als mir lieb ist. Doch selbstverständlich sagte er nichts dergleichen, sondern erkundigte sich nur höflich nach Lord Monteagles Gesundheit.

Lord Monteagles Gesundheit, dachte er bei sich, würde nicht mehr viele solcher Ritte überstehen wie diesen, den er offensichtlich gerade hinter sich hatte. Er rang noch immer nach Luft, war bis zur Hüfte mit Schlamm bespritzt, und der Schweiß troff ihm von den Wangen herab in seinen Bart. Monteagle rückte mit der Geschichte heraus und reichte Cecil endlich auch den Brief, nachdem er eine reichlich ausgeschmückte Version seines Inhalts präsentiert hatte.

Ein leiser Schauder durchfuhr Cecil, als er die Handschrift auf Monteagles Brief erblickte, die ganz derjenigen auf dem Blatt glich, das mit der Schrift nach unten auf seinem Tisch lag.

»Ich danke Euch, Mylord«, sagte Cecil vorsichtig, indem er den Brief wieder zusammenfaltete. »Es ist gut, dass Ihr mich auf diese Sache aufmerksam gemacht habt, ganz gleich, welches die Folgen sein mögen.« Er nickte Monteagle zu und gab ihm zu verstehen, er solle wieder in den Speisesaal zurückgehen. Die drei Lords saßen wartend da, grimmig starrend wie Wasserspeier am Dach einer Kathedrale. Nur das Flackern in ihren Augen verriet ihre Anspannung.

Wortlos reichte Cecil Northampton den Brief. Northamptons unbändiger Ehrgeiz, geboren aus so vielen Jahren in der Verbannung während der Regierungszeit Elisabeths, war in

Hofkreisen wohl bekannt. Wie jemand, der sich erst spät zu einer Sache bekannt hat, der die leidenschaftliche Energie eines ganzen Lebens in die ihm verbleibenden Jahre zu drängen sucht, so war Northampton wild entschlossen, die Zeit, die ihm noch gewährt war, am wärmenden Feuer des politischen Erfolgs zu verbringen. Der Brief wurde an die beiden anderen weitergereicht, die ihn schweigend lasen. Ohne dass Monteagle es bemerkte, warf Northampton einen verstohlenen Blick auf den zweiten Brief, der in der Mitte des Tisches lag, und hob fragend die Augenbrauen. Nein, signalisierte ihm Cecils Blick, das soll unter uns bleiben, davon braucht dieser junge Lord nichts zu wissen.

»Die Regierung erhält viele solcher Briefe, Mylord Monteagle, wie Ihr durchaus wissen dürftet«, brach Cecil schließlich das lange Schweigen.

Im harten Glanz der Macht schrumpfte Monteagles Selbstbewusstsein sichtlich dahin. Er ließ die Schultern hängen. Hatte er sich vollends zum Narren gemacht?

»Allerdings kommen mir schon seit Monaten immer wieder Gerüchte über Intrigen zu Ohren, geschmiedet, wie ich fürchte, von Anhängern Eures Glaubens. Wir werden diesen Brief Seiner Majestät zeigen, den Fall seiner Weisheit anvertrauen und ihn um sein Urteil bitten. Verschwörungen sind wie Früchte, Mylord. Sie brauchen Zeit zum Reifen.«

Ihn Seiner Majestät zeigen? Heute Abend? Morgen? Hatte er das Richtige getan, als er durch Nacht und Wind hergeritten war und dieses Abendessen unterbrochen hatte? Oder würde sein Brief auf einem Stapel von Petitionen und Eingaben landen, die gemächlich und hübsch der Reihe nach abgearbeitet wurden?

»Seine Majestät …«, stammelte Monteagle.

»Ist in Royston«, ergänzte Cecil ruhig, »auf der Jagd. Dort wird er bis zum dreißigsten bleiben, um sich dann nach Ware zu begeben und am nächsten Tag nach London und Whitehall zurückzukehren. Im Wald lauert kein unsichtbarer Schlag auf ihn, dessen bin ich mir sicher«, sagte Cecil in herablassendem Ton und wandte sich den anderen drei Lords zu, die mit dünnlippigem Lächeln auf seine Bemerkung reagierten.

»Wir sind dankbar für Eure Bemühungen in dieser Angelegenheit, Mylord. Seid versichert, dass sie Eurem Ansehen bei Seiner Majestät nicht schaden wird. Ihr könnt ruhigen Herzens und Gewissens an Eure Tafel zurückkehren.«

Er war entlassen. Mit einer tiefen Verbeugung zog er sich zurück, just in dem Moment, als die Diener das verspätete Essen aufzutragen begannen. Es war ein verdutzter junger Lord, der langsamer, als er gekommen war, durch die dunklen Straßen ritt, seinem Haus entgegen, wo ihn ein inzwischen wohl gänzlich verdorbenes Abendessen erwartete.

»Ihr hättet mich gar nicht so nahe am Palast postieren müssen«, sagte Mannion, der am Kamin stand und sich die Hände rieb. »Bei dem Krach, den er gemacht hat, hätte man denken können, eine Armee rückt gegen Whitehall vor und nicht bloß drei Mann.«

Gresham hatte Mannion am Haupttor von Whitehall Stellung beziehen lassen, um sich zu vergewissern, dass Monteagle auch dorthin ging, wohin er gehen sollte.

»Und was machen wir jetzt?«, fragte Jane.

Gresham sah sie einen Augenblick lang an. Dann – so schnell, dass sie nicht reagieren konnte – fasste er sie um die Taille, riss sie an sich und drückte ihr einen langen, innigen Kuss auf die vollen Lippen.

»Ich bin doch keine Speise, die man sich vom Tisch nehmen kann, wenn man gerade Lust darauf hat!«, rief sie und riss sich los. Den Kuss hatte sie allerdings erwidert, wie er bemerkt hatte.

»Zieh deine Dienstmädchen-Kluft an!«, rief Gresham. »Wir gehen ins Theater!«

»Können wir uns das leisten? Wenn wir gesehen werden, meine ich?«

»Nach all der Zeit, die wir in dieser Bruchbude verbracht haben, können wir es uns nicht leisten, *nicht* zu gehen, wenn du mich fragst. Wir werden uns als Dienstboten verkleiden und in der hintersten Reihe im Parterre stehen. Und danach sollten wir in unser schönes Haus am Strand und in die zivilisierte Welt zurückkehren, denke ich.«

»Wir sind also außer Gefahr?«

»Ich werde in die Stadt zurückhumpeln, als ob mir gerade eine Geschwulst aus der Seite geschnitten worden wäre und ich mich eben erst davon erholt hätte, aber noch einige Wochen lang das Bett hüten müsste. Als bettlägeriger Patient bin ich keine Bedrohung für Cecil. Und die Verschwörung ist schließlich aufgedeckt – was hat Cecil also von mir zu befürchten?«

Robert Catesby hatte den Vormittag in White Webbs in dem Bemühen verbracht, Anne Vaux zu beruhigen. Es war nicht wichtig, ob es ihm gelang, ihre Befürchtungen gänzlich zu zerstreuen. Worauf es allein ankam war, dass er sie vorläufig beschwichtigte. Noch eine knappe Woche, und dann würde Schluss sein mit dem ständigen Zwang, sich hinter erfundenen Geschichten und Täuschungen zu verbergen. Heute in einer Woche würde die ganze Welt die Wahrheit kennen.

Der Brief kam mittags an; Tom Bates selbst brachte ihn an den Tisch. Der Bote, ein einfacher Dienstbursche, hatte sich bei seinem Ritt durch die Nacht hoffnungslos verirrt und sein Pferd fast zu Tode gehetzt. Catesby las die hastig hingeworfenen Zeilen, ohne eine Miene zu verziehen, faltete den Brief sorgsam zusammen und steckte ihn in die große Tasche, die er sich in seine Kniehosen hatte nähen lassen. Er aß in Ruhe zu Ende und ließ Anne weiter über die Erfahrungen diverser Nachbarinnen bei der Geburt ihrer Kinder und über Kinder im Allgemeinen schwatzen. Dann stand er auf, dankte Anne höflich und nickte den anderen am Tisch zu. Tom Wintour brauchte keine geheimen Zeichen oder Signale, um sich wenig später ebenfalls zu erheben und ihm nachzugehen. Die Wright-Brüder folgten ihnen kurz darauf.

»Wir scheinen da ein kleines Problem zu haben«, sagte Catesby trocken, indem er den Zettel an Wintour und dann an die Wrights weiterreichte. Wintours Gesicht verfärbte sich, als er ihn las. »Offenbar stehen wir in der Schuld eures Verwandten Tom Ward«, fügte Catesby hinzu, als zuerst Kit und dann Tom Wright den Brief nahmen. Beide Wrights waren von den ersten Tagen an in die Verschwörung eingeweiht gewesen, und weder Kit noch Jack Wright würde je drei Worte verlieren, wenn eines oder keines genügte. Die beiden kräftigen, wortkargen Männer brummten nur vor sich hin, als ihnen die Bedeutung des Briefes aufging, und sahen Catesby an.

»Wir sind verraten!« Für einen kurzen Augenblick war der Hass, der Wintour dazu getrieben hatte, einen Massenmord zu planen, deutlich an seinem Gesicht abzulesen. Ohne darüber nachzudenken, was er tat, blickte er sich um, als könnten jeden Moment die Truppen des Königs über den Rasen von Enfield House gesprengt kommen, um sie zu verhaften.

»Beruhige dich, Vetter«, sagte Catesby. »Noch sind wir sicher. Denk nach. Denk nach, was es bedeutet!«

»Es bedeutet, dass Cecil und der König von unserer Verschwörung wissen!« Wintours Gesicht war eine groteske Fratze, von Angst und Wut verzerrt und dunkelrot angelaufen.

»Das bedeutet es keineswegs!« Catesbys Worte waren wie ein Schlag in Wintours Gesicht. »Gewiss, der Brief warnt vor einem Anschlag auf das Parlament, aber sie werden damit rechnen, dass die Gefahr von einer Armee ausgeht und nicht von einem einzelnen Mann in einem Keller!«

»Wir werden nicht namentlich genannt. Keiner von uns.«

Es war Kit Wright, der oft für sich und für seinen Bruder sprach.

In seinem Bemühen, Catesby und die Wrights so schnell wie möglich zu warnen, hatte Tom Ward lediglich geschrieben, der Brief habe Monteagle davon abgeraten, das Parlament aufzusuchen, und ihn vor einem Anschlag auf das Parlamentsgebäude gewarnt. Hätte es Catesbys relative Gelassenheit zunichte gemacht, wenn Ward ihm von der Formulierung »ein furchtbarer Schlag« berichtet hätte, mit Betonung auf der Unsichtbarkeit dieses Schlages? Er sollte es nie erfahren, sollte den Brief nie zu Gesicht, sondern stattdessen nur den Bericht eines verängstigten Dieners zu hören bekommen, der sich auf sein Gedächtnis verlassen musste. Dieser eine Nebenarm des Stroms der Geschichte wurde nicht durch einen Damm versperrt, und das Wasser floss in seinem Bett ungehindert weiter in die Richtung, die das Schicksal vorgegeben hatte.

»Wir werden früh genug wissen, ob wir verraten sind. Glaubt ihr, Cecil und der König würden uns weitermachen lassen wie bisher, wenn auch nur einer von uns verdächtigt würde? Fawkes kann den Keller weiter bewachen. Sollte sich irgendjemand dafür interessieren, dann wissen wir, dass unser Plan tatsächlich aufgedeckt ist, und können ihn entsprechend ändern. Aber zunächst müssen wir sehen, was dieser Brief wirklich zu bedeuten hat.«

Wintour sah ihn verständnislos an.

»Ein Verräter, Tom, ein Verräter! Einer von uns muss diesen Brief geschrieben haben. Wir haben eine Schlange in unserem kleinen Garten.«

Die Röte hatte aus Wintours Gesicht zu weichen begonnen, doch jetzt strömte das Blut schlagartig in seine Wangen zurück. »Tresham! Es ist Tresham, dieses Schwein!«, brüllte er.

»Möglicherweise – aber sei vorsichtig. Digby und Rookwood haben mehr zu verlieren als die meisten von uns, und sie haben Frauen, die um ihre Ehemänner und ihren Lebensunterhalt fürchten könnten. Vielleicht eine der anderen Frauen ... ein Priester, der im Beichtstuhl zu viel gehört hat ... ein Diener, der seinen Herrn belauscht hat ... vielleicht sogar dein Bruder.«

»Robert! Niemals, nicht in tausend Jahren! Er mag ja schwache Nerven haben, aber wenn er nicht loyal und ergeben ist, dann ist der Papst nicht Gottes Stellvertreter auf Erden!«

»Wir müssen jeden in Betracht ziehen, nicht wahr?« Catesby hörte sich an, als spreche er über ein Kartenspiel.

»Du wirst Tresham hierher bestellen? Sofort?« Wintours Gesichtsausdruck machte deutlich, dass es Treshams Tod wäre, wenn er nach White Webbs käme.

»Ihn kommen lassen, ja. Aber nicht jetzt. Wir sind für Mittwoch im Temple Bar verabredet. Tom, wir müssen wenigstens vorläufig über diesen Brief Schweigen bewahren! Unbedingt! Du kennst die anderen. Wir dürfen nicht zulassen, dass sie glauben, es sei schon alles vorbei. Warten wir ab, ob wirklich eine große Hetzjagd eröffnet wird. In dem Brief wurden keine Namen genannt, oder? Es wird eine Zeit lang dauern, bis er ausgewertet ist, und so lange können wir abwarten, ob wir tatsächlich verfolgt oder beobachtet werden. Wir wollen es den anderen am Mittwoch sagen, und Tresham werden wir so genau beobachten, wie noch nie ein Mann beobachtet worden ist. Und danach wollen wir unsere Entscheidung treffen.«

Wintours Gesicht machte deutlich, dass seine Entscheidung schon feststand. Wenn es nach Tom Wintour ging, dann war Francis Tresham ein toter Mann. Die vier Verschwörer ließen sich eine Flasche Wein bringen. Catesby bezweifelte, dass es noch irgendetwas zu besprechen gab, aber es konnte ihren Nerven nur gut tun, wenn sie gemeinsam eine Flasche köpften.

Francis Tresham lag in seiner Stube im Lincoln's Inn Walk im Bett. Er ahnte nicht, dass in diesem Moment ein Anschlag auf ihn geplant wurde, und zu seinem Glück wusste er auch nichts von Monteagles Brief. Es klopfte an der Tür. Er sprang auf, als gelte es sein Leben, und griff sofort nach dem Schwert, das neben dem Bett bereitlag. Sein Diener, der gebildete, aber saumselige Vavasour, war ausgegangen, um Wein zu kaufen. Wieder klopfte es an der Tür, laut und stürmisch. Tresham hob die Hand mit dem Schwert an und riss mit der anderen die Tür auf. Irgendetwas traf ihn, und urplötzlich lag er mit dröhnendem Kopf am Boden, während sein Besucher sein Schwert in der linken Hand hielt. Es war dieser Ochse von einem Kerl, Selkirks Diener.

»Mein Herr schickt Euch die erste Anzahlung.« Er warf Tresham ein Paket zu. »Und ich würde an Eurer Stelle keine Türen mit dem Schwert in der Hand aufreißen.«

Es war ein Pass, eine von der Regierung ausgestellte Reiseerlaubnis. Darin wurde ihm gestattet, für zwei Jahre ins Ausland zu reisen, mit Pferden, Dienern und allem, was er sonst noch brauchte.

»Das Geld und die Angaben über das Schiff bekommt Ihr, wenn er mit Euch fertig ist. Aber kommt ja nicht auf die Idee wegzulaufen! Ich würde nur höchst ungern dieses feine Wams ruinieren, das Ihr da tragt.«

»Warum dauert es so lange?« Greshams Kopfhaut juckte so stark, dass er sie sich am liebsten vom Schädel gerissen hätte, und sein Kopf pochte, wie er es seit jener Nacht auf dem Fluss nicht mehr getan hatte. »Warum geschieht nichts?«

Gresham hatte sich königlich gefreut, als sie endlich wieder in das Haus am Strand zurückkehren konnten, und Jane war schnurstracks in ihre geliebte Bibliothek gegangen und hatte sie begrüßt wie einen alten Freund, der dem Grabe entstiegen war. Aber seine Ungeduld wuchs, und im gleichen Maße erschien ihm auch dieses Haus mehr und mehr wie ein Gefängnis, mehr und mehr wie die Wohnung in Alsatia.

Da war die lästige Pflicht, den Schein seiner Krankheit zu wahren. Die Paste, die seiner Haut die kränklich weiße Farbe verlieh, musste zweimal täglich neu aufgetragen werden, wobei Jane ein dünnes Leinentuch verwenden musste, damit ihre Hände nicht ebenfalls weiß wurden. Die Schwellung an seiner Seite war nicht mehr notwendig, da das vermeintliche Gewächs ja angeblich herausgeschnitten worden war, doch es musste stets ein Vorrat an Schweineblut bereitgehalten werden, um seine Hemden mit einer von Tag zu Tag geringeren Menge einzufärben, und dazu die entsprechend blutigen »Verbände«, welche die Bediensteten wegbringen mussten. Gresham vertraute dem Personal im Hause mehr, als er Jane wissen ließ, aber es musste nur einer oder eine auf dem Markt oder auf der Gasse eine Bemerkung über Greshams wundersame Genesung fallen lassen, und schon würde er ungewollt im Mittelpunkt der Aufmerksamkeit stehen.

Was ihm aber wirklich Sorgen bereitete, war Cecils Tatenlosigkeit. Es hatte den Anschein, als sei der Brief nie angekommen. Die sorgfältige Bewachung des von Percy gemieteten Kellers, die Gresham angeordnet hatte, sobald Tresham ihm davon berichtet hatte, erbrachte keine Hinweise auf ungewöhnliche Aktivitäten oder auch nur ein gesteigertes Interesse an dem Gebäude. Das Gerücht von einem Komplott, das in Frankreich geschmiedet werde, kursierte immer noch auf den Straßen und breitete sich weiter aus, aber es gab keinerlei Hinweise darauf, dass sich hierzulande etwas Vergleichbares zusammenbraute, keine Anspielungen auf Schießpulver, Massaker oder Königsmorde. Tresham war erneut zu einem Treffen mit den Verschwörern bestellt worden, aber Gresham hatte nicht den Eindruck, dass die Ladung einen besonderen Grund hatte. Die Zustellung der Reisedokumente war ein riskanter Schachzug gewesen. Sie hatten ihn ein kleines Vermögen gekostet, aber Qualität hatte nun einmal ihren Preis, wie Jane bemerkte. In diesem Fall war es nicht die Qualität, für die er bezahlt hatte, sondern die Echtheit. Der korrupte Schreiber, der mit diesen Angelegenheiten betraut war, hatte seinem Dienstherrn das Dokument zur Unterschrift vorgelegt, allerdings versteckt in einem so hohen Stapel, dass der gute Mann das Ende so innig herbeigesehnt hatte wie ein Schuljunge das Läuten der Glocke. Gresham brauchte den Bericht seines Maulwurfs aus der Höhle der Verschwörer. Hatten sie bemerkt, dass sie verfolgt wurden, dass ihren Dienern Fragen gestellt wurden? Sahen sie sich etwa gezwungen, getrennte Wege zu gehen? Hatte die Nachricht von dem Brief sie, wie Gresham es geplant hatte, durch den Diener Tom Ward erreicht, der den Brüdern Kit und Jack Wright so nahe stand?

Gresham wusste, dass seine größte Schwäche die Ungeduld war, doch die Belastung, nicht zu wissen, was geschah, gekoppelt mit der Angst, dass vielleicht gar nichts geschah, zerstörte seinen letzten Rest von Seelenfrieden fast vollends. Er rief nach Musik und machte es sich bequem, um der Laute zu lauschen, wie sie den gemächlichen Gang der Streicher und das nasale Drängen der Bläser mit ihren juwelengleichen Tönen durchsetzte. Es half, aber nicht genug. Für die Öffentlichkeit war er immer noch die meiste Zeit ans Bett gefesselt, und so legte er sich hin und versuchte, die Musik, die seine Kapelle so fleißig für ihn intonierte, in seine Adern einsickern zu lassen.

Eine Zusammenkunft so vieler Verschwörer in London war riskant, aber Catesby hielt sie für notwendig. Sie hatten dieses Treffen, eine Woche vor der geplanten Explosion, schon vor langer Zeit angesetzt. Es jetzt abzusagen würde eine Panik auslösen. Die Anwesenheit all der anderen würde Tresham ein trügerisches Gefühl der Sicherheit vermitteln. Er würde wohl nicht damit rechnen, dass eine Versammlung in London stattfinden würde, wenn seine Kameraden wussten, dass die Verschwörung aufgedeckt war – so Catesbys Überlegung.

Der wortkarge Fawkes war da, undurchschaubar wie immer. Rookwood war von seinem Landsitz hergekommen, um seine Instruktionen entgegenzunehmen und, falls nötig, von Catesby in seiner Entschlossenheit bestärkt zu werden. Tom Wintour war da und bemühte sich, das mordlustige Funkeln in seinen Augen zu unterdrücken. Thomas Percy hatte das Eintreiben seiner Pachten im Norden unterbrochen, um nach London zu reiten, und kam mit beschmutzter Kleidung und irrem Blick am vereinbarten Treffpunkt an.

Tresham wirkte nervös und angespannt, fast geistesabwesend. Catesby hob eine Augenbraue, und Tom Wintours Hand verkrampfte sich über dem Dolch in seinem Gürtel. Rookwood war damit beauftragt worden, das Essen zu bestellen; er spürte nicht, mit welch unbekümmerter Herablassung Catesby ihn behandelte, so als sei er zugleich sein Freund und sein Diener.

»Ist alles in Ordnung?«, erkundigte sich Rookwood nervös. Wintour warf Catesby einen verstohlenen Blick zu. Diese hochwohlgeborenen, reichen Müßiggänger waren für den Hof gemacht, für feine Spitzen und erlesene Manieren, aber wenn es hart auf hart kam, waren sie nicht zu gebrauchen. Die Reichen hatten Zeit für so etwas wie ein Gewissen. Männer wie Wintour hatten nur Zeit für Taten. Das war der Unterschied. Wintour verfluchte den Tag, da sie ein Komplott ausgeheckt hatten, das auf das Geld von Leuten wie Ambrose Rookwood angewiesen war.

»Alles in bester Ordnung«, versicherte Catesby ihm. Der Wein, den Rookwood besorgt und von dem er bereits reichlich genossen hatte, war nicht geeignet, ihn zu beruhigen – wenn überhaupt, hatte er ihn noch nervöser gemacht. »Sie sind uns nicht auf die Schliche gekommen. Der König ist nicht überstürzt von seiner Jagd zurückgekehrt. Keiner von uns hatte das Gefühl, beobachtet zu werden, oder?« Alle schüttelten verneinend den Kopf. »Unerschrockenheit und Mut, das ist es, was wir jetzt brauchen.«

Keine Antwort von Tresham, der sich immer wieder umdrehte und auf die Straße hinausschaute, als hoffte er, irgendjemand möge vorbeikommen und ihn retten.

»Niemand an diesem Tisch würde uns jemals verraten!«, rief Wintour mit viel zu lauter Stimme. Tresham zuckte zusammen, doch es war schwer zu sagen, ob seine Schuldgefühle oder Wintours allzu explosiver Zwischenruf dafür verantwortlich waren.

»Was sagst du dazu, Vetter?«, wandte Catesby sich an Tresham. »Du bist merkwürdig schweigsam.«

»Es tut mir Leid«, sagte Tresham. »Mir geht so einiges im Kopf herum. Ich will euch nicht damit behelligen.«

Catesby und Wintour tauschten viel sagende Blicke aus.

»Ich brauche etwas von deinem Geld, Vetter«, sagte Catesby leichthin. »Du weißt, wie sehr wir es nötig haben.«

»Seid ihr immer noch entschlossen, es zu tun? Können wir es nicht wenigstens so lange aufschieben, bis wir wissen, welche Gesetze das Parlament verabschiedet?«

»Du weißt, wie die Antwort lautet. So wie ich weiß, dass du uns nicht verraten wirst.«

Das Zucken in Treshams Gesicht war nicht zu übersehen, ebenso wenig wie der glänzende Schweiß auf seiner Haut. Sie konnten ihn nicht hier töten, dachte Catesby; nicht an diesem öffentlichen Ort. Es würde Rookwood in Panik versetzen und die allgemeine Aufmerksamkeit auf sie lenken. Nein, nicht hier. Nicht jetzt.

»Wenn du immer noch Bedenken hast, Vetter, dann ist jetzt nicht die Zeit, darüber zu sprechen. Übermorgen, am Freitag, in White Webbs. Komm und iss dort mit uns. Und ich bitte dich, etwas von deinem Gold mitzubringen. Meine Geldbörse war einmal ein tiefer Brunnen, aber der ist jetzt ausgetrocknet. Also, bis Freitag. Dann bist du hoffentlich bereit für eine Abrechnung!«, sagte Catesby lachend.

10

Wiewohl Gresham es nicht ahnte, war die Stimmung, in der William Parker, Lord Monteagle, sich derzeit befand, nicht minder katastrophal und angespannt als seine eigene. Seit er so abrupt aus Whitehall entlassen worden war, hatte er stündlich auf eine Nachricht gewartet – jedoch vergeblich. Er wusste, dass der König heute von der Jagd zurückerwartet wurde. Jetzt konnte er seine Ungeduld nicht länger im Zaum halten. Er eilte nach Whitehall und konnte immerhin feststellen, dass er unverzüglich zu Cecil vorgelassen wurde. Ja, bei der Erwähnung seines Namens schienen sämtliche Hindernisse dahinzuschmelzen. In seiner Genugtuung über die Macht, die er plötzlich in Händen zu halten schien, vergaß er für einen Augenblick, wer der Lord und wer der Herr war, und begrüßte Cecil mit einer recht flüchtigen Verbeugung.

»Mylord Monteagle!«, sagte Cecil mit einer eisigen Wärme in der Stimme. »Ihr müsst glauben, ich hätte Euch und die guten Dienste, die Ihr kürzlich geleistet habt, völlig vergessen. Nichts könnte weiter von der Wahrheit entfernt sein. Es geht hier um sehr gewichtige Angelegenheiten, die wir in Ruhe haben reifen lassen.«

»Ihr werdet es dem König sagen, Mylord? Noch heute?«

Ein unwilliges Zucken huschte über Cecils Gesicht. »Zu seiner Zeit, Mylord, alles zu seiner Zeit. Vertraut mir, Mylord; mir, der ich nicht nur Euer Freund bin, sondern auch älter und erfahrener als Ihr.« Cecils Ton wurde sanfter, fast zärtlich, indes seine bohrenden Augen auf dem jungen Mann mit seinem starken, gerade gewachsenen Körper ruhten. »Ihr steht in meiner Schuld wegen einer sehr großen Summe Geldes, die Ihr noch nicht beglichen habt, nicht wahr? Ihr steht in meiner Schuld, da ich Euer Ansehen und das Eurer Familie gerettet und Euch Euer Vermögen bewahrt habe, nicht wahr? Ihr habt diese sehr bedeutenden Geschenke im Austausch gegen ein paar kleine Informationen erhalten, habe ich Recht? Ihr könnt Euch in diesen großen Staatsangelegenheiten auf mein Urteil verlassen, so wie ich in unbedeutenderen Dingen auf Euer Urteil vertraue.«

Zum Teufel mit dir, dachte Monteagle. Ich bin nicht dein Freund. Ich bin dein Sklave. Bevor er ging, verbeugte er sich lange und tief vor Cecil.

»Die Männer, die wir ausgeschickt haben, liefern immer noch Berichte ab, jedenfalls ein paar von ihnen.« Mannion stand an Greshams Seite. »Sie sagen, die meisten von diesen Papisten sind wieder in London. Stecken die Köpfe zusammen, um irgendeine Teufelei auszuhecken, vermute ich. Würdet Ihr gerne drei von denen sehen? Percy hat nämlich im Mitre Inn in der Bread Street ein Essen für drei Personen bestellt. Das ist ein beliebter Treffpunkt von denen. Die haben vielleicht Nerven! Unsere Leute sagen, es gibt kein Anzeichen dafür, dass irgendjemand sonst sie beobachtet.«

Aber warum nicht? Gresham zermarterte sich das Hirn. Warum versammelten sich diese Leute in London, anstatt Hals über Kopf zu fliehen, um ihre Haut zu retten? Warum gab es keine Hetzjagd auf jeden, der in London mit der katholischen Sache sympathisierte?

Konnte Gresham es riskieren, als Zuschauer diesem teuflischen Abendmahl beizuwohnen? Sein eigener Dämon trieb ihn dazu, die Frustration, die an ihm zerrte und ihn zerfleischte, wie es eine wirkliche Geschwulst an seiner Seite getan hätte. Selbst die grundlegenden Fragen, die über sein Überleben entscheiden konnten, schienen jetzt ohne Bedeutung. Sollte er weiter seinen totenbleichen Teint zur Schau tragen? Welche Verkleidung sollte er wählen? Sollte er sich zu einer Seitentür des Hauses hinausschleichen, oder sollte er sich offen zeigen und so tun, als gehe er zu einer Konsultation bei seinem Arzt?

Warum war diese Pulververschwörung nicht einfach zusammengebrochen? War Monteagle so wenig überzeugend gewesen, als er den Brief überreicht hatte?

Hatte er den Brief überhaupt überreicht?

Robert Cecil verstand nicht viel von Kriegsführung. Er hatte den Eindruck, dass Kriege nur für eine bestimmte Art von Männern interessant waren, dass sie unglaublich kostspielig waren und dass ihr Ausgang stets unvorhersehbar war. Er hatte außerdem den Eindruck, dass eine Armee von einer Größe, dass sie einen Krieg hätte führen können, vonnöten war, um den König auf seinen Jagdausflügen zu begleiten. Die ohnehin schon astronomischen Ausgaben des königlichen Haushalts schwollen von Minute zu Minute an, und Cecil seufzte, als er die schier endlose Prozession von Pferden, Kutschen und Wagen aller Art erblickte, die Seine Königliche Hoheit Jakob I. von seinen Lustbarkeiten nach Hause brachte.

Er wartete bis zum Nachmittag des folgenden Tages. Der Freitag war im Volksglauben ein Unglückstag, aber dieser Freitag war auch der erste Tag des Monats; vielleicht ein Symbol für einen Neubeginn. König Jakob weilte in seiner Galerie in Whitehall; er war allein.

Cecil trat an Jakob heran, verbeugte sich und hielt ihm kommentarlos Monteagles Brief hin. Jakob sah ihn fragend an, nahm den Brief und las ihn. Er blickte zu Cecil auf, der immer noch nichts sagte. Er las den Brief ein zweites Mal, diesmal mit größerer Aufmerksamkeit.

»Der Brief wurde letzte Nacht Lord Monteagle zugestellt, Eure Hoheit. Er brachte ihn unverzüglich hierher und gab ihn mir.« Und er ist Gott sei Dank undatiert, dachte Cecil. Würde Jakob verärgert sein, weil Cecil so lange gewartet hatte, bis er ihn auf diesen Brief aufmerksam gemacht hatte?

»Wer immer das geschrieben hat, Majestät«, sagte Cecil, »ist offensichtlich ein Narr.«

»Weshalb es gut wäre«, bemerkte der König, »wenn derjenige, der ihn in die Hände bekommt, sich nicht ebenfalls wie ein Narr betragen würde.«

Intelligenz und Erfahrung, dachte Cecil, dessen Puls hinter seiner Maske der Gefasstheit wie wild raste. Vergiss niemals, dass dieser Mann es mit seiner Schlauheit geschafft hat, als König der Schotten zu überleben. Vergiss nie, dass Verschwörungen für ihn die selbstverständlichste Sache der Welt sind. Vergiss niemals, dass niemand so schlau ist wie ein echter Narr.

Wo sind bloß die anderen?, fragte sich Tresham, als er nach White Webbs kam und das Haus betrat. Er wurde in ein Zimmer geführt, in dem er noch nie zuvor gewesen war, und ehe er wusste, wie ihm geschah, wurde die Tür hinter ihm zugeschlagen, und er stand Robert Catesby gegenüber. Tom Wintour stand hinter ihm. Er legte beide Türriegel vor.

Es hing alles an einem einzigen Satz, wie Tresham später klar wurde. Hätte Catesby ihn mit seiner erschreckend ruhigen Stimme gefragt: »Warum hast du uns verraten?«, dann wären Treshams Gesichtszüge ihm so entglitten, dass es einem Schuldbekenntnis gleichgekommen wäre. Er hatte die Verschwörer an »Selkirk« verraten, so wie er sein Ehegelübde verraten hatte, seine Religion und, wer weiß, möglicherweise auch jenen Gott, den er nie wirklich verehrt hatte.

Aber Catesby fragte nicht, warum Tresham seine Freunde verraten hatte. Stattdessen zog er es vor, zu fragen: »Sag mir doch, Vetter: Warum hast du diesen Brief geschickt?«

Den Brief? Welchen Brief? Der letzte Brief, den Tresham abgeschickt hatte, war eine dringende Mahnung wegen unbezahlter Pachtgelder an einen seiner neuen Pächter gewesen. Echte Ratlosigkeit machte sich auf seinem Gesicht breit.

»Welchen Brief? Ich habe keinen Brief geschickt!«

Seine ebenso prompte wie heftige Reaktion ließ Catesby stutzen. Selbst Wintour, der sich hinter ihm aufgebaut hatte, begann nervös von einem Fuß auf den andern zu treten. Catesby ergriff wieder das Wort.

»Tu nicht so, als wüsstest du von nichts. Wer sonst sollte einen Brief an Lord Monteagle – *deinen Schwager* – schreiben, in dem er davor gewarnt wird, das Parlament aufzusuchen, wenn ihm sein Leben lieb ist?«

»Jetzt, da du es erwähnst – ich hätte liebend gerne einen solchen Brief verfasst, wenn ich nur auf die Idee gekommen wäre! Du weißt, was ich denke. Wir werden unsere Religion durch diese Tat nicht stärken, wir werden das Vertrauen der Menschen in sie zerstören! Ich gestehe, dass ich daran gedacht habe, eine Warnung zu schreiben, nicht an Monteagle, sondern an einen der Minister des Königs, aber ich habe einen solchen Brief nie abgeschickt. Hast du mich verstanden? *Ich habe keinen Brief geschickt!*«

Ehrlichkeit hat ihren ganz eigenen Klang. Und eine ehrliche Antwort, die geäußert wird, während hinter dem Sprecher ein Mann mit gezogenem Dolch steht, hat einen noch beeindruckenderen Klang. Catesby und Wintour vernahmen ihn.

»Wenn nicht du, wer dann?« Diesmal hatte Wintour gesprochen – so heftig, dass es fast ein Zischen war.

»Woher soll ich das wissen? Und darf der Verurteilte sich vielleicht wenigstens setzen? Als letzte Bitte ist das doch wohl kaum übertrieben!«

Tresham war wirklich vollkommen erschöpft, körperlich wie auch geistig, und diese Erschöpfung kam ihm zu Hilfe: Seine Müdigkeit war offensichtlich nicht gespielt.

Wenn ich immer nur weiter Dinge sage, von denen ich weiß, dass sie wahr sind, dann komme ich vielleicht tatsächlich lebend hier heraus, dachte Tresham. Das wäre eine hübsche Ironie – für einen Gewohnheitslügner wie ihn.

Gresham war erschöpft, allerdings eher geistig als körperlich. Der ständige Zwang, vor den Bediensteten den Schwerkranken zu spielen, das nervenzermürbende Warten – diese Anstrengungen hatten ihren Tribut gefordert. Als er an diesem Morgen aufgestanden war, um sich zu waschen, hatte er feststellen müssen, dass er zitterte – was er noch nie getan hatte, außer wenn er Fieber gehabt hatte. Mannion hatte nichts gesagt, doch Gresham hatte bemerkt, dass das Feuerholz im Kamin höher als sonst geschichtet war, als er zum Frühstück hereinkam.

Mannion hatte das nächste Treffen mit Tresham in einem Bordell arrangiert.

»Das hat schon seinen Sinn«, hatte er Gresham vorgehalten. »In einem Hurenhaus kann man viel besser überblicken, wer kommt und geht, als das in einer Schenke je möglich wäre. Und es ist gleich am anderen Flussufer, also können wir Euch von unserem eigenen Landungssteg aus in einem verdeckten Boot übersetzen.«

In der Zwischenzeit war Mannion im Mitre Inn über sich selbst hinausgewachsen. Er hatte vorgegeben, ein Zimmer für seinen Herrn zu suchen und dabei herausgefunden, welches Zimmer Percy reserviert hatte; anschließend hatte er den angrenzenden Raum für eine Stunde früher gebucht. So würden die Bediensteten mit dem Servieren fertig sein, wenn Percy mit seinen Gästen in seinem Zimmer eintraf, und sie mit ihren Flaschen allein gelassen haben. Es kam noch besser: Auf Percys Seite der Zwischenwand hatte sich ein Eisenhaken, an dem eine Lampe gehangen hatte, aus dem rauen Putz gelöst und war ein, zwei Zoll darüber neu befestigt worden, sodass ein kleines Loch zurückgeblieben war. Mannion hatte nur wenige Sekunden gebraucht, um die Klinge seines Messers durch das Loch zu stecken und so die Stelle auf der anderen Seite der Mauer deutlich zu markieren. Nicht viel länger dauerte es, das Loch von der anderen Seite so zu weiten, dass ein Mann hindurchsehen konnte. Doch er hatte äußerst behutsam vorgehen müssen, nachdem der Schankbursche ihn endlich allein gelassen hatte. Der Putz war alt und verrottet, und mit zu viel Druck hätte er nicht bloß ein Guckloch eröffnet, das von der anderen Seite aus kaum zu erkennen war, sondern vielmehr ein gewaltiges Stück aus dem Mauerwerk herausgebrochen.

Widerstrebend hatte Gresham Janes Drängen nachgegeben und sie mitgenommen, allerdings sorgfältig vermummt. In dem Gasthaus war sie nur eine von vielen Damen von Stand, die zu einem Stelldichein mit einem Gentleman herkamen. Sie löschten alle Lichter in ihrem Zimmer, als sie Percy und seine Gäste eintreten hörten. Mannion lugte als Erster durch das Loch. Die Beschreibungen der anderen hatte er von Tresham und den übrigen Spitzeln, die sie ausgesandt hatten.

»Das ist Percy«, flüsterte Mannion, »der Große mit den weißen Haaren und dem weißen Bart. Sie sagen, er schwitzt die ganze Zeit. Der andere, der kräftige Kerl mit roten Haaren und rotem Bart, das muss Fawkes sein. Und der Dritte ... das ist vielleicht Grant, Robert Grant ...«

Gresham nahm Mannions Platz ein und spähte durch das winzige Loch in den hell erleuchteten Raum jenseits der Wand. Wie normal sie doch aussehen, dachte er, als die Männer zu essen begannen. Wie viel einfacher doch alles wäre, wenn diejenigen, die entschlossen waren, ganze Nationen mit Krieg und Verwüstung zu überziehen, sich irgendwie äußerlich von ihren Mitmenschen unterscheiden würden.

Tresham wusste, dass dort in White Webbs sein Leben an einem seidenen Faden gehangen hatte, doch es brauchte eine Weile, bis der Schock ihn wirklich packte. Er hatte sich schwadronierend durch das Treffen mit Catesby gehangelt, doch hinterher war er beinahe zusammengebrochen, als ihm klar geworden war, welchem Schicksal er da um Haaresbreite entgangen war.

Der Geruch nach abgestandenem Schweiß und anderen Körperflüssigkeiten ließ vermuten, dass der Raum, in dem sie sich trafen, noch vor kurzem für einen anderen Zweck genutzt worden war. Sie waren getrennt angereist, auf möglichst verschlungenen Wegen. Gresham war in einem geschlossenen Boot über den Fluss nach Southwark gekommen. Mannion war bereit zu schwören, dass niemand Tresham gefolgt war.

»Erzählt mir, was passiert ist.« Gresham bemühte sich, ruhig zu klingen, da er die Panik spürte, die in seinem Spion aufstieg.

Zögernd begann Tresham seine Geschichte zu erzählen; Gresham musste häufig nachhelfen. Da war ein Brief, den Lord Monteagle erhalten hatte. Wintour hatte daraufhin fast den Kopf verloren, aber Catesby hatte merkwürdig gelassen reagiert. Die Namen der Verschwörer waren nicht genannt worden. Anscheinend waren auch keine Maßnahmen eingeleitet worden. Das Schießpulver war gut bewacht. Morgen würden sie sich wieder treffen, ein Teil von ihnen jedenfalls, und die Situation beraten.

»Und ich bin der Hauptverdächtige«, gestand er. »Hätten sie mir eine andere Frage gestellt, dann wäre die Sache vielleicht ganz anders ausgegangen. Catesby ... bei Robin bin ich mir nicht sicher. Ich denke, er glaubt mir, wenn ich sage, dass ich keinen Brief geschrieben habe. Tom Wintour – bei ihm liegt die Sache schon anders.«

Gresham dachte einen Augenblick nach. »Seid Ihr bereit, Euch wegen Eurer Beteiligung an der Verschwörung verhaften und in den Tower bringen zu lassen?«

Tresham starrte ihn entgeistert an. Selbst Mannion schreckte auf und zeigte Anzeichen von Verblüffung.

»Verhaftet? In den Tower gebracht? Ist denn die ganze Welt

verrückt geworden, und bin ich der Einzige, der noch normal ist? Wenn das eine oder das andere passiert, bin ich ein toter Mann! Ich könnte mich ebenso gut vom Bootshaus in die Themse stürzen!«

»Eine verständliche Schlussfolgerung«, erwiderte Gresham, »aber nicht unbedingt die Richtige. Denkt einmal darüber nach. Wenn Ihr ohne Gegenwehr festgenommen werdet und behaupten könnt, alles in Eurer Macht Stehende versucht zu haben, um den Anschlag zu verhindern, wird ihnen das zu denken geben. Ihr seid erst spät angeworben worden. Überzeugt sie davon, und sie werden Euch zunächst verschonen. Mit etwas Glück werdet Ihr der Folter entgehen. Dazu bedarf es immerhin der Zustimmung des Königs, und das dauert seine Zeit.«

»Der Folter entgehen, wenn ich Glück habe! Hölle und Verdammnis, Mensch, für wen haltet Ihr mich eigentlich?«

»Für einen Mann, der sich vielleicht noch einmal sehr glücklich schätzen wird, dass er solche Freunde hat. Ich sprach davon, dass Ihr in den Tower gesperrt werdet, nicht davon, dass Ihr dort umkommt. Ist Euch nicht klar, dass Ihr für den Rest Eures Lebens ein Gejagter sein werdet, wenn diese Verschwörung bekannt wird? Nun, unser beider Interessen treffen sich hier. Ich brauche so lange wie möglich Eure Berichte, und das birgt die Gefahr, dass Ihr mit ins Netz geht, wenn die Verschwörung auffliegt, und keine Zeit mehr zur Flucht habt. Ihr aber braucht ein neues Leben – und das könnt Ihr nur haben, wenn die Welt Euch für tot hält.«

»Und das könnt Ihr arrangieren?«, fragte Tresham ungläubig.

»Wusstet Ihr eigentlich, dass Ihr schon seit einigen Jahren von meinem guten Freund Dr. Simon Forman wegen eines gewissen Leidens behandelt werdet?«

»Forman? Dieser Quacksalber! Ich bin doch keine Frau, die heimlich abtreiben oder ihren Mann vergiften will, und ich bin auch kein Idiot, der ein Vermögen für ein falsches Horoskop hinlegt!«

»Überlasst das Schimpfen Eurem Freund Catesby. Forman ist ein besserer Arzt als viele andere, die behaupten, in dieser Wissenschaft besser ausgebildet zu sein. Und nun hört mir zu ...«

Raleigh hatte ihm bei seinem letzten Besuch eröffnet, dass er den Fluchtplan würde aufgeben müssen. Er würde nie Gebrauch davon machen. Seine Frau hatte ihn angefleht, es doch zu tun. Er hatte sie mit diesem ganz besonderen Blick angeschaut, der nur für sie reserviert war, und hatte ihr zärtlich über den Kopf gestrichen. »Ein Mann läuft nicht davon«, hatte er gesagt. »Ein Mann lebt für und durch seine Ehre, und wenn er dann für seine Ehre sterben muss, ist das ebenso ein Teil der Abmachung.« Was wäre also passender, als einen Plan, der als unehrenhafter Ausweg verworfen worden war, für einen Mann zu benutzen, der jedes Recht verwirkt hatte, ein Ehrenmann genannt zu werden?

Es war machbar, Gresham wusste es. Simon Forman konnte jedes Symptom quasi auf Bestellung hervorrufen. Er hatte sich für eine Verengung der Harnwege entschieden. Leicht vorzutäuschen mit Hilfe gewisser Tinkturen, leicht zu simulieren. Forman konnte auch Substanzen herstellen, die den Herzschlag fast bis zum Stillstand verlangsamten und bewirkten, dass der Körper sich kalt anfühlte. Schwieriger war es schon, die Person für tot erklären zu lassen und die »Leiche« in den Sarg zu bekommen. Klageweiber waren eine Hilfe; sie konnten sich auf den angeblich Verstorbenen werfen und die Ärzte davon abhalten, ihn eingehend zu untersuchen. Die Frauen wurden zu einem Gefangenen in die Zelle gelassen, wenn er ernstlich krank war, denn man wusste, dass er von seiner Familie die beste Pflege erhalten würde.

Wie würde Cecil reagieren, wenn diese Verschwörung aufflog? Wenn alles rasch und ohne Aufsehen über die Bühne ginge und Cecil sich die Aufdeckung als sein Verdienst anrechnen könnte – ja, dann würde er Gresham vielleicht den ganzen Aufwand und das Theater ersparen und Tresham im Tower für tot erklären lassen. Allerdings nur, falls seine Dankbarkeit gegenüber Gresham größer war als sein Hass auf ihn. Nun, das würde die Zeit erweisen. Mit einigem Glück würden sie diesen Wahnsinnigen ihre Verschwörungsideen austreiben und sie zwingen, sich zu zerstreuen, bevor Francis Tresham sich im Kerker wieder fand.

»Warum sehen wir nicht einfach zu, wie er verhaftet wird, und lassen ihn dann im Tower verrecken?«, hatte Jane missmutig gefragt.

»Weil ich keinen besonderen Wert darauf lege, dass er mich in diese Sache hineinzieht; und schließlich besteht immer die Gefahr, dass er genug gesehen und mitbekommen hat, um dahinter zu kommen, dass Alexander Selkirk in Wirklichkeit Sir Henry Gresham ist. Aber was noch wichtiger ist: Ich habe eine Vereinbarung mit ihm getroffen. Als Gegenleistung für seine Dienste habe ich ihm sein Überleben zugesichert und auch eine finanzielle Entschädigung.«

»Was ist schon eine Vereinbarung mit solchem Abschaum? Mit Leuten, gegen die eine Ratte ein zivilisiertes Wesen ist?«, fragte Jane.

»Sein Charakter ist eine Sache, eine Vereinbarung eine andere. Das ist eine Frage der Ehre. Es wäre kein Unterschied, wenn ich die Vereinbarung mit dem Teufel persönlich getroffen hätte. Vereinbarungen sind einzuhalten.«

Die Wahrheit aber war, dass ihm der Brief viel mehr Kopfzerbrechen bereitete. Francis Tresham hätte schon längst auf und davon sein können, die Verschwörung wirkungslos verpufft. Der Brief war also angekommen und sein Empfang gemeldet worden. Aber Taten waren dem nicht gefolgt. Was war geschehen? War sein Brief ganz einfach zu vage formuliert und hatte deshalb nicht die Alarmglocken zum Läuten gebracht? Hatte der König ihn ignoriert? Hatte Cecil ihn als Fälschung abgetan, als Trick, um seine Aufmerksamkeit von einer realen Bedrohung abzulenken, beispielsweise einer Invasion durch eine ausländische Macht?

Als er wieder zu Hause war, juckte seine Kopfhaut unerträglich. Er ließ sich einige Eimer Wasser und eine Schüssel bringen, tauchte den Kopf hinein und schrubbte sich die Haare mit der köstlich duftenden französischen Seife. Die ersten beiden Eimer, auf seinen ausdrücklichen Wunsch mit dem frischen Wasser aus dem hauseigenen Brunnen gefüllt, waren von Dienern gebracht worden. Den dritten trug Jane herein.

»Waschen wir uns rein von den Sünden der Welt?«, fragte sie und goss ihm den Inhalt des Eimers über den Kopf, der noch halb mit Seifenschaum bedeckt war. Ihre Finger massierten seine Kopfhaut, fuhren mit langsamen, kräftigen Bewegungen durch das wirre Haar und wuschen behutsam die letzten Seifenreste heraus. Hier und da blitzte in dem weißen Schaum noch eine rötliche Strähne auf.

»Ich muss zu Cecil gehen«, sagte er ruhig.

Kein erschrockenes Luftholen, kein Ausruf, nur ein leichtes Nachlassen des Drucks der Finger auf seiner Kopfhaut, bevor die sanften, fließenden Bewegungen wieder einsetzten.

»Der Brief war ein Misserfolg«, sagte er. »Ich dachte, ich könnte Blutvergießen verhindern, indem ich keine Namen nenne; ich dachte, ich könnte Raleigh verschonen und mich Tresham gegenüber als Ehrenmann erweisen; ich dachte, ich könnte eine Verschwörung auflösen, bevor sie zuschlagen kann. Nun, ich habe versagt.« Er richtete den Oberkörper auf und spürte, wie die kalten Tropfen an seinem Nacken hinabrannen, bevor Jane ihm das Handtuch auf den Kopf legte. »Unser Posten schwört, dass ein Mann im Keller gewesen ist, ein Mann, auf den Fawkes' Beschreibung passt. Nur er, sonst keiner. Der Keller muss ausfindig gemacht und geräumt werden. Ohne Pulver wird es keinen Anschlag geben.«

»Wie wollt Ihr das anstellen? Wollt Ihr ihn eigenhändig räumen?«

»Damit sie ihn wieder auffüllen? Oder damit ich als Rädelsführer der Verschwörung verhaftet werde? Nein, danke! Ich werde Cecil einfach sagen, dass ich auf meinem Krankenlager die Nachricht erhalten habe, dass ein gewisser Keller unter dem Oberhaus des Parlaments randvoll mit Schießpulver sei. Ich werde es ihm unmöglich machen, die Gebäude nicht durchsuchen zu lassen. Und du, Jane, wirst dafür sorgen, dass die Suche tatsächlich stattfindet, sollte ich nicht zurückkehren. Die Keller müssen durchsucht und das Pulver gefunden werden. Ohne Pulver keine Pulververschwörung.«

»Und Raleigh?«

»Er hat mir einmal gesagt, die Ehre sei das, was den Menschen vom Tier unterscheide. Ist es ehrenvoller, meinen alten Herrn und Meister vor einem Schaden zu bewahren, der ihn vielleicht gar nicht treffen wird, oder die Nation vor einem weiteren Blutbad, das mit Sicherheit über sie kommen wird, wenn es mir nicht gelingt, es zu verhindern? Ich muss den Mann, den ich am wenigsten von allen gefährden will, einem gewissen Risiko aussetzen. Wie lange geben wir uns nun schon mit dieser Verschwörung ab? In all der Zeit sind wir auf kein Gerücht gestoßen, das Raleigh mit dieser Sache in Verbindung bringen könnte – nicht eine Silbe. Ja, ich weiß, sie können alle Beweise fälschen, die sie brauchen, aber ich habe nachgedacht.«

Manchmal hatte er das Gefühl, nichts anderes getan zu haben, wenn er des Nachts wach gelegen hatte und die Gedanken in seinem Kopf herumgewirbelt waren.

»Raleigh hat schon einen Prozess hinter sich, in dem es keine wirklichen Beweise gegen ihn gab und in dem alles, was gegen ihn vorgebracht wurde, Lügen waren. Das ist bei der Bevölkerung schlecht angekommen, sehr schlecht. Ich glaube, es hat Cecil überrascht, ja schockiert, wie ihn nur eine Bedrohung seiner eigenen Macht schockieren kann. Es gibt keine wirklichen Beweise, dass Raleigh in irgendeiner Weise in diese Sache verwickelt ist. Ich muss darauf setzen, dass Cecil nicht so bald einen zweiten inszenierten Prozess mit gefälschten Beweisen riskieren wird.«

»Ihr seid ein Dummkopf, Henry Gresham.«

»Wieso? Setze ich Raleigh einem zu großen Risiko aus?«

»Nein, es geht nicht um Raleigh. Es geht um Euch. Ihr seid nie zufrieden, wie?« Sie kniete zu seinen Füßen und wischte die Seifenreste von seinem Hemd und seiner Hose. »Ihr sagt, Überleben ist das Einzige, was ein Mann sich erhoffen darf, und doch setzt Ihr Euren eigenen merkwürdigen Ehrbegriff weit höher an als das bloße Überleben. Ihr sagt, Ihr könnt nichts beeinflussen, und doch versucht Ihr ständig, alles Mögliche zu beeinflussen. Ihr haltet Euch selbst für skrupellos, und Ihr geht auch skrupellos um mit denen, die Euch enttäuschen oder im Weg stehen, und doch setzt Ihr im Namen der Ehre Euer eigenes Leben aufs Spiel.«

Er schob ihre Hände sanft von sich und stand auf. »Ab heute bin ich nicht mehr krank. Das Leben will gelebt sein, habe ich Recht? Und wenn ich heute Abend Cecil treffe, dann weiß ich wenigstens, dass ich am Leben bin, mit jeder Pore meines Körpers, so lange, bis dieses Leben schließlich ausgelöscht wird. Und meine Leiche dürfte hinterher kaum etwas dagegen einzuwenden haben.«

»Nein«, sagte Jane, »aber mein lebendiger Körper hätte etwas dagegen einzuwenden. Und die Seele, die darin wohnt.«

Sie sahen einander schweigend an.

»Der Brief ist bestätigt«, sagte Catesby. Es war Sonntag, der dritte November; das letzte planmäßige Treffen der Verschwörer, oder jedenfalls derjenigen, die man an einem Ort hatte zusammenbringen können. Die Nachricht von dem Brief hatte denjenigen, die davon gehört hatten, den letzten

Nerv geraubt – als hätte es nicht schon genug Spannungen gegeben.

»Sind wir also verloren? Soll ich nach Dunchurch reiten?« Es war Everard Digby, der gesprochen hatte. Immer noch der Stutzer, stand er lässig an den Tisch gelehnt da, in seinem doppelt geschlitzten Wams mit gelbem und purpurrotem Futter. Am nächsten Morgen sollte er nach Dunchurch reiten, wo eine »Jagdgesellschaft« im Wirtshaus Red Lion zusammenkommen sollte. Diese Gesellschaft war ein entscheidender Faktor in Catesbys Plan. Von hier aus würde Digby sich nach Coombe House begeben, das nur acht Meilen entfernt lag, um Prinzessin Elisabeth gefangen zu nehmen, und diese Versammlung sollte auch den Grundstock der dreihundert Mann starken Reiterstaffel bilden, die Catesby aufbieten zu können glaubte.

»Ich rate dringend zu einem Aufschub.« Treshams Einwurf hatte unruhiges Getuschel und einen giftigen Blick von Tom Wintour zur Folge. »Hier, seht euch das hier an.« Mit einem dumpfen Schlag landete das Paket mit seinen Reisedokumenten auf dem Holztisch. »Ich bezahle jedem von euch solche Papiere. Lasst uns dieses Parlament abwarten und sehen, welche Gesetze es verabschiedet und was aus dem Brief wird. Wir wollen uns für ein, zwei Monate nach Frankreich absetzen. Dort kann uns nichts passieren, und so sind wir vorläufig sicher und können dann wieder aktiv werden, wenn wir es für richtig halten und wenn die Wolke des Verdachts nicht mehr über uns schwebt.«

»Deine Wolke des Verdachts lässt sich leicht vertreiben, mit einer Rauchwolke nämlich, einer feurigen Rauchwolke! Ist es dein Gewissen, das dich so reden lässt, oder die Angst?« Tom Wintour spie die Worte geradezu heraus.

Tresham sprang auf, Wintour ebenfalls. Plötzlich spürte Tresham eine Hand auf seiner Schulter, die ihn wieder auf seinen Schemel niederdrückte.

»Gebt ihr wohl Ruhe! Wenn wir gegeneinander kämpfen,

wie sollen wir dann gegen unsere Feinde bestehen? Ihr reitet morgen wie geplant!« Es war Thomas Percy. Sein heftiger Ausbruch erstaunte alle. »Aber wir sind auch besonnen. Wir haben noch zwei Tage, um abzuwarten und die Lage zu beobachten. Wir haben ein Schiff reisefertig auf der Themse liegen, es wartet nur auf uns. Wir müssen bloß ein Fährboot anhalten, und schon sind wir dort und können uns flussabwärts aus dem Staub machen, noch bevor die Meute uns auf den Fersen ist. Du, Guido, kannst das Pulver im Auge behalten und uns berichten, falls es damit irgendwelchen Ärger geben sollte. Ich gebe zu, wir dürfen nichts überstürzen. Aber wir sollten nicht Jahre der Planung über den Haufen werfen, solange es nicht unbedingt notwendig ist.«

Es folgte eine hitzige Debatte, aber Tresham konnte schon erkennen, dass Percys leidenschaftlicher Appell den Sieg davontragen würde.

Percy wusste, dass er sie im Griff hatte. Aber es schien, als wolle er dem Ganzen noch die Krone aufsetzen.

»Ich weiß einen Weg, wie wir feststellen können, ob wir aufgeflogen sind. Und ich werde diesen Weg einschlagen!«

»Welchen Weg?«, fragte Digby.

»Der Graf von Northumberland ist ein Mitglied des Geheimen Kronrats, habe ich Recht?«, sagte Percy. »Ich werde ihn morgen in Syon House aufsuchen, unter dem Vorwand, dass ich ein Darlehen von ihm brauche.« Er stieß ein bellendes Lachen aus. »Das ist nichts Neues für mich. Wenn der Brief irgendwelche ernsthaften Probleme ausgelöst hat, werde ich es unbedingt erfahren. Sie werden mich in Haft nehmen, das ist gewiss.«

»Du wirst dieses Risiko auf dich nehmen?« Catesby schien ehrlich gerührt.

»Das Risiko ist nicht so groß wie manche, die wir schon eingegangen sind«, sagte Percy, »und ich werde es auf mich nehmen, ja.«

Die Tischrunde bedachte seine Worte tatsächlich mit Applaus. Ja, dachte Percy und grinste mit zusammengebissenen Zähnen über seinen leichten Sieg. Ich werde Mylord den Grafen von Northumberland in Syon House aufsuchen, und ich werde darauf achten, dass jeder Diener in Syon House mich dort sieht und hört, und dann werden wir uns unter vier Augen im Haus unterhalten, wo uns niemand beobachten oder belauschen kann. Und dann werde ich mich zu meinem Neffen Josceline Percy begeben, der in Diensten des Grafen von Northumberland steht, und ebenso dafür Sorge tragen, dass mein Besuch dort bemerkt wird. Und dann, so dachte er, während ihm vor boshafter Befriedigung ganz warm ums Herz wurde, dann wollen wir doch einmal sehen, ob Mylord der Graf von Northumberland noch verhindern kann, dass er mit dem, was geschehen wird, in Verbindung gebracht wird. Und dann, nachdem er die Verschwörer beruhigt und zugleich ohne ihr Wissen das Todesurteil über seinen Verwandten gefällt hatte, verließ er sie. Er hatte geschäftlich in der Stadt zu tun, wie er sagte.

Hatten Percy und Catesby alles bereits vor dem Treffen arrangiert? Tresham hatte keine Möglichkeit, das herauszufinden. Wenn sie doch nur seinen Köder angenommen und sich gleich hier und jetzt zur Flucht entschlossen hätten!

Es war schon dunkel, als Gresham nach Whitehall ritt. Die Laterne, die der vor ihm reitende Mannion trug, schwankte im Takt der Schritte seines Pferdes und spendete kaum mehr als einen schwachen Schimmer. Cecil musste die spätabendlichen Besuche allmählich satt haben, dachte Gresham, aber jetzt um neun Uhr würde er wohl wenigstens mit dem Abendessen fertig sein. Zartes Säuglingsfilet vielleicht, mit einer Sauce aus Schlangengift. Er verspürte eine seltsame innere Ruhe, wie jedes Mal, wenn eine sehr riskante Aktion unmittelbar bevorstand.

Zu Walsinghams Zeit hatten die Spione und Agenten eine kleine Geheimtür benutzt, ganz in der Nähe einer der Anlegestellen des Palasts. Unter Cecil, der lieber mit Gesandten und im Ausland weilenden Angehörigen des niederen Adels arbeitete als mit dem Gesindel, das Walsingham so zahlreich (und so erfolgreich) um sich geschart hatte, war die Tür immer seltener benutzt worden. Als die Lichter von Whitehall vor ihm auftauchten, die lodernden Fackeln, die noch immer die Auffahrt zum Haupttor erhellten, hielt Gresham sein Pferd an und rief Mannion zu sich. Eine innere Stimme hatte zu ihm gesprochen, und nun stieg er ab, reichte Mannion die Zügel und forderte ihn in gedämpftem Ton auf, hier auf ihn zu warten. In der Nähe war ein Gasthaus, aus dem noch Zeichen von Leben drangen. Normalerweise hätte Mannion diese Gelegenheit nicht ausgelassen. An diesem Abend aber schien er besorgt.

»Braucht Ihr mich denn nicht da drin?«

»Er würde dich nie hereinlassen. Und vielleicht muss ich überstürzt aufbrechen.« Mannion nickte; widerstrebend und unentschlossen, aber gehorsam wie immer.

Gresham wählte nicht den Weg zum Haupteingang, sondern bog nach links in Richtung Fluss ab. Die enormen Ausgaben des königlichen Haushalts schlossen nicht die Beschäftigung einer ausreichenden Anzahl von Gärtnern ein, wie Gresham bemerkte. Eine Hand voll Unkrautpflanzen wucherte an den Rändern des Fußwegs, mit hängenden Köpfen, aber trotz des nahenden Winters noch voller giftiger Energie.

Ein Tor versperrte ihm den Weg, bewacht von zwei Posten. Die Soldaten froren und stampften mit den Füßen, und nach einer flüchtigen Befragung ließen sie Gresham passieren. Er war elegant gekleidet, und nicht zum ersten Mal fiel Gresham auf, wie viel Wert sein Zeitalter auf Kleidung und äußere Erscheinung legte. Er gab seinen Namen als »Sir Alexander Selkirk« an und grinste ob der Erinnerung in sich hinein. Der

Pfad machte einen Knick, sodass er von den Wachen nicht mehr einsehbar war, und hier stieß Gresham auf den Seiteneingang, der unbewacht war. Er trat näher und bemerkte die Zeichen der Vernachlässigung, das wilde Gras, das die Türschwelle umwucherte. Dahinter ging ein vieltausendköpfiger Haushalt seinen diversen Beschäftigungen nach, aber just zu dieser Stunde beachtete niemand diesen einen Ort. Er versuchte, die Tür zu öffnen. Sie war verschlossen. Er hatte sich erst im letzten Moment überlegt, heimlich einzudringen, aber das leichte Nachgeben der Tür brachte ihn auf die Idee. Seine innere Stimme, dieser sehr ruhige und gelassene Kommentator, der irgendwo in seinem Gehirn beheimatet schien und nur in äußerst dramatischen Momenten zu ihm sprach, flüsterte ihm jetzt zu, es noch einmal mit der Tür zu versuchen.

Der äußere Türrahmen war mit Schimmel überzogen, vermutlich eine Folge der Nähe zum Fluss. Gresham zog seinen Dolch und bohrte ihn in das Holz. Die Klinge sank tief hinein; das spröde, verrottete Holz bot dem Stahl fast keinen Widerstand. Er blickte sich erneut um. Nichts. Links und rechts der Tür verliefen zwei Reihen schmaler Fenster, hinter denen kein Licht brannte. Lagerräume, wenn Greshams Erinnerung ihn nicht im Stich ließ. Die Fenster waren mit Gitterstäben versehen, so eng, dass nicht einmal ein Affe hätte hindurchschlüpfen können. Er nahm das erste Fenster neben der Tür in Augenschein. Der Mörtel bröckelte, das Material war alt und schlecht verarbeitet. Er begann, das untere Ende des ersten Gitterstabs mit seinem Dolch zu bearbeiten, und sogleich brach ein Brocken Mörtel ab, und der rötliche, verrostete Fuß des Eisenstabs wurde sichtbar. Noch ein paar Minuten musste er kratzen und schaben, dann hatte er ihn vollständig freigelegt. Vorsichtig bewegte er den Stab hin und her und löste ihn so aus seiner Verankerung. Zurück blieb ein sauberes, rundes Loch in der oberen Mörtelschicht, die von besserer Qualität zu sein schien. Der Gitterstab war schwer, in etwa so dick wie ein Finger. Er führte ihn vorsichtig in die Spalte zwischen Tür und Rahmen ein. Die Türbretter waren noch relativ solide, aber der verrottete Rahmen erlaubte ihm, den Stab einen halben und schließlich einen ganzen Zoll tief hineinzuzwängen. Mit sanftem Druck schob er die Stange von sich weg. Er konnte spüren, wie sie sich bog, und im Geiste konnte er sehen, wie die Schrauben im Türrahmen sich aus dem feuchten Holz lösten, die Schrauben, die das eiserne Gehäuse des Schlosses hielten. Er hielt inne, führte den Eisenstab erneut in die vergrößerte Lücke ein und schob ihn von sich. Ein schwaches Ächzen war zu hören, dann gab die Tür mit einem Quietschen der verrosteten Angeln nach. Er schlüpfte hinein und schloss die Tür hinter sich. Sie war oben und unten mit Riegeln versehen, wie er nun sah, und der obere saß dem Anschein nach in gesundem, festem Holz. Keiner der Riegel war vorgeschoben.

Er kannte den Weg und begann die Stufen emporzusteigen. Sie waren mit einer Staubschicht bedeckt, in der nur ein paar Fußspuren zu sehen waren. Es war fast völlig dunkel; er strauchelte und tastete sich an den Wänden entlang. Die Treppe führte zu dem Raum, in dem Cecil sich mit seinen Spionen traf; von dort zweigten drei Gänge ab. Der eine führte nach oben zu den Wohngemächern und den Empfangsräumen, der zweite war der Zugang, den Gresham jetzt benutzte, und in den dritten hatte er noch nie einen Fuß gesetzt. Hinter einer Tür in der Holztäfelung lag ein Durchgang – vielleicht nicht geheim, aber doch privat –, der teils oberirdisch, teils als Tunnel zum Palast von Westminster führte.

Im Korridor brannten Fackeln, die grelle Lichtflecken auf die schmucklosen Wände warfen. Dies war der Verwaltungstrakt des Palasts, frei von jeglichem Putz und Blendwerk. Gresham ging auf die Tür zu. Um diese Abendstunde rechnete er damit, dass hier alles still und verlassen sein würde und er nach oben in die Staatsgemächer weitergehen musste, wo Cecil zweifellos noch über seinen Papieren hockte.

Er erstarrte, als aus der Kammer das Geräusch leiser Stimmen an sein Ohr drang. Er konnte nichts verstehen, es war nicht mehr als ein dumpfes Brummen. Ein Scharren, als ob Stühle zurückgeschoben würden. Gresham schlüpfte in den Durchgang zurück, durch den er gekommen war, und verbarg sich in seinem Schatten. Die Tür vor ihm wurde geöffnet. Cecil selbst trat hindurch, warf einen kurzen Blick den Korridor hinunter und trat dann zur Seite. Hinter ihm kamen zwei Gestalten heraus. Auch sie blickten kurz in beide Richtungen, worauf sie auf die Tür in der Holztäfelung zugingen, sie öffneten und in dem Gang verschwanden.

Die beiden waren nicht zu verwechseln. Gresham hatte sie erst am Abend zuvor gesehen. Beide waren so groß, dass sie sich bücken mussten, um nicht mit dem Kopf an den Türsturz zu stoßen, als sie den Geheimgang betraten.

Guy Fawkes. Thomas Percy.

Gresham ließ sich zurücksinken, lehnte den Kopf an das kühle Mauerwerk, verharrte in der Dunkelheit und zwang sich, ruhig zu atmen.

Guy Fawkes und Thomas Percy – und sie waren aus dem Zimmer gekommen, das der Erste Minister des Königs für Treffen mit seinen Spionen benutzte. Von einer Unterredung mit eben jenem Ersten Minister. Zwei der führenden Köpfe der Pulververschwörung.

Und Verbündete von Robert Cecil.

11

»Ich Narr! Ich Erznarr! Was bin ich doch für ein kompletter Idiot gewesen!« Greshams Wut war grenzenlos. Sie breitete sich im ganzen Haus aus, schien die Wände ins Wanken zu bringen, drohte ihn und alles, was mit ihm in Berührung kam, in Stücke zu reißen. Die Kerzen waren schon gelöscht gewesen, und man hatte sie hastig wieder entzündet. Nun flackerten und rußten sie, weil keine Zeit geblieben war, die Dochte zu kürzen.

»Seid doch endlich still!« Seine Wut schien auf Jane abzufärben. »Was ich da höre, ist nicht Narrheit, sondern Selbstmitleid. Wenn Ihr ein Narr seid, dann sind wir alle Narren! Wer hätte denn im Traum daran gedacht, dass der Erste Minister des Königs den König und das Parlament in die Luft jagen will?« Sie hatte Angst. Dieses tobende Etwas namens Henry Gresham war wie ein wildes Tier. Sie hatte das Gefühl, dass ihre Welt auseinander brach, in Stücke gerissen von Kräften, die sich ihrer Kontrolle entzogen.

Der Vorwurf des Selbstmitleids schmerzte ihn wie ein Schlag ins Gesicht, denn er war berechtigt.

»Das ist genau der Punkt, an dem er uns alle zum Narren gehalten hat. Er will das Parlament nicht in die Luft jagen. *Er will, dass die Aufdeckung dieser Pulververschwörung gegen den König und das Parlament als sein Verdienst erscheint!* Begreifst du das denn nicht? Er hat diese Sache von Anfang an unter Kontrolle gehabt. Die Einzigen, die davon profitieren, sind der König und seine rechte Hand. Jetzt ergibt alles einen Sinn. Seine Unbeliebtheit beim Volk – ich sagte doch, dass da der Schlüssel liegt. Der König wird immer unbeliebter, und Cecil war noch nie beliebt. Die Sache mit Raleigh ist ihnen beiden ein Dorn im Auge, den sie einfach nicht loswerden, und über den Pakt mit Spanien lachen die Leute. Jeder weiß doch, dass der Hof von spanischen Bestechungsgeldern geradezu überschwemmt wird. Wenn diese so genannte Verschwörung in letzter Minute aufgedeckt wird, dann geht Cecil als Retter der Nation in die Geschichte ein, und Jakob gewinnt schlagartig an Sympathie. Davon werden sie beide noch Jahre zehren können. Es ist alles sehr einfach für sie – zu einfach.«

»Aber ich verstehe immer noch nicht ganz«, sagte Jane, die Stirn in nachdenkliche Falten gelegt. »Hat Cecil die Verschwörung in Gang gebracht?«

»Das bezweifle ich. Catesby hat sie ihm wahrscheinlich auf einem Silbertablett präsentiert. Ein von Gott gesandter Heißsporn, den Cecil satteln konnte, ohne dass er überhaupt merkte, dass er geritten wurde. Catesby muss einem ihrer Agenten auf dem Kontinent direkt in die Arme gelaufen sein, als sie auf der Suche nach jemandem waren, der sich um das Pulver kümmern würde.«

»Und Fawkes?«

Gresham begann, den gewaltigen Papierstapel zu durchwühlen, den er bei seiner Rückkehr achtlos auf den Tisch geworfen hatte. Es waren die Berichte der Spione und Spitzel, die sie zu Beginn dieser Affäre angeheuert hatten; Seite um Seite voll mit akribisch zusammengetragenen Notizen.

»Er ist natürlich der Agent, dem Catesby in die Arme gelaufen ist. Entweder war er schon seit Jahren für den Geheimdienst tätig, oder sie haben ihn erst kürzlich gekauft. Sieh dir nur seine Vorgeschichte an! Sohn einer vornehmen protestantischen Familie, verkauft sein Erbteil, um in den Niederlanden Kriegsdienst zu leisten. Schön und gut, und als er dort ankommt, beschließt er, auf der spanischen Seite zu kämpfen.

Also – wer besitzt das Geld und das Gold in den Niederlanden? Wer kommt derzeit für die Bezüge nahezu sämtlicher Höflinge an Jakobs Hof auf? Die Spanier. In Catesbys und Wintours Augen war er ein Streiter für die gerechte Sache. Und wenn er nun bloß ein Streiter für seine eigene Sache ist? Ein Söldner, der für die Seite kämpft, die ihn am besten bezahlt – der, um Beförderung zu erlangen, religiösen Eifer heuchelt? Und der zur gleichen Zeit von Cecil fette Summen einstreicht, um seine Arbeitgeber, die Spanier, auszuspionieren!«

»Catesby ist also unwissentlich in eine Falle getappt, die Cecil aufgestellt hat?«

»Catesby hat wohl eher eine Kette von Überlegungen bei Cecil ausgelöst. Dieser Idiot tappt durch ganz Europa auf der Suche nach jemandem, der für ihn das Parlament in London in die Luft sprengt, und hängt sich ausgerechnet an einen von Cecils Doppelagenten. Welch ein Glücksfall für Cecil – er hat einen waschechten Verschwörer an der Hand, der das Komplott glaubwürdig erscheinen lässt, und dabei bezahlt er die ganze Zeit den Mann, der die Lunte in der Hand hält! Für ihn kann dabei nichts schief gehen, wenn er nur genügend Abstand hält. Kein Wunder, dass er mich aus dem Weg haben wollte.«

»Und was ist mit Percy?«, fragte Jane.

Gresham kramte erneut in dem Papierstapel herum.

»*Seine* Vorgeschichte ist noch viel toller. Wo war es noch mal ...« Er schnappte sich ein Blatt Papier. »*Vierunddreißig* Klagen wegen Unredlichkeit gegen ihn, vorgebracht von Northumberlands Pächtern, und allesamt bewiesen! Er ist nichts als ein Leuteschinder, und dann heiratet er eines Tages und tritt zum Katholizismus über – welch eine wundersame Bekehrung! Ich wette mit dir um alles, was du willst, dass sie ihn just zu diesem Zeitpunkt geschnappt und als Spion auf die Katholiken angesetzt haben! Was für ein Geschäft – er konnte ihnen alles über den großen Grafen von Northumberland berichten, genauso wie über weniger große Lichter. Wenn du es dir recht überlegst, muss ein Percy ihnen wie ein Geschenk Gottes erschienen sein. Das Talent zum Verräter bekommen sie in dieser Sippe schon in die Wiege gelegt, und wie kann man sich besser gegen einen Aufstand im Norden schützen als dadurch, dass man einen aus Northumberlands Clan als Spitzel in ihre eigenen Reihen einschleust!«

»Ich … ich begreife das einfach nicht«, sagte Jane. »Ist denn *jeder* auf dieser Welt ein Spion oder ein Doppelagent? Gibt es denn keine … *normalen* Menschen mehr?«

»O doch«, erwiderte Gresham, »es gibt jede Menge normale Menschen, aber sie werden nicht alt.«

»Na ja«, warf Mannion ein, »das ist ja alles schön und gut. Ein bisschen Philosophie kann in harten Zeiten nicht schaden, das gebe ich gerne zu. Aber nachdem wir das jetzt erledigt haben, können wir vielleicht mal entscheiden, was wir tun sollen?«

»Ja, was wohl?«, brummte Gresham.

Er sah fast diabolisch aus, mit seinem Gesicht, das die Lampen auf dem Tisch von unten anstrahlten. Jane spürte, wie ein angstvoller Schauder sie durchlief. Wie gut kannte sie diesen Mann wirklich?

»Es tut mir Leid«, sagte sie, »verzeiht mir, dass ich so ein törichtes Weib bin.« Ihre Augen funkelten Gresham an, der klugerweise gar nichts sagte. »Aber wie kommen Fawkes und Percy da wieder raus? Die Verschwörung muss aufgedeckt werden, damit Jakob und Cecil sich mit dem Verdienst schmücken können, aber wenn sie aufgedeckt wird, bedeutet das für Fawkes und Percy den Tod.«

»Fawkes sorgt lediglich dafür, dass nichts wirklich in die Luft fliegt, und dann macht er sich mit dem nächsten Schiff aus dem Staub. Neue Identität, neues Leben, und er wird reicher sein als je zuvor. Was Percy betrifft … was glaubst du, wie eine Erhebung in den Ritterstand und ein paar einträgliche Lehnsgüter ihm schmecken würden? Der tapfere Held, der die berüchtigte Pulververschwörung aufgedeckt hat! Der Mann, der Leib und Leben riskiert hat, um dafür zu sorgen, dass jeder Beteiligte an diesem gotteslästerlichen Unternehmen seiner gerechten Strafe zugeführt wird! Oder er könnte einfach nur eine fette Summe einstreichen und einen neuen Namen annehmen ... aber das bezweifle ich irgendwie.«

»Also, was tun wir jetzt? Decken wir Cecils Verwicklung auf? Oder lassen wir die Verschwörer einfach in Cecils Falle laufen und tun so, als hätten wir nie etwas davon gewusst?«

»Da hast du es – das ist genau Machiavellis Entscheidung, nicht wahr?«

»Machiavelli ist schon seit ein paar Jahren tot. Wir leben noch, falls Euch das nicht aufgefallen sein sollte. Wie im Übrigen auch die Verschwörer und König Jakob und Robert Cecil«, entgegnete Jane bissig. »Ich glaube, Machiavelli müssen wir nicht ins Spiel bringen. Er hat schließlich das falsche Spiel gespielt und wurde gefoltert und dann in die Verbannung geschickt, habe ich Recht?«

»Aber das grundlegende Dilemma, das er formuliert hat, existiert weiter, so wie es vor seiner Geburt schon existiert hat und wie es weiter existieren wird, solange Menschen nach Macht streben und Macht missbrauchen.« Gresham hielt ihr einen Vortrag; unbewusst hatte er die Pose eines Professors eingenommen, der vor seinen jungen Studenten doziert. »Sieh mal, Machiavelli sagte, dass die Wahrheit nicht notwendigerweise einen großen Wert darstellt, wenn sie zur Folge hat, dass tausende von Menschen sterben müssen. Gute Herrscher setzen das Wohl ihres Volkes höher an als solche Banalitäten wie Wahrheit und Moral.«

»Ihr seid aber kein Herrscher«, entgegnete die stets praktisch denkende Jane.

»Nein, aber ich glaube, ich könnte Cecil und König Jakob stürzen.«

»Habt Ihr Beweise?«

»Ich könnte sie leicht beschaffen. Männer wie Fawkes und Percy sind es schon gewohnt, dafür bezahlt zu werden, dass sie ihresgleichen verraten. Man muss ihnen nur genug zahlen, dann wenden sie sich ebenso bedenkenlos gegen Cecil, wie sie sich früher gegen ihre angeblichen Freunde gewandt haben.«

»Was werdet Ihr also tun?«, fragte Jane, ihre Stimme brüchig vor Besorgnis.

»Was werde ich tun?«, wiederholte Gresham nachdenklich. Das neu entfachte Feuer im Kamin rauchte fürchterlich. Als sie das Personal bei ihrer Rückkehr aus dem Schlaf gescheucht hatten, war auch etwas feuchtes Holz aufgelegt worden. Jetzt brannte es mit einem munteren rötlichen Flackern, das sich in Greshams Augen spiegelte.

»Was werde ich tun?«, sagte er noch einmal. Er drehte sich zu Jane um. Ein schwaches, ironisches Lächeln spielte um seine Mundwinkel. »Ich werde Machiavelli sein.«

Fawkes' Instruktionen waren eindeutig. Der verschreckte Bote war dasselbe ehrgeizige kleine Kaninchen, dem Fawkes vor einer halben Ewigkeit das Pulver gezeigt hatte. Fawkes war Cecils Sicherungsmechanismus, der dafür sorgte, dass der Schuss nicht zu früh losging. Er musste bis kurz vor der Entdeckung des Schießpulvers auf seinem Posten bleiben, für den Fall, dass einer der Verschwörer beschließen sollte, die Sache selbst in die Hand zu nehmen und die Lunte zu entzünden. Auch durfte Cecil nicht den Eindruck erwecken, zu viel zu wissen. Eine Suchmannschaft durfte nicht einfach in den Keller marschieren und das Pulver entdecken. Es musste zwei Suchtrupps geben, von denen der Erste die ganze Umgegend absuchen würde. Dieser Trupp würde angewiesen werden, nur zu beobachten und Bericht zu erstatten und keine übereilten Schritte zu unternehmen, die geeignet wären, die Verschwörer zum Handeln zu zwingen. Insoweit würde die Suche Fawkes nicht in Gefahr bringen, zumal wenn die Fässer gut unter Brennholz und Reisig versteckt waren. Wenn man ihm Fragen stellte, konnte er glaubwürdig behaupten, ein Diener von Thomas Percy zu sein, dem Mieter des Hauses. Wer würde dem Diener eines Mannes misstrauen, der erst so kürzlich zum Königlichen Kammerjunker ernannt worden war?

Suffolk wäre als Anführer des Suchtrupps der geeignete Mann. Und Suffolk würde den Befehl erhalten, niemanden zu verhaften und keine Schritte zu unternehmen, die eine Panik auslösen könnten, dachte Cecil. Er würde diesen Idioten Monteagle zu sich bestellen und ihn Suffolk bei der ersten Suche begleiten lassen. Sollte Monteagle doch berichten, dass der Holzvorrat in der Tat recht gewaltig für ein Haus dieser Größe sei, damit sie einen Grund hätten, dort später noch einmal nachzusehen. Das würde alles noch glaubwürdiger machen.

Die zweite Suche, bei welcher der Keller noch einmal überprüft würde, sollte um ein Uhr nachts stattfinden.

»Ein Uhr!«, flüsterte der verschreckte Höfling, obwohl niemand in der Nähe war, der sie hätte sehen oder hören können. »Die Uhrzeit ist äußerst wichtig! Mylord sagt, Ihr könnt Euch nach Mitternacht entfernen, aber nicht vorher! Wenn ein Hitzkopf wie Catesby hört, dass die Verschwörung aufgeflogen ist, könnte er immer noch versuchen, das Gebäude zu sprengen, um so eine Rebellion anzuzetteln.«

Mylord soll mich gefälligst am Arsch lecken, dachte Fawkes, falls er sich so tief bücken kann, was ich bezweifle. Eine Stunde war zu knapp kalkuliert, aber er hatte keine Zweifel, dass Mylord eine Wache in der Nähe postieren würde. Cecil hatte natürlich Recht. Eine klaffende Lücke an der Stelle, wo das Parlament gestanden hatte, würde den wildesten Gerüchten Tür und Tor öffnen, und niemand konnte sagen, welche Saat in einem solchen Chaos noch aufgehen würde.

Das Kaninchen huschte aus Fawkes' schäbiger Behausung

hinaus auf die Straße, ohne die Gestalt im edlen Wams, Kniehosen und kurzem Mantel zu bemerken, die sich nach einer angemessenen Wartezeit aus dem Schatten der Hauswand löste und an seine Fersen heftete, als er den Weg nach Whitehall einschlug. Der Verfolger konnte nicht umhin zu bemerken, dass noch zwei andere Männer mit groben Wämsen und pockennarbigen Gesichtern dem Höfling nachschlichen. In der charakteristischen Manier seines Schlages reckte der Höfling das Kinn in die Luft und bahnte sich rücksichtslos seinen Weg durch die Menge, stets ein unwirsches »Macht Platz! Macht Platz!« auf den Lippen. Plötzlich stieß er auf zwei Arbeiter, die sich, anstatt ihm auf der engen, belebten Straße auszuweichen, Schulter an Schulter vor ihm aufbauten. Er rannte mit voller Wucht in sie hinein. Hatte einer der beiden eine rasche Bewegung mit der Hacke vollführt, um ihn schneller in den Dreck zu befördern? Es war schwer zu erkennen, aber mit Sicherheit versetzte einer der Männer ihm einen kräftigen Tritt an den Kopf, als er an dem Höfling vorbeiging, den er gerade zu Fall zu bringen geholfen hatte. Sofort waren die beiden Männer bei dem Gestürzten und knieten nieder, als wollten sie ihm helfen. Für den Bruchteil einer Sekunde blitzte etwas Metallisches auf, so schnell, dass keiner der Beobachter sicher sein konnte, es wirklich gesehen zu haben, dann standen die beiden Männer auf und gingen weiter. Im Nu waren sie in der Menge verschwunden.

Die Kehle des Höflings war aufgeschlitzt, sein Blut strömte in den Staub und befleckte das modische Gelb seines gestärkten Kragens. Cecil hatte ein Leck gestopft, durch das vor dem letzten Akt seines großen Theaterstücks noch Informationen hätten entweichen können. Der Höfling starrte mit offenem Mund zu der Gestalt in Wams und Kniehose empor, Panik in den Augen und nach Luft ringend.

»Sie … sie haben mich erstochen!«, krächzte er überflüssigerweise.

»Auf Befehl Cecils, Eures Herrn, das dürft Ihr mir glauben. Wenn Ihr einen Arzt wünscht«, sagte Henry Gresham, indem er sich bückte und dem Höfling ins Ohr flüsterte, »dann müsst Ihr mir zuerst verraten, was Ihr zu Master Fawkes gesagt habt.«

Der Suchtrupp hatte sich genauso ungeschickt angestellt, wie das Kaninchen versprochen hatte. Fawkes hatte vor dem Eingang auf sie gelauert. Er hatte seinen Namen mit »Johnson« angegeben und dem Anführer des Trupps erzählt, er sei Thomas Percys Diener, und Thomas Percy habe dieses Haus gemietet. Der ältere Lord in seinem feinen Staat schien es nicht erwarten zu können, diesen Ort wieder zu verlassen; der andere, dieser junge Geck, hatte ihn auszufragen versucht, war aber von dem Älteren weggezerrt worden.

Um elf Uhr nahm er eine einfache Laterne und Material zum Entfachen des Feuers und zum Anzünden der Lunte. Das Kaninchen hatte darauf bestanden, dass diese Gerätschaften in der Nähe des Schießpulvers zu bleiben hätten, um es so aussehen zu lassen, als ob alles jederzeit zur Zündung bereit gewesen sei. Er zog sich warm an, denn die Nacht war frostig, und seine Sporen klirrten, als er ein letztes Mal zum Keller ging und die uralte Tür öffnete. Keyes hatte ihm eine Uhr gegeben, um, wie er dachte, den Zeitpunkt der Zündung zu bestimmen. Er hatte ja keine Ahnung, dass Fawkes damit den Zeitpunkt seiner Flucht bestimmen würde. Fawkes saß auf dem Schemel, den er in den Keller getragen hatte. Ohne die Laterne anzuzünden saß er da und ließ sich von der Stille und der Dunkelheit einhüllen. Der Staub, der Geruch nach Moder und Fäulnis, all das war ihm inzwischen wohl vertraut. All die Gefahr, die Bedrohung, die in diesen Fässern lauerte – und doch fand er so viel Ruhe und Frieden hier unter der Erde. Ein breites Grinsen erhellte sein Gesicht, als er an Cecil dachte, seinen Herrn. Er hätte gerne den Ausdruck auf Cecils

Gesicht gesehen, wenn er die Überraschung präsentiert bekam. Schade, dass er dann schon längst über alle Berge sein würde.

Leise drang das Läuten der Kirchenglocken an sein Ohr. Sie schlugen Mitternacht, und er erhob sich steif. Er brauchte kein Licht, um zur Tür zu gehen, er kannte den Weg schon auswendig. Plötzlich hielt er inne. Ein Geräusch? Von draußen? Er wartete. Stille. Ein Hund oder vielleicht der Wind. Dennoch öffnete er die Tür mit äußerster Vorsicht. Stille. Zur Sicherheit lugte er noch einmal hinter die Tür. Ein kaum wahrnehmbares Flackern …

Ein wildes Gebrüll, und im nächsten Moment wurde das volle Gewicht der Tür gegen seinen unvorbereiteten Körper geschleudert. Er wurde in den Keller zurückgestoßen, stürzte, und schon fielen drei, vier, fünf Männer über ihn her …

»Lasst mich los!«, schrie er. »Ich stehe unter dem Befehl von …« Ein sechster Sinn verschloss ihm im letzten Moment den Mund. Irgendetwas war schief gelaufen, ganz fürchterlich schief. Aber diese Männer – Soldaten des Königs, wie er an ihren Uniformen erkannte – hatten offenbar nicht vor, ihn zu töten, sonst hätten sie es längst schon getan. Mylord Cecil konnte es nicht zulassen, dass seine Rolle in dieser Affäre bekannt wurde … Nein, solange er am Leben war, besaß er Macht. Das hier musste ein Irrtum sein, unbedingt. Gewiss würde er mit der Wahrheit hinter dem Berg halten können, bis Cecil eine Möglichkeit fand, ihn zu befreien …

Während seine Männer den gefesselten Fawkes fortschafften, tupfte Sir Thomas Knyvett sich den Schweiß von der Stirn, ungeachtet der kalten Nachtluft.

»Eine fürchterliche Geschichte, Sir Henry, eine fürchterliche Geschichte. Ist Euch aufgefallen, dass der Mann fertig gestiefelt und gespornt war? Mantel, Hut – alles bereit zur Flucht! Wäret Ihr nicht in aller Eile mit der Nachricht gekommen, dass wir früher als geplant mit der Suche beginnen sollten, dann wäre er wohl entkommen, fürchte ich! Eine fürchterliche Geschichte, ganz fürchterlich ...«

»Es war mir ein Vergnügen, Sir Thomas, Euch zu Diensten zu sein – Euch, Mylord, dem Grafen von Salisbury und Seiner Majestät dem König«, erwiderte Sir Henry Gresham.

Kit Wright konnte nicht schlafen. Er beneidete jeden, der es konnte in dieser Nacht der Nächte. Es beunruhigte ihn, dass er von seinem Bruder getrennt war. Schon als Kinder waren sie immer von den anderen geneckt worden, weil sie stets zu zweit auftraten, und ohne seinen Bruder kam er sich irgendwie unvollständig vor. Wright, im Grunde ein frommer und anständiger Mann, kniete die halbe Nacht mit bloßen Knien auf den rauen Dielen und betete. Doch er fand nicht den gewohnten Trost. Dieser tiefe Zorn erfüllte immer noch sein Herz, der Zorn über das scheinbare Ende der Religion, die er liebte, in diesem Land, das er liebte – der Zorn, den Catesby erkannt und für seine Zwecke eingespannt hatte. Bisher hatte dieser Zorn alle Skrupel unterdrückt, die sich in ihm hätten regen können, aber jetzt, da der schreckliche Moment so nahe war, konnte er die Schreie nicht mehr ignorieren, die Schreie der Verschütteten unter den Trümmern, die Fawkes' Schießpulver hinterlassen hatte.

Er gab den Gedanken an Schlaf auf, zog sich an und legte sich mit den Kleidern auf das primitive Bett. Da war doch ein Geräusch gewesen? Er stand auf und öffnete den Fensterladen. Sein Herz setzte einen Schlag aus. Eine Flut von Fackeln rückte über den Strand heran, zwanzig, dreißig, vielleicht gar vierzig Mann. Zu ihm! Zu ihm! Gewiss kamen sie, um ihn zu holen! Er wirbelte herum, schnappte sich einen Mantel und schnallte sich sein Schwert um, während er schon die Tür seiner Stube aufriss. So sehr er sich beeilt hatte, er war nicht der Erste. Der Wirt, eine lächerliche Figur mit seinem langen Nachthemd, das in der Mitte durch hässliche Flecken verunziert war, hatte bereits die Haustür entriegelt, stand barfuß da und glotzte hinaus. Wright drängte sich an ihm vorbei und hielt dann inne, als ein verwirrter, nur halb bekleideter Lord Monteagle an ihm vorbeistürmte. Ein vornehm gekleideter Edelmann rief ihn vom Rücken seines Pferdes aus an. »Mylord! Mylord!«, sagte der Edelmann, indes Monteagles Diener sich mühten, ihren Herrn in dem zunehmenden Gedränge auf sein Pferd zu hieven. »Wir müssen Northumberland alarmieren! Sofort! Beeilt Euch!«

Es konnte nur einen Grund dafür geben, dass jeder adlige Haushalt am Strand um diese Stunde, weit nach Mitternacht, aus dem Schlaf gerissen wurde. Die Verschwörung war aufgeflogen. Wie viel Zeit hatte er? Wright eilte zum Duck and Drake, wo Wintour logierte, wobei er sich so dicht wie möglich an die Hauswände drängte. Atemlos sprudelte er die Neuigkeiten hervor. Wintour, beherrscht wie immer, zog sich an, während er sprach.

»Geh nach Essex House«, befahl er. »Verstehst du: Wenn du irgendwo die Wahrheit zu hören bekommst, dann dort. Wenn es so ist, wie wir befürchten, dann geh zu Percy. Sag ihm, er soll sofort aufbrechen. Sein Name steht auf dem Mietvertrag für den Keller. Und er wird als Erster auf einem Haftbefehl stehen. *Und finde heraus, ob sie Fawkes gefasst haben!*«

»Er ist einer von der schweigsamen Sorte, Mylord!« Der Erste, den sie befragten, war John Johnson, der Mann, den sie im Keller aufgegriffen hatten. »Er will uns nichts weiter sagen als seinen Namen und dass er ein Diener von Thomas Percy ist. Ich hätte nicht gedacht, dass einer so böse und doch so ruhig und gelassen sein kann.«

Warum war dieser Narr Knyvett so früh losgegangen? Warum?

Hier war er nun, beflissen und zutiefst überzeugt von seiner eigenen Wichtigkeit.

»Euer Bote kam gerade rechtzeitig, Mylord.«

Bote?

»Tatsächlich?«, erwiderte Cecil.

»Sir Henry Gresham hat keine Zeit verloren und mich sogleich über die Änderung des Plans informiert.«

Eine große Finsternis tat sich vor den Augen des Ersten Ministers auf.

Einer nach dem anderen wurden die Verschwörer geweckt und taumelten mit verschlafenen Augen zu den Ställen, wo ihre Pferde, angesteckt von der Nervosität ihrer Besitzer, sich aufbäumten und mit den Hinterhufen ausschlugen. Aus allen Teilen Londons kommend trieben sie ihre Pferde wütend an und galoppierten Richtung Norden, denselben Weg nehmend, den Catesby, Bates und Jack Wright am Tag zuvor eingeschlagen hatten, den Weg zum Red Lion in Dunchurch. Dort, so hatten sie es geplant, würden sie sich treffen, um die Truppe bewaffneter, berittener Katholiken zusammenzustellen, die durch die westlichen Landesteile ziehen und dort ein Feuer der Rebellion entfachen würde, das so hell loderte wie die Flammen von Westminster. Die Angst trieb sie an, und irgendein Instinkt befahl ihnen, den Ort anzusteuern, an dem sie sich von Anfang an hatten treffen wollen. Niemand hatte Francis Tresham alarmiert, und das nicht nur, weil er neu in ihrem Kreis war. Je weiter er von ihnen entfernt war, desto stärker breitete sich der Glaube an seine Schuld gleich einer Rauchwolke unter den Verschwörern aus.

Wir treffen uns in Dunchurch. Es war die einzige Gewissheit, die ihnen geblieben war.

Wenn man sich künftig von dieser Sache erzählen würde, dachte Ambrose Rookwood, dann würde sein Ritt die größte Legende von allen sein. Er hatte London als Letzter verlassen, abgesehen von Tom Wintour. Er hatte für alle anderen die Pferde besorgt, aber das beste für sich selbst behalten. Dreißig

Meilen in zwei Stunden, und das mit einem einzigen Pferd! Sein Kopf glühte vor Eifer und Erschöpfung. Sämtliche Glieder taten ihm weh, und er wusste kaum noch, ob er selbst es war, der so schwitzte und schäumte, oder sein Pferd. Gleich hinter Highgate hatte er Robert Keyes überholt, später dann Percy und Wright. Catesby, John Wright und Bates erblickte er kurz hinter Brickhill am Horizont.

Sie hielten ihre Pferde an. Catesby wirkte ruhig, aber er hatte bemerkt, in welchem Zustand Rookwood und Keyes waren.

»Nun, Ambrose, du kannst stolz auf deine Pferde sein, dass sie ein solches Tempo mitmachen! Aber warum diese Eile?«

Rookwood hatte keine Kraft mehr, seine Worte zu wählen. Er platzte heraus: »Wir sind entdeckt! Fawkes ist verhaftet …«

Catesby. Bates. Jack Wright. Kit Wright. Keyes. Percy. Rookwood. Die sieben Männer sahen einander schweigend an; das lauteste Geräusch war das Schnauben der Pferde, deren Atem dampfend in die kalte Luft aufstieg. Die Halstücher, die sechs der Männer trugen, flatterten leicht im Morgenwind. Sie waren kostbar gearbeitet; Rookwood hatte sie ihnen besorgt. Das Webmuster enthielt Darstellungen des Kreuzes, aber auch von Utensilien, wie sie bei der heiligen Messe verwendet wurden. Tom Bates hatte natürlich kein Halstuch, er war schließlich ein Bediensteter.

Das Schweigen dauerte an. Jack Wright war der Erste, der es brach. Seine Reaktion bestand darin, dass er zu fluchen begann, zunächst leise, dann, mit Angst in der Stimme, immer lauter werdend. Die anderen blickten instinktiv zu Catesby.

»Gib endlich Ruhe, Jack!« Catesbys Stimme war wie ein Peitschenhieb.

»Es ist erst dann alles verloren, wenn wir den Mut verlieren! In London herrscht Chaos, oder? Heillose Verwirrung? Das genügt doch – es ist für alle guten Katholiken das Signal, sich zu erheben und auf unserer Seite zu kämpfen. Wir haben Pferde, wir haben Waffen und Ausrüstung, oder nicht? Wir haben unsere Leute in Dunchurch, oder nicht? Alles, was wir brauchen, ist Mut und Entschlossenheit!«

Allen ihren Ängsten und Zweifeln zum Trotz spürten die Männer, wie die Magie seiner Worte sie wieder einmal erfüllte und ihre durchfrorenen Knochen wärmte. Sie ritten los, den Teufel im Nacken und den Teufel vor sich. Percy und Jack Wright rissen sich ihre Mäntel vom Leib und schleuderten sie von sich in die Hecke, als ob sie, indem sie diesen Ballast abwarfen, ihre Pferde noch schneller machen könnten.

Catesby schrie ihnen etwas über die Schulter zu, im Rausch der Geschwindigkeit und der donnernden Hufe. Sie grinsten mit irrem Blick zurück, geblendet vom Schweiß, mit Muskeln, die schmerzten, als ob irgendjemand sie mit Fußtritten vorantriebe.

Der Tumult draußen vor der Tür schien das Haus in den Grundfesten zu erschüttern. Francis Tresham rechnete jeden Augenblick damit, dass die Tür aufgestoßen würde, spürte schon den Griff der Hände um seinen Hals, die Schläge, die auf seinen Körper niederregneten, den kalten Stahl auf seiner Haut. Er wartete. Warum waren sie nicht gekommen, um ihn zu holen?

»Wollt Ihr etwa so enden wie Walsingham?«, fragte Mannion und sah Gresham mürrisch an. Walsingham, Elisabeths Spionagechef, hatte sich durch das Agentennetz, das er aufgebaut hatte und unterhielt, finanziell nahezu ruiniert. Gresham hatte auf jeden der Verschwörer einen oder gar zwei Mann angesetzt, einen zur Beschattung und einen, der Bericht erstattete, wann immer es möglich war. Die Kosten waren erschreckend hoch.

Welches Spiel spielte Tom Wintour? Die Verschwörer waren auf der Flucht, nachdem Monteagle den Brief erhalten hatte, genau wie er es erhofft hatte. Gresham wäre Catesby um ein Haar gefolgt, als dieser von London aufbrach, aber es war nahezu unmöglich, einen Mann auf diesen menschenleeren Landstraßen unbemerkt zu verfolgen, und Greshams Instinkt sagte ihm, dass er wenigstens für die nächste Zeit in London bleiben sollte, um zu beobachten, wie sich die anarchischen Zustände entwickelten, die er ausgelöst hatte. Er hatte sich Tom Wintour an die Fersen geheftet, hatte sich für ihn und nicht für Thomas Percy entschieden, weil Wintour von allen Verschwörern Catesby am nächsten stand und, wie Gresham vermutete, unter ihnen der geborene Anführer war.

Gresham hatte beobachtet, wie Wintour Anweisungen erteilt hatte, und hatte erwartet, dass er daraufhin zu den Stallungen eilen würde, wo er seinen Wallach untergestellt hatte. Stattdessen war Wintour zielstrebig auf den Palast von Westminster zugestrebt, den Ort ihres Verbrechens also. Wollte er etwa durch schiere Tollkühnheit der Entlarvung entgehen? Vertraute er so fest darauf, dass Guy Fawkes den Verhören standhalten würde?

Er sah, wie Wintour stehen blieb und einer Gruppe von Männern lauschte, die sich aufgeregt auf der Straße unterhielten. Anschließend folgte er ihm, als er die King Street entlangging. Dort war eine improvisierte Straßensperre errichtet worden, und ein Soldat trat ihm in den Weg. Wintour bewies enorme Selbstbeherrschung: Mit der Art, wie er mit den Schultern zuckte und interessiert den Hals reckte, um zu sehen, was weiter vorne los war, verkörperte er perfekt den Müßiggänger, dessen Interesse von einer Flut von Gerüchten und Spekulationen geweckt worden war.

Aber war es wirklich der Blick des unbeteiligten Passanten, mit dem er die Straße entlangspähte? Was *war* es, was er so deutlich erkennbar suchte? Was immer es war, er wollte es offenbar auf keinen Fall verlieren. Er ging fast ganz um den

Westminster-Palast herum, doch sein Umherirren schien einem Muster zu folgen, wie Gresham bemerkte; immer wieder kehrte er an dieselbe Stelle zurück.

Whynniards Haus. Der Name fiel Gresham plötzlich wieder ein – es war etwas, was Tresham gesagt hatte. Die Verschwörer hatten ganz zu Anfang ein Haus auf dem Gelände des Palasts von Westminster angemietet, ein Haus, das John Whynniard gehörte. Von dort hatten sie einen Tunnel zu graben begonnen, wie Tresham berichtet hatte, bis sie das Vorhaben aufgeben mussten, weil es ihre Kräfte ebenso wie ihre technischen Fertigkeiten überstieg. In diesem Moment hatte sich die Möglichkeit eröffnet, den Keller unter dem Oberhaus anzumieten, sodass sie den unvollendeten Tunnel hatten aufgeben können.

Da war es auch schon. Whynniards Haus. Treshams Erwähnung des Hauses hatte Greshams Interesse so weit geweckt, dass er selbst hingegangen war und es anschließend für eine Woche hatte beschatten lassen. Die Fensterläden waren geschlossen, das Haus schien leer. Aber dieses leere Haus war nun offensichtlich der Mittelpunkt von Tom Wintours unglaublich riskanten Wanderungen im Umkreis des Palasts, obgleich die Absperrung, die sich rund um Westminster zog, ihn nicht näher als auf einen Steinwurf an das Haus herankommen ließ.

Ein Soldat begann, misstrauische Blicke in Wintours Richtung zu werfen. Er war nun zum dritten Mal an derselben Stelle stehen geblieben – an der Stelle, die dem Haus am nächsten war. Wintour tat so, als habe er nichts bemerkt, und ließ sich in der Menschenmenge immer weiter zurückfallen, bis er sich schließlich von ihr löste und auf den Mietstall zustrebte, in dem, wie Gresham wusste, sein Pferd stand. Das Haus, dachte Gresham, könnte einen zweiten Blick wert sein. Aber nun war sein dringendstes Anliegen, Tom Wintour nicht aus den Augen zu verlieren. Hatten die Verschwörer sich zerstreut? Oder waren sie zu einem Treffpunkt geeilt, von dem aus sie versuchen würden, einen Aufstand zu entfachen? Das Spiel war noch nicht aus, und Gresham vermutete, dass die nächsten Runden außerhalb von London ausgetragen würden.

»Ihr lasst uns allein!« Cecils heftiger Ton duldete keinen Widerspruch. Er hasste diese begriffsstutzigen Wachen, die ihm ängstliche Blicke zuwarfen. Sie waren in einem unterirdischen Raum, einer trostlosen, finsteren Kammer mitten in den Fundamenten des White Tower. Er wusste, was den Wachen durch den Kopf ging. Sie sollten Robert Cecil, den Grafen von Salisbury, mit diesem Schurken, diesem Teufel in Menschengestalt namens Guy Fawkes, allein lassen … Die Angst vor dem, was passieren würde, wenn der Erste Minister angegriffen würde, rang für einen kurzen Moment mit ihrer Angst vor dem Ersten Minister selbst. Die Angst vor Cecil überwog. Sie verbeugten sich und schlichen rückwärts aus dem Zimmer. Cecil schloss die Tür, deren Unterkante über den schmutzigen Fußboden schleifte.

Fawkes lag zusammengekauert am Boden und rieb sich die schmerzende Schulter. Er hatte sich auch den Kopf böse aufgeschlagen, als die Wachen ihn zu Boden geschleudert hatten, und immer noch sickerte frisches Blut durch die geronnene Kruste hindurch. Die Zelle wurde von der Flamme einer primitiven Fackel erleuchtet, die in einem eisernen Halter an der Wand steckte. Selbst in ihrem schwachen Licht war das Glitzern der feuchten, fünfhundert Jahre alten Steinmauern zu erkennen.

»Warum habt Ihr mich verraten?« Fawkes' Stimme klang rau und angegriffen, aber erstaunlich fest. Damit hatte Cecil nicht gerechnet. Es war nicht vorgesehen, dass Fawkes, der Gefangene, das Gespräch eröffnete.

»Ich habe Euch nicht verraten!«, zischte Cecil mit zusammengebissenen Zähnen. Die Kälte drang sogar durch den dicken Stoff seines kostbaren Mantels. »Verraten hat Euch der Narr, der den Befehl für die Durchsuchung um eine Stunde vorverlegt hat.«

»Mylord, wir hatten eine Vereinbarung.« In Fawkes' Stimme lag Angst, aber auch Entschlossenheit, und dazu ein Ton, den Cecil nicht so recht fassen konnte.

»Die Bedingungen und Voraussetzungen haben sich offenbar entscheidend geändert!«, bellte Cecil.

»Ihr werdet nicht umhinkommen, mich aussagen zu lassen, Mylord«, sagte Fawkes. Der Schlag auf den Kopf musste ihn verwirrt haben; er sprach abgehackt, als ob er unter Konzentrationsstörungen litte. »Ich glaube nicht, dass es im Interesse Eurer Lordschaft wäre, mich die Wahrheit zu Protokoll geben zu lassen.«

Fawkes zitterte jetzt vor Kälte am ganzen Körper, wie Cecil befriedigt registrierte.

»Viele bessere Männer, als Ihr es seid, sind hier im Tower gestorben, ohne ein einziges Wort, ohne eine Zeugenaussage«, sagte Cecil und blickte voll Abscheu auf Fawkes herab. »Viele haben wochenlang hier gelegen und geschrien, bevor ihnen der Tod die ersehnte Erlösung brachte. Seid vorsichtig mit Euren Drohungen.«

»Nein«, erwiderte Fawkes, »*Ihr* solltet vorsichtiger sein mit Euren Drohungen.« Jetzt klapperte er schon mit den Zähnen. »Wenn es jemanden gibt, der so viel über Eure Pläne weiß, dass er die Suche um eine Stunde vorverlegen kann, dann weiß dieser Jemand auch genug über Eure Niedertracht, um Euch, Mylord Graf von Salisbury, in diesen Tower zu bringen, wo Ihr dann neben mir verrecken oder um die Gnade des Todes winseln könnt. Ihr braucht mich – Ihr braucht ein Geständnis von mir, das Eure Version der Ereignisse bestätigt und die anderen Verschwörer beim Namen nennt. Wenn ich standhaft bleibe, Mylord, können viele die Vorgehensweise Eurer Lordschaft kritisieren. Aber niemand wird Euch widerlegen können.«

Wie nervtötend war doch dieser Yorkshire-Akzent, und wie lächerlich der spanische Tonfall, der ihn überlagerte.

»Da Ihr offensichtlich alles voll und ganz im Griff habt«, sagte Cecil mit einem Seitenblick auf die Ketten, mit denen Fawkes' Füße an die Wand gefesselt waren, »könnt Ihr mir sicher auch sagen, was ich Eurer Meinung nach tun soll.«

Fawkes zitterte jetzt am ganzen Leib; die Arme hatte er um sich geschlungen in dem vergeblichen Versuch, sich warm zu halten.

»Verlegt mich in ein geheimes Gemach, wo es warm ist und wo es etwas zu essen gibt. Viele von denen, die hier gefoltert wurden, sind nie verhört worden. Nun kann auch einmal einer gefoltert worden sein, der in Wirklichkeit nie gefoltert wurde. Lasst verbreiten, ich sei standhaft geblieben, und dann, ich sei gefoltert worden. Schreibt mir ein Geständnis – was immer Ihr wollt. Ich werde Eure Version der Verschwörung bestätigen, wie Ihr es von mir verlangt.«

»Und dann?«

»Und dann werde ich sterben, so sehr geschwächt durch die unsagbaren Qualen, denen Ihr mich ausgesetzt habt, dass meine Konstitution dem nicht mehr gewachsen war. Hier im Tower. Verborgen vor allen neugierigen Blicken. Und Ihr werdet mich nach Frankreich schaffen.«

In Fawkes' Stimme lag etwas Verzweifeltes. Kein Wunder eigentlich. Cecils Gedanken überschlugen sich.

Ein lebender Fawkes, der vor Gericht aussagte, wäre durchaus nützlich, vorausgesetzt, er sagte das Richtige aus. Der Kommandant des Tower, Waad, hatte die Anklage gegen die Königin Maria Stuart geführt. Wenn er vertuschen sollte, was tatsächlich mit Guy Fawkes geschah, wäre das bloß ein Appetithäppchen im Vergleich zu dem, was dieser Mann schon geschluckt hatte. Und was Frankreich betraf – es war eine lange Reise von London nach Dover und über den Ärmelkanal. Eine lange und gefährliche Reise.

»Wachen!«, rief Cecil. »Dieser Mann nützt uns nichts, wenn er vor Kälte krepiert. Schafft ihn in ein Zimmer mit einem Feuer darin – ich meine ein wärmendes Feuer, nicht das Kohlenbecken des Folterknechts! Und lasst seine Beine in Ketten!«, sagte er grimmig, bevor er sich auf den Weg machte, die Angelegenheit mit Sir William Waad zu besprechen.

Robert Wintour hatte mit Catesbys Mutter zu Abend gegessen. Catesby war entschlossen gewesen, seiner Mutter die Wahrheit zu sagen, bevor er nach Dunchurch weiterritt, doch als er vor seinem Haus auf dem Rücken seines schwitzenden Pferdes saß, spürte er zum ersten Mal, wie ein kalter Wind des Zweifels das Feuer seiner Selbstgewissheit durchfuhr. Er konnte seiner Mutter nicht unter die Augen treten, nicht jetzt. So schickte er Tom Bates und hieß ihn, Wintour auf ein Feld vor dem Haus zu bestellen. Robert Wintour war stets im besten Fall ein mürrischer Mitstreiter gewesen, anders als sein hitzköpfiger jüngerer Bruder. Jetzt wirkte er völlig niedergeschlagen.

»Ich bin überzeugt, dass wir uns dem König auf Gnade oder Ungnade ausliefern sollten«, sagte er, »und mit Gottes Hilfe können wir vielleicht auf ein wenig Milde rechnen.«

Catesby konnte sich kaum durchringen, darauf zu antworten.

»Es wird keine Gnade geben. Wir müssen nach Dunchurch weiterreiten, um zu der Gesellschaft zu stoßen. Erst dann können wir entscheiden.« Er warf nicht einen Blick zurück auf das Haus, unter dessen Dach seine Mutter sich vor Sorge verzehrte.

Im Red Lion und rings um das Gasthaus waren über hundert Menschen versammelt. Brüder, Vettern, Verwandte, jüngere Söhne katholischer Familien, alle waren sie zusammengekommen. Catesby hatte gehofft, es würden mehr sein, wenigstens hundertfünfzig. Aber auch so waren es vielleicht schon genug. Ein aufgeregtes Stimmengewirr erhob sich bei Catesbys Ankunft. Sein Herz begann schneller zu schlagen, wie immer, wenn er vor eine Menschenmenge trat. Das Blut schoss durch seine Adern. Ruhe heischend hob er die Hand.

Es wurde still.

Mit knappen Worten berichtete er ihnen von der Verschwörung und erklärte, dass das Schießpulver zwar entdeckt worden, London aber dennoch ein einziger Hexenkessel von Gerüchten und Verdächtigungen sei.

»Sind wir Schafe oder Rindviecher, dass wir uns brav zur Schlachtbank führen lassen? Oder sind wir Männer – Männer mit einem Glauben, für den zu kämpfen sich lohnt? Wir haben Pferde, wir haben Waffen, wir haben Pulver. Wenn wir jetzt reiten, für unsere Freiheit und unseren Glauben, dann werden sich hunderte aus dem Westen uns anschließen, aus dem Westen, wo der Glaube stets leben und gedeihen konnte. Wir müssen jetzt zuschlagen – wir müssen zuschlagen, solange noch Chaos und Verwirrung herrschen. Sind wir Männer des Glaubens, oder sind wir Feiglinge?«

Er schrie jetzt geradezu, aufrecht in den Steigbügeln stehend.

Es war still. Im schwachen Licht einiger weniger Fackeln blickten sie ihn an. Und dann wandte sich erst einer, dann ein Zweiter und ein Dritter vom Licht ab und führte sein Pferd hinaus in die Dunkelheit. Eine Pause trat ein, dann gingen ein Vierter und ein Fünfter, dann eine ganze Schar. Ein gedämpftes Gemurmel erhob sich unter den Verbliebenen. Immer wenn es schien, als sei der Letzte gegangen, wandten sich wieder zwei oder drei um und gingen – als würde ein vernichtendes Artilleriefeuer eine brutale Lücke nach der anderen in die Reihen der Infanterie reißen, die auf ihre Attacke wartet.

Robert Catesby hatte versagt. Zum ersten Mal in seinem

Leben hatte er den Mantel seiner Persönlichkeit über eine Menge breiten wollen und sie verfehlt, hatte den Feuerbrand seines Charismas in ihre Reihen geworfen und zusehen müssen, wie er auf steinigen Boden fiel. Bald standen nur noch vierzig Mann auf dem Platz vor dem Gasthof, der nun schon beinahe verlassen wirkte.

Das Feuer in Catesby erkaltete, und ein harter, kalter, schwarzer Klumpen blieb an seiner Stelle zurück. Er würde sterben, das wusste er nun. Vielleicht hatte er es von Anfang an gewusst. Auf merkwürdige Weise nahm ihm diese Erkenntnis eine gewaltige Last von den Schultern. Jetzt hatte er Gewissheit – eine andere Art von Gewissheit. Er war sich selbst einen guten Tod schuldig. Sich und den anderen, die er all diese Monate und Jahre hindurch auf seinem Weg mitgenommen hatte. Sie würden mit ihm sterben wollen, das wusste er, sie würden es nicht anders wünschen.

Er lächelte, was selbst diejenigen, die ihm am nächsten standen, irritierte. Er gestattete dem kläglichen Rest seiner Rebellen, deren Rebellion nie stattgefunden hatte und nie stattfinden würde, etwas zu essen und sich ein wenig auszuruhen. Der griesgrämige Wirt und seine Leute wollten sie so schnell wie möglich loswerden; sie wussten wohl, welchen Schaden ihr Ruf nehmen konnte, wenn sie mit diesen Leuten in Verbindung gebracht wurden. Schon jetzt prägten sie sich die Einzelheiten ein, die sie so bereitwillig an die Truppen des Königs und die Mannen des Sheriffs weitergeben würden, sobald diese eintrafen, was sie mit Sicherheit bald tun würden.

Und dann, kurz nach elf Uhr abends, begannen sie ihren Ritt. Irgendeine alte Sage hätte davon erzählen sollen, eine Geschichte, die man den kleinen Kindern an langen, kalten Winterabenden am Kamin vorlas, um ihnen Angst zu machen. Es war ein Ritt der Verzweiflung und der Verzweifelten, ein Akt leerer, sinnloser Tapferkeit. Ein Bild der Hilflosigkeit, der Hoffnungslosigkeit, des Wahnsinns in Menschengestalt – ein

Walkürenritt, bei dem nur die Pferde noch von Hoffnung zehrten, während ihre Reiter längst des Todes waren.

Von Dunchurch nach Warwick Castle; dort die Ställe geplündert, zehn frische Pferde als Ersatz für die Tiere derer, die von London gekommen waren. Robert Wintour, händeringend – »Das wird einen Aufschrei im Land geben!« –, Ambrose Rookwood verächtlich mit den Schultern zuckend, sein Vorrat an erstklassigem Pferdematerial unerschöpflich. Weiter, weiter zu John Grants Haus in Norbrook, um das dort gehortete Pulver, die Munition und die Musketen mitzunehmen. Durch Snitterfield, die tückische Furt über die Alne durchquert und weiter nach Alcester. Durch Arrow und dann weiter entlang der Worcester Road, anschließend über Seitenstraßen und Schleichwege nach Huddington. Mittwochnachmittag, zwei Uhr. Fünfzehn panikgetriebene, knochenzermürbende, die Muskeln zermarternde Stunden. Schlaf. Heilige Messe am Donnerstagmorgen um drei Uhr, dann nach unten, um Rüstungen anzulegen und Waffen und Munition von den langen, mit allerhand Gerät beladenen Tischen aufzunehmen; der Rest wird in Pferdewagen geworfen. Sechs Uhr an einem trüben Morgen, zerschundene Körper, die vor Qual aufschreien, als es wieder in den Sattel geht. Nach Hanbury, quer über Bentley Heath nach Hewell Grange, Lord Windsors Haus. Das Haus liegt verlassen; finster dreinblickende Dorfbewohner stehen umher, während sie eindringen, Rüstungen und noch mehr Waffen an sich reißen, dazu Geld aus einer Truhe mit über eintausend Pfund. Burcot. Lickey End. Catshill. Clent. Hagley. Die Namen strömen vorüber wie Treibgut in einem Fluss, verschwimmen und verschmelzen miteinander, verlieren jede Bedeutung. Mürrische Blicke von Gaffern am Wegesrand. »Wir kämpfen für den Glauben!« Keine Reaktion. Hier und da ein Ruf, eine gemurmelte Erwiderung: »Wir leben für König Jakob!« Weiter. Stourbridge. Heftiger Regen, der Menschen, Tiere und Schießpulver durchnässt, die

Furt, ein reißender Strom, gefährlich für einen gesunden und kräftigen Mann, vielleicht tödlich für übermüdete Männer und Pferde. Holbeache House, das Haus von Stephen Littleton. Genug. Sie waren völlig erschöpft. Sechzehn Stunden für fünfundzwanzig Meilen. Rookwood war zuvor dreißig Meilen in zwei Stunden galoppiert, mit einem einzigen Pferd. Catesby hatte bei seinem Ritt von London über zehn Meilen in der Stunde zurückgelegt. Sie wurden langsamer, blieben schließlich stehen.

Sie brauchten eine Pause.

Ihre Reihen waren inzwischen stark gelichtet. Knechte und Diener waren desertiert, waren aus der Kavalkade ausgebrochen und hatten sich in die Büsche geschlagen, sobald sich eine Gelegenheit bot. Sie hatten die Spitze und das Ende des Zuges bewacht, aber es waren ihrer nicht genug, um auch die Flanken über die gesamte Länge im Auge zu behalten.

Catesby hatte sich in sich selbst zurückgezogen, und selbst Percy schien still geworden zu sein. Nur Tom Wintour, der spät zu ihnen gestoßen war, war noch voller Energie, ging umher, sprach mit diesem und jenem, organisierte die Verteidigung. Sie würden mehr Männer brauchen, wenn sie den zu erwartenden Angriff auf Holbeache lebend überstehen und ihren Ritt fortsetzen wollten. Ein Kundschafter hatte berichtet, dass ein Trupp von Reitern, vermutlich die Männer des Sheriffs von Worcestershire, ihnen auf den Fersen sei. Nicht ein Katholik hatte sich ihrem Zug angeschlossen, der mehr und mehr Männer verloren hatte, wie ein Sandsack, den der Regen ausschwemmt. John Talbot wohnte zehn Meilen weiter in Pepperhill. Er war Robert Wintours Schwiegervater. Würde Robert ihn aufsuchen und um Männer und Unterstützung nachsuchen? »Wie kann ich zu ihm gehen? Er wird für meine Frau sorgen müssen, wenn ich tot bin.« Tom Wintour warf seinem Bruder einen verächtlichen Blick zu. Wortlos hievte er seinen geschundenen Körper ein weiteres Mal in den

Sattel und ritt hinaus zu John Talbots Haus, um die Hilfe zu erbitten, von der er im Grunde seines Herzens wusste, dass sie ihm verweigert würde.

Gresham trieb sein Pferd noch rücksichtsloser an als an dem Tag, da er von Cambridge nach London geritten war. Sie hatten Tresham aus seiner Unterkunft fortgeschafft und ihn an einem sicheren Ort untergebracht. Dunchurch, hatte er gesagt – hatte den Namen wie eine Litanei immer und immer wieder hergebetet. Sie müssen nach Dunchurch reiten. Dort wollten sie zusammenkommen, getarnt als Jagdgesellschaft, um eine Rebellion im Lande zu entfachen. Sie werden nach Dunchurch reiten.

Gresham erreichte das Red Lion, als der Rest der Gesellschaft gerade zu ihrer irrsinnigen, tollkühnen Jagd quer durch das Land aufbrach.

»Wohin reiten sie?«, hatte er einen Stallknecht angezischt und dabei versucht, ihm eine Münze in die Hand zu drücken.

»In die Hölle und noch weiter, wenn's nach mir geht!«, hatte der Mann entgegnet. Er hatte ihm das Geld aus der Hand geschlagen und war zurück ins Gasthaus gerannt. Misstrauen sprach aus jeder seiner Gesten.

Catesbys Truppe hatte sich ausruhen und stärken können. Gresham blieb dafür keine Zeit. Mit einem unterdrückten Stöhnen stieg er wieder in den Sattel. Immerhin war es kein Problem, ihnen auf den Fersen zu bleiben, trotz des Regens, der ihm ins Gesicht peitschte. In regelmäßigen Abständen lösten sich Diener und andere Reiter von der Truppe, begleitet von wütenden Rufen und Flüchen. Anfangs versuchten die Anführer noch, den Deserteuren nachzusetzen, aber bald schlich sich Erschöpfung ein, und sie beschränkten sich auf den Versuch, die Kavalkade mit ihren Pferden abzuriegeln. Trotzdem blutete die Truppe weiter aus; ihre Zahl nahm – manchmal schemenhaft sichtbar, immer deutlich hörbar – stetig ab. Sie wurden langsamer und langsamer, wie die unkontrollierten Bewegungen eines Ertrinkenden, dessen Kräfte mehr und mehr schwinden.

Gresham war noch nie so müde gewesen. Er war durchnässt und zitterte am ganzen Leib vor Kälte; seine Zähne klapperten derart, dass er kaum von dem Dörrfleisch abbeißen konnte, das er bei seinem Aufbruch in London eilig in seine Satteltasche gestopft hatte. Doch er musste auf der Hut sein. Die Diener und Gentlemen, die aus Catesbys Truppe entflohen waren, stürmten auf der Landstraße an ihm vorüber und zogen ihre Schwerter, so sie welche hatten, da sie fürchteten, er sei hinter ihnen her. Einer hatte sogar im Vorüberreiten mit dem Schwert ausgeholt und nach seinem Kopf gezielt, und erst in letzter Sekunde hatte Gresham den Schlag mit seiner eigenen Klinge abwehren können. Endlich, sein Pferd schien kurz davor zusammenzubrechen, hatte das abgerissene Häuflein der verbliebenen Verschwörer Holbeache erreicht und dort Halt gemacht. Das Haus stand ihnen offen mit seinen wärmenden Feuern, mit Speise und Trank. Gresham, müde und mitgenommen von der eisigen Kälte, nahm gerade den Hof und die Treppe, die zum Haupthaus führte, in Augenschein, als er seinen Schlüssel zum Haus erblickte. Das Hoftor wurde geöffnet, und heraus kam ein Reiter. Das Pferd war ein Vollblut, ein prächtiges Tier, aber der Reiter war unverkennbar ein fliehender Knecht, dessen Erfahrungen in der Reitkunst sich auf Fahrten mit dem Eselskarren zum Markt beschränkten. Der Mann hüpfte wie wild im Sattel auf und nieder, offensichtlich in Panik. Gresham trieb sein Pferd genau im richtigen Moment auf die Straße, zog einen Fuß aus dem Steigbügel und versetzte dem Reiter einen heftigen Stiefeltritt, als er gerade wieder halb über dem Sattel schwebte. Mit einem Schrei stürzte der Mann vom Pferd und wurde nur deswegen nicht mitgeschleift, weil seine Füße ohnehin keinen richtigen Halt in den Steigbügeln gefunden hatten.

Gresham nahm ihm das grobe Wams und die karierte Hose ab und ließ ihn halb nackt auf seinem eigenen erschöpften Pferd davonzockeln. Nachdem er seine Verkleidung mit großzügig aufgetragenen Schlammspritzern vervollständigt hatte, betrat er das Haus – oder vielmehr, er stolperte schwer atmend durch die Tür.

»Ein Stück Brot und zehn Minuten am Feuer, wenn ich bitten darf.« Die Erschöpfung musste er nicht heucheln. »Ich bin von Dunchurch hergeritten, aber mein Herr hat sich ohne mich aus dem Staub gemacht, kurz bevor wir hier ankamen. Helft mir bitte! Ich habe keinen Herrn, kein Haus, und wenn das alles rauskommt, hab ich vermutlich auch keinen Kopf mehr ...« Die geplagte Frau, an die er sich gewandt hatte, schien ihn kaum gehört zu haben; die ganze Zeit über warf sie nervöse Blicke über seine Schulter nach draußen, dann drängte sie ihn in Richtung Küche.

Er war drin. Die Küche war von vielstimmigem Geplapper erfüllt. Diener teilten das Schicksal ihrer Herrschaft, und die Angst in ihren Reihen war deutlich spürbar. Gresham, in dem sich die alten Instinkte aus seinen Tagen im Felde regten, schnappte sich eine Hand voll fettigen, lauwarmen Fleisches von einem Steintisch sowie einen Krug Dünnbier, der irgendwo aus dem Chaos aufgetaucht war, und schlang alles gierig hinunter. Die Verschwörer waren oben im Saal versammelt, er konnte sie deutlich hören. Sie würden nicht so bald weiterreiten, dachte er, denn die Nacht brach schon herein. Sie waren ausgelaugt, erschöpft. Genug von dem alten Henry Gresham war noch übrig, um seine Mundwinkel zu einem winzigen Lächeln zu verziehen. Er war mitten in der Höhle des Löwen. Es wurde allmählich Zeit, sich zu überlegen, was er mit diesem Triumph anfangen sollte.

Thomas Percy betrachtete das durchnässte Häuflein seiner Mitverschwörer und verfluchte das Schicksal, das für die Ergreifung von Fawkes verantwortlich war. Offensichtlich war Cecils Plan nicht aufgegangen. Oder hatte Cecil sie betrogen? Er bezweifelte es. Hätte Cecil sie beide aus dem Weg haben wollen, dann hätte er Percy nicht mit den anderen ziehen lassen. Aber hier steckte er nun mit ihnen in diesem elenden Loch von einem Haus. Percy packte seine Angst, die wie ein Drachen in die Lüfte zu entschweben drohte, am Schweif und zog sie mit aller Kraft zur Erde zurück. Er musste annehmen, dass seine Aufgabe immer noch dieselbe war, nämlich Catesby und so viele wie möglich von den übrigen Verschwörern zu töten. Cecil hatte Catesby stets gefürchtet, da er seine Fähigkeit, ein Publikum zu fesseln und in seinen Bann zu schlagen, klar erkannt hatte. Er war entschlossen gewesen, sich seiner zu bedienen, ihn als perfekten, ahnungslosen Strohmann für eine Verschwörung zu benutzen, die Cecil nichts als Ehre und Anerkennung einbringen würde, aber er hatte stets seinen Einfluss auf die Menschen gefürchtet. Cecil hatte erlebt, wie Sir Walter Raleigh bei seinem Prozess die Herzen und Köpfe der Menschen durch die Macht seines Wortes und sein attraktives Äußeres gewonnen hatte, und diese Wunde schmerzte ihn immer noch. Er wollte Robert Catesby nicht die Gelegenheit geben, von der Anklagebank aus sein Publikum in den Bann zu ziehen, so wie er es mit den Verschwörern getan hatte. Catesby musste früh genug sterben, und dafür war Percy zuständig.

Er hatte überlegt, ihn unterwegs zu töten, doch es hatte sich keine Gelegenheit ergeben, bei der er nicht auch sein eigenes Leben gefährdet hätte. Das Leben des Thomas Percy war etwas äußerst Kostbares, und bald würde es noch an Bedeutung gewinnen. Sobald Catesby erledigt und die anderen Verschwörer entweder tot oder der Staatsgewalt überantwortet wären – Cecil wollte zwei oder drei von ihnen lebend haben, wenn möglich nicht mehr –, würde Percy selbst im Triumph nach London reiten, Catesbys Leiche auf dem Rücken eines

Pferdes mit sich führend. Er hatte sich alles schon zurechtgelegt, und er hatte sich gedacht, dass es wohl am besten aussehen würde, wenn Catesby bis auf das Hemd entkleidet wäre, wie für eine Hinrichtung. Er hatte sich eingeschärft, Catesbys Leiche rechtzeitig nach seinem Tod auf dem Pferderücken zurechtzulegen, bevor die Totenstarre eintrat und die Leiche wie eine Bohnenstange auf beiden Seiten über den Sattel hinausragte. Inmitten dieses Triumphes würde er sich mit Cecil ausführlich über den Verrat des neunten Grafen von Northumberland unterhalten, darüber, wie der böse Graf ahnungslos seinem Verwandten die Einzelheiten seines Verrats und der von ihm geplanten Revolution in die Hand gegeben hatte – seinem Verwandten, der, nachdem er Cecil das Schicksal des neunten Grafen anvertraut hatte, selbstverständlich der zehnte Graf von Northumberland werden würde. Hatte er nicht stets behauptet – auch gegenüber dem neunten Grafen selbst –, dass sein Zweig der Familie älter sei als der, welchem der neunte Graf angehörte? Und nun würde er es auch beweisen.

Das Pulver, das sie aus Hewell Grange mitgenommen hatten, war in einem offenen Wagen transportiert worden. Nun war es von dem strömenden Regen völlig durchfeuchtet. Ihr Plan war jetzt, so lange auszuruhen, bis sie wieder einigermaßen bei Kräften wären, und dann nach Wales zu eilen, um dort Unterstützung zu sammeln und Nachrichten über die Landungen der Invasionsarmeen und die spanischen Truppen abzuwarten, von denen Percy Catesby etwas vorgelogen hatte. Es hatte nie Pläne für eine Invasion gegeben, und der neunte Graf hatte auch nie irgendetwas von der Verschwörung gewusst – eine köstliche Ironie, die Percy erst so richtig zu genießen gedachte, wenn er selbst einmal der zehnte Graf wäre.

Doch zuvor würden sie sich vielleicht noch hier in Holbeache eines Angriffs erwehren müssen. Der Sheriff von Worcestershire war hinter ihnen her. Ein Diener, der vermutlich hatte fliehen wollen, war auf die über hundert Mann starke Truppe des Sheriffs gestoßen und hatte beschlossen, zu Catesby als dem kleineren Übel zurückzukehren. Catesby und Wintour waren überzeugt, dass sie die Truppe des Sheriffs würden zurückschlagen können. Sie bestand vermutlich aus ungeübten Kämpfern, und sie würde es mit einem entschlossenen, gut bewaffneten Gegner zu tun haben, mit Männern, die ihre Stellung verteidigten und um ihr Leben kämpften. Es war eine klassische Situation – dreißig Verteidiger, die am Leben bleiben wollten, gegen rund hundert Angreifer, die das ihre nur verlieren konnten.

»Das Pulver aus Hewell Grange ist nass geworden. Wenn unsere Stellung belagert wird, werden wir es vielleicht brauchen.« Percy sprach in dem schroffen Tonfall des alten Soldaten, dessen er sich im Umgang mit den Verschwörern von Anfang an bedient hatte.

»Was schlagt Ihr vor – dass wir es mit einer Lunte wärmen?« Die Bemerkung kam von Digby, der nur noch eine blasse Imitation seiner selbst war.

»Fast. Es ist nass genug, um es gefahrlos vor dem Kamin ausbreiten zu können. Wenn es Tom gelingt, noch ein paar zusätzliche Leute herbeizuschaffen, werden sie umso eher glauben, dass wir eine Chance haben, je mehr trockenes Pulver wir vorweisen können.«

Es überraschte ihn, dass sie seinen Vorschlag annahmen, aber es war die Erschöpfung, die aus ihren Aktionen sprach, und die Verzweiflung. Alles, was sie unternahmen, schien die Woge der Hoffnungslosigkeit ein wenig zurückzudrängen.

Sie breiteten das Pulver auf der steinernen Kaminplatte aus, nachdem sie die Binsen beiseite gefegt hatten. Das Feuer brannte stetig, das Holz war gut abgelagert, sodass es nicht mehr zischte oder Funken sprühte. Catesby, Rookwood und Grant nahmen an dem langen Holztisch neben dem Kamin Platz, um in aller Eile einen Plan für die Verteidigung des

Hauses auszuarbeiten. Henry Morgan, einer der wenigen aus der »Jagdgesellschaft« von Dunchurch, die bei ihnen geblieben waren, gesellte sich zu ihnen, wie auch – für eine Weile jedenfalls – Percy. Robert Wintour saß zusammengekauert in einer Ecke.

»Ich hatte letzte Nacht einen Traum.« Seine Grabesstimme schreckte die Männer am Tisch auf, und alle sahen zu ihm hin.

»Ich sah schiefe, verbogene Kirchtürme und in den Kirchen jammervolle, entsetzliche Gesichter, die aus den Fenstern schauten. Gesichter der Verzweiflung.« Sprach er mit sich selbst oder mit ihnen? Es war schwer zu entscheiden. Einer nach dem anderen wandten die Männer sich wieder ihren primitiven Verteidigungsplänen zu. Das Problem war, dass die wenigsten das Haus kannten; der Besitzer war mit Tom Wintour unterwegs.

Percy stand auf und sagte, er müsse sein Wasser abschlagen. Als er auf die Tür zutrat, wurde sie von außen aufgestoßen, und die verängstigte Gestalt eines Dieners betrat den Saal. Er trug einen riesigen Stapel Brennholz, der sein Gesicht halb verdeckte. Percy schob ihn zur Seite, wodurch der Diener ins Straucheln geriet und zwei oder drei Scheite fallen ließ. Vollkommen eingeschüchtert wie sämtliche Bediensteten von Holbeache, murmelte er eine Entschuldigung und setzte seinen Stapel auf dem Boden ab, um hastig die heruntergefallenen Scheite aufzulesen. Ein paar der Verschwörer warfen ihm gelangweilte Blicke zu und sahen gleich wieder weg. Sehr behutsam setzte der Diener seinen Weg zum Kamin fort. Er hielt inne, als er das Pulver erblickte, und machte vorsichtshalber einen großen Bogen um den schwarzen Haufen auf dem Fußboden. Dann bückte er sich, um die Scheite auf dem Brennholzstapel neben dem Kamin abzusetzen. Doch in diesem Moment machte das oberste Scheit sich offenbar selbständig und hüpfte ins Feuer. Als es polternd in die Flammen stürzte, sprühten glühende Funken auf, segelten geradezu gemächlich durch die Luft und landeten als rote Punkte auf dem schwarzen Pulverhaufen. Der Diener sah voraus, was passieren würde, ließ die restlichen Scheite fallen und ging flugs hinter der vorspringenden Einfassung des Kamins in Deckung.

Ein blendend heller Lichtblitz, ein ohrenbetäubendes Krachen, begleitet von einem plötzlichen Luftzug. Für einen kurzen Moment brach in Holbeache die Hölle los. Der Saal, eben noch Schauplatz einer fast idyllischen häuslichen Szene, verwandelte sich schlagartig in eine rauchende Ruine. Die Holztäfelung hatte Feuer gefangen, und diejenigen, die noch auf den Beinen waren, beeilten sich, die kleinen Flammen zu löschen. Der eigenartige, stechende Geruch des Pulvers mischte sich mit dem Gestank verbrannten Fleisches und schwelenden Holzes. John Grant saß leise wimmernd auf dem Boden, die Hände vor die Augen geschlagen, und schaukelte mit dem Oberkörper vor und zurück. Seine Augen waren ausgebrannt, noch schwärzer als die versengte, verschmorte Haut seines Gesichts. Haare, Augenbrauen und Bart waren teils versengt, teils gänzlich weggebrannt. Morgan konnte zwar noch etwas sehen, hatte aber ebenfalls schwere Brandverletzungen erlitten. Auch Catesby und Rookwood hatten üble Verbrennungen davongetragen und litten offensichtlich große Schmerzen.

Die beiden Wright-Brüder hatten in einer Ecke vor sich hin gedöst und waren durch den Feuerblitz aus dem Schlummer gerissen worden. Percy kam in den Saal zurückgeeilt. Robert Wintour, der in seinem Winkel gekauert hatte, war dadurch der größten Wucht der sengenden Glutwelle entgangen. Jetzt war er aufgestanden und starrte mit irrem Blick auf die Verwüstung. Er streckte den Arm aus, richtete einen zitternden Finger auf Catesby und die anderen.

»Die Gesichter! Die Gesichter!«, rief er. »Die Gesichter aus meinem Traum! Das sind sie!« Er hielt inne, als warte er auf eine Antwort. Dann ließ er die Hand fallen, hob die Augen und richtete sie starr auf Catesbys schmerzerfüllte Gestalt.

»Nun«, sagte er mit leiser, von grenzenlosem Hass erfüllter Stimme, »da hast du deine Explosion, Vetter!« Dann drehte er sich um und ging zur Tür hinaus.

Vor dem Zwischenfall hatten Erschöpfung, Verzweiflung und Angst den Saal erfüllt, aber auch ein gewisser Mut der Verzweiflung. Jetzt war nichts mehr da. Es war, als sei ihnen plötzlich klar geworden, dass es vorbei war. Es musste ein Gottesurteil sein. Diejenigen, die ihre Feinde mit Schießpulver in die Luft hatten jagen wollen, waren selbst Opfer einer Explosion geworden. Die Verbindung war zu klar, zu offensichtlich.

Catesby hatte sich so weit erholt, dass er wieder sprechen konnte. Das Feuer hatte eine Seite seines Gesichts erfasst, und jetzt war sein Mundwinkel hochgezogen, sodass er unentwegt die Zähne zu fletschen schien. Robert Catesby. Jack Wright. Kit Wright. John Grant, der sich auf dem Boden wälzte und mit fahrigen Bewegungen nach der Bandage tastete, die seine zerstörten Augen bedeckte. Ambrose Rookwood, der stöhnte, als der kalte Verband seine verbrannte Haut berührte. Thomas Percy. Mit Ausnahme von Rookwood und Wintour standen die Männer am Ende ihres Abenteuers fast so da wie an ihrem Anfang.

»Wir sind zu wenige, um kämpfen zu können.« Thomas Percy sprach das Offensichtliche aus.

»Dann müssen wir eben kämpfend zugrunde gehen.« Es war Catesby. Niemand widersprach ihm. Tom Wintour erstarrte, als er den Saal betrat; der Schock ließ alles Blut aus seinem Gesicht weichen. Er rannte auf Catesby zu, blickte voller Entsetzen in sein verwüstetes, entstelltes Gesicht. Wenn er doch wenigstens gute Nachrichten mitgebracht hätte! Sie konnten keine Hilfe erwarten. Sir John Talbot hatte sie nicht einmal in sein Haus gelassen, sondern sie wütend weggescheucht, als hätten sie die Pest am Leib. Ein fliehender Diener hatte ihnen von der Explosion berichtet, und Stephen Littleton, der Besitzer von Holbeache, hatte sich wortlos verdrückt. Everard Digby war verschwunden. Tom Bates, der sonst so treue Diener, war ebenfalls nirgendwo zu sehen.

»Wo ist mein Bruder?«, fragte Tom Wintour und blickte sich suchend im Saal um.

»Fort.« Kit Wright gab die Antwort. »Mit all den anderen.« Robert Wintour hatte lange gewartet, bis er zum ersten Mal in seinem Leben eine selbständige Entscheidung gefällt hatte.

Henry Gresham hatte sich von der Stelle neben dem Kamin aufgerappelt, wo die Explosion ihn niedergeworfen hatte. Er war übel zugerichtet, hatte sich aber keine Knochen gebrochen. Die Hitze hatte ihm den Hinterkopf versengt, das Stück zwischen dem Kragen seines Wamses und der Mütze.

Er hatte vorgehabt, die Verschwörer zu belauschen. Der Geruch des Schießpulvers war ihm durch die geschlossene Tür in die Nase gestiegen. Augenblicklich hatte er sich in die Niederlande zurückversetzt gefühlt, und es war, als seien die Schmerzen, die ihn dort über Monate begleitet hatten, ebenso schlagartig wiedergekehrt. Es war ihm furchtbar schwer gefallen, die Scheite, die vor der Tür umherlagen, zusammenzuraffen und damit hineinzugehen. Als er Percy begegnet war, wäre ihm fast das Herz stehen geblieben, doch Percy war nicht der Typ, der einen einfachen Diener wieder erkannte.

Als er das Feuer im Kamin und den Pulverhaufen davor erblickt hatte und ihm klar geworden war, dass er das Scheit mitten in die Flammen würde werfen müssen, wäre ihm fast übel geworden. Doch die Ironie, die entsetzliche, furchtbare Ironie, die in dem Gedanken lag, diese Männer mit Schießpulver zum Teufel zu jagen, das Bewusstsein der schieren Gerechtigkeit, hatte ihn angetrieben. Loses Schießpulver explodiert nicht, wie er wohl wusste, sondern verbrennt in Sekundenschnelle, wobei ein blendender Lichtblitz und eine sengende Hitze entstehen.

Wenn man weiß, dass eine Explosion unmittelbar bevorsteht, hat man in den Sekunden danach einen entscheidenden

Vorteil. Der lähmende Schock, der bei den anderen zu dem physischen Trauma hinzutrat, blieb Gresham erspart, und so konnte er sich in dem Chaos, das dem Knall folgte, davonschleichen, bevor irgendjemand auf die Idee kam, nach dem Diener zu fragen, der das Unglück verursacht hatte. Wahrscheinlich, so vermutete er, dachte überhaupt niemand mehr daran, dass es der Diener gewesen war, so groß war die Verwirrung. Wie ärgerlich, dass Percy ausgerechnet in diesem Moment auf die Idee gekommen war hinauszugehen. Gresham war überrascht, wie wenig Schaden das Feuer angerichtet hatte. Er konnte in diesem Moment nicht beurteilen, welche Folgen es nicht nur für die körperliche Gesundheit, sondern auch für die Gemütsverfassung der Verschwörer hatte.

Gresham wusste, dass der Sheriff von Worcestershire mit seinen Mannen auf dem Weg war, um die Verschwörer einzukesseln. Das Geplapper des Dieners, dessen Kleider er an sich genommen hatte, hatte sich um kaum etwas anderes gedreht. Percy musste in Holbeache sterben, so viel stand für Gresham nun fest. Die Frage war nur, wie.

Thomas Percy war zur selben Zeit sehr mit der anderen Seite der Frage beschäftigt. Wie konnte er seine Haut retten? Er hatte geglaubt, sie würden die Truppe des Sheriffs mühelos zurückschlagen können. Und Catesby würde in den letzten Sekunden des Kampfes eine Pistolenkugel in den Rücken bekommen oder auch auf ihrer Flucht nach Wales. Diese verdammte Explosion hatte niemanden getötet, sondern nur die Chancen der Angreifer erhöht und die Entschlossenheit der Verschwörer verstärkt, bis zum letzten Blutstropfen zu kämpfen. Nun, dann sollte es eben so sein, dachte Percy. Ohne Risiko war nun einmal nichts auf dieser Welt. Er spielte schließlich um eine Grafenwürde. Er würde die Belagerung abwarten, Catesby töten und dann seine Empfehlung abgeben, indem er einem der anderen eine Kugel in den Leib jagte – vorzugsweise Tom Wintour – und rief, dass er ein Agent des Königs sei. In den Ohren dieser Bauerntölpel würde das wesentlich besser klingen als »ein Agent von Robert Cecil«.

Der Ruf zu den Waffen kam kurz vor elf Uhr. Sie stellten den geblendeten, immer noch wimmernden Grant in eine Ecke. Rookwood verkündete seine Absicht zu kämpfen, wenngleich Gott allein wusste, ob er überhaupt genug sehen konnte, um irgendetwas zu treffen, dachte Percy. Durch die Fenster konnten sie erkennen, dass es mehr als hundert Mann waren, die draußen versammelt waren. Fackeln beleuchteten diejenigen, die sich außer Schussweite aufhielten, während weiter vorne schemenhaft die Bewegungen von Männern auszumachen waren, die sich im Schutz der Dunkelheit heranschlichen, um aus der Deckung der Außenmauern heraus vermutlich durch das Haupttor in den Hof zu stürmen. Plötzlich zeigte ein flackerndes Licht ihnen noch mehr. Irgendjemand hatte ein Feuer entfacht, fast direkt vor ihnen. Man wollte sie ausräuchern. Verdammt! Hätten sie mehr Leute gehabt, dann hätten sie vorne an der Grundstücksgrenze einen Posten aufstellen können.

Catesby drehte sich steif um und sah Wintour an. Der antwortete mit einem knappen Nicken. Sie griffen nach ihren Waffen und stürmten die Treppe zum Hof hinunter.

Fackeln waren über die Mauer geworfen worden, um den Hof zu erleuchten, und lagen flackernd auf den Pflastersteinen. Es war zu spät. Schon waren die ersten Angreifer im Hof. Als Wintour zur Tür hinausstürmte, fielen die ersten Schüsse. Die meisten waren schlecht gezielt und schlugen viel zu hoch ein. Eine Kugel traf Wintour und zerschmetterte ihm die Schulter. Er schrie auf – ein merkwürdiger, gespenstischer Laut –, feuerte wild drauflos und schleuderte die Pistole von sich. Im nächsten Moment zog er sein Schwert, um sich gegen die Männer zu verteidigen, die ihn mit ihren Piken vorsichtig einzukreisen begannen.

Catesby war an Percys Arm die Treppe heruntergekommen. Jack und Kit Wright sprangen durch die Tür, und wieder hallten Schüsse über den Hof. Beide stürzten zu Boden. Als die beiden anderen Sekunden später herauskamen, war es wie durch Zufall Catesbys Körper, der herumgewirbelt wurde und zuerst in der Tür auftauchte. Ein einzelner Schuss zerriss brutal die Stille der Nacht, doch alle anderen hatten auf Wintour und die Wrights gefeuert und luden jetzt unbeholfen nach. Es sah aus, als stünden Catesby und Percy Rücken an Rücken, aber Catesby hatte einen Schwächeanfall erlitten, als sie in die kalte Nachtluft hinausgetreten waren, und war halb bewusstlos.

Gresham stand etwas abseits im Hof. Er hatte den ersten Soldaten aus der Truppe des Sheriffs, der über die Mauer geklettert war, durch einen einzigen Schlag mit dem Kolben des Jagdgewehrs niedergestreckt, das er sich aus dem Haus geholt hatte. Der Helm war ihm zu groß, das lederne Wams hing ihm lose um den Leib. Weitere Männer strömten in den Hof. Gresham sah, wie Tom Wintour aus dem Haus stürzte und sogleich von einer Salve getroffen herumwirbelte. Dann wurden die Wright-Brüder wie Jagdvögel zur Strecke gebracht. Rookwood war eindeutig verwundet, ebenso wie Morgan, der zusammen mit dem angeschossenen Wintour umhertaumelte. Eine Feuerpause trat ein, zum Teil, weil die Soldaten nachladen mussten, aber auch, weil sich zunehmend die Erkenntnis breit machte, dass dieses armselige Häuflein keine wirkliche Bedrohung darstellte.

Einer aus der Truppe des Sheriffs war auf Gresham zugelaufen, mit dem glasigen Blick der Angst in den Augen, den Gresham nur allzu gut von Flandern her kannte. Er hatte seine Muskete noch nicht abgefeuert und fuchtelte wie wild damit in der Luft herum. Gresham beschloss, dass er den Burschen besser daran hindern sollte, ihn zu erschießen.

»He, Soldat!«, fuhr er ihn scharf an. »Reiß dich zusammen, Mann! Dein Name, los!«

»John … John Streete, Sir«, murmelte der Junge und packte seine Muskete fester.

Wintour schrie – nach Catesby, wie Gresham vermutete –, und die Soldaten wandten sich ihm zu. Catesby erschien in der Tür, immer noch an Percy gelehnt. Gresham sah, wie Percy den Lauf seiner Pistole auf Catesbys Brust setzte – die Zeit schien wie eingefroren –, sah den Lichtblitz, sah Catesbys Körper sich verkrampfen und dann in sich zusammensinken, den Mund weit aufgerissen. Mit einer einzigen fließenden Bewegung brachte Gresham das Gewehr in Anschlag, zielte und drückte ab – der Schuss krachte fast im gleichen Moment, in dem Percys Pistole losging. Auch Percy hatte den Mund aufgerissen, er wollte etwas rufen und Catesby zu Boden werfen. Die Kugel erfasste ihn und warf ihn so heftig rücklings auf das Pflaster, dass sein lebloser Körper fast wie ein Ball zurückprallte.

Gresham drehte sich zu John Streete um, der mit offenem Mund neben ihm stand. Er riss den Arm des Jungen, der die Muskete hielt, an sich, drückte den Abzug und fing den Rückstoß ab, nachdem er in die Luft gefeuert hatte.

»Da, mein Junge«, sagte Gresham. »Zwei auf einen Schlag. Los, geh und sag, dass *du* sie erwischt hast.«

Gresham wandte den Blick wieder zur Tür und sah, dass Catesby ins Haus zurückzukriechen versuchte. Die Soldatenschar rückte gegen Rookwood, Wintour und Morgan vor. Wintour warf sich ihnen tollkühn entgegen. Das Schwert wurde ihm aus der Hand geschlagen, und einer der Soldaten, halb wahnsinnig vor Angst, wollte dem Verwundeten eben seine Pike in den Bauch rammen, als ein barsches Kommando ertönte.

»Haltet ein! Haltet ein! Ein paar von den Kerlen sollten wir besser für Seine Majestät aufheben!«

Catesby hatte sich mit letzter Kraft über die Schwelle geschleppt. Er hielt sein goldenes Kruzifix umklammert und schluchzte leise vor Schmerzen und Erschöpfung. Als Gresham durch die Tür gepoltert kam, wandte er sich halb um.

»Selkirk!«, stöhnte er entsetzt auf, als er das Gesicht erkannte. Dann verlosch das Licht in seinen Augen, und er sackte leblos in sich zusammen. Gresham hörte den Lärm der näher rückenden Soldaten. Rasch riss er ein Bildnis der Jungfrau Maria von der Wand, das die Eingangshalle von Holbeache House zierte, und schlang Catesbys noch warme Finger darum. Als der Erste der Soldaten durch die Tür gestürmt kam, verschwand Gresham in der Dunkelheit.

Die Soldaten wüteten jetzt völlig ungehemmt. Sie rissen den Toten alles vom Leib, was sie bei sich hatten. Kit Wright hatten sie sogar die Stiefel abgenommen, samt den seidenen Strümpfen, die er darunter trug. Percys halb nackte Leiche lag auf den Pflastersteinen, Mund und Augen weit aufgerissen. Ein Soldat, der beim Plündern zu kurz gekommen war, versetzte ihm im Vorbeigehen einen brutalen Tritt. Der Kopf der Leiche rollte schlaff zur Seite, die Augen leer und ausdruckslos.

Gresham warf noch einen Blick zurück, sah die Lichter der Fackeln, hörte das Geschrei und das Gepolter der Soldaten, die das Haus auseinander nahmen. Er wandte sich ab und machte sich ohne ein Wort zu verlieren auf den Weg zurück nach London.

12

»Seid vorsichtig«, sagte Jane. »Er hat Euch schon einmal zum Narren gehalten.«

»Zum Narren gehalten?«, entgegnete Gresham. »Ich würde es eher so ausdrücken, dass er mich vorübergehend dazu verleitet hat, die falschen Fragen zu stellen.«

Gresham legte gerade letzte Hand an seine Kleidung. Es würde sein vierter Besuch bei Cecil sein. Diesmal hatte er mehr als bei manchen der früheren Treffen das Gefühl, dass er selbst den Ton angeben würde.

Gresham kam unangemeldet. Der Schreiber im Vorzimmer war ein anderer als beim letzten Mal; ein fügsames, freundliches Männlein, momentan aber offensichtlich sehr überfordert. Der übliche Pulk von Bittstellern verpestete die Luft, und jeder versuchte, sich lautstark als den Einzigen darzustellen, der den Ersten Minister des Königs nun wirklich äußerst dringend sprechen musste.

»Ich werde Eure Bitte dem Herzog vortragen, Sir Henry«, wandte sich der Schreiber an Gresham, »aber ich fürchte, er ist zurzeit ganz schrecklich beschäftigt …«

»Das verstehe ich. Sagt ihm, dass Sir Henry Gresham ihn zu sprechen wünscht und dass es sich um Hochverrat handelt.«

Der Schreiber machte große Augen und watschelte eilig davon. Als er zurückkam, war er sichtlich überrascht und machte eine tiefe Verbeugung.

»Sir Henry! Der Herzog wird Euch sofort empfangen. Wenn Ihr mir bitte folgen wollt.«

Cecil hockte am Kopfende des großen Tisches, der zur Hälfte mit allerhand Papieren bedeckt war. Darunter war, wie Gresham bemerkte, ein Brief in einer ihm vertrauten Handschrift, der keine Unterschrift trug. Er war bereits als der »Monteagle-Brief« allgemein bekannt. Gresham hatte seinen neuen Namen mit einem ironischen Lächeln registriert.

»Sir Henry.« Cecils Stimme war monoton und ausdruckslos.

»Mylord.«

»Wie ich sehe, seid Ihr wieder genesen. Ich darf Euch gratulieren.«

»Ich war nie krank. Das war nur ein Trick, um mir die unerwünschte Aufmerksamkeit Eurer Lordschaft vom Leib zu halten, während ich hinter das Geheimnis zu kommen versuchte, das Ihr mir so offensichtlich vorenthalten wolltet«, antwortete Gresham energisch.

»Tatsächlich?« Cecil hob eine Augenbraue; seine eisige Selbstbeherrschung war ungebrochen. »Und habt Ihr dieses große Geheimnis lüften können?«

»Ja, Mylord«, antwortete Gresham.

»Und was war es?«, fragte Cecil. Inzwischen konnte er die Anspannung in seiner Stimme nicht mehr völlig verbergen.

»Guy oder Guido Fawkes, auch bekannt als der Diener John Johnson, war ein Doppelagent, der scheinbar über Jahre hinweg mit den katholischen Kräften auf dem Kontinent zusammenarbeitete, tatsächlich aber für Euch tätig war. Robert Catesby, der wahre Anführer der Pulververschwörung oder wie Ihr sie auch immer nennen wollt, ist ihm entweder zufällig über den Weg gelaufen oder wurde von einem anderen Eurer Agenten in seine Richtung gelenkt, als Catesby mit einer Gruppe von katholischen Hitzköpfen auf der Suche nach jemandem war, der mit Pulver und einer Lunte umgehen konnte. Ihr habt von Anfang an über die Pulververschwörung Bescheid gewusst. Ihr habt Guy Fawkes in die Verschwörung eingeschleust und sie in Ruhe reifen lassen, um sie dann unter größtmöglicher Aufmerksamkeit der Öffentlichkeit aufdecken und damit Euer Ansehen und das des Königs dauerhaft heben zu können. Ich glaube – wenn ich auch keine Beweise dafür habe –, dass Ihr das Komplott auch deshalb in Ruhe habt wachsen lassen, weil Ihr hofftet, dass ein bedeutendes Mitglied des Adels sich als einer der Anführer herausstellen würde, vielleicht jemand, den Ihr als Bedrohung für Euch selbst empfinden musstet. Hattet Ihr gehofft, Raleigh mit der Verschwörung in Verbindung zu bringen? Oder war es bloß Northumberland? Jedenfalls habt Ihr einen weiteren Eurer Doppelagenten, nämlich Thomas Percy, dazu gebracht, sich in den Kreis der Verschwörer einzuschmuggeln und dort für Euch zu arbeiten. Ich vermute, dass Fawkes mit einer Geldsumme und freiem Geleit ins Ausland bestochen werden sollte, vielleicht sogar mit der Aussicht, als Held auf den Kontinent zurückzukehren und sich dort weiter in den Kreisen der katholischen Rebellen zu bewegen. Auch Percy sollte entlohnt werden, vielleicht sogar mit der Grafenwürde.«

»Und woher habt Ihr all diese … Fantastereien? Diese … Erfindungen?«

Cecils Augen hatten noch nie so gefährlich gewirkt, sein zusammengekauerter Körper nie so bereit, sich auf sein Opfer zu stürzen.

»Ich hatte meinen eigenen Verbindungsmann in den Kreisen der Verschwörer. Ich habe den Brief schreiben lassen, der dort auf Eurem Tisch liegt, um die Verschwörung zu zerschlagen und die Verschwörer auseinander zu treiben, bevor sie Schaden anrichten konnten. Ich habe Knyvett eine Stunde früher als geplant auf die Suche geschickt, damit er Fawkes finden konnte. Ich habe dafür gesorgt, dass das Pulver in Holbeache House Feuer fing. Ach ja, und Thomas Percy habe ich auch erschossen.«

»Ihr habt es gewagt, Euch meinem Willen zu widersetzen?«

Cecil brüllte jetzt aus vollem Hals. Es war das erste Mal, dass Gresham ihn die Beherrschung verlieren sah.

»Mich Eurem Willen widersetzen? Seid Ihr etwa Gott und nicht nur der Minister seines Gesalbten?«

»Ihr habt keine Beweise für Eure Behauptungen. Keinerlei Beweise.« Cecils Stimme hatte sich gesenkt, und er war wieder auf seinen Stuhl zurückgefallen.

»Ich habe eine Geschichte, die die Leute glauben werden, weil sie zu so vielen Fakten passt und auch zu ihrem Hass und Misstrauen Euch gegenüber. Ich habe die Entwürfe des Briefes, der da vor Euch liegt – das hat uns verdammt viel Zeit gekostet, das könnt Ihr mir glauben –, alle in derselben Handschrift abgefasst, und die Abfolge der Vorstufen ist so überzeugend, dass niemand die Verfasserschaft anzweifeln wird. Außerdem habe ich einen der Verschwörer – Francis Tresham, um genau zu sein – in meiner Gewalt, und er ist an einem Ort untergebracht, wo Ihr ihn nicht finden werdet.« Von dieser letzten Behauptung war er selbst nicht ganz überzeugt. Wenn Cecil sämtliche Register zog, dann konnte er alles finden, selbst einen sauberen Fleck am Körper des Königs. »Und ich habe diverse unterschriebene Aussagen von Tresham, unbestreitbar in seiner Handschrift, alle beglaubigt und auch an einem Ort versteckt, wo Ihr sie nicht finden könnt.«

»Was wollt Ihr von mir?«, zischte Cecil.

»Ein Stuhl wäre ganz angenehm«, erwiderte Gresham höflich lächelnd. Er stand immer noch. Mit einer ungehaltenen Geste bedeutete Cecil ihm, sich zu setzen, ohne für einen Moment den Blick von ihm zu wenden.

»Hasst Ihr mich, Henry Gresham?«

Das war eine merkwürdige Frage, wenn man bedachte, von wem sie kam, doch Gresham nahm sich die Zeit, darauf zu antworten.

»Ja, ganz gewiss. Vielleicht mehr als irgendeinen anderen Menschen, ob lebend oder tot.«

»Dann wollt Ihr mich also vernichten?«

»O nein!« Greshams Lachen verschreckte Cecil derart, dass er ein Stück zurückwich und nervös blinzeln musste. »Ihr müsst verstehen, dass nur ein Mensch, dessen Seele zum Himmel stinkt wie die übelste Kloake, in der Lage ist, ein Land wie dieses zu regieren. Ein Mörder, ein Folterer, ein Schänder, ein Lügner, ein Betrüger und eine verlorene Seele vor Gott. Das sind die notwendigen Qualifikationen eines Herrschers. Natürlich müssen manche sterben, manche müssen die Folter erdulden, und manche müssen sich vor der versammelten Menge die Eingeweide aus dem Leib reißen lassen, damit der Friede Wirklichkeit wird. Einige, auch das ist wahr, müssen diese Dinge erleiden, ohne dass sie es verdient hätten, weil sie einfach Pech haben oder zur falschen Zeit am falschen Ort sind, aber alles hat nun einmal seinen Preis. Und Frieden und Stabilität haben einen höheren Preis als die meisten Dinge. Den höchsten Preis aber muss der Herrscher entrichten, der Herr des ganzen Misthaufens, den wir Politik und menschliche Gesellschaft nennen. Er zahlt mit seiner Seele – mit der Verdammung zu ewigen Höllenqualen. Ja, ich hasse Euch, Robert Cecil, Graf von Salisbury. Und weil ich Euch hasse, freut es mich, dass Eure Seele der Preis für den Frieden in diesem Lande ist. Ich würde Euch gerne töten, würde gerne zusehen, wie Ihr Euch in Qualen vor mir windet, so wie Ihr so viele andere habt leiden sehen. Aber ich muss Machiavellis Entscheidung treffen und auf Kosten so mancher kleinerer Freuden das größere Gut wählen.«

Das Schweigen dauerte eine Minute an, vielleicht sogar länger.

»Und was wollt Ihr nun von mir?«

»Nichts.«

»Nichts?«

»Nun, so gut wie nichts. Ich wollte nur das Vergnügen haben, Euch wissen zu lassen, was ich weiß, und dass Eure Versuche, mich zum Schweigen zu bringen und mich in die Irre zu führen, gescheitert sind, ebenso wie Eure kläglichen Versuche, mich zu erpressen. Ich sollte Euch wohl schwören lassen, dass Ihr keine Schritte unternehmen werdet, um mir oder den Menschen, die mir am nächsten stehen, zu schaden. Keine rätselhaften Todesfälle in dunklen Seitenstraßen, und auch kein langes Dahinsiechen durch eine Vergiftung.«

»Ist denn das päpstliche Archiv nicht genug?«, fragte Cecil. Sein Hass auf Gresham begann auf seine Stimme überzugreifen.

»Das dachte ich, aber Ihr habt mir bewiesen, dass ich im Irrtum war. Und es ist nicht nur das päpstliche Archiv, in dem ich Papiere aufbewahre, das dürft Ihr mir glauben. Aber wisst Ihr, etwas ist an Euch bemerkenswert, so verdorben und korrupt Ihr auch seid. Ich habe es nie erlebt, dass Ihr einen einmal geschworenen Eid gebrochen hättet. Höchst erstaunlich. Aber Euer Eid wird ein ganz besonderer sein. Ihr werdet beim Leben Eures Sohnes schwören.«

»Beim Leben meines Sohnes ... aber ich ...« Cecil war beinahe sprachlos, er tastete nach den richtigen Worten.

»Ihr würdet gut daran tun, für ein langes und friedvolles Leben für mich, meine Frau und meinen Diener zu beten. Denn wenn uns etwas zustoßen sollte, was in irgendeiner Weise mit Euch in Verbindung gebracht werden kann, dann wird Euer Sohn sterben.«

»Ihr würdet doch nicht ...«

»Doch, das würde ich. Ihr könnt ein Kind nicht vom Leben aussperren. Solange Ihr es nicht vor allem und jedem verborgen halten könnt, so lange könnt Ihr es auch nicht von der Wirklichkeit des Todes isolieren. Seht mich an, Robert Cecil. Und dann sagt mir, ob Ihr glaubt, dass ich lüge.«

Widerstrebend blickte Cecil Gresham in die Augen.

»Ihr habt versucht, Eure ganze Macht gegen mich einzusetzen. Ihr seid gescheitert. Ihr werdet schwören, dass Ihr alles in

Eurer Macht Stehende tun werdet, um zu gewährleisten, dass Henry Gresham und den Menschen, die ihm am nächsten stehen, keinerlei Schaden oder Ungemach widerfährt. Und wenn Ihr diesen Eid brecht, wird Euer Sohn sterben.«

Aus Henry Greshams Augen sprach keine Lüge. Sein Blick erzählte von all den unschuldigen Kindern, die vor diesen Augen abgeschlachtet worden waren, von den vergewaltigten Frauen, von den Säuglingen mit durchschnittener Kehle. Es war ein Blick, der von dem Verschwörer Kit Wright erzählte, dem Kämpfer für seine Religion, der dort im Hof von Holbeache House eine wahnsinnige, hoffnungslose und tollkühne Attacke angeführt hatte. Kit Wright, der unerschütterliche, verlässliche Kit Wright, der Mann, der ganz ehrlich davon überzeugt gewesen war, dass man für die Sache, an die man glaubte, zu kämpfen und zu sterben bereit sein müsse. Kit Wright, der in vielerlei Hinsicht Mannion hätte sein können, wenn Mannion sich entschieden hätte, seine absolute Loyalität dem Katholizismus zu widmen und nicht Gresham. Der tapfere, törichte Kit Wright, niedergestreckt im Staub des Hofes, wo ihm ein brutaler Soldat gierig die seidenen Strümpfe von den toten Beinen riss, um sie als Beute einzustecken.

Ja, dachte Robert Cecil, mein Sohn wird von der Hand dieses Mannes sterben, wenn ich meinen Eid breche. Mit Augen, in denen der Hass glomm, mit Worten, die er sich eins nach dem anderen wie mit rot glühenden Zangen aus dem Mund ziehen musste, schwor Robert Cecil seinen Eid.

»Nun, das war brav«, sagte Gresham munter. »Jeder brave Junge verdient eine Belohnung, und so sollt Ihr von mir noch etwas bekommen, als Lohn für Eure Bemühungen und als Zeichen meines gutes Willens. Ich möchte nicht, dass Ihr Euer Amt verliert, Mylord Erster Minister. Der Gedanke, dass dies in meiner Macht stünde, erheitert mich, doch es ist eine Macht, die ich nicht ausnutzen werde. Es könnte ein nicht ganz so schlechter Mann das Ruder des Landes übernehmen, und wenn Ihr abgesetzt würdet, dann würde Euch das vielleicht Zeit und Gelegenheit geben, einen Teil Eurer Seele vor der Hölle zu retten, die sie so gründlich verdient hat.«

»Lasst diese Scherze!«, sagte Cecil. »Habt Ihr denn nicht schon Eure Genugtuung?«

»Das sind keine Scherze«, erwiderte Gresham, »und wenn es in dieser Sache so etwas wie eine Genugtuung gibt, dann wird es die Eure sein. Ihr haltet doch Guy Fawkes in diesem Moment im Tower gefangen, habe ich Recht?«

Cecil gab keine Antwort. Er wusste, dass Gresham die Wahrheit kannte.

»Zweifellos fragt Ihr Euch, was Ihr mit ihm anstellen sollt. Das muss ja eine angeregte Unterhaltung gewesen sein, die Ihr da mit ihm geführt habt, als Knyvetts Leute ihn anschleppten. Hat Guy Fawkes Euch gegenüber jemals seine Beziehungen zum neunten Grafen von Northumberland erwähnt?«

»Seine *Beziehungen*?«

»Ja. Ihr hattet geglaubt, Fawkes sei Euer Mann, nicht wahr? Ihr wäret nie auf die Idee gekommen, dass er für einen anderen arbeiten könnte. Bevor er anfing, von Euch Geld zu nehmen, stand er in Northumberlands Diensten. Von Anfang an, um genau zu sein. Es war Northumberland, der ihn als jungen Mann entdeckte, ihn auf den Kontinent schickte und in seiner Abwesenheit für die Versorgung seiner Frau – ich glaube, sie heißt Maria – und seines Sohnes Thomas aufkam. Ihr müsst wissen, dass Fawkes nie ein Söldner war. Er war schon immer ein Streiter für die gerechte Sache. Als Ihr mit Eurem Angebot daherkamt, ihn zum Spion zu machen, ermunterte Northumberland ihn, darauf einzugehen. Northumberland hat Euch immer schon verachtet, hat Euch nie getraut. Der Gedanke, einen Eurer Spione in seinem Sold zu haben, belustigte ihn.

Und dann kam Catesby daher. Northumberland wusste, dass die Verschwörung eine einzige Katastrophe war, dass sie die Nation gegen die Katholiken aufbringen würde. Und er wusste genau, warum Ihr Fawkes drängtet, bei der Sache mitzumachen. Und so plante er seine eigene kleine Überraschung.«

»Wollt Ihr mir etwa sagen, dass dieser Guy Fawkes von Northumberland bezahlt wurde?«, fragte Cecil.

Schlau und gerissen war er ja, dachte Gresham, das musste man ihm lassen. Er hatte nie ausdrücklich zugegeben, in die Verschwörung verwickelt gewesen zu sein oder Guy Fawkes bezahlt zu haben. Selbst der Eid, den er geschworen hatte, war kein Eingeständnis seiner Schuld gewesen.

»Von Northumberland bezahlt *wird.*«

»Und welches Ziel verfolgt Mylord Northumberland mit alldem?« Es war aller Ehren wert, wie schnell Cecil sich wieder gefasst hatte. Gresham konnte förmlich sehen, wie die Maschinerie seines Gehirns sich daran machte, dieses neueste Problem zu verarbeiten.

»Das ist eigentlich ganz einfach«, antwortete Gresham. »Er wollte Euch die Verschwörung aufdecken lassen, Euch den Ruhm einstreichen und sich in seinem Glanz sonnen lassen. Er wollte warten, bis Ihr die paar armseligen Verschwörer, die Ihr lebend hattet fassen können, vor Gericht stellen würdet. Und dann wollte er das Oberhaus in die Luft sprengen.«

Cecils Gesicht wurde so weiß wie der Vollmond.

»Nun macht Euch bitte keine Sorgen«, meinte Gresham aufmunternd, »er hätte schon niemanden umgebracht. Oder wenigstens niemand Wertvolles, höchstens ein paar Diener. Er hätte den Stollen in die Luft gejagt, wenn gerade niemand im Gebäude gewesen wäre. Und wegen der Lage des Stollens wäre auch nicht das ganze Parlament in die Luft geflogen. Wahrscheinlich wäre nur eine Wand zusammengebrochen.«

»Der – Stollen?« Cecil brachte das Wort kaum über die Lippen.

»Ihr erinnert Euch doch? Sie hatten versucht, einen Tunnel unter das Oberhaus zu treiben, bevor sie dann den Keller entdeckten und anmieteten. Der Plan scheiterte, als sie auf die Fundamente stießen; sie schafften es nicht, die Mauern zu durchbrechen. Ihr glaubtet, sie hätten den Tunnel aufgegeben, nicht wahr? Nun, die Verschwörer hatten ihn auch aufgegeben, aber Fawkes nicht. Northumberland holte einige Arbeiter aus dem Nordwesten her. Sie wurden eine Woche lang isoliert gehalten, erfuhren nie, was sie eigentlich taten, und wurden mit reichem Lohn nach Hause geschickt. Inzwischen dürften sie alle tot sein, wenn Northumberland auch nur einen Funken Verstand besitzt. Sie haben den Tunnel erweitert und gesichert. Sie mussten gar nicht ganz durch die Fundamente graben, nur ein Stück weit. Genug, um eine Hauswand zum Einsturz zu bringen.

Sie füllten den Stollen mit Pulverfässern. Fawkes benutzte einen Teil des guten Pulvers aus Eurem Keller. Ihr werdet feststellen, dass das Material im Keller überwiegend verrottet ist. Den Rest haben sie gekauft. Falls das Pulver sich so lange halten würde, hatten sie vor, den Stollen genau an dem Tag in die Luft zu jagen, an dem Ihr Euren ersten Schauprozess eröffnen würdet. Robert Cecil, der Graf von Salisbury und Held der Pulververschwörung! Nur dass die Katholiken ihn an der Nase herumgeführt, eine andere Sprengladung vor ihm verborgen gehalten und eine Wand aus dem unbesetzten Oberhaus herausgesprengt hatten, nur um zu beweisen, wie wenig Robert Cecil die Dinge wirklich unter Kontrolle hatte, und das just an dem Tag, da er damit prahlte, was für ein toller Kerl er doch sei.

Ihr wäret zum Gespött der Leute geworden und hättet Euer Amt augenblicklich niederlegen müssen. Der König hätte überlebt, der Spott wäre auf ihn zurückgefallen und hätte seine Autorität arg untergraben. Ich hätte an ihrer Stelle Flugblätter drucken lassen, in denen ich darauf hingewiesen hätte, dass die Katholiken durchaus in der Lage gewesen wären, die ganze Geschichte mitsamt den Leuten darin in die Luft zu sprengen – der Beweis, dass sie die Macht hatten, eine Rebellion anzuzetteln –, sich aber dagegen entschieden hätten. Mit großer Wahrscheinlichkeit hätte Jakob danach Northumberland als Ersten Minister berufen müssen, um seinen Frieden mit den Katholiken zu machen. Wunderbar, nicht wahr? Sie lassen Euch die ganze Arbeit machen, sie warten, bis Ihr Euch zu voller Größe aufgeplustert habt, und dann bringen sie die Blase Eures Hochmuts mit einer harmlosen kleinen Explosion zum Platzen, bei der nur ein paar Trümmer zu beklagen sind – und als einziges wirkliches Opfer einer der ärgsten Feinde der Katholiken: Ihr selbst.

Es ist natürlich alles noch da – ich meine den Stollen und das Pulver. Ich hatte meinen Diener gleich dort als Wache postiert, nachdem wir es entdeckt hatten, habe ihn aber abgezogen, als ich hierher kam, um zu verhindern, dass Ihr jemanden hinschickt und ihn als Verschwörer verhaften lasst. Wir wollen doch nicht, dass der alte Mannion geschnappt wird wie Guy Fawkes, oder? Ich denke also, dass Northumberland inzwischen durchaus jemanden in den Stollen geschickt haben könnte, um die Lunte zu zünden, da Ihr ja offensichtlich entschlossen seid, ihn in die Pulververschwörung hineinzuziehen.«

Gresham erhob sich behände. Er blickte durch das hohe Fenster hinaus in Richtung Westminster, als versuchte er, dort eine Rauchwolke zu entdecken.

»An Eurer Stelle würde ich möglichst schnell jemanden hinschicken, um den Stollen abzuriegeln und das Pulver zu entfernen. Jemanden, von dem Ihr sicher wisst, dass er schweigen wird. Oder wollen wir vielleicht, dass ganz London erfährt, dass es da eine Verschwörung gegeben hat, von der Ihr nichts wusstet?«

Er machte Anstalten zu gehen.

»Ach, übrigens«, sagte er, »da wäre noch eine Sache. Ich werde Francis Tresham dazu bringen, sich zu stellen, dann habt Ihr Eure Verschwörer komplett beisammen. Aber ich will keine Folter, und ich will einen vorgetäuschten Tod, um ihn aus dem Tower und aus England herauszuschaffen. Er wird Euch keinen Kummer mehr bereiten, das garantiere ich Euch. Sind wir uns einig – was den Eid betrifft, den Ihr geschworen habt? Tresham steht mir inzwischen sehr nahe, müsst Ihr wissen.«

Cecil nickte – eine knappe, schroffe Geste. Gresham antwortete mit einer ironischen Verbeugung und schlenderte fast lässig zur Tür hinaus. Sobald er außer Sichtweite des Palastes war, lehnte er sich mit dem Rücken an eine Mauer und holte tief Luft – zum ersten Mal seit einer geschlagenen Stunde, wie ihm schien.

Warum hatte Gresham sich plötzlich an Treshams Erwähnung des Tunnels erinnert, den Fawkes und die anderen von dem Haus aus, das sie gemietet hatten, hatten graben wollen – des Tunnels, den sie aufgegeben hatten, nachdem der Keller unter dem Oberhaus sich angeboten hatte? Vielleicht war es schlichte Neugier gewesen, vielleicht die Erkenntnis, dass ein geheimer Tunnel, der zu einer der Mauern des Parlamentsgebäudes führte, eine offene Einladung für künftige Verschwörer war, ein schwelendes Risiko und ein offenes Problem, das der Lösung harrte. Vielleicht war es in erster Linie die Tatsache gewesen, dass Wintour noch in London weilte, weit länger, als es vernünftig gewesen wäre, und hartnäckig versuchte, zu der Straße vorzudringen, in der das Haus lag. Hatte er vorgehabt, sich in dem Tunnel zu verstecken? Oder hatte er gehofft, er würde ihn selbst wieder öffnen können, ironischerweise von dem Wunsch getrieben, Cecil auf die gleiche Weise bloßzustellen, wie Northumberland es von Anfang an geplant hatte?

Zugang zu dem Haus zu erlangen, von dem aus die Verschwörer anfänglich operiert hatten, war leichter gewesen, als Gresham geglaubt hatte. Nachdem die erste Aufregung sich gelegt hatte, wurde es nur noch locker bewacht, und der Posten ließ sich leicht überreden, Gresham und Mannion einzulassen, beeindruckt durch Greshams kostbare Kleidung und seine beiläufige Erwähnung von Cecils Namen und Titel. Gresham hatte halb damit gerechnet, gar nichts vorzufinden oder bestenfalls eingestürzte Reste eines Schachts, die demonstrierten, was passierte, wenn Laien sich als Tunnelbauer versuchten. Sie hatten den Schacht unter dem Fußboden entdeckt, trotz der Sorgfalt, mit der die Dielen neu verlegt worden waren, die die Arbeiter beschädigt hatten.

Mannion hatte Gresham mit wortreichen Einwendungen daran hindern wollen, hineinzugehen. Doch Gresham hatte ihn ignoriert, sich bis aufs Hemd ausgezogen und war in den überraschend geräumigen Tunnel gekrochen. Er hatte sofort gesehen, dass dies nicht die Arbeit von Laien war, und die einfache, aber praktische Konstruktion aus hölzernen Streben bemerkt, welche die Decke des Tunnels stützte. Am Ende des Tunnels war eine Art Kammer geschaffen worden. Die Pulverfässer waren säuberlich in der sieben oder acht Fuß tiefen Aussparung gestapelt, die sie in die alten Fundamente gehauen hatten. Angeblich hatten die Mauern eine Gesamtdicke von elf oder zwölf Fuß. Nichts war dem Zufall überlassen worden. Laternen, Zunder, Feuerstein und Lunten waren dort gelagert und warteten nur auf denjenigen, der kommen würde, den Stollen in die Luft zu sprengen. Er fand zwei Hinweise auf die Urheber. Der eine war eine Art Serviette, die zwischen zwei Fässern klemmte; vermutlich war sie dort stecken geblieben, als einer der Männer das Fass an seinen endgültigen Platz neben dem anderen manövriert hatte. Sie war einfach gearbeitet; die Art Tuch, die man auf den Tisch legte, damit die Gäste sich die Hände daran abwischen konnten. In einer Ecke war das Familienwappen der Percys aufgestickt. Gresham wusste, dass die Bergleute von Northumberland nackt in den Stollen arbeiteten und manchmal sogar auf einen

Lendenschurz verzichteten, dass sie sich aber stets ein Tuch um die Stirn banden, damit ihnen der beißende Schweiß nicht in die Augen rann. Sie mussten den Arbeitern anstelle solcher Tücher Servietten aus Syon House gegeben haben. Gresham hatte mit den Tunnelbauern in den Niederlanden zusammengearbeitet und nahm daher die alten Steine der Grundmauern genau in Augenschein. Diese Steinhauer hinterließen gerne ihr Zeichen an den Orten, an denen sie gearbeitet hatten. Schließlich fand er, was er suchte – eine Inschrift, vermutlich mit der Spitze eines Pickels in einen Stein geritzt. *AK für Gott und HP.* HP. Henry Percy. Vielleicht hatte der neunte Graf absichtlich Katholiken für die Arbeit im Stollen angeheuert, und möglicherweise hatte er sogar gegenüber demjenigen, der die Arbeit beaufsichtigte, eine Andeutung über den Hintergrund der ganzen Aktion fallen lassen.

Vieles davon hatte Gresham natürlich nur vermuten können, aber Cecil hatte es nicht bestritten. Er hatte gewusst, dass Fawkes ein Dreifachagent war, sobald er den fertigen Stollen gesehen hatte. Es war Fawkes gewesen, der die Arbeit am Tunnel anfänglich geleitet hatte, und er war es gewesen, der das Pulver in den Keller gebracht und es die ganze Zeit über bewacht hatte. Die Aktivitäten, die notwendig waren, um den Tunnel fertig zu stellen, konnten ihm nicht entgangen sein.

Mr. Fawkes stand ein interessantes Gespräch mit Cecil bevor, dachte Gresham.

Um Mitternacht waren sie ihn holen gekommen, hatten ihn aus dem Schlaf gerissen, aus seinem bequemen Zimmer gezerrt und in das finsterste Verlies des White Tower geworfen. Was war nur passiert? Die grimmig dreinblickenden Wärter wollten ihm auf seine flehentlichen Fragen keine Antwort geben. Er wusste, dass sie Gefangenen die Folterbank zeigten; oft genügte der bloße Anblick der entsetzlichen Apparatur, um den Widerstand eines Mannes zu brechen. Seine Hoffnung erstarb, als sie ihn auf die Bank banden. Immer noch wurde kein einziges Wort gesprochen.

Die Schmerzen waren das Furchtbarste, was Guy Fawkes je erlebt hatte. Es gab keine Worte für die entsetzlichen Qualen, die jede Faser seines Körpers erfassten, die Schmerzen, die jeder Erfahrung spotteten, die sein Schreien zu einem winzigen Geräusch schrumpfen ließen, das wie aus weiter Ferne an sein Ohr drang, übertönt von dem tosenden Sturm der Zerstörung, der ihn durchbrauste. Als er schließlich das Bewusstsein verlor, nahmen sie ihn nicht etwa von der Folterbank herunter. Sie schütteten schmutziges Wasser über seine geschundenen, ausgerenkten Glieder und warteten, bis er halbwegs wieder aus der Finsternis aufgetaucht war. Als er zu sich kam, konnte er kaum noch denken. Nachdem der äußerste, unerträgliche Höhepunkt der Qual vorüber war, wurden die Schmerzen fast noch schlimmer, verteilten sich gleichmäßig auf alle Glieder, bis in die Finger- und Zehenspitzen hinein. Die Folter hatte seinen Körper zerstört, das wusste er. Er würde nie wieder richtig gehen können, nie wieder aufrecht stehen wie ein Mann. Und sie hatte seinen Willen gebrochen, auch das wusste er.

Im Schein der Fackeln tauchte Cecils teuflische Fratze vor ihm auf.

»Ihr habt mir nichts von Lord Percy erzählt«, sagte er. »Das war sehr bedauerlich.«

Er wandte sich an den Wärter.

»Foltert ihn. Und dann foltert ihn noch einmal. Aber lasst ihn am Leben. Er muss zum Schafott gehen können oder wenigstens getragen werden.«

Die Schreie folgten Cecil, als er aus der Zelle stürmte.

Danach trafen sich Cecil und Guy Fawkes nur noch ein einziges Mal unter vier Augen. Sie hatten Fawkes wie eine Stoffpuppe auf das primitive Feldbett in seiner Zelle geworfen. Cecil hatte einen der Wärter höflich gebeten, Fawkes'

Arme und Beine auf dem Bett auszustrecken, und seine Fingernägel betrachtet, während dem schreienden und schluchzenden Fawkes die Gliedmaßen eins nach dem anderen vorsichtig zurechtgerückt wurden. Cecil wartete. Geduld hatte er schon immer reichlich besessen. Als er so etwas wie einen Funken von Bewusstsein in Fawkes' Augen aufflackern sah, sprach er ihn an.

»Ihr seid natürlich ein toter Mann. Das muss Euch doch klar sein?«

Fawkes' Reaktion konnte man als ein Nicken interpretieren.

»Die Frage ist also nicht, *ob* Ihr sterben werdet, sondern wie. Wir könnten es so einrichten, dass Ihr eine weitere Begegnung mit der Folterbank habt …« Ein Schauder durchfuhr Fawkes' hingestreckte Gestalt. »Oder wir könnten dafür sorgen, dass bei Eurer Hinrichtung alles sauber und schnell geht.«

Wer zum Tod durch Hängen, Ausweiden und Vierteilen verurteilt war, wurde zuerst aufgehängt, bekam dann die Eingeweide aus dem Leib gerissen und wurde schließlich in Stücke gehackt. Wenn der Verurteilte ein brauchbares Geständnis abgelegt hatte und bereit war, so in den Tod zu gehen, wie es dem Publikum und dem Henker genehm war, dann ließ man ihn hängen, bis er entweder tot oder bewusstlos war, und nahm ihn erst dann herunter, um ihn zu zerstückeln. Andere wurden bereits abgeschnitten, kaum dass der Strick um ihren Hals, sich zugezogen hatte, und durften die primitiven chirurgischen Künste des Henkers bei vollem Bewusstsein genießen.

»Nun«, sagte Cecil mit beinahe sanfter Stimme, »lasst uns gemeinsam überlegen. Soll es die Folterbank sein oder vielleicht ein Schnitt durch die Zunge, der Euch sprachlos macht, und ein langer, qualvoller Tod auf dem Schafott? Oder aber keine weiteren Begegnungen mit der Folterbank und ein rascher Tod? Nun, das wird natürlich bedeuten, dass es einen Prozess gibt. Und wir könnten immer noch versuchen, dort den Mund aufzumachen, nicht wahr? Und natürlich bedeutet es eine Hinrichtung, bei der wir vielleicht mehr sagen wollen, als die Leute zu hören bekommen sollten. Aber es wäre gut für Guy Fawkes, sehr gut sogar, wenn er in den Tod ginge, ohne etwas zu sagen. Wie kann es irgendwelches Gerede über eine Verschwörung geben, wenn der Mann, der das Pulver zur Explosion bringen sollte, nichts davon sagt? Gewiss, sie werden reden und spekulieren, vielleicht noch in tausend Jahren, was weiß ich. Aber wenn Ihr nur hübsch schweigt, mein Freund, werden sie es nie sicher wissen können, oder? Nein, mein Freund, so Leid es mir tut, wir müssen einen Handel machen. Ihr habt etwas, was ich brauche – Euer Schweigen. Ich habe die Macht, Euch einen leichten Tod zu gewähren, so wenig Ihr ihn auch verdient habt.«

Fawkes begann sich auf seinem Feldbett zu regen. Ein Krächzen entrang sich seinem Mund. Cecil beäugte die auf dem Rücken liegende Gestalt misstrauisch und vergewisserte sich, dass sie kein Messer oder Ähnliches am Körper versteckt hatte. Dann beugte er sich zu Fawkes herab und lauschte.

»Aha, Mylord der Graf von Northumberland? Ihr seid ihm also immer noch treu ergeben, wie? Eine sehr lobenswerte Eigenschaft bei einem Diener.« Er beugte sich wieder zu Fawkes herab, um das schwache Flüstern verstehen zu können. Dann richtete er sich auf, und seine Stimme nahm einen kälteren, düstereren Ton an. »Abgemacht. Ich schwöre, dass Henry Percy, der neunte Graf von Northumberland, nicht durch meinen Einfluss oder meine Untätigkeit zum Tode verurteilt werden wird. So sonderbar es klingen mag, aber irgendjemand hat kürzlich erst darauf hingewiesen, dass ich noch niemals meinen Eid gebrochen habe.

Doch ich frage mich, ob Eure Sorge um den neunten Grafen nicht vielleicht mit seiner Unterstützung für Eure Frau und Euer Kind zusammenhängt? Ja, ich weiß davon. Und ich weiß, wo sie sind, wenn es mich auch verdammt viel Zeit gekostet hat, sie zu finden. Und so will ich noch einen weiteren Eid ablegen: Ich schwöre, dass sie beide sterben werden, langsam und unter entsetzlichen Qualen, solltet Ihr Euer Schweigegelübde brechen.«

Warum das Risiko eingehen?, dachte Cecil, als er aus der Zelle stürmte und die gebrochene Gestalt auf dem Feldbett zurückließ.

Gresham hätte es ihm sagen können. Gresham hätte ihm gesagt, dass er ein Mann war, dessen ganzes Leben auf Kontrolle aufgebaut war, auf dem Wissen, die Fäden in der Hand zu halten wie ein Puppenspieler. Und dann war jemand gekommen, Henry Gresham nämlich, und hatte ihn darauf aufmerksam gemacht, dass eben diese Fäden, die Cecil in der Hand zu halten glaubte, in Wirklichkeit von einem anderen Mann gehalten wurden, einem Mann, der Cecil die Kontrolle ganz und gar entrissen hatte. Konnte Robert Cecil durch schiere Willenskraft und die Macht, Schmerzen zuzufügen, diesen Guy Fawkes zwingen, ihm zu gehorchen und seine Geheimnisse mit ins Grab zu nehmen? Cecil musste wissen, dass er dazu in der Lage war. Wenn ja, dann war seine Macht ungebrochen. Er war wie der mächtige Mark Anton, dessen Macht nur im Angesicht eines einzigen Mannes, des Cäsar Octavian, versagt hatte. Er würde Gresham aus seinem Gedächtnis verbannen. Aber irgendwo, verborgen vor seinen eigenen Blicken, wusste er ebenso wie Gresham, dass das Geheimnis von Cecils Überleben in einem einzigen Mann ruhte, und das war nicht der Mann, der mit den anderen Verschwörern auf dem Schafott sterben würde.

Im Gerichtssaal war eine gewisse Unruhe entstanden, als Fawkes auf »nicht schuldig« plädiert hatte. Cecils Herz hatte heftiger zu pochen begonnen, wenngleich er nach außen hin die Fassung bewahrt und den gebrochenen Mann auf der Anklagebank nur gelassen angesehen hatte. Fawkes hatte gemurmelt – er konnte kaum sprechen –, dass er einige der Anklagepunkte nicht richtig verstanden habe. Damit war die Krise auch schon überstanden. Es war, so dachte Cecil bei sich, vielleicht nicht so sehr ein Auflehnen gegen Cecil gewesen, sondern vielmehr ein Versuch, einige der in die Verschwörung verwickelten Priester zu schützen, insbesondere Pater Henry Garnet. Es war fruchtlos. Garnet würde qualvoll zugrunde gehen, wie er es verdient hatte.

Es war ein bitterkalter Morgen gewesen, an dem sie die ersten vier durch die Straßen gezerrt hatten. Das Urteil hatte verlangt, dass die Verräter mit den Füßen an den Schwanz eines Pferdes gebunden zur Hinrichtungsstätte geschleift werden sollten. So amüsant diese Form der Demütigung auch war, so hatte sie doch, wenn sie einfach in der vorgeschriebenen Form ausgeführt wurde, zur Folge, dass der Verurteilte Gefahr lief, im Schlamm und Schmutz der Straßen zu ersticken oder sich den Kopf so heftig anzuschlagen, dass es den Henker überflüssig machte. Da man aber der Menge keinesfalls ihren Spaß vorenthalten durfte, wurden die Gefangenen für die Dauer des ersten Teils ihres Martyriums auf Schlitten aus Korbgeflecht gebunden. Würde Jane auf ihn warten, würde sie in einem Haus nahe der Strecke nach ihm Ausschau halten, sollte man ihn je durch die Straßen schleifen? Gresham hoffte, dass sie es nicht tun würde. In diesem Stadium des Verfahrens gab man ein besseres Bild ab, wenn man bereits tot war, und was folgte, war der Würde des Betroffenen auch nicht gerade zuträglich.

Everard Digbys Frau hatte mit ihren Kindern einen Platz am Straßenrand ergattern können. Einer ihrer kleinen Söhne hatte »Papa! Papa!« gerufen, als sein Vater vorbeigeschleift worden war, und die johlende Menge war für einen Augenblick verstummt und hatte die Kanonade von Steinen und Dreckklumpen, mit der sie den Verräter überzog, vorübergehend unterbrochen. Hatte der kleine Knabe den Speichel bemerkt, mit dem Hemd und Leib seines Vaters befleckt waren? Auch Tom Bates' Frau war auf der Straße auf ihren Mann zugelaufen. Anscheinend hatte er ihr, praktisch denkend bis zuletzt, noch rasch verraten, wo er etwas Geld versteckt hatte.

Der arme Digby, dieses unschuldige Kind, hatte bei seinem Prozess den romantischen Narren gegeben und auf dem Schafott eine ebenso lange wie wirkungslose Rede gehalten. Es hatte ihm nichts gebracht. Sie hatten ihn abgeschnitten, kaum dass er am Strick gehangen hatte, und ihn bei vollem Bewusstsein in Stücke zerteilt. Sobald die Menge ihrer Wege gegangen war, war das Gerücht aufgetaucht, dass in dem Moment, als der Henker das blutige Stück Fleisch, das einmal Digbys Herz gewesen war, mit dem Ruf »Seht das Herz eines Verräters!« emporgehalten hatte, Digby in seinen letzten Zuckungen geschrien habe: »Du lügst!« Nun, überlegte Gresham, irgendjemand mochte durchaus diese Worte gerufen haben. Er jedenfalls hatte nichts weiter gehört als Digbys letzte Schmerzensschreie. Der alte Robert Wintour und John Grant waren einigermaßen würdevoll in den Tod gegangen; Tom Bates hatte es für nötig erachtet, eine Rede zu halten.

Der zweite Schwung Hinrichtungen schloss Fawkes ein. Begleitet wurde er von Tom Wintour, der sich inzwischen so weit erholt hatte, dass er sterben konnte, sowie von Ambrose Rookwood und Robert Keyes. Keyes foppte den Henker in letzter Minute, indem er sich vom Schafott stürzte und sich das Genick brach, kaum dass ihm die Schlinge um den Hals gelegt worden war. Fawkes war als Letzter dran. Er murmelte ein paar Worte – »Vergebung« und »der König«, mehr konnte Gresham nicht verstehen, obwohl er ganz vorne stand. Die Mitleid erregende Gestalt konnte nicht einmal ohne Hilfe das Schafott besteigen. Als sie ihn hängten, brach sein Genick sauber entzwei. Merkwürdig, dachte Gresham, dass man ausgerechnet bei dem als Rädelsführer angesehenen Fawkes der Menge das komplette blutige Ritual vorenthalten hatte. War es überhaupt der echte Fawkes? Gresham konnte keineswegs sicher sein, dass sie nicht irgendeinen Dorftrottel aufgetrieben hatten als Ersatz für den Mann, der auf der Folterbank gestorben war. Es war ihm auch gleich. Nur eines wusste er ganz sicher: Cecil hätte nie zugelassen, dass Guy Fawkes am Leben blieb.

Mannion hatte ihn bei beiden Anlässen begleitet. »Es gibt doch nichts Besseres als eine ordentliche Hinrichtung!«, hatte er begeistert erklärt, und jetzt war er gerade damit beschäftigt, die acht Exekutionen miteinander zu vergleichen, ganz wie jemand, der die jeweiligen Vorzüge verschiedener Theaterstücke oder Sonette abwägt. Gelassen mampfte er eine Hammelpastete, während die Verschwörer einer nach dem anderen vom Leben zum Tode befördert wurden. Jane war nicht mitgekommen. »Ich habe genug Aufregung in meinem Leben«, hatte sie gesagt, »auch ohne dass ich mir die Augen mit Blut beflecken muss.« In der Nacht zwischen den Hinrichtungen hatte Gresham sie plötzlich weinen gehört.

»Warum weinst du?«, hatte er geflüstert und im Dunkeln die Hand nach ihr ausgestreckt.

»Ich weine um die Frauen«, hatte sie geschluchzt, »und um die Kinder. Um die Unschuldigen, die mit leeren Händen zurückbleiben, deren Leben diese *dummen* Männer ruiniert haben. Diese Männer, denen es nur um ihre ach so wichtige Sache geht, und die das einzig Wichtige im Stich gelassen haben, was es im Leben eines Mannes geben kann.«

Gresham hätte antworten können, dass diese zum Tode Verurteilten nur einen kleinen Bruchteil der Menschen darstellten, die gelitten hätten, wenn wirklich eine Rebellion ausgebrochen wäre, wenn die Verschwörung nicht zerschlagen und aufgedeckt worden wäre. Aber war es tatsächlich so? Wären mehr oder weniger Männer gestorben, mehr oder weniger Frauen zu Witwen und Kinder zu Waisen gemacht worden, wenn Gresham sich aus der ganzen Angelegenheit herausgehalten hätte? Cecil hatte doch alles unter Kontrolle gehabt, oder etwa nicht? Fawkes wäre am Leben geblieben, Percy geadelt worden, ein paar Verschwörer hingerichtet.

Was hatte Henry Gresham also getan, außer dass er Guy Fawkes auf die Folterbank und Thomas Percy unter die Erde gebracht hatte?

Gresham lag wach, während dann und wann noch ein leises Schluchzen den schönen Körper an seiner Seite erzittern ließ. War es Machiavellis Entscheidung, die er getroffen hatte – die Entscheidung, einen korrupten Herrscher im Amt zu halten? Oder war es nur seine Eitelkeit, die ihn geleitet hatte?

Epilog

Ein kalter Wind wehte über das Moor. Das kleine Boot, mit dem sie der winzigen Pinasse entgegenfahren würden, schaukelte im Wasser, und das Klatschen der Wellen an seinem Rumpf wirkte laut in der Stille der Nacht. Gresham fragte sich, ob in diesem Augenblick bereits Truppen den Hafen an der Südküste absuchten, den er als Ort der Landung benannt hatte. Er bezweifelte es, aber es war eine gute Methode, um herauszufinden, ob Cecil zu seinem Wort stand.

Der Priester, Pater Garnet, war verhaftet worden. Bei seinem Prozess hatte er sich selbst zu verteidigen versucht, doch was hatte er schon vorbringen können? Was scherte sich ein Gericht unter König Jakob um das Beichtgeheimnis? Wenn er von Verrat und einer Verschwörung gegen das Leben des Königs Kenntnis erlangte, war es seine Pflicht als Untertan, dies zu melden, ganz gleich, ob er es in einem nach Weihrauch riechenden Holzverschlag vernommen hatte oder anderswo. Er war ein toter Mann gewesen von dem Augenblick an, da sie ihn gefasst hatten, und das wusste Garnet ebenso gut wie das Gericht.

Francis Tresham kam aus der Fischerhütte geschlichen, wo er auf sie gewartet hatte. Gresham und seine Leute hatten zuerst die Umgebung absuchen und mit den beiden Matrosen in dem kleinen Boot die Losung austauschen müssen. Er konnte Treshams Angst riechen, und auch den Alkohol, den er seit Tagen in sich hineingeschüttet hatte. Es war ein Leichtes gewesen, ihn aus dem Tower herauszuschmuggeln, nachdem er für tot erklärt worden war; schließlich hatten sie Cecils Wort.

»Hier«, sagte er und drückte Tresham ein Paket in die Hand. Er musste sich zwingen, nicht zu flüstern. »Da habt Ihr Geld und Eure Papiere. Ihr seid jetzt Matthew Brunninge. Eure Überfahrt nach Spanien ist gebucht. Herzlichen Glückwunsch. Ihr seid wie Jesus von den Toten auferstanden.«

»Wird er glücklich und zufrieden leben bis an sein Ende?«, fragte Jane und schmiegte sich an ihn, während sie dem Boot nachsahen, das langsam über die kleine Bucht dahinglitt.

»Ich bezweifle es«, antwortete Gresham. »Aber wer kann schon sagen, wer glücklich und zufrieden leben wird und wer nicht?«

»Sir Henry«, sagte Jane und trat einen Schritt zurück, »ich denke, es ist an der Zeit, dass ich Eure Frau werde.«

Es war sonst nicht seine Art, doch diesmal suchte Gresham den Schock nicht zu verhehlen. Was zum Teufel war in diese Frau gefahren? Vom *Heiraten* zu sprechen, hier an der windigen Küste von Norfolk, umringt von potenziellen Feinden, während sie vollauf damit beschäftigt waren, einen Verräter und Todfeind der englischen Krone außer Landes zu schmuggeln, der zudem noch angeblich im Tower einer Infektion des Harntrakts erlegen war!

»Gott steh uns bei!«, platzte Gresham heraus, »ich …«

»Weißt du«, sagte Jane, ohne seinen Ausbruch im Geringsten zu beachten, »es ist eine Sache, deine Hure zu sein. Es ist etwas ganz anderes, dass unser Sohn unehelich zur Welt kommen soll.«

Die Personen des Romans

Francis Bacon (1561–1626), Philosoph, Staatsmann und Naturwissenschaftler, erster Baron von Verulam und Vicomte von St. Albans. Sein Versuch, sich unter Königin Elisabeth I. eine Position bei Hofe zu sichern, wurde vermutlich von Lord Burghley, dem Ersten Minister, vereitelt, der in ihm einen Rivalen seines Sohnes Robert Cecil sah. Nach Robert Cecils Tod im Jahre 1612 nahm seine Karriere einen Aufschwung, bis er 1621 in Ungnade fiel und wegen Bestechlichkeit verurteilt wurde. Nach kurzer Inhaftierung im Tower wurde ihm gestattet, sich unter Verlust seiner Ehrentitel aus dem öffentlichen Leben zurückzuziehen.

Robert Cecil (1563–1612), erster Graf von Salisbury, war der Erbauer von Hatfield House und starb nach langer und qualvoller Krankheit, »an Leib und Seele schwer geprüft«.

Moll Cutpurse (1570–1650), auch unter den Namen Mary Frith und Mary Markham bekannt, war die Tochter eines Schusters und starb in der Fleet Street an der Wassersucht. Sie war das Vorbild für die Komödie *Das tolle Mädchen* (um 1607) von Middleton und Dekker und taucht auch in dem Stück *Amends for Ladies* (1612) von Nathan Field auf. Im Jahre 1605 wurde gegen sie Anzeige erstattet, weil sie im Fortune Theatre in Männerkleidung aufgetreten war, lästerliche Reden geführt und unanständige Balladen zur Laute zum Besten gegeben hatte. Neben zahlreichen weiteren Ruhmestaten beraubte sie General Fairfax im englischen Bürgerkrieg seines

Goldes, schoss ihn in den Arm, wurde verfolgt, verhaftet und zum Tod durch den Strang verurteilt. Davon kaufte sie sich mit einer Summe von angeblich zweitausend Pfund frei.

John Donne (1572–1631), Dichter, gilt als der führende Kopf der so genannten *Metaphysical Poets.* 1615 zum Priester geweiht, wurde er 1621 Dekan von St. Paul in London.

Dr. Simon Forman (1552–1611) war berüchtigt als Arzt, der sich sein gesamtes medizinisches Wissen selbst beigebracht hatte, sowie als Astrologe, der unter anderem seinen eigenen Todestag voraussagte. Er wurde mit Sir Walter Raleighs »School of Night« in Verbindung gebracht, ebenso wie mit einem berühmten Giftmord, in welchem die Gräfin von Essex eine Rolle spielte. Seine »Theaterbücher« enthalten die ersten Augenzeugenberichte von Aufführungen einiger der Stücke Shakespeares.

Inigo Jones (1573–1652) war ein Bühnenbildner und Architekt, dessen Zusammenarbeit mit Ben Jonson bei der Präsentation von Maskenspielen bei Hofe von 1605 bis 1631 währte. Jones spielte eine gewichtige Rolle bei der Einführung wechselnder Dekorationen in das englische Theater und war verantwortlich für die Gestaltung der Piazza in Covent Garden.

Ben Jonson (1572–1637) war nach William Shakespeare der führende Bühnenschriftsteller seiner Zeit und verfasste einen überschwänglichen Prolog zur ersten Gesamtausgabe von Shakespeares Dramen. Seine Partnerschaft mit Inigo Jones bei der Gestaltung von Maskenspielen am Hof von König Jakob I. war erfolgreich und von langer Dauer. Als Katholik und weil er mit Mitgliedern der Pulververschwörung an einem Tisch gesessen hatte, wurde er nach der Aufdeckung der Verschwörung verhört; es kam jedoch nicht zur Anklage.

William Parker (gest. 1622), vierter Lord Monteagle, verschied friedlich und als wohlhabender Mann in seinem Bett.

Henry Percy (1564–1632), neunter Graf von Northumberland, wurde nach der Pulververschwörung inhaftiert und erst 1621 entlassen.

Thomas Phelippes war eine Schlüsselfigur in Walsinghams Spionage-Imperium unter Königin Elisabeth I. Seine Spezialitäten waren das Dechiffrieren, das Formulieren und Entschlüsseln von Geheimschriften und das Anfertigen von Fälschungen. Er konnte angeblich Geheimschriften in fünf Sprachen entziffern und spielte eine entscheidende Rolle bei der Verurteilung und Hinrichtung von Mary Stuart, der Königin der Schotten. Er überwarf sich mit Robert Cecil, als dieser die Reste von Walsinghams Imperium erbte.

Sir Walter Raleigh (1554–1618) verbrachte dreizehn Jahre seines Lebens als Gefangener im Tower, bevor er entlassen wurde und zu seiner letzten vom Unglück verfolgten Seereise aufbrechen konnte. Er wurde 1618 von König Jakob I. hingerichtet, in erster Linie auf Drängen des spanischen Botschafters. Sein ältester Sohn Wat kam im gleichen Jahr bei einem glorreichen Gefecht um die von Spaniern besetzte Ortschaft St. Thome in den westindischen Inseln ums Leben.

Danksagung

Ich bin Graham Seel außerordentlich dankbar für seine Beratung in historischen Fragen. Ebenso gilt mein Dank Sonia Land, Tara Lawrence, Ursula Mackenzie, Philip Franks und Jenny Stephen.

Zu Dank verpflichtet bin ich auch der Cambridge University Library, der Bodleian Library in Oxford, der John Rylands Library in Manchester sowie dem Fitzwilliam College in Cambridge, die es mir ermöglicht haben, die Fakten für dieses Buch zu recherchieren. Außerdem danke ich dem Royal Exchange Theatre in Manchester.